알려진 세계

THE KNOWN WORLD
by Edward P. Jones

알려진 세계
The Known World

장편소설

에드워드 P. 존스
이승학 옮김

섬과 달

알려진 세계

1판 1쇄 발행 2024년 1월 20일

지은이   에드워드 P. 존스
옮긴이   이승학
펴낸이   이승학
펴낸 곳   섬과 달

출판 등록   2019년 6월 5일 제2019-000057호
주소   (03360) 서울특별시 은평구 불광로 170, 101-1503
전화   070-7333-7212
팩스   02-6305-7212
전자우편   isleandmoonpublisher@gmail.com
인스타그램   @isleandmoon

기획·편집   이승학
디자인   이정하
제작   영신사

ISBN   979-11-980420-2-6 03840

"내가 니 엄마 돼줄게.
너한테 필요한 엄마 다 돼줄게."

차례

내 동생 조지프 V. 존스에게

그리고

더 나은 세상이었다면 훨씬 많은 일을 했을

우리 어머니 저넷 S. M. 존스를 다시 한 번 기리며

일러두기

1. 이 책은 에드워드 P. 존스의 『The Known World』(Amistad, 2003)를 우리말로 옮긴 것으로 초판을 번역 대본으로 삼았다.

2. 국립국어원의 어문규범을 따르되 용례가 없는 경우 관용적 표기를 따랐다.

3. 책·장편·연속간행물은 『 』로, 단편은 「 」로, 영화·음악·매체 등은 〈 〉로 묶었다.

4. 주석은 모두 옮긴이의 것으로 간단한 것은 본문에 소괄호로 달았고 긴 것은 각주로 내렸다.

5. 원서에서 이탤릭체로 강조한 부분은 굵은 고딕 글자로 바꿨다.

내가 어떻게 이겨냈는지 내 영혼도 자주 의아해했으니……

등장인물

타운센드 농장

헨리 타운센드 | 농장주. 오거스터스와 밀드레드의 아들. 캘도니아의 남편.

캘도니아 타운센드 | 헨리의 아내. 캘빈의 쌍둥이 누나. 모드의 딸.

로레타 | 캘도니아의 시녀.

제디 | 타운센드네 요리사.

베넷 | 제디의 남편.

모지스 | 헨리 타운센드의 첫 노예이자 십장.

프리실라 | 모지스의 아내.

제이미 | 모지스와 프리실라의 아들.

일라이어스 | 셀레스트의 노예 남편.

셀레스트 | 절름발이 노예.

테시, 그랜트, 엘우드 | 일라이어스와 셀레스트의 자식들.

앨리스 | 노새한테 걷어차였다고 사람들이 말하는 헨리의 방임 노예.

스탬퍼드 | 젊은 여자들 꽁무니 쫓아다니는 노예.

글로리아 | 스탬퍼드가 쫓아다니는 스물여섯 살 처녀.

델피 | 커샌드라의 어머니. 앨리스의 오두막 짝꿍.

커샌드라 | 델피의 딸로 일명 "캐시".

맨체스터 카운티

오거스터스 타운센드 | 헨리의 아버지. 밀드레드의 남편.

밀드레드 타운센드 | 헨리의 어머니. 오거스터스의 아내.

편 엘스턴 | 자유 흑인. 램지의 아내. 자유 흑인 아이들의 스승.

램지 엘스턴 | 편 엘스턴의 노름꾼 남편.

주스 | 편 엘스턴의 가장 믿음직한 노예.

존 스키핑턴 | 맨체스터 카운티 보안관. 위니프리드의 남편.

위니프리드 스키핑턴 | 존 스키핑턴의 아내.

미너바 스키핑턴 | 스키핑턴네 "하녀"로 스키핑턴 변호사와 벨 스키핑턴이
위니프리드에게 준 "결혼 선물".

클레라 마틴 | 위니프리드 스키핑턴의 사촌.

랠프 | 클레라의 노예.

윌리엄 로빈스 | 113명의 노예를 소유한 농장주로 맨체스터 카운티의 최고
권력가.

에설 로빈스 | 윌리엄 로빈스의 아내.

페이션스 로빈스 | 윌리엄과 에설의 딸.

필로미나 카트라이트 | 윌리엄 로빈스의 정부. 루이스와 도라의 어머니.

도라 카트라이트 | 윌리엄 로빈스와 필로미나의 맏자식.

루이스 카트라이트 | 윌리엄 로빈스와 필로미나의 막냇자식.

바넘 킨지 | 카운티 소속 노예 순찰대원으로 카운티에서 가장 가난한 백인.

오든 피플스 | 체로키족으로서 카운티 소속 노예 순찰대원이자 하비 트래비스의 동서.

하비 트래비스 | 체로키족 여자와 결혼한 카운티 소속 노예 순찰대원.

캘빈 뉴먼 | 캘도니아 타운센드의 쌍둥이 남동생. 모드의 아들.

모드 뉴먼 | 캘도니아와 캘빈의 어머니.

로버트 콜팩스 | 맨체스터 카운티의 명망 높은 지주.

앤더슨 프레이저 |『우리 남부 이웃들의 신기하고 별난 일들』이라는 소책자형 연속간행물을 출판한 캐나다 출신 백인.

제버다이어 디킨슨 | 노름꾼. 도망 노예.

볼팀스 모펫 | 전도사.

맨체스터 너머

스키핑턴 변호사 | 존 스키핑턴의 노스캐롤라이나 육촌.

벨 스키핑턴 | 스키핑턴 변호사의 아내.

다시 | 노예 "투기꾼".

스테니스 | 다시의 노예.

1

연락. 가족의 온기. 모진 날씨.

주인이 죽은 날 저녁 그는 제 아내가 끼어 있는 어른들 무리의 낮 일과를 마감한 다음 허기짐과 피로에 젖은 그들을 각자의 오두막으로 돌려보내놓고 다시 일을 잡았다. 제 아들이 끼어 있는 애들 무리는 가서 늦은 저녁밥을 준비하되 혹 짬이 되면 햇빛이 남아 있을 때 몇 분이라도 놀게끔 어른들보다 한 시간가량 일찍 밭에서 내보낸 참이었다. 모지스, 그가 주인 소유의 최고령 노새와 저를 이어주는 오래되고 잘 부러지는 마구로부터 마침내 스스로를 풀어주었을 때 태양이 남긴 거라곤 왼쪽 두 개의 산과 오른쪽 한 개의 산 사이에 낀 지평선에 가만한 파동으로 가로놓인 5인치 길이의 붉은 오렌지빛 유산이 전부였다. 그는 꼬박 열네 시간을 밭에서 보낸 참이었다. 그는 저녁의 고요가 몸을 감싸자 밭을 떠나기에 앞서 잠시 멈칫했다. 노새는 집과 휴식을 원하며 푸르르 떨었다. 모지스는 눈을 감고 몸을 수그려 흙을 한 꼬집 집더니 이건 한 조각 옥수수빵일 뿐이다 하는 생각으로 입에 넣었다. 그는 흙을 입속에서 굴리고 삼키고 하더니 태양의 빛줄기가 검푸른 색으로, 그러다 무(無)로 이우는 게 마침 보일 때쯤 고개를 젖히고 눈을 떴다. 노예건 자유민이건 흙 먹기 분야에서 남자는 그가 유일했지만, 노예 신분인 여자들, 특히 임신한 여자들이 알 수 없는 욕구 때문에, 즉 잿불빵(ash cake)과 사과와 비계가 주지 않는 무언가를 몸이 원해서 흙을 먹는 데 비해 그가 흙을 먹는 건 그래야 땅심을 파악할 뿐 아니라 흙 먹는 일 자체가 작은 세상 속의 그를 나름 인생이라 부를 만한 것과 묶어주는 유일한 끈이었기 때문이다.

때는 7월이었고 7월의 흙은 6월이나 5월의 흙에 비해 달짝지근한 금속 맛이 훨씬 짙었다. 자라나는 작물 속의 무엇은 8월 중순에나 겨우 기세가 꺾일 금속성의 생명을 풀어주었고 수확기가 되면 그 생명은 시큼한 곰팡이한테 자리를 내주면서 종적을 싹 감추었는데 그는 이것을 가을과 겨울이 오고 있다는 사실, 큰 봄비가 처음 내리기 전인 지난 3월 첫 흙을 맛보면서 맺었던 어떤 관계가 끝났다는 사실과 결부시켰다. 이제 태양은 사라지고 달은 뜨지 않은 가운데 어둠에 단단히 붙들린 그는 노새의 꼬리를 잡고 밭고랑 끝으로 걸어갔다. 빈터에 이르자 그는 꼬리를 놓고 노새를 돌아 헛간으로 앞장섰다.

노새는 모지스의 뒤를 따랐고 그는 이 짐승의 잠자리를 봐준 뒤 밖으로 나와 비가 다가오는 냄새를 맡았다. 숨을 깊게 들이켜자 비가 몸속으로 훅 밀려드는 느낌이었다. 그는 혼자임을 확신하곤 웃음을 지었다. 그는 무릎을 꿇고 땅으로 한층 바짝 다가가 깊은 숨을 좀더 들이켰다. 그 효과가 점차 줄어들기 시작하자 그는 마침내 일어서더니 제 오두막과 사람들이 있는, 아내와 아들이 있는 노예 거주지(quarters)의 좁은 골목으로 이어지는 작은 길을 그 주 들어 세 번째로 외면했다. 남편이 와서 같이 식사하길 기다릴 필요 없단 걸 이젠 그의 아내도 잘 알았다. 달이 뜨는 밤이면 그는 그 골목이라는 세상에서 피어오르는 연기를 얼마쯤 볼 수 있었다—집과 음식과 휴식 그리고 여러 오두막이 서로 가족처럼 지내고자 주고받는 것들. 그는 애들 노는 소리인가 싶어서 오른쪽으로 고개를 살짝 틀어 소릴 확인해보았지만 고개를 다시 제자리로 돌리니 왼쪽 멀리 떨어진 작은 숲에서 들려오는 이날 마지막 새의 저녁 지저귐이 훨씬 또렷해졌다.

그는 파산 후 아일랜드로 돌아간 어느 백인한테서 제 주인이 사들인 이래 가치 있는 거라곤 한 번도 산출된 적이 없는 그 수풀땅이 자리한 옥수수밭의 가장 먼 경계로 곧장 걸어갔다. "거기선 잘살았는데," 아일랜드로 돌아간 그 백인은 다 죽어가는 아내가 곁에 서서 저를 굽어보는 가운데 제 가족들에게 거짓말을 했다. "하지만 너희 모두가 어찌나 그립고 내 고국의 풍요가 어찌나 간절하던지." 3에이커(약 3673평)밖에 안 되는 그 수풀땅에서 산출되는 건 짐승도 안 건드릴 연하고 파릇파릇한 풀과 아무도 정체를 모르는 숱한 나무뿐이었다. 그 숲에 모지스가 발을 막 들이려는 순간 비가 시작되더니 그가 걸음을 계속할수록 빗줄기가 굵어졌다. 숲속에 한참 들어서서 나무들과 거대한 여름 이파리들 사이로 비가 억수처럼 쏟아지자 조금 뒤 모지스는 걸음을 멈추고 두 손을 펼쳐 제 얼굴에 끼얹을 빗물을 받았다. 그러고 나서 그는 알몸이 되도록 옷을 벗더니 드러누웠다. 빗물이 코에 들어가는 걸 막느라 그는 셔츠를 돌돌 말아 머리에 받치곤 비가 얼굴을 타고 흐르게끔 고개를 당겼다. 노인이 되어 류머티

즙이 제 몸뚱이를 옭아매면 그는 과거를 돌아보면서 이런 저녁들을, 그리고 완전히 넋을 잃고 잠들어 다음 날 아침 이슬에 뒤덮여서야 정신이 들게 하던 밤들을 탓하게 될 것이다.

지면은 거의 흠뻑 젖어 있었다. 나뭇잎들이 퍼붓는 비를 달래는지 빗물은 고작 손가락으로 톡톡 두드리는 정도의 힘으로 그의 몸과 얼굴을 때렸다. 그는 입을 벌렸다. 그와 비가 이렇게 만나는 건 드문 일이었다. 그는 눈을 내내 뜬 채로 고개를 돌리지 않고 비를 있는 대로 다 맞은 뒤에야 제 물건을 쥐고 그것을 했다. 몇 번의 왕복 끝에 일이 끝나자 그는 모로 누워 졸음에 들었다. 30분쯤 지나자 비는 갑자기 멎어 모든 걸 고요 속에 처박았는데 그 고요가 그를 깨웠다. 그는 평소처럼 마지못해 일어섰다. 그의 몸은 온통 진흙에 나뭇잎에 비바람이 숲속으로 날려 보낸 잔해투성이였다. 그는 바지로 몸을 닦은 다음 여기 빗속에 마지막으로 있었을 땐 비가 몸을 싹 씻어 줄 만큼 오래 내렸었는데 하고 떠올렸다. 당시 그는 훨씬 커다란 행복감에 사로잡혀 박장대소하면서 누가 보면 춤춘다고 했을 만큼 뺑글뺑글 돌았었다. 그는 미처 몰랐지만, 사람들이 실성했다고 부르는 앨리스가 지금 그를 지켜보는 중이었는데 그녀가 그를 맞닥뜨린 건 밤중에 싸돌아다닌 지 6개월 만에 처음이었다. 그녀가 거기 있는 줄 알았어도 그는 무슨 일이 벌어지고 있는지 알아차릴 지각이 그녀에겐 없다고 생각했을 텐데, 참으로 그렇겠다 싶은 것이, 들리는 얘기로는 그녀가 이름만 기억나는 어느 아득한 카운티의 농장*에서 노새한테 걷어차인 적이 있다는 것이다. 모지스의 주인에게 팔려 온 뒤로는 손꼽을 만큼 드문 일이긴 했지만, 지금보다 멀쩡할 때면 앨리스는 노새가 머리를 걷어차는 바람에 모든 상식이 날아가버린 그 일요일에 관해 하나하나 설명할 수 있었다. 그녀의 얘기가 너무나도 생생하고 슬펐기에 누구도 그녀에게 의심을 품지 않았다 —— 자유가 없는 노예로 지내다가 지금은 정신이 하도 오락가락해서 밤중에 워낭 안 맨 소처럼 싸돌아다니는 여자인 것이다. 그녀의 예전 주인이 노새가 무서워서 제 땅에 노새를 들이려 하지 않는단 사실, 제 작은 세상에서 노새에 관한 책과 그림은 싹 치워버렸단 사실을 알 만큼 그녀가 떠나온 곳을 잘 아는 이는 아무도 없었다.

숲에서 걸어 나온 모지스는 거주지를 향해 더한 어둠 속으로 들어섰으나 달이 길을 밝혀줄 필요는 없었다. 그는 서른다섯 살이었고 그 세월 내내 누군가의 노예로 지내온 터였다, 어느 백인의 노예였다가 다른 백인의 노예로, 그러고 지금은 10년 가까이 흑인 주인을 모시는 십장직 노예로.

그의 주인마님 캘도니아 타운센드는 남편이 죽음을 향해 힘든 여정 중인지라 지난 엿새 밤낮 겨우겨우 선잠만 들고 있었다. 백인들의 마술을 믿는 캘도니아의 어머니에 대한 호의로 백인들의 의사가 첫날 아침 다녀갔지만 그 의사의 소견은 모지스의 주인 헨리 타운센드가 나쁜 주문에 걸려 있으며 머잖아 회복하리라는 게 고작이었다. 백인의 병과 흑인의 병은 달랐고 한쪽 전문가는 다른 쪽에 관해 으레 모를 것으로 여겨졌으니 따로 말하지 않아도 캘도니아가 이 점을 알고 있을 거라는 믿음이 그에겐 있었다. 그녀의 남편이 오늘내일하

는지 그 의사는 아는 바가 전혀 없었다. 그렇게 한낮에 떠나면서 그는 캘도니아한테서 75센트를 챙겼는데 그중 60센트는 헨리의 진찰비였고 15센트는 저와 제 경마차(buggy)와 외눈박이 말이 축난 값이었다.

헨리 타운센드는 —— 서른세 명의 노예와 50에이커 넘는 땅을 가져 버지니아주 맨체스터 카운티에선 흑백을 막론하고 남들보다 지위가 높은 흑인이었다 —— 묽은 죽을 먹느라 또 아내인 캘도니아가 누누이 말하길 다시 나가 걷기도 하고 말도 타게 될 거라는 창밖의 땅을 내다보느라 마지막 며칠을 대개 침대에서 일어앉아 보냈다. 하지만 아내는 어린 데다 천진난만했으며 평생에 아는 죽음이라곤 배우자한테 남몰래 독살당한 아버지의 죽음 하나뿐인 사람이었다. 죽음으로 가는 여정 나흘째에 헨리는 일어앉기도 힘듦을 깨닫고 누웠다. 그는 그날 밤을 아내를 안심시키느라 낑낑거리며 보냈다. "하나도 안 아파," 그는 그날, 1855년 7월 어느 날 몇 번이고 말했다. "하나도 안 아프다니까."

"아프면 얘기할 거죠?" 캘도니아는 말했다. 새벽 3시 가까운 시각, 헨리와 결혼할 때 함께 온 시녀 로레타를 저녁이라고 물린 지 두 시간쯤 지나서였다.

"당신한테 사실대로 말하지 않는 건 내 성미에 안 맞아," 헨리는 그 나흘째 저녁에 말했다. "이제 와선 그럴 수도 없고." 그는 스무 살과 스물한 살 때 약간의 교육을 받은 적이 있는데 그것은 캘도니아같이 자유민으로 태어나 평생 교육받아온 유색인종 여자의 진가를 알아볼 정도의 교육이었다. 아내를 찾는 건 그가 일평생 이루어야 할 것들 순위에서 끄트머리에 가까웠다. "가서 좀 눕지 그래,

자기?" 헨리는 말했다. "슬슬 잠이 오는 것 같으니까 나 잠들 때까지 기다릴 필요 없어." 그는 집에서 일하는 노예들이 "아프다가 낫는 방"이라고 부르는 곳에 있었는데, 캘도니아가 밤을 좀 편히 보내도록 아픈 첫날부터 거기 들어가 있던 터였다.

"여기 있어도 괜찮아요," 그녀는 말했다. 밤은 아까보다 시원해졌고 그는 사람들이 9시쯤 갈아입힌 잠옷을 땀으로 적셔서 새 잠옷을 걸치고 있었다. "책 읽어드려요?" 그녀는 헨리가 리치먼드에서 본 적 있는 레이스 숄을 걸친 모습으로 말했다. 그는 그 백인 상점이 흑인 손님을 받지 않아서 어느 백인 남자아이더러 가게에 들어가 저것 좀 사다 달라고 돈을 쥐어 주었다. "밀턴 몇 구절? 아니면 성경?" 그녀는 그의 침대맡에 끌어다 놓은 커다란 말갈기 의자에서 웅크리고 있었다. 침대 양쪽에는 협탁이 하나씩 있었는데 각 협탁은 여자 팔목 굵기의 초 세 개를 꽂을 수 있는 나뭇가지형 촛대 하나와 책 한 권을 놓으면 딱이었다. 침대 오른쪽 촛대는 암흑이었고 왼쪽 촛대는 초가 하나만 타고 있었다. 벽난로에도 불기운은 없었다.

"밀턴은 질렸어," 헨리는 말했다. "성경은 낮에 더 잘 맞지, 해가 있어서 하느님이 베푸신 게 죄다 보이니까." 헨리는 이틀 전 부모님께 돌아가시라, 나는 잘하고 있다 말씀드린 참이었고 실제로 조금은 호전되는 느낌이었으나 그다음 날 가족들이 제자리로 돌아가고부터는 차츰 악화되었다. 그와 그의 아버지가 소원해진 지는 10년이 넘었지만 그의 아버지는 제 혈육이 아프다는 걸 아는 이상 아들에 대한 실망은 접어둘 만큼 호방한 사내였다. 사실 농장에 있는 헨리를 아버지가 만나러 왔던 건 헨리의 일이 형편없이 풀리고 있을 때뿐이었다. 얼추 10년 동안 대략 일곱 번. 헨리가 아프거나 멀쩡하거나 헨리의 어머니가 아들 집을 혼자서 방문할 땐 아들과 캘도니아가 지내는 방의 두 층 아래 방에서 묵었다. 헨리가 돌려보내던 날 그의 부모님은 위층에 올라가 헨리가 아이였을 때부터 쭉 그래오던 대로 어머니는 입술, 아버지는 이마, 그렇게 헨리의 웃는 얼굴에 작별의 키스를 건넸다. 헨리의 부모님은 저기 저 노예 거주지의 아무 오두막에서나 묵겠다고 할 뿐 헨리와 노예 모지스가 지은 안집에서는 쌍으로 주무신 적이 한 번도 없었다. 그들은 저희 외동자식을 묻으러 와서도 그럴 것이다.

"노래 부를까요?" 캘도니아는 말하더니 팔을 뻗어 침대 옆구리에 놓여 있는 남편의 손을 만졌다. "새들이 깰 때까지 불러드려요?" 그녀는 워싱턴 D.C.와 리치먼드에서 교육받은 자유 흑인 여자에게 배운 사람이었다. 그 여자, 즉 펀 엘스턴은 사흘 전 타운센드 부부를 방문했다가 여유가 되는 부모를 둔 맨체스터 카운티 자유 흑인 아이들을 가르치는 일로 생계를 이으러 자신의 농장으로 돌아간 참이었다. 캘도니아는 말했다. "당신은 내 노랠 빠짐없이 들었다고 생각하죠, 헨리 타운센드, 하지만 아니요. 정말 아니거든요." 펀 엘스턴은 농부가 되었어야 할 남자와 결혼했지만 그가 사는 건 노름을 위해서였고, 그래서 사랑을 제쳐두고 남편을 있는 그대로 바라볼 여력이 될 때면 펀은 마치 남편이 저희 두 사람을 먼 길 돌아 구빈원으로 몰아가는 것만 같다고 되뇌었다. 펀과 그녀의 남편은 저희 이름으로 열두 명의 노예를 데리고 있었다. 1855년 버지니아주 맨체스터 카운티에는 어머니와 아버지와 한 명 이상의 자녀로 이루어진 자유 흑인 가족이 서른네 가구 있었고 그 자유민 가족 중 여덟 가구는 노예를 거느렸는데 그 여덟 가구 모두는 서로의 사업이 무엇인지 잘 알았다. 남북전쟁이 닥치면 맨체스터에서 노예를 소유한 흑인의 수는 다섯으로 떨어지는데 여기엔 1860년 미국 인구조사에 따르면 제 아내와 자식 다섯과 손주 셋을 합법적으로 소유한, 극도로 뚱한 사내 하나가 포함될 것이다. 맨체스터 카운티에는 2670명의 노예가 있었다고 1860년의 인구조사는 말하지만 그 인구조사원, 그러니까 하느님을 두려워하던 그 연방보안관은 워싱턴 D.C.로 보고서를 보내던 날 제 아내와 실랑이를 벌였고, 그러다 자릿수 하나를 올리는 데 실패해 계산은 아예 틀려 있었다.

헨리는 말했다. "맞아. 언젠가 들을 노래도 남겨두는 게 최선이니까, 자기야." 그가 원하는 건 그녀를 사랑하는 것, 병상에서 일어나 제 힘으로 걷고 결혼 생활 내내 행복을 주었던 그 침대로 아내를 데려가는 것이었다. 이렛날 늦은 저녁 그가 죽으면 펀 엘스턴은 그 임종의 방에서 캘도니아의 곁을 지킬 것이다. "난 네가 그와 결혼하길 잘했다고 늘 생각했어," 예전 제자였던 헨리에 대한 비통함을 밝히는 첫머리에서 펀은 말할 것이다. 남북전쟁이 끝나고 나면 그녀는 캐나다 출신의 백인 이민자인 어느 소책자 집필자에게 헨리는 자신의 제자들 중에서 가장 총명했다고, 공짜로 가르쳐줄 수도 있었던 사람이라고 이야기할 것이다. 캘도니아의 시녀 로레타도 헨리가 죽을 때 거기 있겠지만 말은 없을 것이다. 그녀는 그저 조금 있다가 제 주인의 눈을 감겨준 다음 여자 노예 셋이 열나흘 동안 지어서 크리스마스 선물로 준 그 누비이불로 그의 얼굴을 덮어줄 것이다.

모지스는 주인과 주인마님이 사는 집 가까이 있는 제 오두막까지 거주지 골목을 걸었다. 모지스의 오두막 옆에서는 일라이어스가 제 오두막 앞의 축축한 나무그루에 앉아 제 딸을 위해 제작 중인 인형의 몸통이 될 소나무 토막을 깎고 있었다. 인형은 그가 딸에게 난생처음 줘본 물건이었다. 제집 문 옆에 못으로 등잔을 걸어두긴 했지만 불빛이 시드는 중이라 그는 장님이나 다름없이 작업하고 있었다. 하지만 열세 달밖에 안 된 녀석 하나가 끼어 있는 그의 딸 하나 아들 둘 자식은 그에게 세상 전부였으므로 칼은 어찌어찌 소나무를 알맞게 파고들어 인형의 오른눈이 될 곳을 깎기 시작했다.

모지스는 일라이어스를 지나치기 몇 발자국 전부터 말했다. "아침에 니가 노새 마중 가야 된다."

"알아," 일라이어스는 말했다. 모지스는 걸음을 멈추지 않은 터였다. "내가 지금 누구한테 폐 끼치는 거 아니잖아," 일라이어스는 말했다. "난 그냥 나무를 만지작거리는 중이라고." 그제야 모지스는 걸음을 멈추고 말했다. "니가 하느님의 옥좌를 만진들 나는 상관없어. 내 말은 아침에 니가 노샐 마중 가라는 거야. 그놈이 지금 잘 자고 있어, 그러니까 아마 한참 꿈무닐 쫓게 될 거야." 일라이어스는 묵묵부답이었고 꼼짝하지도 않았다. 모지스는 말했다. "내가 이 분도 안 되는 거리에 있는데 말이지, 인마, 넌 자꾸 그걸 잊고 싶은 모양이다." 봄과 추수가 끝난 가을, 이렇게 1년에 두 번 당일치기로 맨체스터 군내 동쪽 끄트머리에서 공공연히 열리는 노예 시장에서 헨리 타운센드가 일라이어스를 데려오던 날부터 모지스는 녀석을 상당한 골칫거리로 마음에 담아온 터였다. 일라이어스가 헨리에게 팔리던 그날 몇몇 백인은 노예 시장으로 쓸 영구 구조물을 짓자고 얘기했었다 —— 그해 봄에는 시장이 열렸다 하면 비가 내려 숱한 백인이 감기에 걸렸던 것이다. 여자 한 명은 폐렴으로 죽었다. 하지만 이어지는 가을엔 하느님이 축복을 후하게 내리신 덕에 매일이 노예를 사고 팔기에 완벽한 날이라 영구적인 장소를 짓자는 말은 쏙 들어갔으니, 하느님 당신이 시장을 위해 선사하신 지붕은 훌륭했다.

이제 모지스는 일라이어스에게 말했다. "해 뜰 때 여기서 날 기다리고 있지 않으면 암만 헨리 주인 나리여도 널 봐주지 않을 거다." 모지스는 제 오두막으로 마저 나아갔다. 모지스는 헨리 타운센드가 사들인 첫 노예였다. 325달러를 치르고 백인인 윌리엄 로빈스에게서 매도증서를 넘겨받은. 누가 저를 함부로 다루고 있지 않다는 사실과 저보다 두 단계나 까만 흑인이 정말로 저와 제 그림자까지 소유한다는 사실을 모지스가 이해하기까지는 두 주 이상이 걸렸다. 매매 후 첫 주간에 헨리와 한 오두막에서 나란히 누워 자던 모지스는 제가 백인의 노예가 되는 것만으로도 이상한 세상인데 흑인이 같은 인종을 소유하도록 해놓은 걸 보면 하느님은 정말이지 매사를 비비 꼬아두셨구나 하고 생각했었다. 이젠 저 위에 계신 하느님까지도 사업에 관여하시나?

일라이어스는 한쪽 발에 쌓인 부스러기를 다른 발로 쓸고 다시 깎기 시작했다. 인형의 오른 다리가 애를 먹이고 있었다. 그는 달리는 형상을 원했지만 딱 알맞게 구부린 무릎을 얻지 못하고 있었다. 누가 보면 그냥 가만히 서 있는 인형이라고 생각될 텐데 그가 원하는 건 그런 게 아니었다. 그는 조만간 무릎이 구부러지지 않으면 새 나무토막으로 다시 시작해야 한다는 생각에 무서웠다. 좋은 나무토막을 구하기가 어려울 터였다. 하지만 한편으론 아내인 셀레스트의 오른 다리도 마땅한 방식으로 구부러지질 않으니 어쩌면 인형 따윈 결국 대수롭지 않을 수도 있었다. 셀레스트는 세상에 들인 첫발부터 절름거린 사람이었다.

모지스는 제 오두막에 들어가 꺼진 벽난로와 어둠을 마주했다. 밖에선 일라이어스의 불빛이 이리저리 휘청거리다가 한층 흐려졌다. 일라이어스는 제정신인 하느님을 믿어본 적이 없어서 유색인종이 노예의 주인일 수 있는 세상에 의문을 가져본 적도 없었으므로 혹 암흑에 가깝던 그 순간 제게 날개가 돋더라도 그 또한 의문거리는 못 되었을 것이다. 그는 그저 그 인형만 붙들고 있었을 것이다. 일라이어스의 오두막 안에서는 그의 불구 아내와 세 자식이 자고 있었고 그 집 벽난로의 잉걸불은 다시 추워질 우려가 있는 밤사이를 충분히 버틸 양이었다. 일라이어스는 인형의 오른 다리를 내버려둔 채 머리로 돌아왔는데 그 머리는 제가 보아온 여느 인간의 작품 못지않게 지금으로도 완벽하다고 생각되었다. 그는 아내 설레스트에게 준 첫 빗을 조각한 이래 실력이 쭉 느는 참이었다. 그는 인형 머리에 옥수수수염을 달고 싶었지만 그가 원하는 거무스름한 수염은 초가을 지나서나 마련될 터였다. 덜 자란 수염밖에 도리가 없었다.

모지스는 배가 고프지 않아 제 아내나 아들에게 어둡다는 불평을 하지 않았다. 그는 아내 프리실라 옆의 짚자리에 누웠다. 아들은 그녀 건너에서 코를 골고 있었다. 프리실라는 남편이 서서히 잠에 빠져가는 모습을 지켜보았고, 그러다 그가 곤히 잠들자 그의 손을 잡아 제 얼굴로 가져가서는 그가 달고 들어온 바깥세상의 온갖 냄새를 맡다가 억지로 잠을 청했다.

헨리 타운센드가 죽은 그 마지막 날, 펀 엘스턴은 제 시아버지가 남편에게 물려준 예순다섯 살 노예가 모는 경마차를 타고 일찌감치 돌아왔다.

펀과 캘도니아는 캘도니아의 어머니가 즐겨 우리던 꿀우유차를 마시며 응접실에서 몇 시간을 보냈다. 그사이 위층에서는 요리사 제디가, 그 뒤엔 캘도니아의 시녀 로레타가 헨리 곁을 지켰다. 저녁 7시쯤 캘도니아는 펀더러 얼른 가서 좀 주무셔야 한다고 말했지만 펀은 잠을 내내 설치던 참이라 캘도니아더러 차라리 둘이서 같이 헨리 곁에 앉아 있는 게 낫겠다고 말했다. 펀은 캘도니아에게뿐 아니라 캘도니아의 쌍둥이 남동생에게도 스승이었다. 맨체스터 카운티에는 함께 시간을 보낼 교육받은 자유민 여자가 얼마 없었으므로 펀은 소녀 시절부터 윌리엄 셰익스피어의 문장들에서 키득키득 웃을 거리를 잘도 찾아내던 여자와 친구가 된 터였다.

두 여자는 8시쯤 위로 올라갔고, 캘도니아가 로레타에게 필요하면 부르겠다고 말하자 로레타는 고개를 끄덕이곤 밖으로 나가 복도 끝에 있는 제 조그만 방으로 갔다. 펀과 헨리와 캘도니아 이 세 사람은 버지니아의 더위며 그 때문에 몸이 얼마나 축나는지에 관해 수다를 개시했다. 헨리는 언젠가 노스캐롤라이나를 겪어본 적이 있었으므로 버지니아 더위는 아무것도 아니라고 생각했다. 그 마지막 저녁은 비교적 다시 선선해져 있었다. 헨리는 6시에 걸친 잠옷을 갈아입지 않아도 되었다. 9시쯤 그는 잠이 들었다가 얼마 못 가 깼다. 그의 아내와 펀은 토머스 그레이의 시를 논하고 있었다. 그는 두 사람이 얘기 중인 인물을 알았지만 대화에 끼려고 몇 마디를 내뱉자 죽음이 방에 들어와서는 그에게 다가왔다. 계단을 올라 집들 중 제일 작은 집에 들어선 헨리는 한 발 두 발 내디디면서 이 집은 내 소유가 아니라 그냥 빌린 거구나 하고 깨달았다. 그는 몹시 실망했다. 뒤에서 발

자국 소리가 들려오자 죽음이 저건 캘도니아가 제 실망감을 드러내러 오는 소리라고 말해주었다. 이 집을 빌려준 게 누구든 헨리에게 천 개의 방을 약속해주었었지만 그가 집 안을 순회하면서 찾은 방은 네 개도 안 되었고 그마저도 죄다 똑같을뿐더러 그의 머리가 천장에 닿았다. "이럴 순 없어," 헨리는 자꾸만 혼잣말을 하다가 제 생각을 전하고자 "여보, 여보, 그들이 한 짓 좀 봐" 하며 아내한테 몸을 돌렸는데 바로 그 순간 하느님이 그에게 말했다. "여보가 아니다, 헨리야, 과부다."

헨리가 이미 죽었다는 걸 알기 몇 분 전 캘도니아와 펀은 버지니아의 어느 먼 곳, 제일 가까운 백인 이웃도 수 마일이나 가야 나오는 몬트로스 인근의 어느 농장에서 제 이름으로 노예 둘을 데리고 사는 백인 과부 이야기를 이어가던 중이었다. 엘리자베스 마슨이라는 그 젊은 여자에 관한 소식은 1년도 넘은 것이었지만 맨체스터 카운티 사람들에겐 이제야 돌고 있었고, 그래서 죽은 헨리를 곁에 둔 방 안의 두 여자는 엘리자베스가 겪은 그 일이 전부 오늘 아침에나 벌어진 듯이 말했다. 그 백인 여자의 남편이 죽자 그녀의 노예 머사와 데스티니가 집을 탈취하더니 그녀를 몇 달이나 포로로 잡고선 하루에 고작 몇 시간만 쉬게 하면서 머리가 백발이 되고 땀구멍에서 피가 솟을 때까지 매일매일 걸레짝마냥 일을 시켰다는 것이다. 머사와 데스티니는 엘리자베스에게 그나마 빚을 갚고자 팔렸고 엘리자베스는 그 기억이 깃든 농장에서 멀리 정착한 것으로 안다고 캘도니아는 말했지만 펀은 그 노예 여자들이 법에 따라 처형된 것으로 안다고 말했다. 끝내 구출되었을 때 엘리자베스는 주인이 저여야 한다는 사실을 기억하지 못하다가 한참이 지나서야 그 사실을 다시 깨달을 수 있었다. 캘도니아는 남편의 고요함을 알아차리고서 그리 가보았다. 그녀는 외마디 큰 소리 지르며 그를 흔들었다. 로레타가 조용히 들어와 화장대 위에서 손거울을 가져왔다. 로레타가 거울을 헨리의 코 밑에 갖다 대는 걸 지켜보던 캘도니아는 헨리가 몇 발짝 못 갔으니 혹시라도 큰 소리로 그를 부르면, 그의 귀에 입을 바짝 대고 거주지의 노예 누구나 들을 수 있을 만큼 커다란 소리로 부르면 그가 돌아와 다시 남편이 되어줄 것만 같았다. 그녀는 헨리의 손을 두 손으로 잡아 제 뺨으로 가져갔다. 따뜻하다 인지한 그녀는 잘하면 그에게 재고할 삶이 아직 충분히 남았을지 모른다고 생각했다. 캘도니아는 스물여덟 살이었고 자식은 없었다.

모지스가 숲에서 혼자 있는 걸 본 정신 나간 앨리스는 헨리가 죽던 날 밤엔 헨리와 캘도니아의 재산이 된 지 얼추 6개월째였다. 앨리스는 첫 주부터 밤마다 노래도 부르고 혼잣말도 하고 때론 노예 순찰대원들의 뒷목에 소름이 돋을 짓도 하면서 사유지를 돌아다녀 온 터였다. 그녀는 저에 관해 있지도 않은 소릴 이웃들한테 퍼뜨렸다는 이유로, 특히 일라이어스의 막내아들, 추수가 끝나면 제가 시집갈 계획인 그 "땅꼬마"한테 퍼뜨렸다는 이유로 순찰대원들의 말한테 침도 뱉고 귀싸대기도 날렸다. 그녀는 순찰대원들의 가랑이를 부여잡고선 제 약혼자가 저를 생판 모르는 사람인 척하니 저랑 춤추면서 도망가버리자고 애걸하기도 했다. 그녀는 그 백인들을 가명으로 불렀고 하느님이 그들을 언제 하늘로 데려갈지, 그들은 물론 그들의 가족 구성원 하나하나를 끌고 하늘을 건너서는 크림 컵에 딸기를 퐁당 빠뜨릴까 말까 하는 여자만큼의 고민 끝에 그들 전부를 지옥에 던져 넣을 때가 언제인지 그 날짜와 시간을 일러주었다.

헨리가 앨리스를 사들인 초기, 순찰대원들은 그녀를 헨리의 농장으로 도로 끌고 가 한 사람이 말을 타고 현관(porch)에 올라가서는 권총 손잡이로 그 흑인 주택 앞문을 쾅쾅 두들겨 헨리와 캘도니아를 깨우곤 했다. "재산이 여기 풀어져 있는데 자넨 세상 태평하게 잠만 자는군," 그들이 그에게 큰소릴 치면 그들에게 붙들려 와 흙바닥에 발랑 내쳐져 있던 앨리스는 풋 하고 웃었다. "얼른 내려와서 자네 재산 찾아가." 위층에서 내려온 헨리는 누구도, 저는 물론 제 밑의 십장도 그녀의 배회를 막기엔 역부족이라고 해명하곤 했다. 밤에는 그녀를 묶어놓자는 모지스의 제안도 있었으나 그건 캘도니아가 용납하지 않았다. 헨리는 잠옷 바람으로 계단을 내려가 앨리스를 일으키면서 앨리스는 위험인물이 아니라고 순찰대원들에게 말했다. 그는 그녀가 단지 정신이 반쪽일 뿐 그것만 아니면 좋은 일꾼이라고 말하되, 노예를 갖고 있지 않던 그 두세 명의 순찰대원들에게 정신머리가 반쪽인 여자는 제정신인 여자보다 훨씬 싼 값에 판다는 얘긴 하지 않았다. 228달러에다가 먹기엔 별로지만 누군가의 혀끝에 확실히 거슬리는 사과주를 담그기엔 그럭저럭 괜찮은 사과 두 들통*. 순찰대원들은 이내 말을 타고 떠나곤 했다. "이런 일이 생긴다니까," 그들은 돌아가는 길에 저희끼리 말했다. "검둥이들한테 백인하고 똑같은 권리를 주면."

앨리스가 헨리와 캘도니아의 재산이 된 지 3주 차 중반에 접어들면서 순찰대원들도 그녀가 싸돌아다니는 모습에 익숙해져 그녀는 순찰대원들이 밤을 돌 때 부엉부엉 우는 부엉이나 길에서 깡충대는 토끼 정도의 관심을 받는 또 하나의 고정물이 되었다. 가끔씩, 그러니까 저희끼리의 농담에 질리거나 존 스키핑턴 보안관한테서 곧 급여가 나오겠다 싶으면 순찰대원들은 길 복판에서 검둥이 노랠 불러대는 그녀를 말들을 앉혀놓은 채 조롱하곤 했다. 이 쇼는 달이 가장 밝을 때 절정에 달했는데 그 달빛은 그들을 내리비추어 밤에 대한 공포와 노예 미친년에 대한 공포를 달래주었고 노래에 맞추어 춤추는 앨리스에겐 조명이 되어주었다. 달이 그녀의 그림자한테 더한 생명력을 부여한 덕에 그림자는 그녀를 따라 길 이쪽저쪽을 뛰어다니며 말들은 달래고 귀뚜라미들은 진정시키고 했다. 하지만 기분이 언짢을 때, 혹은 퍼붓는 비가 닳아빠진 옷과 몸을 흠뻑 적실 때, 그래서 말들은 날뛰고 피부는 발끝까지 가려울 때, 그럴 때 그들은 그녀에게 저주의 말을 잔뜩 쏟아주었다. 시간이 흘러 헨리가 그녀를 산 지 6개월이 지나면서 순찰대원들은 밤중의 미친 니그로** 노예는 머리 둘 달린 닭이나 꼬끼오 하고 울어대는 암탉과 다름없단 얘길 다른 백인들한테서 들었다. 재수가 없었다. 매우 재수가 없었고, 그래서 그들로선 그 저주의 말을 저희끼리 비밀에 부치는 게 최선이었다.

제 주인 헨리가 죽은 비 오는 저녁 앨리스는 델피와 델피의 딸 커샌드라하고 같이 쓰던 오두막을 또 한 번 나섰다. 델피는 마흔넷이 다 된 여자로 하느님께선 실성한 유색인종 여자보단 그 밖의 모두에게 더 큰 위험을 준비해놓고 계시다 믿는 사람이었는데 이것은 앨리

---

*   원문은 곡물의 부피를 재는 단위인 "부셸(bushel)". 1부셸은 약 35.2리터로 대략 두 말.
**   Negro. 당시 '니그로'는 인종적 차원에서 그저 흑인을 일컫는 말이지 비하의 뜻이 담겨 있진 않았다. 심지어 때로는 예우하여 부르는 말이기도 했다.

스를 처음엔 무서워했던 제 딸에게 해준 말이었다. 이날 저녁 밖으로 나간 앨리스는 조각칼과 소나무 토막을 손에 들고 제집 문간에 서서 비가 멎길 기다리는 일라이어스를 보았다. "나랑 같이 가," 그녀는 일라이어스에게 홍얼거렸다. "그냥 지금 나랑 같이 가. 얼른, 얘." 일라이어스는 그녀를 무시했다.

수풀땅에서 모지스를 지켜보고 돌아온 앨리스는 골목을 다시 내려가 큰길로 나섰다. 큰길이 진창이라 고생이어도 그녀는 쭉 나아갔다. 그녀는 큰길에서 한 차례 방향을 틀어 헨리네 부지를 벗어나더니 제 주인의 땅에서보다 훨씬 큰 소리로 창을 하기 시작했다.

그녀는 달이든 뭐든 모두가 보도록 프록* 앞자락을 훤히 들어 올린 채 길 복판에서 있는 힘껏 어깨춤을 추며 창을 했다.

주인 나리네 골목서 죽어 있는 남자를 만났네
그 죽은 남자한테 이름을 물었네
그는 해골을 들더니 모자를 벗었네
그는 이런 말 저런 말 들려주었네.

헨리의 아버지 오거스터스 타운센드가 노예 신분이던 스스로를 사들인 건 스물두 살 때였다. 그는 목수, 사람들이 말하길 그 일이라면 죄인들도 눈물을 쏙 빼던 목각공이었다. 그의 주인, 그러니까 제 이름으로 113명의 노예를 거느린 윌리엄 로빈스라는 백인은 오거스터스가 스스로를 빌려가되 그렇게 벌어 온 돈 일부를 세로 내도록 긴 시간 허락해주었다. 거기서 남은 돈을 오거스터스는 제 몸값으로 지불해나갔다. 한번 자유로워지자 그는 계속해서 저를 빌렸다. 그는 네 기둥 참나무 침대를 3주면 만들 수 있었고 의자는 이틀, 장식장(chiffonier)은 거울을 다느냐의 여부에 따라 차이는 있지만 열이레면 되었다. 그는 땅보다 돈이 더 필요했던 어느 가난한 백인한테 빌린 땅에다 판잣집을 지었고——나중엔 번듯한 집을 지었다——그러다 내친김에 땅을 사버렸다. 그 땅은 맨체스터 카운티 서쪽 끄트머리에 있는 것으로 마치 서쪽으로 뻗다가 질렸다는 듯 꽤 널찍한 면적이 애머스트 카운티를 향해 남쪽으로 불쑥 꺾인 땅이었다. 일라이어스가 "세상없을 바보"라 부르게 될 모지스는 약 두 달 뒤 제가 북쪽으로 향하는 줄 알고 거기서 길을 헤맬 것이다. 오거스터스 타운센드는 거기가 카운티의 가장 끄트머리인 데다가 노예를 소유한 제일 가까운 백인도 반 마일이나 떨어져 있다는 이유로 그곳을 좋아했다.

오거스터스는 제 자유를 산 지 3년쯤 지나서, 그러니까 아내 밀드레드가 스물여섯이고 제가 스물다섯일 때 아내의 몸값을 완불했다. 버지니아 하원의 1806년 법안에 따르면 전(前) 노예는 자유를 취득하고 12개월 안에 연방**을 떠나야 했다. 노샘프턴 카운티 출신의 어느 하원은 해방된 니그로가 "자연스럽지 못한 생각"을 노예한테 과도하게 전파할 수 있다고 법안 통과 전 지적한 바 있었고, 거기에 글로스터 출신의 다른 하원은 해방된 니그로가 노예에게 가해지는

---

*　　frock. 허리 이하가 평퍼짐한 여성용 드레스. 농부 등의 노동복을 뜻하기도 한다.

**　Commonwealth. 여기서 연방은 국가 전체를 뜻하는 것이 아니라 주(州)를 뜻하는 정식 명칭이다.

"자연스러운 통제"를 결핍하고 있다고 덧붙인 바 있었다. 하원이 포고하길 해방된 자는 누구든 1년 안에 버지니아를 떠나지 않으면 다시 노예 신분으로 돌아갈 수 있었다. 오거스터스가 탄원을 하던 해에 그 일을 겪은 건 열세 명이었다 —— 어른 남자 다섯, 어른 여자 일곱, 가족끼리 버지니아를 벗어나기도 전에 부모를 여읜 루신다라는 여자아이 하나. 오거스터스는 주로 제가 가진 기술을 내세워 윌리엄 로빈스 외 한 명의 백인 시민을 설득한 끝에 이대로 머물도록 허락해주십사 하는 탄원을 주 의회에 겨우겨우 올린 터였다. "우리 카운티는 —— 사실상 우리의 소중한 연방은 —— 오거스터스 타운센드의 재능이 없다면 그만큼 가난해질 것입니다"라는 게 탄원 내용의 일부였다. 그해에 받아들여진 탄원은 스물세 개 중에서 그와 기타 두 명의 전 노예를 위한 탄원이 고작이었다. 파티에 쓰일 정성 어린 케이크와 파이를 만드는 노퍽시티의 한 여자와 리치먼드의 한 이발사, 흑인보다 백인 고객이 많은 이 두 사람이 자유민이 되어도 버지니아에 남도록 허락된 거였다. 오거스터스는 아내 밀드레드의 자유를 사고도 아내를 위한 탄원서는 구하러 다니지 않았는데 이는 해방 노예도 누군가의 재산으로서 살 경우 주에 쭉 머물 수 있다는 법 때문이었고, 그래서 친척들과 친구들은 사랑하는 이를 곁에 두려고 이 법을 자주 이용해먹었다. 오거스터스는 아들 헨리를 위한 탄원서도 구하러 다니지 않는데, 시간이 흘러서 보니 그들의 전 소유주 윌리엄 로빈스가 헨리를 얼마나 잘 챙겨주었던지 헨리가 실은 제 아버지의 재산으로 맨체스터 기록에 올라 있는 걸 맨체스터 카운티 사람들도 까맣게 잊었던 것이다.

어머니인 밀드레드가 자유민이 되었을 때 헨리는 아홉 살이었다.

추수 후 두 주가 지난 어느 온화한 날, 제가 떠나던 날 그녀는 오거스터스와 그의 짐마차(wagon)와 노새 두 마리가 기다리는 큰길까지 아들의 손을 잡고 걸었다. 아이의 다른 손은 밀드레드의 오두막 짝꿍이었던 리타가 잡고 있었다.

짐마차 옆에서 밀드레드는 푹 무릎을 꿇곤 아들한테 매달렸고 그녀와 떨어진다는 걸 마침내 깨달은 아들은 소리 내서 울기 시작했다. 오거스터스는 아내 옆에 무릎을 꿇은 다음 헨리에게 엄마아빠가 널 위해 돌아오마고 약속했다. "니 힘으로 상황이 좋아지기 전에," 그는 말했다. "엄마아빠랑 집에 가고 있을 거야." 오거스터스는 제 말을 반복했고 아이는 **집**이라는 단어를 이해하려고 노력했다. 아이는 그 단어를, 그 단어가 저와 어머니와 리타의 오두막을 상징함을 알았다. 아버지가 그 집의 일부였던 때는 이제 기억에 없었다. 오거스터스는 자꾸만 말을 했고 헨리는 윌리엄 로빈스의 땅으로, 불을 막 지피면 벽난로에서 연기가 나는 오두막으로 같이 돌아가길 바라며 밀드레드를 잡아끌었다. "제발," 아이는 말했다. "부탁이야, 돌아가자."

윌리엄 로빈스가 맨체스터 군내에 들어가고자 제 밤색 애마 길더럼 경을 몰고 느릿느릿 큰길로 나온 건 그때쯤이었다. 그가 말의 검은 갈기를 쓰다듬으면서 헨리에게 왜 우느냐고 묻자 아이는 말했다. "아무것도 아닙니다, 주인 나리." 오거스터스도 일어나 모자를 벗었다. 밀드레드는 제 아들한테서 내내 못 떨어지고 있었다. 아이는 제 주인을 멀리서만 알고 지냈다. 이만큼 가까웠던 적은 아주 오랫동안 없었다. 말 위에 우뚝 솟은 로빈스는 꽉 찬 태양과 아이를 가르는 산이었다. "어여 그만하거라," 로빈스는 말했다. 그는 오거스터스에게 고개를 끄덕였다. "날짜만 헤아리겠군, 그렇지, 오거스터스?" 그는 리타 쪽으로 눈길을 주었다. "자넨 일이 잘 풀릴 거라 보는군," 로빈스는 말했다. 그의 의중은 아이가 사유지에서 너무 멀리 벗어나지 않게 그녀더러 챙기라는 것이었다. 그는 리타의 이름을 불렀겠지만 그녀로서는 제가 태어났을 때 그에게서 받은 이름을 그의 뇌리에 남길 만큼 두각을 드러내본 적이 그때껏 없었다. 그 이름은 노예들의 출생과 사망, 입출 기록이 담긴 그의 커다란 장부 어디쯤 적혀 있기에 충분했다. "왼쪽 뺨에 또렷한 점," 리타가 태어나고 닷새 뒤 그는 적어두었다. "회색 눈." 훗날 리타가 사라지면 로빈스는 그녀를 데려오는 이에겐 현상금을 준다면서 그녀의 나이와 더불어 저 사실들을 수배지에다 명시할 것이다.

로빈스는 역시나 이름을 알 리 없는 헨리한테 마지막으로 눈길을 주더니 검은 말총을 이쪽저쪽으로 멋지게 튕기며 전속력으로 출발했는데 그 모습은 마치 꼬리가 독립해 오롯이 저만의 삶을 사는 듯했다. 헨리는 울음을 그쳤다. 오거스터스는 결국 아내를 아이한테서 떼어내야 했다. 그는 헨리를 밀드레드의 평생지기인 리타 쪽으로 돌려세웠다. 그는 무게가 실리면 축 처져 끽끽거리는 짐마차에 아내를 들어 태웠다. 짐마차와 노새들은 로빈스의 말만큼 높지 않았다. 올라타기 전에 오거스터스는 일요일에 보자고, 이제 그날은 로빈스가 면회를 허락해주었다고 아들을 달랬다. 그러고서 그는 아들을 마침내 해방시켜줄 날을 염두에 두곤 "아빠가 널 위해 돌아올게" 하고 말했다. 하지만 헨리의 자유를 사기까지는 아버지가 생각했던 것보다 훨씬 오랜 시간이 걸렸다. 헨리가 얼마나 똑똑한 아이인지 로빈스가 알게 된 것이다. 지능은 정가가 없어서 부르는 게 값이고 시장은 그

값을 얼마든지 떠받쳐주었으므로 그 부담은 오롯이 밀드레드와 오거스터스가 짊어질 터였다.

밀드레드는 헨리가 일요일에 같이 먹으면 좋아하겠다 싶은 갖가지 음식을 마련했다. 해방 전에 그녀가 알았던 건 노예 음식, 이를테면 다량의 비계와 잿불빵과 가끔은 소량의 포도 찌꺼기 내지 케일이 전부였다. 하지만 해방 후 노동으로 번 돈은 전보다 나은 식탁을 그들 앞에 차려주었다. 그러나 헨리가 먹고 있을 것들을 떠올리면 새로 머무는 곳에서는 밥 한술 제대로 넘어가지 않았다. 그래서 그녀는 매주 방문 전에 헨리의 소박한 만찬을 준비했다. 조그만 고기파이, 아들이 한 주 동안 친구들과 나누어 먹을 케이크, 일주일을 버티도록 소금에 절인, 오거스터스가 잡아다 준 이상한 토끼 고기. 부모는 노새들이 끄는 짐마차를 타고 로빈스의 사유지로 넘어가 저희가 가져온 것들로 유혹하며 아들을 불러내곤 했다. 그들은 헨리가 지팡이 같은 다리로 거주지를 걸어 나와 로빈스의 거대하고 영구한 저택을 배경으로 골목에 들어설 때까지 큰길에서 기다리곤 했다.

헨리는 제가 깎은 소소한 것들을 얼른 보여주고 싶어서 빨리 자라고 있었다. 한껏 발을 뻗은 말들, 짐을 내려놓은 노새들, 고대로 고개만 돌려 뒤를 보는 황소. 세 사람은 로빈스 농장 건너편의 임자 없는 자투리땅에 누비이불을 펼쳐서 앉곤 했다. 그들 뒤로 왼쪽 멀리엔 물고기를 한 번도 본 적이 없는, 하지만 그러거나 말거나 물이 괜찮은 날이면 노예들이 언젠가를 위해 낚시 연습을 하는 개울이 있었다. 모두 식사가 끝나면 오거스터스와 헨리가 물고기를 낚는 동안 밀드레드는 둘 사이에 끼어 앉곤 했다. 그녀는 아들이 어떤 대접을 받는지 늘 알고 싶어 했는데 아들의 대답은 거의 한결같았다 —— 로빈스 주인 나리하고 십장이 잘 대해줘요, 리타도 항상 잘해주고요.

1834년, 그해엔 가을이 어느 날 쌩하고 사라지더니 갑작스레 겨울이 왔다. 밀드레드와 오거스터스는 날이 싸늘해지다 못해 훨씬 추워져도 일요일이면 어김없이 들렀다. 그들은 임자 없는 땅에서 불을 피우고 말 몇 마디 없이 밥을 먹었다. 입구부터 사유지까지 십장 눈에 띄는 곳 밖으로는 아이를 데려가지 말라고 로빈스에게 한 소리 들은 터였다. 겨울 면회는 아이가 툭하면 춥다고 불평하는 바람에 짧았다. 어떨 땐 견딜 만한 추위인데도 헨리가 그 몇 분의 면회에 나타나질 않았다. 밀드레드와 오거스터스는 짐마차에서 누비이불과 담요를 덮고 몸을 움츠리거나 희망을 품고 큰길을 왔다 갔다 하면서 몇 시간이고 기다리곤 했는데 이는 매달 두 번째 네 번째 화요일에 몸값 지불을 하러 올 때 말고는 사유지에 발을 못 붙이도록 로빈스가 금해서였다. 그들은 남자건 여자건 어떤 노예라도 저택을 오가다 감히 나와보기를, 그래서 어이 하고 소리쳐 헨리라는 아이 좀 가서 불러달라고 부탁할 수 있기를 바라곤 했다. 하지만 가까스로 누굴 마주쳐 헨리 얘길 전한들 아이가 나타나길 기다린 건 헛일이 되기 일쑤였다.

"그냥 깜빡했어요," 다음번에 만나면 헨리는 말하곤 했다. 어릴 땐 오거스터스도 자주 체벌을 받았건만 헨리가 아들일지언정 아직은 제 재산이 아니라서 손은 댈 수 없었다.

"기억을 더 열심히 해보렴, 아들아. 바른 길이 뭔질 알아야지," 오거스터스는 말했지만 헨리가 바른 건 끽해야 다음 주 아니면 다다음 주 일요일까지지 그다음엔 또 감감무소식이었다.

그러다 2월 중순, 큰길에서 만나기로 한 때보다 두 시간을 더 기다린 오거스터스는 아들이 건들건들 발을 끌며 나타나자 몸뚱일 잡고 땅바닥에다 밀쳤다. 헨리는 얼굴을 가리고 울기 시작했다. "오거스터스!" 밀드레드가 큰소릴 치곤 아들을 거들어 일으켰다. "다 괜찮아," 그녀는 아이를 품에 안으며 말했다. "다 괜찮다고."

오거스터스는 뒤로 돌아 길 건너 짐마차로 갔다. 짐마차는 두꺼운 삼베로 덮개가 씌워져 있었는데 그건 첫 추위가 오고 얼마 지나지 않아 그가 고안해낸 것이었다. 어머니와 아들이 아버지를 따라 이내 큰길을 건너자 셋은 짐마차 덮개 밑에 들어가 오거스터스와 밀드레드가 미리 끓여가지고 온 돌들 주변에 둘러앉았다. 돌들은 크기가 제법 되어, 그들은 일요일 아침이면 헨리를 보러 떠나기 전에 집에서 그걸 몇 시간씩 끓이곤 했다. 그러다 집을 나서기 직전 그걸 담요로 감싸 짐마차 한가운데에 실었다. 돌들의 온기가 끊기고 아이가 춥다고 불평하기 시작하면 그때가 갈 시간임을 그들은 알았다.

오거스터스가 헨리를 밀친 그 일요일, 세 사람은 또 한 번 말없이 밥을 먹었다.

그다음 주 일요일엔 로빈스가 기다리고 있었다. "자네가 내 아이, 내 재산한테 무슨 짓을 했다고 들었는데," 그는 오거스터스와 밀드레드가 짐마차에서 내리기도 전에 말했다.

"아니요, 로빈스 씨. 아무 짓도 안 했습니다," 밀쳤던 일을 잊은 오거스터스는 말했다.

"저희가 그럴 리가요," 밀드레드는 말했다. "저희가 세상에 걔를 해치다니요. 걘 저희 아들인걸요."

로빈스는 그녀가 오늘은 수요일입니다 하고 말했단 듯이 그녀를 쳐다보았다. "자네들이 내 아이, 내 재산을 건드리는 건 용납 못 해."

그의 말 길더럼 경은 제 주인의 두세 발쯤 뒤에서 빈둥대고 있었다. 그러다 말이 훌쩍 떠나려는 순간 로빈스는 뒤로 돌아 고삐를 잡더니 올라탔다. "한 달 동안 면회는 없어," 그는 말의 귀에서 보푸라기 하나를 골라내며 말했다.

"부탁입니다, 로빈스 씨," 밀드레드는 말했다. 이젠 주인님이라 부르지 않아도 된다고 자유가 허락해준 터였다. "이 먼 길을 왔습니다."

"나랑은 상관없지," 로빈스는 말했다. "그 애가 자네가 한 짓에서 나으려면 한 달은 족히 걸릴 거야, 오거스터스."

로빈스는 출발했다. 로빈스의 마부가 되었다고 헨리는 제 부모에게 말하지 않은 터였다. 그동안은 형뻘인 토비가 마부였는데 그 아이가 밀드레드의 음식을 앞세운 헨리의 매수에 넘어가 저는 마부 일을 감당 못 하겠다고 십장한테 운을 뗀 거였다. "헨리가 나아요," 토비가 수도 없이 말하는 바람에 그 말은 그 백인 십장의 머릿속에서 진실이 되었다. 그러니 밀드레드가 일요일마다 제 아들에게 가져다주는 모든 음식은 영락없이 토비에게 약속되어 있었다.

"저희는 세상 두 쪽이 나도 갤 해치지 않습니다," 밀드레드는 로빈스의 등에다 말했다. 한 달이 눈앞에 하루하루 펼쳐지다 천 일 이상으로 불어났으므로 그녀는 울기 시작했다. 오거스터스는 그녀를 안고서 보닛 쓴 그녀의 머리에 입을 맞춘 다음 그녀가 짐마차에 오르도록 거들었다. 맨체스터 카운티 남서쪽으로 귀가하는 여정은 날씨가 모질냐 살갑냐에 따라 매번 한 시간 안팎을 오르내렸다.

● ● ●

헨리는 실제로 더 뛰어난 마부였던 것이, 토비보다 훨씬 열심인지라 태양이 제 임무를 수행하기 한참 전에 기상하는 걸 전혀 개의치 않았다. 그는 로빈스가 군내에서 돌아올 때, 그러니까 흑인 여자 필로미나랑 그녀와 낳은 두 자식한테서 돌아올 때 늘 기다리고 있었다. 로빈스한테 저를 입증하려고 노력하던 초기에 헨리는 로빈스와 길더럼 경이 겨울 안개 자욱한 큰길에서 등장하는 걸 저택 앞에 서서 지켜보았는데 그 남자와 말의 모습이 점점 커질수록 아이의 심장은 더욱 두근거렸다. "좋은 아침입니다, 주인 나리," 그는 인사를 한 뒤 두 손을 들어 말고삐를 건네받곤 했다. "좋은 아침이구나, 헨리. 잘 잤니?" "예, 주인 나리." "그럼 쭉 이대로 하거라." "예, 주인 나리, 그러겠습니다."

저택에 들어간 로빈스는 아직은 남편 마음속의 제 자리를 필로미나한테 빼앗겼다고 체념하지 않은 백인 아내를 대면하곤 했다. 이 아내는 남편이 필로미나와 낳은 첫아이, 즉 도라에 관해서는 알았지만 둘째 루이스에 관해서는 그 아이가 세 살이 되어서야 알게 될 것이다. 이땐 로빈스의 아내가 제 딸이 천둥벌거숭이일 적에 동부(East)라고 이름 붙인 저택 한쪽에서 야수처럼 비뚤어진 모습으로 대부분의 시간을 보내기 전 시절이었다. 정말로 야수처럼 비뚤어졌을 때 이 아내는 누가 근처에만 오면 자긴 사랑 따위 못 해먹겠단 말을 쏟아냈다. 그녀는 저희가 딛고 다녀야 하는 이 땅 자체를 혐오하는 모양이라고 노예들은 말했다.

헨리는 길더럼 경을 로빈스가 으뜸가는 짐승들에게 배정한 마구간으로 데려가 녀석이 땀이 말라 편안해할 때까지, 슬슬 눈이 감겨 혼자 있고 싶어 할 때까지 손질하곤 했다. 그러고 나서는 말이 건초와 물을 충분히 먹었는지 확인했다. 어쩌다 그날의 다른 과업을 피할 수 있겠다 싶으면 그는 스툴에 올라가 손이 축 늘어질 때까지 녀석의 갈기를 빗겨주곤 했다. 아이의 그 모든 노력을 인정해주는 건지 마는 건지 말은 티를 내는 법이 없었다.

헨리는 로빈스가 일주일에 적어도 세 번은 타는 큰길의 한쪽 끝에서 목이 빠지게 기다렸는데 이 길의 다른 쪽 끝에는, 그러니까 군청 소재지인 맨체스터의 끄트머리에는 열여섯 살 헨리가 숙달된 마부로 지내던 1840년에 여덟 살이던 다른 소년 루이스가 있었다. 로빈스의 아들 루이스도 로빈스의 노예였으니 이는 그해 미국 인구조사에 기재된 바였다. 인구조사가 언급하길 소년이 살던 맨체스터 세넌도어 로드의 집은 어머니인 필로미나가 세대주로 되어 있었고 소년에겐 세 살 많은 누나 도라가 있었다. 그 애들이 로빈스의 혈육이라는 사실과 로빈스가 그 애들 어머니를 거명할 수 있는 그 무엇보다도 사랑했기에 맨체스터로 장거리를 다녔다는 사실, 그리고 폭풍이 그의 머릿속을 한바탕 쓸고 간 뒤 비교적 잠잠해지면 그가 그 사랑 때문에 돌아버릴까 봐 두려워했다는 사실은 인구조사가 말해주지 않는 바였다. 소년 시절 HMS 클랙스턴호(HMS Claxton)의 미국행 처녀항해 편으로 밀항한 로빈스의 조부였다면 인정하지 않았을 것이다 —— 로빈스가 흑인한테 정신 팔리는 것도 모자라 모든 일에 이성을 잃는 것을. 조부는 제 손자에게 말했을 것이다, 사랑에 너무 많은 걸 내주었으니 고향으로, 잉글랜드 브리스틀로 돌아갈 용기를 로빈스 가문은 과연 어디서 얻는단 말이냐?

1840년 인구조사는 1830년 알코올중독 상태이던 어느 하원이 행한 인구조사보다 훨씬 많은, 어마어마하게 많은 사실을 포함하고 있었는데 그 사실들 전부가 하나의 커다란 사실을 가리켰으니, 즉 맨체스터는 당시 버지니아주에서 가장 큰 카운티로 노예 2191명, 자유 니그로 142명, 백인 939명, 그리고 대개는 체로키족이되 드문드문 촉토족이 끼어 있는 인디언 136명이 살았다는 것이다. 미 연방보안관을 겸직하고 있으며 동상에 걸려 세 손가락을 잃은 호감형의 어느 깐깐한 무두장이가 여름철 일곱 주 반 동안 1840년 인구조사를 수행했다. 그보단 시간이 덜 걸렸어야 했지만 그로선 어려움이 많았는데, 무엇보다도 아내가 순수 체로키족 혈통임을 세상천지가 다 아는데도 제 자식들이 백인으로 헤아려지길 원하던 하비 트래비스 같은 이들 때문이었다. 트래비스는 제 자식들과 그들의 세상이 제게 득이 될 때 자식들까지도 검둥이에 추잡한 잡종이라고 부르는 사람이었다. 인구조사원/무두장이/미 연방보안관은 트래비스에게 자네 자식들을 백인으로 세겠다고 말했지만 실제 워싱턴 D.C. 연방 정부에 보내는 보고서에는 그들을 노예로, 제 아비의 재산으로 적었는데 이는 법의 관점에서 볼 때 사실이 그랬다. 인구조사원은 미국 정부가 인구조사용으로 사준 두 마리 노새 중 한 녀석을 타고 트래비스네로 나가기 전까지 그 집 아이들을 본 적이 없었다. 그는 아이들이 너무 검어서 연방 정부도 쟤들을 마냥 흑인으로 보겠다고 속으로 생각했다. 그는 연방 정부에 아이들을 노예로 알렸고 백인 피니 인디언 피니 하는 사실은 일언반구 없이 넘어갔다. 인구조사원에게는 제 정부가 행간을 읽을 거라는 굳은 믿음이 있었다. 트래비스의 아내가 순혈 인디언은 아닐지 모른다는 의혹을 안고 떠나오긴 했지만 그는 트래비스의 말을 믿어주기로 하고 그녀를 "아메리칸인디언/순혈 체로키족"으로 명단에 올렸다. 인구조사원은 카운티가 평방 몇 마일이나 되는지를 산정하는 데에도 어려움을 겪었는데 그가 끝내 숫자로 나타낸 건 표준에 훨씬 못 미치는 수치였다. 그가 절친한 친구에게 털어놓길 어이없게도 망할 놈의 산들이 가로막고 있는 땅은 치수를 잴 수가 없더라는 것이다. 그 모든 계산에서 산을 제하더라도 여전히 맨체스터는 해당 연방에서 두 번째로 큰 카운티의 절반 크기는 되었다.

루이스라는 소년은 1840년까지도 로빈스가 저희를 보러 온다 생각되는 날이면 주체를 못 했다. 그는 필로미나가 도라를 뱄을 때 로빈스가 지어준 집 주변을 방방 뛰어다녔는데, 당시 로빈스의 속내는 10년간 같이 살아온 남편을 빼앗긴다는 의혹에 일찍부터 젖어 있던 농장의 본처 근처를 필로미나가 얼씬대지 않았으면 하는 거였다. 소년은 계단을 달려 올라가 큰길이 바라보이는 2층 창밖을 내다보다가 길더럼 경이 일으키는 흙먼지 신호가 보이지 않으면 도로 달려 내려가 응접실 창밖을 내다보곤 했다. "여기서 보니까(lookin) 안 보이는 게 당연하지," 그는 그 방에 있는 게 누구건 말하고는 도로 후닥닥 계단을 오르곤 했다. -ing 단어마다 g를 빼먹으면 어떡하느냐고 스승인 펀 엘스턴에게 이미 혼난 참이었다.*

카운티에서 니그로와 그녀의 두 자식을 백인들과 한 구역에 넣어놓고도 그냥 넘어갈 수 있는 사람은 로빈스 말고 아무도 없었다. 인구조사원은 워싱턴 D.C. 연방 정부로 보내는 인구조사 보고서 한 페이지에서 윌리엄 로빈스의 이름에 체크를 하곤 113쪽에다 그가 카운티에서 가장 부유한 사람이라는 각주를 달았다. 인구조사원은 로빈스의 먼 친척으로서 제 친척이 미국에서 아주 잘산다는 걸 꽤나

자랑스러워했다.

　도라와 루이스는 로빈스를 아버지라고 불러본 적이 없었다. 그들은 그에게 "윌리엄 씨" 하고 말을 걸었고 그가 주위에 없을 땐 "그분"이라고 언급했다. 루이스는 로빈스가 저를 무릎에 올리곤 빠르게 올렸다 내렸다 해주는 게 좋았다. 그는 종종 로빈스를 "말을 좋아하시는 우리 윌리엄 씨" 하고 불렀다. 로빈스는 그를 "우리 어린 왕자님. 우리 왕자님 중의 왕자님" 하고 불렀다.

　소년은 버지니아의 그 지역 사람들이 떠도는 눈이라고들 부르는 눈을 하고 있었다. 누굴 똑바로 쳐다볼 때 그의 왼눈은 바로 옆에 뭐가 있는지 툭하면 아무 관계도 없는 대상을 좇아 움직였다 ── 지척에 있는 한 톨의 먼지 혹은 멀리서 나는 한 마리의 새. 사물이든 사람이든 몇 발짝만 움직이면 그걸 좇는 거였다. 그러다 눈은 전방에 있는 인물에게로 돌아가곤 했다. 루이스의 오른눈은, 그리고 정신은 대화 중인 사람을 떠나는 법이 없었다. 로빈스는 만약 백인 아내와 낳은 백인 아이였다면 이 소년의 눈은 어떤 결점을 뜻했으리란 걸, 이 소년 앞에는 미심쩍은 미래가 놓여 있으며 끽해야 아버지의 사랑을 아주 많이 받을 뿐이란 걸 알고 있었다. 하지만 흑인 어머니를 두었으며 로빈스의 마음을 사로잡은 이 아이의 떠도는 눈은 제 아버지에게 더 큰 사랑의 촉매제로만 기능했다. 아들에게 이런 일을 하시다니 하느님도 잔인하시지, 그는 집으로 돌아가는 길에 이 생각을 몇 번이고 했다.

---

* 　　-ing로 끝나는 동명사형 단어에서 g를 빼먹는 발음은 흑인 특유의 말투다.

버지니아의 그 지역 사람들은 떠도는 눈을 산만하고 믿음 안 가는 사람의 징표라 여겼으므로 시간이 지나면 루이스는 그 눈이 운명을 결정짓도록 내버려두지 않는 법을 배울 것이다. 펀 엘스턴네 응접실 바로 뒤편에 마련된 자유 니그로 아이들의 조그만 학교에서 캘도니아랑 그녀의 남동생 캘빈을 만나 친구가 될 무렵 루이스는 상대방 표정만 봐도 제 눈이 지금 헤매고 있는지 식별할 수 있게 될 것이다. 눈꺼풀을 닫았다 열면 눈은 원래대로 돌아올 것이다. 이는 누군가의 눈을 한참 동안 골똘히 들여다본다는 뜻이었고 사람들은 그걸 이 사람이 내 말에 신경 쓰고 있구나 하는 표시로 알게 되었다. 그는 여러 사람 눈에 정직한 사람, 그의 청혼을 받은 캘도니아 타운센드도 예스라고 답할 만큼 정직한 사람으로 받아들여졌다. "내가 당신한테 자격이 된다고 생각해본 적은 없지만," 그녀에게 청혼하던 순간 그는 죽은 헨리를 떠올리며 말했다. 그녀는 이렇게 말했다. "우린 서로에게 자격이 되고도 남아요."

헨리가 제 마부가 되었을 때 로빈스는 마흔한 살이었다. 군내로의 나들이는 쉽지 않았다. 마차로 다녔으면 더할 나위가 없었겠지만 그는 그럴 사내가 아니었다. 길더럼 경은 비싼 데다 만인 앞에서 뽐내지 않을 수 없는 위대한 경주마였다. 헨리의 자유를 팔기까지 지불이 아직 한참 남아 있던 1840년, 로빈스는 제가 이성을 잃어간다는 생각을 오래전부터 해오던 참이었다. 군내로 가거나 돌아오는 길에 그는 제가 머릿속의 작은 폭풍, 천둥벼락이라 부르는 것을 앓곤 했다. 그 벼락은 머리 앞쪽에 쩍 하고 내려 머리뼈바닥에서 천둥과 함께 터지곤 했다. 그러다 차분한 비가 머릿속을 싹 적시면 정상적인 상태가 돌아오나 보다 하는 것이었다. 어떤 폭풍에는 내내 정신을 차릴 수 없었다. 가끔은 길더럼 경도 폭풍이 다가옴을 감지했는데 실제 그리되면 말은 속도를 늦추다가 폭풍이 지나갈 때까지 아예 멈춰 있곤 했다. 폭풍이 강타했을 때 혹 말이 감지하지 못하면, 그러면 그는 목적지로 몇 마일 더 나아가서야 어떻게 다다랐는지 기억도 없이 폭풍에서 벗어나곤 했다.

그는 그 폭풍을 필로미나와 그 자식들을 위해 치러야 할 대가로 보았다. 1841년, 농장으로 돌아가는 길에 한바탕 폭풍에서 깨어난 그는 제게 어디 아프냐고 묻는 백인 하나를 만났다. 로빈스의 코에선 피가 흐르고 있었고 그 사내는 코와 피를 가리키고 있었다. 로빈스는 코트 소맷자락으로 코를 문질렀다. 피가 멎었다. "댁까지 바래다드리죠," 사내는 말했다. 로빈스는 큰길 저쪽의 제가 사는 곳을 가리켰고 그렇게 둘은 나란히 말을 타고 나아갔는데, 그러는 동안 제가 누구고 무슨 일을 하는지 사내가 알려주어도 로빈스는 신경 쓸 겨를이 없어 그저 동행해준 데 감사만 할 따름이었다.

사내가 로빈스와 지낸 둘째 날 두 노예가 사내의 눈을 사로잡자 로빈스는 친절에 보답하지 않을 수 없다고 느꼈다. 성경에서 말하길 천사를 몰라봐 대접 못 하는 일이 없도록 손님을 왕족처럼 대해야 한다는 것이었다. 사내는 베란다로 나가 로빈스의 시가를 피우다가 전임 마부인 토비와 그 누이를 본 터였다. 로빈스의 형편없는 음식이 할 수 없었던 일, 뼛속 깊이 놀라운 일을 밀드레드의 음식이 그 남매에게 한 터였다. 사내는 안으로 들어가 가진 건 이게 전부라며 둘 합쳐서 233달러를 제안했다.

로빈스가 천사에 대한 감사의 표시를 제하더라도 완전 밑지는 장사를 했다고 깨달았을 때 그 세 사람은, 즉 천사였을지 모를 사내와 두 아이는 나흘이나 멀어진 뒤였다. 로빈스는 그 사내가 실은 도둑놈보다 못한 노예제 폐지론자, 일종의 변장한 악마였을 거라고 확신했다. 노예 순찰대라는 아이디어는 그 쓰라린 장사 경험에서, 폭풍 때문에 로빈스가 취약해지면 폐지론자들이 교묘한 환심을 앞세워 그와 그의 아버지와 그의 아버지의 아버지가 일군 모든 걸 가로채 갈 수 있다는 생각에서 시작되었다. 하지만 그 아이디어는 리타, 그러니까 오거스터스 타운센드가 제 아내 밀드레드를 해방시킨 이후 헨리의 어머니 격이 될 그 여자가 사라지고서야 뿌리를 내리고 자랄 것이다. 길에서 천사/사내를 만난 일과 리타의 실종이 있기 전만 해도 버지니아주 맨체스터 카운티에는 1837년 이래 노예 실종 문제가 딱히 없던 참이었다. 그해엔 제시라는 남자와 네 명의 노예가 어느 날 밤 튀었다가 이틀 뒤 보안관 길리 패터슨이 이끄는 추격대에 발각되었다. 그 탈주와 추격은 제시의 주인에게 큰 증오를 심어주어 그 주인은 발각 현장인 습지에서 제시를 바로 쏘아버렸다. 다른 네 명의 탈주자는 그날 밤 —— 빠르고 날카로운 칼질로 아킬레스건을 쓱싹 그어 —— 절름발이로 만들었는데 이는 그들의 주인이 제 다른 노예 열넷에 대한 경고로 제시의 목을 잘라 제시와 세 남자가 지내던 오두막 앞의 사과나무 가지로 만든 말뚝에 올려놓은 직후의 일이었다. 법은 제시 살해를 정당한 살인으로 판결했다 —— 탈주 노예들은 백인 과부 한 사람과 그녀의 두 10대 딸이 사는 곳과는 딴 방향으로 나아갔다지만, 붙잡히고 보니 그 다섯 남자가 그녀들과 채 1마일도 떨어져 있지 않았던 것이다. 그 다섯 노예가 방향을 반대로 꺾어 자유와 거리가 먼 남쪽으로 향했다면, 그래서 그 과부와 딸들이 있는 곳에 다다랐다면 어떤 일이 벌어졌을지 백인이라면 누구도 상상하고 싶어 하지 않았다. 제시는 제가 어디로 가는질 알았어, 패터슨 보안관은 과부와 그녀의 딸들을 떠올리며 가설을 세웠다. 그는 노예 학대에 반대한다고 알려진 순회판사에게 제출하는 보고서엔 그 말을 넣지 않았다. 하지만 패터슨 보안관은 제시의 주인이 판매자시장*에서 500달러는 거뜬히 나갈 재산을 폐기했단 사실을 떠안고 살아야 할 만큼 벌을 받았다고는 확실히 적었다.

사실 윌리엄 로빈스가 큰길에서 만난 사내는 폐지론자도 천사도 아니었고 토비와 그 누이도 북부를 결코 보지 못했다. 큰길에서 만난 사내는 입을 벌린 채 음식을 씹는 웬 남자한테 527달러를 받고 그 아이들을 팔았다. 그는 밤이면 문을 닫아걸고 매음굴로 변하는 피터즈버그의 매우 근사한 바에서 그 아가리 남자를 만난 거였는데, 아가리 남자는 사우스캐롤라이나에서 온 어느 쌀농사꾼에게 619달러를 받고 다시 아이들을 팔았다. 아이들의 어머니는 그 일이 있은 뒤, 제 자식들이 팔려 간 뒤 제 일을 붙들고 말고 할 정신이 못 되었는데 심지어 옳고 타당한 일을 하라는 십장의 채찍질에 등살이 터져나가도 그랬다. 어머니는 쇠약해져 뼈와 가죽만 남았다. 로빈스는 그녀를 테네시주의 한 남자에게 257달러와 세 살짜리 노새를 받고 팔았는데 이는 이 어머니가 기운 차렸을 때의 잠재력을 고려하면, 그리고 밥이며 옷이며 비가 안 새는 지붕 등 로빈스가 그녀를 부양하는 데 들인 비용을 고려하면 남는 게 없는 장사였다. 로빈스는 노예들의 입출 기록이 담긴 제 커다란 장부에서 그 아이들의 어머니

---

* 수요가 많아 판매자가 구매자보다 우위에 있는 시장.

이름에 선을 직 그었는데 이는 노령 이전에 죽거나 이익 없이 팔린 이들을 두고 그가 늘 하는 일이었다.

필로미나와 밤을 보낼 때면 로빈스는 맨 리치먼드에 가서 살고 싶다는 고역스러운 얘길 들어주기가 일쑤였다. 그는 날씨가 허락하면 동트자마자 제 농장으로 향하곤 했다. 돌아가는 길에 그의 머릿속에선 거의 매번 폭풍이 일었다. 그는 제가 최악을 뚫고 오는 걸 필로미나와 자식들이 알아주면 즐겁겠다 싶어서 기왕이면 군내로 가는 길에 폭풍을 겪었으면 했을 것이다. 하느님이 맨체스터 카운티에 어떤 날씨를 내리시든 헨리는 기다리고 있었다. 이 아이가 발에 누더기를 감고서 덜덜 떨고 있는 걸 본 뒤로 처음 맞는 겨울에 로빈스는 제 구두장이 노예한테 저 아이가 신을 만한 것 좀 만들어주라고 시켰다. 그는 저택을 관리하는 종들한테 헨리는 부엌에서 너희와 같이 먹을 것이며 너희가 걸친 것과 같은 알맞은 옷을 앞으로도 쭉 걸칠 거라고 말했다. 저택 앞 그 자리에서 손을 흔드는 아이를 보는 데 의지하게 된 로빈스는, 다시 말해 헨리가 보이면 폭풍은 끝난 것이며 천사로 변장한 악당들로부터 안전한 거라고 믿게 된 로빈스는 이 아이에 대한 일종의 사랑을 발전시켜갔는데, 그렇게 매일 아침 쌓여가는 이 사랑은 밀드레드와 오거스터스 타운센드가 저희 아들을 위해 지불해야 할 액수가 오르는 또 하나의 이유였다.

2
결혼 선물. 처음엔 점심 식사, 그다음엔 아침 식사.
봉헌 전 기도.

성경에서 하느님은 남자더러 아내를 들이라 하셨고 존 스키핑턴은 그 명을 따랐다.

그는 하느님의 그림자 속에서 언제나 고분고분 겸손하게 살려고 노력했지만 스물여섯 살 무렵 제가 부족한 사람이 되어가는 게 두려웠다. 우선 그는 세속적인 것들을 동경했고, 그래서 하느님이 좋아하시겠구나 싶은 것을 카이사르에게 더 많이 갖다 바쳤다.* 저는 완벽하지 않습니다, 그는 아침마다 침대에서 일어나 하느님에게 말했다. 저는 완벽하지 않습니다, 하지만 전 여전히 당신 손안의 진흙으로서 평생 당신께서 원하시는 길을 걷고 있습니다. 당신 눈에 완벽하도록 저를 빚어주시고 거들어주시옵소서, 오 주님.

---

* 『마가복음』 제12장 13-17절에 카이사르의 것은 카이사르에게, 하느님의 것은 하느님께 바치라는 말이 나온다. 법은 로마법을 따르되 신앙은 하느님을 따르라는 뜻.

하느님이 그의 머릿속에 아내 들이란 생각을 불어넣은 건 1840년 보안관 길리 패터슨의 응접실에서 맞은 어느 가을 오후가 지나서였다. 지난 2년간 패터슨의 보안관보로 지낸 스키핑턴이 제 아버지와 함께 맨체스터에 온 건 스무 살 때로, 버지니아 한가운데에 자리한 이 카운티의 이 마을은 그의 아버지가 어려서 딱 한 번 와본 뒤 어른이 되어서도 두 번이나 꿈에서 본 곳이었다. 그의 아버지는 사촌 소유의 노스캐롤라이나 농장에서 오랫동안 십장 일을 해왔는데 존 스키핑턴이 거북함 속에서 어른으로 자란 곳은, 그러니까 해마다 출생에 따라, 판매와 구입에 따라, 사망에 따라 숫자에 근소한 차이는 있지만 대략 열 명의 백인과 209명의 노예 가운데서 자란 곳은 바로 거기였다. 존 스키핑턴의 어머니가 세상을 뜨기 전날 밤, 그의 아버지는 저와 제 아들이 노예를 지배하지 않았으면 한다는 하느님 꿈을 꾸었고, 그리하여 이틀 뒤 그와 아들은 죽은 여자를 소나무 상자에 싣고선 사촌이 준 짐마차를 타고 노스캐롤라이나를 떠났다. 네 아내를 노스캐롤라이나에 버려두지 말거라, 꿈에서 깰 무렵 하느님은 말씀하신 터였다.

1840년엔 패터슨 보안관의 두 조카딸이 석 달간 체류차 필라델피아에서 내려왔고 그녀들이 머무는 동안 보안관과 그의 아내는 대개 일요일 낮 1시면 만찬회를 열었다. 그들은 가까운 사람들을 초대해 작은 모임을 갖곤 했는데 존 스키핑턴과 그의 아버지 차례가 바로 그 가을 오후였다. 패터슨의 아내와 윌리엄 로빈스의 아내가 먼 친척인지라 로빈스 부부도 오긴 했으나 사실 로빈스가 보기에 스키핑턴네는 말할 것도 없고 패터슨 내외도 저희 부부보단 지위가 두세 단계 밑이었다.

존 스키핑턴이 제 아버지와 제일 먼저 도착해 흐린 날씨를 뒤로하고 패터슨 부인의 파랗고 칙칙한 응접실로 발을 들였을 때 처음 들어온 풍경은 위니프리드 패터슨, 즉 퀘이커파에 한 발 담근 기관인 필라델피아 여학교의 소산이었다. 그는 수줍은 남자가 아니라 곰 같은 배포의 사내였다. 위니프리드 또한 수줍기는커녕 필라델피아 여학교로선 뜻밖의 성과물인지라 —— 로빈스 부부 도착 후 —— 그와 위니프리드가 응접실 한쪽 구석으로 물러나 만찬 내내 그리고 초저녁까지 이어질 대화를 트기까지는 긴 시간이 걸리지 않았다. 그가 무엇보다도 놀란 건 어째서 여자라는 성이 이번 일요일 이전엔 제 관심을 끌지 못했나 하는 거였다. 하느님은 그의 머리와 마음에서 그 부분을 떼어 그동안 어디에 보관해오셨던 걸까?

그 뒤로 그는 그녀를 자주 만났다, 패터슨 부인의 응접실에서, 교회에서, 또는 패터슨 부인과 위니프리드의 여동생이 동석한 경마차 안에서. 존은 패터슨네 일요일 만찬의 규칙적인 방문객이 되었고, 그래서 킥킥 새는 웃음을 억누른 패터슨 부인의 말을, 즉 필라델피아 여학교가 주입한 속물성을 다른 만찬 손님들이 맛보기도 전에 위니프리드를 쏙 빼 가는 건 무례하고 이기적인 짓이라는 말을 몇 차례 들어야 했다. 1월 초순이 되자 패터슨 부인은 일이 이렇게 되어가니 필라델피아에서 당신 형님을 호출하는 게 최선 같다고, 당신 형님과 존 스키핑턴도 서로 얘길 나눠보고 싶을 거라고 제 남편에게 말했다. 그 형님이 도착하고 두 남자는 얘길 나누었지만 위니프리드는 3월, 그해 두 번째 서리가 정원들에 기적을 행하고 난 뒤 필라델피아로 돌아갔다. 스키핑턴은 필라델피아를 두 차례 방문했는데 마지막 5월 방문 땐 위니프리드의 결혼 약속을 받아서 돌아왔다.

두 사람은 6월, 그 카운티에서 저희보다 훨씬 훌륭한 백인들이 참석한 가운데 결혼식을 올렸고, 그래서 존은 패터슨의 보안관보로서 맨체스터에서 지낸 게 그렇게나 좋을 수 없었다. 그의 아버지의 사촌은 노스캐롤라이나에서 앓아눕느라 아들 스키핑턴 변호사와 변호사의 아내요, 롤리*의 매우 훌륭한 집안 소산인 벨을 대신 보냈다. 비록 형제처럼 가깝게 자라긴 했어도 존과 변호사는 서로에게 넘치는 애정 따위 없었다. 사실 제가 부유하지만 않았다면 변호사는 존을 만나는 족족 그에 대한 제 은근한 반감이 아주 고약한 무엇으로 휙휙 틀어지는 걸 목격했을 것이다. 하지만 부는 다른 사람이었다면 흔한 졸부로 전락시켰을 힘으로 그를 드높여주었고 그래서 그는 아내가 이름을 매번 알려줘야만 생각나는 버지니아의 어느 마을로 제 친척의 결혼식에 와 행복 이상의 감정을 느꼈다. 마침 변호사는 노스캐롤라이나에서 다섯 달을 갇혀 지낸 터라 다른 하늘 밑이 걷고 싶어 못 견딜 지경이었다.

변호사와 그의 아내는 죽어가는 제 아버지와 약간의 논의 끝에 위니프리드를 위한 결혼 선물을 노스캐롤라이나서부터 가져온 터였다. 그들은 존이 제 색시를 위해 구입한 마을 외곽에 가까운 신혼집에서 가족 구성원의 환영식이 열릴 때까지 선물 증정을 참았다. 분위기가 어느 정도 진정된 뒤인 3시 정각, 벨은 제 하녀가 있는 뒷마당으로 나가 아홉 살 먹은 노예 소녀 하나를 데려오더니 파란 리본 장식을 한 그 아이를 위니프리드가 보도록 세우곤 이리저리 돌렸다. "당신 거예요," 벨은 위니프리드에게 말했다. "여자는 있죠, 특히 결혼한 여자는 시녀가 없으면 아무것도 아니거든요." 필라델피아에서 온 사람들은 존 스키핑턴과 그의 아버지나 마찬가지로 죄다 조용했고 버지니아에서 온 사람들, 특히 훌륭한 노예의 몸값이 얼만지 아는 사람들은 살며시 웃음을 지었다. 벨은 아이의 치맛자락을 집어 들더니 드레스는 덤이란 듯이 위니프리드가 살펴보게 내밀었다.

위니프리드는 제 새신랑을 쳐다보고는 남편이 고개를 끄덕이자 이렇게 말했다. "고마워요." 위니프리드의 아버지는 그 방을 나갔고 스키핑턴의 아버지도 그 뒤를 따랐다. 변호사는 계속해서 웃음을 짓고 있었다. 그는 제 육촌에 대한 반감이 뿌리내리던 노스캐롤라이나에서의 어린 시절을 떠올리고 있었다. 제 육촌의 낯빛을 보기 위해서라도 버지니아의 이 보잘것없는 마을을 구태여 찾을 만했던 것이다. "당신이 익숙해져야 할 삶을 소개해드리기엔 이만한 방법이 없죠, 스키핑턴 부인," 변호사는 위니프리드에게 말했다. 그는 제 아내 벨을 쳐다보았다. "안 그래요, 스키핑턴 부인?"

"물론이죠, 여보." 그러더니 그녀는 결혼 선물에게 말했다. "안녕하세요 하렴. 네 주인마님한테 안녕하세요 해."

아이는 노스캐롤라이나를 떠나기 전과 맨체스터로 여행하는 동안 숱하게 보아온 대로 무릎을 굽히며 그리했다. "안녕하세요. 안녕하세요, 주인마님."

"이름은 미너바예요," 벨이 말했다. "미니야 해도 냉큼 대답하겠지만 고유명은 미너바예요. 그래도 두 이름 다 대답은 할 거예요, 좋으실 대로 부르세요. 미니야 해도 냉큼 대답한답니다. 고유명은 미너바지만요." 벨에게는 열두 살 때 받은 첫 시녀가 밤이면 불쾌한 기침을 해대는 통에 몇 주 못 가 더 조용한 사람으로 교체해야 했던 적

---

*   Raleigh. 미국 노스캐롤라이나주의 주도.

이 있었다.

"미너바입니다," 아이는 말했다.

"한번 보세요," 벨은 말했다. "보시라니까요." 벨 스키핑턴이 죽는 날 밤, 몇 년을 괴롭힌 기침에서 벗어난 그 첫 시녀 아넷은 잠들기 전 마음을 진정시켜줄 몇 구절을 찾아 매사추세츠의 제집 서재에서 성경을 펼칠 것이다. 성경에서는 그녀가 다른 다섯 명의 노예와 탈주하던 밤 행운을 비느라 남몰래 품고 있었던 노스캐롤라이나의 사과나무 잎 하나가 떨어질 것이다. 그 잎을 오랜 세월 못 본 터라 처음엔 그녀도 그 부서질 듯 갈변한 것이 어디서 왔는지 기억나지 않을 것이다. 하지만 기억이 나면, 그 잎이 손가락 사이에서 버스러지면 그녀는 집 안 모두를 깨우고 아침이 와도 진정되지 않는 통곡에 빠질 것이다. 벨의 두 번째 시녀, 평생 하루도 아파본 적이 없는 그 사람은 벨이 죽은 이튿날 밤에 죽을 것이다. 그녀의 이름은 패티이며 자식은 셋으로 하난 죽었고 앨리와 뉴비, 이렇게 둘은 아직 살아있었는데 그중 사내아이인 뉴비는 젖소 젖꼭지를 직접 빨아 마시길 좋아했다. 이 두 아이는 셋째 날 밤, 그러니까 벨의 마지막 남은 자식, 피아노를 그렇게나 잘 치는 미모의 주근깨쟁이 여자아이가 죽는 그날 밤 죽을 것이다.

"보세요," 벨은 위니프리드에게 또 한 번 말했다. "지금부터 쟤 버릇 잘 들이시길 바라요, 스키핑턴 부인. 버릇을 망치면 여러 가지 화근이 되는 법이니까요. 저는 말이죠, 사랑스러운 위니프리드, 그런 꼴 못 본답니다." 벨은 웃음을 터뜨리더니 미너바의 드레스 자락을 또 한 번 집어 들었다.

"아무렴요," 변호사가 제 육촌인 존에게 윙크하며 말했다. "버릇

을 망치면 어떻게 되는지 보여주는 증거론 내 아내만 한 사람이 없
죠."

결혼 당일 밤을 넘기고 새벽에 위니프리드는 침대에서 남편 쪽으
로 돌아눕더니 제 평생에 노예는 바란 적도 없다고 말했다. 바란 적
없긴 저도 마찬가지라고 남편은 말했다. 나랑 아버지는 노스캐롤라
이나를 뜨기 전에 노예제와는 절교하기로 맹세했어, 그는 제 색시에
게 상기시켰다. 그것이 아버지가 몇 주 동안 꾸었던 꿈들과 마지막
꿈에 대한 해석이었다. 노예 사업에서 아예 손을 씻으라고 하느님은
말씀하신 터였다. 존 스키핑턴 어머니의 사망은 그저 하느님 당신이
원하시는 바를 강조하는 방식이었다. **네 아내를 노스캐롤라이나에 버려**
두지 말거라.

스키핑턴은 일어나 첫날밤을 치른 침대 가장자리에 걸터앉았다.
결혼 선물 미너바와 아버지가 복도 저 끝에 있는데도 그와 위니프리
드는 소곤소곤 말하고 있었다. 변호사와 벨은 그날 떠날 예정이었지
만 그들이 가더라도 저 여자아이를 처리할 길이 없었다. 아이가 어
떻게 될지 알 수 없으므로 아이를 팔아버리는 건 논외였다. 착한 주
인, 하느님을 두려워하는 주인에게 팔더라도 그 사람이 하느님을 두
려워하지 않는 누구에게 되팔지 않으리란 보장이 없었다. 아울러 아
이를 양도하는 건 파느니만 못했다. 위니프리드는 침대에서 일어앉
았다. 두 사람 다 전날 밤 사랑을 나누고 일어나 잠옷을 걸친, 서로
에게 한참 편해진 모습이었다. 그녀는 가운 깃을 바짝 당겨 목을 감
싸곤 그대로 붙들고 있었다.

"내가 사는 곳이 어딘지 하마터면 잊을 뻔했어요," 남부를 가리켜,

인간이 재산으로 허용되는 세계를 가리켜 위니프리드는 말했다. 그녀는 두꺼운 커튼도 감추지 못할 만큼 아주아주 화창한 날이 기약된 창밖을 내다보았다. 바로 그때, 그녀는 자유 흑인 두 명을 노예로 데리고 있다가 구치소에 들어간 필라델피아의 그 여자와 그 여자의 잘생긴 남편이 떠올랐다. 두 흑인은 그 집에 갇혀 몇 년이나 노예로 지냈는데 백인 이웃들은 이름만 들으면 누가 노예인지 아닌지 알면서도 두 흑인을 그 집 식구로만 여겼다. 두 흑인에겐 심지어 백인 부부의 성이 붙어 있었다.

"변호사 그 친구가 그래," 스키핑턴은 다소 방어적으로 말했다. 집이 남부여도 어떤 북부 사람들은 여기서 어떻게든 잘 지내볼 마음이 없는 것이다. "노예를 아무나 그렇게 양도하진 못해. 비싸거든, 위니프리드. 그냥 그 친구라서 그래, 내 속을 긁으려고. 내 속을 긁을 여유가 되는 사람이지. 정말로 당신을 기쁘게 해주려던 것도 있고. 당신이 행복해하도록."

"그 생각만 하면 마음이 안 좋아요," 그녀는 말하곤 울기 시작했다. 그는 침대에서 돌아앉아 그녀를 끌어안고 한 손으로 그녀의 뒤통수를 받쳤다. "제발요, 존……."

"쉬," 그는 말했다. 그러더니 조금 뒤 그는 그녀의 정수리에 입을 맞춘 다음 입을 그녀의 귀 쪽으로 가져갔다. "그 아이도 다른 데 있는 것보단 우리랑 있는 게 나을 수 있으니까." 그는 어디로 갈지 하느님만 아시는 곳으로 그 아이를 팔면 어떻게 될까 하는 생각과 그 아이를 위니프리드의 가족한테 보내어 북부에서 평생 살게 하면 이웃들이 뭐라고 할까 하는 생각을 하고 있었다. 한땐 좋은 사람이었으나 이제는 외지인 편을 드는, 그것도 북부 사람 편을 드는 보안관

보 존 스키핑턴. 스키핑턴은 아내에게 물었다. "당신하고 나는 좋은
사람이 아닌가?"

"좋은 사람이면 좋겠어요," 위니프리드는 말했다. 그녀는 침대에
벌러덩 누웠고 스키핑턴은 신혼이건 아니건 여전히 보안관보였으므
로 일어서서 옷을 입었다. 그녀는 눈물이 아직 맺혀 있었지만 울음
을 참곤 남편을 정신없이 바라보았다. 그러다 그는 자리를 떴다. 그
녀는 다시 울기 시작했다.

방 세 칸 건너, 결혼 선물인 미너바가 제 주인이 떠나는 소릴 듣곤
조용히 방에서 나오더니 바로 근처 맨유리창이며 복도며 복도에 늘
어선 문이란 문을 죄다 살폈다. 창문으론 햇빛이 한가득 들어 문들
에 달린 유리 손잡이가 대부분 반짝거렸다. 그러다 해가 그녀의 눈
바로 앞에서 조금씩 조금씩 떠오르자 반짝거림은 사라졌다. 밤에는
실내화 없이 절대 돌아다니지 말라는 경고를 벨한테 몇 번이나 받았
는데도 미너바는 맨발이었다. 하지만 위니프리드의 숄 가운데 하나
를 어깨에 둘러야겠다고는 막 기억해낸 참이었다. "넌 예의 바른 집
에서 지내게 될 거야," 벨이 당부한 터였다. "그러니 맨어깨를 드러
내고 돌아다녀선 안 돼. 내가 방금 한 말 복창해봐."

미너바는 바로 근처 창문으로 가 여전히 해가 떠오르는 곳을 내다
보았다. 그녀에겐 저기 노스캐롤라이나에 언니가 있었고 예전 집으
로 돌아가면 언니가 노예로 지내는 인근 농장 쪽에서 매일 아침 해
가 떠오르는 걸 내려다볼 수 있었다. 거기서 자매는 3주에 한 번 서
로를 면회할 수 있었다. 노스캐롤라이나에서 버지니아까지 몇 날 며
칠을 오기는 했지만 마음이 아주 멀리까지 가 닿는 미너바는 언니가
있는 농장이 보일 거란 믿음에 해가 떠오르는 곳을 내려다보았다.

그곳이 보이지 않자 그녀는 실망했다. 비록 벨 스키핑턴이 악을 쓰면 들릴 만한 거리에 살지만 저기 노스캐롤라이나의 언니는 벨에게 닥칠 고난이며 하느님이 벨에게 내릴 거의 모든 것을 모면할 운명이었다. 미너바는 창유리만 아니면 언니가 있는 농장이 얼핏 보일 거란 생각에 창문을 올리고 싶었지만 손을 댈 엄두가 나지 않았다. 미너바와 그녀의 언니는 20년이 훌쩍 지나서야 서로를 만날 것이다. 장소는 필라델피아, 필라델피아 여학교에서 아홉 블록 떨어진 곳일 것이다. "다 컸구나," 미너바의 양 볼을 만지며 그녀의 언니는 말할 것이다. "크지 말았어야 하는데," 미너바는 말할 것이다. "나 크는 거 언니가 보게 기다렸어야 하는데 그건 나도 어쩔 수가 없었어."

미너바는 창문에서 물러나 복도를 따라 한 발짝 내딛곤 멈추었다. 아이는 귀를 기울였다. 그녀는 두 발짝 더 나아가 내려가는 계단 근처에 섰다. 그녀에겐 이 집의 나머지 식구들이 있을 거라 생각되는 계단 밑으로 내려갈 만큼의 용기가 없었다. 일주일 안이면 그녀에게도 용기가, 출입문에 가 그것을 열고 아침의 현관으로 한 발짝 내디딜 만큼의 용기가 생길 것이다. 이제 아이는 몇 발짝 더 내디뎌 제 방을 지난 다음 살짝 열린 문 앞에 다다랐다. 존 스키핑턴의 아버지가 방 한구석에서 무릎을 꿇고 기도하는 모습이 보였다. 필라델피아에서 또 한 명의 아내를 만나게 될, 모자까지 걸친 이 정장 차림의 노인은 두 시간 가까이 무릎을 꿇고 있던 참이었다. 하느님이 주시는 것은 많되 바라시는 대가는 아주 적었던 것이다. 미너바는 발을 계속 내디뎌 마침내 복도 끝에 다다랐는데 거기선 위니프리드가 아직도 침대에서 우느라 아이가 빼꼼 열린 문을 한 번 두드리고 조금 뒤 또 한 번 두드려도 듣질 못했다. 마침내 위니프리드가 소릴 들었다. "네. 네," 그녀는 말했다. "누구세요?" 미너바의 아기 같은 손가락이 닿자 문이 조금 더 열렸다. 아이는 방 안을 힐끔하곤 위니프리드를 발견할 때까지 두리번거렸다. 아이는 천진난만하게 방 전체를 눈대중한 다음 침대맡으로 천천히 다가갔다. 미너바는 복도에 있을 때보다도 겁이 났다. 벨은 척 보면 알 수 있는 사람이라 이 순간에도 아이는 벨을 그리워하고 있었는데 위니프리드는 이 모든 걸 아이의 표정으로 알 수 있었다. 그녀는 남편에게 "혼수품 가방"이라고 농담했던 그 필라델피아에서 가져온 숄을 아이가 두른 걸 알아보곤 아이의 어깨를 만졌다. 위니프리드는 미너바의 볼을 어루만졌는데 그녀가 만지는 흑인은 미너바가 평생 처음이자 마지막일 것이다.

"우시는 걸 들었어요," 미너바는 말했다.

"나쁜 꿈을 꿨단다," 위니프리드는 말했다.

미너바는 스키핑턴이 있나 반신반의하며 방을 좀 더 두리번거렸다. 아이는 주인마님에 대한 예절이라 배운 것들을 몽땅 기억해내느라 애쓰는 중이었다. 주인마님의 안녕을 걱정하는 건 벨이 말해준 한 가지가 확실했다. "정말 나쁜 꿈이었나 보네요?" 아이는 말했다.

위니프리드는 생각해보았다. "몹시 나빴던 것 같아."

"오," 미너바는 말했다. "저런." 그녀는 또 한 번 두리번거렸다.

"배고프니?" 위니프리드는 말했다.

"예, 주인마님," 미너바는 이제 침대에 두 손을 얹고 말했다.

"그럼 뭘 좀 먹자. 그러고서 내가 부를 더 좋은 새 이름을 찾아보자꾸나. 하지만 일단은, 너랑 나랑 같이 뭘 좀 먹어야겠다."

3주 뒤 윌리엄 로빈스 외 네 명의 대지주는 보안관 길리 패터슨과 존 스키핑턴을 로빈스의 집으로 불러들였다. 로빈스는 토비와 그 누이가 큰길에서 만난 사내에게 넘어간 일을 좌시할 수 없었던 입장인지라 이 땅에서 무언가 위압적이었던 것이 해이해졌다고 다른 네 지주를 납득시킬 수 있었다. 그게 무엇인지 윌리엄 로빈스는 명확히 가리키지 않았지만 폭풍이 온단 말이 그의 입에서 일단 나오면 하늘이 맑든 파랗든 혹은 닭들이 마당을 신나게 종종거리든 그건 중요하지 않았다.

로빈스는 보안관과 보안관보가 자는 동안 폐지론자들이 와서 북부 검둥이 천국*이라는 멍청한 놈의 생각으로 저희 생계 수단의 혼을 빼놓는다고 넌지시 말하며 패터슨의 조심성에 불만을 드러냈다. 그는 큰길의 그 사내가 오직 토비와 그 누이를 빼돌릴 생각으로 이 카운티에 와서는 큰길에서 기다렸다가 제게 알짱거린 거라고 확신하고 있었다. 로빈스는 민병대라는 아이디어를 난생처음 입 밖으로 꺼냈다.

"이곳은 평화로운 땅일세, 윌리엄," 보안관 패터슨은 말했다. "지금 가진 것 이상은 필요가 없어. 나랑 존이 잘 해내고 있고." 패터슨은 제가 가진 얼마 안 되는 권한이 좋았으므로 그걸 다른 데 빼앗길까 봐 걱정이었다. 그는 로빈스가 주중 언제고 환한 대낮에 군내로 말을 타고 들어와 검둥이 여자며 그 자식들이랑 함께하는 게 탐탁지 않기도 했다.

"길리, 자넨 노예가 몇이나 되지?"

"전혀, 윌리엄. 알잖나." 로빈스의 베란다에는 보안관 하나와 지주 셋, 이렇게 네 사람이 있었다. 지주 하나는 맨땅에서 보안관보 스키핑턴 옆에 서 있었다. 스키핑턴은 로빈스네까지 간다는 패터슨의 불평을 오는 내내 하릴없이 들은 터였다. "난 심부름 따윈 안 해, 존," 패터슨은 스키핑턴에게 말했다. "하지만 저들이 날 그 꼴로 만드는군. 심부름꾼이나 하자고 대서양을 건넌 건 아닌데 말이야." 그가 어릴 때 바다 건너로 가져왔던 억양은 흔적도 없이 사라진 지 오래였다. 그의 말투는 길에 흔히 다니는 여느 버지니아 백인과 다를 바 없었다.

로빈스가 말했다. "음, 길리, 그럼 자넨 몰라. 이 세계가 바르게 돌아가도록 지키려면 어떤 어려움이 따르는지 자넨 모른다고. 자넨 말 타고 다니면서 평화를 지킨다지만, 그건 농장 노에 녀석들을 관리하는 거랑은 아무런 상관이 없어."

"상관있단 말은 안 했어, 윌리엄. 여기 맨체스터는 평화로운 곳이라는 거, 내가 한 말은 그것뿐이야," 패터슨은 말했다. 그는 이 순간 **평화로운**이라는 말의 가락이 좋아서 자릴 뜨기 전에 이 말을 또 한 번 써먹을 궁리를 하고 있었다.

"그건 어제지," 로빈스는 말했다. "어제의 평화지. 한참 어제. 왜 그 검둥이 터너랑 그 밖의 녀석들한테 얽힌 소동이 난 지금도 기억난다고. 지금도, 오늘도 말이야. 내 아내도 그 얘길 해. 그 일만 떠올리면 울지. 그 폐지론자가 여기로 쑥 걸어 들어와선 내 재산을 들고 문으로 걸어 나가지 않았나."

"내가 들은 것과는 다르군," 패터슨은 말했다. "내가 듣기론 직접 거래를 텄었다던데. 직매 말일세, 윌리엄."

"바람 소리를 잘못 들었나 본데 자네 귀에다 속삭인 건 내가 아니

야." 로빈스는 일어서서 베란다 가장자리로 가더니 팔짱을 꼈다. 그는 전날 필로미나를 만났다가 리치먼드니 거기서 살면 행복하겠다느니 하는 그녀의 얘길 듣곤 언짢은 기억만 갖고 돌아온 터였다. 베란다의 다른 남자들이 그대로 착석 중인 가운데 패터슨은 앉은 채로 몸을 수그려 마룻바닥 결을 유심히 살폈다.

패터슨은 말했다. "존이랑 내가 추가 근무를 좀 더 하지, 다들 그것 때문에 곤란한 입장이라면. 매일 밤 제대로들 잘 수 있게 평화로운 방식으로 안심을 주는 게 내 일이잖아, 모두를 보호하는 것 말이야, 그러니 그렇지 못하다면 내가 그렇게 만들어야지."

현관에 있던 지주 중 한 사람인 로버트 콜팩스가 말했다. "빌*, 자네 생각은 어때?" 로빈스도 콜팩스도 아주 오랫동안 모를 테지만 이날은 둘의 우정이 정점을 찍은 날이었다. 이제 둘은 그 우정을 들고서 각자 반대편으로 내리막을 타는 중이었다.

로빈스는 아무런 말이 없었다.

"빌? 어떻게 생각하느냐니까, 빌?" 콜팩스가 말했다.

로빈스는 돌아서서 팔짱을 풀고 한 손으로 머리를 쓸었다. "그렇게 하지," 그는 말했다. "당장은 그렇게 하자고. 하지만 만에 하나 일이 또 벌어진다면……." 그가 도로 자리에 앉아 결혼반지 끼지 않은 손을 들어 올리자 하인 하나가 나타나 그의 곁에 섰다. "뭐 좀 내오지." "그러겠습니다." 그 흑인 남자는 사라졌다가 곧이어 마실 걸 들고 다시 나타났다. 패터슨은 아무것도 마시고 싶지 않다고, 저와 스키핑턴은 돌아가야 한다고 말했다. 그가 일어서자 조금 뒤 헨리가 그와 스키핑턴의 말을 데리고 나타났다.

"약속하는데 평화는 내가 가져다드리지," 패터슨은 말했다. "모두 좋은 하루 보내시게, 신사분들." 그가 말 있는 쪽으로 나가자 헨리가 고삐를 넘겨주었다. 스키핑턴은 이미 제 말에 올라타 있었다.

베란다의 남자들 그리고 이젠 마당에 혼자인 지주가 말했다. "좋은 하루 보내게."

패터슨은 1843년까지, 그러니까 재산이 벌떡 일어나 훌쩍 떠나가는데도 전혀 일을 안 한다고 로빈스가 핀잔할 때까지 보안관으로 2년을 더 버텼다. 1842년에 마흔여섯 살의 노예 톰 앤더슨이 사라졌는데 정말로 달아난 게 맞는지도 명확하지 않았던 것이다. 같은 이름에 종종 전도사 일을 하는 그의 주인은 앨버말 카운티의 어느 남자에게 350달러를 빚지곤 노예 톰으로 대신 갚겠다고 약속한 터였다. 혹자는 전도사 톰이 빚을 갚기는커녕 세상 누가 봐도 450달러짜리인 노예 톰을 팔아 제 주머니를 채우지 않았겠느냐고 말했다. 전도사 톰은 "우리 톰"이 달아났다고 주장하다 못해 폐지론자들 탓까지 하면서 빚쟁이인 앨버말 남자에게 난 돈이 없다고 허구한 날 징징거렸다. 앨버말 남자로서도 전도사 톰에게서 돈 나올 구석이 없어지자 빚은 싹 잊혔는데 심지어 "톰 앤더슨, 46세, 붉은 머리"가 앨버말 남자의 유언장에 —— 이 유언장은 노예제가 더는 그런 식의 쟁점이 되지 못한 1871년에 마지막으로 수정되었다** —— 재산 목록 중 하나로 올라 있는데도 그랬다. 표면상 네 명의 노예가 추가로 달아

---

*   윌리엄의 애칭.

**   미국에서 노예해방선언이 이루어진 건 1863년, 노예해방이 본격 실현된 건 1865년부터다.

난 뒤인 1843년 초, 오필리아라는 매우 자신만만한 열네 살 노예 소녀도 모두가 납득할 만한 설명을 남기지 않고 사라져버렸다. 어떤 백인들은 그 실종을 그녀의 여주인 탓으로 돌렸으니, 그 여주인은 파리, 베니스, 뉴욕주 포킵시에서 교육을 받고선 미국행 전까지 흑인을 본 적이 없는 이탈리아인 호색한 남편을 데리고 고향 버지니아로 돌아온, 질투 많고 살인도 서슴지 않을 사람이었던 것이다. 하지만 맨체스터 카운티 노예들은 오필리아가 루이자 카운티로 왕래할 때 이용되는 한길에서 어느 오후 늦게 예수의 어머니를 만났는데 그 마리아가 오필리아의 노랫소리를 듣더니 오필리아 없는 천국은 싫다고 그 즉시 판단을 내렸다더라 하고들 말했다. 마리아가 오필리아더러 자신과 함께 가 심판의 날이 올 때까지 햇볕 속에서 복숭아도 먹고 크림도 먹지 않겠느냐고 묻자 오필리아가 어깨를 으쓱하곤 이렇게 말했다는 것이다. "거 좋은데요. 지금 당장은 저도 할 일이 없거든요. 저녁때까진 영 할 게 없었는데."

보안관 패터슨이 고작 서른여덟 살로 맞은 길었던 임기의 종말은 맨체스터 카운티 역사에선 작은 일이 될 것이다──1820년 여주인 테일러가 102세에 처녀로 맞은 죽음과 1829년 5월 말 10인치나 되는 눈을 불러온 눈보라와 1849년 건제품 상점 앞에서 노예 소년 베이커와 두 명의 오티스 백인 형제가 자발적으로 불길에 휩싸인 일보다 한참 밑의 역사적 사건으로 자리매김할 것이다. 패터슨은 유임을 하긴 했지만 무능했으므로 농장에 나가 있는 애마냥, 그것도 검둥이 애마냥 로빈스의 부름을 한 번도 거스르지 못했다. 로빈스로 시작해 콜팩스며 노예를 둘 여유가 안 되는 기타 백인들까지 그 모두에게 최후의 지푸라기였던 건 리타 사건, 로빈스 때문에 실제보다 확대된 그 리타 사건이었다. 리타, 아이였던 헨리 타운센드에게 두 번째 어머니가 되어준 여자. 리타 사건 이후로는 카운티 전역이 잘되려면, 로빈스가 "노예 출혈"이라고 부르기 시작한 것에 종지부를 찍으려면 변화가 필요하다고 모두가 입을 모았다. 그리하여 패터슨은 자리에서 물러나 가족 대대로 살아온 스코틀랜드 국경 근처 잉글랜드 마을로 돌아갔다. 그는 남은 세월을 오롯이 양치기로 보내며 "타고난 양치기", 선한 목자로 이름을 날렸다. 그의 건강은 미국에 있을 때보다 나날이 부쩍 좋아졌지만 그레트나그린 태생의 스코틀랜드 사람으로 귀가 어둡던 부인은 젊고 행복했던 미합중국 시절의 건강을 되찾지 못했다. 그 지역 사람들이 미국의 진기함, 미국의 가능성과 희망에 관해 물으면 패터슨은 거기가 훌륭하고 좋은 곳이긴 하지만 미국인들이 죄다 그곳을 망쳐놓으니 미국인만 없다면 훨씬 좋은 곳이 될 거라고 답하곤 했다.

패터슨을 아끼고 존경하긴 했지만 존 스키핑턴이 신임 보안관을 맡아달라는 로빈스와 콜팩스의 제안을 검토하는 데에는, 로빈스의 표현대로 "책임을 지는" 데에는 하루도 걸리지 않았다. 사실 날로 늘어가던 패터슨의 화를 고려해볼 때 평화 지킴이로선 자기가 더 낫다는 믿음이 스키핑턴에게는 있었다. 결혼한 지 2년이 지났지만 그와 위니프리드는 저희를 신혼부부로 여겼다. 2년이란 세월은 하느님이 눈 한 번 깜빡할 시간도 못 되었다. 스키핑턴은 제 색시를 위해 멋진 삶을 원했는데 그가 생각하기론 보좌관이 아니라 보안관의 삶이 거기에 걸맞을 터였다. 평판이 쌓이면 다른 어디로 가서, 내친김에 위니프리드가 툭하면 돌아가고 싶다고 말한 필라델피아로 가서 더 훌륭한 직업을 가질 수 있을 것 같았다. 핼리팩스 카운티에서 그가 알고 지내던 누구는 보안관보였다가 한 세대도 못 지나서, 다시 말해 아이 하나가 어른이 될 시간도 못 지나서 주 하원이 된 터였다. 스키핑턴은 남부를 사랑했지만 북부 출신의 여자를 들인 남자로서는 필라델피아 내지 이 나라 타 지역에서 사는 게 행복하겠단 생각에 점점 익숙해져 스스로를 남부에서 보고 배운 것들 때문에 참모습을 깨달은 또 한 명의 보통 미국인으로 여기게 되었다. 위니프리드를 데리고 필라델피아의 처가를 방문할 때면 스키핑턴은 벤저민 프랭클린이 죽은 장소를 참배하지 않고는 집에 돌아가는 일이 없었다. 그에게 프랭클린은 조지 워싱턴 뒤, 토머스 제퍼슨 앞에 놓이는, 두 번째로 위대한 미국인이었다.

패터슨이 아버지에 대한 호의로 저를 고용해주었단 걸 늘 잊지 않았던 스키핑턴은 맨체스터 카운티의 재원이 받쳐주는데도 당장은 보안관보를 고용하지 않았다. 그는 해야 할 일을 혼자서 감당할 수 있었다. 하지만 스키핑턴은 하느님에게 속하지 않은 건 죄다 카이사르가 지배했음에 유념해 콜팩스와 로빈스의 의중을 알아듣곤 "야간 조력자"로 근무할 열두 명의 순찰반, 노예 순찰대를 조직했다. 그는 맨체스터 카운티를 셋으로 쪼개어 구역별로 세 사람씩 야간 조를 짜 배치했다. 체로키족 사내 하나를 제외하면 그들은 모두 가난한 백인 순찰대원으로 그들 중 저희 이름으로 노예를 거느리고 사는 건 겨우 둘뿐이었다. 하나는 바넘 킨지, 당시 카운티에서 가장 가난한 백인임을 모르는 사람이 없는 사내로 한 이웃이 말하길 "오직 피부 색깔 때문에 검둥이 신세를 면한" 인물이었다. 바넘의 유일한 노예 제프는 제 주인이 순찰대원이 될 무렵 쉰일곱 살이었다. 이 노예는 금줄이 멋들어지게 들어간 5제곱야드(약 4.2제곱미터)짜리 푸른 비단, 사람이 올라타면 태양으로 쭉 빨려 들겠다고 남들이 말하던 그 비단과 함께 가져온 후처의 혼수품이었다. 제프는 일을 못 하게 되고부터 1년 동안 바넘 부부의 보살핌을 줄곧 받다가 예순두 살에 죽었다. 사후에 어디로 갔든 제프는 프랭클린의 『가난한 리처드의 달력』*을 바넘이 마지막 몇 달 동안 읽어준 데 고마워했을 것이다. "그 책 갖고 저를 마냥 웃기시는데 거 그만두셔야 해요, 바넘 씨," 제프는 껄껄대면서 말하곤 했다. "제가 죽으면 그건 당신이랑 그 웃긴 책 때문이에요." 제프가 죽은 뒤 바넘은 재혼에서 얻은 맏이를 밭일에 내보내지 않을 수 없었다. 그때 아이는 네 살이었고 그즈음 금줄이 들어간 마법의 푸른 비단은 죄다 팔렸거나 사용된 참이었다. 보안관 존 스키핑턴은 어느 날 바넘 킨지에 관해서 그는 나와 같은 종교를 지닌 사람들한테 모질 수 있는 곳엔 익숙해지지 못할 좋은 사람이라고 말하게 될 터였다.

결코 노예를 거느리지 않겠다고 다짐은 했지만 존 스키핑턴은 노예제도, 그러니까 하느님 당신도 성경을 통해 인정하신 그 제도가 계속 굴러가도록 일을 해나가는 데 어려움이 없었다. 스키핑턴은 하느님의 법과 카이사르의 법을 별개로 치면 매우 큰 위안이 된다고 아버지에게 배운 터였다. "네 육신은 저들에게 바쳐라," 아버지는 가르쳐주었다. "하지만 네 영혼은 하느님의 것임을 알아두렴." 스키핑턴과 위니프리드가 하느님의 법칙이 비추는, 성경이 비추는 빛 속에서 사는 한 세상 그 무엇도, 심지어 카이사르에 대한 보안관으로서

---

*   Poor Richard's Almanac. 벤저민 프랭클린이 발행한 연속간행물로 교훈, 잠
     언, 인생의 지혜 등이 곳곳에 수록된 연감.

의 임무도 하느님의 나라를 부정하진 못했다. "저희는 노예를 소유하지 않겠습니다," 스키핑턴은 하느님에게 약속하곤 아침마다 무릎 꿇고 기도를 드리겠다고도 약속했다. 카운티 사람이라면 누구나 결혼 선물 미너바가 스키핑턴 부부의 재산임을 알았지만 부부는 백인들과 몇몇 흑인이 노예를 소유하듯 그녀를 소유한다고는 여기지 않았다. 미너바도 자유롭진 않았지만 그건 가정에서 아이가 자유롭지 못한 것과 다르지 않은 정도였다. 실제로 훗날인 필라델피아 시절, 미너바의 사진이 박힌 온갖 전단의 값을 치를 때 위니프리드 스키핑턴의 머릿속엔 오로지 이 생각뿐일 터였다——'내 딸 꼭 찾아야 해. 내 딸 꼭 찾아야 해.'

스키핑턴이 한창이었을 때 보안관 사무소는 맨체스터 카운티 중심가 잡화점 옆에 있었다. 그러다 남북전쟁 이후 그곳은 길 건너 철물점 옆의 더 큰 시설로 옮겨졌다. 스키핑턴은 성경을 제 책상 북서쪽 구석에 있는 구치소에도 한 권 두었고 안장주머니에도 한 권 두었다. 그는 어딜 가든 하느님의 말씀을 들고 읽을 수 있단 걸 아는 데서 위안을 얻었다. 보안관이 되던 그달에 그는 스물아홉 살이었다. 마을과 카운티는 버지니아 대학교 역사학자 로버타 머피가 1948년 책에서 "평화와 번영"이라고 부를 기나긴 시기에 접어들었다. 노예들한테 의존하는 사람들에게 이는 무엇보다도 헨리 타운센드가 죽기 전까진 도망간 노예가 하나도 없다는 뜻이었다. 아울러 이 역사학자는——버지니아 대학교에서 거절당해 결국 노스캐롤라이나 대학교에서 출판하게 될 그 책에서——스키핑턴을 하느님이 카운티에 내린 "뜻밖의 선물"이라고 부를 것이다. 이 역사학자는 카운티의 기이한 일들에 특히나 마음이 끌리는 사람이었다. 예컨대

1851년, 맨체스터 동쪽 끄트머리엔 노예 둘을 거느린 남자가 있었는데 하루는 이 사람에게 머리 둘 달린 닭이 다섯 마리나 태어났다고 그녀는 지적했다. 그중 두 마리는 하모니카 연주를 들으면 춤 같은 걸 추기도 한다는 얘기가 돌았다. 사람들은 테네시와 사우스캐롤라이나 같은 먼 데서부터 와 1페니 요금을 치르면서까지 닭들을 구경했다. 1856년까지 어찌어찌 살아남은 이 다섯 마리 닭은, 책을 낸 지 3년 만에 워싱턴 대학교와 리 대학교 정교수가 된 이 역사학자만의 의견에 따르면, 카운티 역사에서 존 스키핑턴의 보안관 재임보다 10위 밑에 자리하는 중대사였다.

스키핑턴에게 1843년 끝내 보안관 자릴 안겨줄 리타 사건은 밀드레드와 오거스터스 타운센드가 윌리엄 로빈스한테 아들 헨리 타운센드를 사면서 시작되었다. 오거스터스와 밀드레드는 마지막 지불을 끝내고 며칠 지나서 저희 자식을 데리러 왔다. 그들은 그 주 일요일에 큰길에서 기다렸고 정오쯤 되자 헨리의 두 번째 어머니 리타가 아이를 데리고 나왔다. 마부 복장은 로빈스의 소유품이었으므로 아이는 타운센드 부부가 지불을 연체한 적이 없어서 로빈스가 덤으로 준 헌옷 몇 가지에 맨발 차림으로 부모에게 다가갔다. 아이로선 리타를 껴안고 작별을 고한 뒤 짐마차 뒤 칸에 올라타는 것 말곤 도리가 없었다. "나중에 봐, 리타," 밀드레드가 말했다. "나중에 봐," 리타가 말했다. "나중에 봐, 리타," 헨리도 말했다. 관련자 모두를 놀래킬 사실은 무엇인가 하면 로빈스가 타운센드 부부를 추호도 의심하지 않았다는 것, 그리고 로빈스의 아들 루이스만큼이나 로빈스와 가까워진 헨리가 한 마디도 발설하지 않으리란 것이었다. 리타는 그러면 안 된다는 걸 알면서도 큰길로 나가더니 아이한테 잘 가라고 손을 흔들기는커녕 팔짱을 끼고 서 있었다. 짐마차가 출발하는 순간 그녀는 구토를 시작했는데 눈물 줄기들 사이로 그녀에게 떠오르는 생각은 그렇게나 즐거웠던 만찬을 지금 길바닥에 내버리고 있구나 하는 게 다였다. 그러더니 그녀는 다시 한 번 토했다 — 이번에는 요릴 안 했으면 한두 시간 내로 상했을 훔친 달걀 하나와 늙은 돼지 귓살 저밈 한 장으로 때운 보잘것없는 아침 식사가 떠올랐다. 그녀는 프록 밑자락을 집어 입을 닦았다. 정오여서 해가 높았다. 해가 구름에 잠시 가렸다가 나오자 그녀는 떠나가는 짐마차 쪽으로 한 걸음을 내디뎠다. 그녀는 눈물을 훔치더니 뛰기 시작했고, 그러다 해가 또 다른 구름 뒤로 숨으려는 순간 짐마차를 따라잡아 그 뒤를 탁 잡았다. 가족이 또 한 번 뭉친 데다 이제 저희 앞엔 무궁무진한 시간이 산과 골짜기 너머에 펼쳐져 있었으므로 오거스터스의 짐마차 속도는 그리 빠르지 않았다. 헨리는 얼른 리타의 다른 쪽 손을 잡았다. 오거스터스와 밀드레드는 집이 있는 전방을 향해 있었다. "아빠," 헨리는 리타에게서 눈을 떼지 않은 채 조용조용히 말했다. 그 혼자만이 짐마차 가장자리에서 두 다리를 덜렁거리며 로빈스의 농장이 있는 후방을 향해 있었다. "아빠." 오거스터스가 앉은 채로 돌아보니 리타가 보였다. "뭐 하는 거야, 이 사람아?"

"나 두고 가지 마요. 제발 나 두고 가지 마요," 리타는 안간힘을 쓰며 말했다. 쫓아 달리지 못할 지경인 그녀를 짐마차는 질질 끌고 가는 중이었는데 헨리가 할 수 있는 일이라곤 그녀의 손을 붙잡고 있는 것뿐이었다. 오거스터스는 짐마차를 세웠다. 그녀는 짐마차에 올라 헨리를 바싹 끌어안았다. "제발요 제발. 주 예수님, 제발."

"얼른 돌아가," 밀드레드는 말했고 오거스터스는 그 말을 되풀이했다. 해는 다시 온전히 드러났고 구름은 유유히 멀어지는 중이어서 아직은 범죄라기보다 사소한 위반으로 그칠 가능성이 훨씬 컸다 ─리타는 등에 채찍질 두 대, 그리고 부모는 몰랐다고 해도 저는 잘 알았어야 할 아이를 포함해 결백한 자유민인 타운센드 가족은 한바탕 질책. "돌아가," 밀드레드와 오거스터스는 같이 말했다. 문제의 심각성이 차츰 이해된 헨리는 울기 시작했지만 리타가 제게 매달리는 만큼 저도 리타에게 꼭 매달렸다. 오거스터스는 내려가 리타를 잡아당겼다. "저리 가. 가라고, 이 여자야," 그는 말하고서 로빈스나 십장 혹은 이 일 모두를 와서 증언해줄 노예가 나타나겠지 싶어서 두리번거렸다. 오거스터스는 곧 죽을 사람이 시계의 시침분침을 살피듯 망연자실한 모습으로 해의 움직임을 살피며 벌벌 떨었다. 더 안 좋은 것은 모두가 땡볕에서 등살이 터져나가도록 채찍질을 당할 거라는 초침의 약속이 훨씬 빠르다는 거였다. "제발 가, 리타. 제발."

"나 두고 가지 마요, 오거스터스. 나 헨리한테 단 하루도 나쁘게 군 적 없어요. 말해줘, 헨리, 내가 너한테 얼마나 좋은 엄마였는지."

"맞아요, 아빠, 이모는 좋은 어머니였어요." 그는 몸을 돌려 밀드레드를 보았다. "엄마, 이모는 좋은 엄마였어요."

"그건 중요하지 않아. 이러다 우리 다 죽어, 리타." 오거스터스는 두 손을 쳐들어 온 세상을 향해 흔들어댔다. "나쁜 어머니, 좋은 어머니, 그런 건 중요하지 않아." 그는 무릎을 꿇고 눈물을 그쳤다. 밀드레드가 내려서 그에게로 갔다. "오거스터스," 그녀는 말했고 헨리의 말이 뒤를 이었다. "아빠, 아빠." 헨리는 "아빠"란 말을 불과 한 시간 만에 지난 3년 치보다 많이 한 참이었다. 오거스터스는 일어섰다. "오거스터스," 밀드레드가 말했다. 그녀는 그의 가슴을 어루만졌고 그는 알아들었다. "아침이면 우리 모두 죽은 목숨이군," 그는 말했다. 그는 도로 짐마차에 올랐고 고삐를 쥔 뒤에는 시간이 산과 골짜기에서 제 쪽으로 다시 굴러드는 걸 보면서 침묵을 지켰다. 밀드레드는 리타에게 몸을 누이라고 말한 뒤 헨리와 함께 담요로 그녀를 가렸다. 밀드레드가 다시 일어앉자 남편은 말했다. "해방증 가지고 있지?" "네," 그녀는 말했다. "당신은요?" 둘은 매주 일요일 집을 나설 때마다 똑같은 질문을 해온 참이었지만 지금은 그가 한마디를 덧붙였다. "헨리의 매매증은?" "있어요," 밀드레드는 말했다. 오거스터스는 고개를 끄덕이곤 노새들더러 가라고 시켰다. "어여," 그는 말했다. "어여 가자." 그는 딱 한 번 뒤를 돌아보았는데 그 순간 리타가 만든 회색의 혹 너머로 저 멀리 한때 저도 살았고 아내도 살았고 자식도 살았던 로빈스 농장의 초입이 눈에 들어오자 그는 노새들더러 길을 서두르라고 재촉했다.

그는 밤새 앉아서 제가 할 수 있는 일을 궁리했다. 리타는 꼭 사라지려고 애쓰는 사람처럼, 오거스터스가 오랫동안 완성하지 못한 집의 부엌 한구석으로 갔다. 그녀는 몸이 편안하면 여생에 정신을 못차릴까 봐 위층 침대를 받기가 겁난다고 타운센드 부부에게 말했다. 월요일엔 방문자가 없었고 화요일에도 마찬가지였다. 그 화요일 아침 아주 일찍부터 오거스터스는 뉴욕에 있는 아일랜드 상인에게 보내려고 직접 깎은 지팡이를 추리기 시작했다. 그는 지팡이를 하나하나 삼베로 둘둘 감았다. 세 번째 지팡이를 나무 상자에 넣고서 그는 작업을 멈추더니 구석에 기대앉아 잠들어 있는 리타를 건너다보았다. "리타," 그는 속삭이는 소리로 말했다. 그녀는 잠이 깨자 끝을 예감하곤 즉시 일어섰다. 그녀는 저 때문에 왔을 숱한 백인과 백인의 말들이 보이지 않는데도 항복의 표시로 두 손을 번쩍 처들었다. "이리 좀 와봐," 오거스터스가 속삭였다. 그는 포장한 지팡이 세 개를 꺼내더니 그녀더러 상자에 들어가보라고 말했다. 그녀 머릿속에 처음 떠오른 건 관이었으나 그렇게 좋은 관은 백인만의 것이었다.

그녀가 거기에 들어가 머리는 꼭대기에서 겨우 1인치가량, 발은 바닥에서 그보다 살짝 못하게 남자 오거스터스는 포장한 지팡이들을 그녀 양쪽에 담았다. 그는 뉴욕 상인에게 최소 마흔 개의 지팡이를 부치게 되어 있었지만 이젠 저 상자에 열일곱 개도 못 들어가겠다고 판단했다. 리타네 사람들은 살과 근육보단 맨 뼈뿐이었는데 지금 와서 보니 그건 축복이었다. 오거스터스는 이 지팡이를 구입하는 뉴욕 사람들이 어떤 부류일지, 그들이 지팡이를 들고 어디어디를 돌아다닐지 늘 궁금했던 터라 지팡이를 포장하면서 리타에게 웃음을 지어 보이는 동안에도 머릿속엔 그 생각뿐이었다. 오거스터스가 하단에 아담이라고 새긴 지팡이가 하나 있었다. 아담은 이브를 떠받치고 이브는 카인을 떠받치고 카인은 아벨을 떠받치는 등 이름이 이어지고 있었다. 그의 아이디어인 잉글랜드의 왕과 왕비를 포함해 총 열네댓 명의 인물 다음에는 조지 워싱턴이 이어졌다. 지팡이에 뭐가 있는지는 알지도 못하고 관심도 없지만 잘하면 다시 볕을 쬘 날이 오리란 걸 아는 리타는 아담과 그 가족이 새겨진 포장 지팡이를 골라 쥐었다. "이제 공기구멍 좀 내게 저리 가 있어." 작업이 끝나자 그는 그녀를 도로 상자에 들여보낸 뒤 뚜껑을 맞추었다. "어때?" 일단 뚜껑이 덮이자 그는 공기구멍 하나를 통해 그녀에게 물었다. "좋아요. 정말 좋아요, 오거스터스," 그녀는 말했다. 구석에서 깨기 전 그녀는 일하는 꿈을 꾸던 중이었다 —— 제가 맡은 줄에 남들보다 한참 일찍 파종을 마쳐 십장이 일거리를 더 내려주길 기다리고 있었다. 오거스터스가 이름을 속삭이기 전 그녀는 제가 농땡이 부리지 않고 기다리고 있단 걸 십장이 볼 수 있게 두 손을 들고 있었다.

상자에 삼베를 깔고 작업을 마칠 무렵 밀드레드와 헨리가 위층에서 내려와 오거스터스를 지켜보았다. 아침 6시가 조금 지난 시각이었다. 수탉 한 마리가 울더니 또 한 마리, 그리고 또 한 마리가 울었다. 네 사람은 상자와 지팡이를 짐마차로 날랐다. "여기다 물 좀 채워 오렴," 오거스터스는 헨리에게 플라스크 두 개를 건네면서 말하곤 뒤로 물러나 상자를 가늠했다. 오거스터스는 깨끗한 천으로 비스킷 몇 개를 싸서 리타의 머리가 누울 곳 오른쪽 옆에다 두었다. 물 채운 플라스크 두 개는 지팡이 하나를 살짝 치워 그녀의 머리가 있을 곳 다른 쪽 빈 공간에다 두었다. 그는 제가 마치 여자를 상자에 담아 뉴욕에 보내는 일을 하도록 타고난 사람처럼 손도 안 떨고 편하게 작업했단 사실에 놀랐다. 그는 집 안에서건 밖에서건 휘파람을 불면 재수가 없단 말을 믿었지만 작업을 하는 이 순간엔 휘파람을 불고 싶은 기분이었다. 마침내 그는 리타를 돌아보더니 손을 내밀어 그녀가 짐마차에 올라 상자에 들어가도록 거들었다. 그녀를 들여보내고 못질하기에 앞서 밀드레드는 말했다. "리타야, 얘, 이다음에 만나자. 주님 뜻대로." 리타도 말했다. "밀드레드, 언니, 언젠가 만나. 이다음에 서로 못 만날 만큼 주님께서 모질진 않으실 거야." 리타는 아담과 이브가 저희 자손을 떠받치고 있는 지팡이를 꼭 붙들었는데 이후 세 사람이 그녀를 본 건 그게 마지막이었다. 밀드레드는 자주 그녀 꿈을 꿀 것이다. 밀드레드는 어떤 공동묘지를 걷다가 시신을,

아직 묻히지 않은 리타의 시신을 마주칠 것이다. "나중에 만나," 죽은 리타는 말할 것이다. "그래, 니가 그러자고 약속했으니까," 구덩이를 파려고 삽을 들었을 때 밀드레드가 겨우 내뱉을 수 있는 말은 그뿐이었다.

헨리는 아버지를 따라 군내 해운업자한테 가는 내내 리타에게 말을 걸었고, 그러다 2시쯤 상자는 떠났다. 아버지와 아들은 열차가 선로에서 멈추어 후진해서는 백인의 재산을 훔친 범죄를 만천하에 폭로하리란 예감 속에서 멀어지는 열차를 지켜보았다. 하지만 열차는 멈추지 않았다. "이모는 어떻게 해나갈까요?" 열차와 승객들과 기관차 연기가 모두 사라지자 헨리는 물었다. "한 번에 하나씩 차근차근," 오거스터스는 말했다.

집에 절반쯤 다다라서야 이 남자는 오늘이 아들의 해방 첫날임을 깨달았다. 그와 밀드레드는 일주일 내내 이웃을 맞다 다음 주 일요일에나 끝나는 기념행사를 계획한 터였다. 오거스터스는 말했다. "기분이 좀 다르지?"

"뭐가요?" 헨리는 말했다. 그는 노새 고삐를 잡고 있었다.

"자유가 된 거랄까? 누구의 노예가 아닌 거?"

"아니요, 나리(sir), 그런 것 같지는 않은데요." 그는 그래야 하는지 알고 싶었지만 그걸 어떻게 물어야 할지 몰랐다. 그는 길더럼 경을 몰고 오는 로빈스를 이젠 누가 기다리는지 궁금했다.

"꼭 기분이 달라야 한다는 건 아니야. 그냥 뭐든 간에 니가 원하는 기분을 느껴도 된다는 거야." 오거스터스는 몇 년 전에 헨리가 제 아버지가 밀친 걸 로빈스에게 고자질했던 일이 막 떠올라 만약 로빈스가 리타 일을 알게 된다면 그걸 일렀을 사람은 헨리밖에 없다는 생각이 들었다. 그는 밀드레드의 자유보다 아들의 자유를 먼저 샀다면 모든 게 달랐을지 궁금했다. "남한테 기분을 물을 것도 없어. 넌 그냥 가서 뭐든 기분 가는 대로 해도 돼. 슬프다, 그럼 가서 슬퍼해. 행복하다, 그럼 가서 행복해하고."

"다른 것 같아요," 헨리는 말했다.

"오, 그래," 오거스터스는 말했다. "그럴 줄 알았어. 이런 자유 상황은 아버지도 경험이 좀 있지. 큰일이기도 하고 작은 일이기도 하고, 기기도 하고 아니기도 하고, 올라갔다가 내려갔다가, 온갖 기분이 동시에 들잖니."

"다른 것 같아요," 헨리는 한 번 더 말했다. 훗날 헨리 타운센드는 제가 구입한 ──첫 번째 흑인, 그러니까 십장이 될 모지스가 아니라 ──두 번째 흑인 때문에 뒤숭숭함을 겪으니 묘한 일이었다. 그는 오거스터스와 밀드레드가 아들의 행동 때문에 느낀 기분을 그때 가서야 알았다. 그 두 번째 흑인은 요리사 제디로, 헨리가 그녀를 사들인 건 다섯이나 되는 많은 노예와 그 노예들의 이력으로 빼곡한 아주 유용한 전단을 들고 프레더릭스버그에서 내려온 어느 사내한테서였다. 거기 적힌 내용은 상당수가 지어낸 것이었는데, 왜냐하면 버지니아주 프레더릭스버그의 노예 상인들은 맨 그런 부류였던 것이다. 헨리는 흑인이므로 당시 맨체스터 카운티에선 노예를 대놓고 구입할 수 없었다. 그는 로빈스를 통해 두 번째 노예를 얻었다. 제디는 로빈스가 대신 치러준 그 돈 값을 못 할 것이라고 헨리가 느끼는 건 ──그러다 제 부모를 떠올리는 건 ──당연했다. 헨리에게 모지스를 넘긴 뒤로 로빈스가 누누이 가르쳐주길 노예를 판 사람이든 산 사람이든 거래 뒤엔 누구나 사기당한 기분이 든다던 것이다. 저 계집은 훌륭한 요리사요, 프레더릭스버그 사내는—제 수박만 한 배를 쓰다듬으면서—사람이 서 있지 않으면 바람에 날아갈 끈 몇 가닥을 신발이라고 신고서 손수건 뒤집어쓴 고개를 숙인 채 몸 앞으로 두 손을 깍지걸이한 제디를 로빈스에게 그렇게 설명했다. 헨리는 시장 저 뒤쪽에 서 있었는데 모르는 사람이 보면 시장이 파하고 주인이 집으로 데려가주길 기다리는 누군가의 종으로 생각될 법했다. 맨체스터의 어느 하원 때문에 법이 바뀐 1850년 전까지 로빈스는 헨리의 돈으로 헨리의 노예를 모두 구입해주었다. 로빈스에게 노예를 파는 백인 대다수는 저희가 실은 헨리 타운센드에게 판다는 걸 알았다. 팔길 거부하는 이도 있었다. 헨리는 어쨌거나 장화와 단화를 팔아 큰돈을 번 검둥이에 불과했던 것이다. 그의 머릿속에 무슨 생각이 있었는지 과연 누가 알았을까? 검둥이 하나가 다른 검둥이들을 데리고 **실제론** 뭘 할 셈이었는지 과연 누가 알았을까?

"넌 그냥 니가 원하는 대로 생각해," 짐마차가 집에 다 왔을 무렵 오거스터스는 헨리에게 말했다. "아무 일 없을 테니까."

상자 안의 리타는 마흔한 시간이 지나서야 뉴욕에 닿았다. 쇠 지렛대로 상자를 연 건 상인의 부인, 스무 번째 미국행 중이던 HMS 템스호(HMS Thames)에서 상인과 만난 넓은 어깨의 아일랜드 여자였다. 이 아일랜드 여자의 첫 남편은 코크항*을 벗어난 지 단 하루 만에 그녀와 다섯 자식을 버려두고 죽었다. 선장은 망자의 여덟 살 먹은 맏아들이 주기도문 열 번과 성모송 열 번을 읊고 나자—죽을

---

*　　Cork Harbor. 아일랜드 남부 항구도시 코크에 위치한 자연항.

때 입고 있던 옷 그대로 머리에 가족용 레이스 한 조각만 두르고 입관된—시신을 배 밖으로 던졌다. 맏아들 티머시는 독일 개신교도인 선장이 각각 한 번이면 족하다고 생각했을 암송을 꾸역꾸역 열 번까지 채웠다. 아일랜드 기도의 가치는 과연 독일 기도의 10분의 1에 지나지 않았다. 아이는 아버지를 차마 떠나보내지 못했고 거기 모인 모두는 그런 줄 기도문 내내 알 수 있었다. 항해를 시작한 지 한 달이 되자 아일랜드 여자의 막냇자식인 5개월 남짓의 딸아이도 죽었다—티머시는 주기도문 스무 번과 성모송 스무 번을 읊었다. 레이스를 씌운 아기 애그니스의 관, 그 레이스는 가족의 마지막 재물이었다.

메리 오도널은 애그니스에게 수유를 하던 중이었는데 아기가 바다에 수장된 다음 날 젖은 끊겼다. 그건 그저 애그니스에 대한 비통함의 자연스러운 결과라고 그녀는 생각했다. 그녀는 다음으로 넘어가 둘째 남편, 그러니까 오거스터스 타운센드의 지팡이를 파는 사람하고 세 명의 자식을 더 낳았지만 어느 아이한테 물려도 젖은 돌지 않았다. "제 모유 어디 갔나요?" 메리는 아이를 낳을 때마다 하느님에게 물었다. "제 모유 어디 갔느냐고요?" 하느님은 답도 주지 않았고 한 방울의 모유도 주지 않았다. 그녀는 하느님이 제 편이 되게 중재해달라고 예수의 어머니 성모마리아에게 탄원을 올렸다. "하느님께서 당신에게도 자식 먹일 젖을 안 주셨나요?" 그녀는 마리아에게 물었다. "예수님한테 물릴 젖은 많지 않았어요?"

메리 오도널 컨런은 미국에서 평안한 삶을 누릴 수도, 그곳이 제 사랑하는 조국이란 느낌을 가질 일도 없을 터였다. HMS 템스호가 미국의 해안이라도 보려면 아직 한참 남았을 때, 약속과 희망의 땅

미국은 바다 건너로 마수를 뻗어 그녀의 남편, 그녀의 마음을 영영 가져간 남자를 데려가고선 그녀의 아기까지 데려간 터였다 ── 제일 먼저 데려가도 무방할 온갖 것이 살아 숨 쉬는 광대한 세상에서 하 필이면 선량한 두 존재를. 그녀는 하느님과 척을 지진 않았다. 하느 님은 그냥 하느님이었다. 하지만 미국만은 용서가 안 되어 그녀는 미국을 제 불행의 원인으로 보았다. 미국이 그녀의 첫 남편을 불러 내지 않았더라면, 그를 노래로 꾀지 않았더라면 그들은 아이들의 뺨 이 세상없이 분홍빛을 띠는, 심지어 나이가 들어도 그러할 아일랜드 고향에 남아 그 카운티에서 어떻게든 살아갔을 것이다.

메리 컨런의 머리카락은 죽는 날까지도 새까맸다. 노파가 된 어 느 날 아침 일어나서 보면 한 가닥 혹은 두세 가닥 머리가 세어 있다 가도 다음 날 아침이면 도로 까맣게 돌아와 있었다. "되게 까맣고 억 센 머리죠," 일흔다섯이었을 때 그녀는 하느님에게 말했다. "제가 원 했던 건 이런 머리랑 약간의 모유가 전부였어요." 자식들 모두 그녀 에게 효도하긴 했지만 제 엄마의 반려동물이라는 애정 어린 말로 알 려진 티머시만큼 효성스럽고 가까운 자식은 없었다. 미국 가는 배에 서 그는 다음번 죽을 사람은 제 어머니란 생각에 걱정이 되어 병이 났다. 주기도문 백만 번에 성모송 백만 번을 읊어도 어머니를 바 다로 보내드리진 못할 터였다.

그녀가 오거스터스 타운센드한테서 온 상자를 열었을 때 엄마 곁 에 있던 건 당시 열두 살이던 티머시였다. "절 돌려보내지 마세요," 못들이 하나둘 헐거워지고 상자 뚜껑이 본체와 점점 분리되면서 스 며든 희미한 빛이 서서히 몸을 비춰오자 어둠 속에서 리타는 말했 다. 메리가 못을 쑥쑥 뽑을 때마다 리타에게는 너무나도 끔찍한, 군

대가 진격해 오는 것만큼 시끄럽고 끔찍한 소음이 들렸다. 빛이 들자 리타는 제가 생산한 배설물 때문에 수치심이 들기 시작했다. 그녀가 볼티모어부터 일곱 시간 거리를 엎드려 있어야만 했던 건 맨체스터의 해운업자가 검정 페인트로 뚜껑에 써놓은 문구를 취급자가 못 본 탓이었다 ——"이쪽이 상단이니 극도로 주의." 소리만 듣다가 웬만큼 열린 틈으로 흑인 여자를 처음 대면했을 때 메리는 아무런 표정이 없었다. 상자가 완전히 열리자 리타는 광의 약한 빛조차 견디기가 어려워 두 눈을 얼른 가렸다. "절 돌려보내지 마세요. 절 돌려보내지 마세요." 리타는 여기가 뉴욕인지 윌리엄 로빈스네서 겨우 농장 하나만큼 떨어진 어느 집인지 알지 못했다. 그녀는 여행 내내 물을 단 다섯 모금만 허용한 터라 입은 바싹 말랐고 몸은 겨우 움직여졌다. 긴 시간이 걸릴지 모를 죽을 수도 있는 여정이라 물을 낭비해선 안 되었던 것이다. 그녀의 몸은 너무 메말라서 눈물도 만들어내지 못했고 그녀의 말은 입속에 헝겊을 꽉꽉 채워 넣은 듯이 흘러나왔다. 그녀는 천천히 눈을 떠 메리를 보았다. "절 돌려보내지 마세요." 그러다 리타는 어린 티머시가 있음을 그제야 처음 알아차리곤 아담과 이브와 그 자손들이 새겨진 지팡이를 뻣뻣한 두 팔로 힘겹게 힘겹게 건넸다. 제 어머니처럼 표정이 없던 아이는 제가 줄곧 기다려온 게 그거였다는 듯이 지팡이를 건네받았다.

3
가족의 죽음. 하느님이 계신 곳. 만 개의 빗.

캘도니아 타운센드의 시녀 로레타는 다음 날 아침 일출 때쯤 안집에서 내려가 똑 하고 노크한 뒤 헨리 주인님이 죽었다고 말하곤 모지스의 오두막 문을 열었다. 그는 제 구레나룻을 긁었다. "얼마나 됐어?" 그는 말했다. "어젯밤," 그녀는 대답했다. 모지스의 아내 프리실라가 손을 입에 댄 채 그의 뒤에서 나왔다. "오, 맙소사," 그녀는 말했다. "주인 나리가 돌아가시다니." 그녀는 벽난로 앞에 앉아 옥수수빵과 그레이비소스*를 먹고 있는 아들을 돌아보았다. "가족 중에 죽음이 있어," 그녀는 아이에게 말했다. 아이는 제 어머니를 1, 2초쯤 살피더니 도로 먹는 데 전념했다. 네 어머니는 죽은 주인님 생각에 아마 자기 몫을 먹지 않을 거야 하고 무엇이 아이한테 일러주었고, 그래서 아이는 엄마 몫까지 제가 차지했다.

"로레타, 우린 이제 다 어떻게 되는 거야?" 모지스는 그녀가 저기

---

*   gravy. 고기 육즙에 소금, 후추, 전분 등을 섞어 만든 소스.

윗집에서 지내니 더 많이 알겠지 싶어서 물었다. 프리실라가 남편 뒤로 더 바짝 다가오자 로레타는 남자에게 가려지지 않은 그녀의 몸 3분의 1을 볼 수 있었다.

"나도 몰라, 모지스. 우린 그냥 두고 봐야지." 세 사람은 큰길 내려가면 바로 나오는 백인 가족의 여섯 노예, 집이 바로 근처라 헨리네 노예들과 가족처럼 지내는 그 여섯 명을 하나하나 떠올리고 있었다. 그 여섯은 좋은 일꾼이어서 규모가 작은 맨체스터 카운티 나름의 방식으로 저희 주인에게 상당한 부를 안겨주었다. 로레타는 말했다. "우린 그냥 가서 바람이 어디로 부는지 두고 봐야지." 큰길 아래의 그 백인은 넉 달 전에 죽었는데, 그러자 처음에 그 과부, 그러니까 그의 세 번째 아내이자 그가 두 번째 결혼에서 얻은 두 자식의 어머니인 그 여자는 노예들에게 너희가 팔려 갈 일은 없을 거라고 말했다. 하지만 그 백인이 무덤에서 자릴 잡기도 전에 과부는 유럽에서의 새 삶에 필요한 자금을 조달하고자 그들을 팔았는데, 그녀가 유럽을 알게 된 건 몇 년간 굴뚝에다 남편 몰래 보물로 숨겨온 두 권의 공상적인 그림책에서였다. 그중 한 권은 어느 예술가가 1825년 당시 파리의 패션이라고 주장하는 것을 보여주었다. 패션 그림책의 연도와 과부가 마침내 프랑스에 다다른 연도 사이엔 30년에 가까운 간극이 있어서, 그녀가 꿈꾸던 소재들, 1825년의 패션은 그녀가 도착했을 땐 죄다 의심의 여지가 없는 구닥다리가 되어 있었다. 백인들은 그녀가 죽은 백인의 두 자식을 파리에서의 새 삶에 데려갔다고 말했지만 자유민이건 노예건 유색인들은 그런 일 없다, 그 여자는 버지니아를 무사히 벗어나자마자 두 자식을 팔아버렸다 하고들 말했다. 알려진 곳이든 미지의 곳이든 세상 어디에선 포동포동한 뺨에 글도 쓸 줄 알고 노래도 천사같이 부를 줄 알고 기본적인 계산도 할 줄 아는 행운의 두 백인 아이라면 누군가 고민도 없이 사 가지 않겠느냐고 니그로들은 말했다.

이제 프리실라는 남편 뒤로 좀 더 바짝 다가왔고, 그러자 로레타에게 보이던 그녀의 몸 3분의 1은 대부분 사라졌다. 프리실라는 말했다. "헨리 주인 나리네서 나가라면 난 싫은데. 세상에 생판 모르는 데서 또 지내긴 싫어." 큰길 아래의 여섯 노예는—짐승들이며 땅이며 장비와 더불어—1만 1316달러 조금 웃도는 돈이 되어 과부의 남편이 은행과 뒷마당에 맡긴 1567.39달러를 벌충해주었다. 과부가 모든 걸 팔아치운 뒤론 오직 땅만이 그 자리에 언제나처럼 남아 있었다. 노예들을 포함해 그 밖의 모든 건 아득히 먼 바람에 실려 뿔뿔이 흩어졌다. 묶음으로 팔린 노예는 없었다. 여섯 중 다섯은 혈연이었다. 그중 한 사람인 주디는 헨리 타운센드가 소유한 청년과 결혼했다. 또 한 사람, 딱딱한 음식에 막 적응해가던 일곱 달 미만의 아기 멜라니는 이제 기기 시작한 참이라 1초도 눈을 떼어선 안 되었다. 외삼촌한테 "까불이 아가씨"라는 별명을 얻은 멜라니는 아기 셋을 합친 영혼의 소유자라서—그녀의 부모는 들어주는 사람만 있으면 자랑을 해댔다—누가 번쩍 들어 세우지 않으면 손이고 무릎이고 다 까질 때까지 세상 어디든 기어다니곤 했다.

모지스는 제 구레나룻을 다시 긁었는데 주위가 타닥타닥 난롯불 소리 말곤 너무나 조용해 누군가 골목을 지나간다면 모지스의 손가락이 구레나룻을 검열하는 소리도 들을 수 있을 정도였다. 마침 일라이어스가 바로 옆인 제 오두막에서 빈 물동이를 들고 나왔다. 그는 모지스네 문간에 있는 사람들한테 "안녕" 하고 고개를 끄덕였지만 그들한테선 아무 말도 나오지 않았다. 로레타가 일라이어스에게 "안녕" 하고 고개를 끄덕였다. 그녀는 모지스가 그에게 헨리의 죽음을 전해주겠거니 했다.

"모지스," 일라이어스가 지나간 뒤 로레타는 말했다. "헨리가 무덤에 무사히 들어갈 때까진 모든 게 기다려야 할 수도 있어, 주인님을 내려놓을 때까진. 무슨 말인지 알지?"

"알았어," 모지스는 말했다. "잘 알았어."

로레타는 말했다. "여기 밑에선 누구 말썽 없어? 저분 무덤 가시는 여정을 망칠 만한 사람?"

"스탬퍼드 얘길 해주는 게 좋겠어," 프리실라가 말했다. 마흔 살인 스탬퍼드는 젊은 여자라면 필사적으로 쟁취하려는 사람이었다. 그가 열두 살도 안 되었을 때 어느 남자가 말해주길 남자가 노예 신분을 버티려면 언제나 젊은 여자, 그 남자 말로 "영계"를 차지해야 한다는 것이었다. "영계"가 없으면 남자는 노예 신분으로 끔찍한 죽음을 맞을 운명이었다. "그리되진 마라, 스탬퍼드," 그 남자는 몇 번이고 말했었다. "영계를 늘 곁에 둬."

"스탬퍼드가 어쨌길래?" 프리실라의 모습 중 보이는 거라곤 이제 정수리뿐이라 로레타는 거기에 눈을 두고 말했다. "또 글로리아야?" 글로리아는 스탬퍼드의 최근 영계였다.

모지스는 말했다. "그건 끝났을걸. 그저껜가 차였을 거야. 그런 일 생기면 풀이 죽는 사람이니 저기 어디 혼자 나가 있겠지."

"그 사람 좀 살펴줘, 모지스," 로레타는 말했다. "뭘 하려고 하면 못 하게 해. 스탬퍼드는 장례식이 끝나면 어떻게든 되겠지. 헨리를 땅에 묻는데 온갖 걸로 다 옥신각신하고 싶지 않아."

"내가 살필게," 모지스는 말했다. "여차하면 작살을 내지 뭐."

"작살은 안 돼, 모지스." 로레타는 여자아이 하나가 엉덩이에 손을 얹고 저를 빤히 쳐다보는 골목 저쪽을 내려다보았다. 로레타는 그 아이가 세상에 나오는 걸 거들었던 터라 아이의 이름을 알았다. 안녕하세요 해야지, 아가. 로레타한테 안녕하세요 해. "작살은 안 돼, 그냥 살펴만 봐. 그리고 스탬퍼드가 겪는 문제에 관해선 당신이 틀리지 않았으면 좋겠어, 일라이어스 때 틀렸던 것처럼."

"일라이어스도 아직은 골치 아파," 모지스는 말했다.

로레타는 여자아이한테서 눈을 거두고 모지스에게 말했다. "캘도니아 마님하고 펀 씨가 대략 한 시간 후에 다들 데리고 저 앞으로 나왔으면 하서, 아침 먹고 나서." 그러고서 그녀가 찾으니 여자아이는 어디로 가고 없었다. 아이가 서 있던 곳은 지평선 위로 첫 해가 뜨는 곳이었다. "가서 모두한테 헨리가 죽었다고 전해." 그는 고개를 끄덕였다. 그는 맨발이었다. 헨리 타운센드의 농장에서 누가 중요하고 덜 중요한가를 따질 때 그가 어느 위치에 있는지 이들 둘은 알았고, 그래서 로레타가 뭘 하라고 하면 모지스는 머뭇대지 않았다. 언젠가 헨리의 색시를 위해 팔려 온 지 얼마 되지 않았을 때 로레타는 모지스가 저한테 괜찮은 짝일지도 모른다, 그런대로 괜찮은 남자다 하는 생각을 몇 주 했었지만 어느 날 아침 그가 바깥 어디서 사람인지 사물인지를 보고 내지르는 비명에 잠이 달아난 적이 있었다. 어찌나 큰 비명인지 아침 새소리가 전부 묻혔었다. 그는 계속해서 비명을 지르다가 헨리가 나와 쉿 하고서야 조용해졌었다. 그가 비명을 지르던 날 아침 얼마나 추웠는지 그녀는 대얏물을 깨다가 손을 다쳤다. 그러곤 온기가 돌길 바라며 옷을 걸치는 사이 그녀는 그로는 부족할 걸 알았다. 로레타는 모지스와 그의 현재의 짝 프리실라에게 등을 돌려 그들 집 문앞에서 물러났다.

안집으로 돌아가는 길에 그녀는 우물에서 물동이를 채워 오는 일라이어스를 만났다.

"설레스트한테 헨리가 죽었다고 전해," 그녀는 말했다.

"바늘로 찔러서 확인해봤어?" 일라이어스는 말했다. "쿡쿡 찔러서 확인해봤어?"

처음에, 기억이 되살아나기 전에 그녀는 그가 무슨 뜻으로 저런 소릴 하는지 몰라 놀란 입만 오 하고 작게 벌렸다. 예전에 그는 그녀에게 좀 더 괜찮은 짝이었을 것이다. 로레타는 물동이의 주둥이까지 채워진 물을 내려다보았다. 그의 뒤쪽엔 쏟아진 물이 없었는데 그걸 보면 그가 한쪽 귀 일부가 없어서 균형도 안 맞는 머리로 세상을 어떻게 헤쳐나가는지 알 수 있었다. "그가 죽었어, 그게 다야," 로레타는 말했다. "죽었는지는 내가 보면 알아, 일라이어스. 꼼짝없이 죽은 것처럼 보이라고 얼굴 찌푸리고 있을 순 없잖아. 주인님은 죽었어." 주인에 대한 하인의 기분은 노예가 주인을 "주인님" "쥔님" "주인 나리" 중 뭐라고 부르는지에 따라 그날그날 식별할 수 있었다.* "쥔님" 은 멀쩡한 여자가 제대로 말하면 욕처럼 들릴 수 있었다. 앨리스만은 꼬박꼬박 "주인 나리"라고 말했지만 그녀의 입에서 나오는 그 말은 무덤의 부름처럼 들렸다. "주인님은 죽었어," 로레타는 또 한 번 말했는데, 그러자 일라이어스는 그녀가 "주인님" 하고 말하는 걸 들어본 적 없다는 생각이 들었다. 그는 최종적으로 못을 박듯 그녀의 말을 복창해야 할 것만 같았다. "주인님이 죽었다." 그녀는 그를 비키곤 햇볕에 빠르게 걷혀가는 안개 속으로 사라졌다. 안집에 돌아온 그녀는 부엌 창가에 서서 안개를 벗고 나오는 세상을 지켜보았다. 요리사 제디에게 아침 식사를 차리라거나 제디의 남자 베넷에게 불을 지피라고 말할 필요가 없었다. 그 순간엔 죽음이 모든 명령을 내렸다. 온 세상이 고요했다. 로레타는 서른두 살이었다. 모든 노예가 더는 노예가 아니어서 제 성을 스스로 선택해야 하는 날이 왔을 때 그녀는 많은 이가 선택하는 타운센드나 블루베리나 프리먼(Freeman)이나 가즈피드(Godspeed)나 배드메모리(Badmemory)는 고르지 않을 것이다. 그녀는 아무것도 고르지 않을 것이고 심지어 결혼하기로 마음먹었을 때조차 아무것도 아닌 채로 남을 것이다.

모지스는 양쪽에 오두막이 여덟 채씩 늘어서 있는 골목을 따라갔는데 그곳은 헨리 타운센드가 제 이름으로 노예를 갖기 전인 스물한 살 때 꿈에서 본 것을 그대로 재현한 것이었다. 처음에 모지스는 모두 안집 앞마당에 모이도록 제 아들이나 다른 아이를 보내어 말을 전달해야 하나 싶었지만 오두막을 나와 햇빛 가득 머금은 안개가 흔적도 없이 닳아가는 걸 보니 이것은 내가 주인을 위해 할 평생 마지막 일이다 하는 깨달음이 들었다. 로레타가 이미 말한 줄 모르는 모지스는 바로 옆집인 일라이어스의 오두막을 제일 먼저 찾았고, 그러자 일라이어스의 아내 셀레스트가 문 쪽으로 나와보았다. 무언가를 감지했는지 아니면 아침 공기를 마시려던 참인지 셀레스트는 그가

---

*　　원문 "Marse(쥔님)" "Massa(주인 나리)"는 "Master(주인님)"의 방언일 뿐 사전적인 뜻으론 부정적이거나 긍정적인 어감을 딱히 띠지 않는다. 우리말로 옮길 때에는 '주인님' '쥔님' '주인 나리'로 임의로 통일했다.

노크도 하기 전에 문을 열었다. "주인님이 죽었어," 모지스는 말했다. "그렇게 됐군요," 그녀는 말하곤 그냥 그렇게 문 밖으로 고개를 쭉 내밀어 베란다에서 어떤 식으로든 소식이 들려올 것처럼 안집 쪽을 올려다보았다. "다들 안집으로 올라가봐야 돼," 모지스는 말했다. "일라이어스," 설레스트는 말하곤 뒤로 돌아 제 남편을 마주했다. "헨리 그 양반이 가셨대." 그녀는 남편이 이미 알고 있으며 그냥 귀찮아서 말을 안 했단 걸 눈을 보고 알 수 있었다. 자식들 뺨에 묻은 땟자국은 암만 작아도 큰일이지만 주인의 죽음은 생전 못 들어본 외국 어느 곳의 파리 죽음만도 못한 거였다. 설레스트도 헨리에게 애정이 없긴 마찬가지였지만 죽음이 헨리의 모든 힘을 거두어 간 지금 그녀는 약간의 자비심을 가질 여유는 되었다. "헨리 그 양반이 가시다니. 하느님의 은총이 있기를," 그녀는 말하고서 일라이어스에게, 짚자리에서 노는 세 자식에게 절름절름 걸어갔다. 절름발은 끔찍한 것이고 누가 봐도 거동이 고통스럽겠단 생각이 들기 때문에 어지간한 사람이라면 그걸 보고 있기가 힘들었다. 짐승은 저거보다 훨씬 멀쩡해도 쏴 죽이는데, 모지스는 헨리가 그녀를 집에 데려오고 나서 언젠가 생각한 적이 있었다. 하지만 다릴 절거나 말거나 그녀는 훌륭한 일꾼이었다.

모지스는 골목을 이쪽저쪽으로 건너다니며 모두에게 말을 전했다. 한 채 빼고는 모든 오두막에 사람이 있었다. 그 한 채에선 피터라는 사내가 죽었는데 부인인 메이는 피터의 영혼이 고향에 갈 준비를 하게끔 시간과 공간을 마련해주느라 그곳을 내준 터였다. 모지스가 몽유병자라 부르는 사람 앨리스가 델피와 그녀의 딸 커샌드라에게 소식을 나눈 덕에 모지스가 제집 줄 끄트머리 오두막에 다다르기 전부터 노예들은 골목을 채우고 있었다. 여자 몇은 헨리가 착하건 나쁘건, 주인이건 아니건 웃음을 지어주던 모습이라든가 그가 끼어들어 같이 노래를 부르던 일 혹은 누군가의 죽음은 우리를 죽음으로부터 보호해주는 삶이라는 숲의 나무 한 그루가 잘려나가는 것임을 같이 생각해보던 일이 떠올라 울음이 터진 참이었다. 하지만 대다수는 아무런 말도 행동도 없었다. 저희 세상이 변했는데도 어떻게 변했는지 이해하는 사람은 아직 아무도 없었다. 어떤 흑인 남자가 그들을 소유했었는데 그건 그들 세상의 많은 사람이 보기에 이상한 일이었고, 그러다 이제 그가 죽었으니 어쩌면 어느 백인이 그들을 살 텐데 그건 이상할 게 없는 일이었다. 그러나 어떻게 되든 내일이면 해가 떠올라 그들을 비출 것이고 달이 뒤를 이을 것이며 개들은 제 꼬리를 쫓을 것이고 하늘은 이대로 닿을 수 없는 곳에 머무를 것이다. "난 잘 못 잤어," 골목에서 일라이어스 건너편에 있는 남자가 제 옆집 이웃에게 말했다. "음, 나는 확실히 잘 잔 것 같은데," 그 이웃은 말했다. "돈 받고 자듯이 잤어, 백인 여자 세 명이 세상 태평하게 자는 양만큼." "아이고," 처음의 남자가 말했다. "가만 보니까 내 잠을 가져간 게 너였구나. 도로 내놓는 게 좋을걸. 내 잠 다 써서 없어지기 전에 도로 내놔. 내놔." "오, 그러지 뭐," 이웃은 제 멜빵바지의 풀린 실밥들을 살피며 말하곤 웃음을 터뜨렸다. "내놓고말고. 내가 다 쓰고 나서 바로. 근데 나 오늘 밤에 한 번 더 써야겠는데. 내일 아침에 와서 찾아가." 두 사람은 희희낙락이었다.

모지스가 아침마다 가서 문을 열어보면 몽유병자 앨리스는 밤새 그러고 있었는지 옷을 갖춰 입고 일할 준비가 된 채로 제집 문 바로 안쪽에 서 있기 일쑤였다. 지금도 그녀는 웃음을 지으며 기다리고 있었는데 그 웃음은 무엇을 대하든 한결같았다 —— 이웃집 아기의 죽음을 대하는 크리스마스 날 아침 헨리와 캘도니아가 노예들한테 인당 네 개씩 주던 오렌지를 대하든. "아기 죽었네 아기 죽었네 아기 죽었네," 그녀는 창을 하곤 했다. "아침엔 크리스마스 오렌지 크리스마스 오렌지 크리스마스 오렌지."

"어리석은 짓은 안 했으면 해, 기집애야," 모지스는 곧장 말했다. 그는 뒤로 돌아 영계 탐색자 스탬퍼드가 무리 한가운데서 더는 제 영계가 되기 싫어하는 글로리아를 빤히 쳐다보고 있는 걸 보았다. "주인님이 죽었어," 모지스는 앨리스에게 말했다. "오늘 아침엔 어리석은 짓 하지 마, 기집애야." 앨리스는 그대로 쭉 웃음을 지었다. "주인님 죽었네 주인님 죽었네 주인님이 죽었네." "쉿, 이것아," 모지스는 말했다. "죽은 사람은 죽은 사람답게 존중해야지." 앨리스가 이보다 몇 년 젊었을 때 그녀의 머리를 걷어찬 노새는 외눈박이라는 얘기가 있었지만 외눈박이라고 해서 다른 노새들보다 성미가 고약할 건 없었다. 얘길 더 들어보면 그녀는 걷어차이고 나서 조금 뒤 지각을 되찾더니 노새를 찰싹 때리며 더러운 욕을 해주었다고 한다. 이는 상속자가 없고 노새를 무서워하는 어느 백인의 사유지에서 헨리가 그녀를 228달러에다 사과 두 들통을 주고 사들이기 전의 일이었다. 그녀가 실성의 길에 들어섰음을 모두가 알게 된 건 그 더러운 욕 때문이었는데, 그도 그럴 것이 그 발길질이 있기 전의 앨리스는 예쁜 말만 하는 예쁜 처녀였던 것이다.

"모지스?" 앨리스의 오두막 짝꿍인 델피가 앨리스 뒤에서 나왔다.

"주인님이 죽었어요," 모지스는 말했다. "누님이랑 캐시도 앨리스 데리고 다른 사람들이랑 안집으로 올라가세요."

"주인님이 죽었다고, 모지스?" 델피는 말했다. "우린 어떻게 되는데?" 그녀는 몇 달 뒤 마흔네 살로 제가 평생 가졌던 어떤 조상보다도, 그들을 하나하나 따져보아도 오래 산 터였다. 그녀는 자신에 관한 그 누대의 역사를 몰랐다. 다만 그녀의 뼛속에는 언제부턴가 미지의 세계에 발 들였다는 기분이 스며 있었고 그 기분 때문에 그녀는 제 발과 영혼에 너무 깊은 상처가 나지 않는 길을 걷게 되길 바랐다. 살아서 오십을 보는 게 그녀가 감히 갖기 시작한 소원이었다. 내이름은 델피고 나이는 오십이에요. 세어봐요. 하나부터 시작해 전부 세어봐요. 델피 하나, 델피 둘, 델피 셋⋯⋯. 마흔 살에 다다르기전 그녀의 유일한 소원은 제 딸 커샌드라한테, 아니 남들이 부르듯 캐시한테 세상이 친절했으면 하는 거였다. 지금 그녀에게 슬금슬금 들기 시작한 건 두 번째 소원이었고, 그래서 그녀는 오십을 보길 바라다 혹시 하느님께서 딸과 관련된 먼젓번 소원에 등을 돌리실까 봐 무서웠다. 하느님은 이렇게 말씀하실지 몰랐다. 그 소원들로 정했느냐, 델피야, 나는 시간이 많지 않아 네게 한 가지 소원밖에 이루어줄 수 없다. 델피는 모지스에게 말했다. "우리 여기 남는 거야? 팔려 가는 거야?"

"난 지금이 아침이고 주인님이 죽었다는 것밖에 몰라요," 모지스는 말했다. "누님이랑 캐시도 앨리스 데리고 남들처럼 안집으로 올라가세요."

"주인님 죽었네 주인님 죽었네 주인님이 죽었네," 앨리스는 창을 했다.

"지금 가," 델피는 말했다. 그녀는 제 딸을 쳐다보았고 커샌드라는 어깨를 늘어뜨렸다. 두 사람은 함께 팔려 왔는데 이것은 하느님이 델피의 기도에 응해준 몇 안 되는 일 가운데 하나였다. 지금 그녀는 헨리의 영혼을 위해 기도를 드려야 하나 말아야 하나 의문이었다. 안집 방향으로 걸어가는 사이 그녀는 하느님의 자녀 가운데 하나를 위해 기도를 드리는 게 낭비는 아닐 거라는 생각이 들었다. 그녀는 배 속에 음식이 남아 있게 해달라고 매일매일 수십 단어나 되는 기도를 드렸다. 그러니 헨리 타운센드의 영혼을 위해선 열 단어면 될 터였다. 더는 저를 원치 않는 글로리아를 두 사람 뒤에서 따라가는 스탬퍼드가 델피의 눈에 들어왔다. 글로리아한테 손대면 여기 모두가 보는 데서 저 바보 녀석을 때려눕혀줘야지, 델피는 생각했다.

이제 골목은 사람들로 붐벼 모지스는 어른과 아이 모두 해서 스물아홉 명, 그 변덕 많은 숫자의 틈을 비집고 느릿느릿 나아갔다. 그는 제 오두막에서 일라이어스와 설레스트의 맏이인 테시랑 손장난 중인 제 아들 제이미와 프리실라를 찾았다. 그가 안집 방향으로 걸음을 시작하자 다른 모두가 뒤를 따랐는데 아이들은 비번인 일요일이면 으레 그러듯 깡충거리며 걸었다. 부모 품에 안긴 것들을 뺀 모든 아이가 어른들보다 앞서 있었다. 모두는 베란다에 나와 있는 캘도니아를 발견했는데 그 옆으로 한쪽엔 헨리의 부모인 오거스터스와 밀드레드가 있었고 다른 쪽엔 스승인 펀 엘스턴이 캘도니아의 손을 잡고 있었다. 오거스터스와 밀드레드는 도착한 지 한 시간도 안 된 참이었다. 캘도니아 뒤에는 그녀의 어머니와 쌍둥이 남동생이 있었다. 문간에는 시녀 로레타가 있었고 그녀 뒤에는 요리사 제디와 제디의 남자 베넷이 서 있었다. 안개가 걷혀 오늘 하루도 아름다움에 이르는 중이었다.

캘도니아가 베란다 끄트머리를 딛더니 현관으로 나선 이후 처음으로 고개를 들었다. 그녀는 검은 상복 차림에 제 어머니가 가져다준 베일을 하고 있었다. 햇빛이 얼굴을 가득 비추었지만 그녀는 눈을 가리지 않았다. 현관문을 통과하기 전에 이미 운 데다 좀 있으면 눈물이 또 터질 걸 알았으므로 그녀는 얼른 몇 마디를 내뱉고 싶었다. 펀이 한쪽 팔을 어깨에 둘러주자 캘도니아는 베일을 걷었다.

"우리의 헨리가 우릴 떠난 걸 이제 다들 알 거예요," 그녀는 제 노예들에게 말했다. "우릴 영원히 떠났어요, 떠나서 하늘로 갔죠. 그를 위해 기도해요. 다들 그에게 기도를 해주세요. 그는 여러분 모두를 아꼈고 나도 그 못지않게 여러분을 아껴요. 내 애정도 덜하진 않아요." 그녀는 할 말을 사전에 생각해두지 않은 상태였다. 독창적인 말은 하나도 없었고 전부 어디선가 들은 얘기, 즉 아버지가 취침 동화로 들려주었을 법한 얘기, 펀 엘스턴이 저 옛날 캘도니아뿐 아니라 다른 수십 제자의 머릿속에도 주입했을 법한 얘기의 일부였다. 캘도니아는 노예들에게 말했다. "스스로에 대해선 걱정들 하지 말아요. 나는 어디 안 가고 여기 있을 테니까요. 여러분도 나랑 있을 겁니다. 우린 전부 이렇게 함께할 겁니다. 하느님이 우리 곁에 계세요. 하느님이 우리한테 많은 날을, 환하고 좋은 날, 기쁘고 좋은 날을 주실 거예요. 여러분의 주인은 할 일이 있었어요, 여러분과 여러분의 자식과 이 세상한테 더 나은 걸 주길 원했는데, 저도 여러분한테 그걸 주길 원해요. 모쪼록 걱정들 말아요. 하느님이 우리 곁에 계시니까요." 다른 시간 다른 공간에서 백인이 쓴 책, 그 책에서 그녀가 읽은 무엇이었다. 헨리는 제가 평생 알아온 어느 백인보다도 나은 주인이 되고 싶다고 늘 말했었다. 제가 만들고 싶었던 세상이 **주인**이란 말의 첫 음절을 내뱉기도 전에 이미 글러 있었음을 그는 이해하지 못했다.

캘도니아가 불안정한 목소릴 하다가 울기 시작하자 시아버지인 오거스터스는 두 팔로 그녀를 안아주었고, 그러다 조금 뒤 그녀의 형제가 누이를 넘겨받아 집 안으로 데려가자 그녀의 친정어머니와 펀 엘스턴과 로레타가 뒤를 따랐다.

오거스터스는 계단을 내려갔고 밀드레드는 그의 뒤를 따랐다. 두 사람은 노예들의 속마음, 이들이 무슨 생각 중인지 전부 알았다. 노예들은 두 사람에게 말없이 다가왔다. 아들의 죽음이 이들을 해방시켜주진 않는다는 걸 캘도니아의 발언을 들은 지금은 알았으므로 오거스터스가 내려온 건 이들의 애도를 받기 위해서가 아니었다. 그는 헨리가 죽으면 저희가 해방된다는 믿음을 이들 중 누구도 가져본 적이 없음을 알았다 ─ 우주 속에서 그들의 세상은 그런 자비로운 방식으로 돌아가지 않았다. 하지만 오거스터스만은 이날 새벽 2시 방문을 두드리는 소리가 들리던 순간부터 믿음을, 희망을 가져온 터였다. "오거스터스, 죄송한데요, 주인님이 돌아가셨다고 마님이 전해드리랍니다," 어둠 속이라 제 얼굴이 안 보일까 봐 한 손엔 등불을 한 손엔 통행증을 든 베넷이 말했었다. 오거스터스는 노예로 태어난 제 아들한테서 보지 못한 빛을 캘도니아한테서 본 뒤로 그녀에게 믿음을, 한결같은 믿음을 가졌었다. 하지만 그녀의 말 속엔 그 빛이 없었다. 그래서 그와 밀드레드는 도리어 노예들에게 위로를 건네고자 계단을 내려온 거였다. 두 사람은 이들과 수년을 알아왔으므로 무리를 헤쳐가면서 어른들은 안아주고 아이들 얼굴엔 입을 맞춰주었다.

윌리엄 로빈스가 제 아들이 모는 승합용 마차(surrey)를 타고 안집 쪽으로 올라온 건 두 사람이 무리 끝에 다다르기 전이었다. 루이스와 캘도니아와 캘도니아의 쌍둥이 남동생 캘빈은 모두 펀에게 배운 동창이었다. 로빈스는 루이스의 누나이자 캘도니아의 또 다른 동창인 도라와 뒷좌석에 앉아 있었다. 하차한 로빈스는 마차를 빙 돌아가 도라가 내리는 걸 도와주었다. 노예들은 전부 꼼짝하지 않았다. 흑인 주인에 흑인 주인마님을 모시는지라 그들 대부분에게 백인은 이제 일상에서 진귀했다. 로빈스는 모자를 벗고 계단 쪽으로 가 현관문까지 올랐고 그의 자식들은 그 뒤를 따랐다. 오거스터스는 그 백인을 쭉 지켜보았다. 로빈스는 주위를 한 번도 둘러보지 않았지만 현관문 앞에 섰을 땐 머릿속에서 폭풍이 일어 고개가 돌아갔다. "나리?" 그의 아들 루이스가 말했다. "나리?" 로빈스는 베란다 끝으로 가 모두를 내려다보았다. "내가 뭐랬어?" 그는 일동에게 물었다. "내가 자네들한테 말 안 했어?" 도라는 제 아버지에게 왜 그러시느냐고 물었다. 한 단계 반 검은 피부와 나이 차이만 아니면 도라는 로빈스가 제 백인 아내와 가진 딸의 모습 그대로였다. "내가 자네들한테 뭐랬느냐고?"

잔잔하되 고집스러운 바람이 로빈스의 머릿속에서 불자 폭풍은 잦아들었고, 그러자 몇 초 후 그는 무리한테 인사차 한 손을 들었다. 사람들은 반응하지 않았다. 로빈스는 방금 몇 분 사이에 무슨 일이 벌어졌단 건 알았지만 그게 무엇인지, 제가 제 체면을 하필 많은 노예 앞에서 어떻게 깎아내렸는지는 알지 못했다. 그는 자기가 아끼던 사람이 죽어서 여기 왔다는 사실이 이제 막 떠올랐다. 헨리, 착한 헨리가 죽은 거였다. 도라는 제 아버지 뒤로 가 한 손을 그의 어깨에 살며시 올렸다. "이제 들어가세요," 그녀는 말했다. 로빈스는 뒤로 돌아 노크도 없이 캘도니아 집 문을 열었다. 그의 두 자식은 뒤를 따랐다. 캘빈이 집에서 나와 계단을 내려가더니 오늘내일은 장례 준비가 있으니 다들 일손을 놓았으면 한다는 캘도니아의 말을 모두에게 전했다. "모지스," 그는 말했다. "누구든 필요한 게 있으면 바로 알려줘요." 그의 말은 헨리의 관을 짜고 무덤을 파는 데 필요한 것을 뜻하는 거였다. 스탬퍼드는 저를 더는 원치 않는 여자에게 깊은 인상을 남기고자 과시하듯 캘빈과 악수하면서 불쌍한 헨리 주인님 소식에 유감을 표명했다. 캘빈은 고개를 끄덕였다. 캘빈은 밑에서 그들과 계속 있고 싶었지만 제가 밀드레드와 오거스터스 같은 환영을 받지 못할까 봐 두려웠다. 그와 그의 어머니는 저희 이름으로 노예를 열셋이나 거느리고 있었지만 그는 행복한 청년이 아니었다. 그는 노예들을 해방하는 게 어떠냐고 어머니한테 자주 말을 꺼냈는데 그때마다 어머니인 모드가 그들은 네 유산이며 유능한 사람은 유산을 팔아먹지 않는다고 말했던 것이다.

그 이상은 노예들이 다가오지 않아 캘빈은 자릴 뜨기로 했다. 오거스터스가 그의 등에다 말했다. "우리도 곧 올라간다고 캘도니아한테 말해줘요." 캘빈은 또 한 번 고개를 끄덕이곤 안집으로 올라가기 시작했다. 그의 아버지는 3년 전, 가문 12월의 이파리처럼 바싹 말라 파르르 떨면서 천천히 세상을 떴고, 그래서 캘빈은 저희의 노예, 저희의 유산을 죄다 해방하려고 계획 중이던 아버지를 제 어머니가 독살한 게 아닌가 늘 의심했다. "사랑하는 모드, 난 깨끗한 마음으로 하느님의 고향에 가고 싶어," 캘빈의 아버지는 누누이 말했다. 아버지가 세상을 뜬 뒤 캘빈은 저희 집에서 어머니 곁에 쭉 남아 원치 않는 유산들에 둘러싸여 살았는데 그건 어머니가 자기도 이 세상에 오래 있지 못한다고 말한 때문이었다. 캘빈이 남기로 한 데에는 윌리엄 로빈스의 아들, 제가 사랑하지만 맞사랑을 받진 못할 루이스와 가까워지고 싶은 이유도 있었다. 노예들과 오거스터스와 밀드레드가 모여 있는 데서 떠나온 캘빈은 이제 계단 꼭대기에서 멈추어 현관문을 겨우 두세 발짝 앞둔 채 한동안 가만히 서 있었다.

노예들과 밀드레드와 오거스터스는 오두막들이 있는 골목으로 내려갔다. 이젠 아들이 떠나고 없는데도 밀드레드와 오거스터스는 저희 아들과 아들의 노예가 지은 저 집에 특히나 지금은 머물 마음이 없었다. 두 사람은 고작 며칠 전 병이 낫고 있다던 헨리의 장담을 듣고서야 떠나온 그 오두막에서 묵을 참이었다.

헨리 타운센드가 제 아내에게 남긴 노예는 어른 여자 열셋, 어른 남자 열하나, 아이 아홉이었다. 그 어른 중에는 잠도 일도 안집에서 해결하는 집종 로레타, 제디, 베넷이 포함되어 있었다. 어쩌다 해야 할 일이 있을 땐 밭에서 노동력을 필요로 하든 안 하든 아이 몇 어른 몇이 안집 일에 임의로 동원되기도 했다. 무리가 골목으로 돌아갈 땐 몇몇 아이가 앞장을 섰는데 그 선두엔 일라이어스와 설레스트의 맏이인 테시가 있었다. 아이는 막 깡충거리기 시작했으나 사람이 죽었으니 깡충거리는 건 다른 날로 미루라고 어느 어른이 말했다. 테시는 곧 여섯 살인 데다 그 부모에 그 자식이었으므로 그 말을 듣곤 깡충거리길 그만두었다. 테시는 아흔일곱 살까지 살 것이고 딸을 위해 아버지가 만들고 있는 인형은 그녀의 마지막 순간까지 곁에 있을 것이다. 아버지인 일라이어스가 옥수수수염 머리카락을 오랫동안 달아주지 않은 그 인형과 그녀는 그녀의 두 자식보다 오래 살 것이고 나아가 인형은 그녀보다도 오래 살 것이다. 골목으로 돌아가던 그날 테시 옆에는 십장 모지스와 프리실라의 아들 제이미가 있었다. 여덟 살에 테시의 둘도 없는 친구인 그 아이는 개구쟁이 성향에 네 곳의 카운티를 통틀어 아이로선 가장 뚱뚱했다. 제이미는 저랑 테시가 언젠간 결혼할 거라고 늘 말했지만 그런 일은 일어나지 않았다.

테시 밑으로 첫 남동생인 다섯 살배기 그랜트는 누나 손을 잡고서 골목으로 돌아갔다. 그랜트는 저랑 동갑인 골목 친구 보이드와 몇 주 동안 똑같은 악몽에 시달려온 참이었다. 그랜트가 어느 날 밤 꿈을 꾸면 보이드가 다음 날 밤 그 꿈을 꾸는 식이었다. 그러다 며칠 뒤에는 순서가 바뀌어 보이드의 꿈이 골목을 건너 그랜트의 꿈꾸는 머리에 들어앉곤 했다. "넌 내가 하는 것마다 따라 하냐," 둘은 햇빛의 보호 속에서 서로를 놀렸다. 두 아이 모두 잠자러 가는 건 무서워하면서도 서로의 꿈을 비교하는 데서는, 상대방이 까먹었을지 모를 세세한 부분을 기억하고 나누는 데서는 묘한 즐거움을 찾았다. "그 파란 모자 쓴 거인이 너한테 다가오는 거 봤어?" "파랗긴 무슨. 완전 노랗던데." "에, 내 눈엔 파랬는데." "니가 잘못 봤어." 요 며칠 사이 악몽이 누그러진 터라 가을이 다가오면 꿈이 아주 끝날 거라는 얘기가 있었다. 일라이어스는 열세 달 된 제 셋째 엘우드를 안고 갔다. 설레스트는 남편 옆을 절름대며 걸었다. 그녀는 넷째를 밴 지 석 달째였다.

이날 무리에 앞장선 다른 두 아이는 세 살 먹은 쌍둥이 캘도니아와 헨리였다. 이 쌍둥이는 전해에 나쁜 주문에 걸려 마비가 오고 열이 오르는데도 백인 의사로선 영문을 몰라 치료를 못 하는 병에 두 주 가까이 걸린 일이 있었다. 의사는 농장 전체를 격리하고 보안관 존 스키핑턴이 순찰대를 이용해 확실히 단속할 것을 강력히 권고했다. 아이들이 앓는 동안 캘도니아는 옷을 갈아입으러 안집에 올라갈 때 말곤 매일 밤낮없이 곁을 지켰다. 결국엔 주술에 관해 좀 아는 델피가 쌍둥이의 어머니더러 아이들 정수리를 맞붙인 채로 재우라 말했고, 그러자 이틀 뒤 아이들은 자리에서 일어나 돌아다녔다. 쌍둥이는 자궁에 있는 동안 어떤 결합이 이루어지는데 태어나면서 그 결합이 끊겨 손상이 왔다는 게 델피의 가정이었다. 둘이서 함께 여생에 대비하도록 머리를 맞대고 자야만 그 결합은 회복되었다. 쌍둥이는 여든여덟 살까지 살 것이다. 캘도니아가 먼저 죽을 것이고, 그러고 나면 그녀의 쌍둥이 남동생 헨리는 비록 좋은 아내에 많은 자식새끼에 그 자식새끼들의 자식새끼들과 행복하고 좋은 인생을 살고서도 제 누나를 따라가기로 마음먹을 것이다. "여태 살아오면서 누난 날 잘못 이끈 적이 한 번도 없었어," 그는 불쑥 죽기로 마음먹기 전날 밤 제 절친한 친구와 한잔하며 말했다. "요 마지막 번에도 날 잘못 이끌 것 같진 않아."

무리의 선두에는 일곱 살인 들로레스와 그녀의 세 살 어린 남동생 패트릭도 있었다. 들로레스는 아흔다섯 살까지 살 테지만 패트릭은 남의 부인과 있다가 침실 창문을 나설 때 그 남편에게 세 발의 총알을 맞아 마흔일곱 나이로 죽을 것이다. 살해되던 그날 밤 패트릭에겐 선택권이 있었다 —— 밑에 내려가 카드를 하느냐 아니면 굶주린 그 부인이 흠뻑 젖어 안달하며 기다리는 침실 창문을 넘느냐. "난 네가 가진 게 필요해, P 패트릭," 그날 일찍 부인은 말한 터였다. "그것도 몹시." 그 주엔 패트릭한테 카드가 제대로 들어오지 않던 참이었다. 그는 이미 53달러를 잃은 데다 어느 악당한테 11달러의 빚까지 진 터라 그 부인과 있는 게 운이 더 좋겠다 싶었다. "네가 가진 걸 내놔, P 패트릭."

오거스터스와 밀드레드는 헨리의 병치레 때 찾아와 묵었던 오두
막에서 다시 묵을 셈이었다. 그곳은 헛간에 있던 말 두 마리가 저희
만 아는 무언가에 겁을 집어먹곤 탈출하려고 발버둥 치다 피터를 걷
어차기 전인 5주 전만 해도 피터와 그의 아내 메이가 살던 데였다.
메이의 자식은 이제 겨우 일곱 달이라 다 같이 골목으로 돌아가던
그때 피터와 메이의 바로 옆집 이웃에게 안겨 있었다. 피터는 말들
한테 짓밟힌 뒤 제 오두막으로 옮겨졌는데 거기가 그가 죽은 곳이었
다. 메이는 피터의 영혼이 작별을 고하고 하늘로 가는 길을 찾는 데
필요한 한 달 동안 그곳을 내준 터였다. 하지만 그 한 달이 지나도
그녀는 돌아오지 않으려 했다. 고지식하기로 유명한 메이는 헨리 타
운센드의 장례가 있은 다음 날에야 오거스터스와 밀드레드의 두 번
째 체류를 피터가 집에 잘 도착해 자릴 잡았다는 뜻으로 받아들일
터였다. 그녀는 그 오두막으로 돌아왔다.

이날 밭일은 예정에 없어도 세상이 돌아가려면 해야 할 일들은 있
었다. 우유 짜기, 노새한테 편자 박기, 달걀 수거, 쟁기 수선, 이미
실내에 차 있는 흙먼지가 불어나지 않도록 오두막 비질. 거기다 노
예들과 짐승들의 몸뚱이는 음식을 필요로 했고 불도 돌볼 필요가 있
었다. 다섯 살 미만의 아이들을 제외한 노예들 모두는 아침 허드렛
일이 끝날 때까지만 아침밥을 미루면 남은 하루는 마음대로 쓸 수
있단 생각에 일들을 하러 갔다. 밀드레드와 오거스터스도 노동엔 초
짜가 아니었으므로 온갖 일을 나누어 맡았다.

정오께 캘빈과 루이스가 내려와 모지스에게 무덤을 파야 한다고

말했다. 안집 뒤로 왼쪽 멀리에 헨리가 저와 캘도니아, 저희 세대 사람들이 묻힐 곳으로 계획해둔 꽤 큰 터가 있었다. 그곳은 노예들이 묻히는 땅과 같은 땅이었지만 백인 노예주들이 그러듯 분리는 되어 있었다. 맨체스터 카운티의 다른 노예 묘지들엔 어른 세대의 남녀가 묻혀 있는 것과 달리 이곳의 어른 노예 묘지는 태반이 비어 있었다. 헨리 타운센드가 주인 노릇을 해온 기간은 어른 노예들이 죽어 무덤으로 갈 만큼 오래되지 않았던 것이다. 그 노예 무덤에는 말한테 걷어차인 피터도 있었고 죽을 때가 다 된 걸 헨리가 새로 구입한 세이디도 있었다. 키다리인 그녀는 마흔 살이던 5년 전 밭에서 열네 시간을 보내고 공복으로 잠들었다가 다시는 일어나지 않았다. 죽어서 피터 곁인 그녀는 살아서는 이 농장에 신참이었던 탓인지 주로 혼자였다. 다른 농장에선 한 남자랑 두 번이나 자기도 했지만 남편은 없었다. 그 남자의 주인, 그러니까 제 이름으로 노예 다섯을 거느린 그 백인은 그 노예 앤디더러 세이디의 장례식에 가보라고 허락은 해주었지만, 검둥이 장례식이 종종 그렇듯 식이 너무 늘어지면 알아서 빠져 곧장 집으로 돌아오라고 주의를 주었다. 그는 앤디에게 오후 2시 정각에 만료되는 통행증을 써주었다. 노예 묘지엔 갓난아기도 열 있었는데 다섯은 계집아이, 다섯은 사내아이로 그중 혈연은 단둘이었다. 이들은 아무도 제 이듬해를 보지 못했다. 죽은 이유는 하나같이 달랐다. 모유조차 소화 불능, 날아온 잉걸불에 화상을 입고 감염, 엄마의 잠을 방해하기 싫다는 듯한 밤중의 이유 모를 고요한 죽음. 한 아기는 엄마가 밭에서 일하는 동안 엄마 등에 포대기로 업힌채 죽었는데 그날은 추수가 끝나기 이틀 전, 그러니까 시녀 로레타와 주인마님 캘도니아는 출타 중이고 요리사 제디는 앓아눕느라 아기를 돌보지 못한 날이었다. 무덤 속 아이들 중 2년을 넘게 산 건 열두 살 먹은 상냥한 성격의 꺽다리 사내아이 루크 하나로, 이 아이는 주당 2달러에 어느 농가(farm)에 임대되었다가 고된 일로 죽었다. 일라이어스와 설레스트가 사랑하던 아이였다. 헨리는 두 카운티 너머에 있는 루크 어머니는 장례식에 데려왔지만 아이의 아버지는 도저히 수소문이 안 되었다. 두 묘역은 모두 언덕에 있었고 둘 다 나무들, 그러니까 사과나무 몇, 층층나무 몇, 아름다워서 기절초풍할 목련 하나, 그리고 아무도 정체를 모르는 몇몇 나무의 보호를 받았다. 두 묘역은 세단뛰기 한 번이면 닿을 간격으로 분리되어 있었다.

캘도니아의 쌍둥이 캘빈이 제일 먼저 땅을 파 1피트 이상 들어갔다 나와서는 루이스에게 삽을 넘겼다. 루이스도 캘빈처럼 중노동에 익숙한 사람이 아니었지만 일하는 모습으로는 티가 나지 않았다. 루이스는 오거스터스에게 삽을 넘겼는데 오거스터스는 캘빈이 이 정도면 상당히 하셨으니 모지스한테 삽을 넘기셔야겠다고 말할 때까지 일을 놓지 않았다. 모지스가 구덩이에 막 들어가니 윌리엄 로빈스가 제 딸 도라를 뒤에 달고 안집에서 나왔다. 로빈스는 무덤가에 서서 사람들 일하는 모습을 반 시간 가까이 말 한마디 없이 지켜보다가 뒤로 돌아 도라와 함께 안집으로 다시 들어갔다. 다음 날 장례가 끝나고 나면 그는 루이스가 캘도니아와 결혼하는 날까진 이 농장을 다시 찾지 않을 것이다. 사내들이 무덤을 파는 동안 저 위 안집에서는 염습을 받은 헨리 타운센드가 응접실 냉각대*에 누워 있었다.

다음 차례로 일라이어스가 파 내려갔다가 마흔 살인 스탬퍼드에게 삽을 건넸다. 스탬퍼드는 가뜩이나 젊은 여자 꽁무니만 쫓는지라 농땡이가 너무 길어지면 누구보다도 눈엣가시가 될 수 있었다. 스스로에게 솔직해졌을 때 그는 글로리아와의 날들이 끝났음을 알았다. 그는 이제 앨리스의 오두막 짝꿍인 커샌드라를 눈여겨보고 있었는데, 하지만 커샌드라는 벼룩만 가득한 늙은 개랑은 안 논다고 이미 한 차례 말한 터였다. 스물여섯 살인 글로리아는 비스킷이 너무너무 좋아서 혹시 구할 수만 있다면 그걸 뜨거울 때 쪼개어 당액에 푹 적셔 먹길 무척 즐겼다. 스탬퍼드는 그녀가 좋아하는 식으로 비스킷을 구울 줄 알았지만 그걸론 충분하지 않았다. 그들은 볼 때마다 싸웠다. 한번은 밤새도록 붙어서 멍들고 헐어 다음 날 밭일을 못 할 정도였다. 싸우느라 한 주가 지나자 헨리가 모지스더러 둘을 떼어놓으라고 시킨 적도 있었다. 사람들 말로는 한 주 더 지나면 글로리아가 그를 죽였을 테니 그게 차라리 다행이었다. 스탬퍼드에겐 커샌드라의 호감을 살 계획이 있었는데 그건 그해 여름에만 세 번째 계획이었다. 몇 주 뒤 까마귀들이 나무에서 떨어져 죽는 걸 보는 날, 저 자신도 죽음을 향해 걸어가기 전에 스탬퍼드는 예전 그 남자가 노예 신분을 버티려면 자기 말을 들으라고 조언했었다면서 글로리아한테 작별을 고한 다음 커샌드라한테, 예쁘고 젊은 것들 모두한테 작별을 고할 것이다. "그 영계가 하나도 없으면 말이다, 스탬퍼드, 넌 노예로 죽게 될 거야. 그게 아름다운 죽음은 아닐 테지."

스탬퍼드 차례가 끝나고 캘빈이 도로 삽을 넘겨받은 지 얼마 안 되어 헨리를 묻을 6피트 깊이가 마침내 마련되었다. 그러고 나서 사내들은 오거스터스와 밀드레드가 몰고 온 짐마차에서 목재를 모아

---

*   cooling board. 매장 전까지 시신을 차게 놓아두는 일종의 나무 침대. 등 닿는 곳이 통풍이 잘되는 소재로 되어 있다.

105

다가 둘째 헛간으로 가져가 거기서 헨리에게 관을 짜주었다. 나무는 버지니아주 맨체스터 카운티 사람이라면 거의들 들어가는 소나무였다. 늘 바람직하게 살아 주인의 인정을 받을 만하다 생각될 땐 더러 노예도 소나무 관을 얻었다.

2시 넘어 언제쯤 윌리엄 로빈스가 도라와 루이스를 데리고 나오더니 저는 제 농장으로 떠나고 자식들은 저희 어머니와 같이 사는 마을 밖 집으로 떠났다. 남은 하루는 좋은 일도 나쁜 일도 없이 서서히 쇠했다.

밤중에 싸돌아다니는 여자 앨리스는 취침 시간 한참 전부터 안달하기 시작한 터였다. "그냥 놔둬요," 앨리스를 어떻게든 진정시키려는 제 어머니 델피에게 커샌드라는 거듭 말했다. 세 사람은 고아인 10대 여자아이 하나랑 방을 같이 썼다. 결국 델피로서도 앨리스가 문밖으로 나가자 고개를 저으며 내버려두는 수밖에 없었다. 앨리스는 전날 밤, 그러니까 제 주인이 죽은 날 밤 내내 싸돌아다니다가 발을 살짝 베인 터였다. 하지만 그 상처는 이 시각 창을 하면서 골목 이쪽저쪽을 어슬렁거리는 그녀를 막지 못했다. "주인님 죽었네 주인님 죽었네 주인님이 죽었네." 모지스는 이날 저녁 숲속에 혼자 있으러 나가진 않았지만 잠자리에 들기 전 농장이 다 잘 있는지는 둘러보았다. 그는 앨리스에게 쉿 소리를 세 번 했는데 마지막 번엔 그녀도 알아먹곤 골목만 느릿느릿 서성이기로 했다. 메이의 오두막에서 묵는 오거스터스와 밀드레드는 저희의 죽은 자식에 관한 앨리스의 창이 들려도 아무렇지 않아 했을 것이다. 결국 앨리스는 훈제실 쪽으로 유유히 자릴 떴다.

캘도니아와 캘빈과 둘의 어머니는 이날 저녁 한 차례 골목으로 내려와 오거스터스와 밀드레드한테 제발 올라와 안집에서 주무시라고 말했다. 이날 전에도 두 번이나 그랬듯이 부부는 마다했다. 오거스터스와 있지 않았다면 밀드레드는 올라갔을지 모른다. 펀 엘스턴도 골목으로 내려왔는데 그녀가 그러는 건 처음이었다. 몇 주 앞서 그 외다리 노름꾼을 전송하기 전만 해도 그녀는 그간 방문할 적마다 "배변 교육도 못 받은(not housebroken) 노예들"과는 섞이기도 싫다며 내내 안집에 머물렀었다. 하지만 다리 하나가 없는 그 노름꾼이 모든 걸 바꾸어 그녀는 세상을 다시는 같은 방식으로 보지 못했다. 캘도니아, 모드, 캘빈을 뒤따라 걷던 이날 저녁, 그녀는 제버다이어 디킨슨 그 노름꾼이 만약 성공했다면, 그녀가 내준 말과 짐마차가 견뎌냈다면 지금쯤 볼티모어까지 반 이상은 틀림없이 갔을 거라고 생각했다. 그가 떠나고 이틀 뒤 아침부터 그녀는 다리가 하나든 두 개든 피부가 검든 어떻든 그와 함께라면 무언가 특별한 것을 발견했을지 모른단 생각에 젖어 다른 세상에 들어가 있던 참이었다. 그녀는 그에게 읽고 쓰는 법을 가르칠 필요도 없었을 것이다, 그는 이미 아는 채로 왔으니까. **나 충실한 아내로 지냈어요.**

모지스와 프리실라가 저희 오두막에서 나와 골목을 내려가다가 소모임에 합류했다. 저녁밥 짓는 연기가 그들 주변을 짙게 에워쌌다. 아직 베일을 한 캘도니아가 몇 집 문을 두드리며 한두 곳에 머리를 들이밀더니 누구 뭐 필요한 거 없느냐고 물었다. 아이들은 전부 그녀를, 주인마님인 캘도니아를 좋아했다. "유산"을 잘 돌봐야 한다고 어머니인 모드가 온종일 말하기는 했지만, 헨리가 윌리엄 로빈스를 따라 "주인 노릇"이라고 불렀던 것을 하고 다니면서 캘도니아는 스스로가 전날보다 배는 넓어진 집에서 잠시 빠져나오는 것 이상의 일을 하고 있진 않다는 생각이 들었다. 그녀가 걷는 동안 모지스는 저와 노예들은 일터에 가면 무슨무슨 일을 한다, 저는 흙 맛을 보고 작물 상태를 안다 하는 걸 알려주느라 그녀에게 내내 말을 걸었다. 그의 계속되는 웅얼거림은 어쩐지 그녀의 팔에 놓인 캘빈의 손이나 그녀를 보는 아이들의 웃음보다 훨씬 큰 위로가 되었다. 어딘가 묘하게도 그의 잡담은 언젠간 고통이 적어도 절반으로는 줄어 있을 거라고 그녀에게 말해주었다.

골목 끝에서 그들은 뒤로 돌았다. 편만은 그대로 서서 골목 너머의 밭을 내다보았다. 그녀가 뒤돌아서자 앨리스가 정면에 나타나 주인님이 죽었다고 말했다. "나도 알아," 편은 말했다. "다들 알고 있어." "그럼 왜 준비가 안 돼 있어요?" 앨리스는 말했다. 편은 밭 쪽을 돌아보았고 몸을 다시 바로 하자 앨리스는 온데간데없었다. 편네 집 안은 4대에 걸쳐 누가 봐도 백인으로 통할 만한 사람들을 배출하는 데 성공한 터였다. "너보다 못한 것하곤 결혼하지 마라," 그녀의 어머니는 그녀보다 검은 사람은 안 된다는 뜻으로 늘 말했고 편은 그리했다. 다리 하나가 없는 노름꾼을 그녀의 어머니는 용납하지 않았을 것이다. "인간은 절대로 뒷걸음쳐선 안 돼. 늘 앞으로 나아가야지." 편네 가족 중에는 피부가 아예 하얘져 흑백의 경계를 넘더니 뒤도 안 돌아보는 이들도 있었다. 그녀는 이따금 몇몇 친족이, 즉 자매, 사촌들이 리치먼드에서 또 피터즈버그에서 훌륭한 말들이 끄는 사륜마차를 타고 거릴 지나가는 걸 보았는데 그럴 때 그녀가 고개를 끄덕이면 그들은 고개를 끄덕여 보이곤 저희 일 얘기를 쭉 이어가곤 했다. 편은 남편도 노름꾼이라 얼마 되지도 않는 재산을 천천히 까

먹고 있는데도 할 수 있는 일이 없었다. 외다리 노름꾼도 이젠 없었다. 그녀가 알아온 사람 중에 볼티모어에 갔다가 돌아와 그곳 얘길 들려준 사람은 없었다. **나 충실한 아내로 지냈어요.**

그들이 안집으로 돌아가자 골목은 고요해졌다. 모지스와 프리실라는 저희 오두막에 들어가더니 자려고 문을 닫았다. 방랑자 앨리스는 골목으로 돌아와 이리저리 걸어 다녔다. 오거스터스와 밀드레드는 저희 오두막에서 손을 맞잡고 누워 있었다. 둘 중 하나가 얘기를 시작했다 — 누가 먼저였는지 둘은 기억을 못 할 것이다 — 출생부터 사망까지 전부 헨리 얘기, 아들에 관해서 아는 걸 다 끄집어내는, 몇 주나 계속될 회상의 시작이었다. 읽고 쓸 줄만 알았다면 그들은 그 내용을 2000쪽짜리 책에 전부 집어넣었을 것이다. 저 위 안집에서는 캘빈이 헨리 곁에 앉아 밤을 보낼 준비를 하느라 또 한 벌의 초에 불을 붙였다. 캘빈이 초에 불을 갖다 대는 사이 로레타는 검은 비단 천으로 헨리의 얼굴을 덮어주었다 — 그녀가 느끼기에 헨리는 아침에 있을 여행을 앞두고 더없을 휴식을 취하고 있는 것 같았다.

발동이 걸린 앨리스는 큰길에 나서자마자 다시 창을 시작했다. 하늘의 서까래가 날아갈세라 큰 소리였다. 타운센드 농장으로부터 1마일 남짓한 거리에서 보안관 존 스키핑턴의 순찰대원들이 그녀를 마주쳤다. "주인님 죽었네 주인님 죽었네 주인님이 죽었네."

"여기서 뭐 해?" 체로키족 아내를 둔 하비 트래비스가 말했다. 그는 앨리스가 실성했단 걸 알았지만 그가 생각하기론 논리적인 답변이 안 나오더라도 마땅히 질문을 하는 게 제 일이었다. 순찰대원은 셋으로 카운티 그 구역 담당은 늘 그 숫자였다.

앨리스는 창을 이어가다가 어느새 춤까지 추었다.

"아유, 저 여잔 냅둬," 바넘 킨지가 말했다. "검둥이 헨리네 집 그 미친 여자 아냐."

"거참 내가 알아서 해!" 트래비스는 말했다. 그는 술을 마시고 있을 때의, 주로 입 다물고 있을 때의 바넘이 더 좋았다.

"난 그냥, 하비, 지금쯤은 너도 저 여자가 해가 안 된단 걸 알아야 하니까. 헨리가 죽으니 평소보다 더 미쳤나 본데."

"주인님 죽었네 주인님 죽었네 주인님이 죽었네."

"여기 나와서 이렇게 널 보니까 지긋지긋하다," 트래비스는 말했다. "큰길에서 이것이 춤추는 걸 본 뒤론 제대로 자본 적이 없어. 닭살이 막 돋네." 셋째 순찰대원이 막 웃음을 터뜨렸지만 바넘은 조용했다. 달이 흐려서 셋째 순찰대원은 등불을 들고 있었다. 스키핑턴이 순찰대를 다시 순환시키는 중이고 등불을 든 사내는 카운티 이쪽 구역이 처음인 까닭에, 다른 두 사람이 걱정할 것 없다고 장담하는데도 둘째를 밴 그의 아내가 구태여 등불을 쥐여 보낸 거였다. "이젠 큰길에서 그 집 검둥이를 볼 때마다 검둥이 헨리를 고발해야 한다니까."

"헨리는 죽었어. 내가 말했잖아," 바넘은 말했고, 그러자 등불을 든 순찰대원은 또 한 번 웃음을 터뜨렸다. 그는 매우 어렸다. "저 여자가 하는 말을 한마디도 안 들었군." 바넘은 이날 아침 아내한테 더는 술을 마시지 않기로 약속한 터였다. 부부는 함께 울어가며 끝내 무릎을 꿇고 기도까지 드렸다. 방에 들어와 부모가 기도하는 걸 보고 자식들도 무릎을 꿇었다. 이 녀석들은 바넘의 다음번 자식이고, 다 자란 먼젓번 자식들은 저흴 사랑하지만 저희 세상 관점으론 검둥이보다 나을 게 없는 아비를 잊을 수 있는 세상으로 멀리멀리 나아간 터였다.

앨리스는 앞에서 등불을 들고 있는 사내를 춤추며 지나쳤다. 그녀는 트래비스한테 손가락질을 했다. "야, 이게!" 그녀가 무언가 사악한 짓을 하는 줄 알고 그는 겁나서 말했다. "제기랄!" 다른 순찰대원들은 그를 보고 웃음을 터뜨렸다.

"주인님이 죽었네 주인님이 죽었네 주인님이 죽었네." 그녀는 다리를 쭉쭉 내차며 트래비스와 그의 말한테 손가락질을 했다.

"아이고 주님!" 트래비스는 말했다. "어이, 냅두자. 그냥 냅둬" 하더니 그는 여전히 발을 내차며 창을 하는 그녀를 비켜 가도록 말을 몰았다. 다른 두 순찰대원도 움직이기 시작했다.

바넘이 가다가 섰다. "집에 돌아가는 게 좋아. 당장 돌아갔으면 하는데." 앨리스는 그에게 주인님이 죽었다고 다시 한 번 말했다. 그녀는 발차기를 멈추지 않았다. "알아," 바넘은 말했다. "하지만 집으로 가는 게 최선이야." 사내들은 말을 몰고 떠났다.

조금 뒤 앨리스는 사내들이 온 길로 내려갔다. 그녀는 제 프록을 흔들어 길에서 묻은 먼지를 떨었다. 그녀는 이날 새벽 2시 반쯤까진 오두막에 돌아가지 않을 것이다. 걸려 있던 달은 이제 사라지고 없었다. 그녀는 몇 야드 나아가서부터 창을 시작해 처음에 그랬던 것만큼 소리를 키웠다. 노새가 그녀의 머리를 걸어차기 전날, 영어를 거의 못 하는 어느 아프리카 여자가 그녀에게 어떤 천사들은 귀가 안 좋다고, 그들에게 말할 땐 진짜 큰 소리로 하는 게 좋다고 말해준 일이 있었다.

주인 나리네 골목서 죽어 있는 남자를 만났네

그 죽은 남자한테 이름을 물었네

그는 해골을 들더니 모자를 벗었네

그는 이런 말 저런 말 들려주었네.

헨리를 묻기 전날 밤 일라이어스는 제 딸 테시에게 줄 인형을 완성했다. 그는 제가 앉은 나무 그루터기 옆 땅바닥에 조각칼을 내려놓고 두 손으로 한동안 인형을 든 채 이제 일이 다 끝났다는 공허함과 초조함을 느꼈다. 설레스트와 결혼한 이래로 자면서도 손이 쉬지 못할 땐 차라리 내내 뭘 붙들고 있는 게 도움이 되었다. 그의 다리는 한 번도 쉰 적이 없었다 —— 잠결에 걷어차고 씰룩거리고 해서 설레스트가 밤엔 다릴 묶어놓겠다고 늘 협박이었다. "정말이지, 남편, 당신은 그 뜀박질하는 발로 나를 더 심한 불구로 만들 셈인가 봐."

그는 손가락으로 인형의 얼굴을 죽 그어보더니 인형의 이마에 입을 맞추었다. 그는 인형이 테시처럼 보였으면 했지만 그러기엔 제가 한참 부족하단 걸 알았다. 이제 그는 손에 붙들 다른 무엇이 되도록 빨리 필요했다. 어쩌면 장남에게 줄 말 조각상. 그는 언젠가 어머니와 함께한 마지막 날 배를 본 일이 있었지만 제 머릿속에 남아 있는 첫 배처럼은 깎을 수 없을 것 같았다, 파란 하늘 밑을 조용히 항해해가던 갈색의 거선. 배를 깎을라치면 아내 설레스트를 위해 만든 첫 빗 꼴이 될 터였다. 게다가 아들놈은 그걸 어디에 띄우게? 우물, 끝도 안 보이는 우물 저 밑에? 그는 테시에게 이 인형 얼굴은 네 할머니 얼굴이다 하고 말할 셈이었는데 그것은 딸아이 머릿속의 할머니 얼굴이 그가 기억하는 어머니 얼굴, 30년 동안 산산이 부서진 기억 속의 그 얼굴과 틀림없이 같아질 거란 이유에서였다.

일라이어스는 일어서서 셔츠와 바지에 묻은 부스러기들을 쓸어냈다. 골목엔 그 혼자였다. 오래전 그가 헨리에게 했던 서약은 이제 무효였다. 하지만 사람이 죽었느냐 안 죽었느냐, 그건 중요하지 않았다. 일라이어스는 맑은 쪽 하늘을 올려다보곤 저를 멀리 이끌어주었을 것으로 짐작되는 총총한 별들을 찾았다. 얼마나 준비가 되어 있었는데, 걱정 없이, 다리는 튼튼했고, 심장은 다른 달 다른 태양 밑을 필사적으로 뛰었지. 그는 도로 앉아 셔츠 안에 인형을 넣더니 몸을 수그려 다른 나무토막을 집었다. 9시 30분이 다 된 시각이었다. 그가 조각칼을 잡는 사이 앨리스가 제 오두막에서 나오더니 춤추면서 골목을 내려가다 그의 앞에 서서는 제 엉덩이에 두 손을 올렸다. 그녀가 하는 말은 도통 이해가 안 되어 둘은 말을 나눠본 적이 좀처럼 없었다. "지금 뭐 만들어?" 그녀는 말을 걸어 그를 놀래켰다. "아들 줄 거." "음, 아주 잘 만들었네, 오래가도록," 앨리스는 말했다. 그는 그녀가 또 어떤 헛소릴 이어갈지 기다렸지만 그녀는 쭉 그렇게 서 있기만 했다. 어쩌면 달이, 혹은 달의 부재가 그녀의 상태를 정하는지도 몰랐다. "늦지 마," 일라이어스는 그녀에게 말했다. "나가서 돌아다니다 늦지 마." "너도 늦지 마," 그녀는 말하더니 춤추며 가버렸다. 그는 그녀를 지켜보았고, 그러자 처음으로 그녀가 무서웠다. 그는 가장 어려운 부분인 말 머리부터 시작할 셈이었다. 배(boat)가 아니었다. 아들놈 머릿속에 그런 생각을 심어줘서 뭐 하게? 그는 왼손에 나무 오른손에 칼을 쥐었고, 그러곤 울기 시작했다. "늦지 마," 그는 몇 번이고 말했다. "늦지 마."

1847년 헨리가 배스 카운티를 지나던 백인 신혼부부한테서 일라이어스를 사들이고 이틀 뒤, 일라이어스는 설레스트가 땅바닥에 앉아 있는 걸 발견했다. 그가 알고 지내는 건 제 오두막의 사내들과 모지스뿐이었지만 이곳저곳 절름거리고 다니는 그녀를 멀리서 보아오긴 한 터였다. 그녀는 이젠 막 촐랑촐랑 도망을 다니는 두 아이를 데리고 놀아줬거나 돌봐준 모양이었다. "얼른, 설레스트," 아이들은 말했다. "바로 갈게," 그녀는 말했다. 그녀는 일어서려고 끙끙거리다가 여러 번의 시도 끝에 서는 데 성공했다. 그녀는 한동안 가만히 서서 기다란 녹색 프록에 덮여 있는 제 두 발을 내려다보았다. 아이들이 불러도 그녀는 꼼짝 않았다. 그러다 결국엔 한 걸음 한 걸음 절면서 가버렸다. 그는 그녀를 내내 지켜보았지만 도우러 가진 않은 터였다. 시종일관 부부 싸움이었던 그 신혼부부와 배스에서 온 뒤로 그의 머릿속엔 탈주 생각뿐이라 어떤 잡생각에도 얽매이고 싶지 않았다. 그는 그녀가 알아차리기 전에 자릴 뜨자는 생각으로 뒤돌았지만 먼저 기척을 느껴 그를 본 그녀로선 그 모습이 잊히지 않을 터였다. 그녀는 그의 도움을 바랐던 게 아니라, 그가 절름발이 여자의 쇼를 구경하며 재미있어하는 게 옳지 못하다고 느꼈던 것이다.

설레스트가 387달러에 팔려 온 건 일라이어스보다 1년쯤 먼저였지만 농장에 있는 동안 그녀는 누구한테도 해로운 여자로 알려져본 적이 없었다. 그녀는 헨리와 캘도니아를 "주인님(Master)" "주인마님(Mistress)" 하고 부르지 않고 그냥 "씨(Mr.)" "마님(Ma'am)" 하고 불렀는데 그 정도가 모든 것에 대한 그녀의 작은 저항이었다. 마음씨가 최고야, 사람들은 설레스트를 그렇게 말했다. 하지만 그 뒤로 몇 주 동안 그녀는 일라이어스가 절름발이 여자를 구경하고 있었던 게 분해서 틈만 나면 그에게 심술을 부리지 않을 수 없었다. 그는 밭 저 끄트머리에서 혼자 점심밥을 먹었는데 그녀는 절름절름 굳이 그 옆을 지나가며 최대한 많은 먼지를 피워 그의 밥을 더럽히곤 했다. 그녀는 그의 일 속도가 얼마나 느린지 남들한테 보여주느라 그의 맞은편 줄에서 일하길 좋아했다. 그녀는 그가 듣든지 말든지 여기 누구 게으른 사람이 있다고 남들한테 말했다. 골목을 다니는 길목에 그가 있으면 그가 함부로 움직이지 못하게 다리를 더 빨리 절었다. "저 여자한테 뭔 짓을 했길래," 일라이어스가 업신여겨지다시피 하는 걸 보더니 누군가 그를 놀렸다. "너 태어난 게 후회될 만큼 저런대?"

타운센드 농장에 온 지 2주 차가 끝날 무렵 일라이어스는 골병이 들어 정신 못 차리게 망치질하는 두통을 앓았다. 배 속엔 밥을 채워 넣을 수 없었고 발바닥엔 알 수 없는 물집들이 생겼다. 가끔씩 밭고랑에선 당장이라도 몸을 갈가리 찢어놓을 듯한 통증이 덮쳐 허리를 구부정히 하고 몸을 추슬러야 했다. 어느 날 밤 내빼기 위해선 믿음직한 사람으로 보여야 한다는 걸 그는 알았지만 제 몫의 일마저 골병 때문에 곤란해지자 모지스도 그를 게으른 녀석이라 부르기 시작했다. "잘 알아보고 사셨어야죠, 주인님," 어느 날 모지스는 헨리에게 말했다. 일라이어스는 밤중에 일어나 바람 소릴 들으며 제가 살아야 할 날을 헤아렸다. "그냥 놀아. 그냥 놀라고," 바람은 그에게 말했다. "내일 이후는 이제 없으니까."

그는 주술을 믿어본 적이 없는 사람이었으나 설레스트가 저한테 무슨 짓을 하고 있으며 그것이 저를 자유와는 거리가 먼 죽음으로 이끌 거라고 느끼기 시작했다. 하지만 그녀는 주술에 어울리는 사람이 아니었을뿐더러 3주 차 이후론 딱 그녀답게 그에 대한 분함도 사실상 소멸한 상태였다. 그녀에게 그는 절름발이 여자 근처에 있는 걸 못 견디는 여느 남자와 다름없어졌다. 4주 차가 되고선 그녀도 그가 밭고랑에서 구부정해지는 모습에 안타까움을 느끼곤 했다.

그러고서 5주 차 중반, 그는 향상되기 시작했고 그에게 말을 걸던 바람도 그쳤다. 하지만 그는 골병으로 쇠약해진 상태라 원기를 되찾고자 밭일에 더 열심히 더 오래 매달렸는데 보통은 모지스가 오늘은 그만하자고 말한 뒤에도 남기 일쑤였다. 하지만 9주 차 지나 10주 차가 되어도 그의 몸은 예전 같지 않았고, 그러다 넉 달 차에 접어들자 그는 체념하기 시작했다. 도망갈 궁리는 계속하면서도 몇 마일을 달릴 힘이 없을까 봐, 뒤쫓아 오는 개들 목을 홱 돌아서 꺾지 못할까 봐 걱정이었다.

거기서 넉 달째를 보내던 중 그는 자정께 제 짚자리에서 쑥 일어나 북쪽을 가리키는 별들을 따라 떠났다. 이맘때 존 스키핑턴의 순찰대는 저희의 새 일에 익숙해지고 있었다. 힘이 달리기 시작할 즈음 일라이어스는 타운센드네서 약 5마일을 벗어나 있었다. 그는 허기 때문에 몸이 말을 안 듣는 게 문제란 생각에 가져온 옥수수빵을 대부분 먹어치웠다. 그는 되는대로 멈춰가며 몸을 추슬렀지만 매번 다시 시작할 땐 전보다 쇠약해져 있었다. 7마일쯤 되었을 때 그는 녹초가 되어 기다시피 했고 8마일 땐 무너져버렸다. 그는 깬 채로 큰길에 대자로 뻗어 제 쪽으로 다가오는 느린 말발굽 소리를 들었다. 말이 어느 쪽에서 오는지도 잘 모르면서 그는 키 큰 풀밭이 기다리는 길가로 기기 시작했다. 그는 풀을 갈라 공간을 마련해 숨고는 말이 와서 서는 소리를 들었다. 길더럼 경을 탄 윌리엄 로빈스였다. "네가 뭐든 간에 거기 있는 걸 알고 있다," 로빈스는 말했다. "검둥이라면 나오고, 백인이라면 이름을 댈 시 이대로 가주겠다."

　로빈스는 몇 분을 기다렸다가 코트를 열어 단발 권총을 꺼냈다. "그렇담 네놈은 검둥이지 백인이 아니렷다," 그는 말했다. 그는 일라이어스의 왼쪽 허벅지를 스치게끔 풀밭에다 한 발을 쏘았다. 일라이어스가 꼼짝 않자 조금 뒤 로빈스는 또 다른 권총을 꺼내며 말했다. "네놈의 피 냄새가 사방에 진동하는걸. 더 흘리고 싶지 않으면 일어나서 이리 와." 로빈스가 조준을 하자 일라이어스는 그새 손가락을 활짝 편 두 손을 번쩍 쳐들고 일어섰다. 보름달은 아니었지만 일라이어스의 달달달 떨리는 손가락이 로빈스에게 보일 만큼은 밝았다. 일라이어스의 다리에서 피가 천천히 흘러내리고 있었다.

　"자유민이냐 노예냐?"

　"노옙니다."

　"그리고 통행증은 없겠지. 네 피에서 나는 두려움의 냄새만으로도 알겠군. 누구 소유지?"

　"헨리 타운센드 주인님입니다, 나리." "나리"는 다시 총을 맞지 않으려는 순 비굴함에서 나온 단어였다.

　"이리 와. 뭣 때문에 여기 나와서 살금살금 다니는 거지?"

　"아닙니다, 나리." 일라이어스는 막 움직이려 했지만 왼쪽 다리가 피 웅덩이에 빠져 있는 걸 보곤 손으로 다릴 들어 걸어 나가지 않을 수 없었다. 로빈스에게 다다르자 백인이 몸을 수그리더니 주먹으로 있는 힘껏 턱을 갈겨 일라이어스는 나가자빠졌다. 그러자 일라이어스는 이 백인을 죽이면 목격자는 말뿐이란 생각으로 로빈스를 향해 얼른 두 걸음을 밟았다. 하지만 로빈스는 두 번째 권총 공이치기를 당겨 팔을 내밀었다. 일라이어스는 멈추었다.

"헨리 타운센드라면 나도 아는 사람이군," 로빈스는 말했다. "시 쳇값을 치러야 한다면 내 기꺼이 그러지. 이리 와." 그는 일라이어스의 얼굴 앞 1인치에 총을 갖다 대더니 또 한 번 주먹으로 갈겼다. 일라이어스는 나가자빠졌다. "백 살까지 살려면 백인한테 대들지 않아야 한다는 걸 알아둬."

헨리네 땅에선 노예들 대부분이 오두막에서 채 나오기도 전에 말이 도는 모양이었다. 누군가 탈주에 성공했다더라. 이날은 일요일이라 늦잠을 자는 바람에 모지스는 제일 늦게 소식을 접했다. 사람들은 일라이어스를 두고 행복해했다. "누군가의 영혼이 훨훨 날아간 거잖아. 휘잉…… 그 날개로 저 바람을 느끼는 거지. 전능하신 주님." 일라이어스의 얼굴이 영 떠오르지 않던 스탬퍼드는 그를 왼 뺨에 풍뎅이만 한 사마귀가 있는 시커먼 피부의 동료인 줄로 알다가 델피가 그 사마귀 난 남자는 아무하고나 싸움질을 해대서 헨리가 멀리 팔아버렸다고 알려준 뒤에야 생각을 고쳤다. "일어나서부턴 눈을 감을 때까지 싸우는 거야. 그림자가 귀찮게 따라다니는 걸 보곤 그걸 패기 시작하더라고. 불쌍한 것. 아이고…… 너랑도 싸우고 있었잖아, 스탬퍼드," 델피는 말했다. "흥!" 하고 스탬퍼드는 말했다. "그때 마저 싸웠으면 그놈이 틀림없이 졌을걸. 틀림없이 머리통이 날아갔을 거라 그래서 팔아버린 거지. 머리통이 없으면 일을 못 하니까. 그 바보를 스크래플* 고기로나 팔아야 했겠지." 그러자 델피는 말했다. "내 기억이랑 다른데." "그럼 기억이 잘못된 거야," 스탬퍼드는 말하곤 그 사마귀 난 남자가 무엇과 겨뤄야 했는지 보여주려고 그녀에게 두 주먹을 내밀었다. 이날은 스탬퍼드가 글로리아에 앞서 다른 아가씨와 사귀고 있을 때였다. "그거 내 얼굴에서 썩 치워, 인간아," 델피는 말했다. 그러자 타운센드네 몇몇 아이가 어른들한테 행복감을 잔뜩 넘겨받고선 스탬퍼드를 놀리기 시작했다. 일만 하다 죽을 불행한 운명의 루크는 당시 열한 살이었는데 그 아이는 제 어머니한테서 배운 노래를 사람들과 나누었다──"저 여기 있어요, 저 여기 있어요, 저 아무 데도 안 갔어요……." 설레스트는 제 마지막 남은 잿불빵을 먹다가 일라이어스의 도망 소식을 들었다. 일라이어스를 좋아하진 않았지만 그의 소식에 그녀도 행복했다. 그녀는 저는 못 가질 걸 다른 누구에게 늘 빌려주었고, 그래서 이날 아침엔 빵도 잘 넘어갔다. 소문을 듣고서, 아침을 먹고서 모지스는 헨리에게 올라가 말을 전했다. "주인님, 그 새로 온 검둥이가 날았어요."

일요일이면 볼팀스 모핏이라는 자유민 전도사가 넘어와 추울 땐 헛간에서 화창할 땐 골목에 주르르 나와서 노예들을 위한 예배를 보았다. 그는 얼추 15분 동안 설교를 했고 그 뒤엔 다 같이 노래를 두세 곡 불렀다. 전도사는 하느님 말씀은 날을 가리지 않는다고 즐겨 말했지만 정작 로빈스가 일라이어스를 붙잡은 건 너무 덥지 않은 화창한 날이었다. 전도사는 덩치가 큰 남자로 통풍과 류머티즘으로 고생 중이었는데 그에 관해 그가 사람들한테 얼른 둘러대는 말은 이것이었다. "하느님께서 구세주 예수그리스도에게 십자가를 짊어지우신 것처럼 제게도 짊어지우신 거지요." 어떨 땐 그가 아침에 침대에서 나와 옷을 입기까지 한 시간 이상 걸리는 날도 있었다. 그에겐 아

---

* scrapple. 다진 돼지고기를 옥수숫가루, 채소와 버무려 튀긴 뒤 얇게 저민 음식.

내 하나와 제 이름으로 노예 하나가 있었지만 아내 헬렌도 조그맣고 부부의 노예이자 아내의 친자매인 폴린도 조그매서 두 여자가 함께 해야만 십자가를 진 덩치 큰 남자를 겨우 감당할 수 있었다. 전도사는 일라이어스가 도망간 뒤인 이날 일요일 아침에도 상당히 지각은 했지만 헨리가 땅에 묻히는 날만큼 늦은 건 아니었다.

일라이어스가 떠났단 말을 모지스가 헨리에게 막 마쳤을 때 로빈스의 목소리가 들려와 두 사람은 안집 측면을 돌아 앞쪽으로 가보았다. 이날 아침 일어났을 때 로빈스는 간밤에 일라이어스를 맞닥뜨린 사실, 일라이어스를 제 농장으로 데려가 뒤쪽 현관에다 사슬로 묶어놓은 사실을 깜빡했었다. 그걸 요리사가 들어와 아침상에서 상기시켜주었다.

로빈스는 이제야 헨리에게 말했다. "좋은 아침이구나. 달콤할 만큼 좋은 아침인걸. 캘도니아도 너도 잘 있지?" 일라이어스는 등자에 얹혀 있는 로빈스의 장홧발 옆 겨우 몇 인치 거리에 사슬로 묶인 채서 있었다.

"예, 로빈스 씨, 저흰 잘 있습니다," 헨리는 말했다.

"네 것이 나한테 있다," 로빈스가 말하곤 일라이어스를 걷어차자 노예는 땅바닥에 엎어졌다. "어젯밤 집에 가다가 큰길에서 주웠다. 다리에 상처가 있긴 한데 죽을 정도는 아니고 나중에 팔려고 해도 문젠 없을 거다. 그리 눈에 띄게 절지는 않아." 그는 껄껄 웃었는데 그건 둘만의 작은 농담이었던 것이, 이때 로빈스는 노예를 팔 생각이 조금도 없었고 헨리에게 늘 해주었던 충고도 그것이었기 때문이다. 그는 이렇게 말했었다. "검둥이들은 가치가 올라, 그러니 녀석들의 진가를 알아주럼."

"알겠습니다," 헨리는 말했다. 뒤엔 모지스가 있었다. "일어나게 도와줘, 모지스. 들어오세요, 로빈스 씨." 모지스는 일라이어스의 양어깨를 잡아 일으키면서 약간의 웃음과 눈빛으로 난 너를 좋아해본 적 없다고 상기시켜주었다.

"아니, 오늘은 됐다, 헨리. 오늘은 됐고, 캘도니아한테 내 조만간 이쪽에 또 온다고 전해다오. 약속하마." 그들이 서 있는 땅은 한때 로빈스의 소유지로, 노예인 토비와 민디 남매를 제외하면 로빈스가 그동안 팔았던 그 무엇보다도 싼 값에 헨리에게 넘긴 것이었다. 로빈스는 일라이어스의 옆얼굴을 한 차례 보고 헨리에게 고개를 끄덕였다. 헨리는 그에게 좋은 하루 되시라고 말했다. 로빈스가 제 무릎에서 고삐를 높이 들었다 점잖게 당기자 말은 웅장한 대가리와 목을 느릿느릿 아름답게 움직이며, 그 웅장함에 강세를 주듯 입에 문 재갈을 번득이며 뒤로 돌았고, 그렇게 둘은 큰길 쪽으로 턱턱턱턱 내려가 거기서부터 전속력으로 질주하여 떠나갔다. 그 번득임은 일라이어스의 머릿속에 영원히 남을 것이다. 둘째 자식이 태어나는 밤 그는 온몸이 흠뻑 젖어 여전히 살려고 분투 중인 아이를 받아 드는데, 그러다 난롯불이 아이의 물기에 반사되어 그 번득임이 다시 눈앞에 닥치면 그는 그것을 지우고자 눈을 깜빡거릴 것이다.

헨리는 일라이어스에게 가 뺨을 날렸다. "이 일은 속이 썩을 만큼 실망이다. 널 어떡해야 되냐? 대체 널 어떡해야 돼? 고된 인생을 원하면 내 그리 응해주마." "응해주마"는 편 엘스턴이 수업 때 내뱉던 입버릇으로 헨리가 그 말을 처음 들은 건 복숭아와 목련 등 그녀와 그녀의 종들이 어렵사리 실내용으로 만든 나무들에 점령된 그녀의 응접실에서였다. 리치먼드의 사창굴에서 외국인들이 그렇게 키우는 걸 그녀의 노름꾼 남편이 보고서는 그 기술을 맨체스터 카운티로 들여온 거였다. "니가 원하는 게 그거지?" 헨리는 물었다. "내 너한 테 고생으로 응해주마." 펀네 집 나무들은 사람들을, 그러니까 안은 늘 안이고 바깥은 늘 바깥인 데 익숙하던 사람들 대부분을 어리둥절하게 만들었다. 사람들은 정신이 산만한데도 펀에게 나무들 칭찬을 건넸다. 펀네 집에 백인이 오는 일은 없었으므로 그들은 죄다 자유 니그로였다. 헨리는 캘도니아도 저런 응접실을 원할까 봐 겁이 났다.

"아니요, 쥔님." 일라이어스는 여전히 사슬에 묶여 있었는데 그건 사슬은 제 것임을 로빈스가 잊고 간 때문이었다. 다른 노예들이 나와서 지켜보는 중이었다. 맨 앞줄 바로 뒤에 설레스트가 있어서 스탬퍼드는 그녀가 볼 수 있게 어깨를 살짝 틀어주었다.

"너 절대 그런 행동 하지 마라," 헨리는 말했다. 노예를 소유하면 말이다, 하나라도 소유하면 넌 절대 혼자가 아닐 거야, 헨리에게 모지스를 판 뒤 로빈스는 말해주었었다. 어릴 땐 오거스터스랑 그다음엔 밀드레드랑 떨어져봐서 외로움이 얼마나 아픈지 알았던 헨리는 옆에 누가 늘 있다는, 결코 혼자가 아니라는 그 좋은 면을 떠올렸었다. 헨리는 일라이어스에게 말했다. "좋은 인생을 원하면, 내 그렇게 도 응해주지." 바닥에서 시작해 천장 발치에 못 닿는 창으로 흘러드는 볕을 받는 펀의 응접실 나무들은 키가 8피트 내지 9피트(약 2.4-2.7미터)쯤 자라더니 명령이라도 받은 듯 성장이 멈춘 터였다. 그 나무에서 열린 복숭아는 남자 엄지만 하게 작고 아주 달아서, 요리사가 파이나 코블러* 만들 양을 겨우겨우 긁어모으면 너무 달아 못 먹을 정도였다. 목련화도 마찬가지로 작았는데, 너무 아름답다 보니

편의 노름꾼 남편은 저게 그림이라면 액자에 담을 텐데 하고 말했다.

"모지스," 헨리는 말했다. "이놈이 원하는 게 좋은 인생인지 나쁜 인생인지 내가 판단할 때까지 데려가서 사슬로 채워놔." 이날은 날씨가 좋아 볼팀스 모핏이 골목에서 예배를 볼 예정이라서 모지스는 일라이어스를 큰 헛간에다 사슬로 채워놓았다. "넌 좋은 인생을 원하냐 나쁜 인생을 원하냐?" 모지스는 조롱을 하곤 그를 떠났다.

축사에서의 첫 몇 시간은 어떡하면 주변 사람을 전부 죽일 수 있을까 하는 생각으로 지나갔다, 처음엔 농장 사람 전부, 그다음엔 버지니아주 요 카운티 사람 전부. 유색인이건 백인이건. 입안 구석구석 메마름이 번지는 가운데 일라이어스는 찰그랑대는 사슬 소리가 귀를 찔러 움직이지 않으려고 애썼다. 바깥을 내다볼 구멍 하나 없는 헛간 벽 부위를 보고 내내 서 있기만 한다면 웬만큼 편안히 있을 수 있었다. 바닥에 앉으면 벽에서 몸을 살짝 틀 수 있단 걸 그는 알아냈지만 그래도 두 손이 얼굴 높이에 걸려서 눕기는 불가능했다. 그는 고개를 젖혀 참새들이 왔다 갔다 하며 둥지를 짓는 서까래를 한참 바라보았다. 사는 일이 단순했다 —— 지푸라기를 둥지로 물어 오고, 가서 또 물어 오고. 햇살이 들어 녀석들을 비추었지만 둥지 근처는 빛이 많지 않았다. 그는 새들이 알을 낳을 때까지, 그러다 새끼들이 깨어나고 자라서 제집을 지을 때까지 제가 여기 있을지 궁금했다. 지푸라기를 둥지로 물어 오고, 가서 또 물어 오고. 손주 참새들

---

*   cobbler. 주로 복숭아에 케이크 반죽 내지 비스킷을 덮어서 구워내는, 파이와 비슷한 디저트.

이 부모 참새가 되도록. 모지스가 먼저냐 주인이 먼저냐의 문제일 뿐 그는 농장 사람 모두의 목을 비틀 수 있었다. 모지스의 목은 더 굵었다. 아이들의 목이 제일 힘들 터였다. 하지만 금방 끝날 일이었다. 그들한테, 아이들한테, 노인들한테 눈 한번 질끈 감으면 되었다. 여자들은 최대로 비명을 지르겠지만 하느님은 원래 그런 분이니 제게 힘을 줄 터였다.

그는 로빈스네서 눈을 제대로 못 붙인 터라 매우 피곤했다. 고개를 수그리고 눈을 감으니 이내 목이 뻐근해져서 결국엔 되는대로 고개를 젖혀가며 조금이라도 목을 풀어야 했다. 로빈스네서 왔던 잠, 즉 초조한 졸음조차 눈 감아도 오질 않았다.

모핏이 도착하고 오래지 않아 일라이어스가 눈을 뜨니 웬 남자아이가 저를 지켜보는 게 눈에 들어왔다. 아이는 그의 눈이 뜨인 걸 보더니 더 바짝 다가와 물었다. "물 드릴까요?"

일라이어스는 누구의 목도 남겨두고 싶지가 않아서 대답 않고 눈을 도로 감았다.

"물 드릴까요?"

그가 눈을 감은 채 고개만 끄덕이자 아이가 떠나는 소리가 들렸다. 아이가 돌아오지 않자 일라이어스는 녀석이 저를 갖고 놀았단 생각이 들었고 거기서 약간의 평정을 찾았다. 조금 뒤 모핏의 설교하는 소리, 또렷하지 않은 말소리가 들렸다. 다시 눈을 뜨니 남자아이가 깨져서 못 쓰는 도자기 컵과 커다란 옥수수빵 조각을 각 손에 들고 눈앞에 서 있었다. "전도사님 오셨어요." 일라이어스가 가장 듣고 싶어 하던 소식이 그거라는 양 아이는 웃음을 지으며 말했다. "저는 저기 다른 데 있을 때에도 듣곤 했어요." 사흘 전에 헨리는 4번

묶음, 그러니까 셋씩 묶인 노예를 한 묶음 구입한 터였고 아이는 그 중 하나였다. 일라이어스는 두 손으로 빵을 건네받아 먹었고 베어 무는 사이사이 아이가 입에다 컵을 가져다주면 그걸 마셨다.

"저는 루크예요," 물이 동나자 아이는 말했다.

"안다," 일라이어스는 제 손에 올라타 빵 쪽으로 슬금슬금 이동하는 파리를 보며 말했다. 아이는 웃음을 짓더니 컵을 뒤집어 털었다. "알아." 아이는 일어나 뛰어나가더니 물을 더 떠다가 얼른 돌아왔다. 아이는 일라이어스 앞에 앉았고 빵이 다 떨어진 일라이어스는 두 손으로 컵을 받아 들었다. "옥수수빵 더 드려요?" 루크는 말했다. 사내는 고개를 가로저었다. "저 예수님 노래 알아요. 불러드릴 수 있는데." 일라이어스는 또 한 번 고개를 저었다. 매주 일요일 모핏이 전하는 주제는 하나뿐이었다 — 천국은 모두가 아는 것보다 가까우며 옳은 길에서 한 발짝이라도 벗어나면 영영 멀어진다는 것. "버텨요," 그는 즐겨 말했다. "단단히 버텨요, 천국이 바로 저기 있으니까. 보이네. 봐요. 눈을 감고서 봐요." 주인님과 주인마님 말씀 잘 들어라, 안 들으면 천국은 물 건너간다 하는 게 그의 맺음말이었다. "언젠가 천국에서 여러분 모두랑 앉아 복숭아와 크림을 먹었으면 합니다. 여러분 모두가 저기 저 밑의 지옥불 속에서 훨훨 타는 걸 구부정히 내려다보고 싶지 않아요." 루크와 일라이어스에게 그 말은 명확히 들리지 않아 둘은 그저 헛간에서 들리는 내용만으로 이러니저러니 따져보았다. 참새들은 이제 날아다니지 않고 그들 머리 위 어디서 짹짹거리기만 했다. 일라이어스의 머릿속에선 녀석들이 지푸라기를 정돈한 다음 알들이 제집처럼 자리 잡을 포근한 공간을 만들고자 빙글빙글 돌며 다지는 모습이 선했다. 마침내 루크는 말했다. "저는 콜팩스 쥔님네서 태어났는데…… 거기 아세요?"

일라이어스는 말했다. "안다. 거기 알아." 그는 컵을 무릎에 떨어뜨린 채 두 손에 얼굴을 파묻고 울기 시작했다. 이전엔 최악의 날들을 겪으면서도 언젠가 자유롭게 살 날이 늘 보였었다. 하지만 지금은…….

"괜찮아요," 루크는 말했다. "제가 같이 앉아 있을게요. 괜찮아요. 귀신*들이 아저씰 혼자 냅둘 때까지 같이 있어도 될 거예요. 저는 귀신들 안 무서워요."

예배가 끝나면 모핏은 헨리랑 캘도니아랑 식당에 앉아 빵과 치즈와 꿀이 원 없이 들어간 차를 들었다. 그는 뭐든 단것이라면 통풍을 달래준다고 주장했다. 캘도니아도 헨리도 살면서 가끔은 노예들한테 내려가 같이 예배를 드리긴 했지만 대개 마음속으론 모핏과의 겸상이 일종의 예배요, 하느님과의 교감으로 통하곤 했다. 식사 후 모핏은 요리사 제디가 뒤에서 가져다 받쳐준 스툴에 두 발을 올렸다. 패드를 댄 그 스툴은 다른 용도론 사용되는 법이 없어서 모핏 목사님 스툴로 알려져 있었다.

헨리는 일라이어스를 어떡할까 생각하느라 말이 없었다.

"오늘은 마음이 콩밭에 가 있군, 헨리," 어느 시점에 모핏은 말했다. 그는 안집에 들어와서 바로 예뱃값 1달러를 받은 터였다. 설교를 하던 초기, 그러니까 통풍이 들기 전 그는 제 예배를 듣는 노예 하나당 3센트를 받았지만 그건 카운티에 돈이 많던 시절이었다. 지금은 많은 백인 노예주가 저희 종들한테 그저 성경만 읽어주길 선호해 그를 고용하는 이가 적었다. 몇몇 흑인 노예주는 저희의 구원

126

이 저희 노예들한테까지 흘러내릴 거라고 믿기 시작한 터였다. 즉 저희가 교회에 나가 모범적인 생활을 하면 하느님이 저희와 저희 소유물들에게 축복을 내리신다는 거였다. 언젠가 저희는 천국에 갈 것이고 저희 노예들도 마찬가지라는 것이다. 그러니 거저 할 수 있는 일을 뭐 하러 모핏한테 돈을 줘가며 도와달라고 할까?

"이이가 잠을 잘 못 자요," 캘도니아는 말했다. "제 생각에는요, 모핏 목사님, 이이가 일을 너무 열심히 해서 그게 다 두통으로 나타나는 것 같아요. 불면의 밤으로요. '좀 쉬어요, 헨리' 하고 제가 늘 말은 해요. '쉬어요 좀' 하고요. 제 말 좀 거들어주세요, 모핏 목사님. 하느님도 우리가 죽도록 일하는 걸 보면 행복하지 않으실 거라고 한 번더 말씀해주세요." 그녀와 헨리는 3년 7개월 동안 결혼 생활을 해오고 있었다.

"그러시고도 남죠," 모핏은 말했다. "게으름은 죄악 중 하나야, 헨리, 하지만 일을 너무 많이 해도 죄악이지. 하느님이 일요일을 강조하신 이유가 뭐겠어, 쉬라는 거지. 안식일을 경건하게 지키라는 건 스스로를 혹사하지 말라는 하느님의 말씀이야. 하느님을 기쁘게 해드리세, 헨리, 혹사는 대금 치를 만큼만 해."

"아무렴요," 캘도니아는 말했다.

"그러고 있어요," 헨리는 말했다. "쉬고 있어요. 쉬는 걸 아내가 번번이 못 봐서 그러는 거예요." 모지스를 살펴보니 일라이어스가 달아났던 게 분명해 그는 이번엔 채찍으로 안 되겠다, 귀 한쪽은 베

---

* 원문은 haunt의 방언인 "hant". 저승사자, 환영, 그 밖에 괴롭고 힘든 생각을 뜻하기도 함.

어야겠다 작심이 되어 있었다. 다만 정하지 못한 건 이것이었다, 귀 한쪽을 통째로 벨까 일부만 벨까, 만약 일부만 베면 얼마만큼 벨까?

"오, 부디요, 헨리!" 캘도니아는 말했다. "모핏 목사님은 그렇겠거니 하실지 몰라도 알긴 제가 더 잘 알아요."

모핏은 앉은 자세를 바꾸어 스툴 위에서 한쪽 발을 다른 발 위로 올렸다. 그는 이날 두 번의 예배를 더 보아야 했고 둘 다 제시간을 못 맞출 터였다. 헨리가 목사를 사용한 건 윌리엄 로빈스의 노예로 있던 시절부터 알던 사이여서, 즉 부모님이 해방되자 저를 보살펴줄 사람으로 두 번째 어머니인 리타만이 곁에 남고부터 목사의 말을 즐겨 들은 때문이었다.

모핏은 떠났다.

헨리는 그가 경마차를 타고 떠나는 걸 지켜보고 나서 체로키족 오든 피플스를 내일 불러야겠다고 마음먹었다. 그는 실내에 다시 들어오자마자 응접실에서 캘도니아에게 의중을 말했다.

"그건," 그녀는 말했다. "너무 큰 벌 같아요, 헨리. 죄는 작은데 너무 심하다고요." 그녀는 긴 팔걸이의자에 앉아 있었고 그는 응접실 왼쪽 창가에 있었다.

"안 작아, 캘도니아. 그건 통에 든 썩은 사과야, 저 밑바닥에 있는, 위에 없으니 집어서 내던지지도 못하는. 무슨 수를 써야 돼," 그는 말했다. 어떨 때 그는 펀이 애써 가르쳐준 대로 말했고 어떨 땐 그러지 않았다.* 지치고 불안정할 때면 그는 아내 말마따나 유독 "활기 없고 일탈적인" 사람이 되었다. 지금 그 기진맥진함을 감지한 캘도니아는 그에게 가 두 팔로 등을 안았다. 결혼도 외로움의 끝이란 뜻이었지만 그에 관해선 로빈스가 아무 말도 해준 적이 없었다.

"그가 옳은 일을 하게 한 번 더 기회를 줘요, 헨리."

"못 해. 그렇겐 못 해." 어려서 로빈스네 농장 사람이었을 때 헨리는 두 번의 도망 끝에 오른쪽 귀가 잘린 사내를 알았다. 아내도 없고 자식도 없는 그 샘이라는 사내는 늙은이라 이젠 달아날 생각도 별로 없어서 제 불행만 씹어대며 시간을 죽이던 사람으로 걸핏하면 조무래기들을 와락 붙잡아 아이가 놔달라고 비명을 지를 때까지 귀 없는 쪽을 아이 얼굴에 바짝 들이밀어 겁을 주곤 했다. 상처가 덧나 끔찍한 버섯 모양의 흉터가 남은 탓에 그의 얼굴 양쪽은 천국과 지옥처럼 달랐다. "내 귀 내놔라!" 노인은 아이들을 흔들며 소리치곤 했다. "내 귀 내놔라, 아이고, 얼른 내놔라!" 어떤 아이는 기절을 했다. 다른 어떤 아이의 아빠는 샘을 패주기까지 했는데 그래도 그는 아이들을 마냥 붙잡아댔다. 헨리도 몇 번 붙잡히긴 했지만 열두 살이던 어느 날엔 더 이상 안 무섭단 걸 깨달아 그 공포가 어디로 사라졌나 궁금해했는데, 그러자 샘이 그를 귀 없는 쪽으로 더 바짝 잡아당기는 통에 버섯은 또 한 번 위협적으로 벌어져 사람까지 빨려 들 크기가 되었다. 그렇게 한참을 붙들려 있으면서 헨리는 손을 뻗어 만져보라 권하는 갈색의 반질반질한 흉터를 유심히 살폈다. 심지어 그는 갈색의 반질반질한 것과 흰머리로 일부 덮인 귓구멍 안을 들여다보며 저런 귀에는 소리가 얼마큼 들어가는지 궁금해하기도 했다.

"생각이 바뀌게 헛간에서 하루만 더 시간을 줘요," 캘도니아는 말

---

*   방금 헨리가 한 말 "무슨 수(somethin)"에서 맨 끝에 g를 탈락시킨 것, 즉 편의 가르침을 어기고 비어를 쓴 것을 가리킨다. 곧이어 나올 "못 해(I cain't)"도 마찬가지로 비어.

했다. 그녀는 안았던 두 팔을 거두어 제 옆구리에 놓았지만 여전히 그의 등에 기대고는 있었다.

"하루는 너무 긴 시간이야, 캘도니아."

예정에 있던 대로 그들은 펀 엘스턴네서 이른 저녁 식사를 들었다. 그녀의 노름꾼 남편 램지도 그 자리에 나와 손님들이 도착하기도 전부터 술을 마시고 있었다. 램지는 취하진 않았지만 으레 그렇듯 식사 중간에 싸움닭으로 바뀌더니 손님들더러 빚진 돈 갚으라고 시비였다. 손더스 처치와 그의 아내 이사벨, 저희 이름으로 노예가 하나도 없는 이 두 명의 유색인종 자유민도 손님으로 와 있었다. 처음에 손더스는 램지가 나를 놀리려다 보다 해서 웃어넘겼다.

"램지," 제 남편의 돈 요구가 세 번째 나오자 펀은 말했다. "금전적인 문제는 다른 날로 미룹시다."

헨리는 식사 내내 조용했다. 그는 오고 싶지 않지만 캘도니아가 당신 기분이 나아질 거라며 고집을 부린 터였다.

"난 자네한테 빚 없어," 손더스는 램지가 놀리는 게 아님을 알고 마침내 말했다. "아무런 빚 없다고." 이 말은 사실이었다. 음주만 하면 램지는 온 세상이 제게 빚을 졌다고 생각하기 일쑤였다. 세 남자와 세 여자는 저녁 파티 내내 자리를 지켰다. 램지는 상석에 앉아 있었다.

"그만하지 그래요, 램지, 펀 선생님이 말한 대로요," 헨리는 말했다. "손더스는 당신 손님이잖아요." 그는 램지 왼쪽에 앉아 있었고 램지 오른쪽은 이사벨이었다.

"내 인생을 왜 백인네 검둥이가 왈가왈부야," 램지는 말했다. "오늘 저녁에 할 말도 로빈스가 알려줬나?"

헨리는 제 무릎을 내려다보다가 램지가 움직일 겨를도 없이 냉큼 팔을 뻗어 목을 콱 움켜잡곤 한두 번 흔든 뒤 그대로 붙들고 있었다. 램지는 제 자리에서 푹 꺼지기 시작했다. 그는 붉은빛을 띤 흑인이 었지만 헨리가 움켜잡고 있으니 얼굴에선 서서히 모든 색이 사라지 고 입은 조금이라도 숨을 들이켜려는 생선처럼 아주 천천히 벌어졌 다 오므라들었다 했다. 램지는 식탁 너머로 아내가 내려다보였다. 그들의 결혼 생활은 출발점부터 내리막에 다가서던 터라 펀은 그의 눈을 들여다보고도 꼼짝하지 않았다.

"헨리, 어머나 세상에!" 캘도니아가 말하곤 두 팔로 헨리의 팔을 붙들었다. "제발요, 헨리!" 손더스가 일어나 램지 목에서 헨리 손을 겨우겨우 떼어내자 램지는 제 자리에 더 푹 꺼져버렸다. 캘도니아가 떼어놓자 그녀의 남편은 제 자리에 앉아 두 손을 식탁 위 제 접시 양 쪽에 축 올렸다. 헨리는 펀을 내려다보며 말했다. "근사한 오후를 망 쳐서 죄송해요." 이사벨과 손더스와 캘도니아는 램지를 돌보았다. 펀은 고개를 끄덕이며 말했다. "네 맘 알아, 헨리. 네 맘 알아."

그날 타운센드 부부와 볼팀스 모핏은 각자의 집에 거의 같은 시각 에 돌아왔다. 모핏이 제 땅의 짧은 골목길을 올라 아담한 집까지 5 야드도 안 되는 거리에 이르니 자매의 말다툼 소리가 들렸다. 개가 죽었으므로 그를 반겨주는 이는 없었다. 볕은 아직 상당히 남아 있 었고 그의 몸은 긴 하루로 술도 채우고 밥도 채운 터라 약간의 노동 쯤은 기운도 체력도 충분했다. 그는 제 사륜마차를 헛간에 가져다 대고 집으로 가 현관 끄트머리에 서서 귀를 기울였다. 그가 처제와

자고 이틀 지나서부터 자매의 다툼은 두 달이나 계속되고 있었다. 그의 불행한 아내는 네가 모핏하고 자든 말든 신경 안 쓰니 그리 알라고 동생한테 일러둔 참이었다. 하지만 동생이 정작 그리 알자 아내는 생각지 못한 분노에 사로잡혔고 그 탓에 둘이서 밤늦게까지 온종일 다툼이었다.

모핏은 서서 귀를 기울였다. 그는 그들의 소리를 듣는 데서, 그들의 싸움 소리로 자장자장 잠에 빠져드는 데서 도착적인 즐거움을 느꼈다. 하느님이 달가워하지 않으실 걸 그는 알았지만 그가 느끼기엔 여러 질환에도 불구하고 제 앞에 숱한 살날이 놓여 있었고, 따라서 하느님 앞에서 억지로 무릎을 꿇고 용서를 빌기까진 시간이 많을 터였다. 두 여자는 그를 기쁘게 해주느라, 당신에겐 내가 더 나으니 쟤는 내쫓으라는 속내를 드러내느라 서로 애를 썼다. 하느님이 어디 다윗과 솔로몬*을 조금이라도 부정하셨던가? 모핏은 헛간으로 갔다. 싸우는 소리가 거기서도 들렸다. 머잖아 해는 떨어질 것이고, 그러면서 그의 기력을 가져갈 것이다. 그는 말의 잠자리를 봐준 뒤 쟁기를 들었다. 그는 지갑을 쏟아 벌어 온 돈을 헤아렸다 ─ 4.50달러. 그는 여태 주일예배 복장인 채로 쟁깃날을 갈 연장을 잡았다.

그날 헨리는 아버지 오거스터스 타운센드의 마음을 풀어줄지 모를 아들을 갖겠단 일념으로 캘도니아랑 일찌감치 물러나 두 차례 관계를 맺었다. 일이 끝나자 그는 벌러덩 누웠고 그녀는 모로 누워 팔하나를 그의 가슴에 얹었다. "누가 뭐라든 나한텐 중요하지 않아요," 그녀는 노름꾼 램지의 말을 떠올리곤 조금 뒤 말했다. 그가 땀을 흘리고 있으니 그녀는 땀이 쏟아지는 그의 얼굴 옆면에 혀끝을 가져가 땀을 조금 받았다.

"알아," 그는 말했다.

"그런 일엔 마음에 갑옷을 더 입혀요," 캘도니아는 말했다.

"노력 중이야," 그는 말하고 웃음을 지었다. "모레까지는 다 입겠지." 그가 눈을 감자 그녀는 몸을 더 바짝 밀착시켰고 땀이 멎자 그녀의 입은 다물렸다. 샘, 귀가 하나인 그 사내는 로빈스네 농장에서 쭉 살았다. 그는 오두막 하나를 혼자 썼는데 그건 그러다 버릇 나빠진다는 십장의 말을 듣고도 로빈스가 허락해준 것이었다. "일단 그가 옳고 그른 걸 배웠다면 나한텐 좋은 일을 한 거잖아," 로빈스는 십장에게 말했다. 그래도 샘은 꼬맹이들을 붙잡아 겁을 주었다. 어른들은 그게 말릴 수 없는 습관이란 걸 알았고, 그래서 아이들한테 그를 그냥 피하라고 가르쳤다. "안녕하세요 안녕히 계세요 할 것도 없어. 그 아저씨가 말 걸면 저기 저 멀리서 손만 흔들어주고 가던 길 가렴."

화요일 오전 타운센드네로 가는 길, 체로키족 오든 피플스는 보안관 존 스키핑턴을 만나 노예 하나가 도망가서 헨리가 저를 고용했다고 전했다. 스키핑턴의 안장주머니에는 노스캐롤라이나에서 사는 육촌 스키핑턴 변호사가 보낸 한 달 묵은 편지가 들어 있었다. 그 편지는 존 스키핑턴이 어려서부터 앓아온 위장병의 치료법을 아는 어밀리아 카운티의 어떤 여자를 추천하는 내용이었다. 변호사는 존을 "여자 배"라고 늘 놀리면서도 제 육촌의 고통이 가짜라고 생각한

---

*   다윗과 솔로몬 모두 여러 아내를 두었다.

적은 한 번도 없었다. 존은 어밀리아의 그 여자한테로 1박 2일의 여행을 나선 참이었지만 일라이어스의 도망 소식을 듣곤 제 순찰대원인 오든 피플스와 함께 가기로 결심했다. 도망 노예는 제 주인의 재산을—저 자신을—훔친 것이므로 실은 도둑이었다. 그들은 9시 30분쯤 도착했다. 헨리를 포함해 모두가 골목에 서 있는 가운데 모지스와 사내 하나가 밭에서 일라이어스를 데려오자 오든 피플스는 그의 한쪽 귀 3분의 1을 베어냈다. 일라이어스는 오든이 수월한 면도칼질을 위해 턱을 치킬 때 말고는 내내 고개를 숙이고 있었다. 귓불 전체 하고 남은 귀 일부. 오든은 후추 찜질제가 든 쌈지를 늘 가지고 다녔는데 그 찜질제는 식초와 겨자와 약간의 소금을 섞은 것이었다—피가 남들보다 많을 법한 사람들을 지혈하는 데에도 입증된 요법이었다. "피흘리개*," 오든은 그들을 그렇게 불렀다. 일라이어스는 다시 고개를 낮추더니 찜질제를 대지 않겠단 오기로 두 손을 옆구리에 얹고 일어섰다. 결국 오든은 모지스가 제 오두막에서 가져다준 헝겊으로 일라이어스의 머리에 찜질제를 매줘야 했다.

헨리는 모지스더러 모두를 밭으로 돌려보내라고 말했다. 그러곤 거기 골목에서 오든에게 일라이어스의 귀에 대한 수임료 1달러를 지불했다. "저러면 먹힐까요," 헨리는 오든과 스키핑턴을 데리고 골목을 떠나 오든의 안장 없는 말과 스키핑턴의 붉은 암말한테 가면서 말했다. "글쎄," 오든은 말했다. "저놈 안에 어떤 심장이 들어 있느냐에 달렸지. 하지만," 그러더니 그는 고삐를 잡았다. "내가 다시 와서 저 귀의 남은 부분을 베어내게 돼도 추가금은 안 물릴게."

헨리는 고개를 끄덕였다.

스키핑턴은 말했다. "어밀리아에 갔다가 돌아오는 길에 별일 없나 내 한번 들르지. 하지만 헨리, 자네도 책임이 있어. 종들 머릿속에 도망 생각을 불어넣는 사람도 마찬가지니까. 절대 방심하지 말라고." 순찰대원들을 고용한 지 얼마 안 되었을 때 그는 버릇처럼 제멋대로 들락날락하는 노예를 둔 어느 백인에게 이렇게 말한 적이 있었다. "내 대원들은 천사가 아니야, 날아올라 잘못된 걸 보고 내려와서 바로잡고 그러질 못해. 겨우 그 정도라고. 그러니 자네도 자네 종들을 도와가며 잘 보살펴야 돼."

"저희가 처리하겠습니다, 스키핑턴 씨," 헨리는 말했다.

오든은 일라이어스에 관해 말했다. "다시 달아나면 저 귀 남은 부분은 공짜로 해주겠지만 다른 쪽 귀는 조금이라도 작업하면 요금 물어야 돼." 그는 올라탔다. 그는 말갈기 일부를 잡곤 손가락으로 쓸어 모가지 왼쪽으로 가지런히 넘겼다. 스키핑턴은 말에 올라타 말했다. "귀가 양쪽 다 없는 종은 본 적이 없어." "난 있지," 오든은 말했다. "내가 작업한 건 아니지만." 헨리는 말했다. "거 수치스럽겠네요. 두 귀가 다 없으면요." 오든은 체로키족이어서 헨리에게 "누구누구 씨"라고 불릴 자격이 안 되었을 것이다. "암, 그럴 테지," 오든은 말했다. "다른 귀는 요금을 물린다는 거 꼭 기억해. 그래야 공정하잖아. 하지만 저 귀 남은 부분은 공짜야. 일 센트도 안 받겠어."

헨리가 아무 말 없자 두 사내는 큰길로 나가더니 거기서 갈라져 스키핑턴은 그 여자가 제 배를 고쳐주리란 희망을 갖고 어밀리아로 향했고 말총머리가 찰랑대는 오든은 야간 순찰 뒤 쉬러 집으로 향했다. 애머스트 카운티에서 노예 하나가 죽는 일이 없었더라면 오든은

---

*   bleeder. '돈을 갈취하는 사람' '불량배' '악당' 등 중의적인 뜻이 있다.

귀 사업을 벌이지 못했을 것이다. 어느 백인이 제 "상습 도망자"의 귀를 베었는데 그 노예가 피를 흘리다 죽었던 것이다. 아무도 영문을 몰랐다 ── 귀 또는 귀의 일부를 베어온 지가 두 세기도 넘은 터였다. 17세기 버지니아 식민지 전역에선 심지어 백인도 종살이 계약 중에 귀가 잘리는 일이 있었다. 그랬는데도 애머스트 카운티 사내는 운이 다했는지 515달러짜리 노예가 출혈로 죽어버린 것이었다. 몇몇 백인은 그가 과실치사로 기소되길 바랐지만 대배심은 사내가 재물 손실로 충분한 고통을 겪었다고 보아 기소를 거부했다.

죽을 만큼 피를 흘린 노예한테 일어난 일로 겁을 집어먹은 사람들은 가을이 되면 노예 다리에 족쇄를 채우고 돼지를 도살하고 하는 일이 그렇듯 귀를 베는 일도 진짜 과학이라고 믿기 시작하더니 200년이 지나서도 그러고들 있었다. 애머스트 카운티 노예, 프레드라는 스물일곱 살의 왼손잡이 남자 노예가 죽은 뒤로 오든은 사망 없는 효율적이고 탁월한 작업을 약속하며 발을 내디딘 터였다. 오든이 그 일을 떠맡게 된 뒤에도 어떤 주인들은 전과 다름없이 앞선 노예의 죽음을 가지고 혹시 모를 도망자들한테 으름장을 놓았다. "내 일을 망치면 그 프레드라는 검둥이 꼴이 될 거다. 그러고 나서 돼지들한테 네놈들의 망할 시체를 던져줄 거야." 그 말은 사실이 아니었다 ── 돼지들은 닥치는 대로 먹는다지만 버지니아 돼지들은 절대로 사람은 먹지 않았다. 스키핑턴의 재직 4년 차, 오든은 맨체스터를 제외하고도 다섯 개 내외의 카운티에서 귀 베기를 사실상 독점한 상태였다.

그 화요일 밤 루크는 오든한테 귀 일부를 베인 일라이어스 옆에서 잤다. 루크는 프레드로 알려진 청년을 아는지라 만약 일라이어스가 밤중에 피를 흘리고 만다면 그의 피가 전부 빠져나가기 전에 제가 거기 있다가 로레타를 얼른 데려와 도와줄 생각이었다. 처음에 일라이어스는 근처에 아무도 없길 원하며 만약 여기 있으면 널 죽이겠다고 말했다. 아이는 아무 말 않고 일라이어스가 사슬로 묶인 데서 몇 인치 거리에 제 짚자리를 마련했다.

사내와 아이가 잠에 들기 전 캘도니아와 로레타가 헛간에 들어왔다. 로레타는 처음부터 끝까지 말 한마디 없이 오든의 찜질제를 제거하고 제가 가져온 붕대를 감아주었다.

"부탁이에요, 착해지려고 해봐요," 자릴 뜨기 전에 캘도니아는 말했다. "부탁이에요, 노력해봐요." 두 여자는 일라이어스 앞에서 무릎을 꿇고 있었는데 로레타가 오든의 찜질제를 짚에다 떨어뜨리자 캘도니아가 그걸 주웠다. 그걸 보니 걱정할 만큼의 피는 묻어 있지 않았다. 그녀의 월경 때 한 시간 동안 나오는 피가 더 많았다. 후추 냄새는 강했다. 일어서기 전에 캘도니아는 일라이어스에게 말했다. "나쁜 짓만큼 착한 짓도 쉬워요." 일라이어스는 잠자코 있었다.

캘도니아는 그를 돌보는 로레타 그리고 사내랑 로레타를 쳐다보는 루크를 내려다보았다. 전부 다, 하나하나 다 끔찍하리만치 엉망진창이었다. 저희 모두가 따르는 길을 재고하고 싶어지는 순간이었다. 저런 유산에게는, 노예들에게는 그토록 먼 길. "내 유산," 친정어머니 모드는 툭하면 말했다. "유산은 우리가 지켜야 돼."

로레타는 일어나 캘도니아한테서 찜질제를 빼앗았다. "아침에 돌봐줄게," 로레타는 말했다. 헛간을 나온 캘도니아는 로레타더러 침실로 물러나기 전에 어디 좀 들르고 싶다고, 안집에 먼저 올라가라고 말했다. 그녀는 골목 사람들한테 종종 들렀는데, 그러면 그중 일부는 그녀가 사는 감탄스러운 집을 아는지라 그녀를 오두막으로 들이길 창피해했다. "저도 같이 갈게요," 로레타는 말했다. 캘도니아는 고개를 가로저었다. 그녀는 말했다. "주인님한테 나도 곧 올 거라고 전해줘." 캘도니아는 뒤로 돌아 골목으로 나아갔다. 밑으로 빛이 새는 문 앞에서 그녀는 누군가 문을 열어주거나 이렇게 물을 때까지 몇 번이고 노크를 했다. "거 누구세요? 누가 우리 집엘 왔어요?"

약 두 주가 지난 또 다른 일요일, 모핏이 와서 설교를 하고 간 뒤 일라이어스는 루크를 안아주는 설레스트를 마주쳤다. 밭 근처였고 아이는 훌쩍거리는 중이었다. 고개를 들어 일라이어스를 본 그녀는 제가 절고 다니는 걸 틀림없이 구경했을 그 모습이 떠올라 그가 달갑게 보이지 않았다.

"루크, 애, 무슨 일이니?" 일라이어스는 말했다. 그는 그녀가 내 따귀를 날렸을 수도 있는데 하는 생각을 잠깐 하다가 그녀가 그러지 않은 게 유감스러워졌다. 하지만 그녀의 두 팔이 아이를 감싼 모습을 보니 그녀는 제게 해코지할 사람 자체가 못 되었다. 그와 루크가 함께한 시간은 아이를 이 남자의 마음에서 인간이 다가갈 수 있는 가장 가까운 곳에 데려다 놓았다. "루크, 애, 뭐가 문젠지 일라이어스한테 말해볼래? 누가 상처 줬어? 누군지 일라이어스한테 말해볼래?"

설레스트는 말했다. "그냥 엄마가 그리운 것 같은데요. 남자애니까 그럴 수 있죠. 여자애도 그렇지만. 가슴 찢어져라 울고 있는 걸 저 나무 밑에서 발견했어요." 그녀는 구경꾼 일라이어스가 더는 다가오지 않았으면 했지만 그는 다가오더니 한 손을 아이 머리에 얹었는데 그 손 근처에는 그녀의 한쪽 손목이 있었다. "루크, 내가 니 엄마 돼줄게," 그녀는 말했다. "너한테 필요한 엄마 다 돼줄게."

아이는 곧 잠잠해졌다. 설레스트는 일라이어스의 손을 쳐다본 다음 그를 올려다보았다. 폭풍이 오고 있었고 일라이어스가 루크를 찾아다닌 건 그 때문이었다. 이 아이는 빗속에서 놀길 좋아해 벼락 때문에 죽을 수도 있단 건 신경을 안 썼다. 이제 비가 내렸는데 장난 같은 비, 떨어지다 멎었다 하는 포근한 빗방울이었다. 목마른 참새라면 빠져 죽을 걱정 없이 고개를 젖히고 그 방울을 즐겨도 되었을 것이다. 루크의 머리를 덮은 일라이어스 손등의 커다란 빗방울에 눈이 간 설레스트는 다른 두 방울이 한 방울에 가서 붙는 것을 지켜보았다. 천둥이 쳤지만 아직은 산 건너편의 먼 소리였다. 설레스트는 말했다. "이 난장판에서 앨 데리고 나가는 게 좋겠어요." 그녀는 남자의 얼굴을 겨우 쳐다보았다. "네, 그러는 게 좋겠어요."

설레스트와 일라이어스, 두 사람은 그 일 이후로도 전처럼 서로 있는 듯 없는 듯이 지내어 일라이어스는 도망 계획을 세우는 일로 돌아갔다. 모지스가 헨리더러 일라이어스도 교훈을 얻었다고 장담한 날 늦은 밤, 일라이어스는 상황을 봐 큰길에 나가서 어떻게 되나 두고 볼 작정이었다.

설레스트한테 차츰 신경이 쓰이던 어느 날 아침, 전에는 몰랐던 세상없을 고요와 정적에 눈을 뜨지만 않았다면 그는 결코 말을 꺼내지 못했을 것이다. 새들도 지저귀지 않았고 난롯불도 타닥거리지 않았으며 쥐들도 쏘다니지 않았고 심지어 오두막을 같이 쓰는 코골

이꾼도 소리 없이 잠을 잤다. 그가 자유를 향해 내빼리라 늘 상상해온, 세상 전부가 반대편으로 고개를 돌린 그런 때였다. 하지만 짚자리에서 일어앉아 소리 없음에 귀를 기울이고 있으니 그는 그녀와 같이 있고 싶어졌다. 세상이 느릿느릿 도로 정신을 차리는 듯할 때 그에게 가장 먼저 들려온다 싶었던 건 그녀가 골목을 절름절름 지나가는 소리, 이를테면 그녀의 프록 밑자락이 땅을 쏴 스치는, 그녀가 멀쩡하지 않은 다리를 들려는 순간마다 그쪽 발이 직직 끌리는 소리였다.

말로는 표현 안 되는 것이 옆에서 걸으면 좀 표현될까 하여 그가 가까이 가려고 하면 그녀는 그가 저를 끔찍한 절름발이 인생으로만 보려고 한다는 생각에 얼른 멀어졌다. 그녀가 멀어지는 걸 보고 그는 날마다 상처를 받았다. 그러던 어느 늦은 저녁, 그러니까 오든이 귀에 면도칼을 댄 지 거의 두 달이 지났을 때, 노예들이 하루 일을 끝내고 자는 데 전념할 시간일 때 일라이어스는 그녀가 다른 두 여자와 함께 쓰는 오두막으로 가 그중 한 여자가 나와볼 때까지 문을 똑똑똑 두드렸다. 설레스트가 루크를 같이 살자고 데려온 터였지만 아이는 거기 없었다.

"설레스트한테 얘기 좀 나누고 싶다고 전해줄래요?" 일라이어스는 그 여자에게 말했다.

여자는 웃음이 터졌지만 그가 안 가고서 그러고 있는 걸 보곤 몸을 돌려 설레스트한테 소리쳤다. "그 일라이어스가 너 기다린다."

그녀가 문으로 오기까지는 긴 시간 같았다. 그가 고개를 끄덕이자 그녀도 고개를 끄덕였다.

"그냥 얘기 좀 나누고 싶어서요, 그뿐이에요," 그는 말했다.

"좋아요." 그녀는 말했다.

오두막에서 나오는 빛이 그녀의 윤곽을 그리는 가운데 그는 그녀의 얼굴을 마주 보았다. "난 당신을 항상 좋게 대하려고 하는데 당신은 왜 자꾸 나를 나쁘게만 대해요?"

"뭐라고요?"

"난 당신을 항상 좋게 대하려고 하는데 당신은 왜 자꾸 나를 나쁘게만 대하는 거죠? 그렇게 말했어요."

"당신한테 나쁘게 하거나 그런 적 없는 거 같은데요."

"저기요, 당신 그랬으니까 부탁인데 제발 그러지 좀 마요."

그녀가 그 쪽으로 한 발짝 무너지려다 한 손으로 문설주를 짚고 버티자 그는 그녀의 다른 쪽 팔을 잡아주었다. 1분쯤 지나 그녀는 말했다. "나쁜 뜻은 아니었어요."

그는 그녀를 믿었는데 이번에도 표현할 말은 없었다. 오두막 안에서 한 여자의 무슨 말에 다른 여자의 웃음이 터지는 걸 듣고서야 그는 표현할 말을 찾았다. "내일 얘기해요, 그럼. 당신만 괜찮으면 내일이요. 내일 말 걸게요."

"네." 그녀가 뒤로 돌아 한 손으로 다시 문설주를 짚고 걸음을 옮기는 동안 그는 그녀의 팔꿈치를 잡아주었다. 그녀는 안에 들어가 문을 닫았다.

일주일 뒤 그는 다시 그녀의 문 앞에서 그녀를 문간에 세워놓고 작은 헝겊 조각을 펼쳐 제가 나무토막을 깎아 만든 빗을 선물했다. 빗은 세계사를 통틀어 가장 조잡하고 못생긴 도구라 할 만큼 어설펐다. 빗살의 모양이 다 달랐다. 몇몇 빗살은 너무 굵은, 하지만 대개는 매우 가는, 어떤 완벽에 접근하겠다는 희망으로 깎은 결과물이었다. "어머," 설레스트는 말했다. "어머, 세상에." 그녀는 받고서 웃음을 지었다. "자상하셔라."

"별거 아니에요."

"세상에서 제일인데요. 나한테 주는 거예요?"

"네."

"아유, 자상하시지." 그녀는 제 머리를 빗어보려고 했지만 빗의 임무는 실패였다. "어머, 세상에," 설레스트는 빗과 씨름하며 말했다. 빗살 여러 개가 부러졌다. "어머, 세상에."

그는 팔을 들어 빗을 쥔 그녀의 손을 잡더니 합동으로 빗을 머리에서 탈출시켰다. "내가 부러뜨렸어요," 둘이서 빗을 다 떼어냈을 때 그녀는 말했다. "하느님 맙소사, 내가 부러뜨렸어요."

"신경 쓰지 마요," 일라이어스는 말했다.

"하지만 당신이 준 거잖아요, 일라이어스." 배 속의 음식과 등을 덮은 옷과 오두막 구석에 있는 별것도 아닌 것을 빼면 빗은 그녀가 가진 전부였다. 그녀의 물건은 전부 모아봐야 세 살짜리 아기가 온종일 지고 다녀도 지치지 않을 양이었다.

"또 하나 만들면 돼요." 그는 팔을 들어 그녀의 머리카락에 꽂혀 있는 부러진 빗살을 끄집어냈다.

"하지만⋯⋯."

"당신 머리카락 한 올 한 올 다 빗어지는 빗을 만들어줄게요."

그녀는 울기 시작했다. "오늘은 햇빛이 쨍하니까 그런 말이 쉽죠. 내일, 아마 다음 주에 햇빛이 없어지면, 그러면 당신도 빗을 거들떠도 안 볼 거잖아요."

그는 거듭 말했다. "당신 머리카락 한 올 한 올 다 빗어지는 빗을 만들어줄 거예요." 그는 부러진 빗살을 땅바닥에 버렸고 그녀는 남은 빗이 든 손을 꼭 쥐었다.

그녀는 제 다른 손에 얼굴을 묻고 울었다. 그녀가 떠나온 농장에는 옥수수밭에서 그녀를 마주치곤 너 같은 여잔 다리 부러진 말처럼 쏴 죽여야 한다고 말한 노예가 있었다. 그때에도 그녀는 울었었다.

일라이어스는 두 팔을 그녀에게 두르고 주뼛거렸는데 그에겐 이번이 처음이었던 것이다. 그는 떨었고 그 떨림은 그녀가 그의 몸에 밀착할수록 커졌다. 그는 그녀의 옆머리에, 머리카락이 시작되는 선 언저리에 입을 맞추었고, 그러다 그의 입술은 그녀의 피부와 머리카락뿐 아니라 그가 어쩌다 빠뜨린 빗살도 한 개 만났다.

다음 날 두 사람은 밭 끄트머리에서 함께 저녁을 먹었고 식사를 마친 그는 주인한테 할 말이 있다며 그녀 곁에서 일어나 밭을 걸어 나갔는데 모지스는 그에게 무슨 일이냐 혹은 어디 가느냐 묻지 않았다. 그는 안집 뒤로 가 문을 두드렸다. 요리사 제디가 문을 열었다. "제디, 헨리 주인님한테 드릴 말씀이 있어요. 헨리 주인님하고 이야기 좀 나눌 수 있을까요, 제발?"

"가서 말씀드릴게," 제디는 말했다. "이리 들어와." 그녀가 문을 더 열어주자 그는 발을 들였는데 안집은 처음이었다. 나무에 도끼날을 처음 박아 넣을 때 나는 냄새, 첫 도끼질 상처에서 흐르는 나무의 피 냄새 비슷한 게 풍겼다. 일라이어스는 문을 닫았다. 그녀는 얼마 뒤 저희 주인과 돌아왔는데 헨리는 일라이어스가 부엌에 다 들어오기도 전에 말했다. "거 무슨 일이야, 일라이어스?"

일라이어스는 제디를 처다보고 나서 말했다. "제가 설레스트를 좋아하고 있어요, 주인님, 그것도 날이 갈수록 더요. 내일이 된다고 그게 멈추진 않을 겁니다, 제가 보기에는요."

"그런가, 일라이어스?"

"예, 주인님. 그녀와 결혼하고 싶습니다. 그녀 곁에 있고 싶습니다. 그거 말곤 바라는 거 없어요, 사는 거(to live) 빼고요." 어젯밤에도 그는 자유를 향해 도망가는 꿈을 꾼 터였다. 그는 하느님의 무릎에 앉은 천사가 된 양 자유로 향하는 길이 무사했는데, 그러다 오래전 노예 시절 무언가 두고 온 것이 떠올라 자유를 향해 달려오는 수백만 명을 거슬러 그 시절로 다시 내달렸다. 그는 두고 온 것을 찾아 텅 빈 노예 거주지의 오두막 수백 채를 뒤졌고 마지막 오두막에서 설레스트를 맞닥뜨렸는데 그녀에겐 딛고 설 다리가 하나도 없었다. 그녀는 그를 보더니 얼굴을 피했다.

"그러니까 내가 '그래라' 하고 말해주길 원한다?"

"주인님, 저는 좋은 남편이 될 거고 하느님이 주시는 힘으로 매일매일 좋은 일꾼이 될 겁니다. 그녀가 아내가 되고 나면요, 주인님, 둘이 떨어지는 것도 싫습니다. 저희 둘이 따로 팔리면 우울할 거예요. 우울할 겁니다." 일라이어스는 제가 하는 말이 만약 주인이 모든 걸 축복해준다면 다시는 그 길에 오르는 꿈을 꾸지 않겠다는 뜻임을 알았다. "저는 좋은 아내를 잃기가 싫고 설레스트도 좋은 남편을 잃기가 싫을 겁니다. 저희 둘은 헤어지기가 싫습니다."

"난 니가 행복했으면 해, 일라이어스. 그리고 난 설레스트도 행복하게 해주고 싶어. 그러니 당장 돌아가서 둘이 행복하게 살아."

"고맙습니다, 주인님."

제디는 화로에 불을 지피고 있다가 막 그만두곤 일라이어스에게 문을 열어주었다. 그는 밖으로 나갔다. 헨리는 집 안을 가로질러 곧장 앞문으로 나가서는 일라이어스가 밭으로 걸어 내려가는 걸 보았다. 주변에 사람은 일라이어스뿐이었고 밭으로 가는 길보단 그 길로 가는 길이 더 가까웠다. 헨리는 계단을 내려가 일라이어스의 뒤를 따라가보았고 일라이어스는 곧장 밭으로 가 저녁 먹기 전과 똑같이 일을 잡았는데 지금은 밭에 있던 노예 모두 식사가 끝나 있었다. 셀레스트가 밭고랑을 절름거리는 모습, 절름거리면서도 일손은 빠른 모습이 헨리 눈에 들어왔는데 그녀는 밭 한쪽에 있었고 그녀의 예비 신랑은 다른 쪽에 있었다. 일라이어스도 그녀도 서로를 쳐다보지 않았다. 모지스가 헨리에게 손을 흔들자 헨리도 손을 흔들어주었다.

헨리는 한동안 서서 일라이어스를 지켜보았고, 그러는 내내 일라이어스는 셀레스트를 쳐다보지 않았다. 녀석이 필요해서 찾아다닌 건 전부 제 감정이었군 하고 헨리는 받아들였다. 또 그는 지금 벌어지고 있는 일이 사슬보단 낫지 하고도 받아들였다. 그는 드센 남자랑 다리 뒤틀린 여자를 한데 묶어놓은 것이었고 거기엔 눈에 보이는 사슬 따위 없었다. 그는 윌리엄 로빈스에게 말하고 싶어 못 견딜 지경이었다. 헨리는 온 길을 거슬러 안집으로 가 제 커다란 장부에다 일라이어스와 셀레스트를 결혼시키기로 마음먹은 날짜를 끼워 넣곤 제가 스무 살 때 편 엘스턴이 가르쳐준 유창한 필기체로 내용을 기입했다.

모핏은 두 여자와 결혼 생활을 했는데 그가 출타 중일 때 처제는 제 언니를 때려 반죽음을 만들어놓았다. 약간의 자리 이동은 있었지만 셀레스트와 일라이어스는 저희만의 오두막을 얻곤 루크를 데려다 같이 살았다. 스키핑턴은 모핏의 처제를 체포했지만 그녀의 언니가 동생 기소를 원치 않았으므로 아무 일도 일어나지 않았다. 그녀는 집으로 돌아갔고 셋은 쭉 전처럼 지냈다.

소년 루크는 행복했다. 제 이름으로 노예 셋을 거느린 백인 셰이비스 멀이 추수기에 루크를 임차하려고 하자 일라이어스는 멀이 가혹한 건 온 세상이 다 아니 제가 대신 가겠다고 헨리에게 말했다. 하지만 헨리로선 일라이어스의 소원을 한 해에 두 개나 들어줄 수 없어서 주당 2달러에 루크를 임대했다. 멀은 제 일꾼들한텐 밥을 아끼지 않는 게 좋다고 믿는 사람이었지만 일꾼들은 일출부터 일몰까지 그걸 모조리 밭에 돌려주어야 했는데 그해엔 그걸 루크보다 많이 뱉어낸 사람이 없었다. 루크가 밭에서 죽은 뒤 멀은 배상 때문에 여기저기를 오가며 항의했지만 윌리엄 로빈스는 그가 헨리에게 아잇값으로 100달러를 갚도록 만들었다. "장사는 공정해야 하니까," 로빈스는 멀에게 누차 말해주어야 했다. 멀도 참석한 그 아이의 장례식엔 모핏도 일찌감치 도착했는데, 무덤가에서 모핏이 몇 마디 하기는 했지만 일라이어스만은 누구보다도 할 말이 많아서 결국엔 그의 새색시가 두 팔로 그를 안아 그 모든 말에 마침표를 찍어주어야 했다.

4

신기한 곳 국경 남쪽. 아이가 길을 떠나다.
헨리 타운센드 가르치기.

1870년대 중반 시작해 1880년대가 거의 저물 때까지, 캐나다 출신의 백인 앤더슨 프레이저는 미국과 그곳 사람들, 특히 제가 그들의 "특색"이라고 부르는 것에 관한 2센트짜리 소책자를 보스턴에서 출판해 제법 밥벌이를 했다. 그의 출판물은 대개 신문과 잡지를 짜깁기한 것이었지만 그의 소책자에선 모든 게 더없이 생생한 방식으로 재탕되어 수천의 독자에게 즐거움을 주었다. 그가 미국에 온 건 1872년, 캐나다에선 제가 가진 게 별로 없다는 좌절감이 커져서였다. 7남매 중 중간이었던 그는 아버지와 할아버지가 설립해 친형들이 아주 편안하게 종사 중인 무역업에 발을 들일 마음이 없었다. 더구나 그는 유럽인들이 그곳을 백인들에게 안전한 곳으로 만들기 시작하던 시절 나라에 든든한 보탬이 되어주었다 생각되는 캐나다인들 특유의 어떤 억척스러움에도 질려 있었다. 그는 한때 필수였던 억척스러움, 제 형제들에게서 가장 잘 드러나는 그 억척스러움이 이 나라를 규정짓는 특징이 되어간다고 믿게 된 참이었다. 그는 그것에

서 자유롭고 싶었다. 그는 1881년까지 캐나다를 다시 보지 못했다. 그 나라는 어느 정도 그가 떠나온 모습 그대로일 테지만 그의 가족은 안 좋은 쪽으로 달라질 것이고, 그리하여 그의 한구석엔 만약 내가 떠나지 않았다면 우리 가족 대다수는 줄곧 근사한 길을 걷는 모습으로 내게 끝까지 남았을 텐데 하는 기분이 ── 그가 제 여동생 하나와 남녀 조카들이 잔뜩 모여 대화 중인 부엌에 앉아 있을 때 ── 들어앉을 것이다.

보스턴에서 소책자 출판에 들어서고부터 그는 미국 동부 연안 위아래를 시작으로 워싱턴 D.C.로 내려갔다가 이 나라 중부까지 여행을 다니면서 캐나다 출판사(The Canadian Publishing Company)가 사용할 글감을 추가로 모았다. 1879년 그는 뉴욕에서 에스터 소콜로프라는 젊은 여자를 만났는데 그녀는 보스턴까지 그를 따라왔으면서도 이유는 결코 말해주지 않고 청혼을 거절했다. 난 미국인에게 줄 수 있는 사랑 이상으로 그녀를 사랑해, 그는 다른 사람이 내용을 대신 읽어줘야 하는 캐나다의 문맹 친구한테 부치는 편지에다 적었다. 함께하고서 처음 1년 반 동안 그녀는 가끔씩 그에게 말도 없이 뉴욕의 제 가족들한테 돌아가서는 그가 도시로 저를 보러 와도 만나주길 거부했다. 한번은 그가 그녀 집에 여성 중재자를 보내어 만나달라고 부탁하기도 했는데, 그것을 에스터가 거절하자 앤더슨은 워싱턴 D.C. 이남 지역, 그러니까 에스터가 달고 온 고통을 겪기 전에는 궁금하지 않았던 미국을 방문하기로 마음먹었다.

앤더슨이 자칭 『우리 남부 이웃들의 신기하고 별난 일들Curiosities and Oddities about Our Southern Neighbors』이라는 소책자형 연속간행물에 훗날 넣게 될 글감을 만난 건 남부에서였다. 목화 경제. 별

것 아닌 재료로 만드는 훌륭한 음식. 식물상과 동물상. 이야기하기 (storytelling)에 대한 욕구. 이 연속간행물은 앤더슨의 최고 성공작이었고 그중에선 남북전쟁이 있기 전 다른 니그로를 소유했던 자유 니그로를 다룬 1883년 소책자만큼 성공한 게 없었다. 노예 소유 니그로들에 관한 소책자는 10쇄를 찍었다. 그 특이한 소책자들 중 20세기 말까지 살아남은 건 단 일곱 권이었다. 그중 다섯 권이 의회도서관에 있던 1994년에 나머지 두 권은 흑인 기념물 수집의 일환으로 오하이오주 클리블랜드의 어느 흑인에게 팔렸다. 그 수집품은 1994년 그 남자가 죽자마자 독일의 어느 자동차 제조업자에게 170만 달러에 팔렸다.

앤더슨 프레이저가 그 남부 연속간행물을 시작한 지 겨우 석 달이 지난 3월 어느 날 에스터는 뉴욕에서 돌아와 다시는 그를 떠나지 않겠다고 말했다. 그는 두 달 뒤 유대교로 개종했다. 앤더슨은 제 랍비, 즉 주체 안 되는 머리카락을 지닌 매우 키 작은 남자가 당신의 믿음이며 하느님과의 서약은 파기될 위기에 놓였다고 말할 때까지 자꾸만 할례를 미루었다. 그와 랍비는 랍비 서재에 들어가 앉았다. "하느님은 전부이십니다," 랍비는 그에게 말했다. 그때 그는 그 랍비와 몇 년을 알아온 사이로 에스터가 제 가족에게 돌아간 맨 첫 번부터 그에게서 조언과 위안을 구해온 터였다. 그 첫 번 때 랍비를 찾기에 앞서 그는 이 구역의 어느 랍비가 최근에 아들과 며느리와 세 손주를 화재로 잃었단 얘길 들은 터였다. 앤더슨은 첫날 제가 발을 들일 곳이 그 비극을 겪은 랍비의 집인 줄은 모른 채 위안을 얻고자 그 집으로 갔다. 다섯 사람의 죽음이 다른 동네 다른 랍비의 일이라고 생각했던 것이다.

그리하여 그 랍비한테서 당신의 서약이 파기될 위기에 놓였다는 말은 들은 앤더슨은 할례를 받고서 결혼을 했다.

다른 니그로를 소유했던 여러 자유 니그로에 관한 소책자는 여섯 쪽에 걸친 그림과 지도를 제외하면 스물일곱 쪽이었다. 헨리 타운센드와 그 과부 캘도니아, 그리고 그녀의 두 번째 남편이자 윌리엄 로빈스의 아들인 루이스 카트라이트에게 할애된 건 일곱 쪽이었다. 카트라이트라는 성은 루이스의 어머니 필로미나의 것으로 그녀가 저 자신과 자식들을 위해 직접 고른 거였다. 그 소책자에 할애된 일곱 쪽 가운데 한 쪽은 기다란 두 문단에 걸쳐 스승인 펀 엘스턴을 언급하고 있었는데 앤더슨이 적길 그녀는 "저 자신도 노예를 몇 명 소유했던 사람"이었다.

앤더슨이 펀을 만난 건 1881년 8월 어느 날, 그가 넓은 모자를 쓴 채 레모네이드 유리잔을 들고 현관에 앉아 있는 그녀에게 다가가 대화를 나눌 수 있는지 물어보고서였다. 펀은 백인한테 시달려본 일이 한 번도 없는 사람이었고 이 상태는 시간이 갈수록 심해지고 있었다. "아마도요," 그녀는 저보다 어린 뽕나무의 그늘에서 말했다. "아마도, 당신이 내 시간을 많이 빼앗지만 않는다면요. 우린 허투루 쓸 시간이 없잖아요, 당신도, 그리고 물론 나도." 앤더슨에겐 펀이 열여섯으로도 서른아홉으로도 쉰다섯으로도 일흔여덟로도 보였을 것이다. 저널리스트라면 묻지 않고도 그녀의 나이를 파악했어야 한다고 그는 느꼈다. 그는 결코 묻지 않았고, 그래서 노예를 소유한 자유 니그로들에 관한 소책자 속 그의 보고에는 나이에 관한 언급이 한 마디도 없었다.

그는 쾌적한 집들로 가득한 니그로 동네의 쾌적한 집 현관으로 올라갔다. 처음에 그는 나이가 가늠되든 안 되든 제게 보이는 여자가 틀림없는 백인이라 길모퉁이의 피부 검은 남자가 길을 잘못 가르쳐 주었나 싶었다.

그가 일단 현관에 올라서니 그녀는 다정해졌고, 그러다 그가 반 시간 이상 앉아 있자 레모네이드를 권했다. 한때 그녀의 노예였고 지금은 세상에서 가장 친한 친구인 남자가 앤더슨에게 레모네이드를 내왔다.

앤더슨이 노예를 소유한 자유 니그로들에 관한 얘길 처음 들은 건 겨우 다섯 달 전으로 그가 생각하기엔 제가 본 중 이만큼 별난 일이 없었다. 그는 펀에게 그 말을 전했다.

"글쎄요," 그는 11시 정각이 다 되어 말했다. "제게는 가족을 소유하는 것 같달까요, 집안사람을요." 그는 1872년 캐나다를 떠난 이래 처음으로 가족을 보고 온 지 얼마 되지 않은 참이었다. 펀에게 말하는 동안 그는 머릿속에 제 동기들이 떠올라 그들과 함께 있을걸, 처음부터 캐나다를 떠나지 말걸 싶었지만 떠난 건 이번이 두 번째였다. 남녀 동기들 각각의 이름이 마음속을 느린 속도로 척척척 지나갔고, 그래서 그는 그 시간 내내 마음의 손가락으로 그들의 이름 철자를 하나하나 짚어보았다.

"있잖아요, 프레이저 씨, 집안사람을 소유하는 것하곤 달라요. 전혀 달라요." 펀은 괜히 드레스를 매만졌다. "같다는 생각으로 오늘 이곳을 떠나선 안 돼요, 왜냐하면 다르니까요." 좀처럼 쳐다보지 않던 그녀가 그를 쳐다볼 때마다 그녀의 챙 넓은 모자 탓에 그녀 얼굴은 불분명해졌다. 옆에 앉은 그로선 길거리를 내다보는 그녀의 모습이 훨씬 잘 보였다. "우린 그저 법과 하느님이 허락하는 일을 할 뿐이에요. 법과 하느님을 믿는 사람 중에 그 이상의 일을 하는 사람은 없어요. 안 그래요, 프레이저 씨? 당신은 하느님과 법이 허락한 것 이상의 일을 하시나요?"

"그러지 않으려고 노력합니다, 엘스턴 부인."

"그럼요, 그렇죠, 프레이저 씨. 그 점은 우리가 비슷하네요. 난 내 가족을 소유했던 게 아니니 사람들한테 내가 그리했다고 해선 안 돼요. 우린 그런 일 안 했어요. 우리가 소유했던 건……" 그녀는 한숨을 쉬었는데 불과 몇 초 전보다 훨씬 메마른 소리가 목구멍을 타고 올라오는 듯했다. "우리가 소유했던 건 노예예요. 그게 있었던 일이고, 그러니 우리가 했던 일은 그거죠." 제 성은 엘스턴이라고 그녀는 그에게 말했지만 그건 그녀의 첫 남편 성이었다. 그녀 주변의 세상에서는 그녀를 셋째 남편 성으로 알았다. 셋째 남편은 예전에 노예였던 호두색 피부의 대장장이로 그녀와는 여자 스스로 몸이 안 따라준다 판단하던 시기에 한꺼번에 두 아이를 낳았다. 그 남편은 그녀를 "엄마"라 불렀고 그녀는 그를 "아빠"라 불렀다. 그녀는 앤더슨에게 말했다. "우리들, 우리 니그로들 중에는 허락되지 않은 일을 한 사람이 단 한 명도 없을 거예요."

펀은 턱을 내려 제 손바닥을 들여다보았다. 앤더슨이 백인도 남자도 아니었더라면, 이날이 더위로 시작해 무더위로 치닫지 않았더라면, 이날 아침 그녀가 남편과 사소하다고 하기도 민망한 걸로 다투지 않았더라면, 그 노름꾼이 오래전에 다리 하나 없이 볼티모어로 가버리지 않았더라면, 이 모든 일이 달랐더라면 펀은 앤더슨에게 아마도 마음을 터놓았을 것이다. **이것이 내가 아는 마음속 진실이에요.** 그 노름꾼이 두 다리로 떠났더라면, 그가 잃은 게 두 손 중 한 손의 웃

자란 손가락 조금, 아주 조금뿐이었더라면.

앤더슨의 집안사람들 이름은 그가 펀과 앉아 있는 내내 머물며 묘하게도 위안을 주었다. "향수병에 걸려보신 적이 있습니까, 엘스턴 부인?" 그녀에게 아침 인사를 건네는 사람들, 즉 니그로들은 모두 버지니아 작은 마을의 먼짓길을 오갈 때 그녀의 집을 지나쳐 다녔는데 이 마을 철로는 토박이들한테 그 점을 아주 또렷이 알려주었다. 이쪽은 전부 니그로, 저쪽은 전부 백인. 토박이가 아니었던, 독실한 유대교도가 되어가던 앤더슨은 처음부터 길을 잘못 든 거였다.

"아니요, 난 그런 병의 지배를 받지 않고 살려고 노력했거든요," 손으로 파리를 쫓으며 펀은 말했다. "그게 다른 질병들보다 몸을 쇠약하게 만들거나 생명을 위협하진 않는다고 보지만요. 책에들 남기는 질병들이요"——그녀는 그에게로 몸을 틀었다——"소책자에 남기는." 그녀는 다시 몸을 바로 했다.

"맞습니다," 앤더슨은 말했다. "맞아요, 생명을 위협하진 않죠. 실은 아주 즐거운 것일 수도 있어요." 그는 둘 앞에 펼쳐진 땅을, 저 풀밭, 그녀의 현관으로 이어지는 굽잇길 양편의 저 나무들, 만물을 뒤덮은 저 햇빛을 내다보았고, 그러자 제 형제자매가 저쪽에 나란히 서 있었다. 그는 캐나다를 방문하기 석 달 전 제 누나 하나가, 펀의 마당 저쪽에 왼쪽에서 두 번째로 서 있는 실라가 죽었다는 얘길 들었다. 지금 펀의 여름철 마당에는 그의 동기들 모두가 가장 두꺼운 겨울옷을 입고 서 있었다, 코트, 장화, 털모자. 눈이 내리는 중이었다. 형제자매들이 저마다 한 팔씩 들어 그에게 손을 흔들고 있었는데 그 손만 아니면 사진사 앞에서 포즈를 취하듯 매우 가만한 모습들이었다. "네, 아주 즐겁죠."

편은 남부의 인정사정없는 더위에 아마도 녹초가 되었을 그에게로 몸을 틀었다. "알겠어요," 그리고 그녀는 눈길을 돌렸다. "저널리스트의 말이니 믿어야죠."

남자 하나가 집 근처를 지나가며 편에게 아침 인사를 건넸는데 그 모습도 별나 보였다.

"내가 보내준 오크라 풀은 좀 먹어봤어, 허버트?" 그녀는 남자에게 물었다.

"먹다마다요," 그는 모자를 들어 보이며 말했다. "정말 훌륭하데요. 아델이 딱 좋게 차려줬어요. 제가 좋아하는 식으로다가요. 내일 가서 뒤쪽 울타리 마저 고쳐드릴게요. 선생님이 언제 들르시는지 아델이 궁금하대요."

"곧 보러 간다고 전해. 안부도 전해주고. 허버트, 그리고 있잖아, 오크라 풀은 더 많이 자랄 거야. 자네한테 장담할 수 있어."

"그럼 감사히 받죠."

그녀와 앤더슨은 남자가 모퉁이로 내려가 왼쪽 오른쪽을 보다가 왼쪽으로 꺾는 걸 지켜보았다. "가끔은 내가 내 정원을 너무 믿나 싶어요," 편은 말했다. "어느 날 정원이 나를 실망시키면 사람들은 죄다 나를 거짓말쟁이로 알겠죠."

"엘스턴 부인, 타운센드 씨 얘기 좀 해주실래요?"

그녀는 레모네이드를 홀짝일 뿐 그를 돌아보진 않았다. 그녀는 한참 만에 그걸 삼키더니 다 마신 유리컵을 살폈다. 식은 레모네이드 잔들이 웁니다, 그녀는 생각했다. 그것은 여인이 어떤 시인에게 부친 한 통의 편지에서 이미 두 번이나 써먹지 않았더라면 그 시인이 제 여인을 위한 헌시에 틀림없이 넣을 말이었다. "헨리인가요 오거스터스인가요? 헨리라면 나도 안다고 말할 수 있죠. 헨리라면 아주 잘 안다 싶네요. 하지만 오거스터스라면 전혀 모른다고 해야겠는데요." 말하는 중에도 그녀는 오거스터스를 떠올리려고 애를 썼으나 그에 관한 기억은 외다리 노름꾼에 관한 기억과 마찬가지로 구멍투성이였다. **그깟 의무, 대단하신 아내.** 그녀는 살면서 오거스터스를 본 일이 별로 없었고 그나마도 헨리의 장례식 때 맞은편 자리에서 본 게 거의 전부였다. 듬직하신 분이었죠, 오거스터스에 관해 그녀는 말했다. "저는 빈말을 하는 편이 아니에요," 그녀는 앤더슨에게 말했다. "그러니 내가 듬직하신 분이라고 말할 땐 진짜로 듬직하신 거예요. 헨리도 듬직하긴 했지만 그 친군 오래 못 살아서, 유색인종 남자들이 듬직하고 태연해지기 전에 나타나는, 그러니까 죽음이 그림자처럼 가깝단 걸 깨닫고 그에 걸맞은 삶을 살아가기 전에 나타나는 소년티를 벗지 못했죠. 그걸 깨달으면요, 그이들은 심지어 하느님이 상상하시는 것보다도 아름다운 남자가 된답니다, 프레이저 씨."

소년 헨리 타운센드는 윌리엄 로빈스의 마부이기도 했고 로빈스 농장에서 장화와 단화를 만드는 구두장이의 수습공이기도 했다. 그는 저를 가르쳐준 사내보다 실력이 나았다. "그 애 머릿속에 넣어줄 게 더는 없습니다, 주인님," 오거스터스와 밀드레드가 아들의 자유를 사기 2년 전 그 티먼스라는 사내는 로빈스에게 말했다. "그 애는 제가 가진 걸 다 잡아먹고 지금은 뭘 더 먹을지 두리번거리고 있어요." 얼마 지나지 않아 로빈스는 처음으로 헨리에게 제 치수를 재고 장화를 만들어도 좋다고 허락했다. 헨리는 매우 기뻤다. "로빈스 부인이 허락해주면 말이다, 헨리, 내가 그걸 신고서 자마." 이는 로빈스와 그의 아내가 각방을 쓰기 직전, 그러니까 그녀는 딸이 어렸을 때 동부라 부르던 저택 한쪽에서 자고 그는 딸이 서부라 부르던 곳에서 자기 직전의 일이었다.

헨리의 부모가 헨리를 자유민으로 데려갈 날이 하루하루 다가올수록 로빈스는 그 아이가 그리워질 걸 알곤 놀랐다. 필로미나를 사랑한다고 깨달은 뒤론 검은 인간에 대한 감정에 좀처럼 놀라본 일이 없던 터였다. 로빈스는 제가 어떤 용무를 보고 오든 필로미나와 자식들이 있는 집에 들렀다 오든 저를 골목에서 기다리는 헨리의 모습에 익숙해져 있었다. 툭하면 머릿속의 폭풍을 치르고 회복하고 하던 로빈스가 큰길에서 골목으로 느릿느릿 접어들어 집으로 올라갈 때면 세상없을 참을성으로 거기 서 있는 그 아이의 모습이 위로가 되어주었다. 탕아를 기다리는 아버지의 모습이 저럴 테지, 로빈스는 언젠가 생각했다.

"좋은 아침입니다, 로빈스 주인 나리," 로빈스의 귀가는 한결같이 아침이었으므로 아이는 그렇게 말하곤 했다.

"좋은 아침이구나, 헨리. 여기 얼마나 있었니?"

"얼마 안 됐습니다," 날씨가 어떻든 어두울 때부터 몇 시간을 기다리기가 예사였는데도 아이는 그렇게 말하곤 했다. 로빈스는 말에서 내려 제 길을 가곤 했는데 어떨 땐 문까지 부축이 필요했다. 일단 그가 실내로 들어가면 아이는 말을 돌보곤 했다.

헨리가 자유민이 되고 나서도 로빈스는 저와 제 남자 손님들을 위해 장화를 만들어달라 단화를 만들어달라 헨리를 자꾸만 불러들였다. 헨리는 당연히 백인 여자를 만지면 안 되었으므로 로빈스의 아내 에설, 그의 딸 페이션스, 그리고 농장을 방문한 여자 손님들을 위해 같은 일을 해줄 때에는 로빈스의 가정부 노예 하나에게 치수 측정을 부탁했다. 여자 노예들이 재는 치수는 찜찜하게도 완벽하지가 못해서 그는 머잖아 눈대중으로 더 정확히 재는 법을 익혔다. 로빈스는 어딜 가든 헨리 이름을 꺼냈고, 로빈스의 칭찬과 제집에 돌아간 손님들의 칭찬으로 헨리는 린치버그에서 온 어느 손님이 일컬은 것처럼 "하느님도 신고 싶어 하실 신발"로 유명해졌다.

헨리는 돈이 쌓이기 시작했는데 그 돈은 로빈스한테서 언젠가 얻게 될 약간의 토지와 함께 그를 떠받치는 토대이자 그가 죽는 날 저녁 가진 것을 떠받치는 토대가 될 것이다. 돈의 가치, 헨리가 하는 노동의 가치를 가르쳐준 건, 그리고 상품값을 제시할 땐 절대 눈을 깜빡거리지 말라고 가르쳐준 건 로빈스였다. 로빈스가 한땐 제국의 꿈을 품었던 "큰 버지니아 안의 작은 버지니아"를 만들고자 동분서주할 무렵 헨리는 이 백인을 따라 숱하게 여행을 다녔다. 한번은 클라크스버그에서 로빈스가 그곳 주인과 대화하는 동안 헨리는 승마용 장화를 만들려고 그자의 발 치수를 잰 일이 있었다. 그 남자는 가만있질 못하다가 헨리를 걸어차곤 이 검둥이가 내 발을 아프게 한다고 말했다. 당시 헨리가 만든 장화를 다섯 켤레나 가지고 있던 로빈스는 헨리더러 나가 있으라고 했는데, 그러다 헨리가 돌아오니 그 남자는 벌게진 얼굴로 헨리에게 훨씬 싹싹하게 굴되 헨리의 물건을 그 이상은 사지 않았다.

오거스터스 타운센드 입장에선 제 아들이 로빈스 농장의 노예 친구들을 방문할 때 말곤 과거와 얽히지 않기를 선호했을 텐데 아마 한때 저를 소유했던 백인과 얽히는 일이라면 더더욱 그러했을 것이다. 하지만 밀드레드는 헨리가 저 사는 세상을 넓힐수록 그만큼 자유로워지는 거라고 남편에게 일깨워주었다. "그 해방증만 여기저기 들고 다닌들 그 자유가 어디 자유입디까," 그녀는 남편에게 말했다. 그녀는 아들이 언제나 거부당해왔던 것들을 보고 돌아다니면서 노예 신분을 뒤로했으면 했다. 로빈스가 종종 저희 아들을 데리고 다녀주면 그들로선 싸게 먹히는 거였고 더구나 애초에 아들의 세상을 제한했던 건 로빈스였던 것이다. "하느님 눈에는 이렇게 따라다니는 게 전부 개한테 만회가 되는 거예요," 밀드레드는 말했다.

로빈스와 다닌 지 두 주쯤 지나 헨리는 제가 다닌 버지니아 지역이 어디어디인지 들려주고픈 열망에 눈이 초롱초롱해져서 제 부모에게 돌아갈 것이다. 아들의 말이 다가오는 소리를 듣고 큰길로 나간 밀드레드와 오거스터스는 로빈스가 골목을 올라 저택에 이르길 기다리던 헨리만큼의 참을성으로 아들의 등장을 기다릴 것이다. 맨체스터 연방 은행을 믿으라는 로빈스의 말을 들은 터라 헨리는 거기서 번 돈 일부를 은행에 맡길 것이다. 나머지는 말에서 내리자마자 아버지랑 뒷마당에 묻고서 개가 파헤치지 못하게 돌들로 덮을 것이다. 그들의 이웃은 하나같이 착하고 정직했지만 세상엔 낯선 이들도 있었고 개중엔 착함과 정직함을 벗어난 이들도 있었다. 그러고 나서 세 사람은 말을 헛간으로 데려가 쉰 뒤 집에 들어가 서로를 끌어안을 것이다.

헨리의 10대 후반은 그렇게 지나갔다.

리치먼드에서 살고 싶은 욕망이 필로미나 카트라이트를 사로잡은 건 그녀가 자유로워지기 한참 전인 어릴 때였다. 그녀는 로버트 콜팩스의 농장에서 태어났는데 로빈스가 열네 살이던 그녀를 처음

본 곳은 바로 거기였다. 그녀가 여덟 살이었을 때 콜팩스는 파산할 위기를 맞은, 그래서 사람이든 뭐든 가진 재산을 팔아치우느라 시골 지역을 전전하던 어느 남자한테서 노예 둘을 구입했다. 새로운 삶의 첫발을 내딛는 게 목표라고 콜팩스에게 털어놓은 그 남자는 노예들을 괜찮은 값에 넘기는 것으로 그 첫발을 내디뎠다. 노예 한쪽은 소피, 리치먼드가 얼마나 웅장한 곳인지 필로미나한테 들려주길 좋아하던, 하지만 실은 리치먼드는커녕 구칠랜드*라는 콩알만 한 곳도 못 가본 서른다섯 살의 여자였다. 리치먼드에선 주인과 안주인이 왕과 왕비처럼 사는데 가진 게 엄청나다 보니까 그 노예들까지도 맨체스터 돌아다니면 예사로 보이는 여느 백인 주인과 안주인처럼 살아, 소피는 말했다. 리치먼드 노예들은 먹을 게 아주 많아서 몸이 거의 매주 불어나니까 허구한 날 새 옷을 입는다는 거였다. 리치먼드 노예 중에는 노예를 거느린 노예도 있고, 그 노예의 노예 중에도 노예를 거느린 노예가 있어, 소피는 말했다. 게다가 날마다 밤만 되면 폭죽을 터뜨려서 태양 아래의 무엇이든 기념해, 심지어 꼬맹이가 첫 이빨이 빠지거나 첫걸음마를 해도. 인생에 행복한 면이 있다, 그럼 리치먼드에선 그걸 기념하는 거야. 필로미나가 여덟 살이었을 때 시작된 리치먼드 얘기는 로빈스가 그녀를 처음 본 그때까지도 이어지고 있었다.

그날 길더럼 경을 타고 콜팩스의 집에 들른 로빈스는 소녀가 집 뒤쪽에서 나와 노예 거주지로 내려가는 모습을 보았다. 그녀는 머리에 빨래를 한 짐 이고 있었다. 그는 말에서 내려 녀석을 데리고 거주

---

* Goochland. 리치먼드에서 북서쪽으로 약 47킬로미터 떨어진 작은 마을.

지까지 걸어가 그녀가 들어가는 오두막을 알아두었다. 그는 리치먼드에 가야 할 일이 잦았지만 그가 생각하기에 그곳은 소돔만큼 나쁜 곳이었다.

그는 콜팩스에게 소녀 얘길 꺼냈고 두 주 못 가 콜팩스는 그에게 그녀를 팔았다. 로빈스는 어느 노예랑 두 아이를 낳아 그들이 농장에서 먼 오두막에 기거하고 있었지만 그 노예와 함께한 지는 거의 1년이나 지나 있었다. 그와의 관계가 시작되고 여섯 달 뒤, 마을 조금 외곽의 집에 그의 농장에서 불려 온 하녀 하나랑 같이 들어가 살고 있던 필로미나는 제 어머니랑 남동생도 같이 있고 싶다고 로빈스에게 말했고, 그 말에 로빈스는 콜팩스가 필로미나 때처럼 너그러운 값을 부르지 않는데도 그 둘도 사들였다. 로빈스는 필로미나의 열여섯 번째 생일에 그녀를 해방했고 몇 달 뒤에는 그녀의 어머니와 남동생을 그녀에게 주었다. 그로부터 두 달 뒤, 도라를 밴 첫 달에 그녀는 그더러 ─ 리치먼드 얘기를 해준 ─ 소피를 구입해달라고 했다. 얼마 뒤 남동생이 소피와 달아나는 데 성공하자 필로미나는 둘이 무슨 짓을 꾸미는지 저는 까맣게 몰랐다고 주장하되 로빈스가 믿어줄 만하게 이야기했다. 로빈스는 그 둘을 찾아 끌고 오는 데 필요한 모든 수를 썼지만 둘은 온데간데없었다. 그는 두당 50달러의 현상금을 걸었고, 그러다 한 달 뒤에는 두당 100달러로 올렸는데 그것은 여러 수배지를 통틀어 가장 큰 금액이었다. 재산 중 두 개를 잃었는데도 필로미나는 괘념치 않는 모양이었다. 그녀는 제 어머니한테 그 둘은 결국 리치먼드에 다다랐을 거라고 말했는데, 그러고 나니 어떤 날엔 저를 사랑해주던 소피 생각에 행복해지다가도 어떤 날엔 제가 바라는 리치먼드에서 현재를 살고 있을 소피가 몹시 미워졌다. 소피가 사라진 지 1년이 넘은 어느 날 그녀는 이런 의구심이 들었다. 내가 리치먼드를 보기 전에 둘이서 폭죽을 바닥내면 어쩌지?

도라의 출생으로 로빈스는 필로미나에게 생각보다 훨씬 바짝 이끌렸다. 아이가 태어난 지 한 주가 지나자 그녀는 그를 "윌리엄"이라고 불렀는데 그는 그것을 바로잡기는커녕 그녀의 입에서 흘러나온 이름이 어느 뜻 없는 노래처럼 허공을 맴돌듯 하고서야 제 이름으로 뇌리에 박히는 양상을 즐기게 되었다. 그는 그녀가 뾰로통해져서 잔뜩 애처럼 굴 때조차 그녀와 있기가 즐거웠다. "당신이 나한테 소홀하니까 그러죠, 윌리엄. 당신 그렇단 말이에요, 윌리엄."

도라가 태어나고 3년 뒤 루이스가 태어나면서 리치먼드에서 살고 싶은 욕구는 한층 강해져서 돌아왔다. 그 욕구는 한시도 사라진 적이 없었지만 도라를 낳고서 그녀는 시간을 견딜 줄 아는 여자로 바뀌어 있던 참이었다. 폭죽은 없다 한들 소피의 리치먼드는 영구한 도시이므로 필로미나를 기다려줄 터였다. 하지만 루이스의 출생으로 그녀는 풀이 꺾였고, 그러다 하루하루가 힘들어진 그녀는 어머니한테 그리고 이젠 어머니와 마찬가지로 제 재산이 된 하녀한테 아이들 양육을 넘겨버렸다.

도라가 여섯 살이 되었을 때 그녀는 리치먼드로 처음 도망을 갔다. 로빈스는 그녀를 데려오도록 제 십장을 보냈고 그 남자는 길거리에서 잠든 그녀를 발견했는데 그녀는 리치먼드에 푼돈을 들고 와다 써버리고선 그러고 있는 거였다. 십장은 제 고용주의 잠자리 상대를 끌고 돌아가는 데 이용당하는 게 달갑지 않음을 우회적인 말로 밝혔다. 리치먼드로의 두 번째 줄행랑은 먼젓번보다 많은 돈에 아이들까지 데리고서였다. 도라가 여덟 살에 루이스가 여섯 살이었다.

로빈스는 당시 열여섯 살이던 헨리를 대동해 직접 데리러 나섰다. 헨리에겐 두 번째 리치먼드행이었다.

긴 하루가 저물 무렵 로빈스가 세 사람을 발견한 곳은 주 의회 의사당에서 열 블록도 안 떨어진 하숙집, 필로미나가 첫 번째 리치먼드행 때 묵었던 바로 그 집이었다. 태어날 때부터 자유민인 그곳 주인 남녀는 문을 열고 촛불을 높이 들어 장신인 로빈스의 얼굴을 비추더니 필로미나를 찾을 수 있는 방이 위층 어디인지 알려주었다.

로빈스는 닫혀 있는 문 앞에서 한참을 서 있었고 헨리는 제게 큰 의미가 된 이 백인 근처를 난생처음 피했으면 하는 바람으로 두 발짝 못 되는 거리에 서 있었다. 마침내 로빈스는 어두운 복도에서 몸을 돌려 헨리를 짧게 쳐다보았다. 헨리는 집주인들이 준 등잔을 들고 있었지만 그 흡연등(smoking lamp)은 빛이 형편없었다. "오늘이 무슨 요일이지, 헨리?" "수요일입니다, 로빈스 씨." "알았다. 그럼 자정부터 지금까진 목요일이구나." "예. 자정도 한참 지났습니다." 로빈스는 문을 열었다.

헨리는 들어가기도 나와 있기도 겁이 나 문간에서 지켜보았다. 필로미나는 한쪽 슬리퍼는 신고 다른 쪽은 방 저편에 팽개쳐둔 채 침대 옆구리에 걸터앉아 있었는데 로빈스를 보고도 놀랍지 않은 모양이었다. 그녀는 방에 혼자였고 두 개의 등잔이 하나는 침대 옆 탁자에서 하나는 양복장(chifforobe) 위에서 방을 넉넉히 비춰주었다. 헨리는 거의 한낮의 태양 아래서처럼 그녀 얼굴을 알아볼 수 있었다.

"돌아가고 싶지 않아요. 알겠어요, 윌리엄? 돌아가고 싶지 않다고요! 날 놔둬요." 그가 그녀에게 다가가 두 어깨를 잡자 그녀는 홱 빼내다 침대에 자빠졌다. "애들은 어디 있어?" 로빈스가 묻자 그녀는 뜸을 들이다가 겨우겨우 손가락을 들어 벽 쪽으로, 벽 건넛방 쪽으로 무기력하게 튕겼다. 그는 저 방 안이 훤히 보인다는 듯 벽을 쳐다본 다음 그녀를 다시 돌아보았는데 그의 기분은 방금 전보다 노여워 있었다. 그는 그녀의 어깨를 잡았고 그녀가 꿈틀꿈틀 앙탈을 부리자 뺨을 올려붙였다. 그녀도 그의 뺨을 때렸는데 첫 번은 톡 하는 두드림이었지만 그다음 번은 주먹 같은 힘이 실려 그는 고개가 돌아갔다. 그는 그녀의 한쪽 어깨를 풀어 주먹을 내보이곤 그대로 날리더니 곧장 진저리를 쳤다. 그녀는 두 팔을 떨어뜨리며 침대에 뻗었다. 무(無)로 돌아간 필로미나를 보고 헨리가 비명을 지르자 그제야 로빈스는 일행이 있었던 게 기억났다.

헨리의 비명이 그치질 않자 비로소 로빈스는 그에게 가 조용히 하라 일렀다. "그만! 그만하라지 않아!"

"하지만 죽었잖아요," 가만한 필로미나를 로빈스 옆으로 쳐다보고 가리키면서 헨리는 말했다.

"너나 나처럼 안 죽고 살아 있다." 로빈스는 그의 목을 부드럽게 잡았다. "이제 그 야단 좀 그만 떨어." 로빈스는 필로미나에게 다시 가보았고 헨리는 그 뒤를 따랐다. 사내는 침대에 걸터앉아 필로미나를 붙잡고 흔들었고, 그러자 시시각각 진저리도 가라앉았다. 헨리는 말없이 지켜보았다. "가서 애들 좀 찾아보렴," 로빈스는 말했다. "옆방이야. 가서 애들 있는지 찾아봐." 자릴 뜨는 헨리를 보자 그는 가라고 하지 말걸 하는 후회가 들었다. 이 검둥이 집에서 검둥이들한테 둘러싸여 있군, 그는 생각했다. 그는 그녀의 목동맥을 들여다본 다음 맥박을 쟀다. 수치가 75에 가까워지자 그는 눈을 감았지만 셈은 멈추지 않았다.

헨리는 아이들 방과 통하는 문 왼짝이 빼꼼 열려 있는 걸 보지 못했다. 그가 복도로 나가 오른쪽으로 꺾어 노크는 생각도 못 한 채 그냥 문을 밀어젖히니 어둠만이 눈에 들어왔다. 그는 아이들이 어디 있는지 감이 안 와 필로미나 방으로 통하는 문으로 가서는 그걸 이쪽에서 열어젖혔다. 도라와 루이스는 침대에 있었는데 누나가 동생을 안은 채였다. 남매는 어머니의 큰소리 다음에 아버지의 큰소리를 들었고 그 뒤 헨리의 비명도 들은 터였다.

헨리는 남매에게 가 다 괜찮을 거라고 말해주었는데, 그러자 몇 분 못 가 남매는 그를 믿기 시작했다. 구석엔 신발들이 작은 더미를 이루고 있었는데 그 신발은 그가 만들어준 것이었다. 그는 남매에게 물을 가져다주었고 남매는 아주 한참 만인 듯 그걸 마셨다. 루이스가 훗날 헨리의 무덤을 짓는 데 도움이 되겠다며 대뜸 구덩이에 들어가 얼마간 땅을 파헤칠 이유는 이때부터 마련되었다. 왜인지는 모르지만 헨리가 남매에게 노래를 불러주기 시작하자 도라는 서서히 동생을 놓아줄 수 있었다.

로빈스는 침대 옆에 꿇어앉아 내내 노래를 불러주는 헨리를 발견했다. 헨리는 어디선가 끈 한 가닥을 찾아와 예전에 두 번째 어머니 리타가 끈으로 뜰 줄 알았던 야곱의 사다리를 만들었다 풀었다 하고 있었다.

"난 그냥 어린 아무개라 하나도 상관없어요," 그는 계속해서 노래했다. "난 그냥 어린 아무개라 상관없어요. 어린 아무개……." 로빈스는 문간에 서서 귀를 기울였다. "난 그냥 어린 아무개라 하나도 상관없어요." 그는 저기 집에 있는 본처가 자고 있을지 궁금했다. 복도 건너에서 누군가 웃는 소리가 들려오자 그는 제 밭에서 일하는 어느 노예의 웃음이 떠올랐다. 로빈스는 주먹으로 문을 건드리곤 문이 점점 열리는 모습을 지켜보았다.

도라가 그를 먼저 보더니 침대에서 뛰쳐나와 그의 품에 안겼다. 그는 그녀의 뺨에 입을 맞추었다. 아이는 그가 침대로 데려가 내려놓을 때까지 내내 매달려 있었다. 그는 루이스의 뺨을 어루만졌지만 그때 남자아이는 헨리한테 받은 끈에 정신이 팔려 반응이 없었다.

"오늘 밤엔 네가 애들하고 있어주면 좋겠구나, 헨리," 이불을 도라의 목까지 덮어주곤 그녀 쪽 침대맡의 등잔을 불어 끄면서 로빈스는 말했다. "같이 있으면서 편안하게 해줘. 그냥 있어만 주면 돼."

"예."

헨리는 루이스 쪽 침대맡으로 가 아이를 눕히고 이불을 목까지 덮어주었다. "둘 다 헨리 말 잘 들으렴," 그는 아이들에게 말했다. 로빈스는 의자에 포개어 있는 담요 여러 장을 가져오더니 헨리더러 침대 옆에 누우라 말했고 헨리가 스스로 만든 신발을 벗고 몸을 눕히자 루이스 쪽 침대맡의 촛불을 불어 끈 뒤 방을 나갔다.

그가 필로미나 방에 돌아왔을 때 그녀 곁에는 하숙집 주인들이 있었다. 그녀의 옆얼굴은 시시각각 퍼렇게 부어오르는 중이었지만 그로선 그쪽 등잔이 꺼져 있어 무슨 색인지 몰랐다. "누가 좀 돌봐줬으면 하는데," 로빈스는 이 집 남편에게 말한 다음 부인에게 그 말을 반복하면서도 고개는 내내 부상자 쪽으로 끄덕거렸다. "알겠습니다," 부인은 말했다. "알겠습니다," 남편도 말했다. 침대로 건너간 로빈스는 필로미나에 대한 제 감정이 저를 파멸로 이끌지 모른다는 생각을 처음으로 했다. 그의 본처는 침대로 일찍일찍 물러났지만 딸은 책을 읽거나 편지 왕래를 하느라 응접실에 쭉 남아 있곤 했다. 그의 저택 아래층을 딸은 남부라 불렀고 위층은 북부라 불렀다. "동부에 계세요, 엄마," 몇 년 뒤 도라가 저택을 찾는 날 딸 페이션스는 말할 것이다. 페이션스가 느끼기엔 윌리엄 로빈스의 죽음이 멀지 않은 날이었다. "동부에 가 계시면 내가 그리 찾으러 갈게요. 제발, 엄마. 제발, 자기야." 도라는 저택 문간에 서 있을 것이다. 두 딸은 그날까지 서로를 본 적이 한 번도 없었다. "동부에 계시면 내가 그리 찾으러 갈게요, 엄마."

로빈스는 필로미나가 아침에 길을 떠나지 못할 걸 알고서 그렇다면 그녀를 놓고 가야겠다고 판단했다. 아이들이 그녀의 얼굴을 보지 않았으면 하는 마음도 있었다. 그는 하숙집 주인들에게 필로미나가 맨체스터로 돌아오는 걸 보고 싶다고 말했다. "제가 잘 처리하지요," 남편은 말했다. "제가 사람을 불러다가 잘 처리하겠습니다." 로빈스는 남자 말에 믿음이 가진 않았지만 그 말은 지켜져야 할 터였다. "여자분은 하루이틀 내로 채비가 될 겁니다," 필로미나의 턱을 붙들고 상처를 살피며 부인은 말했다. 남편과 부인 둘 다 필로미나를 데려가겠단 확신을 주려고 이 말 저 말 애쓰는데도 로빈스는 그녀를 다시는 보지 못할까 봐 두려워지기 시작했다. 그는 그녀를 쳐다보고 눈을 거두지 못했다. 그는 자식에 대한 사랑 때문에라도 그녀가 맨체스터로 돌아오길 바랐다. 저에 대한 사랑 때문에 돌아오라곤 감히 바랄 수 없었다.

니그로 하숙집에 처음 들어설 때의 의도와는 다르지만 그는 앞서 입실했던 백인 호텔로 돌아가 많은 술을 마셨다. 만족스러웠을 기상 시각보다 늦은 8시쯤 일어나 말을 타고 그 하숙집에 간 그는 헨리가 길 떠날 채비를 벌써 마친 걸 보곤 놀랐다. 헨리는 저와 두 아이, 그리고 같이 돌아가는 줄 알고 필로미나까지 해서 승합용 마차를 마련해둔 터였다. 헨리가 타고 온 말과 근처 마구간에서 데려온 다른 말 하나가 마차를 끌 예정이었는데 그 녀석은 헨리가 리치먼드에 돈 없이 온 터라 윌리엄 로빈스의 이름을 대고 빌린 것이었다. 필로미나를 돌본 뒤 로빈스는 저희 방에서 밥 먹고 쉬며 깔깔거리고 있는 아이들을 찾았다. 그녀 뺨의 부기가 가라앉아 있길래 그는 아이들을 필로미나에게 데려갔고, 그러고 나서는 같이 내려가 마차로 나갔다. 필로미나는 그들이 와 있는 내내 잠들어 있었다.

그들은 10시쯤 맨체스터를 향해 떠났다. 이날 5시엔 목적지까지 절반을 달려 애퍼매턱스 근처 어느 집에 들러 하룻밤을 묵었다. 이 집의 주인은 마흔아홉 살 먹은 백인으로 당시 사별한 두 번째 아내의 자매와 네 번째 결혼 생활 중이었는데, 큰길 교통 사정에 빠삭한지라 거기서 숙식을 조달해 풍족한 삶을 꾸린 터였다. 그는 로빈스와 잘 아는 사이라 이웃한 방에 니그로 셋을 묵게 해주되 헛간 말고 그 방에 니그로를 재우는 데 대한 웃돈은 받지 않았다.

루이스는 옆자리, 헝겊 인형을 일행으로 둔 도라는 뒷자리에 앉힌 채 헨리는 맨체스터까지 내내 승합용 마차를 몰았고 로빈스는 그들 옆에서 장시간 길더럼 경을 몰았다. 한번은 애퍼매턱스의 저 맞은편으로 한참 나아갔을 때 도라가 바깥의 그를 올려다보았다. 그는 그녀에게 웃음을 지어 보이곤 반 마일쯤 더 가 헨리더러 마차를 세우라더니 제 말을 뒤에다 묶은 다음 도라 곁에 앉았고 그녀는 그의 품에 말없이 안겼다. 로빈스는 루이스가 헨리를 쳐다보듯이, 이 모든 게 훗날 시험에 나올 수업이라는 듯이 헨리의 뒤통수를 쳐다보았다. 도라는 꾸벅꾸벅 졸았고 로빈스는 여기서 이렇게라면, 아이들과 집으로 가는 길에서라면 죽어도 여한이 없겠다고 생각했다. 딱 하나 더 바라자면 반대쪽 품엔 딸 페이션스가 있었으면 했다. 제 일에 몰두한 헨리의 뒷모습을 보고 있으니 오랫동안 회피해온 생각, 즉 필로미나와 낳은 아이들이 살기에 세상은 별로 좋지 못하다는 생각이 그에게 들었지만, 세상이 어떤 모습이든 그는 아이들을 위해 헨리가 거기 있기를 바랐다.

로빈스가 필로미나에게 사준 집에 그들이 도착한 건 여정 둘째 날 해가 지기 조금 전이었다. 필로미나의 어머니가 문으로 나와 기다리고 있었다. 그녀는 인근 농장에서 온 남자를 만나고 있던 참으로 그 남자는 밥을 얻어먹고 막 떠난 뒤였다. 남자는 밴조를 좋아해 허구한 날 그녀에게 연주를 해주었지만 그 밴조는 줄 하나가 없어서 좀 이상한 소리가 났다. 아이들의 외할머니는 승합용 마차 쪽으로 내려와 제가 우리 강아지라 부르는 두 아이를 두고 호들갑을 떨었다. 그녀는 제 딸의 소유였지만 그들 사이에 그런 건 아무런 의미가 없었다.

스무 살 때 헨리는 로빈스에게서 첫 땅뙈기를 사 부모님에게 그 사실을 곧장 알렸다. 그 땅은 저희가 사는 데선 몇 마일 거리였지만 로빈스의 농장에선 말을 타고 금방이었는데 농장 땅과 맞붙어 있지는 않았다. 헨리가 죽을 때쯤이면 그가 저희네와 로빈스네 사이의 모든 땅을 소유하므로 두 사람이 소유한 땅은 떨어져 있지 않을 것이다. 그 토지를 매수한 날 그는 밀드레드랑 오거스터스랑 같이 저녁을 먹었다. 하지만 로빈스에게서 첫 노예 모지스를 구입한 날에는 한참을 집에도 안 가고 부모님에게도 안 갔다. 헨리는 주인이 된 첫

날을 로빈스와 보내면서 그 백인이랑 모지스랑 같이 어디에 제집을 지을지 계획을 짰다. 그에겐 아내가 없었고 사귀는 사람도 없었다. 그가 부모님에게 모지스 얘기를 꺼냈을 땐—2층짜리에다 로빈스네의 절반 크기인—집이 3분의 1 지어진 상태였는데 그때에도 아내는 없었다.

집 완공까지 절반에 이른 초가을 어느 오후, 길더럼 경이 새끼치기한 말을 타고 온 로빈스는 말을 세우곤 미완성된 집 앞에서 먹살잡이 중인 헨리와 모지스를 지켜보았다. 헨리와 모지스는 그가 오는 걸 알아차리지 못했고 개도 로빈스가 눈에 익어 굳이 짖질 않았다.

"헨리," 그는 여전히 말에 탄 채 참다못해 말했다. "헨리, 이리와." 그는 말을 돌려 몇 야드를 나아갔고 헨리는 모지스를 뒤에 달고 따라갔다. 여전히 이동 중인 로빈스가 고개를 돌렸을 때 모지스가 따라오는 모습이 보이자 그의 얼굴에 노기가 서렸다. 그는 모지스에게 호통을 쳤다. "나는 '헨리, 이리 와'라고 했다. 널 원했으면 너더러 오라고 했겠지."

모지스는 뚝 멈추었고 헨리는 모지스를 돌아보았다. 로빈스는 천천히 말을 몰다 속력을 좀 높였고, 그러자 헨리는 그걸 따라잡으려 결국 뛰어야 했다. 다시 큰길에 들어선 로빈스는 말을 세웠지만 돌아보지는 않았다. 로빈스에게 다다랐을 때 헨리는 숨이 턱까지 차오른 상태였다. 그는 로빈스 뒤에서 몸을 수그리고 두 손으로 두 무릎을 짚었다. "예?(Yessir?)" 헨리는 몇 번이고 말했다. "예?" 로빈스가 여전히 말을 돌려세우지 않자 헨리는 빙 돌아 정면에 가 서더니 제 머리보다 2피트는 높을 말 이마에 한쪽 손을 얹었다.

"부르셨어요?"

"저게 누구냐?" 로빈스는 장갑 낀 손을 들어 엄지로 제 어깨 뒤를 가리키며 말했다. "네가 흙바닥에서 애들처럼 같이 장난치던 게 누구냐?"

"그 모지스입니다. 모지스 아시잖습니까, 로빈스 씨." 모지스는 헨리의 노예가 된 지 여섯 달이 안 된 참이었다.

"네가 나한테서 노예를 사 간 건 노예가 할 일을 시키기 위해서로 안다. 그건 내가 확실히 알아."

"예."

"헨리," 로빈스는 헨리가 아니라 큰길 다른 쪽을 내다보며 말했다. "법이 너를 네 노예의 주인으로 보호해줄 거고, 너를 보호할 땐 주뼛거리는 일이 없을 거다. 그 보호는 이 자리서부터"──그러면서 그는 큰길 안의 가상의 장소를 가리켰다──"저 재산이 죽을 때까지 내내 계속돼"──그러면서 그는 방금보다 몇 피트 떨어진 장소를 가리켰다. "하지만 그 법은 주인이 뭐고 노예가 뭔지 네가 알길 요구하지. 법은 네가 네 노예보다 훨씬 검건 말건 상관 안 해. 법은 그런 눈은 멀었으니까. 너는 주인이고 법이 알고 싶어 하는 건 그게 다야. 법이 네게 와서 뒤를 지켜줄 거란 말이다. 하지만 네가 네 재산이랑 놀이 친구가 돼서 뒹굴잖니, 그럼 네 재산은 돌변해서 널 물 거고, 그래도 법은 네 편을 들어주겠지만 네게 필요한 충심과 진득한 숙고는 거기 없을 거야. 너 같은 식이면 흥정 실패지. 네가 너와 네 재산을 가르는 경계선을 가리키면서 그 선은 중요하지 않다고 네 재산에게 말할 테니까." 헨리는 말 이마에 얹었던 손을 내렸다. "오늘, 지금너는 네 문서장에 적힌 재산이랑 뒹굴고 있구나. 문서가 열 장이 되면, 오십 장이 되면 어떻게 행동할래? 백 장이 되면, 헨리야, 어떻게 행동할 거냐? 그때에도 저것들과 흙바닥에서 뒹굴고 있을래?"

로빈스는 거기서 접고 말에 박차를 가했다. 헨리는 그들, 그러니까 말과 사내를 지켜보았고, 그러고 나서는 일로 돌아갈 준비가 되었다고 손을 흔드는 모지스를 건너다보았다. 모지스는 손에 톱을 들고 살짝 춤을 흔들었다. 헨리는 그에게로 갔다.

"저물기 한참 전에 들어가겠는데요," 모지스는 말하곤 톱을 머리 위로 높이 쳐들었다.

"오늘은 여기까지만 해."

"정말요? 근데 왜요?"

"내가 여기까지랬잖아, 모지스."

"하지만 볕이 지금 좋아요. 날이 좋잖아요, 주인 나리."

헨리는 그에게 걸어가 톱을 빼앗은 뒤 뺨을 한 대 날리곤 모지스의 얼굴이 얼얼해지기 시작할 즈음 한 대 더 날렸다. "왜 시키는 대로 안 하는 거야? 왜 그러지, 모지스?"

"해요. 시키시는 대로 늘 한다고요, 주인 나리."

"검둥아, 하긴 뭘 해. 한 번을 안 하면서."

모지스는 흙바닥으로 점점 꺼지는 기분이었다. 그는 좀 나아졌으면 하고 한쪽 발을 들어 다른 데로 옮겼지만 나아지지 않았다. 그는 다른 발도 움직이고 싶었지만 그것은 벅찬 일이었을 것이다 — 원래대로면 첫발도 허락 없이 움직인 거였다.

"지금부턴 내가 시키는 대로만 해라," 헨리는 말했다. 톱이 땅에 떨어졌다. 그는 몸을 수그려 그 연장을 집어 들고서 자잘한 톱니들이 나무 손잡이까지 가지런히 행진하는 걸 한참 들여다보았다. 그는 톱을 또 한 번 떨구곤 그걸 내려다보았다. "가서 말에 안장 얹어서

가져와," 여전히 톱을 쳐다보면서 헨리는 말했다. "가서 내 말 가져
오라고." "예, 그러겠습니다." 곧이어 모지스는 짐승을 데려왔다.

헨리는 말에 올랐다.

"나중에 오마. 어쩌면 내일 올 수도 있어. 하지만 다시 왔을 땐 니
가 여기서 똑바로 했으면 해, 착하게 굴었으면 한다고." 말은 걸어서
떠났다. 헨리는 제 땅에서 몇 야드를 벗어나서야 모자를 두고 온 사
실이 떠올랐지만 이날은 쾌적한 날이어서 모자 없이도 그럭저럭 지
낼 만하겠다 싶었다. 모지스의 일하는 소리가 들려온 건 그 뒤 몇 피
트 안 가서였다. 이날의 새들은 지저귀기 시작했고, 그러다 불과 1
마일을 더 가니 등 뒤에서 들려오던 모지스의 일하는 소리는 새들의
노랫소리로 싹 바뀌었다. 그러고 나서 불과 4분의 1마일을 더 가니
노새 하나가 끼루룩끼루룩하는 가운데 소의 낮은 음매 소리가 가세
했고, 그러다 더 멀리 나아가니 귀뚜라미까지 끼어들어 저녁 공기는
새와 소와 귀뚜라미가 어우러진 소리판이었다.

모지스는 부엌 마루를 끝내고서야 잠자리에 누웠다. 어둠이 내렸
지만 그는 일을 완료해야 할 어떤 필요성을 느껴 방 곳곳에 초와 등
불 몇 개를 켜놓곤 그 반짝임의 도움 속에서 어디에 무엇이 있어야
한다는 내적인 감을 동원해 일을 쭉 이어갔다. 그것은 그가 칠흑 같
은 어둠 속에서 수고를 했더라도 도움을 주었을 감이었다. 그렇게
저녁이 가고 밤이 깊을수록 그는 점점 제가 하는 일 외에 모든 걸 잊
어갔다. 방 저 바깥에는 시간도 없고 어둠도 없었다. 공복인 배도 없
었다. 오직 일뿐이었다. 얼굴에서 땀이 흘러내리자 그는 입가로 오
는 땀을 핥아 마셨다. 이날의——나무에 첫 못을 박은 지 서른세 번
째 날의——작업이 끝나자 그는 비스킷 몇 개와 사과 세 개를 먹고

몸이 허용하는 만큼 원 없이 물을 마셨다. 그는 저와 헨리가 함께 쓰던 오두막을 향해 나갔는데 이젠 오두막이 저 혼자의 것이 될 걸 알고서였다. 내일이든 언제든 주인이 돌아오면 둘은, 즉 모지스와 헨리는 부엌에서 집 앞쪽까지 실내를 지나다닐 수 있었다. 둘은 잘하면 2층 작업을 개시할지도 몰랐고 작업이 끝난 식당이든 응접실이든 1층 방들 중 하나에선 헨리가 잘 터였다. 모지스는 오두막 문 앞에서 멈추어 하늘을 올려다보았다. 그의 할머니, 혹은 팔려 가기 전 제가 모지스의 할머니라고 세상에 밝혔던 그 여자가 별들에 관해 애써 얘길 해준 적이 있었지만("저 별들이 너를 안내해줄 수 있어") 그에겐 별을 보는 머리가 없었다. 지금 그는 별들을 처다보면서 세상없이 화창한 날 대낮이라면 그랬을 것처럼 손을 들어 차양을 했다. 그는 어느 날 아침 제가 죽을 장소에서 10피트도 안 되는 거리에 서 있었다.

그날 헨리의 사유지를 떠난 로빈스는 아내와 딸이 있는 집으로 가기 전에 펀 엘스턴네에 들렀다. 그를 언제나 놀래켰던 건 신들의 질투 어린 노여움을 살 만큼 평생토록 많은 걸 누리고 사는 백인들에게서 숱하게 보아온 결점들을 헨리에게선 본 적이 없었다는 거였다. 결함이 적은 사람일수록 신들의 개입으로 인생이 폭삭 무너질 여지가 적다고 로빈스는 늘 믿어온 터였다. 그래서 로빈스는 별다른 결함이 보이지 않는 헨리라면 선하고 강한 어느 백인들조차 휘청휘청하다 아스러져 먼지로 돌아가는 곳에서 스스로 길을 터갈 거라고 생각해온 터였다. 하지만 그는 해가 갈수록 헨리가 가끔씩 저를 걱정시키는 데서 무언가 한참 잘못되었음을 느꼈다. 밭에서 고된 하루를 마치고 돌아온 검둥이들과 다를 바 없는 노예 모지스랑 씨름질한 일만큼 로빈스의 걱정을 사는 결함은 헨리가 그의 삶에 들어온 이래로 없었다. 백인이건 아니건 스스로를 제 소유물보다 높이 여기지 못하는 사람한테 땅과 종과 미래를 가질 자격이 있다고 과연 누가 생각할까? 신들, 변덕스러운 신들은 아주 많이 누리는 자를 싫어했지만 저희가 먼지밭에서 높이 끌어내준 걸 못 알아보는 자는 더 싫어했다.

펀네 집에 도착한 로빈스는 종 하나를 보곤 주인한테 제가 보러 왔다고 전하라 일렀다. 로빈스는 말에서 내리지 않았는데 만약 그 종이 보이지 않았더라면 제가 온 걸 누가 알아보고 도움이 필요하신가 물을 때까지 말 위에서 내내 그러고 있었을 것이다. 펀이 제집 문에서 나와 베란다 끄트머리에 서자 로빈스는 여전히 말에서 내리진 않은 채 모자를 벗었다. 펀이 계단을 내려오지 않아 두 사람은 눈높이가 얼추 맞았다.

"펀, 좋은 날이오."

"좋은 날입니다, 로빈스 씨."

"교육이 필요한 사람이 있어요, 쓰기부터 해서 이것저것. 제 이름도 쓸 줄 모르는 사람이지. 그거랑 그 밖에도 알아야 할 게 많을 거요. 버지니아에선 처신을 어떻게 해야 하는질 알아야 해요."

"알겠습니다," 펀은 말했다. 그녀는 그와 필로미나 카트라이트 사이에 아이가 더 있다는 얘긴 못 들은 터라 저이가 유색인종 여자를 또 하나 취했고 거기서 나온 아이한테 교육이 필요한 거구나 생각했다. 그녀는 네 살배기를 맡는 게 좋았다. 나이가 그보다 위면 그녀가 가르치지도 않은 헛생각이 머릿속에 가득했다.

"헨리 타운센드요. 당신도 알 것 같은데."

그녀는 소리 내어 웃었지만 로빈스가 웃질 않자 웃음을 그쳤다. "제가 아는 헨리는 어른인데요," 그녀는 말했다. "**어른**이요" 하고 거듭 말할 때 그녀는 그가 저를 쳐다보고 있음을 똑똑히 보았다.

"바로 그 녀석이오," 로빈스는 말했다. "아이랑은 아주 거리가 멀지. 하지만 그 녀석은 진가를 발휘하는 중이고 난 그 녀석이 순전히 제가 모르는 것들 때문에 상처받는 꼴은 보지 않을 겁니다."

"어른 남자는 그리 잘 배우지 못해요, 로빈스 씨. 어른 여자들은 다른 게, 그들은 바람이 부는 쪽으로 휘는 데 익숙하거든요. 어른 여자는 나이 상관없이 늘 배워요, 늘 맞춰가고. 하지만 어른 남자는요, 외람되지만, 열네 살쯤 되면 배우길 관두죠. 전부 닫아건다고요, 로빈스 씨. 배우는 능력은 어른 남자보다 통나무가 더 나을걸요. 어른 남자를 가르치는 건 전투가 따로 없어요, 전쟁이요, 그러다 제가 질 테죠."

"헨리는 다를 거요, 펀. 녀석은 당신이 가르칠 것에 열려 있을 거요. 다른 니그로 때문이라면 당신에게 오지 않았을 겁니다." 그는 도라와 루이스를 교육시키느라 그녀에게 매달 20달러를 지불하고 있었다. 그녀가 제 흑인 자식들한테 해준 게 무척 흡족하여 제 백인 딸도 그녀를 불러다 개인교수를 시킬까 싶었지만 거기엔 아내가 참지 못할 부분들이 있었고 그것이 신들에겐 또 하나 개입의 여지가 될 터였다. 페이션스, 그 다른 딸도 교육을 제법 받긴 했지만 도라가 펀에게 배운 것만은 못했다. "녀석은 완고하지도 않을 거고 통나무처럼 둔하지도 않을 겁니다."

"저한테 왔던 애들 중 가장 연장자가 열 살이었어요," 펀은 말했다. "전쟁이긴 했지만 제가 우세했죠. 그땐 저도 젊었으니까요." 그녀는 로빈스의 얼굴을 쳐다보다가 그 옆으로 눈을 돌려 노름꾼 제버다이어 디킨슨이 죽치고 있을 저 바깥을 건너다보았다. "그러면 헨리 타운센드더러 내일 오전 열 시에 여기 들르라고 누구 편으로 전달해주세요. 조금이라도 늦으면 첫 수업은 낙제라고요." 그녀가 로빈스더러 직접 가서 전달해달라고 하지 않은 건 로빈스가 저와 평등하지 않은 여자에게서 전갈을 받아 저와 평등하지 않은 남자에게 전달해줄 일은 없을 걸 알기 때문이었다.

"좋아요," 로빈스는 말했다. "이 요금이 얼마일지는 일주일 두고 봅시다."

"애들 요금은 아닐 거예요. 사실 애들은 자면서도 가르칠 수 있거든요."

"내가 어른 요금을 지불할 테니 녀석한텐 아무 말 마요. 아이 셋 요금이라도 낼 테니까," 로빈스는 말했다. 그는 모자를 도로 걸쳤다. "좋은 하루 되시오, 편." 이 순간에도 그는 제 흑인 자식들이 살아야 할 세상에 헨리가 있었으면 했지만 모지스랑 씨름질하던 모습 때문에 헨리가 덜 미더워 보였다. 편은 그 점을 알고서 해야 할 일을 할 터였다. 캐나다 출신의 소책자 집필자 앤더슨 프레이저가 찾아온 8월 그날 편은 이렇게 말했다. "네, 헨리는 살아서 완전히 듬직해보질 못했어요. 오거스터스는 그랬지만 그분 아들은 미흡했죠."

"좋은 하루 되세요, 로빈스 씨," 편은 말했다.

그녀는 그가 큰길로 말을 몰아 왼쪽으로 꺾는 걸 지켜보았다. 그녀는 캘도니아의 어머니 모드한테 로빈스와 헨리 사이에 무언가 부자연스러운 면이 있다고 들은 터였다. 저만한 평판을 지닌 백인이 한때 제 소유였던 청년과 인생의 많은 시간을 보내는 이유가 또 있겠어? 이제 그녀는 부자연스러운 게 아님을 알았다. 로빈스의 눈에는 불안이, 누차 실망을 안겼던 애장용 총 한 자루를 아들한테 쥐어서 곰 사냥을 내보낼 때와 똑같은 불안이 서려 있었다.

그녀는 베란다 계단을 내려갔다. 자릴 비운 지 일주일 된 노름꾼 남편 램피가 이날 돌아오기로 약속되어 있었다. 그녀가 가장 신뢰하는 노예 주스가 집 측면을 돌아 나오더니 뭐 시키실 일 있냐고 물었다. "정원," 그녀는 턱으로 철쭉 쪽을 가리키며 말했다. "어제부터 돌보질 못했거든." 주스는 8월 그날 앤더슨 프레이저에게 레모네이드를 내올 사람일 것이다. 그즈음 주스는 편과 그녀의 대장장이 남편을 고용주라 부르며 급여를 받고 있을 테지만 사실 그는 편의 가장 친한 친구일 것이다.

"예, 마님," 주스는 정원을 슬쩍 보고 말했다. 그는 그녀의 원예용 모자와 정원 일에 필요한 온갖 걸 가지러 광으로 갔다.

로빈스가 떠나가는 소리가 더는 들리지 않았다. 그녀는 그 백인이 사라진 큰길을 내려다보며 한숨을 쉬었다. 그 친구가 제 이름을 쓰도록 가르치려면 한 달. 아니, 아마 두 주. 그녀는 훌륭한 스승이었고 오거스터스와 밀드레드도 둔한 사람이 아니어서 잘하면 무딘 도끼로 통나무를 패는 것만큼 진행이 어렵진 않을 터였다. 그녀는 정원으로 갔는데 그걸 보고만 있어도 심장박동이 빨라졌다. 그녀는 남편이 떠나고부터 목욕을 하지 않은 상태였지만 물을 멀리하던 긴 날들은 비록 그녀 자신은 모를지라도 끝에 다가서고 있었다. 그녀의 도구를 가져온 주스는 그녀에게 모자를 씌워주었는데 그 솜씨가 아주 좋아서 그녀가 바로잡을 필요가 없었다. "요거 하나 새로 사야겠는데요, 주인님," 그는 그녀의 모자를 두고 말했다. 주스는 그의 나이 열두 살 때 그녀의 남편이 어느 백인한테서 노름빛 일부로 받아 온 사람이었다. 그의 이름이 마음에 안 들어서 당시 새색시이던 그녀는 그의 이름을 다시 지어주었다. 그녀가 흠모했다면 흠모했을 신의 이름을 딴 것이었다.* 펀도 주스도 옛 이름을 기억하지 못했다. 이제 펀은 말했다. "오, 주스, 지금은 이 모자로도 충분해. 적어도 월말까지는. 그때 가서 한번 보자고."

그들은 커가는 식물 중 가장 연약한 것들을 피해가며 정원에 들어갔다. 그녀 자신은 꽃한테 허릴 숙이진 않은 채 손댔으면 하는 것, 그러니까 다듬어야 할 것, 가지치기해야 할 것을 가리키기만 했고, 그러면 주스가 꿇어앉아 척척 해냈다. 그도 모자를 쓰고 있었는데 펀이 걸친 것만큼 낡은 모자였다. 그는 펀과 그녀의 대장장이 남편의 피고용인 자리를 결코 떠나지 않았다. 소책자 집필자 앤더슨 프레이저가 찾아온 날 펀은 아침 일찌감치 정원에 들어가 제 피고용인 주스 곁에 꿇어앉았다가 나온 터였다. 앤더슨과 현관에 앉아 있을 때 그녀는 어느 손톱 밑에 흙이 낀 걸 알아차리고 씻으러 가서는 꼬맹이도 알 걸 놓쳤다면서 스스로를 말없이 꾸짖었다.

펀 엘스턴은 백인의 삶으로 편입한 제 동기들 및 사촌 다수를 따르지 않기로 한 터였다. 그녀는 제가 어떤 사람인지 남들이 다 아는 맨체스터 카운티에 남았다 —— 여느 백인처럼 하얗긴 해도 그녀는 자유 니그로였다. 그녀가 남은 이유 중에는 샬러츠빌 북부에서 온 자유 니그로 램지 엘스턴도 있었다. 만약 그녀가 다른 곳으로 가 백인으로 통하여 살았다면 남편의 피부색 때문에 그녀는 의심을 샀을 것이다. 그의 피부색도 무척 밝았지만 그녀만큼은 아니어서 그가 유색인종인 건 더없이 명백한 사실이었다. 저 바깥의 세상에서였다면 그녀는 니그로 남편을 둔 백인 여자였을 것이고, 그러면 그녀의 세상은 딱 유색인종 남편과 유색인종 아내로서의 삶 정도로 제약되었을 것이다. 백인 아내로 살았다면 아마 그 남편은 살해당했을지도 모른다.

하지만 편의 머릿속엔 백인으로 통하고픈 생각이 스쳐본 적도 없었다. 백인을 딱히 신경 쓰지 않았던 그녀에겐 그들 중 하나가 되어야 할 이유가 없었다. 그녀는 맨체스터 전역에 만만찮은 여자로 알려졌는데 그녀가 받은 교육은 그 만만찮음을 그녀가 타고난 것 위에다 마냥 덧쌓아준 터였다. 그녀에게 야행은 좀처럼 드문 일이라지만 보안관 존 스키핑턴의 순찰대원들조차 혹시 밤길에 그녀를 만날까 봐 무서워하게 되었다.

순찰대 활동 초기에 대원들이 그녀를 세우자 그녀의 입에서 나온 첫마디는 "난 말로든 행동으로든 당신들을 모욕할 마음이 없으니 당신들도 말로든 행동으로든 날 모욕하지 않길 기대합니다. 아울러 난 내 종이 모욕당하는 것도 원치 않습니다"였는데 당시 제 노예 중 누가 마차를 몰건 그러기는 마찬가지였다. 그러고 나서 그녀는 자신이 자유민 여자임을 증명하는 문서를 꺼냈고 그 뒤엔 노예 매도증서가 따라 나왔다. 그들이 문서를 검토하는 동안 그녀는 참을성 있게 기다렸다. 순찰대원들 중에는 글을 읽을 줄 모르는 사람도 있었는데, 그래도 그녀는 그 문맹이 읽을 줄 아는 척 쇼를 할 때까지 진득하게

---

* 　주스(Zeus)는 제우스의 영어식 발음.

기다려주었다. 사람이 태어날 때부터 글을 읽을 줄 아는 건 아님을 그녀는 알았다. 그녀는 그들이 세울 때 "좋은 하룹니다"란 말을 하지 않았고 그들이 보내줄 때 "안녕히"란 말도 하지 않았다. "통과해," 그녀는 종에게 말하곤 했다.

순찰대한테 무언가 "불쾌한" 일을 당하면 그녀는 보안관 존 스키핑턴이 아니라 윌리엄 로빈스에게 당장 다음 날 이야기를 했다. 한번은 글을 읽을 줄 아는 순찰대원 하비 트래비스가 그녀의 쌀쌀맞음에 기분이 상해 문서들을 와와 구겨 그녀의 무릎에 던진 일이 있었다. "썩 가져가," 그는 말했다. "통과해," 그녀는 모욕당하지 않았을 때랑 똑같은 말투로 종에게 말했다. 그녀는 다음 날 로빈스에게 갔다. 그녀는 백인의 집에 결코 뒷문으로 돌아 들어가는 법이 없었는데 이날도 마찬가지였다. 그녀를 태워 온 종은 뒷문으로 들어가 빨래 중인 노예를 발견하곤 펀 주인님이 로빈스 주인 나리와 이야길 나누고자 하신다고 전했다. 펀의 종이 펀을 보필하러 사륜마차로 돌아가는 사이 로빈스는 베란다 계단을 내려오고 있었다.

"로빈스 씨," 그녀는 말했다. "제가 순찰대원 하나랑 불쾌한 사건이 있었는데 무언가 처리되지 않으면 더 많은 사건이 생길까 봐 걱정돼서요." 그녀는 로빈스가 옆에 서 있는 내내 사륜마차에서 내려오지 않았다. 두 사람 다 순찰대의 재원이 될 세금을 내고 있었지만 순찰대원들에게 그건 별로 특별한 의미가 못 되었다.

그는 그녀가 스키핑턴에게 가지 않았을 사람이란 걸 익히 알았다. "살펴보겠소, 펀. 내가 할 수 있는 일이 뭔지 어디 봅시다."

"뭔가 손써주시면 감사하겠어요."

"그럼 뭔가 되게끔 더 열심히 해야겠군요."

순찰대원이 그녀를 모욕하는 일은 두 번 다시 없었다. 그날 이후 밤길에 순찰대를 만나면 매번 그녀는 그들이 묻기도 전에 멈추어 문서를 꺼내곤 했다. 머잖아 모든 순찰대원이 그녀를 알게 되자 문서를 요구하는 일은 없었다. 하지만 그래도 그녀는 문서를 끄집어냈다. "누군지 압니다," 순찰대원들은 말하곤 했다. 그녀는 아무 말 않았다. 그러고 나선 일평생 다시는 마차를 세울 필요가 없음이 확실해졌는데도 그녀는 번번이 마차를 세워 줄곧 해오던 일을 하곤 했다.

백인이건 자유 흑인이건 카운티 사람 대다수가 가난에 이골이 나긴 했지만, 램지 엘스턴의 노름 때문에 그들 부부는 점점 더 가난해지는 중이었다. 그는 저희 카운티 안에선 노름을 하지 않았다. 그러는 대신 그는 니그로와 놀아줄 백인을 찾아 적어도 두 카운티 밖으로 나가곤 했다. 그는 혹시 제가 이기면 그들이 분한 나머지 돈을 잃은 게 저놈 때문이라며 화를 내곤 매질을 한 다음 돈을 회수해 가지 않도록 채비를 잘해야 했다. 그는 툭하면 사나흘, 최대 일주일씩 나가 있었는데 결혼 생활 초기에는 그녀도 참아줄 만했다. 더구나 그도 보통은 돈을 따는 쪽이었다. 그들이 가진 경작지도 생산성이 좋아 나중엔 리치먼드와 피터즈버그의 친척들한테서 돈이 나오기도 했다. 돈은 사전에 얘기가 없었는데도 몇 년 동안이나 들어오고 있었다. 리치먼드 또는 피터즈버그 소재 은행이 맨체스터 소재 은행과 연락해 펀의 계좌로 돈을 넣어주곤 했다. 펀은 친척들이 혹시 은닉 자금을 맡아달라고 돈을 보내나 싶기도 했지만, 저기 친척들이 지나가도 그녀가 아는 척할 일은 절대 없었다. 그녀는 친척들을 빠짐없이 알았고 몇몇과는 어릴 때 같이 놀기도 하고 그들 침대에서 같이 자기도 하는 사이였지만 지금은 저와 같은 피가 흐르는 이들로 생각되지 않았다.

램지는, 특히 동료 노름꾼 제버다이어 디킨슨이 나타나기 전이던 시절엔 일단 나갔다 돌아오면 돈과 카드와 사내들과 시가가 있는 탁자에 둘러앉고픈 욕구에 다시 휘어잡히기 전까지 몇 주일이고 더없이 자상한 남편 노릇을 하곤 했다. 두 카운티 떨어진 노름 세계가 그를 휙 잡아챌 때면 그녀는 그가 집 안을 어기적어기적 돌아다니는 모습에서, 그가 강아지들을 발로 툭툭 제치는 모습에서 그런 줄 알 수 있었다. 그는 그 세계 그 전부에게로 돌아갈 필요가 있었는데 그 광경 속에는 심지어 노름꾼들이 귀찮아서 읽지 않는 신문으로 시가 연기를 멀리 부쳐주는 게 직업인 종도 한 사람 있었다.

펀은 창가에 붙어 남편을 기다릴 여자가 아니었다. 하지만 그에게 그녀는 소나무였다. 그는 제가 돌아올 날을 그녀에게 말해두곤 했다. "씻지 마," 그는 떠나기 전에 말하곤 했다. "나 돌아올 때까지 목욕하지 마." 그녀로선 처음엔 이 일이 힘들었던 것이, 청결하지 못하면 밭에서 노동하는 이들하고 한층 가까워진단 얘길 들으며 자란 때문이었다. "난 목욕이 필요해요, 엘스턴 씨," 그녀는 말했다. "목욕을 **원해요**." "내가 돌아오면 해." "하지만 그동안 온몸엔 땀이 흐르겠죠, 저 밑에 불쌍한 내 발목까지요." "강이 되도록 흘러도 상관없어. 거기서 헤엄치지 뭐. 아무튼 목욕하지 마." 그 시기면 그녀는 학생들을 피했는데 이유인즉 도라부터 캘도니아에 이르는 학생들한테 청결에 관한 관념을 똑같이 심어주었던 것이다. 램지는 보통 저녁 늦게 돌아와 침실에서 그녀를 발견하곤 했다. "나 충실한 아내로 지냈어요, 엘스턴 씨." 그는 소리 내어 웃곤 했다. "그럼 난 충실한 남편으로 지냈죠, 엘스턴 부인," 제버다이어 디킨슨이 나타나기 전까진 그녀도 매일 밤 남편을 믿곤 했다. 그러면 램지는 그녀의 옷을 한 겹 한 겹 천천히 벗기기 시작했고 방 안에 한 개뿐인 초는 밑동까지 훨씬 빠른 속도로 녹아내렸다. 옷을 다 벗기기 한참 전부터 그녀는 그를 원하는 마음으로 몸이 무거워져 바닥으로 꺼지는 것 같았는데, 그가 그녀의 목에 키스를 하는 건, 그녀의 살과 처음 닿는 건, 축적된 염분을 처음 맛보는 건 바로 이때였다. 키스로 되살아난 그녀가 또다시 무거워지면 그는 마지못해 목에 키스를 건네어 그녀를 살려내곤 했다. "목욕했어요, 엘스턴 부인?" "목욕 안 했어요, 엘스턴 씨," 한 마디 한 마디 힘겨웠지만 꼭 필요한 말이었다. "나 충실한 아내로 지냈어요."

이것은 그들이 함께 산 봄부터 초여름의 일이었다. 버지니아의 그 지역에는 촛불이 한 해 중 봄여름에 더 밝은 건 산바람이 내려와 불꽃에 더 많은 산소를 건네기 때문이라는 말이 있었다. 어떤 사람들은 아니라고, 가을에도 똑같이 밝은 걸 내가 봤다고, 심지어 공기가 그저 그런 겨울에도 그렇다고 말했다. 편 엘스턴은 후자 쪽에 동의했다.

엘스턴 부부가 노예를 열셋 이상 두는 일은 좀처럼 없었지만 노름꾼 제버다이어 디킨슨이 그 집에 머무는 동안 숫자는 열넷이 될 것이다. 노예 열셋이면 집에서 시중을 들고 몇 에이커 밭에서 필요로 하는 노동력을 모두 충당하기엔 언제나 부족함이 없었다. 이 집 밭 노예들의 거주지는 버지니아의 농장과 농가 들을 통틀어 저희 주인

집과 가장 가까운 거주지였다. 왜 그런지는 아무도 몰랐다. 그들을 더 멀찍이 둘 땅은 확실히 있었다. 그들 엘스턴 부부는 노예를 뒀던 게 아니라고, 어쩌다 노예가 된 이웃을 뒀던 거라고 유색인들은 말했다.

펀은 소책자를 쓰는 백인 앤더슨 프레이저에게 헨리 타운센드는 저를 거쳐 간 학생 중 가장 검은 학생이었다고 말하진 않았지만 그중 첫 해방 노예이며 가장 총명했다고는 분명히 말했다.

"어떤 면에서 그의 피는 해맑았는지도 몰라요," 그날 정오 가까운 시각 그녀는 앤더슨에게 말했다. 그 말이 무슨 뜻이냐고 그가 물으면 그녀는 대답하지 않을 각오를 하고 있었지만 앤더슨은 아무 말도 없었다. 그녀는 "해맑은(untainted)"이라는 단어가 머릿속에서 울리는 데 귀를 기울이곤 이 말을 써본 건 아주 오랜만이라고 생각했다. "그가 읽고 쓸 줄 알게 되었을 때 내 서재를 개방해줬는데, 내 생각과는 다르게 대부분의 책은 그를 붙들지 못하더군요. 그는 어른이었어요, 네, 애처럼 탐독하는 버릇은 없었죠. 그는 이후 한 시간 동안 읽고, 즐기고, 그러곤 스스로를 드러냈어요. 제집으로 책 한 권을 들고 돌아가곤 했죠. 읽을 시간이 어디서 났나 모르겠어요, 집에선 온종일 일만 한다고 들었는데." 앤더슨과 함께한 8월 그날, 손을 맞잡고 지나가는 한 쌍의 남녀에게 그녀가 손을 흔들자 그들도 손을 흔들었다. "가끔은 그를 단단히 붙드는 책도 있었는데 그는 그 책 얘길 몇 날 며칠 하곤 했어요. 밀턴 아시죠, 프레이저 씨? 『실낙원』 아시나요, 프레이저 씨?"

"압니다, 엘스턴 부인."

"헨리도 알았어요. 하늘을 섬기느니 지옥을 다스리겠다고 선포한 악마를 두고 그가 한 말은 '할 소리가 아니네요'였죠. 그가 생각하기엔 스스로를 잘 아는 인간만이 그런 말을 할 수 있고 하느님한테 단호히 등을 돌릴 수 있었죠. 난 그게 얼마나 끔찍한 선택인지 알려주려고 노력했지만 거기에 관해선 헨리가 마음을 굳힌 터라 나로선 돌릴 수 없었어요. 그는 밀턴도 사랑했고 토머스 그레이도 사랑했어요.* 난 둘 다 딱히 좋아하진 않지만, 그래도 학생들에겐 둘 다 알려줘야 해요." 그녀는 앤더슨에게로 몸을 틀어 제 얼굴이 훤히 보이게끔 고개를 다소 젖혔다. 그녀는 계속했다. "나도 그의 말투는 고칠 수 없었어요. 가끔은 내가 원하는 말투를 쓰긴 했지만 밭에서 20년을 보낸 사람이 쓸 수밖에 없는 말투일 때가 훨씬 잦았죠. 그의 아버지도 그 말투를 썼어요."

모지스와 씨름질하는 모습을 로빈스에게 들킨 날, 헨리 타운센드는 저녁 7시 조금 넘어 부모님에게 도착했다. 밀드레드와 오거스터스가 깨어 있어서 그는 반가웠다. 떨어져 지내느라 그는 모지스를 구입했단 얘기도 집을 짓기 시작했단 얘기도 하지 않은 터였다. 한편으론 새 집으로 부모님을 마냥 놀래켜드리고 싶었다. 또 한편으론 모지스 얘기를 꺼내기가 겁나기도 했다. 하지만 헨리는 로빈스의 말을 듣고서 내심 지긋지긋해진 상태라 잠자기 전에 집 얘기와 모지스 얘기로 저녁을 보내는 것도 괜찮겠다 싶었다. 그는 부모님이 식탁

---

*   존 밀턴이 종교적 확고함을 갖춘 사상가라면 토머스 그레이는 부드럽고 소박한 낭만파였다.

에 앉아 있는 걸 보았고 밀드레드는 일어나 그의 얼굴을 입맞춤으로 덮었다. 오거스터스는 개들 중 한 녀석의 귀를 부드럽게 잡아당기며 놀아주고 있었다. "이제 그만," 그가 개한테 말하면서 일어서자 개는 옆걸음질로 물러났다. 오거스터스와 헨리는 서로 입술을 맞추었는데 이는 헨리와 로빈스가 여행 다니던 시절 헨리를 가족 안에 붙잡아두려고 생겨난 버릇이었다. 씨름질을 한 그날은 가족이 함께하지 못한 지 두 달 가까이 된 날이었다.

그들은 식탁에 앉았다. 밀드레드는 애플파이 한 조각을 아들 앞에 놓았다가 도로 가져가더니 첫 번째 조각 옆에 한 조각을 더 담아 내놓았다. 늘 그렇듯 그들은 한참 동안 침묵을 지켰다. 세 사람이 떨어져 지낸 초반의 세월이 이런 순간의 어색함을 굳힌 터였다. 이를테면 먼저 해방된 오거스터스가 아내를 해방시키고자 일을 하는 동안 어머니와 아이는 노예로 함께 살더니 아버지와 어머니가 고생 끝에 헨리를 해방시켜 셋이서 함께하는 인생을 구축해가려 할 땐 아이의 몸속에 정력이 돌기 시작했던 것이다. 하지만 침묵이 한창이다가도 밀드레드나 오거스터스가 목을 큼큼 가다듬으면 그들 사이엔 다시 말이 흘러나오곤 했다.

"집짓기 중이에요," 두 번째 파이 조각을 씹는 도중 헨리는 말했다. "집을 세우고 있어요. 큰 집이요."

밀드레드와 오거스터스는 서로를 보고 웃음을 지었다. "그다음은 뭐고, 마누라?" 오거스터스는 물었다.

"잘하면요. 잘하면. 훌륭한 집일 거예요, 아빠. 백인들도 '헨리 타운센드네 집 진짜 좋구나' 이럴걸요."

"왜 말 안 했니, 헨리?" 오거스터스는 말했다. "아빠가 최대한 도와줄 거 알면서. 널 위해서면 아빠도 그리 내려갈 수 있어. 그러라고 아빠가 있는 거지."

"알아요, 아빠. 그냥 아빠랑 엄마가 호들갑 떠실 만한 걸 충분히 갖춰두고 싶었어요. 저희가 이 층 시작하면 들어오셔도 될 거예요."

"이 층이라니," 밀드레드는 말했다. "봐요, 오거스터스, 당신 것보다 더 큰 걸 짓고 있어요." 그녀는 남편에게 윙크를 했다. "'저희'가 이 층을 시작하다니? '저희'란 게 누굴 말하는 거니?"

헨리는 파이를 다 끝내고 포크를 내려놓았다. "그게 또 한 가지 소식이에요. 돕는 사람이 있어요."

오거스터스는 기분 좋은 의구심으로 고개를 절레절레했다. "누굴까? 콜팩스 농장에서 찰스랑 밀러드를 빌린 게로구먼. 둘 다 일솜씨 하난 기가 막히지, 정말로. 훌륭한 이들이라 돈값을 할 거야. 뒷마당에서 니 돈 꺼내다가 제대로 대우해주렴. 그럼 콜팩스가 그중 얼마는 그 친구들더러 가지라 하겠지. 찰스 그 친구는 그 돈을 콜팩스한테서 지 몸뚱일 사는 데 사용할 수도 있어. 아니면 버디니? 자유민 버디 말이야, 댈퍼드 농장의 버디 말고. 가끔 보면 노에 버디의 일솜씬 잘 모르겠단 말이야. 하지만 자유민 버디는 남다르지."

"아니요, 아빠. 제 사람이 있어요. 제 사람을 샀어요. 로빈스 주인님한테 싼값에 샀어요." 그는 파이 때문에 졸려서 2층에 올라가 누우면 너무나 좋겠다고 생각 중이었다. "좋은 일꾼이에요. 연륜이 많아요. 거기다 로빈스 씨가 나머지 사람들도 일하는 데 빌려주고 있어요."

밀드레드는 오거스터스와 서로를 쳐다보다가 고개를 낮추었다.

오거스터스는 의자가 뒤로 들리게 벌떡 일어서곤 헨리에게서 눈을 떼지 않은 채 팔을 뻗어 의자를 잡았다. "사람을 사서 그가 지금 니 거란 말이 정말이냐? 사람을 사서 해방을 안 했단 거니? 사람을 **소유**한 거냐, 헨리야?"

"네. 아니, 네, 아빠," 헨리는 아버지부터 어머니까지 쳐다보았다.

밀드레드도 일어섰다. "헨리야, 왜 그랬어?" 그녀는 말했다. "왜 그런 짓을 해?" 그녀는 저와 남편이 해야 할 일과 해선 안 될 일을 아들한테 전부 일러주던 그날 그때의 기억 속을 지나고 있었다. 저 숲엔 아빠나 엄마한테 말없이 들어가면 안 돼. 해방증 없이는 이 집 밖으로 발도 내밀면 안 돼, 우물도 안 되고 변소도. 매일 밤 기도드리렴.

"무슨 짓이요, 엄마? 그게 뭐길래요?"

땅하고 가까운 블루베리를 따, 아들. 그게 제일 달아, 엄마가 알기론. 만약에 어떤 백인이 나무가 말을 한다, 나무가 춤을 춘다 그러면 넌 그냥 예 맞습니다 그래, 너도 그런 거 숱하게 봤다고. 그 사람들 눈은 쳐다보지 마. 백인 여자가 말을 타고 니 쪽으로 오는 게 보이면 길에서 멀리 떨어져서 나무 뒤에 서 있어. 그 백인 여자가 못생겼을수록 더 멀리 더 넓은 나무한테 가. 한데 그녀가 아들에게 가르쳤던 모든 것 중에서 그대가 한때 누구의 소유였다면 아무도 소유하지 말라 하는 가르침은 어디로 갔던가. 하느님이 널 이집트에서 꺼내주셨으니 그리론 돌아가지 말라 하는 건.

"뭐가 잘못인지 모르겠니, 헨리?" 오거스터스는 말했다.

"그게 잘못인지 아무도 저한테 말을 안 해줬잖아요."

"왜 남이 너한테 잘못을 알려줘야 하니, 아들?" 오거스터스는 말했다. "말을 안 해주면 보는 눈이 없어?"

"헨리," 밀드레드는 말했다. "낡고 나쁜 걸 왜 똑같이 하려고 하니?"

"안 그랬어요, 엄마. 안 그랬다고요."

오거스터스는 조용히 말했다. "난 이 땅뙈기가 생겼을 때 여기에 결코 노예주로 발 들이진 않을 거라고 스스로 약속했어. 결코." 그는 한 손을 잠깐 입에다 댔고, 그러곤 턱수염을 당겼다. "지구상의 모든 인간 중에서, 내 집에서 나가란 소릴 처음 듣는 노예주가 내 자식일 거라곤 한 번도 생각을 못 해봤다. 니놈일 거라곤 생각을 못 해봤다고. 이럴 거면 우리가 널 로빈스한테서 뭐 하러 사 왔겠니? 뭐 하러 널 해방시켜서 골치를 썩겠어, 헨리야? 내 팔다리가 잘려도 이보다 아프진 않을 거다." 오거스터스는 헨리더러 따라오란 뜻으로 식당을 나가 현관문 쪽으로 갔다. 밀드레드는 도로 철썩 앉았지만 얼마 못 가 다시 일어섰다.

"아빠, 저한테 권리가 없는 짓은 하나도 안 했어요. 백인이 안 할 짓은 하나도 안 했다고요. 아빠, 잠깐만요."

밀드레드는 아들한테 가 그의 목덜미에 손을 얹고 쓰다듬었다. "오거스터스……?" 헨리는 아버지를 따라갔고 밀드레드는 아들을 따라갔다. "아빠. 아빠, 잠깐 좀 잠깐만요." 전실(前室)에서 오거스터스는 헨리에게로 몸을 돌렸다. "나가는 게 좋을 거다, 당장 나가는 게 좋을 거야," 오거스터스는 말했다. 그는 문을 열었다.

"백인이 안 할 짓은 하나도 안 했다니까요. 법을 어긴 적이 없다고요. 없어요. 여기 좀 들어보세요." 문가에는 지팡이 선반이 여러 칸 있었는데 하나 밑에 하나, 다 해서 열쯤 되었다. "아빠, 아빠가 안 했다고 해서 그게……." 오거스터스는 지팡이 하나를 내렸는데 그것은 머리에서 꼬리, 꼬리에서 머리로 한 줄을 이루어 서로를 뒤쫓는 다람쥐들이 배열된 것으로 그 매끈한 생물들은 도토리 모양의 흠잡을 데 없는 손잡이가 기다리는 꼭대기까지 줄기 따위를 돌고 돌았다. 오거스터스가 그 지팡이로 아들의 어깨를 내리치자 헨리는 바닥에 쓰러졌다. "오거스터스, 그만해요 이제!" 밀드레드는 소리치고서 아들 곁에 꿇어앉았다. "그게 노예 기분이야!" 오거스터스는 아들을 내려다보며 야단쳤다. "모든 노예가 매일같이 느끼는 게 바로 그거라고."

헨리는 꿈지럭꿈지럭 제 어머니 품에서 나와 간신히 아버지 발께로 갔다. 그는 제 아버지한테서 지팡이를 빼앗았다. "헨리야, 안돼!" 밀드레드는 말했다. 헨리는 두 번의 시도 끝에 무릎으로 지팡이를 두 동강 냈다. "그게 주인 기분이에요." 헨리는 말하곤 문밖으로 나갔다. 밀드레드는 그를 쫓아갔다. "제발, 아들. 제발." 그는 아랑곳없이 걷다가 계단에 이르러 동강 난 지팡이가 여전히 제 손에 들린 걸 알곤 뒤로 돌아 어머니에게 그걸 건넸다. "헨리야. 잠깐만, 아들." 그는 헛간까지 내쳐 걸어갔다. 말이 말을 듣지 않았다. "오라니까!" 헨리는 녀석에게 말했다. "얼른 와!" 그녀의 어머니는 마당까지 나와 그가 어둠 속으로 사라지는 걸 지켜보았다. 그녀는 저희 사는 곳 바깥의 큰길로 통하는 길에서 들려오는 말발굽 소리를 한참 동안 들었는데 그 아들 사라지는 소리가 남긴 인상은 그녀의 머릿속에서 며칠을 갔다.

어깨 통증 때문에 그는 빨리 달릴 형편이 못 되어 로빈스네에 다다르기까지 얼추 세 시간이 걸렸다. 밀드레드와 오거스터스가 백인들한테서 최대한 먼 곳에 자리 잡길 원했었던 것이다. 헨리는 로빈스가 집에 없을까 봐 불안했다. 아침까지 헛간에서 잠이나 잘까 생각한 터였다. 하지만 로빈스는 베란다에서 혼자 술을 마시는 중이었고 헨리가 마당으로 느릿느릿 올라오는 동안 사람 말소리는 하나도 없었다. 달빛이 그들을 괜찮게 비춰주었다. 마당에 있던 로빈스의 말이 풀에서 고개를 들어 헨리를 쳐다보았다. 헨리는 말에서 내렸다. 그는 백인의 말을 데려갔고, 그러곤 얼마 뒤 제 말을 데리러 돌아왔다.

마저 돌아와 마당에 선 헨리는 술을 병째 마시고 있는 로빈스를 올려다보았는데 그가 바깥에서 공공연히 이러는 건 처음 보는 모습이었다.

"올라가서 옆에 앉아도 될까요, 로빈스 씨?"

"물론. 물론이지. 루이스한테도 그러는 것을 너한테 자릴 안 내줄리가 있겠니." 로빈스는 흑인과 마주 앉길 꺼리지 않는 몇 안 되는 백인이었다. 귀뚜라미들과 기이한 밤 생물들이 내는 소리 말고는 그들의 말소리만이 그곳을 채웠다. 헨리는 계단 꼭대기에 앉았다. 로빈스의 아내가 동부 위쪽 창가에서 지켜보고 있었다. 로빈스는 통상 앉던 흔들의자에 앉지 않았는데 그건 흔들리면 등이 쑤셔오기 때문이었다. "이건 제안이지만 말이다, 헨리야, 가지 않는 게 최선인 길도 있어. 적어도 지각이 전부 멀쩡한 지금은."

"예."

"오늘이 화요일이니, 헨리?"

"예, 화요일입니다. 조금만 있으면요."

"흠……." 로빈스는 중얼거리곤 병째로 두 모금을 얼른 들이켰다.

"우리 어머니가 화요일에 태어나셨어, 샬러츠빌 바로 외곽의 좋은 곳에서. 내겐 화요일이 늘 행운의 날로 생각됐단다, 내 생일은 목요일이지만. 화요일엔 잘못될 일이 없어. 내 결혼식도 화요일이었지, 로빈스 부인은 일요일을 선호했을 테지만."

"예."

"네 어머니가 무슨 요일에 태어났는지 알고 있니, 헨리?"

"아니요, 로빈스 씨, 모릅니다."

"내가 지난주에 그 커다란 책을 들여다봤다. 내 성경 말고. 다른 책. 내 종들이랑 기타 전부가 담긴 책. 아니지, 지난주가 아닌가 보군. 아마 두 주 전이었을 거야, 아니면 네가 집짓기에 착수했을 때. 그러다 그녀 이름을 찾아봤지. 화요일이더라, 헨리야. 기억해두렴. 화요일에 결혼하면 너도 행복할 거야. 넌 금요일에 태어났다고 그 책이 그러더라. 하지만 신경 쓸 건 없어."

헨리는 신경 안 쓰겠다고 말했다.

"네 집 가져서 행복하니, 헨리?" 그는 그날 밤 리치먼드에서 침대 옆에 꿇어앉아 제 자식들을 즐겁게 해주던 헨리가 눈에 선했다. 헨리가 검둥이들과 씨름질만 안 한다면 자식들의 세상은 헨리와 함께여서 한결 나을 터였다.

"예, 그렇습니다." 그는 아픈 어깨가 편하게끔 자꾸 자세를 바꾸었다.

"집 한 채랑 땅 조금으로 만족하지 마라, 애야. 전부 거머쥐어. 저기 밖에는 말이다, 헨리, 가진 것 없는 백인들도 있어. 넌 발을 뻗어서 그들이 못 가진 걸 갖는 게 좋아. 못 할 게 뭔데? 하느님은 당신의 천국에 계시느라 대개는 신경을 안 써서. 하느님이 언제 신경 쓰시는질 알고 그분이 안 보실 때 필요한 일을 해치우는 게 인생의 요령이야."

"예."

"네 안에 원하는 게 있다는 걸 안다, 거머쥐고 싶고 스스로 벌어들이고 싶은 게 말이다, 안 그러니, 헨리?"

"맞습니다, 로빈스 씨." 이 순간에야 그는 제가 얼마나 간절한지 알았다.

"그럼 그걸 취하고 세상은 빌어먹게 내버려둬, 헨리야."

헨리는 그때까지 기다리고 나서야 로빈스에게 어깨가 부러진 것 같아 계단에서 움직이려면 도움이 필요할 듯하다고 말했다.

8월 그날 편 엘스턴은 소책자 집필자 앤더슨 프레이저에게 말했다. "가르치려고 태어난 여자는 아침부터 일어나서 필사적으로 학생 곁을 지켜요. 내가 그랬죠. 지금도 그래요. 내 자식들이랑 남편한테도 내 묫돌에 '어머니'랑 '교사'를 넣어달라고 말해뒀어요. 다른 건 빼먹어도, 심지어 이름은 빼먹어도 그건 넣어달라고요. 그러고 나서 끝장이한테 여유 공간이 있으면 '아내'를 넣어달라고. '아내'는 내 이름 밑에다가요. 혹시 가능하면 '충실한 아내'로." 그녀는 얼마간 멈추었다가 헨리 타운센드라는 주제로 돌아왔다. "가장 생각나는 일로는 어느 쾌청한 오후 이른 저녁에 헨리를 내 예전 학생들이랑 식사에 초대했던 것만 한 게 없죠. 그를 가르친 지 일 년이 조금 안 됐고 그는 여전히 내 학생이었을 거예요. 그가 웬 모직 양복을 입고 왔는데 그날 입기엔 너무 더웠죠. 혹시라도 방망이 갖다가 그 양복을 두들겼으면 주변에 먼지가 풀풀 날렸을걸요. 그땐 그가 종을 세 사람

거느렸던가 그래요. 네 사람이었나, 그중 하나는 요리를 해줄 여자
였는데……."

"그는 그날 저녁 어땠나요, 엘스턴 부인?" 앤더슨은 말했다.

"꽤 좋았죠. 도라랑 루이스는 그를 알았고 물론 아주 좋아했어요.
그들에겐 일종의 형오빠인지라 모여서 불편할 건 없었어요. 캘도니
아의 남동생 캘빈도 그를 곧장 좋아하게 됐어요. 캘빈은 저 스스로
가 예전부터 불편했던 사람이라 남들 모두를 편안하게 해주며 살았
죠. 그 둘이서 거의 오후 내내 대화를 나누다 저녁을 맞았어요. 그러
다 파할 때쯤 돼서야 헨리가 그동안 식탁에 마주 앉아서 말 한번 안
걸더니 캘도니아한테 이러더라고요. '마차 타고 가시는 거 봤는데
언제였는지 고개를 계속 숙이고 계시던데요.' 그는 끼어들면서 캘도
니아한테도 양해를 안 구하고 캘도니아랑 얘기 중이던 프리다한테
도 양해를 안 구했어요. 아직은 그한테 예절 수업을 하지 않았을 때
죠. 아이였다면 첫 수업으로 했을 거예요, 당연히, 하지만 어른을 가
르칠 땐 기초부터 달라야 해서요." 그녀는 그날의 남은 저녁을 쭉 설
명했다. 그녀가 제일 좋아하는 기억이 틀림없었다.

캘도니아는 헨리를 마치 없었던 사람처럼 건너다보았다. "오," 마
차 탄 저를 보았다는 그의 말을 듣고서 그녀는 말했다. "고개를 계속
숙이고 계시던데 그건 옳지 못해요," 헨리는 말했다. 그는 오른손으
로 후추 통을 집더니 팔을 뻗어 오른쪽에서 왼쪽으로 움직였다. 이
젠 식탁에 앉은 모두가 그를 주목하고 있었다. 후추 통을 든 손은 오
른쪽에서 왼쪽으로 부드럽고 우아하게 움직였다. "딴 사람들은 그
러고 안 타요," 헨리는 말했다. "저도 그렇고 딴 사람들은요." 헨리는
후추 통을 왼손으로 옮기더니 그걸 기울여 팔을 왼쪽에서 오른쪽으

로 덜 우아하게 움직였다. 그렇게 팔을 움직이는 사이 후추는 통에서 펀의 하얀 식탁보로 떨어졌다. 그는 말했다. "이런 말 꺼내서 죄송하지만, 그리고 타신단 얘기예요." 헨리는 후추 통으로 이렇게 몇 번을 했다 —— 오른쪽에서 왼쪽으로 갈 땐 후추 통이 똑바로 서고 왼쪽에서 오른쪽으로 갈 땐 후추가 떨어지고. 펀은 후추 떨어지는 모습이 어딘지 슬프다 싶었는데 실제론 슬플 게 없는 일이라서 마냥 더 슬펐다. 그녀는 앤더슨에게 말했다. "고개를 들지 않으면 뭔가를 잃어버린단 얘길 캘도니아한테 어설프게 했던 거죠."

마침내 헨리는 식탁보에 그어진 후추 선을 알아차리곤 펀을 쳐다보았다. "죄송해요," 그는 펀에게 말했다. "네가 생각하는 만큼 큰 문젠 아니야," 펀은 말했다. "엘스턴 씨는 내 식탁보에 훨씬 더 해롭거든."

캘도니아는 헨리에게서 눈을 떼지 않다가 마침내 그에게 웃음을 지어 보였다. "지금부턴 나아지도록 노력해볼게요," 그녀는 말했다. "제가 알기론 나아질 거예요." 헨리는 후추 통을 도로 식탁에 내려놓은 다음 손가락으로 후추를 쓸어 조그맣게 쌓았다.

캘도니아의 쌍둥이 남동생 캘빈이 그녀에게 말했다. "누나가 탈 때마다 그런다고 내가 몇 년을 얘기해도 들질 않더니만."

그녀는 아직도 헨리에게 눈이 팔려 있느라 캘빈이 어디 앉아 있는지 잠시 잊은 터였다. 캘빈은 헨리 왼쪽 한 사람 건너에 있었지만 캘도니아는 헨리에게 집중하느라 초점도 채 못 찾은 눈으로 헨리 오른쪽을 찾기 시작했다. "저기, 사랑하는 동생," 동생에게 말을 전송하고자 눈을 오른쪽에서 왼쪽으로 옮기며 그녀는 말했다. "사랑하는 동생, 네가 그동안 새겨들을 말을 한 적이나 있었니." 다들 웃음을 터뜨렸고 프리다는 이렇게 말했다. "한 방 먹었네."

펀은 앤더슨 프레이저에게 말했다. "그땐 캘도니아의 아버지도 살아 계셨고, 그래서 헨리와의 연애를 그 자리에서 허락하셨어요. 그 애 어머니의 하녀도 그들과 같이 다녔죠, 훌륭한 규수는 혼자서 외간 남자랑 다니지 않으니까요. 만약 그 애 아버지가 돌아가신 상태였다면 어머니가 과연 허락을 하셨을까 싶은데, 캘도니아도 그땐 제 어머니를 거스를 애가 아니었죠."

"왜요," 앤더슨은 물었다. "왜 허락을 안 했을 것 같으세요?"

펀은 앤더슨이 백인이란 사실이 다시 생각났다. 혹시 그가 흑인에 관해서 알게 되었더라도, 그러니까 어떤 피부가 가치 있고 어떤 피부가 가치 없다 여겨지는지 알게 되었더라도 그녀에게서 배운 건 아닐 것이다. "글쎄요," 그녀는 말했다. "모드, 그러니까 그 애 어머니한텐 어떤 점들이 마뜩잖았을 수도 있죠."

헨리의 장례식은 한 시간 조금 넘게 치러졌다. 그가 소유했던 노예들 모두가 그의 가족과 친지를 또 그가 들어갈 구덩이를 둘러쌌다. 볼팀스 모핏이 늦는 탓에 다들 전도사 없이 시작했다. 모핏이 언제 도착할지 모르는 캘도니아는 저기 계신 하느님은 헨리 타운센드가 마땅한 안내자 없이 마지막 기차에 오른 걸 결국엔 원망하지 않으실 거라 판단했다. 밀드레드는 오랫동안 추도사를 했다. 그녀는 이 말 저 말 헤맸고 사람들은 그럴 만하다고 여겼으며 캘도니아는 그러는 내내 그녀에게 팔짱을 껴주었다. 펀은 제가 어려서 배운 예수님 노래를 불렀다. 그녀는 가사를 아직 안다는 생각에 노래를 시작했지만 노래 도중 기억이 가물가물해지는 바람에 지어낸 가사로

마저 불렀다. 오거스터스는 추도사를 하지 않았다. 도라와 루이스를 양쪽에 낀 로빈스도 추도사를 하지 않았다. 그는 머릿속에서 폭풍이 한바탕 일어 식의 대부분을 놓쳤다. 로빈스가 유색인 장례식을 치르는 건 이번이 1년 못 가 두 번째였다. 맨 처음 소유했던 노예 하나가 죽은 것으로, 그 노예는 밭에서 일을 멈추고 서 있다가 한쪽 무릎을 꿇더니 다른 쪽 무릎까지, 그렇게 천천히 무너졌다. 그가 맡았던 밭고랑엔 가득 든 자루를 목에 두른 그 혼자뿐이었으므로 사람들은 마이클이 사라진 줄도 모르고 한참 동안 일을 이어갔다. "이다음에 아늑한 곳을 마련해놓거라, 아들," 밀드레드는 제 아들의 무덤가에서 말했다. "엄마도 바로 가마."

모지스와 스탬퍼드와 일라이어스가 구덩이를 메웠다. 밭 사람들은 이날 일을 쉬었지만 안집 종들은 헨리를 떠올리며 슬퍼하고자 밤을 묵는 이들을 돌보느라 밤늦게까지 일했다. 로빈스는 묵지 않았다. 그는 전날 타고 왔던 승합용 마차 대신 말을 타고 온 터였다.

로빈스에게 얻어맞은 리치먼드에서의 그날 저녁 이후 필로미나 카트라이트는 그 도시를 오랜 시간 오랜 세월 다시 보지 못할 터였다. 그녀는 턱이 제대로 아물지 않아 그쪽으로는 딱딱한 음식을 못 씹었다. 언젠가 그녀가 리치먼드로 다시 도망가겠다고 위협하자 로빈스는 그녀를 도로 노예로 팔아버리겠다고 말했다. "못 그래요," 그녀는 말했다. "당신 못 그래요, 윌리엄. 나한텐 해방증이 있다고요." 그는 하느님을 믿는 세상에서는 사람들이 보지 못해도 바람을 그분 목소리로 착각한다고, 문서 따위 아무것도 아니라고, 그따위 건 나 로빈스가 부여하는 만큼의 힘만 지닌다고 그녀에게 말했다. 그녀가 리치먼드를 세 번째이자 마지막 번째로 본 건 북군이 그곳 대부분을 깡그리 불태우고 며칠 뒤였다. 그녀는 그때 마흔네 살로, 소피의 리치먼드 얘길 듣고 잔뜩 바람이 든 그녀가 머리에 빨래를 인 채 깡충거리다시피 하는 모습을 로빈스가 처음 본 날로부터 30년이 지나 있었다. 필로미나가 그 마지막 번 리치먼드에 도착했을 땐 여전히 화염이 이글거리고 있었는데 이를 본 그녀가 루이스와 도라와 캘도니아와 제 손자에게 한 말은 하늘의 폭죽을 대신하기엔 땅의 화염이 형편없다는 것이었다.

5
저 위 알링턴에서의 그 일.
소가 고양이한테 목숨을 빌리다. 알려진 세계.

맨체스터 카운티는 대체로 평온한 곳이어서 여러 달이 지나도록
보안관 존 스키핑턴의 일이라곤 취객을 집에 들여보내는 것에 불과
했는데 보통은 그 취객도 제 순찰대원 중 하나인 바넘 킨지였다. 스
키핑턴과 그의 아내 위니프리드는 몇 달에 한두 번 다른 가족의 저
녁 초대를 받아들여 그날 귀갓길이 너무 멀다 싶으면 하루이틀 묵다
오곤 했다. 부부는, 특히 위니프리드는 남들과의 교제를 무척이나
즐겼고 스키핑턴도 법의 선한 얼굴을 떠나 제가 선한 사람이자 선한
남편임을 유권자들한테 알리는 게 중요함을 알았다. 저희와 재산 규
모가 비슷한 집에서 묵게 되면 그 저녁 자리엔 얼추 같은 계급의 커
플들이 와 있었는데, 어쩌다 윌리엄 로빈스의 계급이 한 커플 와 있
어도 그건 고작 한 커플이기가 일쑤였다. 부부는 윌리엄 로빈스의
지위만 한 사람들 집에서도 묵긴 했지만 그들과 식사할 땐 스키핑턴
과 위니프리드만이 저희 계급을 대표했다. 순찰대를 이루는 계급으
로 말할 것 같으면, 그들은 근근이 먹고사느라 어디든 초대를 받아

가는 일이 매우 드물었다.

　1844년 봄, 맨체스터 카운티의 백인 상당수는 몇 년 전 벌어졌던 타 지역의 노예 "동요" 소식에 지금도 불편해하고들 있었다. 북부 사람들은 그걸 노예 반란이라고 불렀지만 버지니아 대다수 지역에서 **반란**이란 단어는 폐지론자들의 저의가 담겨 있었으므로 많은 노예주가 되도록 "집안싸움"으로 규정하려는 걸 표현하기에는 너무 센 단어, 집안 사정을 모르는 사람들이 선동해서 쓰는 단어로 여겨졌다. 그 불편함을 떨쳐버리지 못한 사람들 중에는 위니프리드의 쉰네 살 먹은 사촌 클레라 마틴이 있었다. 그녀는 오거스터스와 밀드레드가 서쪽 멀리 떨어져 살듯이 맨체스터 동쪽 끝단에 멀리 떨어져 살았다. 그녀에겐 저 위 알링턴에서 사는 먼 친척이 있었는데 그 친척의 이웃집에선 요리사 노예가 제 주인의 음식에 갈아 부순 유리를 집어넣다가 여러 끼니 만에 발각된 일이 있었다. 먼 친척이 클레라에게 적어 보내길 그 일이 "유독 악랄한" 건 이페타라는 그 요리사를 아기 검둥이(pickaninny) 때부터 키우고 부엌에서 알아야 할 걸 "하나부터 열까지" 죄다 가르쳐준 게 그 이웃이기 때문이었다. 유리를 얼마나 곱게 갈았길래 그 딱한 여자가 뭔지도 모르고서 믿고 먹었는지 상상이 안 되어 클레라는 편지를 몇 번이고 읽었다. 채소를 갖다 바치는 내내 제대로 안 씻은 채소인 줄 알고 바보같이 유리를 모래로 여겼나? 하고 그녀는 의아해했다. 채소 안 씻는다고 한 번도 질책을 안 한 거야? 유리가 몸 안에 있으면 진짜 음식하곤 달라서 제대로 배출이 안 되니 속이 갈가리 찢길 텐데?

　클레라 마틴은 제 이름으로 노예를 딱 한 명 데리고 있었는데 그 랠프라는 노예는 머리카락이 어깨까지 내려오는 쉰다섯 살의 마른 남자로 겨우내 류머티즘을 앓았다. 그 몇 달 동안 그는 산더미처럼 쌓인 걸쭉한 당밀 속을 헤치고 다니면서 매 걸음 신음을 짜냈다. 하지만 3월이 오면 그의 뼈는 본인의 말마따나 다시 행복해졌다. 랠프는 그녀의 남편이 태어날 때부터 그녀의 시댁에 속했다가 그녀가 스무 살 때 "나의 사랑하는 소중한 마틴 씨"와 결혼하면서 함께 딸려 온 노예였다. 그녀의 남편은 죽은 지 15년이 되었고 유일한 자식인 아들은 영원히 잡히지 않는 행복을 찾아 야성의 캘리포니아로 떠났는데 그곳은 언젠가 그녀가 알링턴 친척에게 보내는 편지에서 적길 "세계의 반대편"인 곳이었다. 그리하여 클레라는 다른 일도 맡은 가운데 요리까지 해다 바치는 랠프를 데리고 오랜 세월 혼자서 평온하게 살았다. 그녀의 가장 가까운 이웃은 다른 카운티까지 긴 걸음을 해야 나왔다. 그러던 중 버지니아의 다른 여러 카운티에서 노예들이 동요를 하게 되었고, 그러다 한때 믿음직했던 저 위 알링턴의 어느 노예도 이젠 평소의 요리법을 따르지 않으려 한다는 끔찍한 편지가 이어졌던 것이다.

그 1844년 봄의 어느 금요일, 스키핑턴과 위니프리드는 클레라와 시간을 보내러 외출을 했다. 미너바는 —— 당시 열두 살로 제 재능을 발휘하고 있던 그 아이는 —— 집에 두고서였다. 위니프리드, 심지어 스키핑턴도 그녀를 딸처럼 여기긴 했지만 저녁 초대에 누가 포함되고 안 되는지 모르는 사람은 없었다. 구치소 수감자가 한 사람뿐이라 스키핑턴의 아버지가 식사 배급과 감시를 대신 맡아주기로 동의한 터였다. 장 브루사르라는 그 수감자는 싹싹한 프랑스 사람으로서 스칸디나비아 사람인 제 동업자를 살해했는데 이 카운티에서 백인이 살해된 건 26년 만에 처음이었다. 브루사르는 말하길 좋아했다.

노래는 한참 더 좋아했다. 스키핑턴은 브루사르가 저를 "무슈 보안관(Monsieur Sheriff)"이라고 부르는 데 질려 있었다. 브루사르는 스키핑턴이 클레라네로 떠나기 겨우 사흘 전 기소되어 버지니아 당국의 판사 배정을 기다리는 중이었다. 브루사르는 저는 결백하다면서 미국의 정의도 끝내 그렇게 공표할 거라고 말했다.

그 금요일 오전 중반께, 스키핑턴과 위니프리드는 저희 이름으로 아흔일곱 명의 노예를 거느린 백인 가족 로버트 콜팩스와 앨프리다 콜팩스의 농장에 다다랐는데 거기서 12시 30분에 만찬을 들기로 했던 것이다. 로버트는 유럽 골동품 권총을 수집해 그걸 시샘하지 않고 즐길 수 있을 법한 사람 누구에게나 뽐내길 좋아했다. 문제는 대부분의 사람이 시샘을 한다는 거였고, 따라서 그는 권총을 제가 원하는 대로 뽐낼 수 없었다. 콜팩스의 좋은 벗인 로빈스는 시샘을 하지 않아서 둘은 자주 그걸 즐겼고 어떤 땐 그러다 밤을 맞기도 했다. 스키핑턴도 시샘을 하지 않았다. 콜팩스의 아들들은 권총을 장난감 이상으로 여기지 않았다. 그래서 스키핑턴이 방문했다 하면 그는 독일이나 이탈리아에서 오래전 세공된 그 권총들을 오거스터스 타운센드가 짜준 진열장에서 아주아주 조심히 내려 제 목숨이 걸린 일처럼 칭송할 수 있단 이유로 마냥 좋아했다.

그 금요일 3시쯤 스키핑턴과 위니프리드가 도착했을 때 클레라마틴은 마당에 서 있었고 랠프는 뒤쪽에서 돌아 나와 그들의 말과 사륜마차를 넘겨받았다. "좋은 오전입니다, 스키핑턴 씨. 좋은 오전입니다, 스키핑턴 아가씨," 랠프는 말했다. 그의 긴 머리는 뒤에서 새끼줄로 묶여 있었다.

스키핑턴과 위니프리드는 좋은 오후예요 하고 인사했다. 랠프는 그들을 돌아보곤 고개를 끄덕였다. "맞아요. 예, 좋은 정오입니다," 그는 말했다. 클레라는 말과 마차를 끌고 가는 그를 지켜보다가 그가 사라지자 스키핑턴에게 다 안다는 눈치를 보냈다. "저 사람을 어쩌면 좋아, 존?" 그녀는 말했다.

그는 웃음을 지었다. "그는 괜찮아요, 클레라. 조금 어눌하긴 해도 괜찮아요." 스키핑턴은 제 순찰대원들더러 그녀 집을 종종 들여다보라고 시켰지만 그걸론 충분치 않던 참이었다. "존, 그 여잔 망아지처럼 잘 놀라," 바넘 킨지는 이 집을 한 차례 들여다본 뒤 스키핑턴에게 말했다. "그리고 사실대로 말하자면, 존, 내가 볼 땐 그 여자가 놀랄 게 없던걸. 살펴봤는데 뭐가 있어야 말이지."

그들이 식사를 들기 시작한 건 5시 조금 넘은 시각, 랠프가 상을 차리곤 클레라가 결혼한 지 얼마 안 되었을 때 부엌 한쪽에 달아준 제 방으로 물러나고서였다. 클레라는 음식을 깨작거렸다. 위니프리드와 스키핑턴은 저희의 좋은 먹성을 보고 그녀의 걱정이 싹 덜리게끔 실컷 먹었다. 클레라는 제 살이 지난번 만났을 때보다 빠진 걸 위니프리드는 알 거라는 온통 그 말뿐이었다. 위니프리드에겐 피골이 상접했던 고모가 있었지만 그건 폐결핵 때문이었고 더구나 그분은 코네티컷주에서 살다 간 사람이었다.*

"저 사람한테 한마디 해줬으면 좋겠어," 클레라는 저녁 식사 후 스키핑턴에게 말했다. 그들은 응접실에 있었다. 랠프는 방금 나와서

---

* 코네티컷주는 미국 동북부에 있다. 노예해방운동가 존 브라운(John Brown)을 배출한 주이기도 하다.

접시를 치우고 사라져 15분쯤 뒤에나 커피를 들고 다시 나올 터였다. 머리에 묶었던 새끼줄은 없었다. 5년 전, 한번은 그가 응접실에 들어왔다가 빗과 솔로 머리카락과 씨름 중인 클레라를 본 일이 있었다. "아유, 정말," 그녀는 자꾸 말했다. "이따위로 엉망일 거면 머리카락이 한 가닥도 없는 게 낫겠네." "이제 그런 말씀 마세요, 마틴 아가씨." "에그, 완전 엉망이야, 랠프. 빼도 박도 못 하는 엉망." 온종일 비가 내리고 있었고 여름이라 그의 뼈도 불평을 안 했다. "내 언니 머리카락을," 그녀는 말했다. "하느님은 나한테 주셨어야 해. 언닌 그게 고마운 줄도 모르거든, 정말이지. 그 붉은 머리 굉장해. 여왕의 머리야. 그 머릴 단 하루도 고마워해본 적이 없는데 하느님은 그대로 간직하게 해주시니 참." "언니분은 아가씨에 비하면 아무거도 아녜요, 그건 확실해요, 마틴 아가씨. 됐으면 말씀 주세요," 그는 그녀 뒤에 서서 그녀의 손등을 건드리며 말했다. 전에는 고의적으론 건드린 적이 한 번도 없었고 건드렸다 해도 그걸 목격한 사람조차 별 생각이 안 들 만큼 우연하고 결백한 식으로였다. 그녀가 몇 초 주춤하다가 손을 높이 들어 벌리자 그는 솔을 받아 들었다. 그날 일찍 천둥과 벼락이 쳤지만 지금은 현관에 떨어지는, 창문을 두드리는, 오래오래 목말랐던 정원 식물들의 목을 축여주는 비뿐이었다. "됐으면 말씀 주세요," 그러더니 그는 그녀의 머리카락을 살살 솔질해주었다. 솔이 제 일을 마치자 그는 허락도 안 구하고 팔을 뻗더니 그녀의 무릎 정중앙에 놓여 있던 빗을 가져갔다. 그는 빗에 엉켜 있던 머리카락 몇 가닥을 빼냈고 그 가닥들은 늑장을 부리며 바닥에 떨어졌다. 그녀는 의자에 푹 기대어 눈을 감고 생각했다, **언니분은 아가씨에 비하면 아무거도 아녜요.** 그는 솔질하고 빗질하고 약간의 단 기름*을 먹이는 데 한 시간을 들였고 그가 다 마치기 전에 그녀는 잠이 들었는데 제 몸이 누울 수 있는 곳은 침대뿐이라고 그녀가 늘 말해왔기에 그것은 드문 일이었다. 몇 시간 뒤 잠이 깬 그녀는 랠프는 온데간데없이 여러 개로 땋인 제 머리만 앙상하고 굳은살 박인 제 손가락에 부드럽게 만져진다는 걸 깨달았다. 그녀는 두 번이고 세 번이고 그의 이름을 부르다가 희미한 빛으로 춤추는 촛불을 보곤 어떤 목소리를 지닌 듯한 침묵에 눈을 떴고, 그러자 그를 이렇게 부르는 건 어딘가 잘못됐다 싶어 입을 다물었다. 그녀는 한숨을 쉬고서 의자에 푹 기댔다. 그녀는 이내 또 잠이 들어 이날 밤 긴 시간을 의자에서 보냈다. 비는 이틀 더 계속되었고 그는 그 이틀 내리 머리를 만져주었지만 그 뒤로는 끝이었다. "이걸로 됐어, 랠프," 마지막 번에 그녀는 말했다. "지금은 이만하면 되겠어." "예."

커피를 들면서 클레라는 스키핑턴에게 또 한 번 말했다. "저 사람한테 한마디 해줬으면 좋겠어."

"그럼 무슨 말을 해주면 될까요, 클레라?" 스키핑턴은 말했다.

"글쎄. 보안관다운 말이랄까. 보안관이 악당한테 할 법한 말. 혹시 모를 악당한테. '내가 지켜보고 있어, 이 혹시 모를 악당아.'"

위니프리드는 웃음을 터뜨렸다. 그녀는 그때까지 커피를 마시고 있다가 지금은 제 옆의 협탁에 잔을 내려둔 참이었다. 웃음이 터진 건 클레라가 한 말 때문이기도 했지만 **악당**(miscreant)이라는 단어가 필라델피아에서 보낸 학창 시절과 맞춤법 시험을 상기시켜준 때문이기도 했다. 그녀의 남편은 보안관이 된 지 1년가량이었다. 그는

---

*   sweet oil. 올리브유 또는 유채씨유를 가리키는 말.

그녀를 "스키핑턴 부인"이라고 불렀고 그녀는 그를 "스키핑턴 씨"라고 불렀는데 다만 그가 그녀의 신경을 거슬렀거나 그녀를 우울하게 만들면 그의 호칭은 몇 날 며칠 "존"이었다.

"아주 진지하게 하는 말이야, 존," 클레라는 말했다. "정말이라고. 자네한텐 이렇다 할 종이 없잖아, 자네들이 키우는 아이 하나 빼곤. 하지만 랠프는 아이가 아니고, 게다가 세상도 옛날과는 달라지고 있으니."

"하지만 그랑 오래 알아오셨잖아요, 아니에요?" 스키핑턴은 말했다.

위니프리드는 스키핑턴 쪽으로 몸을 틀었다. "하느님이 노아한테 홍수를 내리시기 전부터일걸요, 아마."

클레라는 말했다. "이제 세월은 아무 의미 없어, 위니. 충성심도 그렇고. 세상이 뒤집어지고 있다고."

"그가 어떤 겁나는 말을 한 적이 있어요?" 스키핑턴은 말했다. "어떤 말이요," 그리고 그는 아내한테 윙크를 했다. "제가 체포할 만한 말."

"아니, 없어, 아이코. 단지……" 그러더니 클레라는 손을 앞에 들어 손부채를 몇 번 부쳤다. "단지 그런 장기(瘴氣)가 있다고. 그와 나 사이의 장기."

위니프리드는 생각에 잠겼다. "장-기. (M-I-A-S-M-A.)"

"그게 뭔데?" 스키핑턴은 물었다. "그게 무슨 단어야?" 그건 그가 성경에서 본 적 없는 단어가 분명했다.

"분위기 말이에요, 스키핑턴 씨," 위니프리드는 말하더니 더 나은 뜻을 찾아 기억과 씨름하느라 집게손가락으로 제 다문 입술을 두드렸다. "기운, 분위기."

"나쁜 분위기 말이야," 클레라는 말했다. "나쁜 분위기."

"떠나기 전에 나가서 그랑 얘기해볼게요," 스키핑턴은 말했다.

"무슨 말을 하게?" 클레라는 말했다. "저 사람 감정 상할 말은 절대 하지 마. 모진 말은 절대 하지 말라고, 존."

"클레라, 그는 악당일 수도 있고 아닐 수도 있어요. 제가 무슨 말을 할진 저도 몰라요. 그 사람 앞에 서봐야 알죠. 하지만 제가 알기로 그는 좋은 종이니까 가혹한 말은 안 나올 거예요, 정말로 정직하게 말씀드리자면요. 그는 여태껏 시중을 들어왔고 앞으로도 시중을 들 겁니다, 어디서 어리석은 얘길 들으셨는진 몰라도요."

클레라는 한숨을 쉬었다. "반이라도 있는 게 없는 것보단 낫지."

"반은커녕 반의반이라도 있는 게 낫죠," 위니프리드는 말했다.

여자들이 잠을 자러 물러난 뒤 스키핑턴은 집에서도 위니프리드와 미너바가 잠든 뒤 자주 그러듯 응접실에 남아 성경을 읽었다. 그의 아버지는 밤이면 취침 전에 파이프를 피웠는데 아들은 그걸 암만 배우려고 해도 재미를 못 들인 터였다. 유감이라고 그는 생각했는데, 왜냐하면 가끔씩 하느님의 말씀이 머릿속에 불어넣는 혼란을 잘하면 파이프가 진정시켜줄지도 모르기 때문이었다.

뒤에서 랜프의 소리가 들리자 그는 성경을 읽던 페이지 그대로 펼쳐서 의자에 내려놓고 일어섰다. 랜프는 잠자러 가기 전에 부엌에서 마지막 정리를 하고 있었다.

"새벽에 뭐 좀 갖다 드려야 될까요, 스키핑턴 씨?" 그는 문간에 서 있는 스키핑턴에게 말했다. "아주 좋아하셨던 그 파이가 좀 더 있어요. 접시에 한 조각 이쁘게 담아서 드릴 테니까, 드시면 아기처럼 잠이 오실 거예요."

"아니에요, 랠프. 그냥 좋은 밤 보내라고 인사하러 들렀어요. 당신은 별일 없는지 확인이나 할까 해서요. 클레라를 돌보는 게 아주 고역일 수 있단 거 나도 알아요. 당신이 그동안 그분 시중 잘 든 거 그분도 아세요."

"밤이요? 좋은 밤?"

"네, 그냥 좋은 밤 보내라고 인사하고 싶었어요."

"예. 고맙습니다. 선생님도 좋은 밤 보내세요."

"네, 저…… 좋은 밤 보내요."

"선생님도 좋은 밤 보내세요. 좋은 밤이요." 그의 머리는 다시 새끼줄로 묶여 있었다. "파이는요? 제 입으로 말하자면 훌륭한 파이인데."

"아니요, 괜찮아요. 어쨌든 좋은 밤 보내요. 훌륭한 식사 고마워요. 파이도 고맙고요."

"저도 고맙습니다, 선생님. 좋은 밤 보내세요. 아침 되면 좋은 아침 보내시고요."

"좋은 밤 보내요." 공기에 아직 어색함이 감돌 때 스키핑턴은 물러났다. 그는 다시 응접실로 가 중단했던 성경을 집어 들었다. 하지만 이 장은 지금 내가 필요로 하는 장이 아니다 하고 느낀 그는 책을 휙휙 넘기다가 『욥기』*에 정착했는데 그 부분은 하느님이 욥의 삶을 파괴하기에 앞서 그에게 아주 많은 것, 그가 가진 것보다 훨씬 많은 것을 내리신 뒤에 해당하는 내용이었다.

• • •

다음 날 그는 클레라에게 랠프와 얘기해봤더니 다 괜찮더라, 더는 걱정하지 않으셔도 된다 말했다. "정원에 내릴 비나 걱정하세요, 걱정 사다리에 더 높이 올라서지 마시고요," 그는 그녀에게 말했다. 그녀는 웃음을 지었다.

그는 그녀의 집 몇 마일 밖에서 순찰대원 둘과 ── 하비 트래비스 그리고 클레런스 윌퍼드와 ── 볼일이 있었으므로 점심 식사 후 1시 가까울 무렵 랠프가 안장을 얹어준 말을 타고 출발했다. 흐린 토요일이었지만 혹시 비가 오더라도 빗방울이 떨어지기 전에 다녀올 수 있다고 그는 자신했다.

순찰대가 집합했을 때 그중 노예를 소유한 순찰대원은 바넘 킨지, 오든 피플스, 오든 피플스의 동서 하비 트래비스가 다였다. 순찰대원들은 매달 12달러를 받았는데 그건 주로 노예주들의 세금, 즉 노예 하나당 격월로 5센트씩 징수하는 돈으로 충당되었다. (그 세금은 남북전쟁이 시작되면서 10센트까지 올라 1865년에는 거의 한 해 내내 강제되었다.) 바넘 킨지는 제 유일한 노예 제프가 살아 있는 동안 세금을 면제받았고 오든 피플스는 아예 세금이 부과된 적이 없었다.

오든은 순혈 체로키족이었다. 그는 흑인 노예 넷을 데리고 있었다. 하나는 그의 "장모"였다. 하나는 그녀 자신도 절반은 체로키족** 인 그의 "아내"였고 다른 둘은 그의 자식이었다. 그의 아내는 제 시아버지 소유였고 장모도 마찬가지였다. 오든이 타삭을 제 여자로

---

*   성경에서 욥은 가혹한 시련을 이겨내고 믿음을 굳게 지키는 인물로 그려진다.
**   원문은 "half Cherokee"로 부모 대에서 인종이 섞인 것을 의미한다.

취하자 시아버지는 아들의 여자가 노예로 지내던 마을에서 아주 멀어지면 외로울 거란 생각에 그녀의 어머니까지 덤으로 주었다. 오든의 아버지는 세상에다 제가 체로키족 추장이다, 천 명이나 되는 사람의 지도자다 주장하고 다니길 좋아했지만 그건 사실과 달랐고, 그래서 흑인 백인 인디언 할 것 없이 사람들은 그 거짓말을 두고 면전에서나 뒤에서나 그를 조롱하곤 했다. 거짓말하는 추장, 사람들은 그를 그렇게 불렀다.

하비 트래비스의 결혼 상대자는 오든의 아내와 이복자매였다. 순혈 체로키족이지만 그녀도 노예였는데, 트래비스는 노예와는 절대 결혼하지 않겠다며 거짓말하는 추장한테서 아예 그녀를 사 해방해버렸다.

트래비스는 여러모로 스키핑턴의 가장 까다로운 순찰대원이었다. 하지만 트래비스는 맡은 일은 잘했고, 그래서 스키핑턴은 그를 길들일 순 없지만 방종함을 벌충할 만큼 쥐는 잘 죽이는 방목형 고양이로 보았다.

그 흐린 토요일 클레라네서 점심을 먹은 스키핑턴이 말을 몰고 나간 건 트래비스와 클레런스 윌퍼드의 분쟁 때문이었다. 트래비스에겐 클레런스와 그의 아내 베스 앤에게 팔기로 한 오늘내일하는 암소가 있었다. 하비는 그 소는 좋은 젖소라고 주장하며 클레런스에게 15달러를 받았지만 사실 우유는 그 소보다 하늘에서 떨어지는 편이 빨랐다. 클레런스에겐 여덟 명의 자식이 있었는데 다들 우유 맛을 기억하지 못하는 지경에 이르러 있었다. 사실 제일 어린 세 자식이 맛본 거라곤 모유뿐이었다. 베스 앤과 클레런스가 그 소를 사 우유가 나오길 하염없이 기다린 건 그래서였다. "이보다 마른 젖꼭지는 얘기도 못 들어봤어," 클레런스는 제 아내에게 말했다. 그 상태가 몇 주나 계속되자 클레런스는 하비 때문에 갈수록 부글대고 화가 치밀었다. 이 지경이라 순찰 중에도 말싸움 주먹싸움이 벌어지곤 해서 순찰대 누구도 그들과 일하고 싶어 하질 않았다.

그러다 존 스키핑턴이 토요일에 나서기 일주일 전, 클레런스는 그 소를 도살해 고기를 얻는 걸로 만족하자 마음먹고 집을 나섰다. 그는 아이들이 소랑 같이 사는 동안 정이 든 나머지 녀석한테 숱한 애칭을 지어준 걸로 봐서 문제가 생길 걸 알았다. 헛간으로 간 클레런스는 아내 베스 앤이 소 후반신에 매달려 젖을 짜고 있는 걸 발견했다. 남편을 올려다보는 그녀의 얼굴은 눈물범벅이었다. "세상에 세상에 하느님," 그녀는 말하고 있었다. 그녀는 우유를 받는 데 물동이를 쓰고 있었고 두 손으로 우유를 짜는 동안 우유에 눈물이 떨어질까 봐 블라우스 소매로 얼굴을 훔치고 있었다. "음매 하고 있길래 왜 그러나 하고 방금 들어와봤어요."

클레런스는 아내에게 가 볼에 입을 맞추었다. "전부 불러요," 그녀는 아이들을 염두에 두고 그에게 말했다. "다 이리 오라고 해요." 그는 그녀한테서 일어나 한 발, 두 발, 세 발 물러선 다음 등을 돌리더니 혹시 우유가 아직 거기 있나 보려고 뒤로 얼른 시선을 던져보았다. 그의 마음을 읽었는지 그녀는 젖꼭지 하나를 잡곤 옆에 서 있던 고양이를 겨냥했다. 고양이는 눈을 감고 입을 벌려 우유를 마셨다. 녀석의 치들렸던 꼬리는 우유를 마시면서 내려가고 내려가고 하다가 마지막에는 땅바닥에 편히 놓였다.

큰 녀석들이 작은 녀석들을 안고 들어왔다. 아이들 모두 물동이에 받은 우유를 마셔서 싹 비우자 아이들 어머니는 물동이를 또 채웠다. 그러고 나서도 두 번을 더 채웠다. 얼마 뒤 아이들은 헛간 바닥에 그대로 누워 잠이 들었다. 클레런스는 아내 곁에 앉더니 조금 뒤 우유가 묻지 않은 손을 아내 뒤통수에 얹고 머리를 쓸어주었다. 소는 꼬리를 흔들며 되새김질을 했다. 녀석은 방귀를 뀌었다.

아이들이 일어나 들어가길 싫어해서 결국 부모는 아이들을 집까지 하나하나 들어다 침대에 눕혀야 했다. "이게 무슨 뜻인지 알아요?" 둘이서 마지막 아이를 옮길 때 베스 앤은 말했다. "말해줄래?" 그는 말했다. "새 물동이를 사야 할 거란 뜻이에요."

우유가 넘쳐흐르는 소라면 15달러론 안 된다는 생각에 하비 트래비스는 소를 돌려받길 원했다. 클레런스는 제가 두 번이나 저격을 당했는데 누가 쏘았는지는 모르지만 제 생각엔 하비라고 스키핑턴에게 말했다. 베스 앤도 순찰대원 바넘 킨지 편으로 스키핑턴에게 말을 전했다. "그가 죽든 우리가 죽든 할 거예요."

클레런스네 집에 도착한 스키핑턴은 아이 둘과 정원에 있는 베스 앤을 발견했다. 클레런스가 숲에 있어서 그녀는 아버지를 불러오라고 아이 하나를 보냈다. 스키핑턴은 다른 아이더러 하비를 불러오라 시키곤 베스 앤을 동행해 헛간으로 소를 보러 갔다.

"와주셔서 기뻐요, 존," 그녀는 손뼉을 쳐 먼지를 떨며 말했다. 스키핑턴이 알기로 그녀는 두 남자보다 불같았다. "당신이라면 이 난장판이 좀 이해되시겠죠. 저는 아무래도 이해 못 하겠고, 클레런스는 저보다도 못 해요." 둘이서 헛간으로 가는 길에 닭 몇 마리가 종종거리며 지나갔다. 그녀의 검고 긴 머리카락은 살짝 흐트러져 있었는데 그가 보기엔 솔질 몇 번이면 가지런히 정리될 듯싶었다. 윌퍼드 부부도 가난했지만 그래도 바넘 킨지네 가족만큼은 아니었다.

"완전히 해결되지 않으면요, 베스 앤, 저도 여길 떠날 마음이 없어요."

"하비 트래비스를 죽이겠다는 말이 진심인 걸 알아주셨으면 좋겠어요. 그가 그렇게 되든 우리 애아버지가 그렇게 되든 난 망설이지 않을 거예요." 부부가 둘 다 살인 얘길 하더라고 바넘은 스키핑턴에게 말한 터였다. 이제 보니 부인 쪽이 단독 저자임을 스키핑턴은 알았고, 그래서 평생 동안 평화를 갈구해온 사내 클레런스가 어째서 베스 앤 같은 여자를 아내로 원했는지 이해되었다.

살짝 벌어져 있는 헛간 문을 그녀는 한 손과 한 발로 힘껏 밀었다.

소는 누르스름한 바탕에 큰 접시만 한 갈색 얼룩들이 있는 녀석으로 스키핑턴이 상상한 것보다도 비쩍 말라 있었다. 눈도 누르스름했다. 요셉이 꿈에서 보았다면 파라오더러 주의하라고 했을 모습이었다. 윌퍼드네 자식들은 소를 그 주 내내 방글이(Smiley)라고 부른 터였다.

그들이 헛간을 나오니 클레런스가 땀을 흘리며 잰걸음으로 다가오고 있었고, 그리고 불과 1분 만에 하비가 제 아들 둘과 스키핑턴이 심부름을 보냈던 클레런스의 아들을 데리고 오르막을 넘어왔다. 하비의 자식들은 저희 아버지를 닮지 않은 모습이었다. 그들은 둘 다 그의 체로키족 아내를 닮되 그녀보단 피부색이 밝았는데 그 밝은 피부는 트래비스가 그들에게 준 유일한 선물이었다.

"자네가 저 소를 클레런스랑 베스 앤한테 팔았다며?" 스키핑턴은 트래비스에게 물었다. 아까 먹은 점심이 잘 받지 않은 터라 스키핑턴은 지금 갑자기 짜증이 났다.

"맞아, 그랬어, 존."

"자, 그럼 그걸로 끝내야지, 하비," 스키핑턴은 말했다. "법은 클레런스 편이야. 흥정 끝. 깔끔한 거래군."

"저기 지금 잠깐만, 존," 트래비스는 말했다. "내가 먼저 자네한테 가서 하소연을 할 걸 그랬나 보네, 이렇게 나중에 진술을 하느니."

"존, 우리가 여기 나와서 무슨 씨름을 하는지 보이시죠," 베스 앤은 말했다. "이렇게 얘기하다가 총알로 친해지는 꼴이요."

"총알은 다 그쪽에서 쐈거든." 트래비스는 스키핑턴을 쳐다보았다. "아님 자네도 저쪽 편에서 저 여자 말만 믿는 거야? 클레런스가 뻣뻣하게 나오지만 않았어도 ──"

"난 옳은 쪽 편을 들어," 스키핑턴은 트래비스에게 말했다. "그리고 저 말을 안 믿는다면 자넨 뒤돌아서 집으로 가도 돼." 그는 기다렸다. "난 이 소 관련된 일에 낭비할 시간이 없어, 하비. 난 내 순찰대원들이 이렇게 행동하지 않았으면 좋겠어." 그와 하비는 이제 서로를 마주 보았다. 베스 앤은 일이 저절로 굴러가는 때를 알 만큼은 인생을 알았으므로 말없이 있었다. 스키핑턴이 트래비스 쪽으로 발을 내디뎌 이제 두 사람의 거리는 고작 2피트였다. "어디 대답해봐, 하비. 자네가 소를 팔고 하루 뒤에 저 소가 죽었어, 지금부터 하루 뒤에. 아니, 하루 말고, 하루도 안 돼서. 자네가 팔고서 한 시간 뒤라 쳐, 클레런스가 저걸 자네 집에서 끌고 오기에 충분한 시간 말이야, 저 오르막을 넘어 내 집에 와서 네 발굽은 다 내 땅에 들어와 있고 아무 빚도 없이 소유 중인데 그러다 저 소가 픽 쓰러져 죽었어, 자네는 돈을 돌려줬겠어? 죽은 소를 팔았으니까 돈을 돌려줘야겠단 생각이 들었을까? 어땠겠어 지금?"

"아마 그러는 게 옳다고 느꼈겠지, 어떻게 보면…… 내 말은, 아무튼 소가 제명에 못 죽었다면……."

스키핑턴은 그 대답이 실망스러웠지만 실망해선 안 된다는 걸 알았다. 그는 하비의 어깨를 잡고 사람들이 없는 쪽으로 데려갔다. "자넨 그에게 소를 팔았어, 하비, 그러니 내가 할 수 있는 건 없어. 필모어 대통령이 와도 할 수 있는 게 없어. 만약 뭔가 잘못됐다 싶었으면 말이야, 베스 앤과 클레런스가 좌우간 잘못했다 싶었으면 내가 자네를 옹호했을 거란 거 자네도 알 거야. 천지를 옮기는 한이 있어도 자넬 위해 바로잡았을 거라고, 하비. 알겠어?"

"응, 존, 알겠어."

"미안. 난 자네 둘 사이에 더는 나쁜 일이 없었으면 좋겠어, 단 하나라도. 알겠어, 하비?"

"응, 존, 알겠어."

"이렇게 하기로 하지. 자네의 두 아들 녀석한테 우유 담을 만한 걸 뭐든 들려서 일주일에 두 번 여기로 보내. 하지만 아들 녀석 단둘이야, 하비, 일주일에 두 번뿐이고. 하루에 여러 번 왕복은 안 돼. 딱 한 번으로 끝이야. 자네랑 자네 아내가 오는 것도 안 돼."

트래비스는 손으로 입을 훔친 다음 소매로 이마를 훔쳤다. 15달러를 더 받아냈어야 할 5주 전의 계획이 수포로 돌아가 그의 눈엔 눈물이 그렁그렁했다. 그는 고개를 끄덕였다.

"여기 있어봐," 스키핑턴은 말하고서 클레런스와 베스 앤에게 돌아갔고 부부는 스키핑턴이 하비에게 말한 내용을 수락했다.

"존, 저 사람이랑 나랑 더는 문제가 없을까요, 총 쏘는 문제요?" 베스 앤은 물었다.

"이 일이 끝날까, 존?" 클레런스는 말했다.

"더는 없을 거예요. 이런 일은 이제 없어요."

"누구의 말인가요, 존?" 베스 앤은 말했다. "저 사람의 말인가요 당신의 말인가요?"

"우선은 저 친구의 말이고, 제 말이 뒷받침하는 겁니다," 스키핑턴은 말했다.

"좋아요," 그리고 그녀는 스키핑턴과 악수를 나누었고 이어서 스키핑턴은 그녀의 남편과 악수를 나누었다.

스키핑턴은 트래비스에게 돌아갔다. "평화롭게 지내면 자네한테도 우유가 돌아갈 날이 더 많아질 테지만 말이야, 하비, 그건 엄연히 클레런스랑 베스 앤한테서 나오는 거야. 그건 저들 재산이니까 자네한테 더 많은 날을 주는 것도 저들 마음이야." 하비는 고개를 끄덕였다. 그는 자릴 뜨려고 뒤로 돌았다. "그리고 하비, 누가 또 클레런스를 쏜다면 내가 자넬 잡으러 나설 거고, 그러면 자네랑 자네 아내랑 자네 아들 녀석들한텐 다른 세상이 기다리고 있을 거야."

트래비스는 말을 않았지만 스키핑턴과 악수를 나누곤 자식들을 추려 길을 내려간 다음 오르막을 넘었다. 그에겐 소를 팔고 받은 15달러 중 일부가 아직 있었지만 그걸로는 소에게 다른 생이 있단 걸 깨닫기 전에 알았던 즐거움을 얻지 못할 터였다. 스키핑턴은 그를 바라보았다. 트래비스는 양쪽에 아들을 하나씩 끼고 있었는데 둘 다 체로키족의 검은 머리카락이 흘러내렸고 피부색은 저희 어머니에 버금가게 짙었다. 트래비스의 자식 중 하나가 트래비스를 올려다보고 무슨 말인가 건네자 트래비스는 두 아들과 자취를 감추기에 앞서 아이를 내려다보고 대답을 해주었는데 그 사내의 고개는 원통함 때문에 무거운지 한 단계 한 단계 야금야금 낮아지는 모습이었다. 제 아버지가 뭐라고 했든 아이는 고개를 끄덕였다.

클레라네로 말을 타고 돌아가면서 그는 일이 잘 풀린 것에 놀라워했다. 아이들 손을 잡고 떠나던 모습으로 보아 하비가 약속을 지킬 것이며 소와 관련된 문제는 이제 없을 것임을 알 수 있었다. 배는 계속해서 말썽이었다. 그는 위니프리드에게 저는 솔기란 솔기는 다 터져가는 사람이라고 툭하면 말했다——몹쓸 배, 몹쓸 치아, 잠들기 전의 왼쪽 다리 경련. 자면서는 오른쪽 다리 경련이 그를 깨웠다.

클레라네에 반쯤 왔을 때 그는 비도 안 올 것 같고 걸으면 배도 좀 낫겠거니 해서 걷기로 마음먹었다. 느낌상 클레라의 말은 어슬렁어슬렁 사라질 녀석이 아니어서 그는 고삐를 놓았고 말은 그의 뒤를 개처럼 따랐다. 그러다 해가 환하게 드러나더니 머잖아 훨씬 더 환해졌고, 그러자 그는 안장주머니에서 성경을 꺼내어 층층나무 밑에 앉았다. 성경을 펼치기 전에 그는 주변을 두루 살피면서 두 그루의 복숭아나무와 언덕에 햇빛이 쏟아지는 모습을 보았다. 사방에서 안개꽃이 살랑거렸고 그걸 보는 그는 점점 더 행복에 부풀었다. 이것은 하느님이 나한테 내리신 것이다, 그는 생각했다.

이런 순간이면 그는 제 인생 안의 모든 사람도 저처럼 만족할 거라고 즐겨 생각했지만 그 생각이 뚱딴지같음을 모르진 않았다. 클레라는 좋은 사람이었고 위니프리드와 아버지와 그 아이, 유년기를 지나 무럭무럭 커가는 미너바도 그랬다. 어쩌면 순찰대원 바넘 킨지도 간밤에 푹 자고 전날의 숙취로 인한 두통 없이 깼을지 몰랐다. 스키핑턴이 있는 데서 큰길을 내려가면 벽난로에다 한쪽 다리를 태워먹은 한 소년이 사는데 스키핑턴은 그 소년이 잘 낫고 있길 빌었다. 그와 소년은 같이 낚시하길 좋아했다. 소년은 침묵하는 법을 알았는데 그건 어린 낚시꾼이 배우기 쉽지 않은 기술이었다. 그는 그 소년을 아주 많이 좋아하면서도 제 친자식을 가질 날을 고대했다.

스키핑턴은 이 기분에 어울리는 내용을 찾아 성경 책장을 휙휙 넘겼다. 그는 외지인으로 변장한 두 천사가 롯*의 집 손님으로 나오는 『창세기』의 한 부분에 다다랐다. 마을 남자들이 그 집에 오더니 계집들 다루듯 다룰 셈이니 롯더러 그 외지인들을 내놓으라고 했다. 롯은 그 외지인들을 어떻게든 보호하고자 그 남자들에게 처녀인 제 딸들을 대신 데려가라고 했다. 개인적으론 성경에서 한층 불쾌한 축에 드는 구절이라 스키핑턴은 『시편』과 『계시록』 또는 『마태복음』을 찾아 넘어갈까 했지만 그가 아는바 롯과 딸들과 외지인인 척하는 천사들은 모두 하느님의 계획 중 일부였다. 남자들이 롯의 집에 들이닥치려 하자 천사들은 그들을 장님으로 만들었고, 나아가 다음 날 아침엔 마을을 멸망시켰다. 스키핑턴은 고개를 들어 홍관조 수컷 한 마리가 왼쪽에서 오른쪽으로 날아가 복숭아나무 한 그루에 자릴 잡는 모습을, 영롱한 녹색에 빨간 점을 찍는 모습을 눈으로 좇았다. 칙칙한 갈색의 암컷이 따라가 수컷의 머리 바로 위 가지에 내렸다. 롯의 아내한테 닥친 일을 위니프리드는 늘 가엾게 여겨왔건만 스키핑턴은 롯의 아내에 관해선 어느 쪽으로도 강한 의견이 없었다.**

그리하여 그는 그 구절을 통째로 읽었는데 그건 재독도 아니었고 삼독도 사독도 아니었다. 그러고 나서 그는 『시편』으로 넘어가 그중 「4편」을 읽은 뒤 이젠 클레라네로 말을 모는 게 좋겠다고 생각했다. 홍관조 수컷은 아직 그 자리에 있었지만 암컷은 어디로 사라지고 없었다.

그는 주일인 일요일엔 결코 일을 하지 않았지만 위니프리드와 사륜마차를 타고 마을로 돌아가는 건 일과 거리가 멀었다. 아침 식사 후 랠프가 사륜마차를 대령하자 스키핑턴과 위니프리드와 클레라는 밖으로 나왔다. "모두들 좋은 아침 되시길 바랍니다," 집 뒤쪽으로 사라지기 전에 랠프는 말했다. "타시기 좋은 날이네요. 인간이 뭘 원하건 간에 그걸 하기 좋은 날입니다."

"맞아요," 위니프리드는 말했다. "만사에 좋은 날이에요."

클레라는 어제저녁에 조용하더니 이날 아침에도 마찬가지였다. 이제 가슴 앞에 팔짱을 낀 그녀는 스키핑턴이 위니프리드를 마차에 태우고 빙 돌아 제게 와서는 볼에 입맞춤을 한 뒤 마차에 오르는 모습을 지켜보았다.

"다 괜찮을 거라던 말 믿을게"——그리고 그녀는 랠프가 있는 집 뒤쪽 방향으로 깐딱 고갯짓을 했다. 클레라와 랠프, 두 사람은 이후로도 21년을 같이 살 것이다. 그 훨씬 전부터 그는 남북전쟁이 찾아드는 바람에 자유민이 되었다. 스키핑턴은 사륜마차에 올랐다. 자유를 얻은 랠프는 어디든 다른 곳으로 갈 거라는 야심을 품었다. 그에겐 워싱턴 D.C.에 가족이 있었다. 하지만 클레라는 오전이건 정오건 밤이건 랠프가 구석구석 돌아다니고 있지 않으면 이 오래된 곳,

---

*   Lot. 이스라엘 민족의 시조인 아브라함의 조카.
**   여기서 언급하는 건 소돔과 고모라에 관한 내용. 하느님이 소돔과 고모라를 멸망시킬 때 소알성(城)으로 피신하던 이들 가운데 롯의 아내는 명을 어기고 불바다를 뒤돌아보았다가 소금 기둥이 되었다.

이 빌어먹을 만큼 오래된 곳은 전과 같지 않을 거라고 울며불며 말했다. 그래서 그는 남기로 했다. 워싱턴에서 사는 제 핏줄도 어차피 호감 가는 이들이 아니었던 것이다 —— 그중 한 명은 타고난 주정뱅이였다.

"약속드릴게요," 위니프리드에게 고삐를 넘겨받고 스키핑턴은 말했다. "더한 약속이라도 드리죠."

"존, 랠프가 결국엔 나를 살해할까 봐 어떡해야 할지 통 모르겠어. 나 어떡해야 돼, 존?" 그리고 그 21년이 지나면 클레라는 침대에서 잠든 채로 먼저 죽을 것이다, 칼을 베개 밑에 한 자루 침대 안에 한 자루 연인처럼 가까이 두고서. 그녀의 머리는 가끔씩 그녀가 잠잘 때 하기 좋아하는 땋지 않고 풀어 헤친 머리, 뒤에서 새끼줄로 묶지 않았을 때의 랠프 같은 머리였다.

스키핑턴은 웃음을 지었다. "제가 와서 그를 체포할게요. 그게 만사 제쳐놓고 제가 할 일이죠."

스키핑턴과 위니프리드가 떠난 그 일요일까지 클레라는 랠프의 요리를 먹어온 지 24년이 넘은 터였다. 하지만 그날 이후 그녀는 둥지에 앉아 있는 새만큼이나 요리를 모르면서도 제 식사는 직접 차렸고 그가 그 스스로 차린 음식을 먹으면서 그녀를 쳐다보곤 아가씨가 직접 차려 드시니 호시절인가 보다고 말하는 동안 그의 맞은편 자리를 지켰다.

"스키핑턴 씨가 와서 그를 체포해 구치소에 넣을 거예요, 클레라," 위니프리드는 말했다. "출동하라고 말씀하시기도 전에요."

무슨 이유에선지 클레라는 그나 위니프리드가 주말에 해준 어떤 말보다 이 말에 안심이 되는 모양이었다. 그녀는 자꾸만 웃음을 짓되 스키핑턴이 제 볼에 손을 대고 두 번이나 잡아당기는데도 웃음을 풀려 하질 않았다. 그녀의 침실로 통하는 문은 항상 잠겨 있었다. 그녀가 죽는 날 그녀가 스스로의 아침 식사를 차리러 내려오지 않자 랠프는 올라가서 똑똑 문을 두드렸다. 그녀의 이름을 불러가며 반 시간 넘게 문을 두드린 그는 식탁의 제 아침 식사는 식어가게 놔둔 채 밖으로 나가 가장 가까운 농가가 있는 이웃 카운티 해노버까지 2마일 길을 걸어서 백인 남자 하나와 그 남자의 외팔이 사촌 하나를 데려왔고 그 백인 둘은 강제로 문을 열었다. 그 문은 매일 밤을 못 두 개로 몇 년이나 지켜온 터였다.

"클레라, 조만간 또 봐요, 6월 말 전에 꼭이요, 혹시 마을에 나오실 일 없으면요," 위니프리드는 말했다.

"좋지, 내가 스키핑턴 씨와 스키핑턴 부인을 목 빠지게 기다리는 거 알잖아. 내 식탁엔 스키핑턴 부부를 위한 자리가 늘 비어 있다고." 클레라가 죽으면 도처에서 친척들이 나타나 그땐 랠프도 집 없는 사람이 되므로 워싱턴의 제 핏줄들과 살 것이다. 친척들은 그 땅을 윌리엄 로빈스에게 팔았는데 이 일은 로버트 콜팩스의 노여움을 샀다. 워싱턴에서 사는 랠프의 핏줄들은 그가 늘 생각해온 것만큼 나쁘진 않았다. 그 주정뱅이는 어느 해인가 독립기념일 일주일 뒤에 하느님을 영접하곤 술병들한테 영원히 작별을 고한 터였다. 워싱턴은 노인의 관절에 좋은 곳이었다.

아내는 남편의 팔짱을 끼고 남편은 노스캐롤라이나 제 육촌 변호사의 집에서 살던 어린 시절 어머니가 불러준 노래를 몇 곡 부르고, 그렇게 스키핑턴 부부는 사륜마차를 서로 꼭 붙여서 탄 채 집으로 향했다. 그러다 그들은 몇 년 뒤 그가 맨체스터 카운티 보안관 일자리를 떠나게 되면 펜실베이니아주에서 어떻게 살고 싶은지 처음으로 이야길 나누었다. 그녀는 집안사람들과, 특히 필라델피아에 있는 제 언니와 가까이 있길 바랐다. 그는 필라델피아가 썩 마음에 들진 않았지만 한 해 전 그곳에 올라갔다가 필라델피아 바로 외곽인 다비 주변의 괜찮은 지역을 아내와 우연히 본 터였다. 심지어 그가 낚시를 할 수 있는 장소도 있었는데 그곳은 아들에게 참는 법과 침묵하는 법 그리고 하느님이 저희에게 내려주신 것들에 감사하는 법을 가르치기 좋은 장소였다.

"아버님도 같이 가시죠? 우리 없이 여기 계시는 건 생각하고 싶지 않아요."

스키핑턴은 웃음을 지었고 위니프리드는 그의 어깨에 머리를 기댔다. "그분은 남부밖에 모르시지만, 저기 위에서도 여기 밑에서만큼 쉽게 영혼들을 낚으실 수 있을 거야," 그는 말했다. 그의 아버지는 전도 활동을 시작했고 수완도 좋았지만 당사자가 허용하지 않으면 제 종교를 누구 목에 억지로 들이대고 싶지 않아서 그 일에 관해선 조용했다.

"맞아요, 있죠, 아버님이 펜실베이니아 사람들의 도전을 좋아하실 거란 감이 와요," 위니프리드는 말했다. "당신도 사정을 잘 제시해 보이면 그 사람들이 받아줄 거예요."*

"내가 당신을 받아준 것처럼."

그녀는 웃음을 터뜨리곤 고개를 들고 그를 쳐다보았다. "나라면요, 스키핑턴 씨, 그 반대였다고 말하겠어요. 난 가만있었는데 당신이 나한테 넘어왔잖아요. 난 다른 방식으로 살도록 키워지지 않았답니다."

그는 아무 말 없었다.

"미너바는요?" 위니프리드는 말했다.

"그 아이도 가겠지, 우리가 떠나면 다 크지도 않은 애가 혼자 떨어져 있게 되잖아." 그는 집 뒤쪽 닭장 근처로 나가 설익어서 파이를 만들기엔 최적인 사과를 따려고 팔을 쭉 뻗고 있는 미너바가 눈에 선했다. "펜실베이니아에서 그 애한테 길을 내줄 수 있을 거야. 그러다 그 애가 다 자라면 그땐 이러쿵저러쿵할 게 없지. 제 인생이니 저 끌리는 대로 해야지."

"그 애도 저 위로 같이 갔으면 좋겠어요," 위니프리드는 말했다. "그 아이가 없는 집은 싫을 거예요. 내가 사랑하는 모든 사람이 저 위에 같이 있었으면 좋겠어요, 아무것도 바랄 게 없는 커다란 정원에 있듯이."

"내 생각엔 아마 아담과 이브가 우리 정원을 훔쳐 갔을 거야," 스키핑턴은 말했다. "그리고 펜실베이니아는 우리가 가질 수 있는 정원 중에서 에덴과 제일 먼 정원이지."

"피."

"우린 잘 해나갈 거야. 당신한테 약속할게."

"그럼 피 한 거 무를게요." 그녀는 제 앞으로 손을 내밀었다. "피야 이리 오렴." 그녀는 손을 펼쳤다가 그걸 입으로 가져가더니 입을

---

* 펜실베이니아는 개신교 퀘이커파인 윌리엄 펜이 종교적 자유를 위해 정착해 펜실베이니아라 명명한 퀘이커파의 본거지로, 퀘이커파는 하느님 아래 만인의 절대 평등을 주장하며 노예제와 전쟁 등을 적극 반대했다.

앙 닫았다. "자, 피 돌아왔어요." 조금 더 가서 그녀는 하품을 하곤 다시 그의 어깨에 머리를 기대고 눈을 붙였다. 그는 노래로 돌아갔다. 얼마 안 가 그녀는 잠이 들었지만 그러거나 말거나 그는 앞서보다 아주 조금 낮아진 소리로 노래를 계속했다.

마차를 세우니 미너바가 대문에서 기다리고 있었다. 아이가 손을 흔들자 그들도 손을 흔들어주었다. 아이는 키가 거의 위니프리드만 했다. 이땐 스키핑턴이 이 아이를 다른 식으로 생각하기 전이었다.

"스키핑턴 어르신께선 그 사람한테 밥을 주러 가셨어요," 미너바는 말했다. 존의 아버지 칼 스키핑턴은 일요일에 일을 해도 괘념하지 않는 사람이었고 게다가 그가 말하길 수감자를 먹이는 건 불가피한 일이지 월요일까지 미룰 수 있는 일이 아니었다. 미너바는 집 앞 계단을 사뿐사뿐 오르더니 기둥을 두 팔로 안았다. 그녀는 뒤로 돌아 문을 열었고 셋은 안으로 들어갔다.

미너바 그 아이는 제 주변의 노예들 대부분과는 다른 종이었는데 그건 부부가 그 아이를 소유한다고 여기지 않아서였다. 아이는 집 청소도 하고 위니프리드의 상차림을 거드는 임무도 맡는 등 분명 시중은 들었다. 하지만 부부는 아이를 종이라고 부르지 않았다. 아이가 남과 북을 알고 동과 서를 알아 어디론가 떠났더라면 스키핑턴과 위니프리드는 아이의 뒤를 쫓았을 테지만 그건 그와 순찰대원들이 탈주 노예를 추적하는 식과는 달랐을 것이다. 아이가 길을 잃으면 부모는 할 일을 해야 하는 것이다.

세상은 그들이 "딸"로 삼길 허락하지 않았지만 위니프리드는 몇 년 지나 필라델피아에서 그 아이는 제 딸이라고 말할 운명이었다.

"내 딸 꼭 찾아야 해요," 그녀는 미너바의 사진이 박힌 전단을 만드는 인쇄업자에게 말했다. "내 딸 꼭 찾아야 해요."

그러므로 그 아이는 딸이면서 딸이 아니기도 했다. 그 아이는 미너바였다. 단지 그들의 미너바. "미너바, 이리 오렴." "미너바, 이거 맛 어떠니?" "미너바, 내가 구치소에서 돌아올 때 네 드레스에 맞춰 입을 옷 가져다주마." "미너바, 너 없으면 나 어떡하니?" 맨체스터 카운티의 백인들에게 그 아이는 일종의 반려동물이었다. "저기 보안관네 미너바 간다." "저게 스키핑턴 부인네 미너바야." 모두가 반려동물의 일거수일투족에 즐거워했다. 미너바로 말할 것 같으면, 그녀는 달리 아무것도 몰랐다. "다 컸구나," 미너바의 언니는 몇 년 지나 필라델피아에서 말할 예정이었다.

존 스키핑턴은 그 주 월요일 아침 8시쯤 구치소에 도착했다. "여, 좋은 아침입니다, 무슈 보안관," 스키핑턴이 문으로 들어오자마자 장 브루사르는 말했다. "당신과 있었던 하루하루가 그립던 참입니다, 비록 당신의 페르*께선 매력적인 분이고 더없이 적당한 대리인이긴 했지만요. 하느님은 내 곁에 있다고 그분은 시종일관 말씀하시지만 난 그런 줄 오래전에 알았답니다. 하느님은 미국의 온갖 곳에 계시죠, 특히 여기 내 곁에."

"브루사르, 좋은 아침입니다."

"난 세상 돌아가듯 바쁘게 돌아다닐 생각은 없지만, 당신의 페르만큼 나이 들기 전엔 자유롭게 걸어 다닐 일이 없겠구나 하고 슬슬

---

*   père. 프랑스어로 '부친'이라는 뜻.

생각하던 중이죠."

"결백하다면서요, 그게 사실이면 법이 헤아려서 풀어주겠죠."

"난 **결백**합니다. **결백**하다고요, 무슈 보안관." 브루사르는 제가 동업자를 죽인 건, 그러니까 어디서 왔느냐 누가 물으면 핀란드인지 노르웨이인지 스웨덴인지 기분에 따라 출신이 달라지는 그 남자를 죽인 건 자기방어였다고 일관되게 주장해온 터였다. 기분이 더러울 때 그 동업자는 스웨덴 출신이었다. 죽던 날 그는 스웨덴 사람이었다.

"순회판사가 당신 사건을 조사하러 여길 언제 오느냐에 따라서 아주 많이 좌우돼요," 문 근처 옷걸이에 코트를 걸면서 스키핑턴은 말했다. 그 밖에 걸려 있는 건 브루사르의 코트뿐으로 그 옷은 거기에 두 주나 걸려 있었다. "판사가 여기 오면 있잖아요, 배심원단이 당신 말을 들어주면 온 세상이 다시 당신 게 되는 겁니다. 프랑스든 다른 어느 곳이든 원하는 데로 가는 거죠." 스키핑턴은 제 책상으로 가 앉아서는 순회판사 배정을 다시 한 번 청원하고자 서식을 찾기 시작했다. 이 마을은 1년 전 어느 백인이 제 아내를 상해한 혐의로 기소된 이래 판사에 대한 요구가 없던 참이었다. 그자는 재봉사이자 로버트 콜팩스의 정부인 아내가 어쩌다 그녀 자신의 등에 스스로 총을 쏘았다고 증언한 뒤 무혐의를 선고받았다.

"아마 프랑스론 이제 안 갈 겁니다. 난 프랑스를 사랑해요. 프랑스는 나를 낳아줬지만, 이제 난 미국인입니다, 무슈 보안관. 국기를 치켜들죠! 국기를 내 머리 위로 높이 치켜들고 당신 머리 위로도 높이 치켜들겠어요, 무슈 보안관!"

"잘한 일입니다, 브루사르. 우리 모두한테 잘한 일이에요." 컬페퍼 출신의 남자가 내려와서 변호해주기로 수락한 터였다. 스키핑턴은 한 장짜리 청원용 서식을 찾은 뒤 판사가 갈 거라는 리치먼드 누군가의 응답을 들으려면 별도의 백지에 답변을 작성해 보내야 하는 질문 목록을 다른 서랍에서 찾았다. 각 질문은 청원서에 적혀 있어야 했고 답변은 그 뒷장에 이어져야 했다. 목록상의 질문들은 답변이 없더라도 전부 적혀 있어야 했다. **제기된 범죄의 성격.**

"여기서 영구 체류하며 살까 생각 중입니다, 이곳에서 행복하게 지내려고요." 브루사르는 미합중국 시민이 된 지 3년이었다. 8년 전 떠나온 뒤론 프랑스와 제 가족을 못 본 터였다. 그는 여전히 가족을 미국으로 데려올 계획이었다. 브루사르의 생김새를 기억하는 건 끽해야 맏이와 둘째뿐이었다. "여기 남아서 행복을 좇자 이거죠, 에, 언제나 너와 나의 권리란 듯이." 브루사르의 아내는 그가 떠나오고 2년 뒤 애인이 생긴 터였다. 아내건 자식 누구건 죄다 그 애인과 사랑에 빠져 있었다. 브루사르가 가족을 되찾아 오지 못할 정도의 사랑이었다. "난 미국을 노래합니다. 미국의 행복을 노래한다고요."

"네," 스키핑턴은 잉크병을 열며 말했다. "마음껏 추구하세요." **피해 호소인 내지 호소인들의 이름.**

"나는 내 아내를 이리 데려올 거고 당신과 스키핑턴 부인처럼 강해질 겁니다. 난 브루사르 씨*가 될 거니까 우린 브루사르 씨와 브루사르 부인이 되겠군요. 당신네보다 큰 집도 가질 겁니다, 무슈 보안관. 당신 집은 큰가요, 무슈 보안관?" 브루사르와 그의 동업자 알름

---

*   여기서 "씨"는 같은 뜻의 프랑스어 'Monsieur(무슈)' 대신 영어 'Mr.'를 사용하고 있다. 뒤이어 나오는 "부인"은 영어 'Mrs.'를 사용.

요르겐센은 팔아야 할 노예 둘을 데리고 맨체스터에 왔다 — 헨리 타운센드의 십장이 될 남자 노예 모지스와 베시라는 여자 노예였다. 그들은 로버트 콜팩스가 새로 들일 노예를 찾고 있다고 들었지만 콜팩스는 노예들에 대한 브루사르와 요르겐센의 태도가 만족스럽지 않았다. "그 인간들을 알렉샌드리아*에서 손에 넣었죠, 빌어먹을 놈의 세상," 요르겐센은 콜팩스에게 누차 말했다. 그는 콜팩스에게 제가 핀란드 사람이라고도 말했다. 하지만 모지스와 베시에 관한 매도증서도 없을뿐더러 브루사르와 요르겐센은 외지인이요, 쫓아내야 할 외국인이었으므로 콜팩스는 그들을 돌려보냈다.

"내 집은 나한텐 충분히 크고 거기에 들어갈 건 내 가족이 전부예요. 존이라 불러도 된다고 했습니다만," 스키핑턴은 말했다.

"그래요 그래요. 존, 나처럼 존이네요, 에?"** 브루사르는 모지스와 베시를 판 돈에서 제 몫을 아내와 자식들을 데려오는 데 쓸 계획이었다. 그와 요르겐센은 어느 날 저녁 술을 마신 뒤 저희가 묵던 하숙집 현관에서 싸움이 붙었고 그 결과 스웨덴 사람이 죽음에 이른 터였다.

구치소 문이 열리더니 윌리엄 로빈스가 당시 스무 살이던 헨리 타운센드를 뒤에 달고서 들어왔다. 이때 헨리가 모지스를 사기까지 1년 남짓, 캘도니아와 결혼하기까지 3년 가까이 앞선 시점이었다. 그는 인생의 절반 이상을 로빈스의 농장에서, 노예 거주지와 동떨어진 오두막에서 지내온 참이었다. 그는 장화와 단화를 만드는 구두장이 자유민으로 해방증만 있으면 마음 내키는 대로 나다닐 수 있었다.

"존," 로빈스는 말했다. 그는 책상 위로 손을 내밀어 스키핑턴과 악수했다. 악수는 스키핑턴이 채 일어서기도 전에 끝났다.

"빌."

"좋은 날입니다," 로빈스를 모르는데도 브루사르는 말했다.

"존, 여기 우리 헨리한테 고약한 일이 있었어. 그젯밤 안 돼서 헨리가 내 집을 떠나는데 하비 트래비스가 못되게 굴었더군. 그 친구가 헨리를 한 대 때렸는데 아마 바넘 킨지가 끼어들어서 헨리를 데려가지 않았으면 더 때렸을 거야. 나쁜 일이지. 존, 아주 나쁜 일이야. 헨리는 그저 제 가족한테 향하던 중이었다고."

헨리는 문가에서 꼼짝을 않았다.

"좋은 날입니다, 무슈 빌." 브루사르는 철창에 매달려 있었는데 스키핑턴이 들어오고부터 내내 그 상태였다.

로빈스는 돌아섰다. "트래비스였잖니, 그렇지?" 그는 헨리에게 물었다. "예." "트래비스 맞군," 로빈스는 스키핑턴에게 말했다.

"저도 토요일에 그 친굴 막 보고 왔어요, 빌. 하비를 토요일에 만났습니다."

"이 일로?"

"아니요, 다른 문제로요," 스키핑턴은 말했다. "오늘 저녁 순찰 전에 제가 다시 한 번 만나볼게요. 그 친구랑 얘길 해보죠." 그는 헨리가 장화와 단화를 만드는 니그로란 걸 대충 알았고 지난 몇 년 동안 몇 번 얘기를 나눠본 적도 있었다. 스키핑턴과 위니프리드와 미너바는 헨리의 장례식에 참석할 것이다. 문가에 서 있는 헨리를 보자 스키핑턴은 그가 차라리 세상 끝과 가깝다 할 카운티 저쪽 끝에서 사

---

*   미국 버지니아주의 한 도시.

**   영어 이름 존(John)과 프랑스어 이름 장(Jean)은 어원이 같다.

는 가구 제작자 오거스터스와 그의 아내 밀드레드의 아들이란 사실이 떠올랐다.

브루사르와 요르겐센은 윌리엄 로빈스의 이름을 콜팩스한테서 들은 터였고, 그래서 브루사르는 콜팩스가 말하길 모지스랑 베시 구입에 관심이 있을 거라던 사람이 이 사람인가 보다 하는 생각이 들기 시작했다. "무슈. 무슈 빌, 잠깐만요. 삼 초만요."

"뭡니까?" 로빈스는 말했다.

"부탁이에요, 당신에게 맞는 노예가 있어요. 좋은 인간이 둘 있습니다."

스키핑턴이 설명을 했다.

"그놈의 노예 때문에 여기 온 게 아니오," 로빈스는 브루사르에게 말했다. 그는 동업자를 죽인 프랑스 사람에 관해 들은 터였다.

"부탁입니다. 부탁이요. 내 아내와 아기들을 여기로 데려와 미국인으로 만들고 싶단 말입니다."

스키핑턴과 로빈스는 서로를 쳐다보았고 스키핑턴은 어깨를 으쓱했다. 로빈스는 헨리를 잠시 쳐다보았다가 브루사르에게 말했다. "그 재산이 어디 있습니까?"

"소여가 자기 집 뒤에다 맡아두고 있는데 브루사르가 유지비로 준 돈이 워낙 적어서 곧 바닥날 거예요," 스키핑턴은 말했다. "저 사람이야 여기서 공짜로 지낸다 쳐도 그 돈이 바닥나면 그들이 어떻게 될진 저도 모릅니다."

로빈스는 헨리를 돌아보았다. "가서 소여 씨한테 그 재산을 이리 데려오라고 하렴, 내가 점심 전에 귀가했으면 한다고."

"예," 헨리는 말하고 떠났다.

"좋은 인간들입니다. 노예 중에서 상급이죠," 브루사르는 말했다.

"단순히 '상급'인 걸론 모자라오," 로빈스는 말하곤 스키핑턴과 브루사르에게서 몸을 돌리더니 거리 쪽으로 난 창문 밖을 내다보았다. "날 아침에 침대 밖으로 끌어내리려면 최상급이라야만 해요."

"그렇다면 최상급일 겁니다, 무슈 빌."

문에 먼저 들어선 것은 소여였다. 그는 뚱뚱한 사내라 숨을 헐떡거리고 있었다. 뒤이어 모지스가 들어섰는데 그는 발 어디가 잘못된 베시를 돕느라 등을 돌리고 있었다. 베시는 다리를 절면서 매 걸음 흠칫흠칫했다. 남자 쪽도 여자 쪽도 사슬을 차고 있지 않은 대신 소여가 권총을 들고 있었다. 그다음은 헨리였는데 그는 모두가 실내로 들어온 뒤에도 문가에 남아 있었다.

"자요, 보세요, 무슈 빌. 최상급 인간들이잖아요."

모지스와 베시는 브루사르를 쳐다본 다음 스키핑턴을 쳐다보았고 마지막엔 로빈스를 쳐다보았는데 로빈스는 그들이 길을 걸어올 때부터 지켜본 터였다. 여자 쪽은 못쓴단 걸 그는 이미 알고 있었다. 혹 영구적인 부상이 아니라 해도 그가 보기에 그녀의 걸음걸이는 어쩐지 불안하게 기울어져 있었는데 그건 마치 하느님이 그녀를 빚을 때 그녀의 몸을 옆으로 약간 구부려 남은 평생을 왼쪽으로 기우뚱하게 걷도록 명하신 것 같았다. 그녀가 아까부터 우는 게 발과는 무관하단 것도 그는 알 수 있었다. 그것, 그러니까 울음도 불치병이라고 그는 판단했다.

로빈스는 모지스에게 다가갔다. "전부 벗어," 그는 모지스가 걸친 누더기들을 가리켜 그에게 말했다. "나리. 주인님 나리, 이 여자는, 그녀랑 저는 함께입니다," 모지스는 말했다. "시킨 대로 해," 로빈스는 말했다. 조금 뒤 모지스는 알몸이 되었다. 로빈스는 그의 주위를 돌면서 팔과 다리도 꽉꽉 주물러보고 입안도 들여다보고 하더니 브루사르에게 말했다. "얼맙니까?"

"팔백 달럽니다, 무슈 빌."

로빈스는 말했다. "내가 쉽고 단순한 질문을 할 땐 쉽고 단순한 대답을 기대하는 거요." 헨리는 한쪽 발에서 다른 발로 몸무게를 옮겼다. 브루사르는 철창을 꽉 붙들었다.

소여는 숨을 가누느라 여태 애쓰고 있었다. 그는 천 조각 하나를 꺼내곤 벽에 기대어 있었다. 스키핑턴에게 의자는 제 책상에 딸린 것 하나뿐이었다. 그는 아까부터 책상 옆에 서 있다가 지금은 두 걸음 만에 의자에 앉았다. 소여는 제 얼굴과 뒷목을 닦았다. 스키핑턴은 질문 목록을 집어 들었다. 이제 그는 죄다 처음부터 다시 해야 할 터였다. **제기된 범죄의 성격. 제기된 범죄에 목격자는 있는가? 그 목격자는 믿을 만한 자인가?**

"하지만요, 무슈 빌, 저들은 상급 인간입니다. 부탁입니다, 제발요, 내 어여쁜 아내가 기다린다고요."

"귀하, 난 당신 아내가 어여쁜지 어떤지 본 적도 없고 그녀도 나를 전혀 몰라요."

"네, 맞습니다. 그럼 칠백 달러로 하세요, 무슈 빌. 여자는 오백이고요. 좋은 가격입니다. 알렉샌드리아에서 왔어요. 알렉샌드리아 들어보셨잖아요. 버지니아주 알렉샌드리아에서 파는 인간들 알아줍니다. 최고급 인간을 사려면 알렉샌드리아로 가라고 사람들이 그러던걸요. 알렉샌드리아요. 이집트처럼 오래된 곳 말입니다."

스키핑턴은 적었다. **피해 호소인 내지 호소인들의 이름. 용의자 내지**

용의자들의 이름.

로빈스는 베시의 누더기들을 두고 그녀에게 말했다. "전부 벗어."
헨리는 반걸음 물러나다가 문손잡이에 등이 닿았다. "부탁입니다,
주인님 나리," 모지스는 말했다. "저흰 함께입니다, 그녀랑 저는요.
저흴 떨어뜨리지 마세요. 저흰 함께입니다." 그와 베시가 알렉샌드
리아에서 온 것은 사실로 두 사람은 그곳 감금소(holding pen)에서
처음 만난 사이였다. 그리고 두 달이 지난 지금 그는 그녀와 떨어진
다는 생각을 견딜 수 없었다. "부탁입니다, 주인님 나리, 그녀랑 저
는 가족입니다." 로빈스는 그의 말을 무시했다. 베시는 또 울먹울먹
하더니 옷을 벗으면서는 계속 울었다. 로빈스는 모지스를 만졌던 식
으로 그녀를 만졌다. "부탁입니다……." 모지스는 말했다. "나한테
한 마디만 더 하면," 로빈스는 모지스에게 말했다. "널 사서 길바닥
으로 끌고 나가 쏴 죽일 테다. 딱 한 마디야."

스키핑턴은 문서에서 눈을 들어 쳐다보았다. **내 눈앞에서 이 검둥이
를 살해한 죄로 당신을 체포한다.**

로빈스는 철창으로 가 브루사르에게 말했다. "사내놈값으로 오백
이십오 드리고 그 이상은 일 페니도 안 되오. '네'라는 대답 외에는
바로 떠날 겁니다."

"그래요, 무슈 빌. 그래요." 브루사르는 철창에서 두 손을 떼어 제
옆구리에 얹었다. "그럽시다, 무슈."

"여자는 어떡할까요, 빌?" 소여가 말했다.

"글쎄, 리스. 나도 영 모르겠군."

제기된 범죄는 어디서 발생했는가? 통틀어 가장 쉬운 질문이라 그는
적었다. "버지니아주 맨체스터 카운티." **제기된 범죄의 발생일.** 그는

정확한 살해 날짜를 까먹어서 브루사르에게 물어봐야 할 터였다. 그는 목록 하단에 목격자를 묻는 질문이 있음을 알았다. 그것에 관해서도 브루사르에게 물어봐야 할 터였다.

"저흰 함께입니다, 주인 나리," 모지스는 스키핑턴에게 말했다. "저랑 베시는 함께입니다. 그녀는 이 세상에서 제가 가진 전붑니다. 저흰 가족마냥 하납니다."

"알아," 스키핑턴은 적으려고 애쓰며 말했다. "내가 모를 것 같나?" 문득 백인 여자가 창밖을 지나다가 헐벗은 노예를 보면 기분이 상하겠다 싶어진 그는 밖에 어떤 여자가 지나가든 저를 보고 주의가 흩어지도록 일어나서 창가로 갔다.

"부탁입니다, 저기요, 저흰 하납니다, 그녀랑 저는요. 저흰 하납니다."

스키핑턴은 오티스 부인이 길 맞은편을 거니는 게 보였다. 그녀는 누가 봐도 임신 중인 테일러 부인과 간단한 인사를 나누려고 멈추어 섰다. 오티스 부인은 제 다른 자식들보다 발달이 둔한 막내아들의 손을 잡고 있었다. 테일러 부인은 오티스 부인의 무슨 말에 웃음을 터뜨리며 장갑 낀 손을 잠시 입으로 가져갔다. 그녀는 펼치지 않은 양산을 옆에 내리고 있었다. 오티스 소년은 그것에 마음이 빼앗긴 모양이었다. 스키핑턴은 저 오티스 소년을 좋아했고 저 아이도 몇 년 있으면 제 또래 아이들과 다름없어질 거라고 생각했다. "아이한테 시간을 주세요," 그는 오티스 씨에게 누차 말했다. 오티스 부인에겐 그 말을 하지 않았는데 그건 아들이 어딘가 잘못되었단 걸 그녀가 믿으려 하지 않아서였다. 소년이 양산을 잡으려고 손을 뻗자 아이가 양산을 잡고 어떡할지 아는 테일러 부인은 아이의 팔이 못

닿게 그걸 들어 올렸다. 저 아이의 발달을 희망은 하지만 스키핑턴도 장님은 아니었다. 열두 살이 되도록 세 손가락을 한입에 빠는 데다 악마들이 제 은밀한 부위를 떼어 먹을까 봐 엄마 곁을 못 떠나는 아이에게 문제가 없을 수 없었다. 제 형 그리고 티처라는 노예 소년과 함께 건제품 상점 앞에서 불길에 휩싸일 아이가 이 아이다. 불은 백인 형제 중 동생에게 먼저 붙었고 형은 그다음이었다. 노예인 티처는 그러고 나서 5분 뒤, 한 남자가 물동이를 들고 길을 뛰어오는 사이 불이 붙을 것이다.

저희는 함께라고 모지스가 한 번 더 말하자 소여는 귀 따가우니 조용히 하라고 그에게 말했다. "저한텐 그녀뿐입니다, 주인 나리. 저 흰 가족입니다."

조금 지나자 스키핑턴과 그의 수감자를 뺀 모두는 구치소에서 나갔고 수감자는 스키핑턴이 청원서를 완성하도록 한참 동안 침묵을 지켰다. 이후 스키핑턴은 서명을 하고 직함을 적은 뒤 날짜 기입으로 끝을 맺었다.

"당신 조력에 보답하겠습니다, 무슈 보안관," 조금 뒤 브루사르는 말했다. 비록 베시는 아직 안 팔렸지만 그는 일의 추이를 꽤나 만족스러워하며 간이침대에 올라가 있었다.

"난 괜찮습니다, 브루사르. 이것도 다 돈 받고 하는 일인걸요."

브루사르는 벌떡 일어나 철창에 다가붙었다. "그래도 안 됩니다. 내가 얼마나 감사한지 표시하고 싶어요." 그는 스키핑턴이 대략 가로 8피트에 세로 6피트 크기의 황갈색 목판화 지도를 걸어둔 왼쪽 벽을 가리켰다. 오른쪽 하단 구석의 설명문에 따르면 그 지도는 세 세기 전 프랑스에서 살았던 독일 사람 한스 발트제뮐러가 만든 것이었다. "사람들이 저 아름다운 지도를 만든 곳이 내가 사는 데예요. 난 저 지도를 누가 만들었는지 압니다, 무슈 보안관, 그러니 당신에게 더 크고 더 좋은 지도를 갖다 드릴 수 있어요. 내가 얼마나 감사한지 그걸로 표시하면 되겠군요."

"저거 하나면 됩니다," 스키핑턴은 말했다. 발트제뮐러의 후손이라고 주장하는 러시아 사람 하나가 마을을 지나간 적이 있었는데 스키핑턴은 지도를 그에게서 산 거였다. 그는 이것을 위니프리드에게 선물로 주고 싶었지만 그녀가 생각하기에 이 지도는 집에 두기엔 끔찍하게 컸다. 설명문 위에는 "알려진 세계"라는 말이 달려 있었다. 스키핑턴은 하얀 턱수염을 배까지 늘어뜨린 그 러시아 남자가 유대인은 아닐까 의심스러웠지만 그로선 유대인과 타 백인이 분간되지 않았다.

"더 좋은 걸 갖다 드리죠," 브루사르는 말했다. "더 좋은 지도를 갖다 드릴게요, 오늘날의 더 풍부한 지도를요. 오늘날의 지도요, 오늘날의 바깥 세계를 한데 담은 거요, 어젯날 말고, 오래전 말고." **아메리카**란 단어가 표기된 지도는 이 지도가 처음이라고 그 러시아 사람은 스키핑턴에게 말했었다. 지도상의 북아메리카 땅은 실제보다 작았고 플로리다가 있어야 할 곳엔 아무것도 없었다. 남아메리카는 제 크기로 보였지만 두 대륙 중 저 혼자만 "아메리카"라고 불렸다. 북아메리카는 명칭이 없는 채였다.

"나한테 있는 걸로 족해요," 스키핑턴은 말했다. 그 러시아 사람에게 넘겨받은 지도는 모두 열두 부위, 부위당 무게가 3파운드(약 1.36킬로그램)여서 스키핑턴은 그 지도를 조립하는 데 애를 먹었었다. 그는 위니프리드와 미너바가 클레라네로 가 있는 동안 그것을 조립했는데 위니프리드가 돌아와서는 집에다 두기 싫다고 말해 어쩔 수 없이 분해한 뒤 구치소에서 다시 조립을 해야 했다.

"알겠죠, 무슈 보안관," 브루사르는 말했다. "내가 더 좋은 걸 갖다 드릴게요. 더 좋고 풍부한 지도를요."

장 브루사르는 일급 살인죄를 선고받고 리치먼드로 끌려가 교수형을 당했다. 그곳 교도소장으로서 아무짝에도 도움 안 되던 동서가 리치먼드에서 겨우겨우 천주교 신부를 찾아주었고 —— 그는 꿈속의 모든 사람이 라틴어를 하는 시기를 겪고 있었다 —— 꿈에서 벗어날 방법을 찾고 있던 그 신부는 브루사르가 끝을 맞을 때까지 밤낮으로 곁에 있어주었다. 모지스에 대한 값으로 브루사르가 받았을 525달러는 스키핑턴이 리치먼드로 전달해 거기서 워싱턴 D.C.로, 워싱턴 D.C.에서 프랑스 대사관으로 전달되었다. 그러고 다섯 달 뒤 그 돈은 이제 프랑으로 바뀌어 브루사르의 과부 아내에게 돌아갔다. 브루사르 부인은 미국에 대한 고정관념이 없어서 미국이 개별적인 여러 주로 이루어진 곳이되 하나의 나라라는 사실을 전혀 이해하지 못했다. 머릿속 관념이 그러했던 탓에 그녀는 그 돈이 버지니아 연방 정부에서 왔다는 사실도 결코 이해하지 못할 터였다. 그녀는, 그리고 그녀의 자식들과 애인은 그 돈이 미합중국 정부에서 왔다고, 미합중국 정부가 미국 시민인 제 남편에게 한 짓에 대한 보상이라고 영원히 믿을 것이다.

모지스가 팔리고 두 주 뒤 로어노크의 어느 장님과 그의 독실한 아내한테 팔린 베시에 대한 값 385달러는 맨체스터 카운티에서 똑같은 경로에 올랐으나 카운티를 떠난 뒤로는 낙담과 향수병으로 귀국을 선택한 이민자들과 유럽행 우편물이 실릴 선박으로 향하던 중 어디선가 분실 내지 단순 도난을 당했다. 누군가 그 돈을 누리긴 했지만 그게 브루사르의 과부 아내와 그녀의 자식들과 생테티엔에 있는 그녀의 애인은 아니었다.

장 브루사르가 미국에서 그렇게 끝을 맺은 건 차라리 잘된 일이었을 것이다. 그의 가족은 그 애인과 떨어지지 않았을 것이다. 브루사르는 그들 모두를 거뒀어야지, 그러지 않으면 그들은 결코 오지 않았을 것이다. 암, 그는 프랑스에서 이미 끝난 거였다. 누군가 우연히 브루사르가 가장 아끼는 컵마저 깼을 것이다. 그의 가족은 그의 아내가 사귀는 남자만도 못했을 것이다. 그 애인도 제 딴엔 아주 독실한 사람이었다. 게다가 칼 다루는 솜씨도 좋았다. 그는 사람 심장이 한 번 뛰는 사이에 그 인체 기관을 도려낼 줄 알았다. 또 그 애인은 그 칼로 신선한 사과를 과육은 건드리지 않고 껍질만 벗겨 기다리는 아이에게 통째로 건네줄 줄도 알았다.

피살자 알름 요르겐센은 혹시 상속인이 있더라도 그게 누군지 아는 사람이 없었다.

19세기 맨체스터 카운티 사법 기록 대다수와 더불어 장 브루사르 재판 기록은 그 기록들이 보관된 건물의 니그로 관리인 하나를 포함해 사람 열에 개 다섯 마리 그리고 말 두 마리의 목숨을 앗아 간 1912년의 화재로 소실되었다. 브루사르의 재판에는 하루가 걸렸다. 실은 하루도 안 되었다 —— 재판 자체는 오전 나절이었고 배심원단 심의는 여름날 오후 잠깐이었다. 배심원 한 사람은 제 아버지와 할아버지도 다녔던 윌리엄 앤 메리 칼리지에서 법학을 공부한 남자였다. 칼리지에서 맨체스터로 돌아와 개업한 그 아서 브린들이라는 남자는 법만 붙들어서는 날로 가난해진단 걸 깨달았다. 그래서 그는 건제품 장사에 뛰어들어 살림을 넉넉하게 폈다. 그는, 그러니까 이 상인/변호사는 인생 대부분의 밤을 불면으로 보냈다. 그는 자려고 애쓰기 전에 낮 동안의 일을 아내와 얘기하다 보면 적어도 두 시간은 밤잠을 이루는 데 성공한단 사실을 발견했는데 이는 둘이서 얘기가 없을 때 보통 반 시간 자던 것에 비하면 나은 일이었다. 그래서 그와 기타 열한 명의 남자가 장 브루사르에게 유죄를 선고한 날 밤, 그는 아내 곁에 누워 그 얘길 들려주었다. 피고인석에 있던 브루사르는 제가 자랑스럽고 정직한 미국 시민이며 만약 피할 수만 있다면 자랑스럽고 정직한 타 미국 시민을 해치는 일은 결코 없다는 말만 누차 반복하더라고 상인은 말했다. 자기가 누군지만 반복하는 것 있잖아, 재판을 망친 건 그게 아니야, 상인은 집 안 곳곳에서 잠든 자식 열 명의 조용한 쌕쌕거림에 귀를 기울인 채 하품을 하고 말했다. 피고의 컬페퍼 출신 변호인은 브루사르의 스칸디나비아계 동업자가 실은 미국 시민이 아니라고 배심원들에게 누차 말했지만 그것도 재판엔 도움이 안 되었다. 억양이었다. 억양이 브루사르에게 "위선자의 악취"를 부여한 것이었다. 브루사르가 하는 말은 그 억양 탓에 죄다 왜곡되어 나왔는데 심지어 그가 제 이름을 말할 때에도 그랬다. 만약 피고인석에 앉은 브루사르가 그 억양 없이 전모를 전했다면 배심원들도 그 동업자가 죽은 이유를 인정했을 거라고 상인은 제 아내에게 말했다.

6

얼어붙은 소와 얼어붙은 개. 하늘의 오두막. 자유의 맛.

헨리가 땅에 들어간 지 이틀째인 일요일, 그의 장모 모드 뉴먼은 사위와 모지스가 지은 집의 캘도니아 침실로 들어가 딸의 침대맡에 앉아서 한 손을 딸의 손에 포갠 채 내내 한숨을 지었다. "내 딱한 과부 녀석," 모드는 한숨을 뱉었다. 불과 몇 초 전 캘도니아의 시녀 로레타는 제 주인마님인 캘도니아에게 먹을 거나 마실 것 좀 갖다 드리느냐고 물은 참이었다. 캘도니아는 먹거나 마실 정신이 아니라고 로레타에게 말했다. 할 수 있는 거라곤 눈 뜨고 숨 쉬는 게 다야, 캘도니아는 제 결혼 생활의 대부분을 곁에 있어준 여자에게 말했다. 그 말이 틀림없는 사실임을 아는 로레타는 "네, 마님"이라 말하곤 뒤로 물러나 캘도니아가 침대에서 꾸물꾸물 스스로를 추스르는 걸 지켜보았다. 로레타는 사실상 제 주인마님의 모든 걸 챙겨야만 하는, 심지어 주인마님의 배변이 끝날 때마다 뒤까지 닦아줘야 하는 어떤 노예 얘길 들은 적이 있었다. 캘도니아는 늘 강해서 많은 걸 스스로 하길 원했던지라 시간이 흐를수록 로레타는 벗에 가까워지고 있었다. "맨 하는 걸 보면 누가 노예인지 모르겠다니까," 로레타는 일라이어스의 아내 설레스트가 비밀을 지켜줄 걸 알고 그녀에게 언젠가 우스갯소리를 했었다.

한때 캘도니아는 침대에서 일어앉아 베개에 등을 기대더니 세상이 제게 다음번엔 또 뭘 요구할지 물어보듯 로레타를 빤히 쳐다보았다. 캘도니아는 문이 고장 나 제대로 닫히지 않는 양복장을 건너다보다가 거기 걸려 있는 검은 드레스에 눈길이 갔다. 그 옷은 저만의 생명을 지닌 것처럼 보였는데 워낙 생기가 넘치다 보니 옷걸이를 박차고 이쪽으로 건너와 스스로를 그녀 몸에 뒤집어씌울 것 같았다. 캘도니아의 아버지가 죽은 뒤 그녀의 어머니가 고작 한 달 걸친 옷이었다. "이 드레스 더는 못 입겠다," 그걸 벗어 치우면서 모드는 말했었다. "검은 걸 입으니까 피부가 다 가렵네. 뉴먼 씨는 하느님이 마음에 들어 하실 남자라 쳐도 그이가 하느님 곁에 있는 지금에야 나까지 고통을 겪을 건 뭐니?" 그걸로 모드의 애도는 끝이었다.

"내 딱한 과부 녀석," 모드는 거듭 말했다.

"엄마, 제발요. 오늘은 이러지 마세요. 내일 하세요. 모레도, 하지만 오늘은 그만요."

"유산은 네 미래야, 캘도니아, 그리고 그건 기다려주지 않아. 기다려줬으면 하지만 그러질 않는다고. 다른 건 다 그래도 유산은 안 그런다고." 모드에게 유산이란 노예와 땅, 즉 부의 기반을 뜻했다. 그녀가 두려운 건 캘도니아가 슬픔에 빠진 나머지 노예도 땅도 팔아버릴까 하는 고민에 빠지는 것이었다, 마치 물질세계의 필요와 욕구에 붙들려 평생 이루지 못한 헨리의 소원을 들어주겠다는 듯이. "슬픔에 푹 처박혀서 옳고 그른 것도 못 가리던 네 아버지처럼 되진 않았으면 해."

"저는 슬픔 따위한테 옳고 그른 걸 휘둘리지 말라고 헨리한테 배웠어요, 엄마." 이 말을 하면서 그녀는 인동덩굴 향기가 흠뻑 배어나는 시어머니의 정원에서 계절에 안 맞는 두꺼운 옷을 걸친 채 남들과는 다른 주인이 될 거라고, 하느님이 뜻하시는 일종의 양치기 주인이 될 거라고 얘기하던 그의 모습이 눈에 선했다. 그는 노예들을 위한 훌륭한 음식, 채찍질 배제, 밭에서 보내는 행복한 나날을 아득한 표정으로 이야기했었다. 왕좌에서 저를 굽어보는 하느님처럼 그들 모두를 굽어보는 주인. 그는 제화공, 젊은 구두장이였고 그보다 1년 이상 앞선 시점에 모지스를 두고 윌리엄 로빈스와 후한 거래를 한 터였다. 하지만 그런 말들은 캘도니아한테 문제가 안 되었다. 그녀는 어렸고 저를 둘러싼 연애 전망이 도무지 불만스러웠으므로, 심지어 헨리가 담배 파종이며 추수 얘기를 오후 내내 늘어놓았더라도 그 소리가 세레나데로 들렸을 것이다. 이땐 오거스터스가 도토리와 다람쥐가 있는 지팡이로 아들의 어깨를 작살낸 지 1년 이상 지난 시점이었다.

캘도니아는 제 어머니를 존중했다. 헨리는 좋은 주인이었다고, 더할 나위 없이 좋았다고 헨리의 과부 아내는 판단했다. 그랬다, 그도 가끔은 식량 배급을 제한해야 했다. 하지만 그건 그의 잘못이 아니었다 — 하느님이 더 많은 식량을 내려주셨다면 헨리는 그걸 노예들에게 틀림없이 주었을 것이다. 헨리는 그 특별한 거래의 유일한 중개자였다. 그랬다, 그는 몇몇 노예한테 매질을 내려야 했다, 하지만 그건 그들이 옳고 타당한 일을 하지 않으려 들어서였다. 매를 아끼면*…… 하고 성경도 경고한 바 있었다. 그녀의 남편은 할 수 있는 최선을 다했으니 심판의 날 그의 노예들은 하느님 앞에서 그 사실을 증언해줄 터였다.

"헨리는 저를 잘 가르쳐줬어요," 캘도니아는 제 어머니에게 말했다.

캘도니아는 다시 침대에 누워 눈을 감았다. 그의 노예들은 그날이 오면 헨리를 어떤 주인이었다고 말할까? 그녀가 눈을 뜨니 모드가 그녀에게 웃음을 짓고 있었다. 캘도니아가 열 살이던 해 어느 날 펀 엘스턴의 수업 도중 남동생 캘빈이 다른 남자아이의 팔에 주먹질을 해 그 아이가 운 일이 있었다. "그렇게 세게 안 때렸어요, 엘스턴 선생님. 가볍게 친 거예요, 아기가 치듯이요. 아프게 하지 않았어요." 펀은 캘빈에게 다가가 따귀를 때리곤 어깨를 붙잡더니 캘빈이 울 때까지 흔들었다. "왜 우니, 캘빈? 나도 그냥 아기가 치듯이 친 건데." 두 남자아이가 울음을 그치자 펀은 캘빈에게 점잖게 말했다. "때린 사람은 절대 심판이 될 수 없어. 맞은 사람만이 얼마나 아팠는지 말할 수 있단다, 그 주먹에 사람이 죽든 아기가 하품을 하든."

"헨리가 너한테 필요한 전부를 가르쳐줬단 건 나도 의심하지 않아," 모드는 말하곤 캘도니아의 손을 꼭 쥐었다. "하지만 네 아버지처럼 네 핏속에도 스스로 초래한 우울이 많아." 약 13년 전 겪은 막냇자식의 죽음으로 틸먼 뉴먼은 그 아이가 죽을 당시 열둘에 달하던 노예들의 해방을 하느님께서 원하신다고 믿었었다. 하느님께서 내 부모형제의 죽음으로 — 그들 전부를 포로 삼는 것으로 — 당신의

---

* 원문은 "Spare the rod". "매를 아끼면 자식을 버린다(Spare the rod and spoil the child)"라는 격언의 일부.

뜻을 알리는 데 실패하셔서서 더 절실한 교훈이 되도록 내 자식들을 압박하시는 거다, 라고 틸먼은 모드에게 말했다. "너희 중 누구도 하느님을 피하진 못해," 네 살이던 자식을 묻고 며칠 지나 틸먼은 말했다. "심지어 당신도, 모드. 그분은 온 산을 건너 당신에게 손을 뻗치실 거야."

뒷걸음으로 물러나던 로레타는 이제 등이 침실 벽에 닿아 있었다. 그러다 그녀는 구석 자리로 조금씩 이동해 온몸을 그늘로 봉했다. 그녀는 캘도니아가 찾을지 몰라 근처에 있어야 했지만 저희 삶의 이유며 기타 등등에 관해 제가 한마디도 안 놓치고 있으며 그렇게 건너 들은 내용을 이상하게 여긴다고 모드가 받아들여선 안 될 것 같았다. 백인 여주인들 중에는 종이 듣건 말건 신경 안 쓰는 사람도 있었다. 그들은 종들이 듣고 판단하는 능력이 컵과 컵 받침보다 나을 게 없다고 여겼다. 또 개중에는 캘도니아처럼 종을 친구로 보는 사람도 있었다. 하지만 다른 이들, 모드 같은 이들은 하느님이 만든 세상에서 노예는 맞싸울 경쟁자이며 듣고 말하고 생각하는 재산보다 더한 경쟁자는 없다고 여겼다. 그들은 컵과 컵 받침에 불과한 노예를 믿는 실수 따위 저지르지 않았다. 로레타가 보기에 모드는 매일 아침 피가 절절 끓어 두 손에 검을 쥔 채 기상하는 듯했고, 그리하여 자식들마저도 거듭 충성 서약을 해야 할 것 같았다. 그런 여주인들은 제 노예건 남의 노예건 노예들한테 훨씬 잔인할 수 있었고 호사가 노예한텐 익숙했던 작은 세상과 결별시키고자 무슨 짓이든 서슴지 않았다. 캘도니아의 시중을 든 세월 따윈 모드에게 아무런 의미도 없을지 몰랐다. 몇 초 뒤 로레타는 대화 도중 아무도 모르게 복도로 나갔다.

"엄마, 저한테 평안을 좀 주세요. 제 남편이 식지도 않았다고요. 이렇게 절 옥죄기 전에 평안을 좀 주세요. 모지스가 많이 돌봐주고 있으니까요. 캘빈도 여기 있고요. 저는 좀 더 슬퍼해도 돼요. 캘빈이 여기 있으니까."

"캘빈, 캘빈," 모드는 말했다. "걔 피는 네 피보다도 훨씬 우울하지. 걔한테 맡기면 네 유산은 아침 전에 문밖에 나가 있을걸." 캘도니아는 제 어머니에게 잡혔던 손을 빼곤 침대로 더 깊이 미끄러져 들었다. "애처럼 굴지 마라, 캘도니아."

"애처럼 구는 게 아니에요, 엄마. 딱한 과부 녀석처럼 굴 뿐이죠."

"네가 어떤 바보짓을 하든 난 용납 못 한다, 캘도니아." 로레타는 캘도니아와 모드의 눈에 띄지는 않되 계단을 올라오는 사람이 보이는 곳에 서 있었다. "다시는 이런 일 안 겪어." 틸먼 뉴먼도 오거스터스 타운센드처럼 일을 해서 제 자유를 산 사람이었다. 애초 그의 계획은 부모님을 포함해 넷쯤 되는 가족 모두의 자유를 사는 거였다. 하지만 이 청년은 해방 초기에 모드를 만나 결혼해 여기선 작은 땅, 저기선 노예 한둘, 그렇게 저희만의 삶을 꾸려가기 시작했다. 자식도 하나 생겼다. 당신 부모님의 주인은 아주 착한 사람이라서 당신 가족의 구속은 어느 노예와 경우가 다르니 부담 가질 것 없다고 모드는 그에게 자꾸 상기시켰다. "당신도 거기 있어봤잖아요," 그녀는 말했다. "호러스 그린이 어떤 사람인지 당신도 알면서 그래요. 당신 부모님과 형제들은 우리가 잘돼서 자립할 때까지, 갖출 거 다 갖출 때까지 기다려줄 거고 그럼 그분들도 자유가 돼서 더 바랄 게 없으실 거예요." 하지만 그가 사버릴 기회도 없이 그들은 3년 못 가 모두 비명횡사했다. 그의 어머니는 물에 빠져 죽었고 아버지는 다른 노예와 싸우다 살해당했으며 형은 이웃 농가에서 훔친 돼지를 먹다 식중독으로 죽었고 남동생은 주인의 지시로 눈보라 중에 잃어버린 소를 찾으러 나갔다가 나흘 뒤 소와 함께 움츠린 채 얼어붙은 모습으로 발견되었다. 소년과 짐승은 해동되고 나서야 따로 묻힐 수 있었다.

캘도니아는 침대에서 다시 일어앉았다. "어머니, 이걸 다 제가 넘겨받기엔 헨리의 고생이 너무 컸어요. 저는 이걸 낭비하지 않을 거예요, 어머니가 상상하시는 것처럼은요. 그가 남긴 것에 대한 도리가 뭔지는 저도 알아요. 아무리 아빠 딸인들 저는 엄마 딸이기도 해요."

"궁핍함에 빠지긴 아주 쉽다는 걸 반드시 기억하렴." 그녀의 친정은 대대로 자유민이었지만 노예를 하나라도 둘 만큼 넉넉해본 적은 없었다. "네가 그리되진 않았으면 해. 슬픔 때문에 궁핍해지는 꼴은." 그들은 서로를 쳐다보았다. "너 뭐 좀 먹어야겠다, 캘도니아."

"음식은 마음 없어요, 엄마."

"마음을 가지렴, 캘도니아. 우유 좀 해. 빵도 좀 하고. 뭐라도 좀 마음을 가지려고 해봐." 틸먼 뉴먼은 제 노예 전부에게 자유를 안길 방법을 찾고자 사우스캐롤라이나 출신의 어느 백인 남자와 접촉한 적이 있었는데 그 남자의 생각은 노예들을 전부 마차에 싣고 자유를 향해 위쪽으로 달리는 거였다. "우리는 아기 때 들고 나온 것만 가지고 하느님 앞으로 가야 돼," 틸먼은 모드에게 말했다. 하지만 그녀는 그런 일이 벌어지기 전에 틸먼을 독살한 터였다. 비소 파이. 비소 커피. 비소 고기. 남편에게 먹일 요리를 도맡으려고 하다니 종들은 그녀가 미쳤다고 생각했다. "그인 내게 아주 많은 걸 해줬어, 근데 이따금 내가 남편을 돌보는 게 뭐 어때서?" 그녀는 그들에게 말했다.

비소는 틸먼을 집어삼켜 그의 뼈에서 살과 근육을 죄다 발라 먹었다. "죽었다 깨어나도," 백인 의사는 말했다. "뭣 때문에 앓고 있는질 모르겠군요." 몇 년 뒤 아직 소량 남아 있던 비소를 모드는 병에 담아 제 서랍장 옆 구석에 보관했다. 그 방을 청소하는 종들은 그게 모드가 걸핏하면 앓던 두통의 치료제라고 생각했다. 가정부 종들은 제게 두통이 있어도 그 병은 절대로 거들떠보지 않았는데 그건 모드한테 효과가 있는 것이 노예한테 효과가 있을 리는 결코 없다는 믿음 때문이었다.

"빵 한 조각이라면 아직 마음이 좀 있어요, 그럼," 캘도니아는 말했다.

로레타는 침대맡에 서 있었다. "우유도 좀 드려요?" 그녀는 말했다.

"맹물. 찬 걸로 맹물, 로레타. 부탁해."

모드는 일어섰다. "얘가 다 먹거든, 로레타, 옷 입는 것도 거들어주고."

"예."

"전 항상 스스로 입어요, 엄마."

"옛날 방식을 고집할 필욘 없어, 캘도니아."

"지금은 그게 좋아요."

로레타와 모드는 같이 자리를 떴다. 아래층에서 로레타는 부엌으로 갔고 모드는 캘빈이 있을 줄 알고 베란다로 나갔다.

"설마 이런 아침 일찍부터 누나한테 바가질 긁으신 거예요, 엄마," 캘빈은 말했다. 그는 팔짱을 낀 채 기둥에 기대서 있었다. 그 사우스캐롤라이나 출신의 백인을 아버지에게 데려온 건 그였다. "그 유산

타령으로. 이제 막 매형을 묻었는데 누나가 그런 얘길 들어선 안 되죠."

"캘빈, 너는 나를 나날이 더 비참한 지경으로 끌어내리는구나," 모드는 다른 기둥에 서서 말했다. 그녀는 폐지론자인 그 사우스캐롤라이나 백인을 남편이 알았던 게 순전히 아들 때문이란 걸 남편이 죽고 나서 알았다. 몇 달 뒤 모드는 이날 아들과 있던 곳에서 끔찍한 병에 걸려 수년을 그 상태로 지내게 될 것이다. 캘빈은 이젠 제게서 진심으로 마음을 뗀 어머니를 병간호하는 차원에서 그녀 곁에 머물 것이다. "죽었다 깨어나도," 어머니가 병에 걸린 지 3년 만에 백인 의사는 캘빈에게 말했다. "뭣 때문에 앓고 있는질 모르겠군요."

"그건 죄송해요, 엄마," 지금 캘빈은 모드에게 말했다. "그렇게 비참한 지경이시라니." 그로선 버지니아에 있어야 할 이유를 떠올리기가 점점 어려워지고 있었다. 헨리의 무덤을 팔 때 그는 노예들을 해방하자고 캘도니아한테 말해야겠다 생각한 터였지만 그녀의 마음이 그쪽으로 기울고 있지 않단 걸 지금은 알았다. 게다가 어머니도 만만찮았다.

모드는 그에게 다가갔다. "네 잘못은 아니야, 캘빈. 다 하느님이 불어넣으시는 대로 사는 거지." 그녀는 그의 팔을 만졌고 그는 그녀를 잠깐 쳐다보았다. "유산을 팔라는 말은 캘도니아한테 안 했으면 해. 그런 거 없이도 저기 어디서 행복하게 지낼 수 있다는 그런 말." 그는 제 팔에 얹힌 그녀의 손에 제 손을 포개었다. "쟤 머릿속에 네 꿈을 불어넣으려고 하지 마."

"제 생각과는 거리가 머시네요, 엄마."

모드는 물러나 실내로 들어가더니 이내 돌아왔다. "나한테 네 유산이 있단 걸 네가 알았으면 좋겠다, 네가 그걸 원하든 원하지 않든."

"원하지 않아요 정말로." 너는 내 집에서 살고 그 집은 노예들이 관리한다고 그녀가 또 한 번 말하기를 그는 기다렸다. 그들이 차린 음식을 먹지 않느냐고. 그들이 정리한 침대에 눕지 않느냐고. 그들이 세탁한 옷을 입지 않느냐고.

"그래도 말이야. 그건 나한테 있다, 캘빈. 캘도니아한텐 걔 유산이 있으니까 내가 유산을 물려줄 건 너뿐이야. 다른 이들은 다 죽었으니까. 너한테 전부 물려줄게. 천국에 유산을 싸 들고 갈 순 없을 거야, 그러니 너한테 그냥 싹 남기마." 그녀는 다시 실내로 들어갔다.

이날 오전 늦게 밭 노예들은 저희 일터로 돌아갔다. 다섯 살 미만인 사람들만 면제되어 일곱 살인 플로레스는 캘도니아의 부엌을 돌보았다. 더러는 설레스트와 일라이어스의 여섯 살 난 자식 테시가 저보다 어린 아이들을 보살피는 주도 있었다. 이날은 일요일, 엿새 동안의 피로를 풀라고 헨리가 노예들에게 어김없이 내주던 하루였지만 십장인 모지스는 제 판단하에 그들을 일터로 돌려보냈다. 아주 일찍부터 설교를 하러 온 볼팀스 모핏은 그들이 밭에 있는 걸 보고 놀랐다. 그는 노동 중인 그들에게 그저 몇 마디를 크게 외칠 뿐 보수를 얻을 기회도 없이 떠나버렸다. 모지스가 한 일을 — 임신 넉 달째이던 설레스트를 포함해 노예들이 밭으로 나간 지 두 시간 못 되어 — 알게 된 캘빈이 캘도니아한테 이야기하니 그녀는 이날 누구도 일하길 원치 않는다고 말했다. 캘빈은 밖에 나가 모두에게 밭에서 나와 오두막으로 돌아들 가라고 전했다. "당신이 독단으로 행동하는 걸 캘도니아는 더 이상 원치 않아요," 캘빈은 모지스에게 말했다. 그는 여태껏 왠지 모르게 거슬렸던 모지스의 콧대를 꺾어 기분이 좋았다. "뭘 하려거든 그녀에게 먼저 들러요. 아니면 나한테."

"예, 캘빈 씨," 모지스는 말했다. "이제 잘 알겠습니다."

캘빈은 노예들이 깡충거리는 아이들을 앞세우고 둘씩 셋씩 돌아오는 모습을 골목 초입에서 지켜보았다. 그는 자주 방문하는 곳마다 그곳 노예 이름을 전부 알듯이 이들의 이름을 전부 알려고 애를 썼었다. 그가 제 쪽으로 오는 사람들을 큰 소리로 부르니 그들 대부분이 큰 소리로 화답하거나 고개인사를 하거나 캘빈 씨 하고 불렀다. 아이들이 저를 보면 늘 낯을 가리는지라 그는 사람들이 저에 관해 그리고 저 같은 부류에 관해 무슨 소릴 듣고 다니는지 또 한 번 궁금해졌다.

"주인마님께 이제 걱정 마시라고 전해주세요," 영계를 낙으로 사는 남자, 글로리아에게 퇴짜를 맞은 남자 스탬퍼드가 말하고 있었다. "스탬퍼드가 걱정 말라더라고 전해주세요."

"맞아요, 주인마님이 걱정하시게 두면 안 돼요, 주인 나리," 모지스의 아내 프리실라가 말했다. "주인마님이 자신의 딱한 처지를 죽도록 걱정하시게 돼선 안 될 일이죠." 다른 노예들이 세 사람 주변을 기웃거렸다. 그들은 스탬퍼드와 프리실라가 어째서 저러는지 알았다.

"주인마님께 전해주세요," 스탬퍼드는 말했다. "헨리 주인 나리는 천국으로 곧장 가셨다고요. 거기 정문에 도착하니 주님께서 바로 문을 열고 이렇게 말씀하셨다고요. '헨리 주인 나리야, 널 아주 오랫동안 기다렸다. 얼른 들어오너라. 내 안에는 있잖니, 헨리 주인 나리야, 널 위해 특별히 마련해둔 장소가 있다.' 주인마님께 스탬퍼드가 그렇게 말하더라고 전해주세요, 캘빈 주인 나리."

"전할게요," 캘도니아가 이들 이름을 모두 아는지 기억을 더듬어보면서 캘빈은 말했다. 스무 살 언젠가 그는 친구 하나와 프레더릭스버그 근처에 가서 일주일가량을 보내다가 저녁이 내릴 무렵 어느 백인의 남자 노예가 집으로 가는 걸 친구랑 같이 마주친 적이 있었다. 그 노예는 캘빈의 친구를 알았는데 자유민인 그 친구의 집안은 노예 한 명을 소유했다가 데리고 있을 여유가 안 되어 팔아버린 적이 있었다. 캘빈과 그 친구는 취한 상태였다.

앨리스가 나타나 프리실라와 스탬퍼드 사이로 고개를 쑥 들이밀더니 캘빈에게 창을 했다. "주인 나리가 죽었네. 주인 나리가 죽었네. 주인 나리가 무덤에서 죽어가네."

"안녕하죠, 앨리스?" 캘빈은 말했다. 프레더릭스버그 큰길에서 마주쳤던 노예가 캘빈의 친구에게 또 캘빈에게 아주 흔쾌히 모자를 벗어 보이던 모습엔 무언가 특별한 것이 있었다. "오늘 저녁 안녕하시지요, 테드 씨?" 그자는 모자를 도로 걸치기 전에 캘빈의 친구에게 말했었다. 박쥐들이 저녁을 누리러 날아가는 동안 그자와 친구가 아무 말도 없자 캘빈은 결국 손을 뻗어 그자의 모자를 탁 쳐서 날려 보냈었다. 무슨 심보였는지 그도 몰랐다. 술 때문이라고 나중에 그는 되뇌었다. 그는 술만 마시면 늘 심술이 났다. 그 노예를 다시는 보지 못했으므로 캘빈이 할 수 있는 최선의 사과는 두 번 다시 술을 입에 대지 않는 거였다.

"아유, 냉큼 저리 가. 그 듣기 싫은 소리 딴 데 가서 해," 프리실라는 앨리스에게 말했고 앨리스는 유유히 물러나 깡충깡충 멀어지기 시작했다. "저 달은 언제 뜨나?" 그녀는 창을 했다. "저 달은 언제 뜨나? 저 달이 언제 뜨는지 태양은 알고 싶어라."

캘빈은 안집으로 돌아갔다. 12시가 되려면 한참 멀어서 그는 다들 일요일을 즐길 시간이 아직 상당히 남았겠거니 했다. 프레더릭스버그 큰길에서 마주쳤던 남자는 캘빈의 친구만큼이나 어리둥절해했었다. "억울하면 어디 날 때려보시든가," 캘빈은 옆구리를 두 손으로 단단히 짚고서 말했었다. "때려보라고. 억울하면 호되게 때려보라니까." 그는 그자가 결코 그러지 않을 걸 알았고 그 이유를 아는 스스로가 혐오스러웠다. 만약 그자가 한 방 거하게 날렸다면 캘빈은 거기에 대응하지 않고 그냥 흠씬 패게 내버려두었을 것이다.

캘빈은 안집으로 걸어가는 길에 뒤로 돌더니 노예들이 오두막들로 흩어지는 걸 보곤 근처에 있는 사람이라면 누구나 들었을 법한 소리로 생각을 내뱉었다. "우리 헨리가 죽다니." 비록 아무 말 아무 행동 없을 줄은 알지만 그는 루이스가 곁에 있었으면 했다. 떠도는 눈을 지닌 그 남자한테 마음이 쓰이는 데엔 해결책이 없었다. 혹시 뉴욕이라면 그 사랑을 치워버리는 데 도움이 될까, 다른 모든 것도 함께. 그는 안집 계단 앞에 이르자 멈추곤 처음으로 계단 수를 헤아려보았다. 그곳엔 루이스에 대한 감정이 한동안 머물렀지만, 도저히 가망이 없으니 내가 살려면 다른 어디로 떠나는 게 최선이다 하고 이해하게 된 지가 두 달이었다.

그들은 어릴 때 편 엘스턴네서 수업이 끝나면 뻔질나게 그랬던 것처럼 개울로 헤엄을 치러 간 적이 있었다. 얼마 못 가 둘 다 지치자 캘빈은 루이스를 뒤세우고 물 밖으로 나왔는데 기슭에 누운 둘의 사이는 5인치도 안 되었었다. 루이스는 제가 관심을 둔 어떤 여자를 언급하면서 맨 처음 제 눈을 사로잡은 게 무엇이었는지 하나하나 설명 중이었다. 그는 캘빈과 오래전부터 그런 식이었다, 제 안목에 관해 이것저것 주절주절. 그들은 기지개를 쭉 켰고, 그러고 나서 캘빈은 팔꿈치로 살짝 일어앉아 있는 루이스를 곁눈으로 쳐다보고 있었다. 캘빈은 루이스의 목 하단 오목한 곳에 작게 고인 물과 땀의 웅덩이를 알아본 참이었다. 그 물웅덩이는 그 여자에 관한 대화 도중 친구의 말이 입을 타고 나올 때마다 표면을 파르르 떨면서 오래도록 그대로 있었다. 루이스가 말을 끝내기 한참 전부터 캘빈은 몸을 기울여 혀로 그 웅덩이를 핥고 싶던 참이었다. 마지막 단어가 나오던 순간 그는 그럴 뻔했지만 루이스가 고개를 살짝 돌리는 바람에 물은 전부 가슴으로 흘러내렸다. 캘빈은 일어선 다음 집에 가고 싶다고 말했다. 뉴욕을 집이라 부르게 되면 이 모든 것도 멀어지겠지, 어느 날 그는 혼잣말을 했다. 오랜 세월 모드를 병간호하고 나서도 그는 뉴욕을 보지 못할 것이다.

캘도니아의 집 계단을 오른 캘빈은 베란다 오른쪽 기둥에 서서 늑장을 부렸다. 만약 핥으려고 다가갔다면 루이스가 그 자리에서 저를 죽이려 들었을 걸 그는 알았다. "뉴욕," 친구에게 어느 편지에서 적었듯 그 도시가 도움이 될 터였다. 그 얼어붙은 개를 포함하지 않으면 그곳에 아는 존재가 단 하나도 없단 걸 그는 모르지 않았다. 그의 소유물 중에는 최초로 찍힌 뉴욕시 사진 중 한 장이 있었다 —— 어느 백인 가족이 저희 집 현관에 앉아 있는 사진이었다. 그들은 그 도시의 어느 농가에서 사는 모양으로 집 양쪽에는 나무들 뒤로 빈 공간이 쭉쭉 펼쳐져 있었는데 적어도 사진의 왼쪽은 골짜기처럼 보이는 곳으로 접어드는 듯했다. 몇 사람 얼굴은 사진을 찍는 순간 움직여 흐릿했다. 앞마당에선 개 한 마리가 오른쪽 먼 곳을 내다보고 있었다. 그 개는 현관에서 누가 입만 떼면 달려 나갈 준비가 된 양 꼬리를 바깥으로 쭉 내찌른 채였다. 개는 한 군데도 흐릿하지 않았다. 그 사진을 처음 보았을 때부터 그는 무엇이 그 개의 관심을 사로잡아 오래도록 얼어붙게 만들었을까 하는 데 큰 흥미가 쏠린 터였다. 혹시 뉴욕에 가서 이 집과 이 가족과 이 개를 찾으면 녀석을 붙박아놓은 게 무엇인지 알 수 있을 거란 일말의 희망이 그에겐 있었다. 오른쪽 먼 곳에는 사진에 포착되지 않은 세상 전부가 있었다. 어떤 세상이든 간에 그곳은 캘빈이 직접 찾아가 눈으로 확인하고 알아갈 때까지 남아 있을 만큼 강력하고 경이로운 곳일 터였다.

그 일요일 프리실라한테서 떨어져 나온 스탬퍼드는 제 여자가 되어달라고 또 한 번 애원하러 델피의 딸 커샌드라에게로 갔다. 글로리아가 쌀쌀맞던 까닭에 스탬퍼드는 그녀를 대체할 다른 영계가 필요함을 알았다. 겨울은 모르는 사이에 오곤 했다. 열두 살이던 그에게 노예 신분을 버티는 데엔 영계가 도움이 될 거라 말한 그 남자는 치아 때문에 입이 그 누구보다 못생긴 사람이었다. 하지만 그는 가질 수 있는 영계는 죄다 갖는 모양이었다. "영계는 말이다," 그 남자는 언젠가 말했다. "가만두면 널 미치게 만들어. 그 영계를 길들여야 니가 안 미칠 수 있단다."

스탬퍼드는 커샌드라의 오두막 문을 두드렸다. "커샌드라, 거기 안에 있어?" 몇 달 전 그가 5분가량의 노크 후 그 문을 열자 커샌드라가 다가와 그의 얼굴에 주먹을 날린 일이 있었다. 그 일 이후 그는 참으려고 노력도 해보았지만 참을성은 그가 지금껏 가져본 적이 없는 거였다. "커샌드라, 자기야, 거기 있어? 나야, 스탬퍼드." 오두막 문이 열리자 커샌드라가 엉덩이에 두 손을 얹고 서 있었다. 셀레스트가 제집 문가에서 골목을 내려다보곤 고개를 절레절레했다. 스탬퍼드의 커샌드라 추적기(記)는 희극에서 비극으로 옮겨 갔다가 지금은 다시 희극이었다.

"들을 얘긴 다 들었지 않아, 인간아? 이젠 날 가만둬. 당신 할 말 다 들었으니까."

"오, 설탕 양, 이젠 날 알잖아. 나 스탬퍼드야. 당신의 소중한 스탬퍼드."

그녀는 방으로 물러났다가 나무토막을 들고 다시 나왔다. "날 가만두지 않으면 머리가 땅에 꼬라박히게 패줄 거야. 진심이야, 스탬퍼드."

"하지만 설탕 양, 나라니까, 당신의 소중한 스탬퍼드. 맘에도 없는 소릴 하고 그래."

그녀가 그의 정수리를 똑똑 두드리자 나무토막에서 흙먼지가 날리더니 그의 머리에 앉았다. "당신 설탕 거기 있네," 그녀는 말했다. "나한테 얻을 설탕은 그게 다야. 그거 갖고 썩 가버려." 그녀는 다시 똑똑 두드렸고 그는 흙먼지가 더 앉으려는 순간 얼른 물러섰다. "당신 남자한테 그러면 못써, 설탕 양."

그는 다음 날 저녁 모지스가 모두를 밭에서 풀어준 뒤 또 한 번 들렀다. 캘도니아의 정원에서 꽃을 훔치려고 만반의 상황을 기다리느라 평소보다 늦은 시각이었다. "설탕 양, 당신한테 줄 게 있어, 설탕 양." 오두막에서 커샌드라와 앨리스와 델피의 말소리가 들렸다. 커샌드라가 그중 하나에게 저 사람이 왜 저러는지 가서 봐달라고 말하는 소리가 들렸고, 그러더니 앨리스가 문을 열어젖혔다. 장미 몇 송이와 별로 생기 없는 베고니아 두어 송이, 이 꽃들을 보더니 앨리스의 눈은 번쩍 뜨였다. 앨리스는 날뛰기 시작했다. "왜 그래, 앨리스? 저 사람이 어쨌길래 그래?" 하고 커샌드라는 말했다. 커샌드라가 때마침 나와본 건 앨리스가 문설주로 몸을 지탱한 채 상체를 수그려 장미를 아작아작 먹기 시작한 순간이었다. 앨리스는 씹고 삼키고 하더니 스탬퍼드가 물러서자 더 먹으려 들었다.

"이 기집애야, 이거 왜 이래? 주님의 자비가 필요해서 그래?" 그는 말했다. "주여 이 여잘 용서하소서."

"쌤통이군," 커샌드라는 말했다. "도둑질을 해놓고서 나더러 거기에 끼라는 거야 뭐야. 어서 들어가자, 앨리스," 그러고 그녀는 문을 닫았다.

꽃의 잔해는 앨리스가 밖을 싸돌아다니다 돌아온 새벽 2시에도 문 앞에 있었다. 그녀는 그 왜소한 다발을 가지고 들어가 짚자리에서 자고 있는 커샌드라 곁에 두었다.

그는 다음 날 밤에도 들렀을 테지만 꽃을 훔친 그날 밤에는 기억나지 않는 꿈 때문에 잠이 깬 터였다. 짚자리에서 일어앉자마자 꿈은 산산이 부서졌지만 그래도 어머니와 아버지 생각이 머릿속에 들기는 했다. 그는 그들을 35년 이상 못 본 터였다. 그는 거기 어둠 속에서 그들을 불렀으나 답이 없었다. 그는 마흔 살이었다. 짚자리에 앉은 그는 제가 영계를 다시는 갖지 못할 거라는, 노예 신분으로 혼자서 쪼글쪼글 시들어 죽을 거라는 생각이 들기 시작했다. 거기 어둠 속에서 그는 제가 부모님 이름도 기억 못 한단 걸 깨달았다. 그분들한테 이름이 있었던가? 다른 두 사내의 코골이로 오두막이 들썩들썩하는 가운데 그는 스스로에게 물었다. 그분들한테 이름이 있었나? 당연히 있었겠지, 그는 속으로 말했다. 하느님의 자식들은 전부 이름이 있으니까. 그렇지 않은 경우를 하느님은 용납하지 않으실 테니까. 만약 부모님한테 이름이 없었다면 그분들은 아마 존재하지 않았을 거고, 그러면 나도 태어날 수 없었겠지. 어쩌면 난 태어난 게 아니라 어느 날 그냥 어린애로 뚝 떨어졌는지도 몰라, 그래서 어느 골목서 내가 혼자 발가벗고 있는 걸 누가 보곤 가여워서 집을 줬을지도 모르지. 엄마도 없고 아빠도 없는 딱한 남자애한테 집을.

스탬퍼드는 도로 누워 짚에서 아늑한 위치를 찾으려 했다. 그는 뒤척뒤척하다가 결국엔 모로 누운 자세로 만족했다. 부모님 이름이 기억나지 않아 그는 애가 탔다. 살면서 그분들 생각을 좀 더 했더라면. 그는 눈을 감고서 왼손은 어머니 오른손은 아버지, 그렇게 부모님 손을 양손에 잡고 그분들을 마지막으로 보았던 농장 여기저기에 데려다 놓았다. 하지만 그 느낌이 아닌지 그는 왼손은 아버지 오른손은 어머니로 바꿔 잡았고, 그러자 느낌이 한결 나았다. 그는 훈제실 바깥으로 그분들을 데려다 놓았는데 그곳 지붕 뒤편엔 구멍이 뚫려 있었다. "귀신들이 저 구멍으로 내려와서 널 악마한테 데려간다," 언젠가 어떤 형이 말한 적 있었다. 당시 스탬퍼드는 다섯 살로 부모님이 팔려 간 지 얼마 되지 않았을 때였다. "예수님 이름을 세 번 말하면 귀신들이 널 혼자 냅둘 거야." "예수님 예수님 예수님." "그보다 빨리 말해야 귀신들이 널 두고 간다." "예수님예수님예수님." "이제야 제대로 소리가 나네."

스탬퍼드는 저희 가족과 다른 여자 하나가 같이 쓰던 오두막 앞에 어머니와 아버지를 데려다 놓았는데 그래도 이름은 떠오르지 않았다. 잠시 중단하고 배꼽을 만지고 있으니 한땐 제가 누군가의 아기였다는, 실제 남자와 몸을 나눈 실제 살아 있는 여자의 일부였다는 자각이 그에게 들었다. 그에겐 배꼽이 있었고 그것이 그가 한때 어머니에게 속했던 증거였다. 머릿속에서 스탬퍼드는 다시 제 부모님을 들어 주인의 커다란 집 앞에 데려다 놓았고, 주인과 안주인 앞에 데려다 놓았고, 주인집 자식들, 세 마리의 성난 황소마냥 시끄러운 그 붉은 머리 자식들 앞에 데려다 놓았다. 그는 그분들을 밭에 데려다 놓았고, 하늘에 데려다 놓았고, 그러곤 마지막으로 이름 없는 묘지 앞에 데려다 놓았다. 그걸로 끝이었다. 그의 어머니 이름은 준이었고, 그래서 그는 오른손을 놓아 그녀를 보내주었다. 아버지 이름은 그분을 농장 여기저기에 아무리 데려다 놓아도 기억나지 않았다. 어쩌면 하느님이 그 한 번은 깜빡 빼먹으셨는지도 몰랐다. 스탬퍼드는 잠이 들었고, 그러다 동이 트기 직전 깨어나 어둠에 대고 말했다. "콜터."

그는 제 부모에 대한 일종의 애도에 들어가 커샌드라에겐 돌아가지 않았다. 하지만 죽는 게 두려운 나머지 나흘 만에 그는 비록 아무런 연도 맺고 싶지 않던 글로리아지만 그녀라면 다시 받아줄지 모른다는 생각을 품게 되었다. 그는 그녀를 하루하루 지켜보다가 목요일 저녁 밭일이 끝난 뒤 설레스트와 일라이어스의 오두막에서 돌아오는 그녀에게 야금야금 다가가 말했다. "어떻게 지냈어, 설탕 양?"

"그놈의 거 당신이 무슨 상관이야."

"당신에 대한 감정이 이런데 무슨 상관이긴."

"있지, 그 감정은 딴 데 가서 찾아, 여기선 그런 거 느끼지 않았으면 하니까."

그는 참을성 있게 굴려던 중이라 그녀를 이틀 동안 내버려두었다. 점심시간에 스탬퍼드는 제가 일하던 밭 저쪽 끝에 글로리아가 있는 걸 발견했는데 그녀는 헨리가 살아생전 마지막으로 구입한 노예인 클레먼트와 밥을 먹고 있었다. "글로리아랑 어울려서 뭐 하고 있어?" 그는 클레먼트에게 물었다.

글로리아는 웃음을 터뜨렸고 그것이 클레먼트에게 이 노땅 말은 무시해도 된다는 면죄부를 주었다. 두 사람은 얼마 안 되는 비스킷, 얼마 안 되는 당밀을 이어서 먹었다.

"글로리아랑 뭐 하고 있느냐고 방금 물었잖아. 둘이 사귀는 사이도 아니면서."

"날 보는 눈 좀 봐," 클레먼트는 말했다.

"날 보는 눈도," 글로리아는 말했다.

스탬퍼드는 몸을 수그려 클레먼트의 왼쪽 어깨를 눌렀다. "당장 손 떼요, 스탬퍼드, 좋은 게 좋은 거예요," 클레먼트는 말했다.

"당장 그만둬요, 스탬퍼드," 글로리아는 제 밥을 도시락 통에 도로 넣으며 말했다.

"손 떼요, 좋은 게 좋은 거니까," 클레먼트는 말했다. 그는 스탬퍼드와 한 오두막을 썼고 늘 사이가 좋았었다.

"오, 나한테 좋은 건 내가 알아. 그걸 모르는 건 너 혼잔 거 같은데." 그는 어깨를 다시 눌렀고 클레먼트는 그 손을 밀쳤다. 그가 다시 누르자 클레먼트는 일어섰다.

"모지스한테 가서 당신 이를 거야, 스탬퍼드," 글로리아는 말하곤 저도 일어섰다.

스탬퍼드가 클레먼트의 뺨을 날리자 클레먼트는 그의 얼굴에 이쪽 주먹 저쪽 주먹을 차례로 날렸다. 글로리아가 비명을 지르자 근처에 있던 다른 여자들도 비명을 지르기 시작했다. 스탬퍼드는 두 번째 주먹을 맞고부터 낙하하기 시작했는데 여기저기서 들리는 비명이 그를 더욱 내리누르는 모양이었다. 클레먼트는 그를 깔고 앉아 연타를 날리기 시작했다. "내가 그냥 냅두라고 했지," 클레먼트는 말했다. "그냥 냅두라고. 평화롭게 냅두라고. 냅두라고 냅두라고 냅두라고." 글로리아는 모지스와 일라이어스와 그 밖의 남자들을 데리러 뛰어갔고 다른 여자들은 상처투성이로 피를 철철 흘리며 아주 가만히 누워 있는 스탬퍼드에게서 클레먼트를 떼어내려고 안간힘을 다했다.

"스탬퍼드," 설레스트가 소리쳤다. "죽지 마요! 죽으면 안 돼," 그러자 테시는 제 어머니가 방금 한 말을 고대로 반복했다.

여자들은 남자들이 도착하기 전에 스탬퍼드를 깨웠다. 그 뒤 남자 넷이 스탬퍼드를 그의 오두막으로 나르자 그 넷에 끼어 있지 않던 모지스가 모두에게 일로 돌아가라고 말했다. 그는 안집에, 캘도니아한테 이 소식을 들고 가고 싶지 않았다. 이런 사소한 문제들을 전부 관리하는 게 십장이라고 언젠가 헨리는 말했었다. 하지만 오두막에 가 안에 있는 스탬퍼드의 상태를 본 모지스는 그녀가 모를 수 없겠다는 생각이 들었다. 설레스트와 델피가 그를 따라 오두막에 들어와서는 스탬퍼드를 보살피기 시작했다. "맙소사, 늙은 바보가 꼴이 이게 뭐람?" 델피는 말했다. 그녀는 스탬퍼드보다 세 살 위였다.

"이 양반 일어나게 애 좀 써줄래요?" 모지스는 여자들에게 말했다. "곧 올게요."

스탬퍼드는 눈을 깜빡거리고 있었고 깜빡거리지 않을 땐 천장 한 구석에 매달린 거미줄을 주목하고 있었다. 그는 저를 어루만지는 사람들에게 저 거미줄은 나더러 길을 떠나자고 신호하는 귀신의 손이라고 말하고 싶었다. 그는 입을 열더니 헐거운 이와 피 사이로 거미줄에다 말했다. "예수님예수님……."

모지스가 안집에 도착하니 웬 백인 남자가 커다란 장부를 팔에 끼고 계단을 오르는 게 보였다. 모지스는 집 뒤쪽으로 가 문을 두드렸고 요리사의 남편 베넷이 문을 열어주었다. "스탬퍼드가 다쳤어요," 그는 베넷에게 말했다. "여기서도 누군가 알고 있으라고요." "지독히 다쳤어?" 베넷은 말했다. 그는 스탬퍼드와 쭉 친구였다. "잘하면 죽을 만큼요," 모지스는 말했다. 이에 베넷은 말했다. "아이고 예수님. 일단 가서 말하고 올게."

앞문에서 본 그 백인은 코네티컷주 하트퍼드에 본사가 있는 애틀러스 생명보험 및 상해보험 회사에서 온 사람이었다. 그와 캘빈이 문간에서 대화를 나누는 통에 베넷은 꽤 오래 기다려야 했다. 마침내 베넷과 함께 온 캘빈에게 모지스가 얘길 전하자 캘빈은 돌아가서 캘도니아를 데리고 돌아왔고 이어서 모드, 그리고 펀 엘스턴도 뒤따라왔다. 캘빈은 그 애틀러스 남자에게 제 누나는 노예 관련 보험에 관심이 없다고 말한 터였다. "그가 지독히 다쳤어요, 주인마님," 모지스는 캘도니아에게 말했다. "제가 보기로는요." 캘도니아가 그에게 어딘지 가보자고 말해 다들 캘도니아를 따라 집 뒤쪽에서 집 안을 가로지르려던 순간 모드가 모지스에게 신발은 깨끗하냐고 묻자 캘도니아는 제 어머니에게 말했다. "놔둬요, 엄마." 헨리는 윌리엄 로빈스의 충고에 따라 제 노예들 관련 보험을 든 적이 없었으므로 헨리의 과부 아내도 이날만큼은 죽은 남편의 뜻을 따르는 중이었다.

모드와 편은 안집에 남았고 모지스와 캘도니아와 캘빈은 스탬퍼드의 오두막에 얼른 다다랐다. 안주인은 그에게로 가 그의 짚자리에 꿇어앉았다. 애틀러스 생명보험 및 상해보험 회사에서 온 남자는 이때쯤 제 경마차를 타고 저기 큰길까지 나간 뒤였다. 남자보단 여자가 노예 보험에 더 호의적이라고 코네티컷주 하트퍼드 사람들에게 배운 터였다.

"스탬퍼드?" 캘도니아는 말했다. "이게 다 어떻게 된 일이에요?" 그녀는 설레스트가 들고 있던 천 조각을 가져가 그의 얼굴에 남은 피를 닦아주었다. "설레스트, 이것 좀 더 갖다줘요, 부탁해요."

농장에서 사람을 여럿 치료해본 적 있는 로레타가 붕대로 쓰는 깨끗한 천을 상자째 들고 들어와 캘도니아 옆에 꿇어앉았다.

"어쩌면 좋아요?" 캘도니아는 로레타의 상자에서 천을 가져오며 스탬퍼드에게 물었다. 스탬퍼드는 눈을 깜빡거리다 말고 거미줄을 주목하면서 오두막 안의 사람들을 조심시키고자 팔을 들려고 애쓰는 중이었다. 귀신이 오고 있어요, 귀신이 오고 있어요, 그는 제가 사람들에게 말하고 있다고 생각했다. 그의 눈과 볼은 금세 부어올랐다. 그는 그걸 제가 얻어맞은 주먹과 관련짓지 못했다. 그가 느끼기에 그 부기는 귀신의 소행이었다. 오두막 문이 열리고 바람이 들자 거미줄이 미친 듯이 요동쳤다. 저 귀신을 봐요, 스탬퍼드는 제가 조심시키고 있다고 생각했다. 우릴 냅둬. 우린 너한테 아무 짓도 안 했다고. 예수님예수님…….

사람들이 피를 싹 닦아주자 그는 잠이 들었다. 그가 3시쯤 일어나니 캘도니아가 요리사 제디 편으로 내려보낸 수프를 들고 델피가 거기 있었다. 델피가 수프를 먹일 때 문은 닫혀 있었는데 그가 잠든 사이에 그랬는지 거미줄은 날아가고 없었다. 그의 얼굴은 땡땡한 공 같았지만 델피는 수프를 어찌어찌 그의 입에 넘겼다. 예수님을 빨리 말한 게 진짜 효과가 있었나 보다고 그는 수프를 먹으면서 거듭 생각했다. 모지스가 클레먼트랑 그 밖의 한 명을 다른 데서 자라고 내보낸 덕에 스탬퍼드는 이날 낮과 밤에 오두막을 독차지했다. 델피는 그 둘 중 하나의 짚자리에서 잤다. 로레타는 그를 확인하러 세 번 더 내려왔다 ── 7시, 10시, 다음 날 새벽 5시. 잘하면 더 살겠다는 가망이 보인 건 10시 때였다. 5시 땐 사태가 최종적으로 해결되었다.

스탬퍼드가 일을 쉰 한 주 반에 대해선 애틀러스사의 어떤 보험증권도 캘도니아에게 보상하지 않았을 것이다. 노동 중 다친 노예를 위한 보험증권은 향후 몇 주 동안 발행되지 않을 예정이었다.(그 밭에서 있었던 일처럼, 보험설계사가 직접 와서 스탬퍼드를 들여다볼 일이 없으면 캘도니아로서도 그걸 노동 관련 부상이라 불러야 하는 상황을 모면할 수 있었던 것이다.) 노동 관련 보험증권들은 사우스캐롤라이나의 어느 보험설계사가 하트퍼드에 보내는 편지에다 노동 중 다친 노예들도 보험이 적용되느냐는 고객들의 문의가 잦단 내용을 적으면서 생겨날 예정이었다. 남자건 여자건 숱한 노예들이 제 직업병으로 골골대다가 팔다리를 잃고 있다, 그 점에서 내 고객들은 안도감을 원한다, 라고 그 보험설계사는 하트퍼드로 부치는 편지에서 말했다. 스탬퍼드가 구타를 당한 그 시기엔 매달 25센트의 보험료를 불입했다면 그의 사망 시 캘도니아한테 보상을 해주는 보험증권이 있었다. 그 보상금은 헨리가 스탬퍼드에 대한 값으로 치른 450달러엔 못 미쳤을 텐데 그건 스탬퍼드가 지금은 훨씬 늙은 탓이었다. 하지만 그 돈은 다른 누구, 힘도 더 세고 아마 줏대도 더 있을 누구를 구입하는 데 요긴하게 쓰였을 것이다.

그 애틀러스 남자가 구타의 날에 들렀던 건 막 과부가 된 딸에게 최대한 도움이 필요하다는 모드의 말을 전달받고서였다. 모드는 제 노예들을 전부 보험에 들어두고 있었다. 이날 마차를 타고 가면서 애틀러스 남자는 다음번엔 저 집 안주인을 만나기로 고집을 부려야 지 애틀러스 상품의 혜택도 모르는 남성 친척에게 답을 들어선 안 되겠다고 머릿속에 새겨두었다. 부정 반응은 긍정 반응을 위한 토대 일 뿐이라고 하트퍼드 사람들에게 배운 터였다.

스탬퍼드는 글로리아나 커샌드라를 다시는 쫓아다니지 않았다. 귀신이 오두막에서 나갔는데도 그는 제가 세상을 길게 못 살 거라 고, 영계가 저를 사랑할 일은 평생 없을 거라고 생각하기 시작했다. 그는 더없이 까칠한 사람이 되었고 남자들과의 싸움에도 훨씬 많이 휘말렸다. 심지어 그는 저를 휘이 쫓아내는 어른이 없으면 아이들한 테 욕까지 했다. 골목 아이들 사이에선 그가 사람의 음식을 모두 끊 기로 맹세한 사람이라는 말이 돌기 시작했다. 스탬퍼드는 지금 손톱 만, 억센 손톱만 먹고 물은 흙탕물만 마신다고, 그게 걸쭉할수록 더 좋아한다고 아이들은 말했다.

그는 이웃 농장에서 온 어느 노예를 만났는데 그 남자는 백인들 이 마시는 위스키보다 낫다고 자부하는 양조주를 가끔씩 그에게 주 었다. 그 술의 기본 재료는 몇 달이나 발효된 감자였다. 그 술엔 다 른 재료들, 대개는 그 남자가 근처에서 우연히 찾은 재료들도 포함되었다 ── 나뭇잎, 죽은 곤충, 닭발, 신문지, 걸레, 소금물. 그게 다 그 술에 들어가는 재료였다. 그리하여 그 술을 마시고 얼마 지나면 몸이 유쾌한 상태에, 그 주조가 지상낙원이라 즐겨 부르는 지경에 이르곤 했다. 그 효과는 짧아서 만약 그 술을 마신 사람이 당장 자러 가지 않을 경우 나무가 머리를 덮쳤을 때보다 더한 두통이 찾아들곤 했는데 그 이유인즉 그런 걸 마시는 사람은 남자들뿐이었던 것이다.

클레먼트에게 구타를 당한 지 3주 조금 더 지나 스탬퍼드가 골목을 걸어 내려왔다. 그는 전날 그 술을 조금 마시고 취한 터라 머리가 지끈거리는 중이었다. 시야도 뿌옜다. 일요일 오후였고 비가 내리고 있었다. 그는 제가 어디에 있었는지 기억나진 않아도 지금은 델피의 오두막으로 향하는 중이었다. 질퍽질퍽한 골목엔 빗속에 있길 개의 치 않는 그곳 고양이 세 마리 중 한 녀석과 스탬퍼드 외에 아무도 없었다.

그는 델피네 문을 두드렸고 그녀는 두 번 두드릴 새도 없이 바로 문을 열어주었다.

"당신이랑 나랑 함께하는 게 어떨까 하고 곰곰이 궁리해보던 중이야," 스탬퍼드는 말했다. 지끈거리긴 해도 그의 머리는 오전보다 맑았는데, 그렇다고 옳고 그름을 전부 가릴 수 있을 만큼은 아니었다.

델피는 말했다. "뭐?" 클레먼트와의 싸움이 있은 후 그녀는 그가 낫도록 최선을 다해 도와주다가 그가 다른 무언가로 방향을 트는 게 보이자 일 얘기만 해오던 참이었다.

스탬퍼드는 방긋 웃었다. 영계한테 가는 길은 너를 방긋거림의 숲으로 데려간단다, 스탬퍼드가 열두 살이었을 때 그 남자는 조언했

265

었다. 하지만 영계는 그럴 만한 가치가 있지. 스탬퍼드는 좀 더 방긋 웃었다. "당신이랑 나랑. 우리가 함께한다고. 나랑 그쪽이랑 같이 지내면서 작게 한 가족을 이루자 이 말이야." 영계를 얻을 수 없다면 얻을 수 있는 걸 얻겠다는 게 그의 작정이었다. 겨울은 모르는 사이에 오곤 했다.

델피는 오두막 밖으로 발을 내디뎠다. 그녀는 별로 기쁘지 않아 웃음 짓질 않았다. 저런 남자는 명줄이 별로 길지 않았다. 저런 남자는 죽고 나서 다다음 주면 잊혔다. "그러고 싶지 않아, 스탬퍼드. 전혀 그러고 싶지 않아."

"그렇겠지. 그럴 거야. 나한테 거슬리는 점이 있단 거 잘 알아, 자기야. 잘 알고도 남아." 겨울철엔 온갖 영계들로 몸을 따뜻하게 감쌀 수 있는데, 그러면 봄철까지 밖에 나갈 필요가 없어, 그 남자는 소년에게 조언했었다. 곰들처럼 동면하면서 지내는 거지. "당신한테 나를 보여줄 기횔 한 번만 줘, 자기야. 딱 한 번만."

델피는 골목 위아랫목을 살폈다. 이 순간 비는 거세지 않고 잔잔했는데 그녀는 그걸 듬성듬성한 풀포기들이 비를 맞아 호들갑스럽게 휘는 모양만으로 알 수 있었다. 눈길이 다시 스탬퍼드에게로 돌아간 그녀는 제가 살면서 가엾어했던 어떤 인간보다도 그가 가엾단 걸 깨달았다. 큰길에서 엄마 없이 죽은 채로 누워 있던 아이보다도. 그녀는 클레먼트에게 구타당한 뒤 그가 며칠간 몽중에 외쳤던 말을 떠올렸다.

스탬퍼드는 손을 뻗어 그녀의 가슴을 만졌다. 이제 여자에 관해 진짜로 말해주는 건 유방이야, 뭔 말인지 알지, 그 남자는 조언했었다. 그 망할 영계의 입이 니가 원하는 바랑 반대의 것을 말하고 있더

266

라도 니가 원하는 바를 말하란 얘기야. 유방한테 말을 걸면 문은 떡하니 열릴 거야.

델피는 그의 손을 제 가슴에서 단호히 치웠고 스탬퍼드는 저항 없이 제 손을 옆에 툭 떨어뜨렸다. 그의 피는 커다란 천 일곱 장을 흠뻑 적셨다. 스탬퍼드는 제 다른 쪽 손으로 얼굴의 비를 훔쳤지만 옥외에 서 있는 데다 비가 얼굴을 재빨리 덮어 전부 헛수고였다. 결국 그는 그녀가 본 것을 보았다. 비는 10초가량 멎었고, 그러자 입이 아직도 방긋하게 걸려 있던 스탬퍼드는 전에 없던 이 침묵은 대체 무어냐 싶어 주위를 두리번거렸다. 그가 돌아오니 그녀가 기다리고 있었다. "당신이랑 함께할 일은 영원히 없을 거야," 그녀는 말했다. 다시 비가 내렸다. 델피가 제게 좀 더 다가오자 그는 한순간 그녀가 한 말을 잊곤 그녀 냄새를 들이마시며 희망을 품었다. 델피는 제 두 손을 그의 양어깨에 올리더니 그 자세 그대로 그를 철저히 가늠했다. "당신은 내가 나르기엔 너무 무거운 남자야, 스탬퍼드. 내가 무거운 남자들을 날라봐서 아는데 그러다간 등뼈가 부러질 수도 있어. 나한텐 등뼈가 이거 하나뿐이라 다시는 부러뜨리고 싶지 않아, 적어도 오십을 보기 전에는." 그녀는 물러서선 뒤로 돌아 제집으로 들어갔다. 그녀는 사람들이 낫도록 보살피고 애쓰는 데 익숙한 사람이라 문을 닫기까진 긴 시간이 걸렸고 문을 닫을 땐 소리가 나지 않았다.

스탬퍼드는 물러나 골목으로, 진창으로 완전히 나왔다. 그 남자, 그러니까 조언자는 머릿속에서 잠잠했다. 멍해진 그는 애초의 목적지를 멀리 벗어나 진창을 철벅철벅 뚫고 캘도니아의 집으로 향했다. 비가 거세어지자 그는 제 발길이 제 오두막에서 실제론 멀어지고 있음을 깨닫곤 뒤로 돌아 어느 게 제 오두막인지 장대비 속에서 식별

하느라 애를 썼다. 그는 골목을 내려갔다. 진창이 발을 잡아끌었다. 그는 그래도 걸었고 서서히 주변을 알아보았다. 그는 설레스트와 일라이어스의 오두막을 지났다. 그는 걸음을 멈추었다. 비가 내리는구나, 그는 생각했다. 비만 아니면 고양이들이랑 개들이 여기 나와 있었을 텐데 젠장.

그는 아주 한참을 그러고 서 있었는데 서 있을수록 발은 점점 잠겼다. 살기 위해 품었던 온갖 마음이 그를 떠나기 시작했다. 그는 가슴을 타고, 팔다리를 타고 흘러내린 생명이 제겐 한 번도 해주지 못했던 일을 땅에 해주고 있음을 느낄 수 있었다. 당장 준비가 되었느냐고 하느님이 혹시 물으셨다면 그에게 답은 오직 하나였을 것이다. "저를 그냥 고향으로 데려가주세요. 아님 저한테 침을 뱉고 지옥에 떨어뜨리셔도 이젠 상관없어요. 저를 그냥 여기서 벗어나게 해주세요."

그는 진창 때문에 느려진 걸음을 계속했다.

그가 제 오두막에 가까웠을 때 다른 집 문이 열리더니 일곱 살 먹은 들로레스가 손에 양동이를 들고 나왔다. 그녀는 골목에 들자마자 스탬퍼드와 겨우 3피트 거리에서 발을 헛디뎌 진창에 자빠졌다.

"이놈의 어린 바보 같으니," 스탬퍼드는 아이를 일으키며 말했다. "지금 죄다 진창인데 나와서 뭘 하게?"

"가서 블루베리 좀 따 오려고요," 들로레스는 말했다. 오두막촌에서 오른쪽 멀리 떨어진 세상 한편에선 이 사내도 소녀도 알아차리기 전에 벼락이 쉭 하고 내렸다 사라졌다.

"뭐?" 스탬퍼드는 말했다. "하느님이 주신 분별력은 얻다 팔아먹었니, 아가?" 아이의 이름을 알았더라도 그는 오래전에 까먹은 터였다.

"아니거든요," 들로레스는 말했다. "그러니까 절 그냥 냅두세요."
골목에서 스탬퍼드를 무서워하지 않는 아이, 그의 손톱과 흙탕물 식
단에 관심이 없는 아이는 설레스트와 일라이어스의 맏이인 테시랑
이 아이뿐이었다. "그냥 절 냅두시라고요."

스탬퍼드는 아이에게 양동이를 건넸다. "이 비에 대체 어딜 가려
고, 아가?"

"말했잖아요. 블루베리 찾으러 갈 거예요," 아이는 말했다. 들로
레스의 네 살 먹은 남동생 패트릭이 저희 오두막 문간에 서 있는 걸
사내와 소녀는 모르고 있었다. 누나는 제가 돌아올 때까지 문 닫고
집 안에 있으라고 남동생에게 일러둔 터였다. "블루베리 따러 갈 거
예요," 들로레스는 말했다. "이제 갈 거니까 절 그냥 냅두세요." 아이
는 눈에서 빗물을 훔치곤 스탬퍼드를 올려다보며 깜빡거렸다.

"블루베리?" 그는 블루베리 자생지가 몇 걸음 밖에 있는 양 주변
오두막들을 둘러보았다. "엄만 어디 있고?"

"안집에 올라가서 거들고 있어요."

"아빠는?" 스탬퍼드는 물었다.

"그 아픈 말 도우러 저기 헛간에요."

"맙소사, 맙소사," 그는 말했다. "그놈의 거 아저씨한테 넘겨. 양
동이 이리 내."

"블루베리 담으려면 있어야 돼요. 저랑 제 동생은 블루베리 먹고
싶단 말이에요." 아이가 제 오두막을 쳐다보니 남동생이 눈에 들어
왔다. "누나가 안에 있으라고 했지?" 아이가 패트릭에게 호통을 치
자 패트릭은 어깨를 말더니 누나에게 혀를 내밀어 제 아버지가 절대

하지 말라던 메롱을 했다. 패트릭은 문을 쾅 닫았다.

"그놈의 블루베리는 아저씨가 갖다줄 테니까 넌 그냥 집에 들어가," 스탬퍼드는 말했다. 천둥과 벼락이 더 가까워지자 스탬퍼드는 근처에 비 이상의 것이 와 있음을 이제 알았다. 그는 아이와 양동이를 쳐다보았다. "그놈의 건 아저씨가 갖다줄게." 그는 제가 죽을 걸 알았지만 어쩐지 요 어린것이 아무도 관심 없는 천국의 어느 먼 구석에 있을 제게 보잘것없는 스툴이나마 보내줄 거란 생각이 들었다. 천국의 그 구석은 바보들, 즉 너무 멍청해서 비도 피할 줄 모르는 사람들에게 예약되어 있었다. 그들은 천국의 뒷문을 통해 그 구석에 닿았다.

"약속하는 거죠?" 들로레스는 말했다.

"내가 말하면 그건 진짜로 진심이야. 이제 독감 걸리기 전에 집에 들어가라." 아이는 안에 들어갔다.

스탬퍼드는 아이가 집을 나섰을 때부터 양동이에 받아진 빗물을 비웠다. 그는 블루베리가 있다고 아는 쪽으로 걸었는데 골목엔 또다시 저 혼자였다. 스탬퍼드는 어떤 남자가 저승에 가려고 독초를 먹었단 얘길 들은 적이 있었지만 저로선 지상의 온갖 경계를 뒤로한 채 죽고 싶어질 줄 꿈에도 생각 못 했으므로 그 식물이 무엇인지 혹은 어디서 볼 수 있는지 주목하지 않았다. 어밀리아 카운티의 한 농장에서는 어떤 여자가 돌을 벼려 양 손목을 그은 일도 있었다. 피가 흘러 땅에 배었다. 그가 듣기로 그녀는 그 좋은 걸 낭비해서 어쩌나 하고 생각될 만큼 정말로 예쁜 여자였다. 어쩌면 설레스트처럼 절름발이일지도 몰랐다. 예쁜 것은 좋은 거였다. 절름발은 별로 안 좋은 거였다. 그 남자, 그러니까 조언자는 아직도 머릿속에서 잠잠했고, 그래서 스탬퍼드는 골목을 벗어나 모지스가 저 혼자 있으러 가는 그 쓸모없는 숲 부근의 널찍한 장소에 들었다. 천둥과 벼락은 이제 훨씬 가까워져 그가 가장 달콤한 블루베리를 딸 수 있다고 확신하는 곳에서 얼추 2마일 밖까지 다가와 있었다. 서두르는 게 좋겠다, 그는 생각했다. 이런 날씨는 피하는 게 상책이야. 그는 죽고 싶었지만 감기로 죽긴 정말이지 싫었다.

그가 찾은 자생지는 옆집 백인들의 농장에 일부 걸쳐 있는, 아주 귀한 땅 한 뙈기였다. 스탬퍼드는 개의치 않았다. 그는 제가 원하는 것 몇 개가 눈에 들어오자 울타리를 넘었다. 그는 부지런을 떨어 반 시간 못 미처 일을 끝냈다. 그는 손으로 양동이 무게를 달아보았다. 그래, 이 정도면 저녁밥 전까진 아기 둘의 배가 볼록하겠다. 그는 자생지를 나와 타운센드 농장으로 돌아가는 길에 들었다. 잠시 후 그 쓸모없는 숲은 그의 오른쪽에 놓였고 골목과 오두막촌은 반 마일 남짓 남아 있었다. 그는 어떤 여자들이 말하길 더없이 예쁜 안개꽃과 나팔꽃이 자란다던 공지(空地) 한쪽의 멋진 곳에 있었다. 글로리아를 꼬실 때 몇 송이 따기도 한 꽃이었다. 남자의 땀투성이 손에 들린 아름다운 꽃. 하지만 둘은 끝난 사이였다. 말짱 끝. 그는 잘하면 저보다 먼저 그녀를 죽일지 몰랐다. 그게 그녀에게 가르침을 줄 터였다. 그녀의 궁둥이를 지옥으로 보내면 그녀는 남은 영원의 시간 동안 악마의 흔들대는 두 다리 스툴에 앉아 내게 했던 짓을 곰곰이 생각해보겠지. 그녀를 죽인 뒤 오르막에 앉아 남은 영원의 시간 동안 그녀의 고통을 지켜보는 거야. 그러다 그는 아이들 블루베리를 앞에 두고 웬 악념인가 하는 생각이 들기 시작했다. 비는 계속이었고 천둥과 벼락은 더 바짝 다가와 있었다.

그는 첫 천둥소리엔 딱히 주의를 기울이지 않았지만 두 번째 소리엔 고개를 이리저리 뽑아 들었다. 이윽고 가장 가까운 나무가 파르르 떨었다 멈추더니 다시 파르르 떠는 것이 보였다. 참나무였다. 조금 뒤 첫 번째 까마귀가 마치 뒤집힌 양 깃털 두세 개를 뒤에 흩날리며 땅을 향해 나는 게 눈에 들어왔다. 두 번째 까마귀도 뒤집힌 채로 나는 걸 본 그는 저건 나는 게 아니라 죽음이 두 녀석을 움켜쥔 것이란 걸 알 수 있었다. 그가 눈을 깜빡여 빗방울을 채 훔치기도 전에 두 번째 까마귀는 땅에 가 있는 첫 번째 녀석에게 합류했고 더 많은 깃털이 그 뒤를 따랐다. 떨어질 때 소리가 났더라도 빗소리가 너무 커 그에겐 들리지 않았다.

참나무 꼭대기부터 3분의 1은 이제 노란 빛의 장엄한 불꽃으로서 마치 백만 개의 초를 품은 듯했다. 벼락이 새들을 때린 거였는데 스탬퍼드는 저 위 나무 꼭대기에서 지금 활활 타고 있는 벼락이 아직 허기를 덜 채웠단 걸 알 수 있었다. 문득 그는 저 나무는 아주 높구나, 어찌어찌 꼭대기까지 올라가 뛰어내리면 한 방에 죽을 수 있겠다 하는 생각이 들었다. 백만 개의 초를 품은 벼락은 그가 눈을 못 떼는 사이 아주 느린 속도로 뭉쳐 파랗게 요동치는 6피트 길이의 한 줄기 불이 되었는데 그는 그 모습을 나뭇잎들과 나뭇가지들 틈새로 볼 수 있었다. 느긋하게 나무를 타고 내려오기 시작한 벼락은 줄기에 착 달라붙은 채로 제 앞길에 나타나는 모든 것을, 잎이며 원가지며 곁가지 할 것 없이 나무에서 한집안을 이루었을 모든 것을 불태웠다. 벼락은 나무 밑동에 가서야 마침내 섰는데 이때에도 여전히 6피트, 여전히 파랗게 요동치는 모습을 하고 있었다.

스탬퍼드는 양동이를 내려놓고서 제 죽음을 향해, 벼락을 향해 나아갔다.

한참 걸어 나가기 전에 블루베리 양동이를 돌아다보니 부지불식간 작은 흙무더기에 올려두었던 탓에 양동이가 기울고 있었다. 그걸 발견하는 사람이 그게 누가 먹을 열매인지 알려면 양동이는 노예 거주지와, 아이들과 좀 더 가까운 곳에 똑바로 세워져 있어야 했다. 그는 돌아가 양동이를 거주지 쪽으로 10피트쯤 더 옮겨놓았다. 비는 영 누그러지지 않았다.

그사이 벼락은 꼼짝도 않더니 스탬퍼드가 그쪽으로 달려가자 땅으로 흘러내려 이젠 한 줄기 불길을 풀밭에 펼쳐놓았는데 풀밭은 불이 붙질 않았다. 스탬퍼드는 더 빨리 달렸다. 그가 그 나무와 벼락으로부터 5피트쯤 되는 거리에 이르자 벼락은 그에게서 멀리 떨어진 곳에 내려 다른 나무를 쩍 하고 두 쪽으로 쪼갰다. 때맞춰 도착한 스탬퍼드는 나무가 부서지고 쌍둥이 토막이 각자의 길을 가기로 하는 모습을 보았다. 천벌 같은 슬픔이 그를 사로잡았다. 날이면 날마다 오는 그놈의 것.

비는 계속되었고 폭풍은 그에게서 물러나 오두막촌을 향했다. 까마귀들이 그의 발치에 있었다. 스탬퍼드는 무릎을 꿇었다. 새들은 죽을 만큼의 혼란 속에서 추락했지만 그 와중에도 어떤 힘이 녀석들을 땅에 고이 눕혀준 터였다 —— 사방으로 흩어졌던 깃털들은 녀석들의 날개로 돌아와 있었고 눈은 감겨 있었으며 검은 몸통도 날개도 생명을 띤 듯이 반들거렸다. 불탄 곳은 없었다. 녀석들은 죽음이 몰래 다가오기 전 나뭇가지에서 그랬을 것처럼 누워서도 나란했다. 이놈들은 살았을 때 이만큼 예뻤던 적이 없는데, 스탬퍼드는 생각했다. 다시 살아나더라도 지금 이 모습이 일생 최고의 모습이겠지. 이

제 녀석들에게 딱 하나 필요한 건 누군가 나타나 녀석들 하나하나에게 조그만 관을 짜주는 거였다.

스탬퍼드는 제 손가락에 침을 발라 한 녀석 한 녀석 쓰다듬어주었다. "내가 저승에 넘어가려면 시간이 좀 걸리겠구나," 그는 첫 번째 까마귀에게 말했다. 그는 눈을 감고 죽음을 기다렸다. 두 번째 까마귀에게 그는 말했다. "니가 당한 일로 이제 쩨쩨하게 굴지 말어." 그는 손에 침을 발라가며 계속해서 녀석들을 쓰다듬어주었다. 그는 이 녀석하고 맺은 역사는 저 녀석하고 맺은 역사와 다르며 별개라는 듯이 두 새한테 따로 말을 걸었다. 녀석들을 쌍으로 묶어 말을 걸면 양쪽 모두에게 도리가 아닐 터였다. 그는 계속해서 침을 발라가며 새들을 만졌지만 두 녀석 모두 제 죽음을 조금쯤 나누어 주는 데에는 흥미가 없어 보였다. "괜찮아, 늙은 새야. 니 탓 안 할게," 그는 첫 번째 까마귀한테 말했다. "니가 할 만큼 했단 거 나도 이해해," 그는 두 번째 새한테 말했다. "그런 걸로 너한테 악감정 없어." 그는 비가 아닌 무언가 묵직한 것이 제게 떨어지는 걸 느껴 정수리를 만졌다. 그는 새알 노른자구나 하는 생각으로 그걸 밑으로 끌어 내렸다. 그 순간 알껍데기 조각들, 암갈색 점무늬가 찍힌 연청색 조각들이 그의 펼친 손에 쏟아졌다. 그가 올려다보자 알과 껍데기가 더 많이 쏟아졌고 까마귀들의 둥지였을 잔가지며 막대기도 딸려 왔다. 그는 껍데기와 노른자 들을 꽤 오랫동안 들여다보았는데 그러는 내내 비는 계속되었다. 그는 누가 제 이름을 부른 양 주위를 두리번거렸다. 그러더니 그는 알껍데기를 조금씩 집어 각 새의 왼쪽 날개 밑에 쏙쏙 넣어주었다. 그는 노른자를 녀석들의 몸통에 발라주었다. 그러다 그의 일이 다 끝나자 땅이 열리더니 새들을 품어주었다. 그는 울음을 터뜨렸다.

이것이 제 아내와 함께 리치먼드 유색인 고아원을 설립해 운영한 인물 스탬퍼드 크로 블루베리*의 시작이었다. 1909년 리치먼드의 유색인들은 활주로처럼 긴 어느 도로를 그와 그의 아내를 기려 비공식적으로 개명했고, 그러곤 리치먼드 행정을 맡은 백인들에게 그 이름을 공식 명칭으로 해달라고 수십 년에 걸쳐 해마다 청원을 넣었다. 델피의 증손녀들 중 하나가 개명 운동을 이끈 뒤인 1987년, 마음이 풀린 리치먼드시는 그 이름이 공식 명칭임을 입증하는 새 표지판을 길 따라 주르르 세웠다.

스탬퍼드는 블루베리 양동이로 돌아가 꿇어앉더니 이내 이 양으론 부족하다고 느끼기 시작했다. 하지만 한참을 기다린 아이들에게 실망을 안기고 싶진 않았다. 그는 잘하면 블루베리가 가득 차 보일지 모른단 생각으로 양동이를 흔들어보았다. 효과는 있었지만 크진 않았다. 사내아이는 가득 들었다고 속을지 몰라도 여자아이는 알 만한 나이라 양동일 가득 채워 오는 데 실패한 걸로 이해할 터였다. 그는 어깨가 축 처졌는데 그래도 비는 계속되었다. 그는 블루베리 한 알이 양동이 속에서 또르르 작은 비탈을 굴러 내려가는 걸 보곤 그 알을 집었다. 그는 손가락 사이로 그걸 잡곤 꼭 짜기 시작했다. 약간의 즙이 흘렀다. 그 블루베리 알은 이제 어느 아이도 먹을 수 없었으므로 그는 괜히 짰다고 후회했다. 낭비된 채로 두기가 무엇해서 그는 그걸 제 입에 넣었다. 나쁘진 않지만 이런 걸 먹고서는 살 수가 없었다 —— 하느님이 그의 입속을 건치로 채워주셨건만 어느 것 하

---

*   이름에서 "크로(crow)"는 까마귀.

나 달질 않았다. 저 양동이에 가득한 건 대체 왜 저 모양일까? 그는 블루베리 알을 씹어 삼켰는데, 그러고 나서 눈을 드니 오두막 하나가 빗속의 공기를 가르고 제 쪽으로 날아오는 게 보였다. 움직이는 모습이 위협적이진 않아 스탬퍼드는 무섭지 않았다. 하지만 그는 일어섰다.

오두막은 계속 이동해 그에게서 10피트도 안 되는 거리에 자릴 잡았다. 문이 열리니 들로레스가 두 손을 등 뒤에 둔 채 말하고 싶어 죽겠는 비밀이 있는 아이처럼 아주 신난 모습으로 문간에 서 있었다. 아이는 입을 벌렸고 블루베리로 이며 혀며 파랗게 물들여놓곤 행복해했다. 남동생 패트릭도 제 누나 옆으로 오더니 파란 입을 벌려 마찬가지로 행복함을 드러냈다. 그러더니 남자아이가 갑자기 문을 쾅 닫았다. 스탬퍼드에 대한 항변이 아니었다. 제 누나한테 늘 잔소릴 듣긴 해도 같은 소릴 세 번씩 들을 필요는 없다는 항변이었다. 오두막은 둥실둥실 솟아 제가 온 길을 거슬러 갔다. 오두막이 뒤로 돌아 거주지를 잘 찾아간 걸 보면 닫힌 문이 분명 일종의 눈 역할을 했을 것이다.

1987년, 리치먼드시는 홀리 크로스 칼리지를 나온 어느 젊은 여자를 막 고용한 참이었는데 그 여자의 첫 과업은 블루베리 씨와 블루베리 부인이란 두 이름이 들어가는 표지판을 디자인하는 것이었다. 시의회에 있던 델피의 증손녀는 도로명 표지판에 두 이름이 다 들어가길 바라되 "블루베리가(街)"와 같은 식으로는 아니었다. 홀리 크로스를 나온 그 흑인 여자는 재주가 좋은 사람이었고, 그리하여 과제를 끝낸 그날 밤 워싱턴 D.C.에 있는 제 어머니에게 전화를 걸어 제가 표지판 하나에 간신히 집어넣은 내용을 읽어주었다 ——

스탬퍼드 및 델피 크로 블루베리 거리(Stamford and Delphie Crow Blueberry Street).

들로레스와 패트릭에게 양동이를 건넨 스탬퍼드는 비 오는 진창 골목에 서서 아이가 있는 집들의 문 개수를 셌다. 젖먹이는 블루베리를 씹어 넘기고 음미할 나이가 아니므로 젖먹이가 있는 집들은 생략했다. 더욱이 블루베리를 곁들인 설탕 젖꼭지* 얘기는 들어본 적도 없었다. 자꾸 셈이 틀리는 바람에 그는 몇 번을 세어야 했다. 셈을 끝내자마자 그는 새로운 문제가 있음을 알았다 —— 그놈의 블루베리를 담을 양동이들은 죄다 어디서 구하나.

비는 다음 날 멎었지만 사흘 뒤에는 다시 쏟아졌다. 이번엔 훨씬 심해 누구나 빗속을 걷기가 따가울 정도였다. "너무 고통스러운 비였다," 린치버그 칼리지를 나온 역사학자 K. 우드퍼드는 1952년에 적었다. 비는 대홍수로 이어졌는데 그것은 버지니아가 주(州)가 된 이래 그 어떤 카운티가 겪은 것보다도 심했다고 린치버그 출신 역사학자는 과장 없이 적었다. 남자 다섯에 여자 셋, 이렇게 여덟 명의 어른 노예를 포함해 스물한 명이 목숨을 잃었다. 백인이건 흑인이건 인디언이건, 자유건 노예 신분이건 아이들은 전부 화를 면했다. 가축류와 개들과 고양이들의 죽음은 그 수가 너무 많아서 세어보는 사람이 없었다. 땅은 몇 주가 지나도록 짐승들 시체로 덮여 있었다.

클레먼트가 스탬퍼드를 구타한 날로부터 3주 뒤, 빌린 경마차를 타고 세 번째 들른 애틀러스 생명보험 및 상해보험 회사 남자는 캘

---

*   sugar tit. 설탕을 천으로 싼, 젖먹이에게 물리는 공갈 젖꼭지.

도니아한테서 보험은 원치 않는다는 말을 들었다. 모드는 딸의 어깨 너머를 건너다보며 불만의 한숨을 지었다.

"좋은 아침입니다, 타운센드 부인," 캘도니아가 돌려보내기 전 한 손엔 커다란 장부 한 손엔 모자를 든 그 백인은 말했다. 그에겐 이번이 그녀와 직접 말을 나눌 첫 기회였다. "부인의 불행한 상실에 저희도 가슴이 아픕니다. 저희 애틀러스 생명보험 및 상해보험 회사 직원 일동은 한없는 조의를 표하는 바입니다."

구타당한 스탬퍼드를 보살피는 일로 캘도니아는 슬픔은 최대한 제쳐놓고 농장 일을 관리해야 한다는 깨달음을 얻었다. 그녀는 설레스트와 글로리아와 클레먼트의 얘길 들어보더니 클레먼트에게 벌을 내리지 않기로 결심했다. 그녀는 스탬퍼드에게 앞으로는 스스로가 무슨 짓을 하고 있는지 신경 써야 할 거라고 모지스를 통해 말을 전했다. "싸움은 더 이상 안 돼요, 누구하고도요," 그녀는 모지스에게 말했는데, 그러나 스탬퍼드가 그 말을 따른 건 여러 날 뒤, 그러니까 까마귀들 이후, 블루베리와 그 오두막 이후였다.

모지스는 스탬퍼드와 클레먼트가 3주 동안은 일요일에도 몇 시간씩 일할 것을 제 재량으로 요구했다. 그들은 캘도니아에게 하소연할 수 있었지만 모지스가 하는 모든 일이 그녀의 지시를 따르는 거라고 생각했다. 첫 번째 일요일은 스탬퍼드가 구타 이후 밭으로 돌아간 지 얼마 지나지 않은 시점이었고, 그래서 일라이어스는 스탬퍼드가 밭고랑에서 이레도 버티지 못할 거라는 설레스트의 말에 그의 일을 대신 해주었다.

구타 사건을 계기로 캘도니아는 모지스더러 이제부턴 매일 저녁

일이 다 끝나면 와서 보고하라고 시켰다. 그는 응접실에 서서 낮 동안의 일을 속속들이 얘기했다, 아침 식사 직후 골목에 모인 노예들을 만나는 순간부터 저녁에 그들더러 일과 종료를 알리는 순간까지. 처음에 그 보고는 몇 분이면 끝났다. 하지만 헨리가 죽고서 하루하루가 쌓일수록 그의 얘기는 점점 길어졌는데 그건 캘도니아가 제 얘길 듣고 싶어 한다고 그가 감지한 때문이었다. 모드는, 그리고 가끔은 펀도 그의 얘기가 끝나기 전에 이탈하고 말았지만 캘도니아와 캘빈은 그 얘길 한마디도 놓치지 않았다. 그러다 어머니와 남동생과 펀이 나가고 마침내 혼자가 되면 캘도니아는 한없이 귀를 기울였고 그의 보고도 훨씬 길어졌는데 어떨 땐 그 길이가 한 시간에 이르기도 했다. 머잖아 그는 그날의 일 얘기에서 벗어나 노예들에 관해 없는 얘길 지어내기 시작했다. 로레타는 뭐가 사실이고 아닌지 알면서도 주인에겐 입을 다문 채 한쪽 구석의 의자에 앉아 있었다.

펀이 떠난 날 저녁 캘도니아는 모지스에게 앉으라고 말했다. 그는 의자에 앉아 있는 로레타를 건너다보더니 한 시간 같은 1분 동안의 망설임 끝에 자리에 앉았다. 저녁이니 이만 물러나도 된다는 캘도니아의 말에 로레타는 자리를 떴다.

"처음부터 여기에 있었죠, 그렇죠?" 캘도니아는 말했다.

"예?"

"헨리랑 처음부터 여기에 있지 않았어요, 첫날부터?"

"예, 있었습니다."

"무슨 일을 했어요?"

모지스는 제 무릎에서 눈을 거두더니 하느님이 심으신 것 말곤 땅 위에 별게 없던 시절 헨리와 집을 지어가던 초기 한때를 꾸며내기 시작했다. 캘도니아는 상복을 입고 긴 팔걸이의자 끄트머리에 앉아 있었다. "그러니까 헨리 주인님은 스스로 어떤 집을 짓고 싶은지 늘 알고 계셨어요, 주인마님. 그때 그 시기에 주인마님에 관해서까진 모르셨겠지만, 그래도 주인마님이 주인마님 나름으로 저기 어디서 기다리고 있을 거란 생각은 하고 계셨던 게 분명해요, 주인마님이 원할 만한 집을 짓기 시작하신 걸 보면요. 주인님은 무에서 유를 지으셨어요. 저도 거기 있었지만 그분처럼 있었던 건 아니죠. 그 첫날 주인님은 저더러 이러셨어요. '모지스, 부엌부터 시작하자. 아내한테는 가족을 위해 상을 차릴 장소가 필요하니까. 거기부터 시작하는 거야.' 그러곤 허릴 숙이고 첫 못을 박으셨죠. 탕! 월요일이었어요, 주인마님, 왜냐하면 헨리 주인님은 일요일에는, 그러니까 하느님의 날에는 뭘 시작하는 걸 곱게 여기지 않으셨으니까요."

무릎에서 두 손을 꼭 쥔 캘도니아는 뒤로 기대어 눈을 감았다. 첫 못 얘기는 헨리가 무덤에 들어간 지 한 달 조금 넘어서 나온 거였다. 노예들 사이에서는 망자에 관한 거짓말이 지옥으로 가는 지름길이라는 게 금과옥조였지만 첫 못에 관해 얘기할 때 모지스는 그런 생각, 즉 사실대로 말해지길 망자가 요구할 거란 생각은 하지 않았다. 모지스가 그런 생각을 하는 건 체로키족 출신 순찰대원 오든 피플스가 주변 사내들에게 이렇게 말하고 나서였다. "그놈 이리 올려. 내가 맡지. 출혈은 오래 안 갈 거야."

맨체스터 카운티에서 가장 가난한 백인이자 순찰대원인 바넘 킨지는 헨리 타운센드가 죽은 지 5주가 조금 지난 9월 어느 이른 밤 하비 트래비스와 그의 동서 오든 피플스를 만났을 때 정신이 아주 말

짱한 상태였다. 바넘은 3주 반을 금주한 참이었고 만약 4주 차를
─ 어쩌면 5주 차까지 ─ 술 없이 견디면 흔히 첫 주부터 저를 움
켜잡곤 하던 갈망, 근래에 보는 가장 환한 달빛 아래서 트래비스와
오든을 만나러 말을 몰 때조차 저를 괴롭히는 그 갈망 없이 남은 한
해를 보낼 수 있음을 경험상 알았다. 5주 차까지 금주하고 나면 그
는 갈망을 똑바로 쳐다보며 싫어 하고 거절한 뒤 제게서 꺼지라고
말할 수 있을 터였다. 그러고 나서 기운을 되찾으면 올가을 땅이 무
엇을 베풀든 수확을 할 수 있었고 남은 한 해 동안에는 품팔이로 돈
을 벌어 저도 가족도 조금은 편안하게 겨울을 날 수 있었다.

　그는 겨울철에 술 없이 지내기가 지독히 무서운 나머지 눈앞의 겨
울이 술로부터 스스로를 일으켜 두 다리로 비틀대지 말고 걸으라는
하느님의 난제로 보였다. 마찬가지로 술꾼이었던 그의 할아버지는
겨울에 세상을 떴는데, 그 겨울 네 번째로 추운 날 밤 술을 찾으러
나갔다가 동사한 거였다. 아버지는 술꾼이 아니었으니 그 저주는 대
를 거르는 경향이 있나 보다고 바넘은 오랫동안 생각해온 터였는데,
그도 그럴 것이 먼젓번 결혼에서 얻은 아들들 중에선 한 놈도 술에
대한 간절함을 드러내지 않았던 것이다. 재혼에서 얻은 아들들은 스
스로를 알기 전이라 술이 아직 문제가 되지 않았다. 세대를 막론하
고 그의 여자 가족들로 말할 것 같으면, 그 저주가 모두 피해 간 덕
에 그들은 매년 겨울 하느님이 내리시는 난제를 겪을 필요 없이 맑
은 정신으로 정결하게 세상을 살아나갔다.

　바넘, 트래비스, 오든, 이렇게 세 사람은 오거스터스 타운센드가
제 주인만큼 지친 노새 한 마리가 끄는 짐마차를 타고 큰길을 거슬
러 오던 그때 10시에 다가서고 있었다. 이 노새는 오거스터스의 다

른 노새보다 늙어서 젊은 녀석만큼은 힘을 못 썼지만 가끔씩 그는 너에 대한 내 믿음이 여전하단 걸 보여주고자 이 녀석을 데리고 나오곤 했다. 노새와 그 주인은 서랍장 하나와 의자 하나 그리고 지팡이 하나를 두 카운티 떨어진 곳의 어떤 남자, 세 딸 중 막내를 최근 출가시켜 본인을 위해 쓸 돈은 없는 어느 백인에게 배달하고 오는 길이었다. "뭘로든 날 행복하게 만들어주시오," 그는 오거스터스에게 말한 터였다. "다음 손주가 내 세상에 불쑥 끼어들기 전에요." 그곳까지 갔다가 돌아오는 여정을 으레 그러듯 과소평가하는 바람에 오거스터스와 노새는 집에 도착해 아내 밀드레드를 만나기까지 하루 가까이 늦어 있었다. 오거스터스는 온종일 헨리 생각에 빠져서 온종일 잊으려고 노력하던 중이었다.

"거기 그대로 서," 트래비스가 오거스터스에게 말했다. "거기 그대로 서서 누군지 보여라." 오거스터스의 짐마차는 좌석 위에 높이 등불을 내걸고 다녔다. 이 노새는 그 불빛을 좋아했다. 일하고 돌아다닐 때 마음에 어떤 평화를 주는 모양이었다. 등불과 달이 충분한 빛을 제공한 덕에 트래비스는 오거스터스가 전에도 제가 숱하게 세웠던 사람임을 알 수 있었다.

오거스터스는 멈추어 해방증을 꺼냈다. 그는 너무 지쳐서 말이 안 나왔을뿐더러 그들에겐, 적어도 트래비스 같은 백인과 필시 체로키족 오든 같은 사람에겐 말이 소용없다는 것을 알았다.

"안녕하세요, 오거스터스," 바넘은 말했다. 오거스터스는 처음엔 그를 못 본 터였다.

"바넘 씨, 안녕하세요. 가족분들도 안녕하시죠?"

"다들 잘 있어요, 주님이 지켜주셔서."

"이게 무슨 교회 친목질인 줄 아나," 트래비스는 오거스터스의 해방증을 홱 낚아채며 말했다. "이거 법률 업무야." 트래비스는 글을 읽을 줄 알아서 해방증을 쳐들곤 오거스터스의 등불 빛을 꿰다가 거듭 넘겨가며 보았다. 전에 많이 읽었던 터라 내용을 읽지는 않았다. 너나 나나 이젠 토씨 하나까지 알지 않느냐, 오거스터스는 그 백인을 지켜보며 생각했다. 해방 초기에 오거스터스는 글을 읽을 줄 몰라서 어느 유색인종 자유민에게 지팡이 하나를 대가로 주곤 그 증명서를 하루에 다섯 번씩 두 주 동안 읽어달라고 한 다음 그걸 듣는 동안 단어를 전부 외운 터였다.

"멀쩡한 증명섭니다," 오거스터스는 말했다. "나는 자유민이 된 지 한참 됐습니다, 트래비스 씨."

"나와 법이 자유라고 말해주기 전까진 자유가 아니지," 트래비스는 말했다.

"어이, 하비, 우리가 오거스터스를 안 지도 몇 년째인걸," 바넘은 말했다.

"내가 알든 모르든 이래라저래라 하지 마. 니 감자망* 닫으라고. 술병한테 니 말 들어줄 정신이 있으면 거기다가나 니가 아는 걸 늘어놔. 안 그래, 오든?"

"니 말에 동의할게," 오든은 말했다. "니 말이 그렇다면야. 바넘, 우리한텐 전에도 전과가 많아서 존은 우리가 아무나 막 보내주길 원치 않을 거야. 법적이지 않으니까."

트래비스는 종이들을 이리저리 흔들며 오거스터스에게 말했다.

---

*   원문은 "potato trap"으로 '입'을 가리키는 말.

"니가 조심성도 없이 큰길을 마구 왔다 갔다 하는 게 맘에 안 들어, '예 나리, 좋은 날이지요, 나리?'란 말도 없이 말이야. '엉덩이에 입을 맞춰드려도 되겠습니까, 나리'란 말 정돈 해야지."

"나는 내가 가진 권리대로 할 뿐입니다," 오거스터스는 말했다.

트래비스는 종이들을 오른쪽 하단 구석부터 먹기 시작해 질겅질 겅 씹어 삼켰다. "내 생각엔 그게 니가 가진 권리대로 하는 것 같은 데."

"저기 잠깐만요," 오거스터스는 말했다. "당장 멈추세요." 그는 왼손에 고삐를 든 채 짐마차에서 일어섰다. 노새는 오거스터스가 세운 뒤로 꼼짝 않고 있었다.

트래비스는 남은 종이들을 여봐란듯이 요란하게 먹기 시작했고 다 먹고 나서는 손가락을 핥았다. "이 손가락들이 어딜 갔다 왔는지 알고는 있겠지?" 트래비스는 웃음을 터뜨리곤 트림을 했다.

"하비, 맙소사, 그 종이들은 저 사람 거야," 바넘은 말했다. "저 사람은 어쩌라고?" 그는 오거스터스 너머에서 무언가 다가와 그쪽을 건너다보았다. 그는 그게 스키핑턴이었으면 했다. "이러는 건 옳지 않아, 하비. 이건 그냥 옳지 않아."

트래비스는 손등으로 입을 닦았다. "옳고 말고는 이 일하고 상관 없어," 그는 말했다. "일요일에 먹어본 식사 중에 최곤데." 종잇조각 일부가 이에 껴 그는 이를 빨았고, 그렇게 해방증은 거뜬히 사라졌 다.

"아침에 똥간에서 밀어낼 거 생각하면 진짜 끔찍하군," 오든은 말했다.

"모르지," 트래비스는 말했다. "부드럽게 밀려 나올지. 칼러드 그린*보다 심하기야 할까."

오거스터스의 것보다 두 배는 큰 짐마차가 네 명의 사내 쪽으로 다가왔다. 마부는 덩치 큰 흑인이었고 그 옆에는 비버 모피를 덮은 훨씬 작은 백인이 앉아 있었다. 9월의 더위가 그에겐 성가시지 않은 모양이었다. 마차 뒤에는 흑인 어른 넷과 흑인 아이 하나가 타고 있었다. 짐마차의 백인은 비버 발 두 개를 잡곤 냄새를 깊이 들이마셨다. "테네시 냄새만 한 게 없다니까," 그는 말했다.

"다시(Darcy), 다시," 트래비스는 말했다. "어디 가? 또 멀리 장가 들러 가? 인사도 끝나기 전에 여잘 갈아치워 주우."

"자네 보안관이 날 보고 내 사업에 콧구멍 들이대기 전에 나랑 내 물건 그냥 보내줘. 존 스키핑턴이 아니라 존 개코핑턴이었어야 한다니까." 다시는 마흔두 살이었지만 무릎까지 내려오는 텁수룩한 수염과 모피로 잔뜩 가린 몸 때문에 일흔다섯으로도 보였다.

트래비스는 웃음을 터뜨렸고 오든도 뒤를 이었다. 바넘은 조용했다. 짐마차 뒤 칸에 탄 아이가 기침을 했다.

"현 상황이 말이야, 다시," 트래비스는 말했다. "당신 제시간에 온 것 같은데. 평생 시간도 모르고 사는 줄 알았더니 오늘 밤엔 어쩌다가 정각에 맞추셨나. 하느님의 조화는 불가사의라니까."

"그분 이름을 찬양하라. 난 머릿속에 시계를 타고났거든," 다시는 말했다. "똑딱. 똑딱. 밤이 더 짙어가는군. 똑딱."

"그게, 이 검둥이를 세웠을 땐 머릿속에 없던 일인데, 하지만 이러

---

*   collard greens. 케일과 비슷한 식용 식물. 여기선 발음이 비슷한 'colored(유색인의)'를 연상시키는 조롱.

나저러나 마찬가지겠지," 트래비스는 말했다.

"뭔데 그래, 하비?"

"지 자유로 뭘 할지 모르는 검둥이가 있거든. 그게 지가 자유롭단 뜻인 줄 알더라고."

"저기 저놈이군," 그러면서 다시는 오든을 가리켰다. 다시는 낄낄 웃으면서 옆에 있는 흑인을 팔꿈치로 찔렀다. "인디언 팔아본 지도 오래됐네. 다섯 달쯤 됐나. 기대한 만큼은 못 받았지. 그놈 기억나, 스테니스?" 그리고 그는 그 흑인을 또 한 번 팔꿈치로 찔렀다.

"제 기억이 정확하다면 족히 받으셨어요, 주인님," 스테니스는 말했다.

"음, 네 기억이 나보다 늘 나았으니까 네 기억에 항복하는 수밖에. 내 머릿속의 시계가 기억력하고 일하는 건 싫어하더라고. 이기적인 개새끼. 인디언이랑 검둥이랑 둘 다 내가 데려가지."

"저 친군 아니야," 트래비스는 오든을 두고 말했다. "나랑 친척이야. 가족이라고. 당신도 오든 알잖아. 내가 말하는 건 마차에 있는 저 검둥이야."

바넘이 다시에게 말했다. "선생, 오거스터스 타운센드 저 사람은 자유민이오. 저 사람은 못 사요. 그냥 냅둬요."

트래비스는 몸을 들이밀더니 바넘을 밀치곤 그에게 침을 뱉었다. "'오거스터스 저 사람은 자유민이오. 오거스터스 저 사람은 자유민이오.' 넌 술 퍼마시고 간당간당하게 서 있을 때가 나아, 바넘. 그럴 때가 말귀를 더 잘 알아듣거든. 내가 검둥일 판다 그러면 파는 거고, 이놈은 판매 중이야."

"선생," 오거스터스는 다시에게 말했다. "나는 자유민이고 그리된

지 숱한 해가 지났어요. 윌리엄 로빈스 씨가 해방해주셨죠."

"예 예 예. 축하해요 축하," 다시는 말했다. "오늘 밤 원하는 게 뭐야, 하비?"

"저 사람은 자유민이라니까," 바넘은 말했다.

"이백 달러 주면 오늘 밤은 잘 자겠어," 트래비스는 말하곤 바넘에게 권총을 겨누었다.

"젠장! 한 달은 잘 자겠는데, 하비. 자네 매트리스랑 베개에 나도 들어가 자겠어."

"백 달러."

"이십오 달러로 해봐. 저놈은 자유라고 말하는 인간이 둘이야, 하비. 그게 나한텐 제대로 문제가 될 수 있어."

"어허, 다시. 이 검둥이는 가구를 만들어. 나무를 깎고, 만약에 나무를 안 갖다준다, 그럼 장담하는데 다른 뭘로든 당신한테 필요한 걸로 보답할 거야. 백 달러 줘."

"그래도 그렇지, 자기가 자유민이라잖아, 하비. 그건 나한테 모험이야. 삼십 달러."

오거스터스는 고삐를 잡고 뜰 준비를 했다. 오든이 제 권총을 뽑더니 트래비스를 잠깐 보곤 오거스터스를 겨누었다. "가만있어. 가만있어야겠어," 오든은 말했다. 오거스터스는 멈추었다.

"그래, 가만있어," 트래비스는 말했다. "바넘이 가서 밴조 꺼내 오면 다 같이 즐거운 시간 보낼 거니까. 자, 다시, 나한테도 모험이야. 오십 달러로 해, 그럼. 나도 오십으로 만족할게."

"흠," 다시는 말했다. "정말이지 자넨 협상의 대가라니까. 스테니스, 저 친구 주머니에 오십 달러 찔러줘도 감당이 되겠어?"

"백인 사업을 저 검둥이한테 물으면 안 되지," 트래비스는 말했다.

"나랑 스테니스는 살아도 함께고 죽어도 함께거든," 다시는 말했다. "하비, 이 녀석이 날 위해 뭘 해줬는지 자넨 몰라."

"쥔님," 스테니스는 말했다. "오십 달런 감당할 수 있지만 그보다 많인 어려울 거 같아요."

트래비스는 외쳤다. "칠십오 달러. 천국에 계신 하느님을 걸고, 다시. 당신 검둥이가 사기 치지 못하게 해. 백인 사업을 검둥이한테 맡기면 안 되지."

"그럼 오십 달러 낙찰," 다시는 말하곤 비버 발 냄새를 또 한 번 깊이 들이마셨다.

"제기랄! 그럼 노새는 십 달러," 트래비스는 말했다.

"어떤 노새?" 다시는 말했다.

"저기 바로 있는 거." 커다란 짐마차 뒤 칸에서 누군가 자세를 바꿀 때 오거스터스는 사슬 소리를 들었다. 아이는 다시 기침을 했다.

"저건 공짜로 줘도 되잖아, 하비. 대단한 노새도 아닌 거 같은데. 달빛 속에서 노래도 하고 춤도 추나?"

"그런 식으로 찍찍 뱉지 마," 트래비스는 말했다. "전처럼 내가 검둥이 중생들을 모른다는 식으론 말해도 돼. 그건 내가 봐줄게, 근데 노새랑 말에 관해선 내가 잘 알아. 잘 안다고, 다시. 십 달러야. 십 달러는 받을 자격이 돼."

"알겠어, 하비. 하지만 저 노샌 관두는 게 좋을 거야. 저놈이 일 페니라도 제값을 못 하면 내가 자네한테 법대로 할 테니까." 다시가 낄낄 웃자 곧바로 스테니스가 웃음에 합류했다. 그러자 트래비스도 웃었고 오든도 따라 웃었다. 스테니스는 제 두 무릎 사이로 손을 뻗어 짐마차 바닥에서 금고를 꺼냈다. 그는 제 목에 끈으로 차고 있던 열쇠로 금고를 연 다음 주화 몇 개를 꺼내어 조그만 자루에 담더니 트래비스에게 건넸다.

다시는 오거스터스에게 짐마차에서 내리라고 말했고 오거스터스는 싫다고 말했다. "나는 자유민입니다, 선생."

"예 예 예. 축하해요 축하. 이제 거기서 내려."

오거스터스는 그러지 않겠다고 말했다.

"스테니스," 다시는 말했다. "사방팔방에서 구제불능들이 우릴 위협하는 이유가 뭘까? 왜 가는 곳마다 우릴 위협하는 걸까? 우리의 하느님을 우리가 뭐 불쾌하게 했어?"

"모르겠어요, 쥔님. 곰곰이 곰곰이 생각해봐도 모르겠어요."

"하지만 스테니스, 우리가 사방팔방에서 위협받는다는 덴 동의하는 거지?"

"말씀하시는 건 다 참말입니다," 스테니스는 말했다.

트래비스가 권총을 총집에 넣고 말에서 내리자 오든도 곧 말에서 내렸는데 총은 여전히 오거스터스를 겨눈 채였다. 하지만 두 사람이 땅을 제대로 딛기도 전에 스테니스는 짐마차에서 뛰어내려 오거스터스에게 한 동작으로 가뿐히 넘어간 터였다. 그는 오거스터스를 짐마차에서 끌어내더니 연타를 날리기 시작했다.

"내 과일 멍들라," 다시는 말했다. 스테니스와 트래비스는 오거스터스를 다시의 짐마차 뒤쪽으로 질질 끌고 갔고 오거스터스는 마차 끄트머리께 앉은 흑인과 이내 사슬로 연결되었다. 오거스터스는 나는 자유민이라고 다시 한 번 말하고 싶었지만 통증이 너무 컸는데,

입에 피가 잔뜩 차서 뱉어낼라치면 바로 또 차올랐기 때문에 말은 어쨌든 제대로 나오지 않았을 것이다.

스테니스는 오거스터스의 노새를 마구에서 풀어 짐마차 뒤에 매달았다.

"이제야," 트래비스와 오든이 말에 다시 오르고 스테니스가 짐마차로 돌아와 제 옆에 앉자 다시는 트래비스에게 말했다. "이제야 나랑 내 물건들이 바람에 몸을 맡겨도 되겠군." 다시는 모피를 목까지 더 바짝 끌어 올렸다. "오, 테네시에 머물도다. 그게 내 꿈이야, 스테니스." "저도 그렇습니다." "난 꿈을 이뤄달라고 하느님한테 부탁까지 한다니, 스테니스." 그들의 짐마차는 말 두 마리가 끌고 고삐는 스테니스가 잡았는데 말들이 말없이 걸음을 떼기 시작하고 노새도 기운을 내자 짐마차는 순식간에 자취를 감추었다.

11시 가까운 시각이었다. 바넘은 오거스터스가 난 자리를 내려다보며 말했다. "그러지 말았어야 돼, 하비. 그렇단 거 너도 알잖아. 너도 알고 나도 알아." 그는 오든을 돌아보았다. "심지어 오든도 알아."

"그런 거 난 몰라," 오든은 말했다.

"그럼 너도 알아야 돼. 너희 둘 다 그러지 말았어야 된다고. 왜 그랬어?"

"그게 아니지," 트래비스는 바넘에게 말했다. "나랑 이 친구가 왜 그랬느냐가 아니라 니가 왜 **안** 그랬느냐를 따져야지. 질문은 항상 그거야. 왜 사람은, 심지어 너같이 바닥인 녀석조차, 뭐가 옳은질 보고도 그걸 거부하느냐 이거라고." 트래비스는 카악 가래를 긁어모아 길바닥에 뱉었다. 그는 말했다. "평생 우리가 해야 할 질문은 그게 전부야." 그는 몇 초 말이 없었다. 그러다 그는 말했다. "자 이제," 그러더니 그는 바넘에게 20달러 금화 한 개를 건넨 다음 오든에게도 20달러 금화 하나를 툭 던져주었는데 오든은 말에 다시 오른 뒤 권총을 총집에 넣은 터라 두 손으로 받을 수 있었다.

"난 싫어," 바넘은 말했다. "안 가져." 그는 금화를 도로 트래비스에게 건넸다.

"너도 받고서 좋아하게 될 거야," 트래비스는 말하더니 권총을 다시 꺼내어 바넘에게 겨누었다. "지금 검둥일 편드는 거야? 그런 거야? 백인한테서 물러나 검둥이 편을 든다고? 이게 그러는 건가?"

"맞네, 이게 그러는 거," 오든은 말했다. "백인에 맞서서 검둥이 편을 드는 거지?"

"난 그냥 싫어, 그게 다야," 바넘은 말했다.

트래비스는 바넘 옆에서 말을 몰았는데 북쪽으로 가려는 바넘과 달리 트래비스는 남쪽이었다. 둘은 너무 가까워서 허벅지가 닿았고 말들도 사이가 너무 밭아서 불편한지 움찔거리기 시작했다. 트래비스는 권총을 바넘의 관자놀이로 가져갔다. "니가 받고서 좋아하게 될 거라고 내가 말했잖아." 그는 바넘의 셔츠 속으로 돈을 넣었다. "축하해요 축하," 그는 말했다.

바넘은 말을 몰고 떠났다.

"그러고 고맙단 말 한마디 없기야, 어, 바넘?" 트래비스는 그의 등에다 외쳤다. "니가 순찰 업무 끝까지 안 했다고 스키핑턴한테 보고해야겠다. 고맙단 말 한마디가 없군, 오든."

"그러게," 오든은 말했다. "잘 자란 말 한마디도."

"우리 이 밤은 접어도 되겠어," 트래비스는 말했다. "오늘 밤 여기

나와서 범죄자 하날 찾아가지고 재판하고 벌도 줬잖아. 진짜 도망자 하나가 나다녀서. 이 밤은 접어도 되겠군, 오든."

"그래도 되겠군," 그러더니 오든은 시동을 걸었다. "자라랑 새끼들한테 안부 전해주고, 응? 내가 생각 많이 한다고 해."

"그래. 타삭이랑 새끼들한테도 안부 전해줘," 트래비스는 말했다. "난 검둥이의 마차를 처리할게. 좋은 밤."

오든은 말했다. "좋은 밤."

트래비스는 그가 떠나는 걸 보곤 몇 분 뒤 말에서 내리더니 오거스터스의 등불을 가져다가 새 주인들에게 전달된 가구의 완충재였던 짚에 불을 붙였다. 불길이 충분히 오르자 트래비스는 길가에서 불쏘시개를 주워 짐마차 안으로 던졌다. 그러고 나서 그는 다시 말에 올라타 꼼짝 않고 불을 바라보았다. 불을 끝까지 보기로 작정한 터였다. 불이 뜨거워져서 말이 뒷걸음치자 트래비스는 그러게 내버려두었다. 한 시간 가까이 지난 뒤 트래비스는 짐승한테서 내리더니 손에 고삐를 쥔 채 걸어가 불가에 섰다. 그의 말은 조금 불편해했지만 그가 뒤로 돌아 모든 게 괜찮다고 안심을 시키자 진정되었다. 녀석은 그가 평생 알아온 어떤 짐승보다도 똑똑했다. 그는 녀석에게 "불" 하면 물러나도록 가르친 터였다. "물" 하면 다시 오라는 줄 녀석은 알았다. 이제 탁탁 튀는 불 소리와 곤충들의 대화 소리 외엔 세상 없이 고요한 가운데 녀석이 뒤에 조용히 서 있으니 녀석의 심장박동까지 들리는 것 같았다. 이따금 말이 숨을 내뱉을 때마다 트래비스의 머리카락은 사방으로 날렸다.

지지해주던 나무들이 전부 무너져 내리자 마차에 달렸던 쇠붙이가 떨어지는 모습을 그는 불이 끝나도록 남아서 지켜보았다. 불은 이날 새벽 1시쯤 사그라지기 시작해 한 시간 가까이 지나자 소강 국면에 접어들어 여기저기 몇 개의 잉걸불만 남았다. 그는 고삐를 툭 놓고 길바닥에서 흙을 집어 남은 불에다 부었다. 잿빛의 희미한 연기가 피어올랐는데 겨우 1피트가량 오르다 소멸했으므로 거의 무의미한 연기였다.

그가 오거스터스를 처음 안 건 수년 전 오거스터스가 맨체스터 군내의 어느 백인에게 만들어준 의자 때문이었다. 그 남자는 몸무게가 400파운드(약 181.4킬로그램)가 넘었다. "돌덩이로 따지면 스물일곱 개 이상이지"라는 게 그 남자의 말이었다. 그는 독신자였지만 몸무게와는 무관했다. 하비 트래비스는 벌목 일 때문에 어느 날 그 남자를 보러 간 적이 있었다. 그 남자의 응접실에는 오거스터스의 페인트칠도 안 된, 평범한, 하지만 감촉이 매끄러운 의자가 하나 있었는데 그 의자는 그 남자가 앉아도 끽끽 불평을 하지 않았다. 의자는 진득하게 제 일을 하며 그 남자가 300파운드(약 136킬로그램) 더 늘기까지 기다려주었다. 그 남자가 트래비스의 돈을 가지러 방을 나갔을 때 트래비스는 그 의자의 비밀을 파헤치느라 샅샅이 둘러보고 시험해보고 하였다. 의자는 아무것도 알려주지 않았다. 그것은 아주 훌륭한 의자였다. 훔칠 가치가 있는 의자였다.

이제 마차에 붙었던 불이 소멸하자 트래비스는 뒤로 돌아 두 손을 바지에 닦고 고삐를 잡았다. 그는 "좋은 아침" 하면 고개를 한 번 까딱하도록 말에게 가르친 터였다. "좋은 아침," 그가 말하자 말은 고개를 한 번 까딱했다. 말은 "좋은 오후" 하면 두 번 까딱하도록 배웠고 "좋은 저녁"이나 "좋은 밤" 하면 세 번 까딱할 터였다. 트래비스는 또 한 번 "좋은 아침" 하고 말했지만 그보다 많이는 불필요하다고 느껴 그 말만 반복했고 이에 말은 연신 고개를 까딱거렸다. 그러다 그가 "좋은 아침"으론 성에 안 차는지 낮 인사와 밤 인사를 몇 번이고 해나가자 말은 끊임없이 고개를 까딱거리더니 결국엔 지치고 혼란스러워서 고개를 내리곤 더 이상 반응하지 않았다. 트래비스는 한참을 서서 말의 이마를 쓰다듬어주었다. 그는 말에게 저를 집으로 데려가도록 가르치기도 한 터였다. 길이 똑바를 땐, 까마귀 날듯이 똑바를 땐 도움이 되었다. 그렇지 않을 땐 말이 가끔씩 집 가는 방향과 다른 길로 내려갔다. 트래비스는 말에 올랐다. "집으로 가자," 그는 제 생애 가장 길었던 하루를 방금 마친 말에게 말했다. 말은 그를 집으로 데려갔다.

7

일자리. 잡종견들. 작별의 일침.

네덜란드 발강(Waal River) 근처 팅크 마을과 —— 보안관 존 스키 핑턴의 육촌인 스키핑턴 변호사와 그의 가족이 삼대에 걸쳐 번창해 온 —— 노스캐롤라이나주 존스턴 카운티 사이의 어느 곳에서 신혼인 사스키아 빌헬름은 천연두에 걸렸지만 그 병으로 앓은 건 평생에 하루도 안 되었다. 결혼 생활 석 달째인 그녀가 같은 병에 걸린 제 남편 토르베커와 유럽을 가로질러 잉글랜드로 가는 데 걸린 기간은 두 달이었다. 토르베커는 좋은 남자가 아니었고 좋은 신랑감에 좋은 아버지감도 아니었는데 이는 사스키아가 토르베커와 결혼하러 달아나기 전 사스키아의 아버지가 한 달 동안 열한 번을 내뱉은 말이었다. 하지만 토르베커에 대한 그녀의 사랑은 매우 열띤 것이었다. 시간을 주면 알아서 사그라질 거라고 그녀의 어머니는 말했지만 사스키아는 토르베커와 사라졌고 그 사랑은 마냥 커갔다. 그와 함께 유럽에서, 미국에서 겪은 일 때문에 그녀는 다른 누구를 똑같은 방식으론 두 번 다시 사랑하지 못할 터였다.

그 청년은 발강에서의 제 평판이 하잘것없음을 알았으므로 언젠가 성공 후 틩크에 돌아와 발강 유역의 모든 마을 모든 사람이 일찍이 저희가 잘못 알아보았음을 면전에서 고백하게 만들겠다고 유럽 횡단 여행 중 사스키아한테가 아니라 스스로한테 다짐했다. 그가 이 다짐을 한 건 프랑스에서였는데 다양한 범죄행위 때문에 그곳에선 쫓겨났고, 그러다 잉글랜드에서도 다짐을 했지만 거기서도 쫓겨나버렸다. 잉글랜드가 판결하길 그에게 내리는 처벌은 감옥행이 아니라 잉글랜드를 다시는 누리지 못하는 고통이었다. 토르베커는 뉴욕으로 가는 선박에서 또 한 번 다짐을 했는데 그와 사스키아가 그곳에 정착을 한 건 헨리 타운센드가 죽는 날보다 5년 이상 앞선 시점이었다. 토르베커는 일흔세 살까지 살지만 발강으로는 결코 돌아가지 못할 것이고 이는 일흔한 살까지 사는 사스키아도 마찬가지일 것이다. 그들은 4000마일(약 6437킬로미터) 밖에서 죽었다. 그녀는 죽을 때 자식이 없었다. 토르베커보다 나은 연인이 있다는 말, 그녀의 어머니와 아버지라면 해주었을 그 말을 그녀에게 와서 해준 이는 생전 아무도 없었다.

사스키아는 미국으로 가는 도중 제가 실수했단 기분이 들었다. 그녀는 틩크에 있는 제 가족에게로 돌아갈 수 있었지만 그에 대한 감정이 여전했던 데다 제가 용서받지 못할 거라는, 네 남편에게 돌아가란 소릴 들을지 모른다는 생각이 내내 들었다. 처음에 토르베커는 허드슨강에서 어부로 일했지만 그곳 선장과 선원 뇌리에 불운이 따르는 사람으로 박혀 방생되었다. 그 일 이후 그는 뉴욕시에서 옷가지, 방물, 과일과 채소 등으로 행상을 하고 다녔다. 손님들을 몰아내는 독살스러운 기질이라 그는 이번에도 실패였다. 머잖아 그는 사스키아가 이 도시 부잣집들에 가정부로 들어가 벌어 오는 돈으로 살기 시작했다. 그 집안들 중 하나는 캘빈 뉴먼이 소장한 사진 속의 그집안이었다. 사진 속 얼어붙은 개의 이름은 오토, 저기 팅크에 두고 온 사스키아의 개 이름을 딴 것이었다.

그녀가 가정부로 버는 돈은 많지 않았다. 그녀의 벌이 중 일부는 숙식으로 제공되었고 이는 토르베커가 쓸 화폐로 교환받을 수 없었다. 그는 그녀를 매춘 일에 내보냈고 그러다 1년여 뒤에는 한 사내에게 그녀를 팔아넘겼는데 그 사내는 그녀 외에도 여자 셋을, 하나같이 유럽 남부 출신인 여자 셋을 처음엔 필라델피아로, 그러다 마지막엔 제 부모가 매음굴을 운영하는 노스캐롤라이나로 데려갔다. 사스키아는 그 매음굴에서 일하며 토르베커를 정리했고 나중엔 제 가족과 팅크도 모두 정리했다.

맨프리드 칼라일이 그녀와 사랑에 빠진 건 거기서였다. 두 사람이 만나던 즈음, 그러니까 헨리가 죽기 3년 조금 안 남았을 때 사랑따윈 사스키아가 마음을 쓸 만한 특별한 것이 못 되었다. 그녀는 그가 오면 매번 반기며 그가 듣고 싶어 하는 말만 골라 해주었는데, 이맛에 돈을 쓰고 있단 걸 그는 은연중 잊어도 그녀는 잊지 않았다. 그는 툭하면 그녀에게 들러 그녀 곁을 장시간 필사적으로 지켰다. "여기 오는 데 걸리는 시간을 예상보다 단축했어," 언젠가 그는 말을 타느라 시뻘겋게 땀을 뒤집어쓴 얼굴로 말했다. "그럼 제가 보답을 해드려야겠네요," 사스키아는 말했다.

칼라일은 그녀보다 스무 살 연상으로 스키핑턴 변호사의 채권자 중 한 사람이었다. 존 스키핑턴의 육촌은 매음굴에서 위스키와 섹스에 찌든 공기를 제 농장에서 "환기"하고 가시라며 칼라일을 배려

해주었다. 변호사는 대주(貸主)를 기꺼이 대접할 줄 아는 사람이었으므로 제 십장 캐머런 데어에게 칼라일 곁에 붙어서 기분을 맞춰드리라고 시켰다. 칼라일은 환기 차원에서 변호사 농장 북동쪽 구석의 작은 별장으로 가 하루에 대략 열네 시간을 잠으로 보내곤 했다. 마지막 번이 될 방문에서 데어는 그와 대작하며 기분을 맞춰주었다. 사흘간의 환기가 끝나자 칼라일은 사스키아와 화사한 시간을 보낸 뒤론 칙칙한 것이 되어버린 제집 제 가족에게로 20마일(약 32킬로미터) 길을 달렸다. 토르베커와 사스키아처럼 칼라일 역시 천연두를 앓은 기간은 하루도 안 되었고, 그리하여 그의 가족과 노예들도 해를 입지 않았다. 변호사의 농장에서 출발한 그 마지막 여행길에 그가 강기슭에서 오줌을 누는데 누군가 그의 말을 훔쳐 갔다. "분명 그게 어떤 징조였을 텐데," 그는 몇 달 뒤 다시 찾은 매음굴에서 한 친구에게 말했다.

스키핑턴 변호사는 3년간 작황에 실패해오다 4년 차에, 그러니까 사스키아가 존스턴 카운티에 온 해에 다시 번영하기 시작했다. 그는 노예 하나당 250달러 상당의 작물을 생산해야 그해 실적이 괜찮다고 여겼지만 그 끔찍했던 3년 동안에는 노예 하나당 65달러를 거두어들인 게 전부였다. 너무 힘든 시기다 보니 일손이 많으면 땅을 더 많이 쥐어짤 수 있을 거란 희망에 집종까지, 피부에 잡티 하나 없고 손에 물집 한번 나본 적 없는 사람들까지 밭일에 투입되었다. 칼라일은 은행 하나가 포함된 채권자 넷 가운데 하나로, 비록 은행에선 격월마다 사람을 보내어 농장의 건전성을 확인했다곤 하나 네 채권자 모두 그에게 친절했다. 그 4년 차, 그러니까 회복의 해에 노예 하나당 300달러의 수익을 거두자 은행 사람의 발길은 끊겼다. 변호사가 탄탄대로를 타고 훨씬 나은 5년 차에 접어든 그해, 십장인 데어는 어느 고요한 밤중에 4분의 1마일 떨어진 저택에서 자던 변호사의 아내 벨도 깨어날 만큼 큰 소리로 기침을 하며 잠에서 깨어났다. 벨의 남편은 —— 언젠가 벨 자신이 육촌 동서 위니프리드 스키핑턴에게 보내는 편지에서 지적했듯이 —— 한번 잠들면 예수가 와서 문을 두드려도 모를 사람이라 쭉 잠들어 있었다. 데어의 기침 때문에 스키핑턴의 네 자식도 잠이 깼지만 유모 일을 하는 노예 둘과 벨의 노력으로 아이들은 겨우겨우 다시 잠이 들었다. 벨은 종들에게 침대로 돌아가라 이른 뒤 저도 그리했지만 한 시간여 뒤 십장의 기침이 누그러졌어도 잠을 청하기는 어려웠다.

그 첫 밤 이후 데어는 기침뿐이었지만 다른 노예들은 하나둘 병이 나 두통, 오한, 구토, 그리고 등이며 팔다리에 극심한 통증을 겪기 시작했다. "꾀병이 아니에요," 십장은 변호사에게 말했다. "꾀병은 보면 아는데 이건 아니에요." 자식이 다섯인 데어는 농장 말고는 겪어본 삶이 극히 적어서 칼라일이 방방곡곡 오만 여자를 만나고 다니며 극락을 겪다 마침내 사스키아에게 정착했다는 얘기를 해주면 너무나 즐거워하던 터였다. 데어는 술꾼은 아니었지만 칼라일과 보낸 그 마지막 시간엔 술 때문에 이야기가 마냥 달콤하게 들려서, 마냥 달콤하게 각인되어서 취하도록 마신 터였다. 그는 하루이틀도 안지나 노예들과 제 자식들에게 칙칙한 붉은 반점이 나타나기 시작했는데 그건 꾀병이 아니더라고 변호사에게 말했다. 변호사는 노예들이 일주일 미만으로 앓고 5년 차 이윤을 내겠거니 해서 백인 의사를 부르기로 마음먹었다.

의사가 그곳을 격리시키자 머잖아 지역 전역엔 벨이 "아이의 꿈"
이라 명명한 그 농장이 와해되고 있단 소문이 퍼졌다. 은행 사람은
고용주가 저를 격리 상태인 변호사네로 극구 파견을 보낼까 봐 직장
을 그만두었다.

맨프리드 칼라일이 제 가족과 4주를 지냈을 무렵 변호사의 농장
에선 반수 이상의 노예가, 9개월짜리부터 마흔아홉 살짜리에 이르
는 스물한 명가량의 인간이 죽은 터였다. 그 숫자엔 한 살배기 베키,
병이 딸을 멀리 데려가줄 거라는 제 어미의 희망 때문에 젖니가 나
고 있는데도 최대한 자주 젖을 물어야 했던 그 아기도 들어 있었다.
두 사람 분량의 근육을 지닌 천생연분 격인 사내랑 결혼한 지 며칠
되지 않은 열일곱 살의 낸시도 그 숫자에 들어 있었다. 이제 막 여덟
번째 간통을 범한 서른아홉 살의 에시도 그 숫자에 들어 있었다. 언
청이지만 "고뇌"가 치유될 거란 주술사의 말에 죽기 나흘 전 생닭똥
집 두 개를 통째로 삼킨 스물아홉 살의 토리도 그 숫자에 들어 있었
다. 그렇게 이 노예들이 죽고 나서는 데어의 아내가 죽었고 그 뒤엔
데어의 자식 중 셋이 죽었다. 그 뒤 노예 열 명이 추가로 죽었는데
바로 이날 변호사의 맏자식, 피아노를 그렇게나 잘 치는 주근깨쟁이
장녀 로라도 죽었다. 그녀가 죽은 지 사흘 만에 병은 남은 사람 태반
을 휩쓸어 분만 도중 어머니를 여읜 생후 10주의 가장 어린 노예 폴
라에게까지 죽음의 마수를 뻗쳤다. 살아남은 건 어머니가 비 오는
저녁에 낳아줘서 건강했던 변호사뿐이었다.

돌봐주던 이들이 다 죽어도 짐승들은 어떻게든 꾸역꾸역 살 것이
다. 몇 주가 지나도록 채권자들은 하느님이 저버린 곳의 가축으론
큰돈을 못 벌 것이다. 소를 사든 말을 사든 그 구매자의 사유지가 다

음 차례일 수 있었던 것이다. 하느님이 스키핑턴 변호사도 저 꼴로 만드시는데 가난한 나는 어떤 꼴이 되겠어? 라고 어느 잠재 구매자는 언급했다.

변호사가 짐승들을 애써 몰아내고 나자 결국엔 오롯이 땅만 남았는데 이 땅조차도, 1년 이상 세월이 흘러 채권자든 누구든 발 들일 엄두가 나게 되었을 때, 제값의 45퍼센트 조금 못 미치는 값에 팔릴 것이다. 벨은 끝에서 두 번째로, 그러니까 정신착란 속에서 오두막 밖을 헤매다 칼라일의 환기용 별장 앞에 앉아 죽을 쉰세 살의 노예 알바보다 겨우 몇 시간 먼저 죽었다. 벨의 죽음을 계기로 변호사는 저택을 태워버렸다. 그는 첫 죽음부터 아무도 매장하지 않은 터라 집종 아홉을 포함해 그의 가족 전원은 건물과 함께 화장되었다. 그리고 나서 그는 칼라일이 묵었던 별장과 데어의 집에 들러 그 구조물들도 태워버렸다. 헛간도. 훈제실도. 대장간도. 모든 것이 싹 불탔다. 노예 오두막 대다수는 많은 시신이 여태 그대로인 채 불을 견디고 떡하니 서 있는 것이, 그을긴 했지만 세입자를 더 받아도 될 모습이었다. 첫 채권자의 회계사가 어떻게 해결해야 하나 보러 왔을 땐 진흙과 싸구려 벽돌로 만든 그 구조물들이 서 있을 것이다. 여덟 달 뒤 조지아주에서 변호사는 노예 가구 둘이 같이 쓰도록 지은 문 두 개짜리 오두막을 알아보곤 제 땅의 오두막들도 저 문 두 개짜리 집처럼 내부에 살림이 거의 없다시피 해서 버텼을 거라는 귀결을 얻을 것이다. 응접실에 놓인 피아노에 서재 바닥부터 천장까지 쌓인 300권의 책에 잉글랜드와 프랑스 등 머나먼 세계에서 건너온 목제 가구들이면 암만 하느님의 저택이어도 쉽게 불타지 않을 재간이 없었다.

화마를 피한 작물들은 누구의 보살핌 없이도 무럭무럭 자랄 것이다. 밭이 그만한 아량을 베푸는 건 못해도 7년 만이었다. 노예들이 뿌린 것을 아무도 와서 거두지 않았으므로 일반적 의미의 추수는 없을 것이다. 혹시 누가 밭에서 나올 수확량을 합산해보았다면 노예 하나당 325달러 이상에 달했을 것이다.

'아이의 꿈'에서 난 불은 사흘을 갔다. 변호사는 평생 겪어야 할 온갖 슬픔 때문에 견디기 어려운 마음으로 둘째 날 그곳을 뜬 다음 최대한 사람을 피해 카운티 서쪽으로 갔다가 북쪽으로 꺾었다. 될 대로 되라는 마음이긴 했지만, 사우스캐롤라이나에 다다르자 제가 가졌던 것 대부분은 남들 소유이므로 제 소행은 범죄란 생각이 들었던 것이다. 그는 사랑하는 사람들에 관한 기억과 워싱턴 D.C. 사람들도 알고 있을 법한 농장의 최후에 관한 기억을 진 채 목적 없이 계속 나아갔다. 그에겐 사우스캐롤라이나에 친척이 있었고 벨에겐 조지아주 연안에 가족이 있었지만 그는 그 마을들론 가지 않기로 마음먹었다. 그에게 벌어진 일을 누가 이해할 수 있을까? 그에겐 어려서 함께 자란 육촌도 버지니아주 맨체스터 카운티에 있었지만 그는 존 스키핑턴보다 가진 게 늘 많았을뿐더러 그 사실을 존에게 인지시켜줄 기회를 한 번도 놓친 적이 없는 사람이었다. 그는 존네 집 문 앞에 무일푼으로 서 있는 제 모습이 그려지지 않았다, 존이 두 팔 벌려 안아주곤 가진 걸 다 내줄 거라고 느끼면서도. 그래서 그는 제가 그저 어떤 평화를 원한단 사실도 모른 채, 그리고 제가 잃은 걸 모두 되찾고 싶어 하는 줄 먼 훗날까지도 모른 채 계속해서 말을 몰았다.

• • •

농장을 뜬 지 얼추 석 달 뒤, 변호사는 벨의 친척 일부가 사는 연안 지역에서 이만하면 멀어졌겠지 하는 생각으로 콜럼버스 남쪽에 있는 조지아주 채터후치(Chattahoochee)에 닿았다. 그는 사나운 감기로 등이 쑤셨던 사우스캐롤라이나주 에스틸에서의 두 주를 빼곤 거의 매일 말을 탄 참이었다. 평생 겪어본 여느 감기와는 달라서 그는 그 이상의 것인가 보다고, 도망칠 마음도 안 드는 천연두가 결국 저를 따라잡았나 보다고 의심했다. 그는 노스캐롤라이나에서 돈을 조금 들고 온 터라 어느 노부부의 하숙집 뒷방에 투숙할 여유는 되었다. 그는 그 주 끝 무렵엔 저도 죽을 거란 생각으로 일주일 치 방 값을 지불했다. 셋째 날 식사를 내주던 노파가 내 집에선 아무도 죽은 적이 없고 당신은 그 첫 사람이 아니다 하고 말한 걸 보면 그녀는 아마 속내를 알았는지도 모른다. 기운을 되찾은 그는 노부부에게 주었던 말과 안장을 챙겨 밤중에 그곳을 떠났다.

에스틸을 떠나고 한 달 뒤 채터후치에서 그는 어느 사내의 대형 농가에 품팔이를 나가자마자 병이 도로 도졌다. 그 사내에겐 노예가 없었고 그때그때 고용하는 자유 니그로들뿐이었다. 고생은 하되 노예는 아닌 사람들, 저 내키는 대로 들락날락하는 흑인들을 대하니 변호사는 이상할 정도로 거북한 기분이었다. 그는 계속 나아갈 노잣돈이 궁한지라 군말은 하지 않았다. 그는 사흘을 일하더니 나흘째엔 무너져버렸다. "난 곧 죽을 거고 이뤄야 할 것도 없어," 그는 밭에서 저를 내가는 니그로들과 백인 농부에게 말했다. "그럼 우리가 저기 저쪽에 자릴 마련해주지," 백인은 변호사가 첫날 지나쳐 온 묘지를 가리키며 말했다. 그는 백인의 집 방 하나에 묵었고 요리와 청소를 해주는 머틸다라는 흑인 여자에게서 주로 보살핌을 받았다. 말할 줄 아는지 모르는지 그녀는 그에게 말 한마디, 심지어 좋은 아침입니다, 좋은 밤 되세요 하는 인사도 없었다. 천천히 기운을 차리기 시작한 그는 저를 갖고 노는 하느님을 날마다 저주했다. "결단을 내리라고," 그는 하느님에게 말했다. "죽든 말든 난 상관없어. 난 그냥 당신이 결단을 내렸으면 좋겠어."

병을 앓고 3주가 지난 어느 늦은 밤, 그는 모두가 잠들 때까지 집에서 기다렸다가 사내의 응접실 책상에 놓인 돈을 챙긴 다음 사내의 말들 가운데 하나에 올라타 길을 떠났다. 그는 앨라배마로 갔다가 언젠가는 캘리포니아에 닿고 싶었다. 그가 캘리포니아에 대해 아는 거라곤 노스캐롤라이나에서 아주 멀다는 것뿐이었다. 11월, 미시시피주 카시지(Carthage)에서 그는 어둠 속이라 못 찾는 바람에 에스틸 농가에 두고 온 권총을 대신할 권총을 한 자루 샀다. 그 1840년식 앨런 페퍼박스(1840 Allen Pepperbox)는 아버지가 소유했던 물건이라서 그는 농부에게 돌아가 돈을 돌려주고 그걸 품고 다녀야겠다고 앨라배마를 돌아다니는 내내 생각한 터였다. 하지만 불타버린 아버지 물건은 노스캐롤라이나에 훨씬 많은데 겨우 권총 한 자루에 연연하는 건 너무나 어리석다고 그는 카시지 다 와서 깨달은 터였다.

루이지애나주 보르가드 패리시의 메리빌 외곽에서 그는 풀은 바싹 말랐고 토양은 더러 1피트도 넘는 금이 쩍쩍 갈라져 있는, 끝이 안 보일 만큼 드넓은 공지를 만났다. 나무들도 땅바닥에서 자라난 게 아니라 방 안의 한 점 가구처럼 땅에다 옮겨놓은 듯했다. 말이 느릿느릿 멋대로 움직이기 시작하자 변호사는 이 짐승이 언제든 방향을 틀어 되돌아가기로 결정할지 모른단 기분이 들었다. 그는 그 결정을 따랐을 것이다. 그러다 땅이 서서히 푸르러지고 사이프러스가 줄줄이 나타나자 말은 더욱더 확신을 갖고 전방으로 나아갔다. 펠리컨들이 보이자 바다 냄새도 풍기는 것 같았다. 하지만 인간의 기미는 여전히 보이지 않았다.

녹지는 차츰 평탄해지더니 마침내 저 멀리 집 한 채와 그보다 작은 구조물 하나가 눈에 들어왔는데 거기는 말이 얼마나 기운을 내느냐에 따라 두 시간 안팎이면 닿을 듯했다. 그는 지친 마음의 장난으로 헛것이 보인다 싶어 여유를 부렸고, 그러다 한 시간여 만에 그 집에 다다랐다. 하지만 그 시간 동안 말을 몬 결과는 다시 황량함이었다. 이 땅에선 슬픔 말곤 무엇도 자랄 수 없어 보였는데, 그래도 주위를 둘러보니 농사를 지어보려고 애쓴 흔적이 얼마쯤 눈에 띄었다. 몇몇 곳에선 약간의 성공도 눈에 띄었는데 다만 무엇이 자라고 있는지는 그도 몰랐다. 작물들은 키가 3피트쯤 되었다. 집은 오른쪽으로 기우뚱했고 그 옆의 헛간 같은 건물은 왼쪽으로 기우뚱했다.

헛간에서 노새 한 마리가 나오더니 변호사와 그의 말이 있는 곳 반대편을 살피다가 변호사를 보곤 그에게 어슬렁어슬렁 다가왔다. 노새가 말을 코로 쿡 찌르자 말도 노새를 코로 찔렀다.

변호사는 반 시간쯤 전 굴뚝에서 연기를 본 터라 말에서 내려 문 쪽으로 걸어 올라갔다. 문을 두드리기 전에 그는 주위를 마지막으로 한 번 더 둘러보았다. 현관에서는 모든 것이 한결 나아 보였다. 그곳은 남자 하나와 그 가족이 연명할 만한 곳이었다, 바라는 게 연명뿐이라면 말이지만. 모피와 사냥물, 다람쥐며 토끼며 변호사가 본 적 없는 그보다 조금 더 큰 짐승들이 현관 천장에 이쪽 끝부터 저쪽 끝까지 걸려 있었다.

문은 살짝 열려 있었다. 그가 똑 하고 두드리자 여자 하나가 문을 활짝 열더니 이 사람이 내 웃음을 받아도 될 사람인가 판단하듯 그를 쳐다보았다. 그녀는 웃음은 짓지 않았지만 방 안의 누구를 돌아보곤 말했다. "누가 왔어요." 변호사는 그 여자에게서 매력을 보았는데 특히 그녀가 고개를 돌렸을 때 치솟은 목과 머리카락이 만나는 모습에서 그랬다. 이 미인은 시들고 있되 그것도 빠른 속도로 시들고 있었다. "누가 누군데?" 어느 사내가 말했다.

열두 살쯤 된 소년이 문간으로 오더니 변호사더러 들어오라고 말했다. 변호사가 들어오자 소년은 여자에게 "엄마" 하더니 그놈의 문 좀 닫으라고 말했고 여자는 그리했다. 사내는 부업으로 삼는 구역의 식탁 앞에 앉아 있었다. 바닥은 단단히 다진 맨땅이었다. 연기와 습기가 방에 자욱이 걸려 묵직한 냄새가 풍겼다. 집은 밖에서 보는 것보다 훨씬 컸지만 커다란 방 하나를 빼곤 방이랄 게 없었고 각 구역이 일반 집의 방 역할을 하는 듯했다. 침대는 오른쪽 저 멀리, 난로와 식탁은 왼쪽 뒤편에 있었고 전방 가까이는 거실 구역으로 소년보다 작은 두 여자아이가 바닥에서 옥수숫대 인형을 가지고 놀고 있었다. 여자아이 하나가 말하는 걸 보니 사이좋은 놀이는 아니란 걸 변호사는 알 수 있었다.

사내는 식탁에서 뭘 먹고 있다가 변호사에게 말했다. "난 하이럼 징킨스요."

변호사는 저는 어떠어떠한 사람으로 지나가던 길인데 하룻밤 잠자리, 될 수 있으면 먹을 것도 조금 베풀어주면 감사하겠다고 사내에게 말했다. 징킨스는 식탁의 제 건너편 의자를 가리키며 변호사더러 사양 말고 앉으라는 표현을 했다. 의자는 다리 하나가 나머지보다 짧아서 앉아 있는 내내 균형을 잡아야 함을 변호사는 알아보았다. 그는 제가 자릴 바꾸는 걸 사내가 원치 않으리란 기분이 들었다. 사내 옆에는 하나 남은 빈 의자가 있었는데 변호사가 착석하니 그 의자엔 곧이어 소년이 앉았다.

"저쪽은 멕," 하이럼은 제가 먹고 있던 금속 프라이팬을 와서 치워가는 여자를 가리키며 말했다. "그리고 여기 이쪽은 사 번(number four) 하이럼," 그러곤 고개를 모로 꺾어 소년을 가리켰다. 변호사는 둘 모두에게 좋은 하루라고 인사했다. "못 먹었단 말이죠?" 사내 하이럼은 말했다. "그렇습니다," 변호사는 말했다. "저기……" 하자 조금 뒤 여자가 아까의 그 금속 프라이팬을 들고 돌아왔는데 이번엔 엉긴 기름과 스튜가 한 프라이팬에 그득 담겨 있었다. 고기도 후하게 들어 있었다. 변호사는 너무 배고파서 무슨 고기인지 묻지도 않았다. 여자는 프라이팬 옆에 숟가락을 놓았다. "비스킷도," 소년은 제 어머니에게 말했다. "망할 비스킷을 잊으면 안 되지." 멕이 비스킷을 가져오자 변호사는 식사를 들었다. 여자아이들은 아직도 방 저쪽에서 놀고 있었는데 천박한 말을 하던 아이는 조용해진 터였다.

"어디서 왔어요?" 소년은 말했다. "루이지애나 가문이에요?" 소년은 겉모습이 열두 살가량인 데 반해 목소리는 걸걸해서 실내가 캄캄했더라면 사내로 통했을 것이다.

"조지아," 에스틸 농가에서의 기억을 최대한 떠올리며 변호사는 말했다.

저녁이 내리면서 방이 차츰 어두워지자 멕과 여자아이들은 이리저리 돌아다니며 초와 등불을 켰다. 여자아이 하나가 등불을 들고 있는 게 소년의 눈에 띄었다. 소년은 의자에 앉은 채로 얼른 몸을 돌려 말했다. "그놈의 등불 좀 아껴랬지. 네가 더 잘 알잖아. 그놈의 등불 좀 아끼라고."

"어디시라고?" 사내는 소년에게 다정하게 물었다.

"조지아. 그놈의 귀는 얻다 뒀어?"

사내는 제 양쪽 귓불을 동시에 만지며 말했다. "늘 있던 데다 뒀지."

"어이구, 있으면 써먹어. 저 사람이 조지아라고 귓구멍에다 똑똑히 얘기했는데 그걸 왜 못 들어. 저쪽하고 나보다 가까우면서 왜 못 듣는데." 변호사는 제 가족과 보내던 저녁이 난생처음 그리워졌다, 피아노 치는 로라, 걔 동생들에게 책을 읽어주는 벨. 결단을 내려요, 하느님, 내가 원하는 건 그것뿐이니까.

"가서 똥이나 먹어, 이 녀석아," 사내는 말했다. "네 망할 숟가락 들고 가서 똥이나 떠먹어."

"똥은 지금도 먹을 만큼 먹고 있거든."

하이럼, 그러니까 사내는 말했다. "조지아에선 무슨 일을 하셨죠, 스키핑턴 씨? 보니까 책에 밝으신 분이란 걸 알겠군요. 보니까 알겠어요."

"알긴 뭘 알아?" 하이럼, 그러니까 소년은 말했다. "저 사람이 한 거라곤 이름이랑 조지아 댄 거랑 여기 들어와서 우리 음식 먹은 게 전분데 알긴 뭘 알아? 어떻게 안다는 거야, 아빠가?"

"그야 쉽지," 사내는 말했다. 변호사는 창가에 서 있는 멕이 눈초리 바깥에서 보였다. 어디선가 외풍이 불어와 그쪽에 있던 초가 흔들리자 단속적인 빛 때문에 그녀는 이따금 사라져 보였다. 여자아이들은 얘길 나누고 있었지만 커다란 방 어디서 그러고 있는지 변호사는 감이 안 잡혔다. "조지아에선 무슨 일을 하셨죠?" 사내는 다시 말했다.

"농사를 좀 지었죠. 작은 가게도 하나 내서 건제품이랑 이것저것을 좀 팔았고요."

"다 겪으신 분이군요," 하이럼, 그러니까 사내는 말했다. "나는 다 겪으신 분을 좋아하죠."

"말은 똑바로 해, 아빠. 저 사람은 다 겪은 게 아닌데 왜 그렇게 이해하는질 모르겠네."

사내는 하품을 했다. "난 자식 셋을 보냈어, 그러고 나서 네가 왔지," 그는 말했다. 그는 팔짱을 끼더니 변호사에게 말했다. "헛간이라면 재워드릴 수 있어요. 참을 수 있겠어요?"

"그럼요," 변호사는 말했다. "그걸로도 감사합니다." 그는 일어섰다.

"물론 그러서야죠," 소년은 말했다.

"하이럼," 아버지는 말했다. "스키핑턴 씨 자리 좀 헛간에 봐드리렴. 변소가 어딘지도 보여드리고."

소년은 말했다. "그놈의 헛간 자린 아빠가 봐드려."

사내는 변호사에게 주먹을 내밀었다. "세 녀석이 갔어요." 그는 손가락을 하나, 둘, 셋 폈다. "세 녀석 다음에 이 녀석이 왔죠. 하느님 그분의 불가사의란." 그는 고개를 절레절레했다. "멕, 이분 자리 좀 헛간에 봐드려."

멕은 초 하나와 담요 두 장을 손에 들고 앞장섰고 변호사는 제 말을 끌고서 헛간으로 따라갔다. "초 안 꺼지게 하세요," 그녀는 그가 눕기 알맞은 지점을 일단 가리킨 뒤 말했다. "하지만 부탁이니 이곳을 태우진 마시고요. 그러시면 안 돼요." "조심할게요," 그는 그녀가 나갈 때 말했다.

말이 편안해하는 걸 본 그는 제 마구에서 서성대고 있는 듯한 노새 건너편에 누웠다. "그만," 변호사는 일단 자리를 잡고 노새한테 말했다. "거 그만 좀 해라." 노새는 사람이 한 말을 헤아려보는지 멈칫했다가 이내 또 가만있질 못했다. 변호사는 옆으로 누워 담요를 귀까지 끌어 올렸다. 잠이 솔솔 들 때 무언가 어깨를 건드리는 느낌이 났다. 처음엔 노새가 왔다 갔다 하며 코로 비비나 보다 싶었는데 그 감촉이 더 집요해지자 그는 권총으로 손을 뻗었다. 그는 몸을 돌리곤 공이치기를 당겼다. "오," 멕은 말하더니 권총 소리에 뒤로 물러났다.

"뭐죠? 원하는 게 뭐요?" 변호사는 말했다. 그는 어둠 속에서 그녀의 얼굴을 알아보고자, 지난 저녁 얼핏 보았던 것을 떠올리고자 애썼지만 그가 끌어낼 수 있는 건 앨라배마에서 재산과 가족을 실은 짐마차를 타고 스쳐 간 어느 여자의 얼굴뿐이었다.

다시 무릎을 꿇은 멕은 담요를 걷더니 그의 곁으로 들어가 그의 얼굴에 키스를 하기 시작했다. 그녀는 드레스를 위로 홀랑 벗더니 그의 손을 제 두 다리 사이로 가져갔다. 그는 그 소년이 과연 이 여자에게서 나왔을지 궁금했다. 결국 그는 그녀를 눕혔고 둘은 연신 키스를 나누었는데 그의 귀엔 노새의 서성거림이 여전히 들렸다. 그의 말은 잠잠했다. 여자는 그를 위로 끌어당기고 다리를 더 벌리되 입술은 그의 입술에서 한 번도 떼질 않았다. 그는 이 모든 애무와 키스가 그렇고 그런 일로 이어지면 안 된다는 듯이, 그 소년이 앉아 있는 식탁에서도 할 수 있는 아주 순결한 행위로 이어져야 한다는 듯이 제가 그녀 안에 들어가 있어서 놀랐다. 거기 있는 내내 그녀가 내뱉은 말은 "아"뿐이었다.

그는 아침에 깨어 한동안 누운 채로 마음을 추슬렀다. 노새가 제 마구에서 오줌을 싸는 소리가 들렸다. 그는 멕이 왔던 게 꿈이 아님을 그 즉시 알았다. 노스캐롤라이나를 떠나 이런저런 일을 겪는 동안 그것이 종종 문제가 되었었다, 깨어 있어도 이곳이 꿈에 불과하다는 느낌, 노스캐롤라이나가 진짜이며 그 이후는 전혀 믿음이 안 간다는 느낌. 그는 제 말을 살폈다. 녀석은 망가진 헛간 문으로 밖을 내다보고 있었다. 내가 얼마간 누워 있어도 세상은 알아서 굴러갈 것이고 나는 여기가 어딘지 알게 될 것이며 믿음이 안 가는 건 노스캐롤라이나란 사실을 변호사는 깨달은 참이었다.

헛간을 나오면서 그는 집 쪽을 쳐다보곤 밖에서 본 크기가 집 안의 실제 크기보다 훨씬 작구나 하고 인식했다. 밖에서 본 것은—— 20피트에 지나지 않는 벽은—— 어젯밤 그가 안에서 본 것 전부를 도저히 담을 수 없었다. 가뜩이나 집 앞면은 폭이 15피트밖에 안 되었다. 어젯밤의 실내는 가로 75피트에 세로 50피트도 거뜬했다. 변호사는 헛간으로 돌아가 하루를 처음부터 다시 시작해봐야겠단 생각이 들었지만 그 소년이 떠올라 달아나고 싶었다.

그는 그 집 문을 두드리기에 앞서 문 앞에 서 있었다. 그는 여자가 저희의 일을 다른 둘에게 비밀로 해주리라 믿었다. 그녀는 그럴 줄 아는 부류 같았다. 그가 여전히 서 있는데 문이 열리더니 여자아이 중 하나가 좋은 아침이라고 인사를 건넸다. 그가 좋은 아침이라고 인사하자 아이는 식탁에 먹을 게 조금 있다고 말했다.

안에 들어서자 지난밤과 똑같은 가로 75피트에 세로 50피트가 보였다. 두 명의 하이럼은 식탁에서 음식을 먹고 있었고 멕은 사내 뒤에 서 있었다. "씹을 게 좀 있답니다," 아버지는 말하면서 제 맞은편의 프라이팬을 가리켰다. 변호사의 자리는 전날 저녁의 그 자리였다. 스크램블드에그 한 덩어리에 바싹 구운 베이컨 한 장이 커다란 비스킷 두 개와 한 프라이팬에 담겨 있었다. 변호사는 자리에 앉아서야 사내의 프라이팬 옆에 있는 총을 보았다. 사내의 프라이팬과 소년의 프라이팬 모두 총과의 거리가 같아 누구 총인지 가늠하기가 어려웠다. 하지만 사내가 총을 제 무릎에 둔 다음 이를 한 차례 빨아 사실관계는 분명해졌다.

"잘 주무셨어요?" 소년은 변호사에게 물었다.

"웬만한 곳보다 낫더구나," 그는 말했다. "재워줘서 고맙다." 그는 제 총을 헛간에 있는 말한테 두고 온 터였고, 그래서 걸으며 허기를 느꼈는데도 앞에 놓인 음식에 욕지기가 나기 시작했다. 그는 궁금했다. 내장 속에서 달걀 베이컨 비스킷과 뒤섞일 일이 없는 총알은 더 아플까? 빈속에 총알을 맞으면 죽는 데 더 오래 걸릴까?

그는 여자를 유심히 보았다. 왼눈 바로 옆에 검푸른 혹 하나가 나 있었다.

"호텔급 시설이 아니긴 하죠," 소년은 말했다.

"이 녀석 말은 낯선 이를 잘 대접하는 게 목표라는 겁니다."

"내 말은 내가 알아, 아빠. 저 사람도 내 말을 알고. 난 지금 빌어먹을 영어를 쓰고 있다고."

아버지는 계속했다. "낯선 이가 언제 천사가 되는지 넌 몰라, 네가 옳은 쪽에 섰는지 그른 쪽에 섰는지 시험하러 온 천사. 하느님은 사람들한테 여전히 그 일을 하신단다, 비록 어떤 이들이, 심지어 전도

사들조차 뭐라고 해도. 그분은 여전히 천사들을 보내서 우리를 시험하셔. 난 낙제하고 싶지 않아."

"그럼요," 변호사는 말했다. "나였어도 그러고 싶을 겁니다."

아버지는 총을 들어 변호사 앞의 음식을 가리켰다. "드세요, 드세요," 그는 말했다. "그거 만드느라 아내가 아침 내내 혹사를 당했답니다." 그는 총을 제 프라이팬 옆에, 이번엔 소년의 프라이팬에서 아주 멀찍이 두었다.

"오늘 아침엔 그렇게 배가 고프지 않네요," 변호사는 말했다. "실은 작별 인사만 전하러 들른 겁니다."

"이런, 더 계세요. 드세요. 배도 웬만큼 고프실 텐데. 천사 일이 고될 것 아닙니까, 대략. 천사들이 하느님을 위해 그 일을 하신다는데 우리로선 되는대로 음식을 대접하는 게 최소한의 도리죠." 마지막 단어를 내뱉을 때 그는 그새 집어 든 총으로 제 가슴을 두드렸다. "**내가** 만약 그 일을 하고 있었다면 모르긴 몰라도 배가 고팠을 겁니다."

"들어보세요," 변호사는 입을 떼었다.

"내 아내의 요리가 하느님의 천사가 드시기에 흡족하지 않다 이 겁니까?"

"내가 듣기에도 그 말 같은데요," 소년은 말했다. "여기 우리 집에 삐대서 잠도 주무시더니 우리 엄마 음식을 무시하는 거잖아요. 아빠도 그래, 난 아빠가 왜 저 사람을 천사다 뭐다 하는질 모르겠어."

변호사는 말했다. "고마움도 표시할 겸 이제 가야 한다고 전하러 들렀을 뿐입니다. 내가 원하는 건 그게 다예요." 그는 천천히 일어선 다음 사내한테서 여자한테로 눈을 돌렸는데 그녀는 얼굴에 타박상이 있는데도 전혀 불행해 보이지 않았다. "그만 출발할까 합니다, 그

313

게 다예요." 의자가 다리 하나가 불편한 나머지 넘어지자 변호사는 속으로 욕을 했다. "그만 가볼까 합니다." 그는 뒷걸음질로 문을 향하며 사내한테 절대 등을 보이지 않았다. 소년은 제 프라이팬 다른 쪽에 놓였던 컵을 들이켰다. 소년의 윗입술에 묻은 하얀 자국을 보니 우유였다. 젖소를 내내 어디에 두었던 거지? 그는 문으로 한 발짝 한 발짝 뒷걸음질하며 생각했다. 젖소가 어디 있었을까? 지금은 어디 있고? 달걀 낳은 닭도 그래, 닭들은 어디 있는 거야? 베이컨도 돼지가 있어야 하는데. "난 그냥 평화롭게 떠나고 싶군요."

사내는 변호사에 대한 관심은 제일 뒷전이란 듯 서두르지 않고 일어섰다. "가시는 걸 보면 유감일 겁니다, 천사님. 하지만 하느님의 일을 하셔야 한다니 하느님의 일을 하셔야지요."

소년은 말했다. "당신이 누린 거 전부 돈 받아야겠어. 당신이 빚진 거 일 페니도 안 빼놓고 받아내야겠다고. 그런 다음엔 혼쭐을 내줄 거야." 소년은 총으로 손을 뻗었지만 사내가 치워버렸다. "나 꼭지 돌게 하지 마," 소년은 제 아버지에게 말했다. "내가 꼭지 돌면 어떻게 되는 줄 알지."

변호사는 문을 열고 집을 나섰다. 그녀는 남편에게 털어놓고 둘이서 내 불편함을 즐겼을까, 두려움을?

헛간에 다다른 그가 말한테 안장을 얹어 밖으로 나오니 소년이 다리를 벌리고 두 손은 바지 상단에 걸친 채 현관에 서 있었다. 변호사는 말에 오른 뒤 일부러 느릿느릿 떠났는데 그건 소년이 세상에서 싫어하는 또 한 가지가 신속함이란 걸 알기 때문이었다.

텍사스로 넘어가는 데에는 그날 하루가 꼬박 걸렸다. 그는 이제 캘리포니아를 알 수 없었다. 동쪽, 그러니까 대서양 근처에는 발달된 문명이, 확실한 것이 아주 많았다. 그가 늘 알았던 것과 동떨어진 지금 여기는 화해할 수 있으리란 믿음이 전혀 안 드는 세계였다. 그는 마을, 농가, 사람의 흔적을 피해 계속 말을 몰았다.

루이지애나를 벗어난 지 사흘째, 텍사스주 조지타운쯤에서 뜬금없이 숲이 나타났는데 그는 생기 없는 단조로움을 너무 많이 겪은 뒤라 그 풍경에 행복했다. 숲에 이르기 한참 전, 그는 땅에서 울리는 천둥소릴 들었지만 그걸 어떤 기상 현상으로 여겼다 — 폭풍이 올 거라고 하늘이 땅에 소식을 보내는구나. 노스캐롤라이나에서 그는 언젠가 비가 올 때 제집 베란다에 선 적이 있었는데 계단을 내려가 단지 몇 야드만 걸어가도 비는 오고 있지 않았다. 또 눈이 내리는 동안 천둥과 벼락이 친 적도 부지기수였다. 그러니 그는 날씨의 장난에 익숙했다. 숲의 나무들은 웬만큼 울창해서 폭풍이 치는 동안 그와 말에게 작은 은신처가 되어줄 듯했다. 그가 숲으로 접근하는 동안 땅을 울리는 천둥소리는 점점 커졌다.

숲 경계까지 15야드도 안 남은 거리에 이르자 웬 개들이 느리되 어떤 목적을 띤 걸음으로 숲에서 나왔다. 웅장한 숫자의 잡종견들로 녀석들은 묘하게도 규율이 잡혀 있었다. 다 해서 스물다섯 마리쯤 되는 무리 가운데 순종은 찾을 수 없었다. 그는 녀석들과 너무 가까워 달아날 수 없었다. 그와 말은 금세 따라잡힐 터였다. 처음엔 한 녀석, 무리 중간에 있는 녀석이 그를 주목했고, 그러다 무리 가장자리에 있는 녀석, 그러다 남은 모든 녀석이 무심한 눈으로 쳐다보았다. 전부 다 숲을 빠져나오자 녀석들은 다 같이 바닥에 엉덩이를 대고 앉았다. 다양한 색깔과 덩치, 한뜻을 나누는 듯한 느낌, 안전한 거리에서 보았다면 녀석들의 신통함에 감탄이 나왔겠다고 그는 생각했다. 개들은 멈추었지만 땅에서 울리는 천둥소리는 계속되었다. 그는 총집에서 총을 조심조심 꺼내어 고삐와 함께 들고 있었다. 한두 녀석이 죽는 걸 보면 나머지도 겁을 먹을 테지.

그는 계속 나아가는 게 최선책일 거란 예감이 들었다. 도망가지 않는 용기를 보면 녀석들도 나와 말을 인정해줄지 모른다. 그는 말이 일말의 망설임 내지 두려움을 드러내지 않아 이상하다 싶었다. 그가 개 떼 속을 파고들자 개들은 한 줄 한 줄 일어나 자릴 비켰다가 그가 지나가면 다시 자리에 앉았다. 숲속에 웬만큼 들어서자 천둥소리는 더 커졌는데 그가 헤아린 바로는 나무들의 차양 밑에 소리가 갇혀서 그런 거였다. 그러다 마치 줄곧 투명으로 있다가 그 순간 나타나기로 작정한 사람들처럼 말을 탄 열 명의 남녀가 그의 앞에 와 있었는데 변호사가 보니 그들 너머엔 짐마차 예닐곱 대를 포함해 훨씬 많은 사람과 말이 있었고 그 모두가 잘 닦인 큰길을 따라 편안하게 숲을 지나오고 있었다. 그가 사람들 얼굴을 하나하나 쳐다보자 인간과 말의 무리는 속도를 늦추다가 멈추었다. 그의 손은 떨렸고 총은 숲 바닥에 거의 소리도 없이 떨어졌다. 변호사와 3피트도 안 되는 거리에서 흑인 남자 하나가 말을 타고 좀 더 바짝 다가오더니 밑으로 몸을 한참 수그려 총을 쓱 건져 올리곤 애기괭이밥이 묻은 그 채로 변호사에게 건네주었다.

변호사의 오른쪽에 선 그 흑인 남자는 외국어를 내뱉으면서 변호사의 코트 주머니와 안장주머니를 가리키기 시작했다. 변호사는 영어 단어 몇 개를 알아들을 수 있었지만 다 조합하면 이해가 되지 않았다. 변호사는 총을 흔들어 애기괭이밥을 떨어내고 안장머리 위에 두었다. 흑인 남자는 자꾸만 말을 했는데 속삭임보다 살짝 큰 그의 목소리가 숲에선 아주 쩌렁쩌렁한 것이 사람들과 짐승들 모두의 소리보다도 컸다. 사람들과 말들 모두 그가 해야 할 말에 귀를 기울이느라 조용해진 듯했다. 남자는 손을 뻗어 변호사의 코트 자락을 흔들어보더니 기대한 소리가 안 나는지 실망한 기색이었다. 변호사는 제 총으로 남자의 손을 쓸어냈다. 멕시코 사람이라 생각되는 여자 하나가 황금색 말을 타고 다가와 흑인 남자 옆에 서더니 변호사에게 고개를 끄덕였다. 변호사가 그녀를 멕시코 사람으로 생각한 건 저기 노스캐롤라이나의 제 서재에 있던 어느 책 속 그림과 비슷해서였다.

"이 검둥이가 뭐라는 거죠?" 변호사는 말했다. "무슨 말을 하고 있는 겁니까?" 그는 여자에게 말을 걸었지만 그것은 흑인 남자 바로 뒤에 언뜻 보이는 백인 남자와 제 왼쪽에서 나타난 또 다른 백인 남자에게 던지는 질문이기도 했다. "이 검둥이가 나한테 뭘 원하는 겁니까?" 그는 제 왼쪽에 있는 백인 남자에게 물었다. "무슨 말을 하고 있는 거죠?"

"미국 말을 하고 있잖아요," 멕시코 여자는 흑인 남자의 말에 실린 진지함을 전달하려는 듯 웃음기 없이 말했다.

그녀가 거짓말하고 있음을 안 그는 그녀가 그냥 꺼져주었으면 싶었다.

"당신한테 담배가 있는지 묻고 있는 거요," 왼쪽에 있는 백인 남자가 말했다. "그 친구 말을 못 알아듣는 걸 보니 당신은 미국인이 아닌가 보군." 남자는 제 모자 정수리 부위를 잡고 들어 올렸다가 도로 내려놓았다. "그 친구 귀가 제대로 들렸다면 이름을 부르지 않은 일로 당신과 면담을 시작했을 거요. 그 친구 면담은 고통스러울 수도 있다더군, 내가 듣기론."

"이 친구한테 줄 건 아무것도 없다고 전해줘요." 흑인 남자는 어깨를 으쓱했는데 그건 분명 변호사의 말을 알아들은 거였다. 남자는 말을 타고 변호사를 지나가 서더니 변호사의 총에 묻은 마지막 애기 괭이밥 이파리를 집었다. 이 자리에서 총을 들고 검둥이를 쏘면 이들 모두가 달려들어 나를 나무에 매달까? "총은 깨끗해야죠," 흑인 남자는 지금껏 제가 들은 모든 말처럼 또박또박하게 말했다. 그는 그대로 지나갔다.

왼쪽에 있는 백인 남자는 그 입에서 헛소리가 나왔음에도 변호사에겐 어느 정도 지각이 있는 사람이란 인상을 풍겼다. "난 그냥 내 길을 가고 싶군요." 이런 얘길 했던 게 불과 한 시간 전이었나? 며칠 전이었나? 아니면 그건 꿈속 대화의 자투리인가?

"우린 아무도 막고 있지 않은데요," 멕시코 여자가 말하곤 흑인 남자를 뒤따랐다.

"어쨌든 고의적으론 아니지," 그녀 뒤의 백인 남자가 말했다.

변호사는 앞으로 나아가기 시작했고 사람들과 말들은 길을 터주었다. 그는 사람 수를 절반으로 낮게 잡은 거였는데, 쭉 나아가면서 보니 말이며 짐마차를 대동한 이들의 숫자가 끝도 없어 보였던 것이다. 어느 시점에 어느 짐마차의 후미를 돌아다보자 백인 하나에 흑인 하나인 임신부 둘이 앉아서 그를 빤히 쳐다보고 있었다. 흑인 여자는 그에게 손을 흔들었지만 백인 여자는 부루퉁한 표정이었다. 그녀는 연녹색 보닛을 쓰고 있었고 턱끈 하나가 입에 물려 있었다. 짐마차를 모는 검은 노인도 그의 눈에 띄었는데 노인은 니그로와도 달랐고 그의 파괴된 서재 속 어떤 책들에 기록되어 있던 여느 인종과도 달랐다. 두 임신부 사이를 살피니 금발의 작은 남자아이가 검은 노인의 목을 두 팔로 안고 서 있는, 그렇게 매달려 지탱하는 모습이 보였다. 아이는 뒤로 돌아 그를 쳐다보았다. 변호사는 당국이 이자들의 존재를 전부 알까 하는 의구심이 들었다. 이는 무언가 잘못된 일이므로 텍사스주 정부는 이를 어떻게든 처리 중이어야 했다.

임신부들이 탄 짐마차에서 다시 고개를 돌리니 완벽한 치아로 웃고 있는 한 소년이 그를 마주하고 있었다. 그는 이 사람의 기원을 파괴된 책들 중 하나에서 보아 알았다 —— 동양의 어디. 그 책 내용이 사실이라면 중국일지도 몰랐다. 소년은 많아야 열다섯 살로 길고 숱 많은 땋은 머리가 왼쪽 어깨를 탐스러운 반려동물처럼 편안하게 덮고 있었다. 소년은 제 길을 갔고 변호사는 멈추었다. 소년이 손을 내밀며 오른쪽으로 살짝 자세를 틀자 변호사는 걸음을 재개했는데, 그렇게 서로 스치는 동안 소년의 손은, 전혀 위협적이지 않은, 전혀 거슬리지 않는 그 손은 변호사가 탄 말의 귀에서 멈추었다가 말의 목으로 내려가더니 변호사의 안장과 허벅지를 훑고 말의 궁둥이를 지나서는 마지막으로 꼬리를 다정히 쥐어보고서야 말과 사내를 보내주었다. 소년은 한순간도 웃음을 거두지 않았는데 변호사에게 그 웃음은 손길 이상으로 등골이 오싹했다.

땅에서 천둥소리가 울리고 얼룩덜룩한 햇빛이 모두를 내리비추는 가운데 이 색 저 색을 띤 사람들과 말들은 그의 곁을 쭉 흘러갔다. 말들과 짐마차들과 사람들의 흐름이 만들어내는 어떤 대항력 때문에 결국 그와 말은 스스로 나아간다기보다 그저 앞으로 옮겨지듯이 보였다. 그는 그들이라는 강물 속에 있었고 그 속에선 발언권이 없었다. 그는 눈을 감았다.

"텍사스에서 나가떨어지기 전에 눈 뜨는 게 좋을걸." 눈을 뜬 변호사는 붉은 머리의 백인 여자 하나가 저를 쳐다보고 있는 걸 보았다. 그녀 너머로 그 강물의 끝이 보이는 듯했다.

"당신 그러다가 앨라배마에서 미시시피로 나가떨어진 거 내가 다 기억한다고." 금발의 남자 하나가 그녀 옆에 나타났다. 그 머리카락은 짐마차에서 검둥이를 안고 있던 남자아이와 비슷해 보였으므로 변호사는 저 남자가 그 아이의 아버지일 거라 여기며 모든 걸 이해해보았다. 남자와 여자 모두 검은 말을 타고 있었지만 여자의 말은 옆을 지나는 순간 퍼레지는 것 같았다.

"안 그랬거든," 여자는 말하더니 남자의 다리를 툭 찼다. "그건 제니랑 걔의 외눈박이였어." 그들이 곧 길목에 들어오자 변호사는 다시 멈추었다.

"텍사스로 더 깊이 들어가세요?" 남자는 변호사에게 물었다.

"그럴 계획입니다." 그는 제 뒤의 모든 것, 그러니까 말들과 사람들과 짐마차들이 저희의 행선지보다는 저와 이 백인 남녀의 대화가 중요하다는 양 행렬을 뚝 멈추었을 것 같았다.

"흠," 여자는 말했다. "내가 텍사스의 다른 지역을 다 다녀보고 이제야 당신을 만난 건데요, 내 생각에 그쪽 둘은 궁합이 잘 안 맞을 것 같네요." 이딴 인간들이 죄 돌아다니도록 텍사스 법은 어디서 뭘 하는 걸까?

"우리랑 같이 가서도 돼요," 백인 남자는 말했다. 그래, 그 어린 남자아이는 이 사람의 아들이야, 변호사는 결론지었다. "우리가 텍사스를 돌아보니 당신이 뭘 그리워하고 있는지 잘 알겠네요. 강, 땅, 흙. 우리 얘길 조금만 들어보서도 텍사스 구석구석을 돌아다녔단 생각이 드실 거예요."

"우리가 그림책 못지않거든요," 여자는 말했다.

"한 가지 당부하자면 아이들한테 상처를 입히진 마세요," 남자는 말했다.

"그건 어려운 일이지," 여자는 말하곤 또 한 번 남자의 다리를 툭 찼다.

"나도 배웠잖아. 저분도 배울 수 있어."

"직접 겪어보고 싶군요," 변호사는 말하곤 말을 다시 출발시켰다.

"당신은 두 번 다시 거짓말하지 않는 법을 배우고 나서야 그걸 배웠지," 여자는 말하더니 팔을 뻗어 손등으로 금발 남자의 턱수염을 쓰다듬었다. 그는 눈을 감고 웃음을 지었는데 그가 만약 고양이였다면 몸을 웅크리고 가르랑거렸을 것이다.

"아니거든," 남자는 눈을 뜨곤 말했다. "거짓말 문제가 있는 건 제니였어. 거짓말 문제랑 미시시피로 나가떨어진 문제."

변호사는 말을 오른쪽으로 돌렸다. "텍사스라," 그는 말했다.

"좋을 대로 하세요," 남자는 말했다.

"다들 좋을 대로 합시다," 여자가 말하곤 천둥같이 요란한 움직임으로 출발하자 백인 남녀의 간격은 벌어졌고 변호사는 그 사이로 나아갔다. "그냥 거짓말하지도 말고 아이들한테 상처를 입히지도 마세요. 제니는 호되게 배웠어요."

변호사는 숲에 들어선 이래 처음으로 완전한 햇빛을 볼 수 있었지만 몇 야드 만에 전방에서 천둥이 느껴지더니 말 수십 마리가 나타났다. 사람은 없고 말들끼리만 숲 초입에 있던 그 순종적인 개들과 함께 저들 모두를 따라가는 모양이었다. 그는 그 혼란에 섞여들어 눈을 감았다. 말들 몸뚱이에서 온통 달달하고 퀴퀴한 냄새가 풍겼는데 아마 다른 날 다른 곳이었다면 녀석들의 경이로움을 음미할 수 있었을 것이다. 그의 등 뒤에서 한 남자가 휘파람을 불기 시작했다. 텍사스가 오물을 비우는 중인가 본데 그럼 나 같은 사람에겐 더욱 잘 맞겠군, 그는 생각했다.

5분여 뒤 모두가 그에게서 물러나자 땅과 대기는 그만의 것이었다. 하지만 천둥소리는 여전했고 그가 저들 무리와 거리를 더 벌려도 곁을 떠나지 않았다. 그는 어느 개천에서 멈추어 말과 둘이서 물을 마셨는데 머리를 통째로 물에 담가도 천둥은 곁을 맴돌았다. 그는 말을 데리고 개천을 건너 맞은편에서 다시 올라탔고 둘이서 2마일 이상을 무리 없이 달렸다. 그러다 뒤엉켜 있는 초목이 나타났다. 그는 말에서 내렸고 칼을 이리저리 몇 번 휘두르자 초반은 수월하게 진행되었다. 그는 빈터가 금세 또 나오겠거니 생각했다. 하지만 초목은 계속되었고 머릿속 천둥도 마찬가지였다. 변호사는 이 우거짐을 피했으면 해서 좌우를 두리번거렸으나 뚫고 가려면 며칠은 걸릴 것 같은 녹색의 줄만이 길게 길게 늘어서 있었다. 말은 뒷걸음치기 시작했다. 변호사는 녀석을 잡아당기면서 초목을 칼로 내리쳤다.

"이리 와," 그는 이 녀석이 우거진 데 잠복해 있는 뱀이라도 느꼈나 의아해하며 말에게 말했다. "이리 오라고." 그는 고삐를 놓고 계속 길을 터나갔다. 그가 저 때문에 돌아오자 말은 흡족해하는 듯했지만 그가 고삐를 붙든 채 한쪽으론 계속 칼을 내리치며 나아가자 다시 뒷걸음을 시작했다. "내가 오랬잖아. 와달라고 좀."

말은 그를 뒤로 끌어당기기 시작했다. 변호사는 머릿속 가득한 천둥, 흐르는 땀, 헐떡대는 가슴으로 서서 말의 눈을 똑바로 들여다보았다. "이리 와," 그는 어떻게든 최대한 차분한 목소리로 말했다. "오라고." 그는 권총을 꺼냈다. "내가 오라는데 그 말이 진심 같질 않냐?" 말은 꼼짝 않았다. "이리 와," 그는 또 한 번 차분하게 말했다. 그는 권총을 들어 말의 미간을 쐈다. 말이 두 무릎을 꿇고 신음하자 변호사는 한 발 더 쏘았고 말은 쓰러졌다. 녀석의 숨이 무거워 그는 또 한 번 쏠 준비를 했지만 숨은 곧 멎었다. "오는 게 뭐 그리 어려워서?" 그는 말에게 말했다.

예전에 집과 함께 파괴된 어느 책에는 암흑의 장소에서 마술 카펫의 힘을 조종하는 남자가 등장했었다. 변호사는 제 딸 하나를 무릎에 앉혀놓고 그 이야기를 읽어주었었다. 그 남자와 카펫에겐 모든 게 어찌나 쉽던지.

그가 총을 총집에 넣자 숲에 들어선 이래 처음으로 천둥이 싹 그쳤다. 곧바로 파리 몇 마리가 말 위를 날아다녔다. "나한테 원하는 게 뭡니까?" 변호사는 하느님에게 물었다. 그는 말과 4피트도 안 떨어진 곳에 풀썩 앉았고, 그러자 노스캐롤라이나에서 알았던 어떤 파리보다도 큰 녀석들이 잔뜩 날아들어 말 근처에서 까맣게 구름을 지었다. 그는 모자를 벗어 녀석들을 휘휘 내쫓았으나 파리들은 그걸 오라는 신호로 알았는지 더 많이 날아들었다. "내가 어쩌길 원합니까?" 그는 하느님에게 물었다. "뭔지 말씀을 해보세요." 위를 올려다본 그는 독수리들이 어느새 원을 빙빙 돌고 있어서 놀랐다. 그는 총을 한 발 쏘았지만 빗맞혔는데 총소리가 사그라지자 독수리들은 곧바로 착지하기 시작했다. 그가 있어야 할 곳은 어쩌면 텍사스가 아닌지도 몰랐다. 어쩌면 이곳은 책에 나오지 않아 아무도 알아보지 못하는 검둥이들과 인간들이 아직 가득할지 몰랐고 또 글러먹은 여자들과 그걸 오냐오냐하는 남자들도 아직 가득할지 몰랐다. "무엇을 하라 말해주면 그리한다잖아요," 그는 하느님에게 말했다. "늘 그런 식 아니었습니까? 당신은 말하고, 나는 하고. 당신이 말하면 나는 합니다." 그는 파괴된 서재에 있던 성경 속에서 어느 대가족의 남자가 지금 저처럼 말하고 있었던 게 떠올랐다. 어떨 때 하느님은 이야길 듣고 반응해 제 피조물을 가엾어했으며 어떨 땐 피조물이 건네는 말을 듣고도 무시했다. 변호사의 딸들은 대대로 지워지지 않는다던 잡화상의 잉크로 저희의 이름과 생일을 크게 적어놓은 성경을, 그 성경 속 이야기들을 좋아했었다. "우선," 잡화상은 말했다. "이 잉크는 당신 자제들의 생일을 명시할 거고, 그런 다음엔 그 아이들의 결혼 날짜를 명시할 겁니다. 이 잉크는 당신보다 오래갈 거예요, 스키핑턴 씨." 변호사는 하느님을 계속해서 비난했는데 그사이 독수리들은 밑으로 내려와 파리들에게 가담하더니 아직 생명이 깃든 남자 따위엔 아랑곳없이 다 같이 말을 두고 잔치를 벌였다.

8
동명이인. 셰에라자드. 세상이 끝나길 기다리며.

헨리 타운센드가 죽었을 때 펀 엘스턴이 캘도니아 집에 도착한 날부터 체류를 연장하고 마친 날까지는 다섯 주 남짓이었지만 집으로 돌아가는 데 걸린 기간은 하루이틀에 불과했다. 그녀는 캘도니아의 집에서 얼추 8마일(약 13킬로미터) 거리에 살았다. 캘도니아의 어머니 모드처럼, 그리고 캘도니아의 동생 캘빈처럼 펀도 제가 줄곧 캘도니아와 같은 지붕 아래 있어주면 큰 위로와 쓸모가 되겠거니 생각했다. 죽음과 그에 따른 애도로 삶이 심히 표류할 수 있으니 가족과 친구들이 상주를 뭍으로, 집으로 안내하는 게 마땅함을 펀은 알았다. 4주 차가 시작될 무렵 펀은 캘도니아가 배에서 일어섰던 걸, 선장을 진정시키고 승선원 모두를 안심시키고자 선장의 어깨에 손을 얹었으며 뭍에 이르는 최적의 항로가 어딘지 확신이 섰던 걸 알 수 있었다. "그 애는 훌륭한 분들의 자식이라 전혀 염려할 게 없었죠," 펀은 1881년 8월 그날 캐나다 출신의 소책자 집필자 앤더슨 프레이저에게 말했다. "선생님께 잘 배웠으니까요," 앤더슨은 말했다. 그녀는 그 칭찬을 무시하고 대꾸했다. "깜냥 이상으로 인정을 받아왔죠. 어떨 땐 나에 대한 정당한 인정을 거부하기도 했고요. 하지만 그게 숱한 선생들의 숙명이니까요, 자질이 되든 안 되든."

첫 번째로 집에 돌아간 사람은 모드였다. 그녀는 더 머물 수 있었지만 유산에 관한 온갖 말이 캘도니아의 반감을 다졌으리란 걸 모르지 않았다. 게다가 모드는 남편을 살해한 뒤 얻은 제 애인에게 돌아가고 싶어 안달이 났다. 노예인 그 클라크라는 애인은 남아서 그녀의 집을 맡고 있었는데 그녀는 그를 거의 제 자식들만큼이나 믿었다. 클라크는 읽고 쓰는 법을 독학한 사람으로, 모드의 믿음은 남편인 틸먼 뉴먼이 죽기 불과 몇 주 전 클라크가 와서는 지금부터 제 능력을 보라고 말했던 데서 비롯한 거였다. 남몰래 책에 머리를 처박고 있다가 제가 무슨 짓을 하는지 하나도 몰랐던 척 책을 덮곤 허겁지겁 해명하는 노예를 적발하는 일, 그 일을 그녀가 직접 겪어볼 기회가 있었던 건 아니었다. 그 일을 겪은 건 어느 백인 부부, 어밀리아 카운티에서 사는 모드의 지인이었다. 검둥이가 책을 보는 일, 그 부조리를 맞닥뜨리곤 기겁을 했지 뭐야, 그 백인 여자는 아는 걸 전부 잊으라며 빅토리아, 당사자인 그 노예를 채찍질한 뒤 모드에게 말했다. 헛간에 가서 찬송가를 부르거나 주님 말씀을 읊는 노새를 보는 것보다도 기겁할 일이지, 그 여자는 모드에게 말했다.

"너 있잖아," 클라크와 처음으로 같이 잤을 때 모드는 말했다. "내가 만약 백인이었으면 사람들이 쳐들어와서 네 사지를 찢어놨을 텐데 알아?" "그럼 당신은 유색인인데 어떻게 돼요?" 그는 물었다. 살면서 이런 행보를 밟아 들뗬던 모드는 온몸의 땀이 덜 마른 채로 벌렁 드러누웠다. "내가 널 소유했잖니, 너에 대한 문서가 나한테 있으

326

니까 내가 일어나서 비명을 지르면 그들이 똑같이 해주지 않을까 싶다. 신속하진 않겠지만 오긴 올 거야, 클라크." 그는 아무 말 하지 않았다.

캘빈은 이틀 뒤 제 어머니를 따라가긴 했지만 그가 돌아갈 곳은 매우 보잘것없었다. 모드가 소유한 곳은 그녀가 땅 일부를 임대하는 바람에 날이 갈수록 좁아만 갔다. 그녀는 노예들도 외부로 임대했다. 임차된 노예들 각각은 한 해에 최대 25달러 정도를 벌어다 줄 수 있었는데 임차 기간에는 임차인이 식대며 유지비를 부담하니까 그 25달러는 몽땅 순이익이나 다름없었다. 캘빈은 게으른 사람이 아닌지라 제 어머니의 종들 몫인 밭일을 해주곤 했다. 하지만 그 수고에서 오는 만족감은 심지어 헨리 타운센드가 죽기 전부터 예전 같지가 않았다. 그러다 헨리의 장례식 이후 집에 돌아온 그는 스스로를 다잡고서 자꾸 줄어만 드는 밭에 나갔는데 그건 그러지 않으면 스스로가 쇠약해질 걸 알기 때문이었다. 그는 모든 걸 노예제 탓으로 돌리게 될 것이다. 만약 그가 위니프리드 스키핑턴의 사촌 클레라 마틴과 한 번이라도 대화를 나누어봤다면 그도 장기(瘴氣)에 대한 그녀의 감을 아마 이해했을 것이다. 주변 분위기가 만들어내는 고통은 그의 뼛속으로 배어들더니 루이스를 말없이 좋아해야 하는 고통에 버금가는 고통으로 자릴 잡았다.

그다음으로 떠난 건 펀이었다. 그녀가 출타해 있는 동안 그녀의 남편은 당분간 노름질을 끊고 내내 집을 지켰다. 하지만 그녀는 남편이 갈수록 이상해진단 사실과 모든 일을 전처럼 남편에게 당연히 내맡길 순 없단 사실을 짧은 귀갓길에 깨달은 터였다. 그녀의 사유지는 캘도니아의 것만큼 넓지 않았지만 그녀 스스로 학생들에게 말했듯 부패에 대한 취약성이 크기로 결정되는 건 아니었다. 제국의 붕괴는 제국의 세력이 가장 덜 미치는 곳에서의 반란으로 시작되는 게 아니라 왕궁의 다락 내지 침실 내지 부엌에서 궁내의 무질서를 방치한 결과 왕궁이 기울면서 시작되는 것으로, 왕궁이 무너지면 뒤이어 제국이 무너질 수 있다고 그녀는 가르친 터였다. 그이한테 시도 때도 없이 술을 입에 대는 버릇이 있는 건 아니지만 툭하면 술고래처럼 무책임한 행동을 하지 뭐야, 그녀는 언젠가 캘도니아에게 말했었다. 차라리 술고래였으면 나았겠지, 그럼 적어도 술 때문에 흥겹다는 이득은 있었을 것 아냐, 그녀는 이어서 말했다.

캘도니아는 왼쪽 바로 뒤에 로레타를 둔 채 베란다에 서서 편이 떠나가는 모습을 지켜보았다. 둘은 안으로 들어가 캘도니아는 오후 태반 책을 읽다가 나중엔 로레타와 바느질을 했다. 그날 저녁엔 모지스가 오더니 이 집이 머릿속의 꿈에 불과했을 무렵 헨리가 부엌 널빤지에 첫 못 박던 얘기를 들려주었다.

그날 편을 집으로 태워 가던 종은 한발 먼저 그자를 발견하곤 큰길 저 앞에 누가 있다고 그녀에게 말했다. 일몰 가까운 시각이라 하늘은 붉은색과 오렌지색으로 불타고 있었다. 순찰대는 이미 통과한 뒤라 편은 그 사람이 누구든 간에 큰길에 있어도 되는 정당한 이유가 있는 사람이라고 확신했다. "누군지 알아볼 수가 없네요," 종 주스가 그녀에게 말했다. "그냥 커다란 무엇이 저기 있어요." "무엇"이 커다랬던 건 그자가 말 위에 앉아 있기도 했지만 그자 등 뒤의 스러져가는 태양이 그자를 하나의 커다란 실루엣으로 만들었기 때문인데 주스가 보기에 그것은 딱히 사람 같지도 않고 말 같지도 않은 한 덩어리의 형상이었다.

"당신이 엘스턴 씹니까?" 그자는 서로 가까워지자 모자를 벗고 말했다. 그는 니그로였는데 편은 그날의 마지막 빛으로 그의 짙은 호두색 피부를 알아볼 수 있었다.

"저는 제버다이어 디킨슨입니다," 그자는 말했다.

"저를 찾고 계신 거 맞나요, 디킨슨 씨?" 편은 말했다.

"맞아요, 부인, 방금까지는요."

"제가 피곤해서요, 디킨슨 씨, 지금 이 시간에 저한테 필요한 건 스무고개가 아니에요."

"당신 남편이 저한테 오백 달러를 빚지고 있는데 제가 바라는 건 그가 돈을 갚았으면 하는 게 전붑니다, 그래야 제가 가야 할 곳에 닿을 수 있어서요." 그녀의 남편 램지 엘스턴은 여러 주 만에 결국 노름 욕구를 못 이겨 전날 떠난 참이었다.

"집에 올라가보셨겠지만 그 엘스턴 씨는 거기에 없습니다. 이 이상은 도와드릴 수가 없네요. 통과해"라는 편의 말에 주스는 고삐를 들었지만 그자가 말을 시작하자 다시 고삐를 내렸다.

"남편과 아내 같은 일심동체라면 한 사람의 빚은 다른 사람의 빚으로도 여겨지지요." 그자는 내내 꼼짝없었다. 그는 큰길을 살짝 대각선으로 향해 있었지만 어떤 식으로든 위협적인 모습은 아니어서 주스는 제 주인마님의 지시가 있었다면 그대로 지나갈 수 있었을 것이다. 제버다이어의 말은 초조한 성미인지 고개를 쉴 새 없이 까닥거렸고 꼬리는 최대로 흔들었다. 꼬리가 바싹 잘려 있었지만 그걸 알아본 건 말과 썩 친하지 않은 주스뿐이었다.

"그래요?" 편은 말했다. 제버다이어가 말에서 내려 그녀에게 다가

가자 말 꼬리의 흔들림이 멎더니 몇 초 뒤에는 고개의 까닥거림도 멎었다. "크게 착각하고 계시네요, 디킨슨 씨. 엘스턴 씨가 세상에 나가 무얼 하든 그건 그 사람 일이에요. 저랑은 상관이 없습니다, 당신이 세상에서 하는 일이 제 일이 아닌 것처럼요." **나 충실한 아내로 지냈어요.**

"제 말은 단지, 부인——"

"당신 말엔 하나도 관심 없어요. 그 사람 빚은 그 사람 거예요. 당신이 노름꾼이라면, 아마 노름꾼이 맞겠지만, 그 점을 아실 텐데요." 그녀는 램지가 언제부터 흑인들과 노름을 하기 시작했는지 궁금했다. 그녀는 그가 지금도 백인들과 노름을 하는지 궁금했다. "통과해," 그녀는 주스에게 말했다.

그는 다음 날을 넘어 일주일 가까이 매일 거기 있었다. 그녀는 —— 캘도니아에게 들르느라 한 차례—— 나갔다 왔는데 그는 그녀에게 아무 말도 않고 그저 올 때 갈 때 모자만 들어 보였다. 작은 모닥불이 지펴진 것으로 보아 그는 밤중에도 거기 있었다. 종종 그렇듯 그저 곰인지도 모를 움직임도 있었다. 순찰대원들은 그에게 자주 다가왔고 그가 셔츠 안에서 문서를 꺼내면 가던 길을 가곤 했다. 편의 집 창문에서는 그가 작은 길 저편에 있는 모습이 보였다. 그는 보이질 말았어야 했다. 그녀는 입구 바로 앞에다 나무를 심길 원했었는데 지금쯤이면 그 나무들은 그를 가릴 만큼 높이 자랐을 것이다. 하지만 램지는 항상 가림막 없는 조망을 원했었다.

그가 무얼 먹는지 편은 몰랐고 그녀의 노예들은 그녀에게 말해줄 수 없었다. 거기 있은 지 이레가 지나자 그는 그녀의 집 문을 두드렸다. 문을 연 주스는 제버다이어에게 우리 마님은 당신 같은 사람, 노예나 니그로 외지인이 앞문을 두드리는 걸 좋아하지 않는다고 말했다. "그래서 뒷문이 있는 거죠," 주스는 말했다. "그럼 앞문은 왜 있대요?" 제버다이어는 물었다. 내심 소란을 피우고 싶지 않은지 주스는 점잖게 문을 닫았다. 2분 안 되어 편은 문 쪽으로 내려왔고 주스는 그녀 뒤에서 웃음기 없이 서 있었다.

"엘스턴 씨, 제 말이 제 눈앞에서 죽어가는 중인데 저한텐 총이 없어요, 그래서 녀석을 고통에서 꺼내줄 방법이 없습니다," 제버다이어는 말했다. 그는 벗은 모자를 가슴 앞에 두 손으로 들고 있었다. "제가 힘이 셌다면 목을 비틀었겠지만 그러면 시간이 걸려서 녀석도 힘들고 저도 힘들었을 겁니다. 칼이 있긴 한데 그걸로도 우리 둘 다 힘들긴 마찬가지죠."

"주스," 편은 말했다. "콜리 좀 이리 불러다 줘. 소총하고 권총 들고 오라고 하고." 그녀가 재혼을 하고 삼혼을 해도 주스는 그녀 곁에 있을 것이다. 실제로 그녀가 1881년 그날 앤더슨 프레이저와 대화를 나눌 때 주스는 집 안에서 틈틈이 커튼 사이로 둘의 뒤통수를 내다보고 있었다. 그는 편이 앤더슨에게 레모네이드를 권하자 그것을 내다 주었다.

"예," 주스는 말했다.

"저기 저 바깥을 집으로 삼을 계획이세요, 디킨슨 씨?" 둘이서 기다리는 동안 그녀는 물었다.

"당신 남편이 저한테 오백 달러를 빚지고 있어요, 그뿐입니다."

그녀는 한숨을 지었을 테지만 본심에서 나온 것은 아니었다. 한숨은 굴복의 징조, 머잖아 속수무책이 된다는 징조였다. 그녀는 팔짱을 꼈다.

주스는 권총을 든 채 집 옆을 돌아서 왔고 제버다이어보다 덩치가 훨씬 큰 콜리는 그를 뒤따라왔다. 콜리는 소총을 어깨에 걸친 채였다. 세 남자는 말이 있는 데로 나갔고 콜리에게 뭐라 말한 다음 소총을 건네받은 제버다이어는 말 머리에다 두 방을 쏘곤 소총을 콜리에게 돌려주었다. 말이 약간의 성가신 흙먼지 외에는 그곳에 있었던 흔적을 모두 거두어 그 나무 없는 조망에서 1, 2초 만에 사라져버리는 모습이 베란다에서 지켜보던 편의 눈에 들어왔다. 주스는 왼손에 권총을 든 채 뒷짐만 지고 서 있었다. 두 남자와 돌아온 제버다이어는 편에게 저 짐승을 묻도록 삽을 빌려달라고 부탁했고, 그 뒤 그가 구덩이를 다 파자 콜리가 다른 남자 하나와 노새 두 마리를 데리고 나와 남자 셋 노새 둘이서 죽은 말을 겨우겨우 끌어다 구덩이에 집어넣었다. 디킨슨이 구덩이를 덮었다. 주스가 그 일에 동참하지 않은 건 편의 정원에서 깨작대는 일 외에는 그가 맡은 일이 전부 집안일이었기 때문이다.

그 일 이후로 편은 외출하고 돌아올 때마다 서 있지 않으면 안장에 앉아 있는 제버다이어를 발견했다. 그는 평소처럼 모자를 들어보였다. 그러는 내내 그녀의 남편은 며칠이 되도록 몸소 나타나지도 행방을 알리는 말 한마디 보내지도 않았다.

체로키족 순찰대원 오든 피플스는 허구한 날 거기 있는 제버다이어를 보는 데 염증이 나서 보안관 존 스키핑턴에게 얘길 했다. 제버다이어가 거기 있은 지 두 주째였다. "그에게 시간을 좀 더 주자고," 스키핑턴은 말했다. "부랑죄라 봐주긴 할 테지만 설마 내가 죽을 때까지 그럴라고." 그리하여 둘째 주가 끝나갈 무렵, 순찰의 의무가 없던 백주 대낮에 오든은 제버다이어에게 말을 몰고 가 총을 겨누었다. 펀은 제집 창가에서 그들을 지켜보았다.

제버다이어는 아무런 말썽 없이 두 손을 들었다. 오든이 길고 격한 말을 질렀으므로 제버다이어는 틀림없이 제가 자유민이라는 둥 말했을 것이다. 오든은 타고 있던 말에서 내리되 제버다이어에게서 한 번도 총을 거두지 않았다. 그는 제버다이어의 손목과 허리를 6피트는 됨 직한 밧줄로 묶더니 도로 말에 올라 한 손으론 고삐를 쥐고 다른 손으론 걷는 제버다이어를 구속 중인 밧줄 끝을 쥔 채 말을 몰았다. 총은 이제 필요 없다고 느껴 총집에 넣은 터였다.

펀은 뒤에 주스를 달고 큰길로 나가 둘이서 그 광경을 지켜보았다. 둘은 그들을 한참 지켜보았다. 군내까지는 10마일(약 16킬로미터)이 넘었지만 이 여자와 노예가 볼 수 있는 건 끽해야 1마일 남짓으로 그리 멀지 않았고 그다음부턴 나무와 언덕 들에 가로막혔다. 그녀는 주스에게 누굴 보내어 디킨슨 씨의 안장을 가져오라고 말했다.

누구나 기억하건대 맨체스터 카운티 구치소에 유색인이 수감된 적은 한 번도 없었다. 자유민이건 노예건 그들 누구도 수감이 정당화될 짓은 한 적이 없었다. 맨체스터의 그 자유민들은 저희 목숨이 대수롭지 않음을 알아서 정직하게 굴려고 늘 애를 썼다. 그들은 저희가 또 다른 이름의 노예에 불과하단 걸 알았다. 노예가 저지른 중범죄와 경범죄는 대부분 주인 선에서 처리되었다. 한 노예가 다른 노예를 죽이면 주인은 그 노예의 목도 매달 수 있었는데, 하지만 그것은 노예 녀석이 돈뭉치를 이미 우물에 던져 넣었는데 또 갖다 던져 넣는 것과 무엇이 다르냐고 언젠가 윌리엄 로빈스는 스키핑턴에게 말한 적이 있었다.

스키핑턴은 언젠가 백인이, 백인 범죄자가 다시 사용해야 할 시설에 니그로를 집어넣는다는 점이 가장 꺼려졌다. 그는 그런 곤경을 가져다준 오든이 원망스러웠다. 제버다이어를 소여의 헛간 뒤쪽 바깥에 묶어둘 수도 있었지만 소여는 무슨 일을 시켜도 어마어마한 경비를 요구하는 사람이었고 스키핑턴은 법이 그만한 돈을 물어서는 안 된다고 여기는 사람이었다. 게다가 법은 카운티 보안관에게 항시 수감자 통제 권한을 어느 정도 부여했는데 그게 소여의 헛간에 대한 권한은 아니었을 것이다. 그래서 그는 제버다이어를 구치소 감방에 집어넣곤 다 같이 감당해야 할 일이라고 결론지었다.

제버다이어의 해방증을 보니 그를 해방시켜준 건 버지니아주 댄빌의 윌버 만 목사였다. 해방증은 보기에 이상이 없었지만 스키핑턴은 댄빌 쪽 보안관에게 수상한 니그로 하나를 데리고 있다는 전보를 띄웠고 그쪽 보안관은 제버다이어가 만의 재산이라는 답장을 보내왔다. "목사 출발," 전보는 덧붙였다. 나흘 만에 만은 구치소였다. 그는 스키핑턴도 채 출근하지 않은 어느 이른 아침에 도착했는데 보안관이 발견했을 땐 창문 안쪽을 들여다보며 웃고 있었다. 목사는 장신에 아주 수척한 사람으로 스키핑턴이 보아온 남자 머리 중 가장 예쁘고 긴 금발을 하고 있었다.

"저 녀석은 내 겁니다," 같이 일단 안으로 들어가자 만은 거듭 말했다. 그는 제버다이어가 16년 전 더럼에서 250달러에 팔렸다고 적힌 매도증서를 내놓았다.

"저 해방증은 어떻게 된 겁니까?" 스키핑턴은 말했다.

만은 당혹스러운 낯으로 쳐다보았다. "저 녀석이 썼죠. 당신이랑 나보다 읽고 쓰는 능력이 낫거든요." 만은 두 손으로 멋들어진 회색 모자를 벗어 스키핑턴의 책상 성경 근처에 놓았다. "내 아내 짓이죠, 그녀에게 은총이 있기를. 그런 짓은 안 된다고 아내한테 말은 했지만 절대 안 된다고는 말하지 못했습니다. 당시에 저 녀석은 그냥 하룻강아지였어요. 아내는 내가 허락하지 않은 일을 할 때만 아니면 사랑스러운 사람이었죠."

제버다이어는 감방 안에서 말이 없었다.

"부인께서 그런 일을 못 하게 목사님이 막으셔야 됩니다," 스키핑턴은 말했다. "그런 일 해선 안 된다는 걸 부인도 아셔야 해요. 노예한테 읽고 쓰는 법을 가르치면 법이 어떤 줄 부인도 아시잖습니까?"

"알았습니다," 만은 말했다. "하지만 아내는 지금 죽은 사람이에요, 2년이나 돼서, 지금 여기 이놈의 제버다이어가 뜨기 한참 전에 우릴 떠났답니다. 그녀에게 은총이 있기를. 지금은 아주 똑똑한 아내를 얻었죠 —— 읽을 줄도 쓸 줄도 모르는데 가르치긴 누굴 가르치겠소." 그는 디킨슨이 전처의 처녀 적 성이라고 스키핑턴에게 말했다. "머릴 걷어차인 느낌 아닙니까?" 전도사는 말했다.

"글쎄요," 스키핑턴은 대답했다. "그렇게 말씀하시니 그런 것도 같군요."

"아이고, 그게 그렇답니다. 머릴 크게 걷어차인 느낌이죠," 만은 말했다.

"목사님이 해방시킨 게 아니라면," 스키핑턴은 말했다. "그 해방증은 어떻게 된 겁니까?"

"저 녀석이 읽을 줄 안다고 했잖소. 저 녀석은 읽고 쓸 줄 알아요. 나보다도 낫죠, 안 그래, 제버다이어? 악마(dickens)같이 암호도 쓸 줄 알아요." 그는 철창으로 건너갔다. "나한테 이런 고생을 안기다니 지옥에나 떨어져라." 제버다이어는 여전히 아무 말 없었다. "나가서 내 마누라 이름으로 범죄를 저지르고 내 마누라의 좋은 기억을 뺏으려 는 이유가 뭐냐? 어? 말 못 해? 이 지옥에 떨어질 놈아."

"언제든 데리고 가서도 됩니다," 스키핑턴은 말했다.

"나가서 먹을 것 좀 입에 잔뜩 채워 넣고 와야겠군요. 내 이웃하 고 같이 왔는데 그 친군 지금 먹고 있지요. 우리 둘이면 저놈을 저놈 이 속한 곳으로 데려갈 수 있어요."

"좋습니다, 잘됐네요."

만은 스키핑턴을 돌아보며 대화를 나누던 참이었지만 이제는 제 버다이어에게 돌아가 있었다. "하느님이 그만하라고 하실 때까지 네 검은 살가죽에 채찍을 갈겨주마, 알아들어?" 제버다이어는 물러나 더니 바닥에 깔린 짚자리에 앉았다. 백인 수감자들이 쓰는 간이침 대는 치워져 있었다. "아무렴, 내가 호되게 패줄 테니 지금은 쉬어야 지, 자식아. 그러고 나면 난 네가 낫도록 내버려둘 거고, 시간이 지 나서 네 살가죽이 다시 올라오면 그걸 후려갈겨서 다시 벗겨낼 거 야. 살가죽이 또 올라오면 또 벗겨내지. 아무도 몰래 범죄나 저지르 고 다니면서 내 훌륭한 마누라 이름에 먹칠이라니. 그게 네가 평생 반복해야 될 일이야, 제버다이어, 살가죽이 올라오는 족족 내가 채 찍으로 벗겨내는 꼴을 보는 게." 만은 제 모자를 집더니 고개를 몇 도 젖혀 금발 앞 부위를 매만진 다음 모자 상자에 모자를 둘 때 으레 갖추었을 점잖음으로 모자를 머리에 얹었다. "바로 돌아오죠," 그는 스키핑턴에게 말하곤 문을 나섰다.

공교롭게도 램지 엘스턴은 이틀 전 밤 집에 돌아와 있었다. 그는 제 아내에게 제버다이어 따위는 모른다고, 제버다이어는 제게 없는 사람이니 500달러 빚도 결코 있을 수 없다고 말했다. 펀은 남편이 사실대로 말하고 있지 않음을 알았다. 나이가 들수록 거짓말이 편해지는 건 하느님이 램지에게 내리신 선물이었다. 두 사람의 결혼 생활은 11년째였다. 그녀는 오든이 말을 몰고 데려간 뒤로 제버다이어 생각을 떨치지 못하고 있었다.

그녀는 남편이 시치미를 뗀 다음 날 군내에 들어가 제버다이어에 관해 알아볼 작정이었지만 그 첫날 아침엔 램지가 일어나더니 세상 없이 다정하게 구는 것이었다. 그날 저녁엔 그가 비뚤어져 그녀는 역시 가서 제버다이어에 관해 알아봐야겠다 마음먹고 잠자리에 들었다. **나 충실한 아내로 지냈어요.** 만에 관해 아는 바가 없던 그녀는 만이 제 이웃과 동석한 식탁에서 첫술을 한입 뜨고 있을 게 분명한 시각에 콜리와 구치소에 도착했다.

스키핑턴은 제버다이어에 관한 모든 걸 그녀에게 말해주었고 그녀는 제 승합용 마차에 앉아 만의 식사가 끝나길 기다렸다. 만이 돌아올 땐 그의 뒤에 키가 그만큼 큰 백인이 한 명 딸려 있었는데 그 남자는 만이 구치소에 들어서자 밖을 지켰다. 만은 이번에도 두 손으로 모자를 벗어 스키핑턴의 책상 성경 옆에 놓았다. 펀도 들어섰다.

그녀는 그에게 제버다이어를 사고 싶다고 말했다. 그는 즉각 "얼마에요?" 하고 물었다. 250달러라고 그녀가 말하자 그는 값이 마음에 안 든다는 표시로 입가로 살짝 쯧 했다. "그의 이력으로 보건대 썩 믿을 만한 사람이라고 볼 순 없잖아요," 펀은 말했다. "저 녀석이 하룻강아지였을 때 350달러를 지불했습니다," 만은 말했다. 스키핑턴은 250달러로 적힌 매도증서를 봐놓고도 만의 말을 반박하지 않았다. 하느님의 자식 중 믿음 가는 말을 하는 건 그의 아버지뿐이었는데 그의 아버지는 누구에게서도 성직에 임명된 적이 없었다. 펀은 300달러를 불렀다. 만은 제버다이어가 여전히 짚자리에 앉아 있는 감방으로 걸어갔다. 이날 틀림없이 매매가 이루어지리란 건 만의 표정에서 빤히 드러났다. 또 하나 빤했던 건 그가 댄빌을 떠나면서 줄곧 해온 계획을 이루지 못하게 되었다는 실망감이었다. 제버다이어가 내 앞에 엎어져 죽을 때까지 숱한 매질을 해대는 것도 고생이니 차라리 잘됐는지도 모르지, 그는 두 손으로 감방 철창을 붙들고 생각했다. 펀과 만은 몇 분 동안 말이 없다가 결국 펀이 "어느 날 누굴 팔아도 훌륭한 수익"이라며 375달러를 불렀다. 만은 수락했다.

만과 그 백인 동행은 펀과 그녀의 마부 콜리와 제버다이어를 그녀 집까지 바래다주었다. 제버다이어는 다시 밧줄로 묶여 앞자리 콜리 옆에 앉았는데 콜리는 그에게 말 한마디 걸지 않았다. 펀의 집에서 만과 그 백인은 제버다이어를 헛간으로 데려가 그곳 벽에다 사슬로 맸다. "녀석이 밤중에 일어나 사라지는 일이 생겨도," 만은 제 동행과 떠나기 전에 말했다. "돈은 당연히 제 겁니다." "알겠어요," 펀은 말했다. "그런데 사라지는 일 따위 없을 거예요." 그때까지도 만은 백인 여자와 거래 중이라 생각했고 이후로도 아무런 차이를 알아보지 못할 터였다.

그녀는 콜리더러 제버다이어가 편히 있도록 담요와 먹을 것을 꼭 가져다주라고 시켰고 제버다이어는 스키핑턴의 구치소 감방에서보단 거동의 자유가 적어도 최대한 편히 있었다. 그녀가 제버다이어와 돌아왔을 때 주위에 없었던 그녀의 남편은 다음 날 헛간으로 끌려갔는데 그를 보자마자 제버다이어는 폭언과 광분을 시작했다.

"빌어먹을 내 돈 어디 있어, 램지? 넌 나한테 오백 달러 빚졌고 난 땡전 한 닢까지 다 받아낼 거야!" 그는 사슬을 필사적으로 잡아끌며 램지에게 지푸라기를 걸어찼다. "이거 풀어요, 안 들려요!" 그는 편에게 소리쳤다.

"난 널 모르고 오백 달러인지 뭔지도 금시초문인데," 두 발을 벌리고 선 램지는 장화에 앉는 지푸라기엔 아랑곳하지 않고 말했다. "이렇게 말썽만 피울 걸 뭐 하러 샀어?" 그는 제 아내에게 말했다. 두 사람은 저희 부모끼리 혼담을 나눈 뒤에야 서로를 본 사이였다. 처음 만난 그날 저녁 램지는 닭고기를 깨작거렸다. 그녀는 그에게 감흥을 못 느꼈고 그 뒤로도 한동안 그랬다.

"지금 거기 서서 아주 사랑놀이를 하고 계시는구먼, 어?" 제버다이어는 램지에게 말했다. 제버다이어에게 가 있던 콜리는 그가 램지에게 달려들려고 사슬을 잡아끌 때마다 그걸 붙잡고 뒤로 끌어당겼다. "네가 빌어먹을 아내를 둔 걸 알면 기절초풍할 사람이 리치먼드랑 여기저기에 많아." 그러더니 그는 편에게 말했다. "저 인간이 어느 날 밤 복도 건너에서 그 예쁜이랑 자다가 비명 지르고 깨는 통에 부인이 있단 걸 알게 됐죠. 나도 깨고 다른 사람들도 잔뜩 깼어요." 드레스와 장화에 앉은 지푸라기 몇 개를 편은 이제야 떼어내기 시작했다. "내 빌어먹을 오백 달러 내놔, 램지, 땡전 한 닢까지 당장."

램지는 헛간을 떠났다. 편은 지푸라기를 떼다 말고 제버다이어에게 좀 더 가까이 다가갔다. "당신은 예절을 웬만큼 배울 때까지 여기 있을 거예요, 다른 자유민처럼 서서 돌아다닐 수 없단 걸 배울 때까지요."

"난 자유예요," 제버다이어는 말했다. "만은 무슨 소린지도 모르고 말한 거예요. 난 자웁니다."

"법은 그렇게 안 봐요." 몇 시간 전만 해도 그녀는 그를 위해 지불한 돈을 램지가 빚진 돈과 에껴 그를 풀어줄 셈이었다. 그녀는 무엇보다도 부채를 결국 털어내는 것이니 제버다이어가 좋아서 따르길 기대했었다. 하지만 남편의 부정(不貞)에 대한 앎이 온통 무겁게 다가와 그녀 앞에 진을 치고서는 그 밖의 모든 것을 차단한 터였다. 그녀는 남편에게 분노했고, 그런 다음 전달자에게, 남편의 동료에게 분노했다. 그녀는 서른네 살이었다. "이 헛간은 여러 해를 여기 있었고, 당신이 예절을 배우지 못하면 앞으로도 여러 해를 당신과 있게 될 거예요."

"나한테 필요한 건 예절이 아니에요, 부인. 내 돈이 필요하지."

펀은 콜리에게 말했다. "이 사람이 밤낮을 가리고 옳고 그른 걸 가릴 때까지 아무 데에도 못 가게 했으면 해."

"예," 콜리는 말하곤 사슬을 세 번 잡아당겼다.

"당신과 당신의 빌어먹을 저질 남편이 지옥에 갈 수도 있어!" 그녀가 나갈 때 제버다이어는 소리쳤다. "내 말 잘 들어. 당신 둘 다 곧장 지옥에 갈 수 있으니까."

제버다이어는 그곳에서 나흘을 지내더니 그녀가 치른 값을 할 준비가 되었다고 콜리에게 말했고 콜리가 다른 사내 하나를 대동해 제버다이어를 집 뒤쪽으로 데려오자 펀은 밖으로 나가 그를 대면했다.

"말썽은 원하지 않아요. 말썽은 한시도 원하지 않아요," 펀은 말했다.

"알았어, 알았다고," 제버다이어가 말하자 그녀는 따귀를 때렸다.

"예절을 웬만큼 배웠다고 한 것 같은데," 펀은 콜리에게 말했다.

"저한텐 그렇게 말했어요, 주인마님. 그렇게 말했습니다." 콜리는 제버다이어의 멱살을 움켜쥐고 억지로 무릎을 꿇렸다. 램지는 제버다이어가 구치소에 있을 때 돌아온 뒤로 노름을 나가지 않고 있었다. 그는 돌아온 그날 밤부터 그녀의 침대에 들지 않고 있었다. 그가 돌아온 그날 그녀는 씻지 않았었다. 제버다이어를 사러 나가기 전날 밤에야 그녀는 씻은 터였다.

"이것 좀 놔달라고 해줘요," 제버다이어는 말했다. "착하게 굴게요. 당신들한테 말했잖아."

일하러 갔을 때 보면 그는 좋은 일꾼이었다. 펀은 두 주 이상 그의 말썽을 겪지 않았다. 왕년의 엘스턴 부부처럼 십장에 가까웠던 콜리는 제버다이어를 밤낮없이 감시했다. 그가 달아날 수 있으니 주의하라는 펀의 당부가 있었던 터라 스키핑턴 보안관은 순찰대원들에게 제버다이어의 소재를 모르고는 철수하지 말라고 다그쳤다. 그가 좋은 일꾼 노릇을 하는 데 모두가 익숙해졌다. 그러다 분부를 따르던 3주 차가 끝나갈 무렵 그는 일없이 어슬렁거리고 다니곤 했다. 대드느라 그러는 건 아니었다. 시킨 일을 턱 내려놓고 이탈해 낚시를 가든가 블루베리를 따 그 자리에서 배를 잔뜩 채우든가 목초지를 찾아 소들을 워워 쫓고서 그 자리에서 낮잠을 자곤 하는 것이었다.

사람들은 약간의 소동 끝에 그를 끌어다 놓았지만 그는 다음 날이나 다다음 날은 아니어도 얼마 못 가 또 기회를 노리곤 했다.

4주 차가 되면서 그는 밤중에 자리를 떠 아침 전에 돌아오기 시작했는데 외관상 순찰대와의 말썽은 없었다. 그 지역에는 그의 이름과 사정을 잘 아는 여자 노예가 여럿이었다. 그는 그중 한 사람에게 저는 전도사이며 전에는 전능하신 하느님으로 불렸다고 말했다. 그는 일주일 동안 앨리스를 마주쳤는데 둘은 서로 말은 안 건네면서도 매번 장터에서 마주치는 사람처럼 손은 흔들었다. 그러던 어느 날 밤 그가 안녕 하고 말을 걸자 그녀는 저만의 헛소리를 해대기 시작했고 그러자 그는 뒤로 돌아 그녀와 함께 걸으며 그녀가 하는 모든 말에 귀를 기울였다. 그는 그녀가 언제까지 하는지 알고 싶었고 저랑 같이 걷는 시간보다 오래 할 수 있단 걸 알게 되었다.

펀과 램지는 그가 어디선가 구한 종이쪽으로 제 통행증을 만들어 어느 밤이건 큰길에서 순찰대원들을 마주치면 그걸 제시해오고 있었단 걸 모를 수 없었다. 그가 그동안 오든 피플스를 맞닥뜨리지 않은 건 행운이었다. "이 검둥이는," 종이엔 적혀 있었다. "제 소유주를 위해 용무 중입니다, 엘스턴 사유지의 램지 및 펀 엘스턴. 귀가할 것이라고 믿어도 됩니다." 거기에 "펀 엘스턴"이라는 서명이 있긴 했지만 그가 그녀의 서명을 본 적은 없었으므로 서명은 전혀 달랐다. 엘스턴 부부는 그에게서 통행증을 빼앗았지만 그에게 "램지 엘스턴"이라 서명된 또 한 부가 있는 줄은 몰랐다. 그 한 부에서 그는 엘스턴 부부를 위해 단순히 "용무 중"인 게 아니라 "긴급 용무 중"이었다.

하지만 최악은 그가 안집 근처에만 오면 제 돈을 달라고 소릴 질러대기 시작했다는 것이었다. "너희가 내 돈 가지고 있는 거 안 까먹었어. 너희가 나한테 빚진 거 안 까먹었다고. 내 돈 오백 달러 내놔."

통행증을 빼앗기기 전 그는 밤이면 그 소릴 하곤 했다. 블루베리를 따러 가다가도 그 소리였고 낮잠을 자러 가다가도 그 소리였다. "너희가 내 돈 가지고 있는 거 안 까먹었다니까." 램지는 어느 날 아침 밖으로 나가 제버다이어의 머리 위로 권총을 쏘았지만 그것도 그를 멈추진 못했다.

그러다 램지가 노름판으로 돌아가고 사흘 뒤, 펀은 밖으로 나가 그에게 새사람이 되었으면 한다고 말했다. 그녀는 콜리와 그 밖에 사내 둘을 시켜 제버다이어가 홀몸인 남자 하나와 같이 쓰는 오두막 앞에 그를 꽉 붙들어놓았다. "이 짓도 오늘 다 끝날 거예요," 펀은 말했다. "내 그동안 참아왔는데, 내 참을성도 한계에 다다랐어요. 당신이 착하게 굴지 않으면 다시 사슬을 채울 겁니다."

그녀가 물러날 때 제버다이어는 말했다. "당신이 내 여자였으면 매일 밤 독수공방은 안 했을 텐데." 그녀는 멈추었지만 돌아보진 않았다. "당신이 머릴 풀고 흥분하게 만드는 데 얼마나 걸릴 거 같아? 얼마나 걸릴까?" 그는 제가 선을 한참 넘었으며 항복하고 말았단 걸 노예 신분으로 태어난 사람의 가슴과 머리로 틀림없이 알았을 것이다. 펀의 지시가 없었는데도 사내들은 제버다이어를 놓았고 그는 셔츠를 벗곤 배가 땅바닥에 닿도록 엎드렸다. 펀은 노예한테 채찍질하는 걸 좋아해본 적이 없었다. 그녀의 추정으로는 노예 등짝에 자국이 하나 남을 때마다 5달러씩 값어치가 떨어졌다. 그러나 세상엔 때로 용서가 안 되는 일도 있었다.

사내들은 그에게 열다섯 번 채찍질을 했는데 열 번째에 그가 기절한 탓에 마지막 다섯 번은 별 효력이 없었다. 그는 회복하는 데 일주일이 걸렸고 일을 하러 다닐 땐 말이 없었다. 이탈하는 일도 없었다.

일터에 복귀하고 일주일 뒤 그는 헛간에서 널빤지에 박힌 녹슨 못을 밟았다. 처음에 그는 별일 아니라는 생각에 약간의 진흙과 거미줄 조금만으로 상처를 치료했다. 하지만 상처는 곪았고, 그러다 결국엔 제버다이어의 목숨을 살리려면 그의 오른발을 톱으로 잘라내든가 해야 한다는 백인 의사의 소견이 나왔다.

그 뒤로 그는 변소에 가거나 먹고 잠자러 들어갈 때 말고는 제 오두막 앞에서 꼼짝하지 않았다. 사람들이 그의 발을 자른 지 두 주 조금 못 지나 편은 그에게 내려가더니 당신을 해방할 거라고 말했다. 그는 아무 말 없이 그저 제 발의 환영이 제게 떠드는 소리만 듣고 있었다.

그는 다음 날 콜리를 따라 안집으로 가서는 계단을 올라 부엌에 들어갔다. 누가 맞춰준 양쪽 목발을 짚고서였다. 식탁에선 편이 무언가를 적고 있었다. 다 끝나자 그녀는 문서를 압지로 닦아내곤 그에게 건넸다. 그는 그걸 읽어보더니 그녀에게 도로 건넸다. "manumit(해방하다) 할 때 t는 하나예요," 그는 그녀에게 말했다. "과거형으로 쓸 때 말고는요." 그녀는 그 단어를 전에는 써본 적이 없었다. 그녀는 문서를 다시 썼고, 그러고 나서 한 장을 더 썼다. 남자들은 뭘 잃어버리는 데 선수였다. 그녀가 평생 알게 될 모든 사람 중 그녀에게 "미안해요"라는 말을 들을 뻔했던 사람은 그가 유일할 것이다. 그녀는 소책자 집필자 앤더슨 프레이저에게 이 얘긴 한마디도 하지 않았다.

그녀는 그에게 사유지 안의 묵을 곳과 일자리를 제안했지만 그는 그녀에게 저는 버지니아를 악마의 고장으로 보게 되었으며 그 일부가 되고 싶진 않다고 말했다. "저기 어디에 바닷물이 있었다면," 그는 말했다. "이놈의 버지니아 땅을 안 밟아도 되게 그리 뛰어들어서 볼티모어까지 내내 헤엄쳐 갔을 거예요."

그녀는 그에게 짐마차 한 대와 늙은 말 한 마리를 타고 가라고 주었다. 그리고 50달러도 주었다. "당신과 당신의 저질 남편은 나한테 아직 사백오십 달러를 빚졌으니까 발뺌하지 마요. 내가 그동안 당신들한테 해준 일하고 내 발 값은 안 받을게요."

그는, 그와 짐마차와 말은 저희의 모든 세월을 뒤로하고 떠났다. 그는 발이 하나뿐이라 북쪽으로 가는 길에 숱한 친절을 만났지만 흑백의 사람들이 제게 따뜻한 침대와 접시 가득한 음식을 아무리 베풀고 제 말을 아무리 곱게 다루어도 악마의 고장을 지나고 있단 생각은 결코 지워지지 않았다. 그의 마음을 부추겼던 건 볼티모어였지만 그는 워싱턴 D.C.에 도착해 그곳으로 만족했다. 제버다이어가 워싱턴을 밟은 지 여섯 달 뒤 편의 말은 죽었다. 그는 볼티모어가 제가 꿈꿔온 모든 게 맞는지 보러 굳이 40마일(약 64킬로미터) 길을 밟지는 않았다. 그는 제 맏자식, 하나밖에 없는 딸의 이름을 메리벨이라 지었는데 그건 제가 편의 집 바깥에서 편의 소총으로 보내줘야 했던 말의 이름을 딴 것이었다. 둘째인 짐의 이름은 저를 워싱턴까지 데려다준 말의 이름을 딴 것이었다. 어느 날 아들이 수업 중에 제 이름을 "제임스"라 적는 걸 발견한 그는 아버지가 네 이름을 제임스라 짓고 싶었다면 그리하지 않았겠느냐고 언성 높이지 않고 아들에게 말했다.

모지스가 근로일이면 거의 어김없이 안집에 들러 옛일을 들려주는 건 캘도니아와 모지스의 일과가 되어버렸다. 진짜 새 소식이라

할 만한 것은 드물어도 그는 제가 말한 것을 다소 상세한 측면에서 풀어나갔다 —— 헛간을 보수하는 데 드는 지붕널 개수, 캘도니아가 기대해도 좋을 각 작물의 산출량, 점심과 저녁에 노예들한테 제공되는 음식, 젖소 한 마리에서 나오는 우유 통 숫자, 몽유병 걸린 노새가 부순 옥수수 창고를 새로 짓는 데 걸리는 시간. 결국 요지는 작물들이 잘 자라고 있다는 것으로 그 얘길 전하는 데엔 5분도 안 걸렸을 테지만 상세한 설명이 끝나갈 때면 그는 노예들의 삶에 관한 사소한 토막들을 덧붙였다. 오거스터스 타운센드가 납치되어 팔렸을 즈음인 9월 초 어느 저녁, 모지스는 두 손으로 제 모자를 잡고 응접실에 섰다. 낮 동안 땀을 많이 흘린 뒤라 땀이 말라서 단정해졌다 싶을 때까지 집 뒤에서 기다린 터였다. 그녀는 그에게 앉으라고 말했고 그는 밭에서 입었던 옷을 그대로 입고 있던 탓에 늘 그러듯 머뭇거렸다. 하지만 그는 앉았고 그날의 일 얘기가 마무리되었을 무렵엔 설레스트의 임신은 순조롭게 진행 중이고 글로리아는 양잿물에 화상을 입었으며 래드퍼드의 얼굴 왼쪽은 보통 때의 세 배가 되었다고, 아마 치통일 거라고, 래드퍼드는 모루만 아니면 뭐든 씹고 다니는 걸로 유명하다고 캘도니아에게 말했다.

모지스가 헨리에 관한 꾸며낸 일화를 들려줄 준비가 되니 마침 로레타가 방에 들어와 뭘 좀 내오느냐고 물었고 캘도니아는 쿠키(tea biscuit)와 커피 반 잔을 주문하곤 커피보다 많은 물을 추가했다. 캘도니아는 로레타더러 모지스에게도 쿠키를 가져다주라고 말했다.

모지스는 오두막 한두 집에서 누군가 먹을 걸 훔치는 문제가 있는데 그게 누군지 짐작은 간다고 얘기를 이어갔다. "머릿속으로만 알고 있어야 돼요," 그는 말했다. "어떤 애일 수도 있으니까요. 주로 당밀을 가져가더라고요." 캘도니아는 고개를 뒤로 젖히고 눈을 감았는데 그러는 건 두 번째 저녁 이래로 그녀의 습관이 되어 있었다. 그는 아무 얘기나 해도 괜찮다고 느끼기 시작한 참이었다.

"누구일지 정확히 알아요?"

"셀마랑 프린스의 꼬맹이 패트릭을 눈여겨보고 있어요. 일라이어스랑 설레스트의 아들 그랜트랑 친한 애요. 아니면 그랜트랑 보이드예요. 그 꿈 발작이 있은 뒤부터 벼룩들마냥 사이가 두터운 거 있죠, 한 녀석이 보이면 다른 녀석도 보이는 것이."

"꿈이요?" 로레타가 그에게 쿠키 두 개를 건넸지만 그는 먹지 않았다.

그는 꿈을 나누는 두 남자아이에 관해 또 그 결과 그들이 얼마나 가까워졌는지에 관해 캘도니아에게 들려주었다. 그 꿈들은 가을이 오면 끝날 걸로 예상된다고 설레스트는 말했지만 모지스는 그 말을 곧이 믿지 않았다. "그 꿈들은 어린애들한텐 보통보다 더 안 좋아요. 거기엔 악마가 깃들어 있어서 계절이 바뀌어도 거기서 헤어나지 못할 거예요."

"그 애들이 굶주린 것 같아요?" 캘도니아는 물었다. "그 이유로 훔치는 걸까요?" 그녀는 이번에도 검은 드레스를 입고 긴 팔걸이의자 끄트머리에 앉아 있었다.

"굶주림이요?" 헨리는 대체로 한 파인트의 당밀을 포함해 제가 보기에 충분하다 싶은 식량을 매주 토요일이면 어김없이 각 노예에게 배급했었다. 그 식량은 그해의 수익에 따라 늘거나 줄곤 했다. 당밀의 양은 변함이 없었는데 그건 자식 딸린 노예가 아니면 노예 한 사람당 그 양으로 충분하다고 믿었기 때문이다. "아뇨, 배고파 뵈진 않아요. 헨리 쥔님은 여건이 되면 노예를 굶게 냅두지 않으셨어요."

"내가 알기로도 그랬을 거예요," 캘도니아는 말했다. 그녀는 잔을 들어 마신 뒤 그걸 무릎에 아주 조심스럽게 놓았다. 모지스는 쿠키를 든 손에서 땀이 나기 시작해 그걸 다른 손으로 옮겼다. 그는 그녀를 똑바로 쳐다보지 못하고 팔걸이의자의 중앙 한곳을 쳐다보고 있었다.

"당신 아들 제이미는 덩치가 큰 걸로 아는데, 그 아이가 장본인일 수도 있다고 봐요?" 그녀는 제 의혹이 혹시 그에게 상처가 될까 봐 큰 웃음소리로 그의 기분을 풀어주었다.

"제 아들이요? 제이미요? 도둑질이요? 음, 그 애가 먹는 걸 좋아하니 아니라고 말할 순 없지만, 그 앤 지 것이 아닌 것에 손을 대다 걸리면 아빠한테 산 채로 껍질이 벗겨진단 걸 잘 알아요." 한 단어 두 단어 내뱉을수록 그의 눈길은 팔걸이의자의 중앙 한곳에서 그녀에게로 이동했다. 그는 그녀를 처음 보았던 순간을 기억했다 ─ 너무 가녀려서 좋은 아내가 되기 어려운 여자.

"알았어요. 당밀 양을 반 파인트 늘리는 것도 괜찮을 것 같네요," 그녀는 말했다.

"예, 이번 주 토요일부터 시작하겠습니다."

"좋아요. 내일 봐요." 그녀는 눈을 떠 눈길을 들었다.

모지스는 일어서서 말했다. "좋은 밤 되세요, 쥔마님."

다음 날 저녁 안집에 들르기 전에 그는 우물가에서 물을 끼얹으며 몸을 박박 문질러 씻었는데 프리실라는 이를 지켜보고 웃음을 터뜨렸다. "내일이면 온몸에 또 흙먼질 뒤집어쓸 텐데 뭐 하러."

"넌 그냥 입 닫아," 모지스는 말했다. 그는 밭에 입고 나갔던 셔츠로 물기를 닦곤 그걸 도로 걸쳤다.

"안집에 올라가서 하루 종일 밭일 뼈 빠지게 한 걸 로레타한테 보여줄 순 없잖아." 모지스는 원체 좋은 남편도 못 되고 대단한 아버지도 못 되는 사람이라 프리실라는 그가 안집을 뻔질나게 드나드는 게 로레타 때문인 것도 불가능한 일은 아니다 싶었다. 그는 밭일꾼이긴 해도 웬만큼 힘이 있는 십장인지라 어떤 여자든, 심지어 안집 일을 하는 여자여도 그가 있는 쪽으로 엉덩이를 흔들고픈 유혹을 느낄 수 있었다. "맞아, 실제로 우리 꼬락서니가 맨날 어떤지 로레타한테 보여줄 순 없지. 그 악취 먼저 씻어내야겠다."

그는 그녀의 따귀를 때렸다. 세게 때리지 않았는데도 그녀는 수년간의 학대와 냉대가 실린 그 따귀에 무릎을 꿇었다. "나한테 왜 이러는 건데, 모지스? 나한테 좀 잘해줄 수 없어?"

"할 수 있는 만큼 잘해주고 있잖아," 그는 말했다.

설레스트와 일라이어스의 딸 테시가 앨리스를 그녀의 오두막으로 데려가는 길에 들렀다. "작은 쥔님이 따귀 때리네. 작은 쥔님이 따귀 때리네. 작은 쥔님이 따귀 때리는 병에 걸렸네," 앨리스는 창을 했다.

"왜 울고 계세요?" 테시는 말했다.

"그냥 가던 길 가라," 모지스는 둘에게 말했다. 그러곤 프리실라에게 말했다. "너도 오두막으로 가."

그녀는 벌떡 일어나서 오두막으로 내려갔다. 오두막들 간에는 비밀이 없었으므로 한참 뒤 다수의 실종을 조사하러 온 보안관은 모지스가 프리실라에게 얼마나 손찌검을 했는지 듣게 될 것이다. "저희한테도 다 들렸어요," 스키핑턴 그 백인에게 어른들은 말을 아껴도 아이들은 그러지 않았다. "매일 밤은 아닌데 거의 매일 밤이었어요. 아저씨가 아줌말 때리면 벽들이 흔들렸어요. 이렇게요 — 쿵 쿵 쿵." 프리실라가 제 오두막으로 가 문을 가볍게 건드리니 그녀에게 문이 열렸고, 그러자 아들이 지펴둔 난롯불 빛에 환해진 그녀는 안에 들어가 등 뒤의 문을 닫았다. "그럼 그 아저씨가 자기 아들을 때린 적은 있었니?" 스키핑턴은 훗날 아이들에게 물을 것이다. "앨리스 그 사람한테 해를 가한 적은 있었고?" "모두한테 그랬어요," 테시는 말할 것이고 이 진술은 말을 할 줄 아는 모든 아이가 확증해줄 것이다.

"모지스," 그에게서 당일의 일을 들은 뒤 캘도니아는 말했다. "당신과 헨리가 이 집을 짓는 데 얼마나 걸렸죠?"

"얼마나요, 쥔마님?"

"네, 얼마나 걸렸어요? 몇 주? 몇 달?"

"넉 달쯤 되는 것 같아요, 매일같이 일해서요. 예, 몇 날 며칠 일을 붙들고 있으면 그분이 말씀하시곤 했어요. '모지스, 캘도니아 양이 여기 이 방을 좋아할까? 니 생각엔 그녀가 이걸 보면 행복해하겠어?' 그러면 저는 말했죠. '예, 헨리 쥔님, 그분은 여길 좋아하실 거예요.'" 그녀의 고개는 이번에도 뒤로 젖혀져 있었는데 이 집이 저와 헨리가 만나기 한참 전에 완공되었단 걸 기억하는지 못 하는지 그녀는 말이 없었다. "그렇군요," 그녀는 조금 뒤 말했다.

"그분이 어떤 방들을 작업할 땐 저더러 손도 못 대게 했던 얘길 이제부터 해드릴까 해요. 순전히 혼자서 작업하길 원하셨던 방들이 있어요."

"방들?"

"이 방이요, 쥔마님. 응접실이요. 그분은 여기서 여러 날을 쥔마님과 단둘이 있고 싶어질 줄 알고 있었고, 그래서 제가 관여하길 원치 않으셨던 거 같아요. 그리고…… 그리고 위층 침실도요. 거기도 혼자서 하길 원하셨죠. 딱 그분다운 방식이죠, 쥔마님."

그녀는 여전히 제 사랑인 남자가 일에 매진하는 모습이 눈에 선했다. 헨리가 여기서 일하던 시절, 우리가 서로를 모르던 그때 나는 뭘 하고 있었더라? 다른 누구를 공상하고 있었을까, 길에서 스친 어느 누구와의 미래를 계획 중이었을까?

그녀는 거의 한 시간 반 뒤에 모지스를 물렀는데 이는 둘이 있던 중 가장 긴 시간이었다. 그가 자리를 뜰 때 로레타는 복도에 앉아 있었다. 로레타는 의자에서 일어나더니 모지스와는 대화를 나누지 않은 채 응접실 쪽으로 살짝 열려 있는 문을 두드렸고 그는 복도를 따라 부엌 쪽으로 내려갔다. 그는 서성대진 않았지만 평소보다 걸음의 속도는 늦추었다. 부엌에서 그는 요리사 제디의 남편 베넷에게 쥔마님이 나더러 다른 셔츠와 바지를 입었으면 하시더라고 거짓말했다. 그게 다른 사람이었다면, 십장도 아니고 숱한 밤 저희 주인마님과 얘기를 나눠온 사람도 아니었다면 베넷은 의심을 했을 것이다. 베넷은 내일 아침에 옷을 마련해놓겠다고 말했다.

모지스는 나무 그루터기에 앉아 막냇자식 엘우드에게 줄 새를 깎고 있는 일라이어스를 발견했다.

"내일 아침에 같이 노새 마중 가야 된다," 모지스는 말했다. 그녀에겐 남자가 있어야 하는데 나 말고 누구겠어. "좀 자두는 게 좋을걸." 감히 내가 그렇게 높은 델 쳐다본다고? 내가, 감히 내가? "여기와서 같은 말 하게 만들지 말고."

일라이어스는 꼼짝하지 않았다. 모지스는 제 오두막 문을 열기 직전 다시 말했다. "내일 아침에 같이 노새 마중 가야 된다고. 쥔마 님한테 가서 여기 누가 내 말 안 듣는다고 얘기해줄까?"

일라이어스는 일어서서 등잔을 들고 안으로 들어갔다. 그는 그것을 새와 조각칼만큼 조심스럽게 들었다. 그 등잔은 클레먼트에게 빌린 것으로 클레먼트가 델피랑 커샌드라랑 함께 소유하는 물건이었다. 이 무렵 골목은 어둡고 고요해 모지스는 제 오두막으로 발을 들였다. 프리실라가 저녁밥을 차려두었지만 그는 마음이 없었다. 난롯불의 마지막 자취가 남아 있는 가운데 그는 저희 짚자리 가에 앉아 쿠키를 먹었다. 아내와 아들이 그를 지켜보았다. 그가 들어간 지 한 시간 뒤 앨리스가 밖을 싸돌아다니러 나와 오두막 문마다 코를 킁킁거리며 제 길을 갔다. 낮 동안 숱하게 떠들어 그녀의 목소리는 쉬어 있었지만 그러거나 말거나 그녀는 창을 했다. 그녀의 노래를 기다리는 천사가 수백은 되었다.

훗날 다수의 실종이 있은 후 스키핑턴은 일라이어스를 가장 오래 신문할 것이고 어른 중의 어른인 일라이어스는 아무것도 비밀에 부치지 않을 것이다. 설레스트는 가장 적은 말을 했다. "저는 모지스랑 그들 누구에 관해서 전혀 모릅니다," 스키핑턴에게 그녀는 말했다. "그 사람한테 아무 말 하지 마, 일라이어스," 설레스트는 스키핑턴이 골목을 두 번째로 들렀다 간 뒤 말할 것이다. "제발 하지 마, 남편." "해야 돼," 일라이어스는 말했다. 그들은 아이들이 주변에 널브러져 자는 가운데 저희 짚자리에 있을 것이다. 그날 밤은 밖이 추워 벽난로에 지핀 불이 활활 타고 있었다. "마음속에 있는 그걸 거기 못 담아두겠어. 누구 좋으라고 내가 그걸 담아둬." "제발, 일라이어스……."

베넷에게 새 바지와 셔츠를 얻은 이후 어느 날, 모지스는 제 주인
이 죽은 이래 처음으로 혼자 있으러 숲을 다시 찾았다. 그 일이 끝나
자 그는 벌렁 누워 제 주변의 흔들리는 나뭇잎들 사이로 별이 반짝
이는 걸 지켜보았다. 세상은 여름의 마지막 시기에 접어들었고 그곳
에서 발산된 생식력은 그를 잠으로 끌어들이고 있었다. 당장 죽어
도 하느님을 원망하진 않겠단 말이 입에서 절로 속삭여질 만큼 평화
로운 순간이었다. 일어나서 옷을 걸칠 준비가 되자 잔가지 부러지는
소리가 났는데 그는 그것이 저와 제 행위를 알아차리지 못한 짐승
의 무심한 발걸음이 아님을 곧장 알았다. 그는 팔꿈치 하나를 쳐들
고 기다렸다. 그는 제가 지금 알몸이란 걸 너무나 잘 알아서 바지를
중앙부쯤에 들고 있었다. 부러진 잔가지는 인간의 몸무게로 발생한
거였고 모지스에겐 그 막대기가 내는 미세하다 싶은 한숨이 들렸다.
"거기 누구야?" 그는 물었다. "프리실라? 당신이야?"
  그는 일어서서 옷을 걸쳤고, 그러는 사이 그 사람이 물러가는 걸
느꼈다. 그는 그 움직임 방향으로 걸어갔고, 그러다 이내 달렸다. 숲
에서 나오니 주위엔 듣고 싶지 않은 사실을 말해주는 농작물과 귀뚜
라미뿐 그는 혼자였다.
  골목에 이르러 그는 작은 길 한가운데서 무릎을 꿇고 기도 중인
앨리스를 발견했다. 그는 말했다. "집에 들어가, 너." 그녀는 알은척
하지 않았다. "좋은 게 좋은 거니까 집에 들어가." 그는 등 뒤로 다가
가 그녀의 왼쪽 허벅지를 발끝으로 툭 찼다. "내 말 안 들려, 기집애
야?" 그녀가 무슨 말을 하고 있든 평소보다도 횡설수설이라 그는 알

아들을 수가 없었다. "집에 안 들어가면 채찍질당할 줄 알아." 그는 그대로 지나갔는데 저희 집 문가에 다다라 돌아보니 그녀가 서 있었다. 그녀는 한 바퀴 빙글 돌더니 멈추었고, 그러자 그는 숲에 있었던 게 그녀임을 알아차렸다. 그녀는 그가 있는 쪽으로 오더니 그대로 지나 큰길로 이어지는 구역으로 모습을 감추었다. 이젠 그녀의 목소리가 또렷이 들렸다.

> 주인 나리네 골목서 죽어 있는 남자를 만났네
> 그 죽은 남자한테 이름을 물었네
> 그는 해골을 들더니 모자를 벗었네
> 그는 이런 말 저런 말 들려주었네.

그녀를 쫓아가 죽여야 한다는 생각이 그의 머릿속에 들어섰지만 오두막촌 너머 빈터에 도착하고 보니 그녀는 사라져 있었다. 창하는 소리가 여전히 들리긴 했지만 거기 서 있을수록 그는 제가 듣고 있는 게 뭔지 확신할 수가 없었다 ─ 그녀가 실제로 창을 하는 소리인지 그 창에 대한 기억인지. 그녀의 목소리는 사방에서 들려오는 것 같았다.

다음 날 밤 그는 숲을 다시 찾고 싶은 욕구를 누르곤 그녀가 제 오두막을 떠날 때까지 헛간 뒤에 숨었다가 그녀를 따라갔다. 큰길에 나선 지 몇 분 만에 그녀는 사라져버렸다. 그는 그녀가 갔을 법한 길로 내려갔고, 그러다 몇 분이 더 지나자 제가 타운센드 농장을 지난 세월이 무색해질 만큼 벗어났다는 생각이 들었다. 그는 농장에 관해선 모르는 게 없었지만 캘도니아의 영역 바깥은 조금만 벗어나도 낯설었다. 그는 생소함에 주변을 두리번거리곤 조용조용 말했다. "앨리스? 거기 있어?" 그는 큰 소리로 불렀다. "앨리스, 보이는 데로 나와. 당장 이리 나와, 기집애야." 달가닥달가닥하는 말발굽 소리가 저 위쪽에서 들려와 그는 농장 쪽으로 달렸지만 말들이 가까워지는 걸 느끼곤 큰길 옆의 덤불숲으로 뛰어들었다. 그들이 휘저어놓은 자욱한 여름 먼지가 그와 덤불을 뒤덮어 그는 질식하는 기분이었다. 그는 말을 탄 백인들이 말발굽의 어수선함 속에서도 흙먼지로 인한 제기침 소리를 들을까 봐 덤불 속 가시투성이 낙엽들에 입을 파묻었다. 그의 입에서 피가 흘렀다. 말들과 그 주인들은 지나갔지만 흙먼지와 피를 콜록콜록 토하고 큰길에 다시 들어선 그는 어느 길이 농장 쪽인지 확신할 수 없었다. 그는 엉터리 교차로에 있었고 제가 제 발로 거기 왔단 걸 알곤, 한참 전에 목이 꺾였어야 할 여자를 따라왔단 걸 알곤 바들바들 떨었다. 그는 뒤로 돌아섰다. 길 하나가 올발라 보였지만 다른 세 길을 보니 그 길들도 올발라 보였다. 별도 달도 전날 밤처럼 환했지만 그는 일라이어스가 스키핑턴에게 하게 될 말처럼 "세상없을 바보"였고, 그래서 하늘도 그에겐 아무 의미가 없었다. "사랑하는 예수님," 그는 말들이 떠난 쪽으로 걸어가며 말했다. 하지만 그쪽에선 그가 일찍이 지나가본 적 없는 작은 나무숲이 나왔다. "사랑하는 예수님."

그는 서서 머리를 식히려고 애쓰며 피를 뱉어냈다. 말들과 순찰대원들의 소리는 이제 땅을 부드럽게 울리는 둥둥거림이었다. "앨리스, 이리 나오라고 내가 말하잖아." 한쪽 길에서 잔가지 부러지는 소리가 들렸는데 전날 밤 들은 것과 거의 동일한 소리라 그는 그쪽 길로 나아갔다.

그는 가시를 물어 입이 퉁퉁 부은 모습으로 반 시간 뒤 농장에 다다랐다. 앨리스의 오두막에 이르자 그는 두 손을 문에 대곤 밀고 들어갈 준비를 했고, 그러다 그녀가 잠들었든 숨죽였든 안에 있다는 걸 곧바로 알게 되었다. 그는 뒷걸음으로 골목까지 물러난 다음 주위를 둘러보았다. 그녀가 숲에서 봤다면 다른 사람들이라고 못 봤을까? 다들 어떻게 생각할 것이며 주인마님한텐 뭐라고들 할까? 모지스가 저기 숲에 혼자 나가서 자기 몸을 만지작거리지 뭐예요. 여자 말고요, 다른 거 말고요, 혼자서 그냥 자기 몸을요. 사람들이 앨리스에 관해서 이러쿵저러쿵하잖아요, 쥔마님, 근데 진짜 걱정하셔야 할 건 모지스 그 사람이에요. 모지스는 제 오두막 쪽으로 갔다. 헨리가 유리값을 쓰려 하지 않아 어떤 오두막에도 창문은 없었지만 모지스는 사람들이 문을 뚫고, 벽을 뚫고 저를 지켜보는 기분이었다. 골목에 모지스 지나가는 것 좀 봐. 골목에 모지스 지나가는 것 좀 보라고. 저 골목에서 모지스가 눕는 거 봐. 저희 집 문에 다다를 때쯤 그의 입은 거의 벌어지질 않았다. "모지스?" 그가 들어서자 프리실라는 말했다. 그녀는 저희 오두막이 아니라, 제 주인마님의 집이 아니라 낯선 집에 있는 꿈을 꾸던 중으로, 누가 문을 두드려 가서 문을 열어주고는 그 외지인을 들이고 오는 길에 이 집이 내 집이구나 하고 깨달은 참이었다. "내 집에 오신 걸 환영해요," 그녀는 그 외지인에게 말했다. 모지스가 오두막 문을 닫고 한 차례 꿍 하는 소릴 내자 프리실라는 돌아누워 다시 잠을 청하려고 애썼다.

아침이 되어 부기가 많이 가라앉자 그는 노예들을 이끌고 밭으로 나갔다. 앨리스는 여느 날과 다를 게 없었다. 말대꾸도 않는 데다 남들이 밭고랑을 한 번 돌 시간에 두 번 도는 좋은 일꾼이었다. 모지스는 제 몫의 일을 하다가 틈틈이 허리를 펴 그녀를 건너다보았지만 평소처럼 그녀는 제 세상에 있었다. 맞바람이 불거나 혹은 누구의 입에서도 노래가 나오지 않을 때면 그는 그녀를 들을 수 있었다. "당신을 고를래. 당신을 고를래. 내 이름을 똑바로 말할 때까지 당신을 냅둘래."

그날 저녁 그는 달라져 우물에서 세수를 한 다음 새 셔츠와 바지를 입고 캘도니아에게 보고를 했다. 오늘 하루도 일과가 순조로웠다고 그는 그녀에게 말했다. 그는 의자에 등을 편히 묻었고 그녀는 그에게 커피를 하겠느냐고 처음으로 물었다. 그가 하겠다고 하자 로레타는 캘도니아의 잔과 똑같은 잔에다 커피를 내왔다.

"저는 앨리스가 매일 밤 어슬렁거리고 다녀서 걱정이에요," 만남이 끝나갈 무렵 그는 말했다. "그 순찰대원들한테 무슨 꼴 안 당하게 밤마다 가둬놓든가 해야겠어요."

"보안관이랑 순찰대원들은 나한테 아무 말 않던데요. 누가 뭐라고 하던가요, 모지스?"

"뭐라긴요, 쥔마님. 하지만 저런 지 너무 오래됐잖아요. 미친 여자는 평화랑 화합에는 균열인 것 같아요, 제가 볼 땐. 다른 사람들도 전부 미친 짓이 하고 싶어지니까요."

"그녀가 저런 지 얼마나 됐죠?"

"헨리 쥔님이 사 오신 날부터요."

"그러면 평생 실성할 걸 다 했을 수도 있겠네요."

"오, 틀림없이 더 미칠 수도 있어요. 더 미칠 가능성도 있다고 봐요."

그녀는 제 잔을 옆에 있는 협탁에 내려놓은 다음 고개를 뒤로 젖히곤 눈을 감고 침묵에 잠겼다. 그는 그녀가 잠들었나 싶었지만 그녀는 조금 뒤 팔짱을 풀고 벌린 두 손을 몸 양옆에 내려놓았다. 그는 턱에서 내려와 블라우스 안으로 사라지는 그녀의 목을 눈으로 좇았다. 그녀는 가만히 가슴만 오르락내리락했고 그는 그런 그녀를 한참 지켜보다가 가슴이 오르내리는 형태에 넋을 잃었다. 세월이 흘러 그녀도 몸무게가 불어난 터였다. 그는 헨리와 그녀의 결혼 첫날밤 제 오두막에서 단지 가벼운 호기심에 안집을 올려다보았었다. 이제 그녀는, 헨리가 결혼 생활 중 아무 밤에나 가질 수 있었던 전부는 산토끼가 한 번 뛰면 닿을 거리에 있었다.

"당신은 그를 못 잊을 거예요," 마침내 그녀는 말했다.

"예?"

"당신은 헨리 타운센드를 못 잊을 거라고요, 그렇죠?"

"차라리 제 이름을 잊는다면 모를까요, 쥔마님."

"잘 가요, 모지스. 로레타한테 들어오라고 해줘요."

그는 되도록 시간을 끌다가 그녀가 저 숲에서 저랑 같이 팔걸이 의자에 앉아 있는 이미지를 챙겨 갔다. 그는 장 브루사르와 그의 스칸디나비아계 동업자한테 알렉산드리아에서 저랑 같이 팔린 베시를 거기 나가서 떠올리던 이른 시절 이후론 현실의 여자, 실물로 만나본 여자를 떠올려본 적이 없었다. 숲에서 일을 끝내자 모지스는 뭉그적거리지 않고 일어나 앨리스 소리에 귀를 기울였다.

골목에 돌아오니 그녀가 제 오두막을 나서는 중이라 그는 그녀의 길목에 끼어들었다. 그녀는 그를 비켜 가려 했지만 그는 그녀를 따라갔다. "날 냅두지 않으면 지옥에 보내버린다," 그는 말하곤 두 주먹을 그녀의 얼굴에 쳐들었다. "아이고, 쥔님, 전 제 닭들한테 모이를 주려고 했을 뿐이에요," 그녀는 말했다. "뭐?" 모지스는 물었다. "그게 무슨 소리야?" "제 닭들한테 모이를 주려고 했을 뿐이라고요. 작은 병아리가 여기 있구나. 거기 작은 병아리야, 모이 줄게." 그는 있는 힘껏 그녀를 밀어 자빠뜨렸다. "내가 냅두랬지." 앨리스는 울기 시작했다. "내가 냅두랬지." 그는 그녀를 땅바닥에 팽개쳐두었다. 앨리스는 냅다 누워 팔다릴 대자로 뻗고 더 격하게 울었다.

델피가 나오더니 그녀에게로 갔다. "모지스, 이게 지금 무슨 일이야? 괜찮아, 얘야. 내가 있잖니. 모지스, 얘가 어쨌는데 그래? 이게 옳지 않단 거 자네도 알잖아."

"내가 날 좀 냅두라고 했어요. 안 냅두면 다음번엔 죽이겠다고 전해주세요. 죽어서 뻗을 거라고." 그는 제집으로 갔다.

델피는 앨리스를 일으켜 세웠다. "오늘 밤엔 집에 있어, 알았지?" 앨리스는 일단 오두막에 들어가자 울음을 그쳤지만 한 시간이 지나자 도로 밖에 나와서는 출발에 앞서 집집마다 문을 쿵쿵거리고 다녔다.

모지스는 일요일인 다음 날엔 밖에 나가지 않았지만 월요일엔 앨리스가 큰길에 나설 목적으로 오두막 구역을 벗어나는지 안집 근처에서 지켜보았다. 이날 밤은 매우 푹했고 벌레들이 극성이었다. 그는 어디까지 가는지도 모르고 따라갔지만 농장을 반 마일도 못 벗어나서 말들이 저희 쪽으로 달가닥거리며 오는 소리가 들렸다. 그는 골짜기로 내려갔는데 거기선 그녀와 말들과 말의 주인들을 몇 야드 거리에서 볼 수 있었다. 앨리스는 제 프록을 들어 올리고 춤을 추다가 한 사내의 말에 올라타려고 했다. 말이 뒷발로 일어서려는 순간 사내는 그녀를 밀쳐냈다. 말들과 사내들은 거침없이 달려나갔고 모지스는 그들이 사라질 때까지 눈과 입은 닫고 코는 흙먼지로부터 가린 채 골짜기에 누워 있었다.

몸을 일으키니 앨리스는 멀어지는 중이었다. 그러다 그녀는 걸음을 멈추고 두리번거리더니 고개를 고대로 갸우뚱했다. 그녀는 다시 창을 시작했는데 처음엔 머뭇거리는 나직한 소리였다. 그녀는 제 주변 모든 걸 귀담아듣고 눈여겨보느라 여러 번 창을 멈추었다. 매번 창을 재개할 때마다 자신감은 이전의 여느 밤보다 줄어 있었다. 그는 그녀가 돌아오길 한 시간 이상 기다리다가 그녀가 돌아오질 않자 집으로 갔다. 그리고 저희 집 문 앞에서 한 시간을 더 기다려도 그녀는 나타나지 않았다. 집에 들어간 그는 그녀가 두리번거리던 모습과 귀를 기울이던 모습을 떠올리며 어느 정도 만족감을 느꼈다. 어쩌면 넌 오랫동안, 아주 오랫동안 미친 척을 하다가 아예 미쳤는지도 모르겠다. 그는 몸을 눕혔고, 그러곤 잠들기 전에 기억을 더듬어 그동안 타운센드 농장에서 탈주한 노예가 있었는지 떠올려보았다. 그런 일은 한 건도 없었다.

그는 캘도니아에게 앨리스 얘기를 다시는 하지 않았다. 그녀라면 순찰대가 어떻게든 알아서 할 거라고 그는 생각했다. 수요일 저녁 지난 며칠 동안의 더위가 가라앉자 캘도니아는 로레타를 시켜 그에게 커피와 케이크를 내주었다. 그녀는 그에게 헨리가 이 집을 짓던 얘기, 혼자서 응접실과 침실을 만들던 얘기를 해달라고 말했다. "그가 한 일을 얘기해줘요," 그녀는 뒤로 기대어 눈을 감고 말했다.

"지금 생각해보면 이 집을 세우는 데 몇 년 안 걸린 게 놀라워요, 헨리 쥔님이 거기에 달려들어서 하신 게요," 모지스는 말했다. "못

하나하나를 보고 계셨죠, 제가 기억하기로는요. 널빤지도 하나하나 검사하셨고요, 여기 이 방에 들어간 널빤지요. 쥔마님, 이 집은 하느님이 오셔서 우리 모두를 고향으로 데려가실 때까지 서 있을 건데요, 그건 다 헨리 쥔님 수고가 들어가서 그래요, 그만한 시간과 관심이요. 저는 그분이 어제 일처럼 눈에 선해요."

"모지스, 당신은 그를 못 잊을 거예요, 그렇죠?" 그의 대답이 채 나오기 전에 그녀는 몸을 숙이더니 두 손에 얼굴을 묻고 울었다. 그는 일어섰다. 로레타가 들으면 내가 주인마님을 어떻게 했다고 생각할 텐데 어쩌지? 그는 문을 쳐다보았고 문은 열리지 않았다. 그는 집 안에 큰 소동이 있을 줄 알고, 그동안 뻔질나게 드나든 노예 한 놈에게 수십 명의 사람이 모여들 줄 알고 귀를 기울였는데 들리는 것이라곤 집 구석구석을 정리하는 소리, 그 밖엔 고요를 채우는 여자의 울음소리뿐이었다. 그는 천천히 그녀에게 가 꿇어앉았다. "헨리 쥔님을 잊지 않을게요, 쥔마님. 정말로 절대로 안 잊을게요, 제가 이곳에 더는 없을 때까지요." 그녀는 계속해서 울었고, 그러다 집의 남은 구석들이 정리에 들어가자 그는 그녀의 손을 잡더니 손가락을 한 번에 하나씩, 다른 네 손가락에 감싸여 있던 엄지를 마지막으로 펼쳤다. 그가 펼쳐진 손에 키스를 해도 세상은 끝나지 않았다. 그녀는 제 손으로 그의 얼굴을 쥐었고 그가 올려다보자 몸을 숙여 그에게 키스했는데 그래도 세상은 끝나지 않았다.

두 사람은 일어나 서로를 안았고, 그러고 나선 같은 생각을 나눈 듯 떨어지더니 그녀가 그의 가슴에 손을 얹고 심장박동을 헤아렸다. 그녀는 여전히 울고 있었다. 그녀의 얼굴 측면을 어루만지면서 그는 가야 한다고, 이날 저녁은 이걸로 충분하다고 속으로 되뇌었다. 그녀가 그의 심장박동을 109까지 헤아리자 그는 문으로 가 로레타에게 쿤마님이 부르신다고 말하곤 복도를 거쳐 부엌으로, 뒷문으로 내려갔다.

다음 날 밤 그들은 각자의 선을 지켰다. 이날 내내 그는 제가 다시 찾아오는 걸 그녀가 원하지 않을 거라 생각한 터였지만 뒷문에 이르자 로레타가 응접실까지 바래다주었고 캘도니아도 전날 저녁 그 모습으로 앉아 있어서 걱정할 필요가 없었다. 이날 저녁 그는 헨리 타운센드가 이 땅을 어떻게 길들였고 제 색시 들일 공간을 어떻게 조성했는지 최고로 창의적인 이야기를 엮었다.

"제가 쿤마님을 처음 본 순간이 기억나요, 쿤마님, 쿤마님은 헨리 쿤님을 행복하게 만들어주는 단 한 분이셨죠. 헨리 쿤님은 이것, 저것, 그 밖의 것을 다 갖고 계셨지만 정말로 필요했던 건 그걸 전부 바로잡아줄 사람이었어요, 그걸 광을 내서 보기 좋게 만들어줄 사람이요." 그는 두 아이 몫의 삶이 머릿속에 있을 소년의 이야기를 시작으로 제 주인의 역사를 쭉 지어나갔다. 그는 헨리가 태어나던 현장에 있었고, 헨리가 해방되던 날 그 자리에 있었고, 천국까지 신고 갈 장화와 단화를 헨리가 제작할 때 최고의 백인들이 하나같이 어떻게 들 발을 내밀었는지 증언했다.

다음 날 저녁 그녀는 또 울었고 그는 팔걸이의자에 앉아 그녀를 안아주었다. 그러다 그녀는 그가 저를 무릎에 앉히고 헨리에 관한 얘기로 매 순간을 채우도록 허락했다. 두 사람 다 주로 옷을 걸쳤던 데다 당일의 정리가 끝난 집은 매우 조용했으므로 성관계는 그 뒤 일주일 동안 벌어지지 않았다.

9

부패의 고장. 겸손한 제안. 조지아 사람이 더 똑똑한 이유.

다시와 스테니스 그리고 이들이 훔친 ─ 오거스터스 타운센드를
포함한 ─ 사람들은 두 주 못 가 사우스캐롤라이나에 다다랐다. 스
테니스는 어번던스라는 아이, 맨체스터부터 기침을 하다 죽은 그 아
이를 노스캐롤라이나에 닿기 전 큰길가에 내버린 참이었다. "저 가
엾은 아기 묻어줘야죠," 스테니스가 여자아이의 시신을 잡풀에 떨구
고 짐마차로 돌아오자 사슬을 차고 있던 오거스터스는 말했다. 오거
스터스는 죽은 아이를 죽었다고 믿기가 싫어서 몇 마일이나 안고 온
터였다. "저 가엾은 아길 저기 저렇게 냅두지 마요." 다시와 스테니
스는 새 신을 신고 걸어가던, 감기에 걸려 있던 자유민 여자아이 어
번던스 크로퍼드를 프레더릭스버그 외곽의 큰길에서 납치했다. 아
이는 두 주 뒤면 아홉 살이었다.

"쟤를 묻어줘야 돼, 스테니스?" 다시는 말했다.

"삽이 없어요, 쥔님," 스테니스는 말했다.

"내가 할게요," 오거스터스는 말했다. "저 아이 무덤은 내가 손으

로 팔게요. 시간만 좀 줘요."

짐마차 뒤 칸에 오거스터스와 함께 탄 사람들도 손으로 무덤 파는 걸 돕겠다고 나섰다. 남자 둘과 여자 하나였다. 오거스터스를 제외한 그들 모두는 짐마차가 조지아에 닿기 전에 팔릴 것이다. 두 남자 중 하나는 한쪽 다리가 다른 쪽보다 짧은 서른일곱 살의 벽돌공 윌리스였고 다른 하나는 다섯 주 전 머리카락이 목 밑으로 2피트나 내려오는 여자랑 결혼한 스물두 살의 제빵사 셀비였다. 이 두 사람도 오거스터스처럼 자유민이었다. 여자는 10년 전 제 주인과 주인마님한테 성을 물려받은 스물아홉 살의 재봉사 세라 마셜이었다. "우리 성을 욕보이지 마라, 세라," 부엌에서 일종의 의식을 치르며 그들은 말했었다. "우리 이름을 늘 빛내렴. 마셜 가문의 성은 이 땅에서 특별하다는 의미니까."

"물어야 할지 잘 모르겠는데요, 쥔님," 스테니스는 어번던스라는 아이를 두고 말했다. "저것들 사슬을 풀었다 채우는 거잖아요. 도망가는지 감시도 해야 되구요. 이대로 놔둬도 되는데 말썽만 잔뜩 일으킬 거 같은데요."

"음," 다시는 말했다. "네가 모르는데 난들 어찌 알겠냐? 쭉 가자, 스테니스. 쭉."

노스캐롤라이나 록스버러가 가까워지자 오거스터스는 제가 살아 있다는 전보를 밀드레드에게 부쳐줄 수 없느냐고 다시에게 물었다. "아내가 걱정을 하니까요." 다시는 전보를 부치면 주머닛돈이 나가지 않겠느냐고 오거스터스에게 되묻곤 신중한 사업가는 손실을 최대한 줄여야 한다고 말했다. 그는 전보는 손실이라고 말하더니 네가 선한 천성 덕분에 천국에 곧장 올라갔다고 믿는 게 "가엾은 밀드레드"도 나을 거라고 덧붙였다. 록스버러에서 벽돌공 윌리스는 지나가는 어느 백인을 향해 나는 자유민인데 납치되었습니다 하고 소리쳤다. 다시는 그 백인을 보고 방긋 웃으며 말했다. "버지니아서부터 쭉 있어온 문제죠." 백인은 고개를 끄덕였다.

사우스캐롤라이나 킹스트리의 블랙강(Black River)에서 오거스터스는 납치범들에게 최대한 비협조하기로 마음먹었지만 거기까지였다. 그땐 이미 킹스트리에 닿기 한참 전 제빵사 셀비가 310달러에 팔려 가고 세라 마셜이 227달러에다가 저 내킬 때에만 작동한단 걸 다시로선 미처 몰랐던 19세기 초 권총 한 자루에 팔려 간 터였다. 세라의 구매자는 그녀에게 성이 있는 걸 재미있다고 여겼다. "잘 길러졌음을 보여주죠," 스테니스는 구매자에게 말했다. 그러고 거기 킹스트리에 이르러 윌리스는 가슴은 허벅지 가까이 붙이고 얼굴은 두 손에 묻은 채로 내내 몸을 숙이고 있기 시작했다. "여기서 벗어나야 돼," 오거스터스는 그에게 누차 말했다.

킹스트리에서 다시는 집을 막 나선 어느 남자에게 다가갔다. 그 집은 그 일대의 유일한 길목에 있었다. "꽤 괜찮은 검둥이가 있는데 관심 있으실까 해서요," 다시는 말하곤 남자를 큰길 끄트머리로 데려가 짐마차 사람들이 있는 뒷길로 꺾었다. 다시가 팔꿈치를 내내 잡고 있어도 남자는 항의가 없었다. 스테니스가 짐마차에서 오거스터스를 하차시켜 데려왔다. 윌리스는 두 손에 묻은 얼굴을 들지 않았다.

남자는 마침 잘됐다 하는 사람의 표정이었다. 그는 오거스터스에게 말했다. "입 벌려봐." 그는 노예를 거느리고 있진 않아도 경매에는 어지간히 다녀본 터라 잠재 구매자가 제일 먼저 하는 일이 노예의 입을 벌려보는 거란 걸 알고 있었다.

오거스터스는 어버버하더니 한 손을 펴 제 귓등에 갖다 댔다. 그는 몇 마디를 더 어버버했다.

"하이고, 도대체가, 이 검둥이는 귀머거리에 벙어리네."

"대관절 뭐요?" 다시는 말했다.

"대관절 뭐라나요, 쥔님?" 스테니스는 말했다.

"이 검둥이는 듣지도 못하고 말도 못 한다고 했어요. 아닙니까?" 남자는 손을 여전히 귓등에 갖다 댄 채로 무표정하게 저를 쳐다보는 오거스터스에게 대고 말했다. "뭐 이런 걸 팔고 다닙니까, 선생은?"

"아니에요 아니에요. 듣습니다, 말도 하고요," 다시는 말했다. "버지니아에선 말하고 듣고 했어요. 노스캐롤라이나에서도 말하고 듣고 했고요. 듣는 것도 가능하고 말도 가능합니다, 정말로요." 그러더니 오거스터스에게 말했다. "입 벌리고 이 백인 양반한테 안녕 해봐, 빌어먹게 좋은 오훕니다 해보라고."

오거스터스는 어버버하더니 다른 손을 다른 쪽 귓등에 갖다 댔다. 백인 남자는 오거스터스부터 다시를 거쳐 스테니스까지 쭉 쳐다보았다. "이거, 말이 없는 걸 보니 빌어먹게 좋은 오후는 확실히 글렀나 보군요."

"귀머거리도 아니고 벙어리도 아니라니까요. 그 점은 장담합니다," 다시는 말했다. "저놈 말하지 않아, 스테니스?"

"예, 주인님. 저놈 말하죠. 나무에서 노래 부르는 새처럼 또렷하게 말하는데, 뭐만큼 또렷하냐면 ──"

"좋아, 스테니스, 그만하면 됐어. 저는 거짓말 안 합니다, 선생."

"귀머거리에 벙어리 검둥인 됐어요. 하자 없는 검둥이를 원해요, 머리부터 발끝까지."

남자가 가려고 몸을 돌리자 다시는 그의 소매를 잡아당겼다. 남자는 말했다. "이거 놓으시죠, 귀하, 안 그러면 하느님한테 보내드릴 테니까." 스테니스가 으르렁거렸다. 다시는 물러섰고 남자는 가버렸다. 다시는 스테니스에게 말했다. "바보같이 백인한테는 짖지 마, 싫다는 고객 하나여도."

그는 손가락 두 개로 오거스터스의 가슴을 쿡쿡 찌르며 도발했다. "너 뭔데 깝치는 거야, 검둥아? 스테니스처럼 귀머거리도 아니고 벙어리도 아니면서. 왜 깝치는데?" 오거스터스는 아무 말 하지 않았다. "여기 사우스캐롤라이나에 와서야 귀가 멀었네, 그치? 혀도 잃어버렸고, 어? 노스캐롤라이나에선 뭘 잃어버렸을까? 네 좆? 그리고 버지니아도, 네 뇌, 그게 남아 있긴 하냐? 조지아에선 뭘 잃어버릴 건데? 네 팔? 그럼 앨라배마랑 미시시피에선 다리겠네, 우리가 거기까지 가면? 가는 주(州)마다 점점 앙상해지는 거야. 그치?" 다시는 스테니스를 쳐다보았다. "내 장담하는데 텍사스까지 가잖아, 이놈은 하나도 안 남아 있을 거야, 스테니스. 텍사스에 다다를 때쯤엔 아무것도 없는데 숨만 쉬고 있을걸. 그거 망신스럽지 않겠냐? 빌어먹게 망신스러운 일이지. 텍사스에서 유령 검둥이론 그 큰 금액을 한 푼도 못 받을 테니까."

"어떡할까요?" 스테니스는 말했다.

"쭉 가, 스테니스. 새들이 나무에서 죄다 떨어지는 날까지 쭉 가자고." 그는 침을 뱉더니 제 가슴께 대롱대롱하는 죽은 비버의 발을 집어 냄새를 깊이 들이마셨다. "연중 이맘땐 테네시만 한 곳이 없어,

스테니스. 공기가 널 어디든 데려다주지, 어딜 원하든 간에." 그는
비버 발을 놓고 오거스터스를 다시 쿡 찔렀다. "우리 아버지랑 할아
버지랑 할아버지의 아버지를 들먹여서라도 이 검둥이 여기서 팔아
버린다. 가자." 스테니스는 오거스터스의 사슬을 홱 잡아당기곤 그
를 들어 짐마차에다 던져 넣었다. 다시는 다른 비버 발을 거의 다리
째 집어 냄새를 또 한 번 깊이 들이마셨다. "테네시 공기는 네 근심
을 다 치유해준다고, 스테니스."
  "여기서도 냄새가 맡아지는데요, 두목님."

  찰스턴에서 그들은 윌리스를 325달러에 팔았다. 다시는 400달러
를 생각했을 테지만 둘 다 교사인 그 백인과 그의 아내는 다시가 지
닌 윌리스 관련 증서를 못 미더워했다. 여자는 증서를 들더니 제 부
친이 노예 사업에 몸담았던 분이라 잘 아는데 노옛값은 고정불변이
아니라고 말했다. "삼백이십오," 그녀는 말했고 그녀의 남편은 아내
의 말을 복창했다. "저는 버지니아에서 자유민이었습니다," 윌리스
는 그 값으로 낙찰된 뒤 교사들에게 조용히 말했다. 다시는 소리 내
어 웃었다. "자꾸 저 소릴 하네요," 다시는 말하곤 낄낄거렸다. "버지
니아 참 아름답죠. 거기선 누구나 자유롭다 느껴요. 그곳이 하느님
의 응접실이긴 한데, 여기가 버지니아가 아닌 걸 저놈은 깜빡깜빡한
답니다." 그의 말엔 사우스캐롤라이나에서의 언짢음이 실려 있었지
만 교사들은 알아차리지 못한 모양이었다. 다시가 교사들과 은행 앞
에 서서 돈을 세고 있을 때 윌리스는 오거스터스에게 말했다. "또 뵐
게요. 이다음에 또 뵈어요." 오거스터스도 말했다. "또 보자꾸나, 윌
리스. 이다음에 또 보게 될 거야. 약속하마."

...

위니프리드와 존 스키핑턴의 응접실에는 양쪽 상단 귀퉁이에 울부짖는 사자 얼굴이 있고 세 개의 선반을 갖춘, 훌륭한 참나무를 사용한 멋들어진 책장이 있었는데 이것은 오거스터스 타운센드가 제 자유를 산 지 얼마 안 되어 만든 것을 중고로 들인 것이었다. 처음에 오거스터스는 그 물건을 저 자신과 제가 노예 신분에서 꺼내 올 가족들을 위해 간직할 참이었지만 당시엔 그들 중 누구도 글을 몰랐다. (그와 밀드레드가 글을 배우는 일은 결코 없을 것이다.) 그는 그 물건을 가족을 데려오고 말겠다는 결의의 상징으로서 간직할 참이었다. 하지만 또 그는 책장으로 얻을 수 있는 것이 아내와 자식을 더 가까이 데려다준단 걸 깨달았고, 그래서 거기에 값을 붙였다. 15달러. 그가 스키핑턴에게 말하길 그 물건은 원래 노예 둘을 거느린, 실명을 하는 바람에 책에 대한 허기와 갈증을 잃은 어느 사내에게 팔렸었다. 스키핑턴은 그걸 5달러에 사들였다.

스키핑턴은 성경을 제외하면 다독가가 아니었지만 위니프리드는 경우가 달랐다. 그녀는 아주 많이 읽으니 교사 일을 해도 되겠다고 언젠가 그녀의 남편은 말했다. 그 중고 책장은 선반마다 책이 빼곡했는데 대개는 그녀가 필라델피아에서 들고 내려온 책이었다. 미너바에겐 읽는 법을 가르치지 말아달라고 스키핑턴이 부탁한 터였지만 그녀는 스스로를 말릴 수 없었다. 그녀는 미너바에게 글 읽는 걸 남들한테 들키지만 말라고 부탁했다.

책장 첫 선반에 꽂힌 위니프리드의 보물 중에는 부모님이 선물로 준 두 권짜리 셰익스피어 희곡 전집, 남편이 청혼할 때 선물로 준 워싱턴 어빙*의 『스케치북』이 있었다. 어빙의 책은 1821년 런던에서

369

출간된 붉은 가죽 장정의 아름다운 제2판이었다. 저녁 식사가 끝나면 아버지 스키핑턴을 포함해 스키핑턴 가족은 응접실에 모이곤 했고 위니프리드는 책장에서 뽑은 책을 읽곤 했다. 스키핑턴 자신은 어빙의 「립 밴 윙클」**을 유독 좋아했다. "그러다 닳겠어요, 존," 위니프리드는 말하곤 했다. "당신 때문에 헌책이 다 돼가잖아요." 그녀를 달래려고 그는 이렇게 입을 떼곤 했다. "「립 밴 윙클」은 디드리히 니커보커***의 유작인걸."

스키핑턴은 길거리에서 구치소로 올라가는 계단의 그 남자를 보았을 때 "늙은 립****"이 떠올랐다. 그 남자의 얼굴 털은 매우 덥수룩해서 스키핑턴은 가까이 가서야 털에 묻힌 그 눈과 코와 입을 알아보았다. 그 남자의 살은 너무 더러워 증거 효력이 없었으므로 그 남자가 백인임을 말해주는 건 모발뿐이었다. 그 남자는 혼자 살다가 이따금 사람 목소리나 듣자고 내려오는 산사람 가운데 하나 같기도 했다. 그 남자는 스키핑턴이 구치소에 다다르기 몇 야드 전에 일어나 두 발로 굳게 서서는 그 때며 모발이 저를 어떻게 설명하든 마음과 정신만은 무언가 다른 말을 할 준비가 되어 있음을 내비쳤다.

"존," 스키핑턴 변호사는 말했다.

스키핑턴은 한 발은 계단 한 발은 아직 길거리인 채로 걸음을 멈추었다. 그는 그 남자를 1분 이상 살피다 그 남자가 제 이름을 다시 부르자 말했다. "변호사, 자네야?" 그는 웃음을 지으며 손을 내밀었다. 그는 변호사가 노스캐롤라이나 '아이의 꿈'에서 제 머리에 총을

---

*   Washington Irving. 미국 소설가, 산문가, 역사학자, 전기 작가. 본문에서 언급되는 『스케치북』은 그의 산문 및 단편소설 모음집.

쏜 직후 스스로 일으킨 불길에 휩싸였다고 제삼자에게 들은 터였다. 사실 그 얘기는 변호사의 채권자인 은행이 스키핑턴 변호사 건을 어떻게든 종결하고자 시작한 거였다. 불에 탄 수십 구의 시신 중 하나가 농장주가 아니라고 과연 누가 알아볼 수 있을까?

"나야," 변호사는 말했다. "진심으로 나라고 말할 수 있을 것 같아." 두 육촌은 끝없이 악수를 했고 아마 포옹도 했을 테지만 이 같은 애정을 품어보긴 처음이었다. 변호사는 로어노크에서 저를 태워준 한 사내와 밤늦게 도착한 참이었다. 그 사내는 — 옷이며 총알이며 책까지 — 짐마차 두 대 분량의 물건을 끌고 버지니아 북부로 가는 중이었다. 변호사는 그 사내의 목적지까지 내내 무상 통행권을 받아들일 생각이었지만, 텍사스에서 발견한 그 하느님이 말씀하시길 중간에 내려 존 스키핑턴을 만나면 어떻게 되는지 한번 보자는 것이었다.

"변호사, 난 자네가 죽은 줄 알았어," 스키핑턴은 말했다. "위니프리드랑 나는 자네랑 모두가 죽은 줄 알았다니까, 그렇다고 들어서."

"모두 죽었어, 존. 나도 그랬던 것 같아. 근데 지금 이렇게 서서 자네한테 안 죽었다고 말하고 있군."

**   Rip Van Winkle. 『스케치북』에 포함된 워싱턴 어빙의 단편소설.

***   Diedrich Knickerbocker. 워싱턴 어빙의 필명으로 '니커보커'는 네덜란드 출신의 뉴욕 이민자를 뜻하는 단어이기도 하다. 워싱턴 어빙은 이 필명으로 첫 장편소설『뉴욕의 역사: 개벽부터 네덜란드 왕조의 몰락까지A History of New York: From the Beginning of the World to the End of the Dutch Dynasty』를 냈다.

****   「립 밴 윙클」의 주인공 립 밴 윙클은 공처가요, 태평하고 돈 버는 일과 거리가 먼 남자다.

"일단 위니프리드가 집에 있으니 가자, 가서 행색부터 정리해."

"여자를 대면할 상탠 아닌 것 같아," 변호사는 말했다. "특히 연이 있는 사람하고는."

"스키핑턴 부인은 괜찮다고 할 거야."

"내가 안 괜찮아, 존. 내가," 그러다 변호사는 세상 사람들이 제 아내를 항상 스키핑턴 부인이라 부르던 기억이 떠올랐다. "내가 안 괜찮아. 하숙집에 투숙하게 자네가 자비를 좀 베풀어줄 수 있을까 모르겠군, 하루이틀 정도면 사람다운 꼴로 나타날 수 있을 거야. 목욕도 하고 밥도 좀 먹고, 그러면 다시 문명사회에 나갈 준비가 되겠지."

"자넨 전혀 문제없지만, 그래도 군이 하숙집을 원한다면 나야 당연히 베풀어야지." 둘은 길 두 개 건너에 있는 하숙집으로 갔고 스키핑턴이 사흘 치 방값을 지불했다.

스키핑턴은 정오쯤 들러 그 집의 조그만 식당에서 변호사와 점심을 들었다. 변호사는 목욕도 하고 면도도 한 참이라 밥을 먹을 때 보니 존 스키핑턴이 애정을 품되 숱한 갈등도 겪었던 사내의 모습이 보이기 시작했다. 식사하는 동안 변호사는 제가 정말이지 안 가본 곳이 없는데 이젠 어떻게 지내야 할지 모르겠다고 말했다. 식사가 끝날 때쯤엔 스키핑턴이 변호사더러 제 보안관보가 될 생각이 있느냐고 묻고 있었다.

"자넨 항상 그 일을 독차지하고 싶어 하는 사람처럼 보였지," 변호사는 커피를 마시며 말했다. "아니면 위니프리드의 편지를 읽어주면서 벨이 했던 말 같기도 하군. 존 스키핑턴은 모든 걸 혼자 할 수 있다더라."

"할 일이 점점 많아져. 누가 내 뒤를 빈틈없이 받쳐줘서 나쁠 건 없지. 그게 가족이면 좋고. 자네가 받쳐주면 좋겠어."

"뭐든 시켜만 줘."

변호사는 스키핑턴의 집에서 살기로 하고 존 스키핑턴의 아버지 칼 스키핑턴과 방이며 침대를 함께 썼다. 내색은 안 했지만 변호사는 늘 미너바의 것이었던 방에 대한 권리가 제게 있지 않나 하고 생각했다. 그는 노예 여자아이가 왜 저보다 우위에 있어야 하는지 이해하지 못했다. 한때는 제가 소유한 노예였는데. 그는 여자아이와 스키핑턴 사이에 무언가 있으며 여자아이가 제 육촌을 구슬려 빼앗은 게 그 방 하나만은 아닐 거라고 의심했다. 그동안 희생양으로 전락한 백인을 본 게 여러 번이었으니, 하느님 곁을 걷겠다고 그토록 주장하는 남자인들 예외일 리가 있을까? 첫 달 치 돈을 치른 뒤 변호사는 다시 하숙집으로 돌아갔는데 그곳 여주인은 그가 법조인인 데다 노스캐롤라이나에서 비극을 겪었다는 이유로 다른 하숙인들보다 방값을 적게 받았다.

밀드레드 타운센드는 오거스터스가 끌려간 그날 이후 매일 아침 저녁으로 큰길에 나가 거의 반 시간씩 기다렸다. 그녀는 가끔가다 오거스터스가 출타 중 예정에 없던 일을 떠맡곤 곧 돌아오겠단 기별을 깜빡하는 걸 알고 있었다. 매번 그 반 시간이 다할 무렵이면 그녀는 손가락을 쫙 편 채 두 팔을 높이 쳐들었는데, 그러면 오거스터스의 영혼이 손끝으로 날아들어 남편이 오고 있음을 알려줄 것 같은 기분이었다. 첫 주 혹은 둘째 주가 다 가도록 그녀는 걱정하지 않았다. "그 인간 나타나면 아주 요절을 내줘야지," 그녀는 저와 함께 큰 길에 나와 내내 곁을 떠나지 않고 기다리는 저희 개한테 말했다. "그럼 너도 도와줄 거지, 어? 그 인간 요절내는 거 도와다오." 그녀와 오거스터스가 결혼한 지는 35년 이상이었고 그녀는 그가 어디선가 무사히 있을 거라고 믿었다. 외동아들도 먼저 보냈는데 남편이 아내 가슴에 또 고통을 얹진 않으리란 걸 그녀는 알았다. 둘째 주가 저물 무렵에야 그녀는 캘도니아에게 가 펀 엘스턴까지 대동한 채 존 스키핑턴을 찾아가지만 그는 부재중일 것이다. 하지만 그의 새 보안관보, 그러니까 변호사는 그곳 구치소에 있을 것이다.

사우스캐롤라이나에 다다른 지 일주일 지나 조지아주 매크레이 (McRae) 외곽에서 그들은 야영을 했는데, 스테니스는 이가 두 개밖에 안 남은 다시에게 음식을 빻아서 준 뒤 오거스터스에게도 음식을 먹이곤 사과나무에 가서 자리를 잡았다.

오거스터스는 스테니스가 다시에게 가기 전에 말했다. "버지니아에서 니가 날렸던 주먹 고대로 갚아줘야 되는데. 갚을 게 많단 걸 니가 알아뒀으면 좋겠다."

"다 그럴 만하니까 그러는 거겠지, 저기 버지니아에서 맞은 주먹 두."

"그럼 내가 널 덮치러 갈 땐 덮치러 오는 줄 알겠구나," 오거스터스는 말했다.

"그것두 내 사업 비용으로 다 헤아려뒀지."

"집에 가고 싶어," 오거스터스는 말했다. "집에 가고 싶은데 날 도와줄 방법을 넌 알 거 같아."

"집이야 다들 가고 싶지."

"집에 가고 싶다고."

스테니스는 오거스터스가 사우스캐롤라이나에서 농아 묘기를 부린 이래 이번이 첫마디라는 데 주목했다. "도로 말하는 걸 다 보네."

"할 말이 없었으니까."

스테니스는 사슬을 다시 확인했다. "좋은 밤 보내라구."

"그냥 몰래 보내줘," 오거스터스는 말했다.

"니 문을 열어준 게 나란 걸 저 사람이 알게 될 거야."

"그럼 나랑 가자. 같이 가면 되잖아. 둘이서 같이."

"그건 내 힘으로 안 돼."

"내가 된다잖아."

"되긴 뭐가 돼. 저 사람은 내 빵이구 버터야. 잼이기도 하구."

"집에 돌아가자," 오거스터스는 말했다. "내 빵과 버터는 나니까."

스테니스는 한숨을 지었다. "그건 알겠어." 그는 일어섰다. "내 두 눈으로 봐도 그건 알겠어."

다시가 소리쳤다. "스테니스! 스테니스! 어디 있는 거야?"

"여기 있어요, 쥔님." 스테니스는 슬슬 자리를 떴다.

"그냥 몰래 보내줘."

"스테니스!"

"가요, 쥔님!"

"거참, 안 오고 뭐 해. 와서 발 좀 주물러."

제가 거느린 십장 모지스와 처음으로 성관계를 가진 다음 날 아침, 새벽께 눈이 뜨인 캘도니아는 침대에서 일어앉아 해가 떠오르는 걸 지켜보았다. 지난밤 잠을 설치겠다 싶었지만 웬일로 밤이 포근해서 그녀는 일단 잠이 찾아들자 아무 방해 없이 몇 시간을 잤다. 깨기 직전에 그녀는 제가 제 방보다 작은 집에 있는 꿈을 꾸었는데 그 집은 다른 수천 명하고 함께 써야 하는 집이었다. 일어앉아 해를 지켜보면서 그녀는 그 꿈을 더 기억해내려고 해보았다. 다락에 있는 자들이 다른 사람들을 불태우고 있다고 꿈속에서 누가 말한 것 말고는 전혀 떠오르는 게 없었다. 헨리가 지은 집에는 다락이 없었다. 그녀는 매번 커튼을 열어둔 채로 잠을 잤는데 헨리는 그 버릇에 익숙했었다. 커튼 열고 자는 걸 세상에 또 누가 용납해줄까? 하는 생각에 젖어 그녀는 무릎을 턱까지 끌어 올렸다. 모지스와의 일로 죄책감이 들지 않아 그녀는 놀랐다. 저 밑에선 밭일을 하는 사람, 여자 하나가 노래를 부르고 있었다. 그게 설레스트란 걸 그녀는 곧 깨달았다. 설레스트가 부르는 건 슬픈 노래도 행복한 노래도 아닌, 다른 환경이었다면 새들의 노래라고 주장했을 법한 것으로 그저 말에 가락을 붙여 침묵을 채우는 소리였다. 그녀가 처음 눈을 떴을 땐 방이 어두웠지만 해가 차츰 떠오르자 그 빛은 설레스트의 노래를 싣고서 방 온 구석에 가 닿았고, 그러자 뻣뻣한 잠을 탈피한 캘도니아는 기지개를 켜고 하품을 한 다음 모지스와의 일은 결국 어떻게 될까 하는 물음을 해보았다. 모지스에겐 처음 만난 다음 날 아침 다시 보았을 때의 헨리 타운센드 같은 느낌이 없었다. 그날 아침 그녀는 헨리를 만나는 기쁨을 다시는 누리지 못할 거라는 두려움에 마음이 물러져서 침대를 나왔다. 헨리도 같은 감정인 걸 알았다면 그녀는 설레스트의 노래가 한 단어 한 단어 또박또박 들려오는 이날 아침 같은 기운이 났을 것이다.

옷을 입은 그녀는 양 끝에 각각 하나뿐인 창으로 천천히 햇빛이 번져 드는 복도로 나갔다. 그녀는 로레타가 계단 근처 제 방에서 부산 떠는 소리를 들었지만 제 시녀의 방문을 두드려 같이 가자고 하지는 않았다. 부엌에서는 요리사 제디와 그녀의 남편 베넷이 장작통에 나무를 쌓고 있었다. "쥔마님," 제디는 말했다. "아침 식사로 뭘 해다 드릴까요?" "지금은 아무것도," 캘도니아는 말하곤 뒷문을 열었다. "오늘 아침엔 공기가 이빨이 좀 서 있네요," 베넷은 말했다. "코트 갖다 드릴까요?" "아니, 괜찮아요," 캘도니아는 말하곤 밖으로 나가 등 뒤의 문을 닫았다.

공기는 말 그대로 이빨이 서 있었지만 거주자가 하나인 묘지까지 걸으니 몸이 데워졌다. 봉분은 그녀가 지난번 찾았을 때보다 모양이 훨씬 잘 잡혀 있었다. 묘비는 주문을 해두었지만 배달까지 한 달은 걸릴지 모른다고 업자는 말한 터였다. 헨리의 무덤 자락에 선 그녀는 정원에서 꽃을 가져올걸 하고 아쉬워했다. "나 용서해줄래요?" 그녀는 말했다. 지난번, 그러니까 고작 이틀 전 가져온 꽃들은 갈변을 겪으며 흙과 하나가 되어가는 나흘 전의 꽃들 위로 아직 생기를 띤 채 비죽 솟아 있었다. "난 지금도 당신 아내예요, 그러니까 용서해줄래요?"

이날 저녁 모지스는 그녀에게 들렀는데 그녀는 그더러 의자에서 일어나 제게 오라는 눈치를 비치지 않았다. 그래서 그는 발 한쪽을 부엌에 들이기도 전에 땀이 나서 착 달라붙은 데다 더는 새것도 아닌 셔츠와 바지를 걸치고 빗질한 머리를 한 채 안락의자에 그대로 앉아 노예들의 일 얘기를 들려주었다. 그는 그녀를 다시 가짐으로써 서로 돌이킬 수 없는 임계점을 넘어버렸으면 하던 참이었다. 하지만 그녀에게선 그를 원한다는 암시도 눈물도 없었고, 그래서 그는 땀에 절어 의자에 앉아 저희의 추수 준비에 관한 설명만 떠듬떠듬 늘어놓았다. 그녀의 노예가 아니었다면 그는 지난밤을 근거로 자리에서 일어나 그녀에게 다가갔을지 모른다. 하지만 모지스의 삶에서 태양은 썩 높지 않았고 하루는 그날뿐이지 다음 날과는 별개였다.

"로레타한테 들어오라고 해줘요," 캘도니아가 말하자 그는 일어서서 방을 나갔다. 그를 내보낸 걸 그녀가 후회하고 있을 땐 그도 밖으로 나가 뒤쪽 계단을 내려가기 전이었다. 나를 안게 해서 해될 게 뭔데? 자러 가기 전에 커피와 약간의 파이를 드실 거냐고 로레타가 물을 때 그녀는 생각했다.

계획에 있었던 대로 그녀는 펀, 동생 캘빈, 윌리엄 로빈스의 자식인 도라와 루이스를 다음 날 저녁 식사 자리에서 맞아야 했다. 제디의 장기 중 하나인 통닭구이, 펀이 좋아하는 호박 수프. 현재 제버다이어 디킨슨을 노예로 거느린 지 몇 주째인 펀은 말수가 없었는데 이는 그녀를 인생에서 제일 큰 영향을 끼친 인물로 여기는 세 명의 옛 제자 사이에 있으면 수다스러워지던 스승으로선 드문 일이었다. 그녀가 입을 여는 건 보통 전 주인이 실제론 제버다이어 제버다이어하고 이름만 불렀는데도 스스로를 꼬박꼬박 제버다이어 디킨슨이라 부르는 "반항적"인 노예와의 말썽에 관해 이야기할 때였다. "디킨슨은," 전 주인은 말했었다. "내 죽은 아내가 도난당한 겁니다." 식탁에 앉은 모두는 펀이 펀이 아님을 알아보았지만 그녀를 사랑했으므로 그냥 넘어가주었다.

"그 사람이랑 거기 있으면," 저녁 식사 후 그녀는 말했다. "꼭 그 사람 것이 된 느낌이야, 그의 재산이 된 느낌." 젊은이들은 그녀의 그토록 이례적인 발언에 웃음을 터뜨렸다. 그들은 모두 자유 니그로 교실 친구들로, 일부 백인들 같은 권력은 없어도 스스로를 제 순번을 기다리는 지배층이라 믿도록 길러진 사람들이었다. 그들은 대다수 백인보다 사정이 훨씬 나았고 그 백인들이 그 사실을 깨닫기까지는 그저 시간문제였다.

"팔지 그러세요?" 도라는 말했다.

"버지니아 사람 모두가 나만큼 그 사람을 겪으면 난 이미 치른 값보다 더한 걸 치러야 할 거 아니니." 이 말은 나머지 사람들에게 이해가 되지 않았고, 그래서 그들은 그것을 펀이 포트와인을 한 잔 한 탓으로 돌렸는데 그 또한 펀답지 않은 모습이기는 했다.

"강물에 내다 버리세요*, 시쳇말로," 루이스는 말했다.

"되돌아올걸," 펀은 말했다. "그를 또 겪는 건 상한 음식이나 마찬가지야. 저녁 먹는 자린데 내 비유가 형편없구나, 소중한 캘도니아. 오늘 밤 우리의 화려한 저녁 식사를 두고 하는 말은 아니야. 내 정신 상태를 이해해주리라 믿어, 소중한 캘도니아."

"이해하다마다요," 캘도니아는 말했다. "제디가 눈이 멀거나 손이 달아난 게 아니라면 제디의 음식은 잘못될 수가 없거든요."

"물론이지," 펀은 말했다.

"엘스턴 선생님," 캘빈은 말했다. "그 사람이 저 갈 길 가게 해방하는 건 어때세요? 결국엔 그게 더 싸게 먹히지 않겠어요?"

"나도 고민해봤지. 한데 그 사람은 내 어여쁜 남편한테 물려받은

---

*   원문은 "Sell him off down the river"로 관용어 sell down the river는 '박대하다' '등지다' '배신하다' 등의 뜻이다.

일종의 빚이 돼버린 것 같아. 이젠 내 거라서 해방이 불가능하지 싶어." 그녀는 노예를 해방하는 게 제 천성에 안 맞는단 말은 하지 않았다. 언젠가 그녀는 사우스캐롤라이나의 어느 백인 여자가 남편이 죽은 뒤 노예들을 풀어주었다가 그중 돌아온 한 녀석한테 살해당했단 얘길 누구한테 들은 적이 있었다.

"펀, 알아서 해결될 거예요," 캘도니아는 말했다. 제자들 가운데 제일 연장자인 그녀는 펀의 절친한 친구가 된 터라 그녀만이 펀을 이름으로 부를 수 있었다. 다른 사람들이 탐내는 특권은 아니었다.

"그렇겠지," 펀은 말하곤 잔에 든 마지막 방울을 들이켰다. "이거 말고도 포트와인 더 있니, 소중한 캘도니아? 내 몫 있을까?"

"이 집에 있는 포트와인은 주량 되면 다 드셔도 돼요. 아시면서."

"정신이 사나우니까 계속 까먹어."

"베넷?" 캘도니아는 말했다.

베넷이 나타나 펀의 잔을 채워주었다. 그는 캘도니아 옆으로 가더니 모지스가 "이것저것 전하고자" 부엌에서 기다리고 있다고 귓속말로 전했다.

그녀는 그에게 직접 가 내일 보자고 말할까 했지만 성과 이름을 다 갖춘 노예에 관해 지금껏 펀이 해온 말이 머릿속에 떠올랐고, 그래서 딱히 주의할 사항이 없으면 오늘 소식은 미뤄도 된다는 말을 모지스에게 전해달라고 베넷에게 일렀다. 손님들을 접대 중이란 말도 덧붙였다. 베넷은 그 말을 제 나름으로 전했고, 그러자 모지스는 제 오두막으로 떠났다. 먹을 게 있다고 아내 프리실라는 말했지만 그는 배가 고프지 않으니 그 소린 그만했으면 한다고 되도록 순한 태도로 말했다. 그녀는 그의 마음을 충분히 읽을 줄 알아서 아들과 그냥 난롯가에 앉아 수집한 조약돌로 공기놀이를 했다. 아이는 그새 실력이 늘어, 조약돌이 뭉쳐지게끔 던지면 제 엄마를 이길 확률이 크단 걸 터득한 터였다. 두 사람이 노는 소리를 듣고서 모지스는 숲에 다녀오자는 쪽으로 마음이 쏠렸지만 이제는 그곳을 앨리스와 공유하고 있어서 우려되었다. 그는 마음을 바꾸어 비품 창고로 가서는 등불 빛이 시들고 겨드랑이가 쑤실 때까지 괭이 날을 갈았다.

펀은 두 잔째 포트와인으로 기분이 나아졌는지 제버다이어 디킨슨이란 노예 얘길 더는 하지 않았다. "나 말이야," 베넷이 초를 갈고 얼마 지나지 않아 그녀는 입을 떼었다. "그 노예제 폐지 일에 관한 소책자를 그동안 숱하게 받았어. 어디서 내 이름을 알았는지 알 턱이 있어야지."

"어떻게 생각하세요, 엘스턴 선생님?" 도라는 말했다.

"내가 만약 속박된 신세였으면 내 주인 목을 첫날에 베어버릴 거란 걸 또 한 번 깨달았지. 왜 다들 들고일어나서 그 일을 안 하는지 난 참 이해가 안 가." 그녀는 잔을 홀짝였다.

"주 공권력이 나서서 먼지가 되게 부숴버릴 테니까요," 루이스는 말했다. 늘 그렇듯 그는 어떤 사려 깊은 견해가 있어서가 아니라 주위 여자들에게 저를 어필하려고 말한 거였는데 현시점에서 그가 제일 어필하고 싶은 여자는 캘도니아였다. 그는 캘도니아가 수년의 교육을 마친 뒤에야 펀의 교실에 들어갔던 터라 캘도니아로선 그가 어떤 사람인지 알 시간이 별로 없었다. 더욱이 캘빈도 그에 관해 말이 거의 없어서 둘은 여러모로 아직 모르는 사람이었다. "연방이 냉큼 종지부를 찍을 겁니다."

"주는 망설일 거야," 캘빈은 말했다. "자기 사람을 잃고 싶지 않을 테니까, 숱한 훌륭한 백인들 말고도, 밭일도 하고 버지니아를 위대한 연방으로 만드는 데 온 방면으로 조력하면서 주를 지탱하는 사람들 전부를 말이야."

"두 남자분께선 전쟁 얘기 중이신가요?" 도라는 말했다.

"그거 말고 다른 이름은 없어?" 루이스는 말했다.

도라는 소리 내어 웃었다. "주인한테 맞서는 노예라. 그 모습을 머릿속으로 그려봐, 그런 다음엔 노예들이 전부 바닥에 죽어 있는 모습도 이어서 그려보고."

"난 그려봤어," 편은 말했다. "정말로 그려봤어." 그녀는 저 내킬 때마다 사라지는 제버다이어의 뱃심을 떠올리는 중이었다. "이 축복받은 식탁에서 우리의 유일한 질문은, 과연 우리가 어느 편을 택해야 하느냐 하는 거야. 그 소책자들이 나한테 원하는 게 그거겠지. 편을 택하라."

"택하셨어요?" 캘도니아는 말했다.

"미약하게나마 나름은 택한 것 같아," 편은 말했다. "내가 양재사의 견습생으로는 그리 잘 살아나갈 것 같지가 않아서. '예 마님(Yessum)'이랑 '예 나리(Yessuh)'도 입에 잘 안 붙고. 내 손, 내 몸, 이것들도 흙밭을 무서워해."

"많이많이 가르치실 수 있어요," 루이스는 말했다. "가르치는 일 평생 하시면 되죠."

"내 교직의 빛이 슬슬 꺼져가고 있는걸."

"그건 학생들이 형편없어서 그래요," 캘도니아는 말했고 다섯 사람은 웃음을 터뜨렸다. 편은 세 잔째 포트와인을 마실까 했지만 빈 잔을 손에 들자 앞선 두 잔의 취기가 확 오른 탓에 잔에다 웃음을 짓곤 오늘 저녁엔 두 잔으로 족하다고 되뇌었다. 제버다이어가 온 뒤로 그녀의 남편은 집에 쭉 눌러 있었지만 모든 건 전 같지 않았다. **나는…… 오늘 밤 나는 충실한 아내예요. 오늘 밤은…….**

"저는 이 모든 걸 전쟁이든 뭐든 거기에 맡길 거예요," 캘빈은 말했다.

"그 귀한 노예들 안 도와주고?" 루이스는 말했다.

"있지, 네가 그렇게 말하니까, 그 문제를 대놓고 얘기하니까 도와줘야겠단 생각이 든다."

캘도니아는 웃음을 터뜨렸다. "네가 엄말 상대로 무기를 들도록 엄마가 내버려둘 것 같니?" 둘은 — 분노에 겨운 태도로 팔짱을 끼고 발장단을 치는 — 모드를 머릿속에서 보곤 웃음을 터뜨렸다.

"어머니가 등 돌렸을 때 그래야지," 캘빈은 웃었다.

"가엾은 너희 엄마 등에 총알을 박다니, 캘빈, 어쩜 그리 친절해?" 도라는 말했다.

"총알 얘긴 그쪽이 한 거잖아. 나는 어머닐 너무 사랑해서 아무리 해를 끼쳐봐야 싫다는 말을 하는 게 고작이야. 게다가 우리 어머닌 등 뒤에 높은 벽돌담을 쌓고 사서. 그걸 무슨 수로 뚫겠어." 제 어머니가 긴 세월 병을 앓아 캘빈은 그녀의 침대 옆 바닥에서 숱한 밤잠을 청했다.

"소화시키느라 한 시간 보내기 좋은 얘기다," 편은 말했다. "그런 걸 다 어느 학교에서 가르쳐주던?"

"버지니아주 맨체스터의 깐깐한 시설에서요." 루이스는 식탁 건너 제 누나를 보고 있었는데 그러는 동안 그의 떠도는 눈은 떠다니는 먼지 하나를 붙잡곤 눈이 깜빡거리지기 전까지 그걸 좇았다.

그녀의 손님들은 그날 밤 거기서 묵었다. 다음 날 아침 식사가 끝나고 얼마 지나지 않아 캘도니아와 캘빈은 도라와 루이스를 배웅하느라 베란다로 나갔는데 거기서 루이스는 느닷없이 캘도니아를 안았다. "비할 데 없는 환대였어요," 그는 한 치도 어필하려는 마음 없이 그녀에게 말했다. "감사는," 캘도니아는 말했다. "제 손님들께서 받으셔야죠." 나중에, 시간이 많이 흘러 그녀에게 청혼하는 날 그는 제가 자격이 된다고 생각하지 않았다. "우린 서로에게 자격이 되고도 남아요," 캘도니아는 말할 것이다.

도라와 루이스는 각자의 말을 몰고 떠났다. 편은 늦잠을 자느라 오후 늦게나 떠났다. 캘빈은 하룻밤을 더 묵었으므로 저녁이 되어 모지스가 찾아왔을 때 그 자리에 있었다. 베넷이 응접실로 들어오더니 모지스가 저기 와 있다고 캘도니아에게 전했다. 그녀는 일어섰다.

"무슨 일이야?" 캘빈은 물었다.

"별일 아니야," 그녀는 말하더니 양해를 구하곤 베넷을 앞질러 부엌으로 갔다.

"쥔마님, 저는 그냥 하루 일을 알려드렸으면 해서요, 그게 답니다," 모지스는 그녀가 들어오자마자 말했다. 그녀는 베넷을 물리지 않았다.

"내 남동생을 접대하던 중이었어요," 그녀는 그에게 한 발짝 이내로 다가서면서 말했다. 그를 보고 싶었다는 게 그녀의 말과 태도에서 배어났지만 지금으로선 이 정도가 최선이었다. "내일 저녁엔 꼬박 얘기할 수 있어요. 지금은 집에 가서 푹 쉬어요. 일하느라 고생한 거 알아요." 그는 고개를 끄덕이곤 물러났다.

"이젠 책임질 일들이 계속 생기나 보구나," 그녀가 돌아오자 캘빈은 말했다.

"하나둘씩," 그녀는 말했다.

"나랑 뉴욕에서 살면 행복할 텐데. 새로운 땅, 새로운 공기. 거기 가면 행복할 수 있어. 짐도 어깨에서 내려질 거야, 누나."

"캘빈, 넌 뭘 짊어졌든 너 혼자잖아. 난 아주 많은 사람을 책임져야 돼. 어른들에 아이들까지. 내가 마다하고 말고 할 수 있는 게 아니야. 내 남편이 여기에 특별한 걸 지었는데 이젠 그게 내 거라서 이 국땅에 가자고 그걸 버릴 순 없어."

캘빈은 아무 말 않았다. 그는 모지스가 매번 앉던 의자에 앉아 있었다. 그는 그녀더러 모든 걸 버려도 된다고 말하고 싶었지만 지금 그는 어떤 주제로든 누굴 설득할 수 있다는 믿음을 잃고 있었다. 그가 뉴욕 사진 속의 얼어붙은 개가 보고 있는 것을 버지니아에선 전혀 보지 못하듯 그녀는 서른 몇 명 되는 저 살아 있는 사람 누구도 자유민으로 보지 못했다.

다음 날 그녀는 그가 안 갔으면 하는 마음을 말로 내비쳤다. 내 사람이 주위에 있으면 —— 편과 도라와 루이스도 여기에 포함되었다 —— 세상을 더 잘 마주할 수 있다고 그녀는 깨달은 터였다. 캘빈은 리치먼드에 용무가 있다고, 하지만 돌아오면 곁에 더 오래 있어주겠다고 말했다.

이날 저녁엔 그녀가 지루한 당일의 노동 얘긴 듣고 싶지 않다고 하여 모지스는 앉은자리에서 헨리 얘길 또 하나 지어내느라 애썼다. 한참 뒤 그녀는 일어서더니 그의 무릎에 앉아 키스를 했다. 이날 저녁 그녀는 성관계를 허락하지 않았지만 다음 날 저녁 그가 다시 찾았을 땐 허락이었다. "당신이 없어서 힘들었어요," 그녀는 그에게 말했다. "저도 힘들었어요, 쥔마님," 그도 말했다. 그가 말했을 땐 둘이서 일을 다 치르고 바닥에서 옷을 일부만 걸친 상태였는데 그의 말 때문에 그녀는 유색인종 여자와 그 여자의 유색인종 남자 노예 간에 이런 일을 금지하는 법안이 버지니아에 있는지 궁금해졌다. 이것도 일종의 혼혈일까? 그녀는 궁금했다. 그런 범법을 저질러 브리스틀의 어떤 백인 여자는 채찍질을 당하고 그녀의 노예는 마을 광장 격인 곳에 있던 나무에 목이 매달린 일이 있었다. 300명이나 되는 사람이 그것을, 그러니까 채찍질과 교수형을 보러 모여들었는데 전자는 오전이었고 후자는 오후였다. 사람들은 저희 자식들, 저희 아기들까지 데려왔는데 아기들은 벌이 집행되는 내내 거의 잠들어 있었다. 그 일이 있은 건 1년 전이었지만 그 소식이 맨체스터에 도착한 건 겨우 최근이었다.

"내일 또 들를래요?" 바닥에서 일어선 뒤 그녀는 물었다.

"예, 마님. 그럼요, 마님, 그래야죠."

그가 물러나자 그녀는 로레타가 막 들어오기 전에 혼잣말을 했다. "나는 모지스를 사랑한다. 나는 이름만 있는* 모지스를 사랑한다." 하지만 로레타를 보자 그 말은 어쩐지 말이 안 되었다. "나 자러 갈 준비 됐어," 그녀는 말했는데 이 말은 더할 나위 없이 말이 되었다. 자러 가기 전에 그녀는 제 노예들이 모두에게 주려고 만든 식초와 비누로 밑을 씻었다. 하지만 그녀의 것에는 로레타가 비누 제조자들에게 대준 소량의 향수가 포함되어 있었다. 브리스틀 당국의 주장에 따르면 그 백인 여자는 아이를 밴 상태였다. 그 아이가 어떻게 되었는지는 소문으로도 신문 기사로도 들을 수 없었다.

내 아내와 자식은 나와 캘도니아의 세상에선 살아갈 수 없다고 모지스가 생각한 건 이날 저녁이 처음이었다. 부부가 전처럼 말없이 성관계를 맺었더라면 그가 분수에 넘치는 생각을 시작하는 일은 없었을 것이다. 하지만 그녀는 내일에 관한 얘길 꺼냈는데 그건 그 뒤의 더 많은 내일을 뜻하는 것이었다. 머잖아 해방되어 자유민 여자랑 결혼할 남자한테 노예 아내와 노예 아들이 가당해? 머잖아 타운센드 씨가 될 사람한테?

이날 저녁 그는 캘도니아의 집에서 내려와 골목 어귀에 섰다. 필요 없는 가족은 얻다 두지?

앨리스가 제 오두막에서 나오더니 그를 보고 놀랐는지 아무 말도 흘리질 않았다. 그렇다고 창을 하는 것도 춤을 추는 것도 아니었다.

"어디 가게?" 그는 물었다. 그는 그녀에 관해 실지로 3주 전보다 많이 알았고, 그래서 그녀가 아무것도 인정하진 않지만 전보다 세상이 작아졌다는 건 알고 있을 거라고 느꼈다. 밤도 더는 그녀를 편히 싸돌아다니게 두지 않았다. 이제는 그가 그녀를 따라다니는 밤이었다. 앨리스가 곁을 성큼성큼 지나가자 그는 몸을 돌려 그녀의 팔을 잡았다. "사람이 물으면 대답을 해야지."

"아무 데도요," 그녀는 말했다. 똑 부러진 그 명료한 대답에 한 방 먹은 두 사람은 헛간에서 내려와 각자의 오두막으로 가는 일라이어스와 스탬퍼드의 웃음소리가 들려올 때까지 말이 없었다. 두 사내

---

*   다시 말해 성은 없다는 뜻.

다 등불을 들고 있었다.

"그래야지," 모지스는 말하곤 앨리스를 놓아주었다. 그녀는 저를 큰길로 데려다줄 작은 길로 나섰다.

그는 이날 밤 떠난 그녀가 다음 날 오전 순찰대를 통해 시신으로 인도되길 기대했지만 다음 날 그녀는 제 오두막에 있었다.

이어지는 저녁에 그는 그녀의 오두막 문 앞에서 그녀가 나오길 기다렸다. "니가 할 일이 있어," 그는 말했다. "그 일만 제대로 하면 넌 이제 누구의 노예도 아니야." 이날 저녁엔 캘도니아와 몸을 나누지 않았는데도 그의 하늘이 매우 높이 있었다.

앨리스는 창을 하고 싶었지만 이 십장이 목격자로 있으면 천사들이 그 내용을 이해할 수 없을지 몰랐다. **주인 나리네 골목서 죽어 있는 남자를 만났네……**. 내가 지금 팔을 들면 천사들은 지난 그 모든 노래에 대한 보답으로 나를 하늘 높이 자유롭게 올려줄 텐데. **남자는…… 죽은 남자는 다 그래…… 그 죽은 남자를 어떻게 잊겠어?** 내 노래는 전부 자격이 되고도 남거든. 내가 팔을 들고 손가락을 꼼지락거리면 이 십장이 지키는 어둠 속에서도 천사들이 나를 알아보곤 왕풍뎅이 건지듯 건져주련만. **우리 죽은 주인 나리네 골목 저쪽서 줄곧 죽어 있는 여자를 만났네……**.

모지스는 말했다. "가려면 가, 내가 이 눈으로 지켜보고 있으니까. 두 눈으로 똑똑히 지켜보고 있으니까." 그는 그녀가 가는 걸 지켜보았다. "아침에 그 노새가 널 기다리고 있을 거야," 그는 말했다.

세상눈이 나를 보고 있는 건 사실이야, 그러니 천사들이 지금 나를 데려가도 세상은 금세 따라와서 나를 끌어 내리겠지, 그녀는 큰길로 자신감 없는 발을 내디디며 생각했다. **거기 있으면 혼나, 얘, 그러니까 얼른 이리 돌아와……**. 그녀는 이날 밤 멀리 가지 못하고 교차로 지나서 얼마 뒤 도로 방향을 돌렸다. 골목은 온통 조용했지만 그녀의 목은 쉬고 발은 걸음과 춤으로 지쳤던 다른 숱한 밤만큼 조용하진 않았다. 그녀는 제 오두막으로 들어가 소리가 전부 잦아들길 안에서 기다렸다. 내가 남들 모두를 충분히 챙겼더라면. 남들 모두랑 속을 나눴더라면. 델피랑 커샌드라도 같이 천사들한테 가서 노래 부르고 싶어 할 거라고 진작 헤아렸더라면. 제 심장 소리밖에 들리지 않자 그녀는 무릎을 꿇더니 델피와 커샌드라의 짚자리에서 몇 피트 떨어진 제 짚자리로 기어갔다. 그녀는 아마 너무 오래 뜸을 들였을 것이고, 그렇게 뜸 들이는 동안 기차와 사람들은 그녀에게 손을 흔들고 떠나갔을 것이다. 시간이 충분하지 않단 걸 과연 누가 알았을까? 베넷과 모지스가 식사랑 밀가루랑 당밀을 배급하듯 하느님이 시간을 배급했단 걸 과연 누가 알았을까? **그게 마지막이니까 전부 아껴서들 먹어……**. 그녀가 바로 전에 있었던 농장에선 한 여자가 고향에 헤엄쳐 가겠다는 다짐으로 우물에 뛰어든 일이 있었다. 그 뒤 그녀도 그 일을 따라 했었다, 노새 발길질의 축복도 없이. 그냥 고향에 간다는 걸 뭐 하러 비밀로 해두었을까? 노새는 제 발길질을 당장 거두어들이고 싶을 것이다. **그거 안 쓸 거면 당장 이리 내……**.

목요일인 이틀 뒤 아침, 캘도니아는 모지스와 부엌에서 저녁을 들겠다고 로레타에게 말했고 로레타는 그 얘길 당연히 제디에게 전했다. 로레타는 제 주인마님의 지시를 되묻는 일이 없는 여자였지만 제디는 로레타가 귀에 먼지가 끼도록 돌아다녀서 제대로 못 들은 것 아닌지 의아해했다. 로레타는 누굴 놀리는 법이 없는 사람이라 제디는 여느 아침과 똑같은 그녀의 얼굴을 보더니 말했다. "마님이랑 십장을 위해 뭐든 준비해놓겠다고 말씀드려."

두 사람 다 말을 하지 않아서 식사는 조금 이르다시피 끝났다. 그는 그렇게 생긴 식탁에 앉아본 일도 없었고 넘쳐나는 접시를 대접받아본 적도 없었다. 그가 뭘 어째야 할지 몰라 하던 참이라 그걸 본 그녀는 그를 데리고 식탁을 벗어났다.

두 사람은 성관계를 맺지 않았지만 그는 그 못지않은 기쁨을 안고 골목으로 돌아갔다. 그는 앨리스네 오두막 문을 두드리더니 그녀를 헛간 옆으로 데리고 나가 내가 너를 곧 해방시켜주겠다, 나한텐 그럴 힘이 있다 하고 말했다. 그녀가 아무 말도 않자 그는 이건 십장의 속임수겠거니 하는 그녀의 생각을 읽곤 웃음을 터뜨렸다. "넌 토요일 밤에 떠날 준비만 해. 떠나기 좋은 날이지 않아, 토요일? 일요일 하루 종일 느긋하게 떠날 수 있잖아? 자, 안 그래?"

"어디로 가야 되는지 나는 몰라요," 그녀는 말했다. "나는 그냥 헨리 쥔님 농장에 사는 앨리스예요, 그거밖에 몰라요. 버지니아주 맨체스터 카운티의 헨리 쥔님이랑 캘도니아 타운센드 쥔마님이요."

그는 또 한 번 웃음을 터뜨렸다. "헨리는 죽었잖아. 그를 직접 땅에 묻고 흙을 덮은 사람이 나야." 그녀는 그가 숲에서 스스로의 몸을 더듬고 껴안고 하던 사람이 아님을 알 수 있었는데 이는 그녀가 며칠이고 밤을 새워가며 지도를 그리다가 본 또 하나의 슬픈 광경이었다. 노예는 물론이고 십장도 제 주인 이름 뒤에 주인님 호칭을 붙이지 않는 경우는 없는데 모지스는 그런 경우인 데다 밤중에 누가 듣든 신경도 안 쓰고 있었던 것이다. 그러더니 그는 말했다. "떠날 때 내 아내랑 아들도 데려갔으면 해." 그러자 그녀는 그가 저를 떠보는 게 아니란 느낌이 들기 시작했다.

"프리실라랑 제이미요? 그 둘을요?" 아이는 뚱뚱했고 여자는 제 남편과 주인마님을 주눅 들어 떠받드는 사람이었다.

그는 고개를 끄덕였다. "너랑 같이 데려만 가. 니가 뭘 하고 있는지 모른다고 하지 마. 빙글빙글 돌려 말해도 넌 날 못 속여. 난 널 알아. 니가 뭔 꿍꿍이였는지 안다고."

"아무것도 안 꾸몄어요. 난 그냥 앨리스예요, 내가 말했잖아요. 여기 버지니아주 맨체스터 카운티의 헨리 퀸님네 농장이요." 그 여자가 고향에 헤엄쳐 가겠다고 우물에 뛰어든 뒤로는 평생 아무도 그 우물물을 마시지 않았다. 그 우물은 백인들이 사용하던 것으로 그들은 새 우물을 하나 더 팠으면서도 그 여자가 깊이깊이 헤엄치는 그 우물을 니그로들이 못 쓰게 했다. 그곳 노예들은 그 여자에게 물고기의 능력을 준 그 물을 다들 맛보고 싶어 했지만 백인들은 그 우물을 벽돌로 덮었다. 우물을 덮기 전에 백인들이 물에다 독도 탔다고 어떤 사람들은 말했다.

"내 말 새겨듣지 않으면 내가 널 기어코 전처럼 빨빨거리고 다니지 못하게 만들어줄 거야."

이날 밤 모지스는 제 가족에게 내가 너희를 자유를 향해 보내줄 거고 나도 곧 따라가겠다고 말했다. "자유에 어떻게 가는지 난 몰라," 프리실라는 말했다. "나도," 아들도 말했다.

"앨리스가 데려갈 거니까 너희 둘은 날 위해 자리만 잡으면 돼." 모지스는 닫힌 문 바로 안쪽에 서 있었다.

"앨리스? 앨리스라니, 모지스? 걔가 뭐? 걘 지 왼손으로 오른손도 못 찾아서 헤매는 애야. 앨리스가 뭘 할 수 있는데?" 제 남편이 들어왔을 때 프리실라는 벽난로에 땔감 넣을 준비를 하던 참이었다. 이제 그녀는 두 팔로 나뭇조각들을 안고 일어섰다. 처음에 불은 풀럭풀럭하더니 굴뚝에서 바람이 들자 여자 쪽으로 휘었다가 문 밑 쪽으로 움직였다.

"걔가 당신보다 많이 알아, 이 여자야. 실지로. 지금은 이 일에 관해서 날 믿는 수밖에 없어, 프리실라. 내가 둘 다 반대편으로 데려다줄 테니까 믿어야 한다고."

프리실라는 말했다. "맙소사, 모지스, 우릴 왜 이렇게 내버리는 건데?"

"그런 게 아니야," 모지스는 말했다. "난 이쪽에서 당신하고 제이미 둘한테 좋은 길을 마련해주려는 거야, 내가 하려는 건 그게 다라고." 프리실라는 바들바들 떨었고 나무들은 그녀의 품에서 떨어졌다. "할 일은 앨리스가 아니까 그냥 믿어," 그는 말했다.

"당신은 왜 지금 우리랑 못 가는데, 모지스?" 여기엔 깊은 골이 있었으므로 그는 그녀에게 당신이 뛰어드는 건 쉬운 일이라고, 난 애당초 끼워주지도 않는 그 자유라는 것에 당신은 사정없이 뛰어들어야 한다고 말하고 있었다. 그는 좋은 남편이 아니었지만 그녀에겐 전부였다. 어떤 여자들은 남편이 없거나 혹은 있어도 다른 농장에 떨어져 있어서, 매일 밤 곁에 없어서 자는 동안 세상을 한탄하곤 했다.

"아빠, 한참 뒤에 와?"

"나도 그리 갈게," 모지스는 말했다.

더는 말들이 없었지만 다음 날 프리실라가 제 밭고랑에서 종일 지체하는 바람에 모지스는 그녀에게 가 일 좀 똑바로 하라고 말해야 했다. "다시는 당신 꾸짖기 싫어," 그는 말했다.

그 토요일 밤, 농장을 1마일 이상 벗어난 네 사람은 3마일이나 펼쳐지다가 윌리엄 로빈스의 농장에서 끝나는 숲에 다다랐다. 앨리스에게선 전혀 귀띔이 없었지만 토요일은 많은 순찰대원이 술에 취해 있기 일쑤인 날이었다. 그녀로선 알 리가 없지만 보안관은 토요일에 임금을 지불했는데, 그는 일요일, 주일, 안식일에 대원들이 근무하는 걸 금지하진 않아도 좋아하지 않았다. 그래서 순찰대원들은 토요일 자정을 넘기기 한참 전부터 일요일을 시작하는 경향이 있었다.

숲속에서 프리실라는 울기 시작했다. "모지스, 지금 같이 가면 안돼? 제발, 모지스, 제발."

앨리스는 프리실라에게 다가가 두 차례 뺨을 날렸다. 모지스가 말이 없자 제이미도 말이 없었다. 이 낯선 여자는 누굴까, 밤중에 이렇게 행동하는 이 앨리스는 누구지? 앨리스는 말했다. "그 울음 당장 뚝 그쳐. 난 못 봐주니까. 암만 흘려봐야 눈물론 내 갈증 못 달래, 니 갈증도 못 달래고. 그러니까 당장 뚝 그쳐."

"그렇게 나쁘지 않아, 엄마," 제이미는 말했다. "우리 해낼 수 있어. 봐봐." 그리고 아이는 몇 야드를 뛰어갔다 돌아와서는 또 한 번 뛰어갔다 돌아왔다. 아이는 제자리에서 뛰었다. "해낼 수 있어, 엄마."

"쟤 말 새겨들어," 앨리스는 프리실라에게 말했다. "쟤 말 새겨듣는 게 좋아. 모지스, 당신도 긴말할 것 없어." 숲속의 어둠 속에선 얼굴이 곧장 보이지가 않아서 다른 사람을 보려면 바로 옆의 무언가를 응시하는 방법밖에 없었다. 그래야만 얼굴이 선명해졌다. 앨리스는 모지스 옆의 나무를 쳐다보았다. "이 둘이 당신한테 반대편에서 보자는 건 두 사람이 나보다도 잘 안단 소리야."

그는 앨리스를 보려고 그녀 옆의 제 아들을 처다보았다. "그럼 다들 나중에 봐."

"잘 있어, 아빠."

"모지스," 프리실라는 말했다. "나 잊지 마."

앨리스가 프리실라의 손을 잡아끌어 셋 다 숲속으로 사라지자 모지스는 좌우를 암만 살펴도 그들의 형상이 눈에 잡히지 않았다. 그는 그들인가 싶은 소리를 들었지만 그가 들은 건 다른 숲에서 혼자 있을 때 들은 것과 똑같은 소리였다. 정적이 깔리자 그는 그들이 잡히면 어떻게 될지 궁금해지기 시작했다. **모지스가 도와줘서 그랬어요⋯⋯.** 뒤를 돌아보자 소리가 다시 시작되었다. **모지스, 당신을 믿었는데 왜 이러는 거야? 왜 우리 미래를 가져가선 그냥 내버리는 건데?** 그는 두 손을 꼭꼭 쥐었다 풀었다 했다. 집에 돌아가는 길을 안다곤 하지만 과연 저기 어디 멀리서 저들을 만나고 난 뒤에도 돌아가는 길을 알 수 있을까? **오, 모지스, 왜 그러는 거야? 우리 이러저러해서 이러저러했 잖아, 그래놓고 왜 그러는 건데, 모지스?** 그는 낮게 걸린 가지들이 얼굴을 때려 한 팔로 앞을 가린 채 처음엔 걸어서, 그러다 뛰어서 그들을 쫓아갔다.

그는 점심시간 직후까지 기다린 뒤에야 안집에 보고했다. 밤새 요동친 심장이 해가 뜨면 진정되길 바랐으나 심장은 거부했다. 부엌에서 그는 로레타와 제디와 베넷이 구경하는 가운데 캘도니아더러 제가 자는 동안 프리실라가 밤사이 아들을 데리고 떠났다고 말했다. 앨리스의 오두막에 가보았더니 그녀는 싸돌아다니러 나가 돌아오지 않았다고도 말했다.

캘도니아는 걱정을 하는 대신 순찰대원들이 그들을 마주치면 집으로 돌려보내줄 거라고 그에게 말했다. "돌아다니다 벗어난 거예요," 그녀는 말했다. 앨리스는 길을 잃고 다닐 만큼 제대로 미친 사람이었다.

해 질 녘에도 소식이 없자 그녀는 베넷에게 월요일인 내일 보안관한테 가서 노예 셋의 "실종"을 신고해주었으면 한다고 말했다. 세 사람이나 ── 그것도 남자 없이 ── 관련된 걸 감안하면 탈주는 그녀의 머릿속에서 아주 먼 데 있었지만 그들이 어떤 화를 당하기는 한 모양이었다. 순찰대원들이 여자들을 농락한 다음 범죄를 감추려고 전부 죽였을지도 몰라. 하지만 단순 강간이라면 죽일 게 뭐지? 노예 강간으론 법 집행을 받지 않을 텐데. 많은 사람이 생각하기에 노예 강간은 범죄도 아니었다. 재산 살해가 훨씬 큰 범죄였다. 그녀는 베넷에게 통행증을 써준 다음 스키핑턴 보안관에게 자초지종을 아는 대로 설명하는 편지를 적었다. 그녀는 모지스더러 일이 잘 해결될 수 있도록 모두에게서 눈을 떼지 말라고 당부했다. 실종자 중 두 사람이 그의 아내와 아들이었으므로 처음에 그녀는 그를 어느 정도 탓하기도 했지만 그 실망은 오래가지 않았다.

베넷은 구치소 앞에서 변호사와 얘기 중인 스키핑턴을 발견했는데, 베넷이 편지 내용에다 제 말을 보탤수록 스키핑턴은 모지스가 어딘지 의심쩍었다. 타운센드네에 관해서 아는 바가 많지 않았던 그는 지역 전체를 관할하는 보안관으로서 스스로를 나무랐다. 그는 변호사를 내버려둔 채 베넷과 말을 타고 농장 쪽으로 나갔다. 그에겐 제 순찰대원들이 재산 셋을 멍청히 보내주진 않았을 거라는 믿음이 있었다. 그러니 노예들은 카운티 어딘가에 있었다. 혹시 살았다면 그들은 일몰 전에 돌아올 수도 있었다. 혹시 죽었다면 늑대나 곰이나 산사자* 짓일 터였다.

베넷은 스키핑턴의 말을 돌보았고 제디는 캘도니아가 서 있는 응접실로 그를 모시고 들어갔다. 그는 지난 장례식에서처럼 모자를 벗고 남편분 일은 유감이라고 말했다.

"그들이 갈 데나 있는지 모르겠어요," 캘도니아는 말했다. 아무도 자리에 앉지 않았다.

"제가 알기로 그 앨리스라는 친구는 머리가 편치 않다더군요."

"맞아요, 거기다 프리실라는 이 농장을 저보다도 떠나기 싫어할 사람이고요, 보안관님."

"그들 가치가 얼마나 나갔죠?"

"네?"

"세 노예의 가치가 얼마였나요? 그들을 판다 치면 얼마나 받으시겠습니까? 시장에서요."

"오, 글쎄요. 제 남편이라면 바로 알았을 테지만 저는 그런 문제에 밝지가 못해서요. 죄송해요."

"대수로운 문젠 아닙니다. 저 십장과 그녀는 결혼한 지 얼마나 됐습니까?"

"얼추 십 년 됐어요," 캘도니아는 말했다. 그녀가 다른 여자의 남편과 성관계를 맺어왔음을 완전히 자각한 건 이때가 처음이었다. 프리실라가 늘 그 자리에 있었는데도 캘도니아는 지구 반대편에서 외간 남자와 부부 생활을 해온 거였다.

"십 년이면 긴 세월이죠," 스키핑턴은 말했다. 캘도니아는 말이 없었지만 조금 얼떨떨한 기색이었다. 모지스에 관해서 묻자 그녀는 그를 안집으로 불러오겠다고 제안했지만 스키핑턴은 나가서 만나겠다고 말했다.

밭으로 가면서 그는 제 사무소에 있었던 남녀 노예를 떠올렸다, 그날 윌리엄 로빈스에게 팔린 남자 노예와 그 며칠 뒤 다른 누구에게 팔린 여자 노예. 저흰 함께입니다, 그 남자 노예는 끊임없이 말했다. **저흰 하납니다**……. 그는 밭으로 내려가는 작은 언덕에 닿았는데 이곳 십장은 말 위에서 누굴 내려다보는 게 아니라 밭일 중인 노예들과 한데 섞여 있어서 누군지 가늠이 안 되었다. 그는 언덕을 내려가 모지스를 좀 봤으면 한다고 크게 불러냈다. 모지스는 제 밭고랑에서 쑥 일어나 스키핑턴에게 나아갔다.

모지스가 모자를 벗고 좋은 아침입니다 하고 말하자 보안관도 좋은 아침이라고 말했다.

"그들이 어디 있을지 아나?"

"아니요, 나리. 어제 일어나보니까 사라졌더라고요, 셋 다 싹이요."

"자러 갈 땐 있었고?" 모지스가 구치소에서 팔리던 그날의 기억이 스키핑턴에게 점점 돌아오고 있었다.

"예, 나리. 근데 앨리스 그 여자는 싸돌아다니는 경향이 있습니다, 전처럼 멀쩡하지가 않아요. 그렇다고 해가 된진 않고요. 마냥 돌아다니고 그러는 거라 해가 될 건 없습니다. 저희 프리실라랑 제이미는 가끔씩 그냥 동무나 하러 같이 나가곤 했지요. 둘은 앨리스를 몹

---

*   mountain lion. 퓨마.

시 좋아했습니다." 스키핑턴이 재방문했을 때 일라이어스는 이 말을 대부분 부인할 것이다. 모지스는 일라이어스와 그 밖의 사람들이 고작 스키핑턴의 질문 몇 개를 받자 허물어뜨릴 이야기를 계속해서 지어냈다.

마침내 스키핑턴이 가서 하던 일 계속하라고 말하자 모지스는 머리에 모자를 얹곤 돌아갔다. 그 노예들이 사라지기 직전 모지스와 그의 여주인이 저녁 식사를 같이했단 얘길 누가 했는지 ─ "웬 남자가 자기 아내랑 밥을 먹고 있는 것 같더라니까요" ─ 며칠 뒤 스키핑턴은 떠오르지 않을 것이다. 그는 늘대나 곰에 의한 살인을 입증해줄 독수리를 하늘에서 보았단 제보가 그때껏 한 건도 없었음을 떠올릴 것이다. 그는 그 세 사람이 죽었으며 시체들은 독수리가 건들지 못하게 누군가 땅에 묻은 거라고 확신하게 되었다. 스키핑턴은 보안관을 슬쩍 뒤돌아보고픈 욕구를 이겨내는 모지스를 지켜보면서 어떤 노예인들 밭을 떠나고 싶지 누가 돌아오고 싶겠느냐고 이해했다. 멀어지는 모지스를 지켜보고 있자니 스키핑턴은 그가 살인자라는 의심이 들기 시작했다. 모지스가 캘도니아와 저녁 식사를 같이했단 얘길 듣고 나서는 그 동기가 이해되었다. 하지만 아내며 자식과 관계를 끊고 오두막 문을 나서서 안집 문을 통과하면 되는 걸 뭐 하러 살인까지 저질렀을까? 더욱이 아이며 제정신도 아닌 여자를 해친 건 왜지?

그는 모지스가 원래 있던 줄로 돌아가 제 자루를 집어 든 뒤 주변과 하나가 되는 모습을, 땅이며 그 수확물이며 몸을 수그린 채 걷고 거두고 하는 노예들과 하나가 되는 모습을 지켜보았다. 그들 위에서 까마귀들이 맴을 돌았다. 스키핑턴은 저 새들이 손을 피할 만큼은 높지만 던진 돌을 피할 만큼은 높지 않단 걸 알 수 있었다. 모지스는 시선을 피하지도 눈을 깜빡이지도 않은 채 스키핑턴의 눈을 처음부터 끝까지 똑바로 쳐다본 터였다. 하느님이 거짓말하지 말 것을 십계명 중 하나로 넣으신 데에는 이유가 있었다. 거짓말은 다른 모든 죄를 감추는 높은 담과 같은 힘을 지니기 때문이었다. 스키핑턴은 캘도니아를 헤아려보았다. 그는 제 노예와 잤다던 브리스틀의 그 백인 여자 얘길 들은 적이 있었다. 곤란한 짓이었다. 하지만 캘도니아와 모지스 같은 유색인들이 저희끼리 그러는 것은 그 자체론 범죄가 아니었다. 이유 없이 노예를 죽이는 것이 하느님 앞, 인류 앞에서 언제고 범죄였다.

이틀 뒤 저녁, 스키핑턴은 길거리가 소란스러워 무슨 일인지 나가보았다.

"어이, 존," 순찰대원 바넘 킨지가 제 장인에게서 물려받은 늙은 말에 탄 채로 말했다. 스키핑턴은 그가 아까부터 술을 마셨고 지금은 잔뜩 취한 상태라는 걸 그가 다가오기 전부터 알았다. 오거스터스 타운센드가 팔려 노예 신분으로 돌아간 지 두 주가 넘은 때였다. 바넘의 아내는 고생이 많았지만 제 남편과의 결혼을 후회한 적은 한 번도 없었다.

"바넘?" 스키핑턴은 말했다.

건제품상은 바넘을 점포 앞에서 쫓아내지 못해 안달하던 참이었지만 스키핑턴이 나와준 덕에 이젠 밤사이 문을 닫으러 자릴 떴다. 건제품상이 일단 안으로 들어가자 거리는 사내 둘, 바넘이 탄 말, 스키핑턴의 묶어둔 말, 길 건너편의 떠돌이 개 한 마리 외엔 휑했다.

"어이, 존. 좋은 저녁이야, 어?"

"나쁘지 않은 저녁이군, 바넘. 집에 가?"

"응, 존, 갈까 해. 좀 있다가. 근데 나 오늘 순찰 있는데." 그는 한 동안 말이 없었고, 그러는 동안 개는 앉았던 엉덩이를 들어 서쪽으로 갔다. "말하고 싶었던 게 있어서 술술 굴러 나오게 계속 머릴 굴리고 있었어. 자넨 뭔지 알 거야, 존."

"알지, 바넘. 그냥 한 마디씩 늘어놓다 보면 알아서 정리될 거고 우린 할 얘길 하고 있을 거야."

"하비 트래비스랑 오든 피플스가 오거스터스 타운센드를 갖다 팔았어. 하비가 해방증을 먹어치우더니 그를 냅다 팔아버리더라고, 존. 그게 전부야."

"오거스터스를 팔아? 그게 언젠데?"

"며칠 됐나. 어쩌면 일주일. 내가 이제 시간하곤 친하지가 않아서 하루가 한 달 같을 때도 있어. 아니면 일 분." 바넘은 트림을 했고 한 마디씩 내뱉을 때마다 술이 깨가는 모양이었다. "그자 이름이 다시야, 자네가 우리더러 주의하라 했던 그 노예 투기꾼. 내가 본 적 없는 큰돈을 한꺼번에 받고 팔았어. 그의 노새도 같이, 존. 그 사람 노새를 팔았다니까. 뒤 칸에는 팔려고 그러는지 검둥이를 여럿 태우고 있었고. 누구 소유인지 말은 없었어."

"더 일찍 말해줬으면 좋았을 텐데, 바넘. 자유민을 파는 건 범죄니까 자네가 거기서 막았어야지."

"알아, 존. 무슨 말인지 다 알아. 자넨 내가 못 알아먹을 말을 하는 사람이 아니니까." 개가 도로 나타나 길거리 한복판에 서더니 주위를 두리번거렸다. 녀석은 동쪽으로 종종거리며 갔다. 바넘은 다시 트림을 했다. 그는 안장에서 자세를 바꾸었다. "내가 더 용감하면 좋겠어, 존. 자네만큼 용감하면 좋겠어."

"자넨 용감해, 바넘, 언젠가 사람들도 알게 될 거야."

"글쎄. 모르겠어." 그는 몸을 앞으로 수그렸다. "내가 검둥이를 빨아대는 뭐 그런 사람이라서 이걸 다 털어놓는다고 생각하진 않았으면 좋겠어. 그런 거 아니야. 나 알잖아, 존. 그래도 그들이 오거스터스랑 노새를 팔아버리는데 어떡해." 해 질 녘이었고 하늘엔 별이 꽤 총총했다. 달은 스키핑턴 뒤로 아직은 낮게 떠 있었는데 그 모습은 바넘에게만 보였다.

"자넨 왜 모르겠어, 바넘."

"하지만 그는 자유민에다 확실한 사람이었고 법도 그렇다고 했다고. 오거스터스는 나한테 상처를 준 적이 없어, 나한테 나쁜 소릴 한 적도 없고. 하비가 한 짓은 잘못된 거야. 내가 이러는 걸 검둥일 편든다고 여기진 마. 난 여전히 백인 편이니까, 존. 난 여전히 백인을 지지하니까. 자네가 나에 대해 딴소릴 믿는다면 하느님이 도와주시겠지." 그는 안장에서 한 번 더 자세를 바꾸었다. 달은 이제 지평선 바로 위에 크고 탁한 오렌지색 점으로 걸려 있었지만 바넘의 고개는 그것이 보일 만큼의 높이로 들려 있지 않았다. "단지 사람이 검둥이 편을 든단 소릴 안 듣고도 말할 방법이 있어야 한다는 거뿐이야. 사람이라면 어떤…… 일종의 어떤 빛 아래 설 수 있어야 되고 아는 걸 앙갚음 안 당하고 표명할 수 있어야 되잖아. 어떤 등불 같은 게 있어야 된다고, 존, 그 아래서 우리가 이렇게 말할 수 있게. '나도 알 건 아는데 내가 아는 건 하느님의 진리다.' 그런 다음 빛 아래서 나가도 그가 한 말에 난동을 피우는 사람이 아무도 없어야 돼. 그가 그렇게 말하고 대뜸 볼일을 보러 가도 '이놈이 검둥일 변호하네, 인디언 놈을 변호하네' 이러는 사람이 아무도 없어야 된다고. 진리의 등불이라면 사람들이 그런 소릴 하도록 저 밑바닥에 냅두지 않을 거야. 그런 빛이 있어야 돼, 존. 난 오거스터스한테 벌어진 일이 후회돼."

"그래, 바넘, 나도 알아." 건제품상이 점포에서 나와 스키핑턴에게 모자를 기울이더니 스키핑턴이 고개를 끄덕이자 집으로 갔다.

"사람은 그 빛 아래 서서 진실을 말할 수 있다고. 자넨 지금 서 있는 그 자리에서 등불 빛을 들 수 있어, 존. 내가 그 아래 설 수 있게 들고 있어줘. 아무도 아는 대로 얘길 하지 않으면, 진실하게 얘길 하지 않으면 등불은 구치소에 보관하면 돼, 존. 구치소에 안전히 보관해두라고, 존." 바넘은 눈을 감고 모자를 벗더니 눈을 뜨곤 모자챙을 뚫어져라 보았다. "하지만 등불을 철창엔 너무 가까이 두지 마, 존, 범죄자들이 건드리거나 그러면 싫을 수도 있으니까. 자네가 의장한테 편질 써야 돼, 하원한테도 편질 쓰고, 그래서 미합중국의 모든 구치소가 그 등불을 갖추도록 법을 통과시키게 만들어. 내가 그 법 지지할게. 내가 그럴 거란 건 하느님도 아셔. 정말 그렇게, 존."

"나도 마찬가지일 거야, 바넘," 스키핑턴은 말했다. 바넘은 모자를 도로 썼다. "이제 자네가 당장 귀가했으면 해. 오늘 밤 순찰은 안 했으면 하고. 푹 쉬어. 킨지 부인하고 꼬맹이들이 있는 집으로 가. 집으로 곧장 가." 개는 도로 나타나 서쪽으로 가더니 이날 밤엔 돌아오지 않았다.

"그렇게, 존. 킨지 부인하고 꼬맹이들이 있는 집으로 갈게." 바넘은 저와 가족이 식사 중인 식탁에서 타고 있는 등잔불이 눈에 선했다. 벽난로 선반에 있는 두 개의 등잔불도 눈에 선했고 방 안에서 뒤로 돌자 아내도 눈에 선했는데 아내의 눈동자에는 벽난로 선반의 두 등잔불이 비쳐 있었다. "그럴게, 존." 그와 그의 가족이 이 카운티를 아주 떠나기 며칠 전 그의 아들 매슈는 2년 된 신문에서 미국 지도 하나를 발견했다. 매슈는 제 아버지에게 저희가 어디로 가는지 보여 주면서 아버지의 손가락을 가져다 버지니아부터 미주리까지 경로를 쭉 훑었다. "먼 길이구나," 바넘은 말했다. "옙," 아들은 말했다.

"이봐," 스키핑턴은 말했다. "거기 잠깐만 있어봐." 그는 구치소로 들어가 강아지 머리만 한 작은 삼베 자루를 들고 돌아왔다. "꼬맹이들이 먹을 단것 좀 넣었어, 바넘. 일부는 쓴박하(horehound)야. 꼬맹이들이 먹는 박하사탕인데 얼마 안 돼."

"고맙게 받을게, 존."

"이제 집으로 곧장 가, 바넘." 그는 말을 타고 멀어지는 바넘을 지켜보았다. 그 사탕은 위니프리드와 미너바, 그리고 어쩌다 집에 계시는 아버지에게 가져다주던 것이었다. 건제품상이 퇴근해서 내일까진 살 수 없을 터였다. 정작 스키핑턴 자신은 배가 단것을 허락하지 않았다.

다음 날 아침 그는 위니프리드에게 제가 어쩌면 로빈스네서 밤을 묵어야 할지 모르니 걱정 말라고 말했다. 그러고서 그는 전보국으로 가 맨체스터와 노스캐롤라이나 접경선 사이의 보안관들에게 다시와 그의 짐마차에 관한 장문의 전보를 보냈다. 다시의 행색을 아는 그는 비버 모피며 노예인지 아닌지 모를 니그로 하나와 여행 중이란 사실을 언급했다. 그는 오거스터스 타운센드도 언급했다. "자유민이자 맨체스터 카운티의 정직한 시민." "이걸 다 보내려는 거 확실하지?" 전보원은 그에게 물었다. "확실해. 빠진 단어 없이 보내줘. 돈은 카운티에서 낼 거야." "그걸 걱정하는 건 아니고, 존."

그는 구치소로 가 변호사에게 오늘은 이만 가볼 것이고 다른 일들은 내일 돌아와서 처리하겠다고 말했다. 변호사는 "같이 가길 원해?" 하고 말했다. 스키핑턴은 말했다. "혼자서도 될 거야. 여기나 잘 맡아줘, 그래줄래, 변호사?"

그는 최대한 열심히 말을 몰았다. 그는 오거스터스가 끌려갔는데 어째서 밀드레드도 그 밖의 누구도 제게 들르지 않았는지 의아했다. 그는 1시쯤 윌리엄 로빈스네에 이르렀기에 좋은 식사를 할 수 있었을 텐데도 내처 달렸다. 내가 만약 유색인종이고 어쩌다가 팔렸다면 유색인종 위니프리드에게 누가 가서 알려주었으면 했을 거야, 희망이 있다고. 그는 트래비스가 불태운 오거스터스의 짐마차 잔해를 지났지만 그게 오거스터스에게서 나온 것인 줄은 몰랐다. 3시 가까울 때 그는 밀드레드의 집에 도착해 문을 두드렸지만 응답이 없었다. 그녀는 헛간에도 없었고 오거스터스가 헛간 옆에다 세운 작은 작업장에도 없었다. 그는 뒤쪽으로 가 정원에서 나오는 그녀를 발견했다. 그녀 곁엔 개가 있었는데 녀석은 스키핑턴에게 다가와 킁킁거리더니 집 쪽으로 가던 길을 갔다.

그는 모자를 벗었다. "밀드레드……."

"제 남편이 죽었나요, 보안관님?" 그녀는 들고 있던 토마토 광주리를 내려놓고 얼굴 한쪽의 땀을 닦더니 다른 한쪽도 마저 닦으며 말했다. "제 남편이 갔나요?"

"아니요, 내가 알기론 아니에요. 투기꾼한테 팔린 겁니다." 아직도 카운티에는 토마토에 독성이 있다고 믿는 사람들이 있었지만 밀드레드와 스키핑턴은 그걸 믿지 않았다.

"어떻게 자유민을 팔 수 있답니까, 보안관님?"

"법의 테두리 바깥이에요, 밀드레드. 법의 테두릴 벗어난 겁니다."

"안. 바깥. 안. 바깥." 그녀는 광주리를 들었다. "제 생각에 오거스터스는 그 바깥에 있지 않았어요. 오거스터스는 그랬을 사람이 아니에요."

"내가 그를 찾아볼게요, 밀드레드, 그래서 당신이 있는 집으로 데려올게요. 그 일은 범죄니까 법의 지원이 있을 거예요."

"그럴 거란 건 알아요."

"그가 실종됐다고 왜 말 안 했어요?"

그녀는 토마토를 하나하나 골라내던 중에 그를 휙 올려다보았다. "저랑 캘도니아랑 펀이 구치소에 갔더니 당신의 보좌관이 전부 전달하겠다고 하던걸요. 오거스터스가 실종됐단 걸 당신한테 알리겠다고 했어요."

그는 다른 백인의 흠을 니그로들에게 말하는 걸 좋아하지 않았지만 이렇게 말했다. "아무 얘기 없었어요, 밀드레드. 나는 어젯밤에야 얘길 들었어요."

"그분한테요? 그분한테 이렇게나 늦게요?"

"아니요, 바넘 킨지한테 들었어요." 그는 변호사가 보안관 책상에 앉아 휘파람을 불며 총을 손질하는 모습이 눈에 선했다. "나는 까맣게 몰랐어요, 그 점은 장담할 수 있어요."

"그건 이제 전혀 중요하지 않아요, 보안관님." 그녀는 그의 옆을 지나 뒷문으로 갔다. 개가 안으로 들어가고 싶어 하자 그녀는 문을 열어주곤 스키핑턴 쪽으로 몸을 돌렸다. 문은 저절로 닫혔다. "저는 그가 귀가할 거라는 믿음이 있었어요. 전에도 뭘 고치는 데 휘말려서 우물쭈물하다가 몇 날 며칠 늦을 때가 있었거든요. 그가 무사하단 걸 늘 알았으니까 그러라고 냅뒀죠. 하지만 당신이 여기 오시면 경우가 달라요. 당신이 여기 이렇게 뻔히 안 좋은 소식을 갖고 오시느니 차라리 몇 달을 기다리더라도 그가 그냥 노새를 타고 오는 편이 나았을 거예요."

"우리가 할 수 있는 일을 할게요, 밀드레드."

"그건 이제 중요하지 않다는 느낌이 들어요, 보안관님. 아무도 신경을 안 쓰니까요. 당신의 보좌관도 신경을 안 쓰는 것 같았어요."

"법은 신경 써요, 밀드레드. 법은 늘 신경 씁니다."

그녀는 그를 처다보았고 그는 그녀가 저보다 진실에 가깝단 걸 알았으므로 눈만 껌뻑거렸다. "법은 신경 씁니다," 그는 한 번 더 말했다. 밀드레드는 그 이상 말하지 않고 문을 열더니 안으로 들어갔다. 스키핑턴은 모자를 쓰고 집을 빙 돌아 제 말에게 돌아갔다. 말이 풀을 뜯고 있어서 스키핑턴은 녀석을 억지로 떼어내야 했다. 말을 물구유로 데려갔지만 녀석이 원하는 건 그게 아니어서 그는 녀석이 다시 풀을 뜯게 내버려두었다.

밀드레드는 집 안을 가로질러 지금은 현관에 나와 있었다. "보안관님한테 뭐 좀 드시겠느냐고 안 여쭤보면 오거스터스가 저를 용서하지 않을 거예요."

"괜찮아요, 더는 폐 끼치고 싶지 않아요," 스키핑턴은 말했다. "너무 늦기 전에 돌아가야 해요." 그는 예쁘장한 토마토를 떠올렸다. 아마 빵도 있을 터였다. "말씀 고마워요."

"폐 될 거 없어요. 잔뜩 있어요."

"남편분 관련해서 좋은 소식 가져오면 그때 앉아서 시간 보낼게요," 그는 말했다. "다음번에요."

그녀는 그에게 좋은 하루 보내시라 말하곤 집에 도로 들어갔다. 개는 쭉 지켜보고 있었으면서도 문턱을 넘지는 않았다.

스키핑턴은 군내로 돌아가는 길에 로빈스네서는 멈추지 않았지만 성경을 읽기 위해서는 두 차례나 멈추었다. 미너바가 또 생각나기 시작한 터라 마음속에서 그 생각을 몰아내는 데 성경이 도움이 되어주었으면 싶었다. 그는 땅바닥에 앉지 않았다. 그는 그 책을 그냥 큰길에 서서 띄엄띄엄 읽었고 그사이 말은 두 차례 모두 여기저기 돌아다녔다. 녀석은 밀드레드네서 실컷 먹었으니 이리저리 기웃거리고 다닌 건 아이 같은 호기심에서였다. 그는 읽고 또 읽었지만 집중할 수가 없었다.

미너바의 열다섯 번째 생일 다음 날인 3주 전 아침, 출근하러 나가던 스키핑턴은 그녀가 방에서 옷 입는 모습을 본 터였다. 보아하니 그녀는 꼬마 때부터 그러던 대로 나가서 구정물을 버리고 돌아와 문을 살짝 열어둔 채 옷 치장을 마치는 중이었다. 그가 그녀를 보던 순간 그녀의 나이트가운은 팽팽하게 당겨져 가슴부터 무릎까지 그녀의 풍만한 몸이 도드라져 있었다. 그녀는 그를 보지 못했고 그도 아무 말 없이 자릴 떴지만 그 뒤로 그의 마음엔 줄곧 그녀가 걸려 있었다. 그는 흑인 여자를 제 것으로 취한 백인 남자를 여럿 알고 지냈는데 그런 남자들 사이에서라면 그는 정상으로 여겨졌을 것이다. 하지만 그는 제가 하느님과 살아간다고 보았고 하느님은 저를 위니프리드와 짝지어주신 터라 만약 제가 미너바를 취한다면 하느님이 저를 버릴 거라 믿었다. 게다가 미너바가 한 마디를 않더라도 위니프리드는 그가 저지른 일을 알 터였다.

성경을 읽어도 효과가 없자 그는 성경을 미루고 이날 밤 7시쯤 구치소에 다다랐는데 그곳은 그가 등불을 켜고서야 어둠이 가셨다. 변호사가 남긴 메시지가 없어서 그는 하루가 사건 없이 지나갔다는 게 미심쩍었다. 그는 변호사가 처음부터 못 미덥던 참이었다. 이제 변호사에 대한 믿음은 더 허물어진 상태였다. 그는 말을 솔질해준 뒤 녀석을 뒤쪽 헛간에 남겨두고 집까지 걸어갔다. 미너바는 현관 그네에 앉아 있었는데 그녀가 손을 흔들자 그는 그녀의 생일 다음 날 아침 그녀를 보고서 들었던 감정을 처음부터 다시 느꼈다. 기도를 해봐야 다 무슨 소용일까? 마음으론 딸 같은 사람을 남자는 어째서 이런 식으로 느껴야 할까? 그는 "안녕" 하고 말했다. 그녀는 말했다. "배고프세요?" "아니. 위니프리드는 어디 있니?" "안에서 바느질하세요." 안에 들어간 그는 이날의 무게와 장거리 승마로 돌연 기운이 쭉 빠졌다. 밀드레드의 광주리에 든 토마토는 큼직하고 썩 잘 익어 있었다. 그때 하나 먹었다면 좋았겠지만 그는 제 배가 저항할 걸 알았다. 이날의 무게는 그를 무너뜨려 의자에 앉아 있던 위니프리드 옆 바닥에 앉혔다. 그녀는 바느질하던 걸 무릎에 내려놓았다. "당신 배가 뭔가 먹어도 되겠는데요," 그녀는 말했다. "아니. 아무것도." "내가 된다고 하잖아요, 스키핑턴 씨." "우유로 슬슬 시작해볼까," 그는 말했다. "좋아요," 그녀는 말했다. "우유, 그다음에 나머지 전부."

설거지는 그가 했다. 온갖 회선의 보안관들한테서 무슨 말인가 올 가능성은 아직 있었다. 아직은 그랬다. 하지만 우유를 마실수록 그 희망은 멀어져갔다. 변호사와 하비와 오든을 그가 어떻게 처벌할 수 있을까? 유리잔을 내려놓은 그는 얇게 썬 토마토 몇 조각에 약간의 소금과 식초면 당장 뭐가 필요하든 다 충족될 텐데 하고 생각했다. 위니프리드의 귀한 접시에 흐뭇할 만큼 예쁘게 담은 얇게 썬 토마토 몇 조각.

그는 하숙집으로 가 변호사의 방에 노크도 없이 들어섰고 변호사의 침대에 주인이 앉아 있는 것을 발견했다. 그녀는 신발은 벗은 채였고 옷은 비록 다른 방식으로나마 걸치곤 있었는데도 다 가린 목으로 손을 가져갔다. 그녀는 스키핑턴에게 변호사는 볼일을 보려는지 뒤로 나갔다고 말했다. 그녀는 신발을 신고서 스키핑턴을 따라 아래층으로 내려갔다.

변호사는 변소에서 나오는 중이었다. "존."

"오거스터스 타운센드라는 자유민이 실종됐다는 말 자네가 접수했나?" 스키핑턴은 제 육촌이 변소 문을 닫을 새도 없이 말했다. "변호사, 그의 부인이랑 며느리한테는 그가 실종된 걸 나한테 얘기하겠다더니 얘길 안 한 거야?"

"오거스터스?"

"그 사람이 이름이 오거스터스 타운센드야."

"들은 것 같아, 존, 근데 그냥 까먹었어. 검둥이들은 그런 얘기부터 세상 끝나는 얘기까지 다 하니까. 누가 그것들 말을 믿을 수 있겠어?" 하숙집 주인은 세 계단 위 문간에 서 있었다. 그녀의 등 뒤로 부엌에서 불빛이 새고 있었지만 강한 빛이 아니어서 그녀의 실루엣을 볼품없게 만들었다.

"당신은 이제 들어가, 토머시나," 변호사는 말했다. 그녀는 뒤로 돌았다. 여자는 말했다. "위에 있을 테니까 필요하면 불러요, 변호사님." 그녀가 청구한 숙식비는 지금껏 무료에 가까웠다. 그녀는 좋은 여자였지만 언젠가 변호사에게 자식을 안겨줄 수도 없었고 벨 같은 방식으로 그의 곁을 지킬 수도 없었다. 그녀는 성관계가 끝나면 매번 울면서 파르르 떨었다. 오랫동안 메말랐다가 삶을 되찾은 여자였다. 그는 그녀에게 친절을 베푸는 대가로 돈을 일부 아꼈지만 노스캐롤라이나에서 하느님이 가져가신 것을 되살 만큼의 액수는 못 되었다. "게다가 있지, 존, 그건 세 검둥이가 다른 검둥이 얘길 했을 뿐이야. 난 자네가 백인을 돌보라고 날 고용한 줄 알았어."

"자넨 법을 위하라고 고용된 거야." 제 육촌과 하숙집 주인 사이에 무슨 일이 있든 그건 간통이 아니라고 스키핑턴은 생각했다. 간음죄야 저희 둘만의 영혼이 걸린 문제지만 오거스터스에 관한 거짓말은 내 목까지 걸린 문제다 하고 그는 느꼈는데 그것은 변호사를 불러들인 게 저였기 때문이다. 하느님 앞에서 보증도 선 터였다. "이 카운티 사람들에 관해서 이렇게 나한테 함구하는 건 용납 못 해. 자네가 이러는 건 이번 한 번뿐이야. 알아들었어, 변호사?"

"알아들었어, 존. 그래도 내 말은——"

스키핑턴은 외면하고 갔다.

그는 마을 밖으로 한 시간 남짓 말을 몰아 어둠이 내린 큰길에서 말에 탄 채로 시끄럽게 떠들고 있는 하비 트래비스와 오든 피플스를 찾았다. 규정대로라면 3인 1조여야 했지만 스키핑턴은 미처 눈치를 못 챘다.

"자유민 오거스터스 타운센드 그 사람을 자네들이 다시 노예로 팔았어?"

트래비스는 소리 내서 웃었지만 오든은 침묵했다. "존, 누가 그런 헛소릴 자네 귀에 집어넣은 거야?" 트래비스는 말했다. "누가 자네한테 그런 짓을 했을까, 존?"

"자네 짓인지 말해볼래, 하비? 자네랑 오든 짓인지."

"이런, 당연히 아니지, 존. 난 그런 짓 안 해도 돼. 안 그래, 오든?"

"사실이야, 보안관."

"누가 그런 소릴 했을까, 존? 바넘 킨지?"

이자는 다 죽어가는 소를 팔려고 하다가 그 소가 되살아나자 돌려받길 원했던 자다, 스키핑턴은 생각했다. 하지만 이자는 탈주를 시도한 로버트 콜팩스의 세 노예를 붙잡은 자이기도 했다. 트래비스와 오든은 누구든 탈주를 시도하려는 사람에겐 공포의 대상이었다.

"존, 바넘이 하는 말 너무 신뢰하지 마."

"자네들에 관해서 두 번 다신 이런 얘기 듣고 싶지 않아." 그는 요셉과 그 형제들을 떠올렸다. '그들이 너에게 악을 행하여 지금 너에게 비노니, 너의 아버지이신 하느님의 종들이 저지른 죄를 용서하라.' 더욱이 오거스터스 타운센드가 발견되어 제집과 제 아내에게 돌아올 가능성은 아직 있었다. 하느님에겐 여전히 그럴 힘이 있었다. "이런 얘기가 다시 한 번 내 귀에 들리면——"

"아유, 그런 일 없을 거 자네도 알잖아, 존, 이런 일은 이걸로 끝이야."

스키핑턴은 스스로가 만족스럽지 않아 귀가하질 못했다. 콜팩스가 저를 윌리엄 로빈스나 다른 누구에게 칭찬했을 땐 만족스러웠다. 마을에 다다른 그는 그냥 이대로 말이나 타고 싶었지만 말한테 그런 고생을 시킬 수는 없었다. 그는 하느님에게 지도를 부탁했다. 그는 이날 밤 미너바 꿈을 꾸었다. 그는 까마귀들이 줄곧 머리 위를 나는 어느 들판을 걷고 있다가 사막의 한 천막에 이르렀는데 그 출입구는 바람에 풀럭거리고 있었다. 그녀의 울음소리가 들렸으므로 그는 그녀가 안에서 저를 기다리고 있단 걸 알았고 들어갈 준비도 되어 있었지만 풀럭거리는 출입구만 지켜보고 서 있었다. 천막은 누구의 눈길도 끌지 못했을 게 분명한 빛바랜 청색이었지만 그는 거기서 눈을 뗄 수 없었다. 그렇게 바람이 멎어도 출입구는 여전히 풀럭거리더니 조금 뒤 바람이 다시 불자 가만했다.

다음 날 그는 리치먼드로 편지를 써, 자유 니그로들을 다시 노예로 팔고 있는 어느 노예 투기꾼을 버지니아 연방은 인지하고 있어야 한다고 당국에 알렸다. 그는 제기된 범죄, 피해 호소인 내지 호소인들, 추정 가해자 내지 가해자들에 관한 일반 서식의 질문에는 별도의 종이에 답변을 적었다. 편지를 막 적기 시작했을 땐 오거스터스 타운센드를 팔아넘긴 건 범죄다 하는 확신이 있었지만 답변을 다 적고 밑에다 서명을 남길 무렵엔 그 확신이 줄어 있었다. 실제로 버지니아가 그런 매매를 범죄로 선언한 적이 있었던가? 몇 년을 자유로 살았다고 한들 노예로 태어난 사람의 포승줄을 영원히 또 완전히 끊는 게 과연 가능한가? 그가 피부색 때문에 저주받은 운명을 타고난 건 아닐까? 게다가 범죄가 저질러졌다고 옆에서 지지해주는 건 바넘 하나뿐인데 그가 트래비스랑 오든을 뭐 어쩌겠다고? 백인 하나와 인디언 하나의 말에 맞서는 다른 백인 하나의 말. 바넘의 말 대 트래비스의 말이라면 꽤나 정정당당한 싸움이 될 터였다. 바넘은 주정뱅이지만 트래비스는 사기꾼에 망나니로 알려져 있었다. 다 죽어가는 소 일화가 널리 화제가 된 터였다. 하지만 트래비스의 말은 오든의 말로 힘이 실렸는데 오든이 인디언인지라 사실 그 힘은 절반짜리였다. 그러나 그 절반이 바넘에겐 없었다. 스키핑턴은 답지를 서랍에 넣고 편지 내용을 부연했다.

평소처럼 그는 주도(州都)에서 근무하는 일종의 연락책으로서 보통은 이곳 사건을 주재할 순회판사가 필요할 때마다 도움을 주는 해리 샌더슨에게 편지를 적었다. "내겐 주지사의 귀가 있거든요," 샌더슨은 언젠가 편지에서 호기심 가는 여담을 적은 일이 있었다. 스키핑턴은 현재 다시라는 남자한테 무언가 부적절한 점이 있는데 그게 무언지 확정하려면 도움이 필요하다고 말했다. 그는 법이 제게 바라는 일이 무엇인지 알고 싶었다.

이틀 뒤, 그가 친 전보에 응하여 노스캐롤라이나 접경선의 어느 보안관한테서 얘기가 들어왔다. 다시가 그곳을 지나갔다는 거였다. 말썽 없이 "어수선하지 않은 분위기"였다는 게 그의 말이었지만 다시가 그 카운티를 뜬 뒤 그 보안관은 "저희가 아는 한 저희 공동체의 일원은 아닌" 니그로 아이 하나가 큰길가에 죽어 있는 걸 발견한 터였다.

그 일이 있고 사흘 뒤 스키핑턴은 샌더슨에게서 편지를 받았다. 사실상 범죄가 저질러진 거라고 샌더슨은 적으면서 그 말을 뒷받침하는 책들의 사본을 동봉했다. 나흘 뒤 그는 리치먼드의 답을 다시 들었다. 그가 알아볼 수 없는 필체에선 그라시엘라 샌더슨이라는 사람이 제 남편 해리가 죽는 바람에 지금은 제가 이 서신의 왕래를 책임지고 있다고 알려주었다. 그는 여덟 쪽짜리 편지를 재차 읽었지만 거기선 자유 니그로 매매 범죄와 관련해 버지니아주가 무슨 일을 하고 있다 하는 얘긴 발견되지 않았다. 그 과부가 하는 얘기는 제 남편에 관한 것으로서 제가 그를 이탈리아에서 휴가 때 만났다느니 그가 저한테 구애를 해 결혼 후 미국에 데려와서는 "주지사가 거주하는"

리치먼드에서 저를 행복한 여자로 만들어주었다느니 하는 거였다. 그녀는 최근 리치먼드의 "실망스러운" 날씨 얘기만 두 단락을 전하며 편지를 마무리하더니 "태양이 심술궂지만은 않은" 이탈리아의 제 고향으로 돌아가야 할지 아니면 자식들과 손주들이 잘들 자라고 있는 주도에 남아야 할지를 스키핑턴에게 물었다. "제가 낙심한 상태라 어떡해야 할지 당신의 고견을 기다립니다."

그는 그 뒤 며칠간 그녀의 편지를 몇 통 더 받지만 그녀에게 답장할 시간은 없을 것이다.

조지아주 헤이즐허스트 알타마하강 바로 건너에 있던 다시와 스테니스는 술집 밖에서 한 남자를 만났다. 그 사내는 살짝 알딸딸해하면서도 꽤나 민첩했는데 옆에는 니그로 하나가 있었다. 저녁때였지만 짐마차 뒤 칸에 탄 오거스터스가 그 백인 눈에 들어올 만큼은 환했다.

"좋은 놈이죠," 다시는 말했다.

"좋은 놈입니다," 스테니스는 말했다.

"당장은 노예 사업에 일없소," 짐마차 바닥에 한 손을 올린 채 남자는 말했다.

다시는 말했다. "사백 달러. 단돈 사백, 그 돈에 저거보다 나은 거 없어요."

남자는 딸꾹질을 했다. "날 바꾸면 뭐든 저것보단 낫겠지." 백인의 일행인 니그로는 술집 근처에 있다가 지금은 거리로 내려와 오거스터스를 올려다보더니 백인과 서로 고개를 끄덕였다.

"이건 그럴 일 없어요," 다시는 말했다. "내가 요구하는 건 사백 달러가 전부고 오늘 밤 집에 가면 난 당신한테 낚였다고 울고 있을 겁니다."

"그 값은 나한테 좀 과한 것 같군요," 남자는 말했다.

"좋게 봐드리려고 해도 내 입장에선 안 그래요. 난 저 위 버지니아에서 이 검둥이 값으로 오백 달러를 지불했어요."

"돈에 관해선 우리 조지아가 한참 더 똑똑하군요."

"그럼요, 똑똑하지요," 다시는 말했다. "확실히 똑똑하지요. 왜, 바로 앞 주에 저 위 노스캐롤라이나에 있었는데, 어느 신사분과 그분의 우아하고 후한 부인한테 내가 그랬어요 —— 이렇게 말했죠. '지식과 지능으로는 조지아 사람을 못 이깁니다. 몽둥일 휘둘러도 못 이겨요.' 그랬더니 둘 다 동의하더군요."

"몽둥이가 두 개여두요," 스테니스는 말했다. "세 개여두. 네 개여두."

"왜, 내가 그랬다니까요, 조지아가 우리한테 지금껏 최고의 대통령을 선사하지 않았느냐."

"뭐요?" 남자는 말했다. "무슨 대통령이요?" 남자는 술이 깬 모양이었다.

"조지아 양반들이 예나 지금이나 앞으로나 이 나라에 선사하는 걸 보면 그들을 이길 순 없다, 그 훌륭한 대통령부터가 그렇지 않느냐 하고 말했다고요."

"뭐요? 무슨 대통령을 말하는 거요?" 남자는 다른 손도 짐마차 바닥에 올리더니 오거스터스의 사슬을 흔들었다. "무슨 놈의 대통령을 말하는 겁니까?"

"왜요, 미합중국 대통령이죠, 당연히. 다른 대통령이 또 있습니까?"

"다른 건 없죠," 스테니스는 말했다.

"내가 아는 한 미합중국 대통령 중에 조지아 사람은 없는데." 남자는 딸꾹질을 했다. "지금껏 한 사람도 못 들어봤구먼."

백인의 니그로 일행과 오거스터스는 서로 눈을 떼지 않고 있었다.

"무슨 말씀을요, 있었습니다, 나리. 그도 훌륭한 대통령이었죠. 그 사람 이름이 뭐였지, 스테니스?"

"뭐더라. 벤틀리 대통령인가 그렇지 않았어요? 그랬던 거 같아요."

"맞아, 조지아 출신의 벤틀리 대통령. 벤틀리 대통령 만세. 만세! 만세!"

"그놈의 조지아 출신 대통령은 없었다고 내 말하잖소."

"없었다고요?" 다시는 말했다. "없었다고요? 이런, 그놈의 것이 마땅히 있었어야 하는데. 그럼 내가 한 가지 말씀드리죠 — 조지아 출신 대통령은 금방 나올 겁니다."

"맞아요," 스테니스는 말했다. "나올 겁니다. 적어도 다섯 명은 나올 거예요, 제가 보기에는요. 어쩌면 열 명이요. 어쩌면 열 명. 제가 손쓸 수만 있다면 열 명두 나올 거예요. 스물이나 서른 명까지두 될 수 있어요."

"좋아, 스테니스, 그 얘긴 그쯤 해둬. 아시겠죠, 선생," 다시는 남자의 손을 잡았다. "내가 여기 이 검둥이 값을 잘 쳐드리려고 하잖아요. 단돈 사백오십. 내 요구는 그게 답니다."

"일 분 전엔 사백 달러라고 한 것 같은데요."

"내가요? 내가 그랬어요? 이런, 그럼 그건 이 검둥이의 가치가 일 분씩 지날 때마다 오른단 얘기군요. 아이고 이럴 수가! 왜, 한 시간만 지나면 선생이 영국 왕인들 이 검둥인 너무 비싸서 못 사겠네요."

"가야겠소," 남자는 말했다. "영국 왕비가 기다리고 있어서."

"제발요, 나리," 다시는 말했다. "삼백오십은 어때요, 그럼 난 오늘 밤 수프에 코를 처박고 울고 있을 겁니다."

"됐어요." 남자는 떠나가기 시작했다. 다시가 그를 따라가자 스테니스도 따라갔다. 니그로는 오거스터스와 쭉 있었다.

"삼백은요? 이백오십. 이백." 다시는 남자의 소매를 잡아끌었다.

"됐소. 가자, 벨턴," 그는 니그로에게 말했지만 그 노예는 꼼짝하지 않았다.

"제발요. 이백 달럽니다. 나더러 어쩌라고요, 거저 달라고요?"

"거 괜찮은 생각이군. 가자니까, 벨턴," 그리고 두 남자는 모퉁이를 돌아 사라졌다.

"망할 망할 망할," 방금까지 남자가 있었던 자리를 쳐다보며 다시는 말했다. "너도 내가 홍정을 너무 힘들게 했다고 생각하는구나, 스테니스."

"아니요, 주인님, 돈에 관한 건 주인님이 옳았다고 생각해요."

"흠. 자, 이 친구랑 잠이나 자러 가는 게 낫겠다. 플로리다로 가는 건 생각하기도 싫어. 플로리다에선 운이 별로거든, 내일은 또 내일이라지만."

"내일 매상은 또 내일 매상이구요, 퀀님."

10
존경하는 재판장님 앞에서의 호소. 목마른 땅.
노새는 정말로 말보다 똑똑할까?

앨리스와 프리실라와 제이미의 실종과 관련해 스키핑턴이 캘도니아네를 처음 찾은 날, 모지스는 이번에도 밤중에 캘도니아와 같이 식사하길 기대하고 있었지만 그녀는 배가 고프지 않아 점심 식사가 이날의 유일한 끼니일 터였다. 저와 헨리가 베풀어주던 걸 여자 둘과 남자아이 하나가 저버렸단 사실이 믿어지지 않던 그녀는 세 사람이 일몰 전에 돌아올 거란 생각에 온종일 잠겨 있던 참이었다. 일라이어스나 클레먼트 같은 남자라면 몰라도 미친 여자 한 사람에 나를 몹시 따르는 줄 알았던 여자 한 사람이라니. 그녀는 법에 대한 일종의 예의로서 스키핑턴에게 알린 참이었지만 그가 나타나 제 앞에 서자 실종에 관한 온 문제는 성가실 거란 애초의 예상을 넘어 훨씬 중대한 것이 되어버렸다. 그것은 마치 키우던 황소가 탈출해서는 남의 밭만 헤집는 게 아니라 아이 한둘을 덮치고서야 종한테 끌려오는 것과 다름없었다. 돈으로 해결할 수 있었던 단순 경범죄가 중죄가 된것이다. 그녀를 구해주는 건 그녀가 피해자라는 사실이었다.

모지스는 앨리스와 프리실라와 제이미가 없어도 모든 게 순조로 웠다고 응접실에서 그녀에게 말했다. 추수도 무리가 없을 터였다. 그녀는 그가 제 옆에 앉았으면 해서 그에게 손을 내밀었다.

"그들이 어디 있을 것 같아요?" 그녀는 물었다. 스키핑턴의 방문 후 헨리의 커다란 장부를 들여다보면서 그녀는 가끔씩 싸돌아다닐지 모르는 여자와 토실토실한 남자아이의 잠재력을 누군가 알아봐 준다면 그 세 사람이 1400달러는 나가겠다고 어림한 참이었다. "그들한테 무슨 일이 생긴 걸까요?"

"아니요, 마님," 모지스는 말했다. 일터로 돌아간 뒤 저를 향한 스키핑턴의 눈길을 느끼면서 그는 다들 얼마나 지나야 그 세 사람이 돌아오지 않는다고 받아들일지, 딴 데로 신경들을 쏟을지 궁금해하던 터였다.

그는 그녀의 어깨에 팔을 둘렀지만 그녀는 피곤하다고 말했고, 그래도 그가 물러나지 않자 그녀는 애써 팔을 떼어냈다. 그렇게 몇 분을 앉아 있고서야 그녀가 또 한 번 피곤하다 말하며 로레타를 필요로 하자 그는 일어나서 떠났다.

그녀는 이내 침대로 갔지만 잠이 오질 않아 2시쯤 일어나 창가에 서서는 그 세 사람이 녹초가 된 채 집에 돌아와 신난 모습으로 산책로에 나타나는 상상을 했다. 이곳에 닥친 혼란을 두고 헨리는 뭐라고 했을까? 내일도 셋 떠나고 그다음 날도 셋 떠나고 그다음 날도 셋 떠나면 얼마 못 가 나하고 제디하고 베넷하고 로레타 말곤 아무도 없을 텐데. 모지스는 있을까? 그도 없을까? 그녀는 스키핑턴이 그토록 신속히 와준 데서 위안을 찾았다. 그는 현재 벌어지는 일을 심각하게 받아들였고 거기에 희망이 있었다. 그녀는 헨리의 무덤에 가볼까 하는 마음이 들었지만 묘역까지 가는 어둠 속에서 헛발을 디디고 싶진 않았다. 그런 개인적인 사명으로 모두를 깨우고 싶지도.

점잖게 문을 두드리는 소리가 나자 그녀는 모지스일지도 모른단 생각에 겁이 와락 들었다. 문이 열리자 로레타가 초를 들고 서 있었다. "잠이 안 와서 일어나 계실 줄 알았어요," 로레타는 말했다. 언젠간 로레타도 나를 떠날까? 그녀는 어느 삼인조에 끼어 있을까? 헨리가 그녀 몸값으로 450달러를 지불했다고 이날 아침 그 커다란 장부는 말해준 터였다. "집이 뒤숭숭하면 제게도 느껴지거든요."

"내가 잠을 못 자도 그런가 보구나," 캘도니아는 말했다.

"뭐 좀 갖다 드려요?" 닫힌 응접실 문 안쪽에서 진행되는 일을 로레타는 하나도 몰랐지만 그게 여자한테나 남자한테나 좋을 게 없는 일이란 건 알고 있었다.

"네 왕진 가방에서 날 위한 것 좀 찾아줘, 로레타."

5분이 못 되어 로레타는 마실 것을 들고 돌아왔고 캘도니아는 그걸 싹 마셔버렸다. 그녀는 잠자리에 들었다. 로레타는 침대 옆에 앉아 있었다. 둘 다 말을 하지 않았다. 로레타가 끝내 결혼할 남자는 어째서 그녀가 배우자의 성을 갖지 않는지, 왜 아무 성도 갖기 싫어하는지 알고 싶어 할 것이다. "당신과 결혼하는 게 그런 거야?" 그녀는 그에게 물었다. "남은 평생 매일같이 질문에 질문만 하는 거? 어? 그게 그런 거야?" 그녀가 결혼할 남자는 바다에서 많은 세월을 보낸 자유민이었다. 바다가 유독 잔잔했던 어느 날 한 사내와 대화 중이던 그는 그 사내의 어깨 너머 저쪽에서 얘기 중이던 다른 두 선원이 순식간에 사라지는 광경을, 한 문장을 채 마치기도 전에 한 사람이 무(無)가 되더니 다음 사람까지 무가 되어가는 광경을 본 적이 있었다. 그 선원들은 바닷속에도 없었고 배 어디에도 없었다. "아니야," 남자는 로레타에게 말할 것이다. "더는 질문 안 할게."

"걱정돼," 캘도니아는 말했고 마실 것은 그녀의 기관을 따라 갈 길을 갔다.

"걱정하시면 안 돼요," 로레타는 말했다. 그 배의 선장과 선원들은 그 실종을 저희의 바다 생활 중 겪는 또 한 번의 불가사의로 눙치게 되었다. 로레타가 결혼할 남자는 그 일 이후 바다에 큰 정을 주지 않았다. 그의 새색시가 너무 많은 질문을 하지 말아달라고 부탁했을 때 그건 쉬운 일이었다.

캘도니아는 하품을 하느라 입을 가렸다. 로레타는 일어나 침구를 가지런히 하곤 초를 들었는데 캘도니아는 그녀가 문을 나서기도 전에 잠들어 있었다.

다음 날 모지스는 아이들까지 모두 일몰이 훌쩍 지나도록 일을 시켰다. 결국 델피가 다들 배고프고 너무 지쳤다면서 들고일어나는 바람에 모지스는 제 행동을 신경 쓰지 않을 수 없었다. "우리가 뭔 짓을 하고 있는지 보이지도 않아," 그녀는 말했다. "내일 되면 제대로 해놔야 하니까 지금 이러는 건 전부 헛일이라고."

모지스는 마음이 누그러졌다. 그는 밭 한가운데 서서 사람들이 터덜터덜 멀어지는 모습을 지켜보았다. 그는 해산하는 사람들을 보면서 노새 고삐를 쥐곤 슬슬 그들을 뒤따랐다. 모지스는 노새랑 멍하니 걸었다. 그는 이날 점심 이후 누군가 모지스네 가족은 모지스가 징글맞게 싫어서 모지스한테 시달리느니 차라리 순찰대한테 채찍질을 당하거나 죽으려는 거라고 말하는 소릴 들은 터였다. 다들 조금만 기다려줘, 이 혼란이 다 끝날 때까지 조금만, 그는 생각했었다.

그는 노새를 데려다 놓고 밭에서의 옷차림과 땀 그대로 안집까지 걸어갔다. 캘도니아는 그의 모습이 사랑스러웠다. 그녀는 그에게 줄 약간의 치즈와 빵과 커피를 직접 가서 가져오더니 그의 얼굴에 천천히 웃음기가 번질 때까지 그가 먹는 모습을 지켜보았다. "요게 필요했어요," 그는 마침내 말했다.

"관리자는 당신 하난데 일을 왜 그리 열심히 해요?" 그녀는 물었다. 그녀는 쟁반을 그의 무릎에서 치워 그가 앉은 의자 옆 협탁에 놓았다. 그녀는 향수 뿌린 손수건을 소맷자락에서 꺼내어 그의 양쪽 입가를 톡톡 닦아주었는데 그는 섹스와 동떨어진 행동이 여태 불편하면서도 그녀가 용무를 마치고 손수건을 접어 쟁반에 걸쳐놓자 그 행동이 끝난 게 못내 아쉬웠다. "내가 아는 다른 십장들은 말 위에 앉아서 사람들을 내려다보거든요."

"다른 방식으론 어떻게 하는질 모르겠어서요," 그는 말하더니 그 대답이 얼마나 부적절한지 이내 깨달았다. 하지만 해명을 못 하는 그 모습도 사랑스러웠다. 그녀와의 대화가 불편함을 가중하는 탓에 그는 제가 정답을 몰라서, 왠지 오답을 말할 것 같아서 겁이 났다. "작년에 제가 등이 아팠었는데요, 일을 안 할 때가 그때보다 더 아팠던 거 같아요. 피로 물려받은 거라고 제 아내가 그러더라고요." 프리실라를 언급하면서 그가 주저하거나 한 것은 아니었지만 캘도니아는 실종된 그 세 사람 생각이 도로 났는데, "제 아내"라는 말에 어쩌면 그가 관련되었을지 모른단 생각도 그제야 얼핏 들었다. 그는 말보단 손으로 해명하는 게 낫겠다는 듯이 두 손을 내밀었다. 그녀는 그의 손을 제 손에 품어 낡은 살가죽의 단단함을 느꼈다. 말용 도찰제를 발라 주무르곤 하던 헨리의 손보다 작은 손이었다.

그녀는 그의 두 손을 쓰다듬곤 그의 각 무릎에 한 손씩 갖다 놓았다. "저는 세 살 때부터 일했어요, 솜 자루를 마냥 끌고 다녔죠," 그는 프리실라와는 애초부터 소원했다는 태도로 말했다. "제가 기억할 수만 있다면 아마 그보다 한참 전부터 그랬을 거예요," 그러더니 그는 제 무릎을 내려다보았다. "나무를 구부려서 원하는 방향으로 자라게 하듯이 몸뚱이가 일에 맞게 바뀌기 시작하는 거죠. 몸뚱이는 뭐가 나은지 몰라요. 왜 있잖아요, 쿤마님, 일을 시키고 시키고 하면 끊임없이 일만 하다 픽 죽어버리는 말들이 있어요. 보통의 노새는 절대 그러질 않아요, 하지만 보통의 말은 그런다니까요. 노새가 더 똑똑한 거죠." 그녀는 그의 얘기가 더 길어질까 봐 일어서서는 이로써 이만 끝내길 바랐지만 그는 어떤 노동요는 일을 더 수월하게 해주지만 어떤 건 하루 중 언제 듣느냐에 따라 몸이 축 늘어진다고, 그러니 "노래든 흥얼거림이든 뭐든 마냥 조심해야" 한다고 줄줄 늘어놓았다. 헨리는 그녀가 품에서 움츠리고 있으면 노랠 불러주는 사람이었다. 모지스는 그녀가 일어나 그대로 서 있음을 알아차렸다. 그가 잠잠하자 그녀는 그가 이제 조용하다는 단지 그 이유로 그에게 키스를 해주었다. 그녀가 입술을 거두자 그는 제가 가야 한다는 걸 깨달았다. 그는 저 뒷문을 노크 없이 또 드나들 수 있어야 했으므로 섹스를 원했다.

다음 날 스키핑턴은 카운티에선 아무도 앨리스와 프리실라와 제이미를 보지 못했다고 전하러 캘도니아에게 들렀다. 그는 정원에 있다가 실내로 들어가려는 그녀를 찾아 둘이 베란다에서 얘기를 나누었는데 그녀의 얼굴에선 땀방울이 빛났다.

"불가사의네요," 그는 말했다. "법은 이런 식의 불가사의를 좋아하지 않죠."

"저도 그래요," 캘도니아는 말했다. "그들이 카운티를 확실히 탈출한 것 같으세요?"

그는 제 모자를 옆구리에 내리곤 오거스터스를 팔아넘긴 트래비스와 오든을 생각했다. 그는 그들이 오거스터스 일로 경고를 받은 지 얼마 되지도 않아서 니그로 셋을 팔아넘겼을 거라곤 믿지 않았다. 게다가 그에겐 무슨 일이 벌어졌든 모지스가 엮여 있다는 강한 느낌이 있었다. "이젠 그것도 한 가지 가능성으로 보고 있습니다," 그는 모자를 들고 챙을 죽 쓸면서 말했다. 지금보다 어렸을 때 미너바가 그의 모자를 걸친 적이 있었는데 그 모습에 그와 위니프리드는 웃음을 터뜨렸었고 그의 아버지도 마찬가지였다. 그 아이가 아직 아홉 살일 때였다. "탈출했든가 아니면 ── 이것도 가능하다고 봐야 합니다만 ── 어디 죽어 있겠죠."

"그냥 숨어 있는 게 아니고요?"

그는 모자챙을 털었다. "제가 대원들을 시켜서 이 카운티를 샅샅이 들여다봤습니다만, 나무줄기나 땅 밑에 들어가 살지 않는 한 아무래도……."

그녀는 이 세 노예도 애틀러스 생명보험 및 상해보험의 보험증권으로 과연 보상이 되었을지 궁금했다. 탈주 노예에 대한 보상.

"밀드레드 타운센드를 만나러 가봐야겠습니다," 그는 말했다. "괜찮으시면 안부 여쭈더라고 전해드릴게요."

"그럼요. 그럼요," 캘도니아는 말했다. "저는 내일 나간다고 말씀해주세요. 보안관님도 저희 아버님에 관해선 들으신 게 없는 거죠?" 그는 고개를 가로저었다. "저희 아버님을 잡아간 사람은 어쩌면 저희 집 세 식구를 잡아간 이들하고 같을지 몰라요."

"그 점도 고려해봤어요," 그는 말했다. "그런데 그 악당들은 오래전에 떠났더군요. 그자들이 다시 들어오려면 몇 달은 걸릴 거예요. 그자는 남쪽으로 갔어요. 당신의 노예들이 탈주를 했다면 해와 별이 혼동을 주지 않는 한 북쪽으로 갔을 테니까 서로 방향이 다르죠." 그는 모자를 썼다. "갑니다, 캘도니아. 그 전에 당신 종들한테 몇 가지 물어보고 싶군요."

"그러세요," 그녀는 말했다. "좋은 하루 되세요, 보안관님."

"당신도요, 캘도니아." 그녀는 안에 들어갔다.

그는 말을 걸려 밭까지 가서는 다른 노예들 사이에서 한참 만에야 모지스를 찾았다. 모지스는 얼마 뒤 그를 보았지만 아는 체 않고 일을 계속했다. 스키핑턴은 말에 올라탔다. 그는 사태가 제 통제를 벗어나고 있으며 조만간 울타리를 치지 않으면 저 자신과 제가 쌓아온 모든 것을 잃어버릴 거라고 차츰 느끼고 있었다. 오거스터스. 세 노예는 살해되었을 가능성이 아주 컸다. 길리 패터슨도 시작이 이랬다, 울타리 치기에 실패한 뒤 윌리엄 로빈스에게서 신뢰 상실. 그는 언젠가 하느님에게 혹시 제가 로빈스의 신뢰를 바란다면 저를 안 좋게 보실 거냐고 물은 적이 있었는데 돌아온 대답은 아니다였다.

그는 변소에 갔다가 밭에 돌아오는 여자아이를 보곤 실종된 세 노예를 아느냐고 물었고 아이는 그렇다고 말했다. 셜레스트와 일라이어스의 딸 테시가 대답을 하는 데 뜸을 들이는 듯해서 그는 이 아이가 어떤 거짓말을 꾸미려고 이러나 싶었는데 사실 아이는 제 이름을 대는 것만큼이나 답하기 쉬운 질문을 뭐 하러 하는지 의아해하던 중이었다. 그는 모지스 옆집에 누가 사는지도 물었고 아이는 일라이어스와 설레스트와 그 자식들이 산다고 말했다. 그는 일라이어스를 만나고 싶으니 가서 전하라고 아이에게 일렀다. 아이는 일라이어스가 제 아버지라고 말했다. "아버지더러 이리 오시라고 전하렴." 일라이어스는 할 말이 별로 없었지만 닷새 뒤에는 할 말이 많았고, 그래서 그의 아내는 그 얘긴 마음속에 담아두라고 간청을 했지만 그는 그렇겐 못한다고 말했다. 다른 사람 일이었으면 잠자코 있었을 거라고 그는 설레스트에게 말했다. "그럼 나를 위해서 참아봐," 그녀는 응수했다.

스키핑턴이 밀드레드네 문을 두드리니 개 짖는 소리가 들려왔다. 그녀는 그에게 들어오라고 권했지만 그는 좋은 소식이 없는 걸 아는지라 그녀의 시간을 많이 빼앗고 싶지 않았다. 그는 말했다. "줄곧 서두르곤 있는데 오늘도 다른 날과 같네요."

"제 남편은 아직도 감감한 거군요," 그녀는 말했다.

"네, 밀드레드. 그 이상은 드릴 말씀이 없군요."

"행차해주셔서 고맙습니다."

그는 윌리엄 로빈스네서 밤을 묵었는데 다음 날 아침 속이 뒤집어지는 바람에 그 집에서 전날 저녁 대접받은 ─ 로빈스의 식탁에서는 보기 드문 ─ 질긴 닭고기를 탓했다. 새의 모가지를 비틀기 전에 녀석을 화나게라도 했나? 고기의 성질을 긁었을까?

저녁 식사 때 로빈스는 말한 터였다. "존, 오거스터스 타운센드를 잡아간 그 투기꾼의 목에 오백 달러의 현상금을 걸었으면 해. 누구든 나나 자네한테 그자를 데려오면 돈은 내가 대지. 데려올 때 그자가 시신 상태여도 무방하단 말은 자네한테 따로 할 필요가 없겠지?"

"오백 달러라는 숫자를 보면 수배지에 안 적혀 있어도 '시신'으로 생각할 것 같은데요."

"좋아," 로빈스는 말하곤 닭고기, 옥수수, 식탁에 있는 온갖 걸 실컷 먹기 시작했는데, 그러고 다음 날 아침 세숫대야에 얼굴을 담그니 스키핑턴은 로빈스가 그 세 노예에 관해서 묻지 않아준 것이 고마웠다. 하지만 그게 로빈스의 방식이었을 것이다 — 일을 해낼 수 있는지 입증할 시간을 주는 게. 노예들이 사라진 지 일주일도 안 된 참이었다.

군내로 돌아가는 길에 그는 캘도니아의 농장에 들러 밭으로 가더니 제가 온 걸 모지스가 알아차릴 때까지 말 위에 앉아 있었다. 이 농장의 여주인에게 제가 온 걸 알려야 예의일 테지만 그는 캘도니아가 개의치 않을 거라 생각했다. 그는 말 위에 그대로 앉아, 성경을 꺼내어 발췌해 읽을 짬이 될 만큼 오래 머물렀다. 그의 속은 진정되었다.

이날 저녁 캘도니아는 세 노예가 행방불명된 이래 처음으로 모지스에게 성관계를 허락했다. 그는 그녀의 침대에서 밤을 보내고 싶었던 터라 그 점을 그녀에게 얘기했지만 일이 끝난 뒤 그녀는 바닥에서 그의 품에 안길 뿐 말이 없었다. 그러다 그가 물었다. "나를 언제 해방시켜줄 거예요?"

"뭐?"

"그러니까 나를 언제 해방시켜줄 거예요?" 그녀는 그에게서 몸을 빼 일어섰다. "날 당연히 해방시켜줄 거라고 생각했어요." 해방이 선행되지 않으면 그는 그녀의 남편, 그러니까 모든 사람 모든 사물에 대한 권한을 지닌 어엿한 남편이 아무래도 될 수 없었다. 노예와 결혼한 유색인종 자유민 여자들이 있긴 했지만 그들은 땅도 노예도 없는 사람들이었다.

"제발, 모지스……." 브리스틀의 그 백인 여자가 제 노예와 잔 죄로 채찍질을 몇 대나 당했는지는 소문으로도 신문으로도 알려지지 않았다. 그 백인 여자가 노예한테 강제로 당했다면, 몇 번이고 강제였다면? 그랬다면 처벌이 낮아졌을까? 저 사람이 저를 강제로 눕히고 성관계를 맺었습니다, 존경하고 존경하는 재판장님, 그만하면 다섯 대는 덜 맞아야 하는 것 아닌가요? 게다가, 존경하는 재판장님, 저는 백인도 아니지 않습니까? "제발, 모지스, 이런 얘기 하고 싶지 않아." 그를 해방할까 하는 생각은 그녀에게도 있었지만 그 날짜와 시간은 염두에 둔 적이 없었다.

"해방증 좀 주세요," 그는 말하곤 이렇게 덧붙였다. "쥔마님." 그는 일어서서 매무새를 만졌다. 그녀는 어느새 단추를 잠근 채였다. 그는 물어볼 것이 더 남은 듯했지만 마침 로레타가 문을 두드리더니 "네" 하는 캘도니아의 대답이 있자 안으로 들어왔다. 모지스는 말없이 발끈하며 물러났다.

다음 날 아침 6시경 설레스트는 몸이 썩 좋지 않다고 일라이어스에게 말했다. 아이를 밴 지 6개월가량이었다. "소화가 좀 안 되나봐," 그녀는 말했다. "아기들이 이맘때 얼마나 빨빨거리는지 당신도 알잖아. 때도 안 됐는데 세상 구경이 하고 싶어서는."

"당신 일 못 한다고 모지스한테 말할게."

"할 수 있을 것도 같아," 설레스트는 말했다.

"엄마, 못 하겠어?" 테시가 물었다.

"거정할 거 아니야, 아가."

모지스는 모두가 나와 있는데 일라이어스와 그 가족은 왜들 꾸물거리는지 알고 싶어 오두막 문을 열어보았다.

그와 가장 가까이에 있던 설레스트가 좀 천천히 나가려 한다고 말했다.

"저 밭에 나갈 거면 다른 사람들하고 다 같이 나가야지," 모지스는 말했다. 그는 설레스트의 팔을 잡았다.

"이거 뭐야 지금," 일라이어스가 소리치더니 모지스의 팔을 주먹으로 쳤고 십장은 설레스트를 놓아주었다. "내 아내한테 손대지 마. 모지스, 오늘은 설레스트가 몸이 말이 아니라고 내가 그랬잖아. 내가 아내 몫까지 한다니까, 일요일이어도, 야간이어도. 내가 아내 몸이 말이 아니라고 했잖아. 아내는 냅둬." 그는 제 아내와 모지스 사이에 섰다. 나중에 그가 스키핑턴에게 털어놓기 훨씬 수월했던 건 어느 정도 이 일 때문이었다.

"다들 자기 몫을 해야지 해주긴 뭘 해줘."

"내가 아내 몫을 해도 되는지 주인마님한테 물어봐. 물어봐."

"그 얘긴 어젯밤에도 내내 했잖아," 모지스는 한 발짝 물러나며 말했다. "번번이 이 얘기네. 정신을 얻다 두는 건데, 어?" 그는 한 발짝 더 물러나 문간에 섰는데 사람들은 골목에서 안을 들여다보고 있었고 그는 사람들이 보고 있단 걸 알았다. "나도 쥔마님한테 물어보고 쥔마님도 나한테 물어봤는데, 여기 이 건은 전원이 해가 뜨기 전부터 일하기로 결정됐어. 정신을 얻다 두는 거야, 어?"

"일라이어스, 난 괜찮아," 설레스트는 말했다. "봐. 나 괜찮아." 제 어깨에 그녀의 손이 얹히자 그는 그녀를 돌아다보았다. 그녀는 통증이 오기 전에 머리를 빗은 터라 그는 그녀의 양쪽 머리카락이 빗의 뜻대로 가지런히 흘러내리는 모습을 볼 수 있었다. "무슨 생각을 하는 거야? 당신 누구 허약한 사람이랑 결혼했어? 나야. 나라고." 그녀는 일라이어스를 돌아서 나가며 모지스에게 말했다. "갑니다. 나 지금 가요." 일라이어스가 제 막냇자식 엘우드와 그 밖에 다섯 살 미만인 아이들을 일찌감치 안집에 올려다 놓은 터라 이제 테시와 그랜트는 저희 어머니를 따라갔다. 그녀는 방 안에 서 있는 두 사내를 버려두고 나가 밭으로 향하는 다른 사람들에게 합류했다. 메이와 글로리아가 그녀 양쪽에서 걸으며 그녀의 손을 잡아주었다. 누구나 원할 만큼 볕 좋은, 누군가는 기도를 드려서라도 맞이하고 싶을 그런 화창한 날이었다.

설레스트는 점심때가 지나서까진 괜찮았다. 그녀는 절반의 일을 끝낸 제 밭고랑으로 돌아갔으나 허리를 숙이자마자 이른 아침의 통증이 재발해 쑥 꺼지듯 무릎을 꿇었다. 그녀는 비명을 지르면서 식물들을 할퀴다 그중 하나를 부여잡더니 뿌리를 뽑고 쥐어짜고 했다. "아이고 예수님, 이것 좀 치워주세요," 그녀는 통증을 두고 말했다. 일라이어스가 도착하기도 전에 그녀 속의 아기가 나오고 있었다. 일라이어스가 곁에 꿇어앉아 그녀를 안고 있자 아기는 태어나 밭고랑 안의 피 웅덩이에 정착했는데 제 어미와는 여전히 연결된 채였다. 여자들이 설레스트에게 모여들더니 일라이어스더러 물러나라고, 물러나 있으라고 말했다. 셀레스트의 자식들도 다가왔지만 남자 어른 둘이 녀석들을 들어 저희 어머니에게서 떨어뜨려놓았다. 셀레스트는 실신했다. "물러나, 일라이어스," 델피가 그에게 말했다. "물러나라고 하잖아." "그녀는 냅두세요," 그는 아내를 안고 있으면 다 괜찮아질 거라는 정신 나간 믿음을 갖고 울면서 델피에게 말했다.

델피가 두 손으로 일라이어스의 먹살을 잡고 흔들어 셀레스트가 놓여나자 글로리아는 셀레스트를 안아 들었지만 결코 일라이어스가 안고 있던 것만은 못했다. 땅은 며칠 비가 오지 않아 피 웅덩이 고일 준비가 되어 있었다.

결국 일라이어스는 그녀를 들어 도로 오두막으로 날랐다. 그녀는 도중에 깨더니 제가 어디고 무슨 일이 있었는지 잠시 기억을 못 했다. 그녀는 햇볕이 제 얼굴을 온통 덮었다는 것도 몰랐고 그렇게 햇볕이 많으면 머리 감을 빗물은 없을지 모른다는 것도 몰랐다.

그는 그녀를 오두막 짚자리에 눕히더니 글로리아와 델피가 그녀를 돌보고 옷을 갈아입히러 들어오자 대뜸 모지스부터 떠올렸다. "그놈 죽여버릴 거야," 그는 식식거리는 소리로 말했다.

"무슨 소릴 하는 거야, 남편?" 셀레스트가 말했다. "당신 대체 무슨 소릴 하는 거야?"

일라이어스는 일어섰다. "생전 구경도 못 해봤을 만큼 작살을 내버릴 거야." 델피는 얼른 달려가 문을 닫고는 일라이어스의 가슴팍에 한 손을 높이 얹었다. "저 바깥엔 지금 자네가 있을 곳이 없어," 그녀는 말했다. "저 친군 저기에 냅둬. 제발, 일라이어스, 냅두라고."

"비켜요, 델피. 저놈한테 가자고 당신을 해치고 싶진 않아요. 당장 비켜요." 그는 말소리를 죽이고 있었다. 문가에서 테시의 소리를 들은 터라 아버지가 나간다고 차분한 목소리로 딸한테 알리고 싶었다. 머릿속으로 그는 그랜트 곁에 서 있는 테시도 볼 수 있었고 엄말 찾다가 아빨 찾는 제 누나를 올려다보는 그랜트도 볼 수 있었다. 일라이어스는 안집에 올라가 있는 어린 엘우드는 잊은 채였다. 차분한 목소리야말로 그의 딸한테 필요한 것이었다. "우리가 알고 지낸 지 오래됐죠," 그는 델피에게 말했다. "그런데도 당신을 밟고 지나가게 만드시는데 저는 그러고 싶지가 않아요."

"남편, 이리 와," 설레스트는 말하면서 팔꿈치로 몸을 일으키려고 애썼다. 글로리아가 그녀를 지그시 눌렀다. "그냥 있어," 글로리아는 말했다.

델피는 주의를 더 시키고자 일라이어스의 목에다 손을 짚곤 말했다. "이 소동은 이대로 냅둬." "남편, 당신 이리 왔으면 좋겠어. 내 말 안 들을 거야, 남편?"

저기 밭에서는 모지스가 설레스트가 쓰러졌던 그 부근에 들어가 있었다. 그는 모두에게 작업으로 돌아가라 말할 알맞은 때를 기다리는 중이었다. 클레먼트, 그러니까 스탬퍼드한테서 글로리아를 빼앗은 그 사내는 일라이어스가 설레스트를 나르고 얼마 뒤 안집에 올라간 참이었다. 모지스가 머릿속으로 해명을 궁리하는 지금 캘도니아는 설레스트의 오두막으로 이동 중이었고 로레타도 그 뒤를 따르고 있었다. 로레타는 붕대와 뿌리 약재가 든 왕진 가방을 깜빡한 채였다.

오두막 문을 열려고 해도 꼼짝을 않자 캘도니아는 설레스트의 이름을, 그다음에는 일라이어스의 이름을 불렀다. "둘 다 안에 있어요," 테시는 말했다. 델피는 한쪽 손으론 문을 열고 다른 쪽 팔론 일라이어스를 막아 세웠다. "모지스가 아길 잃게 만들었어요," 델피는 캘도니아에게 말했다. 그녀는 문간에 있다가 일라이어스의 어깨가 낮아지자 테시와 그랜트에게 말했다. "엄마랑 아빠가 지금은 너희 둘 다 거기 있어달래." 아이들이 무슨 말을 내뱉기 전에 델피는 문을 닫았다.

"이 일 안 끝났어요, 델피," 일라이어스는 캘도니아와 로레타가 제 아내 옆에 꿇어앉는 사이 말했다. "조금도 안 끝났어요." "나도 끝났다고 말한 적 없어, 일라이어스," 델피는 말했다.

모지스는 이날 저녁 멀리 물러나 있다가 다음 날 저녁 안집 뒤쪽으로 가보았는데 집 안이 조용했다. 문을 두드린 그는 제디가 와서 안으로 들여줄 때까지 기다렸다. "응접실에 계셔," 제디가 말하자 모지스는 모자를 벗고 문을 지나 그대로 나아갔다. 그는 바지는 좋은 것으로 입었지만 필요를 못 느껴 굳이 씻지는 않은 상태였다.

로레타는 창가에 서 있었고 캘도니아는 긴 팔걸이의자 중앙에 앉아 있었다. "임신 중인 여자를 어째서 위험에 빠뜨리려고 했어요, 모지스?" 캘도니아는 말했다.

"그 여자가 연기하는 거예요," 그는 말했다. "다들 가끔씩 연기를 해요. 가끔씩 연기를 안 하는 사람은 한 번도 본 적이 없어요." 로레타가 등을 보이고 있어서 그는 몇 마디는 그녀의 등에다 하고 몇 마디는 창문 옆 괘종시계에다 했다.

"그녀는 아기를 잃었어요, 모지스. 그런 줄 몰라요?" 캘도니아는 말했다.

"저도 들었습니다," 그는 말했다.

"지금부터는 누가 몸이 안 좋다 그러면 나한테 알려요. 나한테 일단 오라고요."

"그러면 모든 면에서 나빠질 수가 있어요. 진짜로 모든 면에서요." 그는 그녀의 이름을 내뱉고 싶었지만 둘만 있는 자리가 아니었다. 지금 나야, 그는 그녀에게 말하고 싶었다. 당신의 그 말을 전부 듣고 있는 게 나라고.

로레타는 뒤돌아 창문을 등졌다. 무엇을 내다보고 있었건 그녀는 이제 거기에 흥미가 없었다. 그녀는 팔짱을 풀었다. 이게 내 남편일 수도 있었지, 내가 저 사람 아내일 수도 있었어, 그녀는 생각했다. 결혼, 결합. 이때 그녀는 프리실라와 앨리스가 있는 어느 곳, 하느님만 아시는 그곳에 제 자식과 가 있지 않았을까?

"더는 할 말 없어요, 모지스. 이번 일은 실망이에요. 오늘 밤은 이만하죠." 로레타는 두 걸음을 내딛더니 모지스더러 얼른 가보라는 신호를 했다.

그는 뒷문을 나섰지만 오두막촌으론 가지 않았다. 그는 그들로부터 몇 야드 밖에 서서는 제집을 뺀 모든 집의 굴뚝에서 피어오르는 연기를 바라보았다. 어디서 웅 하는 소릴 들은 그는 오두막들 위로 한데 피어올라 우주를 시끌벅적하게 만드는 저녁 대화 소린가 보다 생각했다. 따뜻한 웃음소리가 골목에서 둥실둥실 흘러나왔지만 모지스에게 다다를 때쯤 그 소리엔 활기가 없었다. 그는 요사이 걸렸던 만큼 숲에 나가 혼자 있고 싶었지만 그러려면 골목도 지나가야 할 테고 또 저를 보는 사람들의 얼굴이 보고 싶지도 않았다. 긴 에움길이 있긴 했지만 그는 그 길은 밟지 않기로 했다.

거의 두 시간을 그러고 있은 뒤 골목의 활기가 잦아들자 그는 쭉 내려가 제 오두막으로 들어갔다. 옆집, 그러니까 셀레스트와 일라이어스의 오두막에선 아무 소리도 들리지 않았다. 모지스는 신발을 벗었다. 그는 어둠 속에서 문에 기대앉았다. 새벽 3시경 그는 마냥 꾸벅꾸벅하다가 문간에서 곯아떨어졌다. 그러자 금세 일라이어스가 와 문을 밀어보았지만 빗장이 걸린 걸 알곤 제 오두막으로 돌아갔다.

다음 날 저녁 모지스는 노크도 없이 대뜸 뒷문을 열고 들어가 베넷과 제디가 앉아 있는 식탁을 지나서는 캘도니아가 로레타와 서서 대화를 나누고 있는 응접실에 들어섰다.

"말씀 좀 나눠야겠어요," 그는 말했다. "그래야겠어요."

"뭐요?" 캘도니아는 말했다.

그는 로레타를 손가락으로 가리켰다. "당신은 나가 있어."

"잠깐만, 모지스. 잠깐만요," 캘도니아는 말했다. 로레타가 저를 비켜 문으로 가자 모지스는 캘도니아에게 좀 더 가까이 다가갔다.

"왜 이렇게 날 멍청히 기다리게 만드는 거예요, 내가 뉘 집 애예요? 왜 날 해방시켜주지 않는 건데요?" 그는 둘 사이의 허공에 주먹 하나를 쑥 들어 올렸다. "왜 이러는 건데요?" 그는 한 걸음 더 내디디려고 했는데 그사이 로레타가 야금야금 다가와 한 팔로 그의 목을 감곤 손에 든 칼로 목젖을 누르는 바람에 그는 성큼 내딛던 발을 내리지 않을 수 없었다.

"나 지금 장난하는 거 아니야," 로레타는 말했다. 그는 최종으로 프리실라와 결혼하기 한참 전에 로레타와도 사귄 사이였지만 안집 여자는 제가 넘볼 상대가 아니라는 생각을 늘 했었다. 그녀는 그에게서 어떤 면을 보았을까? 반면에 프리실라는 그가 고생하는 밭에서 똑같은 고생을 하는 사람이었다. 훨씬 나은 상대였다. "나 지금 장난하는 거 아니야, 모지스."

그와 캘도니아는 서로를 처다보고 있었다. 그는 덜덜 떨었고 저기 숲에서 알몸으로 벌렁 누워 있는 제 모습이 아른거렸다. 밤새들도 지켜보고 앨리스도 지켜보는 중이었다. 프리실라가 다가오는 소리, 그 발걸음에 첫 잔가지가 꺾이고 그다음 잔가지가 꺾이고 하는 요란한 소리가 들렸다. 그의 고개가 낮아지자 칼은 방금보다 가까워졌다.

그가 떠나자 로레타는 권총을 하나 가져다 베넷에게 건넸다. 로레타는 나가서 순찰대를 찾아 모지스를 데려가라고 했으면 했지만 캘도니아는 내일 아침이면 그가 평소 모습으로 돌아올 거라고 말했다. "헨리의 죽음 때문에," 그녀는 결국 말했다. "우리 모두가 동요하고 있어." 이날 밤 설레스트를 돌보러 가기 전에 로레타는 제 임의로 클레먼트를 불러다 밤새 뒷문을 지키게 했다. "조심해," 글로리아는 클레먼트가 나서기 전에 말했다.

다음 날 아침 자리를 털고 일어나기도 전에 모지스는 세상이 달라졌음을 느낄 수 있었다. 오두막 문을 여니 다들 그가 밭으로 이끌어주길 기다리고 있었다. 설레스트와 일라이어스는 거기에 없었는데 그건 일라이어스는 아내 곁에 머물고 제디는 이 부부에게 먹을 걸 가져다주라는 로레타의 말 때문이었다. 밭 노예들의 투정은 여느 날과 같았지만 모든 게 달라졌음을 아는 모지스는 입안이 바짝 타는 느낌이었다.

이날 저녁 8시쯤 뒷문으로 올라가니 로레타가 그곳을 지키고 서서 모지스에게 오늘 저녁엔 주인마님이 당신 얘길 듣기 않기로 했다고 말했다. "내일은 될 거야," 그녀는 말하더니 그의 얼굴에서 몇 인치 앞에 권총을 들어 올렸다.

"말씀드릴 게 많아," 그는 말했다. "특별히 드릴 말씀이 있어."

"기다렸다 해. 말이 어디 가?" 그녀가 말하니 베넷이 그녀 뒤에서 나타났다. "그게 가긴 어딜 가."

그곳을 뒤로하고 전날 저녁 섰던 곳에 선 그는 제가 귀가할 수 있게끔 골목의 활기가 잦아들길 기다렸다. 숲에 가 있자는 생각은 들지 않았다. 거기 나가 있는 건 한시도 괴로울 게 없는 무엇에게로 돌아올 수 있을 때에나 좋았다. 먹을 걸 입에 댄 지가 꼬박 하루 이상 지났음을 그는 알아차렸으나 배는 고프지 않았다. 그에게 이런 생각이 찾아든 바로 그 시각 셜레스트는 저희 짚자리를 부풀리고 있는 남편을 옆에서 지켜보는 중이었다. 부부의 자식들은 이제 잠들어 있었고 벽난로는 하루의 마지막 빛과 열을 던지고 있었다. 그들, 즉 온전한 가족은 갓난이 루신다의 갓 지은 무덤에 일찌감치 들렀다가 그 괴로움에 모두 마음이 짓눌려 있었다. 짚자리를 끝낸 일라이어스는 팔을 내들어 아내의 손을 잡더니 그 손을 제 뺨으로 가져갔다가 그녀를 저희 잠자리에 고이 눕혔다. "혹시," 그녀는 생전 안 하던 말을 처음으로 했다. "모지스가 지금은 밥을 먹었으려나."

첫 수탉이 꼬끼오 하기 전에 다들 골목에 모여 있는 소리가 그에게 들렸다. 누가 그의 집 문을 한 차례 두드리며 이름을 불렀지만 그는 대답하지 않았다. 그는 첫날 밤 그랬듯이 문에 기대앉아 있었다. 그날 밤처럼 그가 거기서 그러고 있었던 건 누굴 막고 싶어서가 아니라 일단 오두막에 들어서면 그게 가장 멀어지는 길이었기 때문이다. 누가 그를 또 한 번 불렀다. 어느 여자가 노래를 불렀다.

이리 나와요, 우리 모지스 님
이리 와서 우릴 약속의 땅으로 이끌어줘요

사람들은 웃음을 터뜨렸고 아이들까지도 그랬다. "십장님, 여기 계세요? 십장님, 거기 계세요?" 여자는 또다시 노래를 불렀다. 그는 생각했다, 고랑에 목화를 심으면서 누가 저 노랠 부를 수도 있잖아? "냅둬," 한 사내가 말했다. 모지스는 그 사내가 일라이어스인가 싶었지만 헤아리면 헤아릴수록 모르겠음을 깨달았다. 그러다 저들이 밭으로 걸어가는 소리가 그에게 들려왔는데 그가 저들 사이에 끼어 있지 않은 건 이날 아침이 올해 처음이었다. 저쪽 저지대는 앞으로 최소 닷새는 냅둬야 한다는 걸 저들이 알까? 그가 이틀 전 그곳 흙을 한 꼬집 넉넉히 먹어보니 그곳은 지금도 아예 준비가 안 되어 있다. 그곳에 진짜로 필요한 건 큰비야, 그 뒤엔 원 없이 달려들어도 돼. 하지만 지금은 아니야, 오늘은 아니라고……. "이곳 운영은 너한테 맡기려고 해," 농장 노예가 넷이 되고 머잖아 이웃 카운티에서 셋이 더 도착하기로 예정되었을 때 헨리는 그에게 말했었다. "니가 이곳 우두머리야. 나를 걸고 하는 말이야, 내 아내도 걸고, 그리고 너도 걸고." "예, 헨리 쿼님." 그의 주인은 어느 날 커다란 장부를 펼쳐 어떤 기록을 하곤 그 안의 단어 몇 개를 가리키면서 말했다. "이게 너야, 모지스. '십장 모지스 타운센드'라고 적혀 있어."

고요했다. 주변에 한 사람도 없으면 여긴 소리가 이렇게 되는구나, 그는 생각했다. 그는 일어나 불 없는 벽난로에다 소변을 보았다. 그는 다시 문 앞에 앉았다. 그의 오두막은 문 밑으로 새어 드는 한 줄기 굵은 빛, 그의 몸에 부딪쳐 가운데가 끊긴 그 빛줄기를 빼면 캄캄했다. 프리실라는 문 밑으로 드는 외풍을 막느라 고생을 했었다. "우리가 죄다 얼어 죽지 않는 게 신기해, 모시스. 문 막게 헝겊 좀 더 얻어다 줄 수 있을까?" 프리실라는 그리 나쁜 아내인 적이 없었다. 주님도 아시는바 만약 그가 저기 저 로레타와 결합했으면 지금쯤 그는 로레타를 죽여야 했을 것이다. 그런 식으로 총을 뽑질 않나 칼을 들이대질 않나. 암, 지금쯤 그는 그녀를 죽여야 했을 것이다. 아니면 그녀가 그를 죽였을 것이다. 모 아니면 도였다. 거기 적힌 건 정말로 "심장 모시스 타운센드"였을까? 혹시 이 사람은 영원히 내 거다 하는 말 아니었을까? 내가 죽으면 이 사람은 내 아내 캘도니아 타운센드 부인 거야. 내가 궁둥이에 낙인찍어놓은 거 안 보여?

무언가 문을 쪼았다. 푸드덕거리는 날갯소리가 들리고 수탉이 꼬끼오 하자 모시스는 닭들은 누가 보기로 했는지 궁금했다. 수탉이 또 한 번 문을 쪼았다. "꺼져," 모시스는 말했다. "문에서 꺼져." 그의 목소리가 그저 격려로 들렸는지 수탉은 한 번 더 꼬끼오 했다. 암, 프리실라는 나쁜 아내인 적이 없었다. 아들도 시간만 좀 더 지나면 바람직한 꼴이 될 수 있었을 것이다. 좀 덜 뚱뚱한 모습이. 수탉이 쪼았다. "내가 그리 나가서 목을 비틀어줄까? 그래주길 원해?" 그러자 고요가 돌아왔다.

그가 이번 생에 진심으로 간청했던 건 다 무엇이었을까, 변변치 않은 것? 그는 이곳에서 헨리 타운센드보다도 잘할 수 있었다. 사람들은 말했을 것이다. "그 모시스 쿤님 말이야, 저 농장을 저렇게 만든 걸 보면 특별한 마법을 부리실 줄 안다니까. 내가 로빈스 쥔님이 랑 아무개 쥔님이랑 그 밖에 온갖 쥔님네서 종살이를 해봤어. 온갖 데서 종살이를 해보니까 그 양반들 마법은 모지스 쥔님에 비하면 절 반밖에 안 돼. 또 하나의 에덴동산, 왜 전도사가 그러잖아, 그 말이 딱 맞는 말이라니까."

그는 온종일 그러고 앉아 졸고 혼잣말하고 하다가 모두가 밭에서 돌아오는 소리, 옆집에서 일라이어스와 설레스트와 그들 식구가 저 녁밥을 준비하는 소리에 귀를 기울였다. 아이들은 웃음소리가 시끄 러웠다. 저기 있잖아, 쟤들을 나무랄 순 없어. 그냥 어린 꼬맹이들이 잖아, 그게 다야. 세상에 누가 꼬맹이들을 나무랄 수가 있어? 저녁 8 시 30분경 설레스트는 그의 오두막 문을 두드렸다. "먹을 것 좀 가져 왔어요, 모지스. 문 열고 이거 얼른 받아요, 모지스." 그는 문 저편에 서 있는 그녀의 소리를 들을 수 있었고 그 안 좋은 다리 때문에 왼쪽 으로 살짝 기울어진, 남편이 만들어준 숱한 빗 중 하나로 머리를 빗 질한 그녀의 모습을 눈앞에서 보듯 완전하고 또렷하게 볼 수 있었 다. "모지스?" 그는 언젠가 그 노예가 그녀더러 너 같은 건 다리 저 는 말처럼 쏴 죽여야 한다고 말하는 것을, 그녀가 우는 것을 목격한 적이 있었다. 그녀가 운 건 그 노예가 한 말 때문이었을까 아니면 모 지스가 거기 서 있다가 등을 돌려서였을까? 그 노예는 지금 어디 있 을까? 너 똑똑히 들어 — 이 불쌍한 여자한테 니가 한 그 쌍놈의 말 전부 취소해. 취소하지 않으면 이 십장이 채찍질로 니 껍질을 벗겨 줄 테다. 이 여잔 언젠가 임신 중일 테니까 그딴 소리 들을 이유 없 어. "모지스, 얼른 이 문 잠깐 열고 이 음식물 좀 받아요. 배를 좀 채 워야 돼요, 모지스."

그녀는 물러났다가 한 시간쯤 뒤, 그리고 또 반 시간 뒤 다시 들렀다. 자정이 가까웠을 때 그는 일어서서 문을 연 다음 밖에, 설레스트가 마지못해 문 앞에 놓고 간 음식에 정확히 발을 디뎠다. 그는 꿇어앉아 빵과 고기를 먹었고 통옥수수(corn on the cob)는 오래전 베넷한테 받은 바지 주머니에다 챙겼다. 일단 다시 일어선 그는 옥수수를 더 챙길까 하다가 바지를 처음 입었을 때의 기분이 떠올라 주머니에서 옥수수를 꺼내곤 도로 꿇어앉더니 옥수수를 빈 금속 프라이팬에 담았다. 그는 제가 옥수수를 두고 간 걸 설레스트가 나쁘게 생각하지 않길 바랐다. 자리에서 일어서니 오두막에서 노랠 부르며 나오는 앨리스가 보이는 것 같았다. **주인 나리네 골목서 죽어 있는 남자를 만났네. 그 죽은 남자한테 이름을 물었네……**. 그야말로 밭 갈면서 온종일 불러댈 만한 노래였다. **그는 해골을 들더니 모자를 벗었네. 그는 이런 말 저런 말 들려주었네……**. 딱 알맞은 리듬. 밭고랑을 따라 올라갔다가 내려왔다가.

그가 큰길로 나섰을 때 로레타는 응접실 창가에 있었다. 그녀는 그가 무엇을 하는지 혹은 어디로 가는지 궁금하진 않았지만 바로 옆 탁자 위엔 권총을 확실히 놓아둔 채였다. 아침이나 되어야 도로 진열장에 갖다 둘 만했을 것이다.

그는 앨리스의 뒤를 밟던 어느 날 그녀가 가는 걸 보았던 그 길로 나아갔다. 그러다 큰길에서 갈림길이 나오면 그녀가 갔을 법한 길을 택했다. 그 길은 크고 뚜렷이 난 길, 순찰대한테 발각되기 한참 전에 이쪽에서 먼저 순찰대를 발견할 수 있는 길이었다. 그는 그걸 제일 중요한 점 가운데 하나로 여겼다. 그는 제가 남쪽으로 가는 줄도 모를 만큼 세상을 몰랐다. 캘도니아의 농장 주변이었다면 그는 낯익은 나무들을 만져볼 것도 없이 눈을 감고도 길을 찾았을 테지만 그가 지금 걷고 있는 길은 그곳이 아니었다. 다른 세 길이 저희끼리 굽고 돌고 해서 그는 앨리스가 그 길들을 결코 택했을 리 없다고 생각했다. 왜지, 큰길을 한참 걷고 나서 그는 스스로에게 물어보았다. 그죽은 남자는 왜 그런 큰길에서 모자를 쓰고 있었을까? 암만해도 이해되지가 않았다. 그 노래는 노동요로나 좋았지 그 밖엔 좋을 이유가 없었다.

모지스가 살짝 열어두고 간 문을 일라이어스는 다음 날 아침 두 손으로 활짝 열어젖혔다. 오두막에서 나온 일라이어스는 어깨를 늘어뜨린 채 몇 안 되는 인원에게로 갔다. 사람들이 각자의 오두막에서 아직 나오는 중이라 일라이어스는 그 틈에 빈 프라이팬을 제 오두막에 가져다 놓곤 안집에 올라가 베넷에게 모지스를 보았느냐고, 십장이 오늘도 어제도 일터에 나오지 않았다고 말했다.

안집에서 돌아온 일라이어스는 모지스가 달아난 것 같다고 모두에게 말했다. 어떤 사람들은 일을 하러 나갔고 어떤 사람들은 제 오두막으로 돌아갔다. 글로리아와 클레먼트는 아침의 술렁임 속에서 슬그머니 사라졌다. 베넷은 이날 아침 8시쯤 내려와 일라이어스더러 모두를 밭으로 데려가라고 말한 다음 타운센드 농장에 달아난 십장이 있는데 주체가 안 된단 말을 보안관에게 전하러 마을에 들어갔다. 글로리아와 클레먼트가 주위에 없음을 누군가 알아차리는 건 스키핑턴이 다녀간 이후인 이날 늦은 시각일 것이다. 두 사람은 두 번 다시 눈에 띄지 않을 것이다.

"사람들한테 아무 말 하지 마," 셀레스트는 베넷이 간 뒤 일라이어스에게 말했다. "사람들을 밭에 보내지도 말고. 아무 데에도 보내지 마. 사람들이 일하길 그 여자가 그토록 원하면, 그 여자가 직접 와서 하게 냅둬."

둘은 오두막에 있었고 둘의 자식들은 문 바로 바깥에서 놀고 있었다. 그가 딸을 위해 만들어준 인형은 딸의 조그만 짚자리 중앙, 잠들어 있는 막내 엘우드 옆에 놓여 있었다.

"그 여자를 위해서 일해주지 마, 일라이어스. 부탁이야, 하지 마." 그는 아내한테 가 그녀를 품에 안았다. 둘의 아이들이 놀고 있는 바깥은 날씨가 좋았다. 도망가기 딱 좋은 날씨였다. 딸린 식구 없는 힘좋고 건장한 사내라면 자유를 향해 죽어라 달려 반대편으로 가서는 두 팔을 머리 위로 쳐들고 순찰대원들과 주인들과 보안관한테 욕설을 퍼부어주었을 만한, 온종일 욕설을 퍼붓고 다음 날 일어나 또 퍼부은 뒤에야 하느님이 계획해준 삶을 시작해도 되었을 만한 날씨였다. 그렇다, 힘 좋고 건장한 사내라면 그랬을 만했다. 그는 설레스트의 정수리에 입을 맞추었다.

둘의 자식들이 노는 데에 다른 아이들도 끼더니 한 아이가 꺅 하고 쾌활한 비명을 질렀다. "그만 밀어. 아프다고." "내가 가고 있다고 했잖아," 남자아이가 말했다. "내가 가고 있으니까 조심하랬지."

"전부 괜찮아질 거야," 일라이어스는 말했고 그 말이 끝나자마자 설레스트는 그의 품에서 몸을 뺐다. "자, 설레스트, 내 말 잘 들어." 그는 생각 중이었다, 모지스가 도로 끌려오면 저 없는 세상이 어떻게 굴러갔는지 알게 될 테지. 일라이어스는 제 아내의 손을 잡았다. 십장의 면상에다 던져줄 건 하루치 혹은 끽해야 일주일 치의 중노동으로 양은 얼마 안 되었다. 아기의 생명이나 아내의 슬픔에는 못 미치지만 그래도 일라이어스가 가진 무기는 그거였다.

"옳지 않아," 설레스트는 말했다. "가서 당신 몸값을 하는 건 그냥 옳지 않다고. 왜 고분고분하게 그래?"

"이제 여기 이 돌이 얼마나 멀리 굴러가는지 봐라," 여자아이가 밖에서 소리쳤다. "보이지. 보이지." "에, 그건 아무것도 아니거든," 남자아이가 도전했다. "내 건 저기까지 한 방에 갈 수 있어." "잘난 척하긴, 그게 다면서." "잘난 척할 만하니까 하는 거지."

일라이어스는 말했다. "지금 이 일 땜에 당신하고 나 사이가 안 좋아져야겠어, 여보?" 둘의 아들이 달려 들어와 두 팔로 일라이어스의 허리를 안았다. "와서 내가 뛰는 거 봐봐" 하고 그랜트는 말했다. 일라이어스는 말했다. "지금 이 일 땜에 당신하고 나 사이가 안 좋아져야겠는지 대답해볼래?"

설레스트는 눈물이 그렁그렁했다. 그녀는 눈물을 통해 아들을 보았다. "와서 나 뛰는 거 봐봐, 아빠," 아들은 말했다. 일라이어스는 그녀가 아니라고 고개를 가로젓는 걸 보았다. 고개를 젓던 그녀는 지금은 안 돼, 그랜트, 하는 생각이었지만 일라이어스는 그걸 둘 사이가 안 좋아져선 안 된다는 대답으로 알고 마음을 놓았다. "아빠 일하러 가야 돼," 일라이어스는 제 아들에게 말했다. "나중에 볼게, 아들." 그는 이곳에 대한 책임이 이제 제게 있다고 느꼈는데 그건 제 가족이, 자식들만큼은 확실히, 뼈 빠지게 일하지 않아도 된다는 뜻이었다. "자, 아빠가 일 분만 볼게," 그는 아들에게 말했다. "하지만 일 분만이야." 그는 설레스트에게 말했다. "당신은 그냥 푹 쉬어."

그는 오두막을 떠났고 그녀는 그를 문까지 배웅했다. 그랜트가 저리 뛰어갔다가 돌아오는 걸 보고 아버지가 박수를 치자 딸 테시는 다른 아이들과 함께 나타나더니 다 같이 저희가 훨씬 더 잘할 수 있다고 일라이어스한테 목소릴 높였다. 아들은 아니, 아니, 나보단 못해, 하고 말했다. 일라이어스는 아이들에게 오늘은 밭에 오지 않아도 된다고 말하곤 어른들을 데리고 떠났다. 그랜트는 설레스트에게 가 그녀의 팔을 나무에 걸린 밧줄처럼 흔들다가 다른 아이들한테 돌아갔다.

그녀는 골목으로 절름절름 걸어 나가더니 엘우드가 아직 자고 있는지 확인하느라 뒤를 돌아보았다. 아이들은 뛰어서 앞을 지나갔다가 다른 길에서 뛰어오곤 했다. 일요일 같았다. 모지스네 문을 쪼고 있던 수탉은 아이들이 제 쪽으로 뛰어오면 잰걸음으로 비켜섰는데 그러다 녀석이 오두막으로 달려들라치면 그녀는 녀석을 쉬 하고 쫓았다. "넌 집에 잘 있어," 그녀는 말했다. 이토록 좋은 날 마음속에 품는 게 고작 딱한 모지스가 발견되면 죽는다는 거라니 하고 그녀는 생각 중이었다. 저기 저 성경 속의 하느님, 그라는 존재는 큰 대가를 바라지 않고서야 노예한테 좋은 날을 내려주는 법이 없었다.

스키핑턴은 베넷을 본 순간 이 남자가 십장 일로 왔단 걸 알았다. 그가 지금은 무슨 범죄를 저질렀을까? 보안관이 잡화점에서 막 나오자 짐마차를 몰고 올라가는 베넷이 보였다. 그는 베넷이 마차를 몰 땐 주로 전방의 길을 보는 게 아니라 노새의 머리통과 마구를 내려다본단 걸 알아차렸다. 전날 저녁엔 윌리엄 로빈스가 구치소에 들러 보안관에게 — 그리고 변호사에게 — 캘도니아의 세 노예와 오거스터스 타운센드를 찾는 일의 진척도를 물은 터였다. 로빈스는 루이스를 달고 왔지만 아들 쪽은 백인 아버지가 보안관과 보안관보에게 탈주 노예들은 사실상 저희 모두가 가진 걸 위태롭게 만든다고 알리는 동안 문가에 서 있는 게 다였다. "빌," 스키핑턴은 말한 터였다. "그 말씀 천 번은 들은 것 같네요."

베넷은 짐마차에서 내려오려 했지만 스키핑턴은 뭐가 되었든 그대로 앉아서 얘기하라고 했다. 짐마차에서 하는 얘긴 긴박감이 떨어지는지 베넷은 잠시 허탈한 기색이었다. 이후 짐마차를 몰고 멀어지는 그를 지켜보면서 스키핑턴은 노새가 큰길을 누비고 다니게 내버려두는 것만 봐도 저 사람이 짐마차를 모는 데 익숙지 않단 걸 알았다. 틀림없지, 노새를 몰 줄 모르니 말을 몰 줄도 모르겠군, 스키핑턴은 베넷이 가는 걸 쭉 지켜보면서 생각했다.

길 건너편을 걷던 누가 좋은 아침입니다 하고 외치자 스키핑턴은 습관적으로 모자를 들어 보였다. 그와 위니프리드와 그의 아버지와 미너바는 먼 옛날 펜실베이니아에서 살았어야 했다. 그는 벤저민 프랭클린이 살았던 펜실베이니아의 수완 좋은 미국 시민이었어야 했다. 그는 멋진 강의 둑 위에서 살면서 제 아들에게 하느님의 포상만으로 생계를 꾸려가는 법을 선보였어야 했다. 그리고 미너바는 집을 나갔어야 했다, 펜실베이니아 니그로와 집을 나가서, 아버지가 딸에게 품어선 안 될 생각을 스키핑턴이 품지 말았어야 했다. 미너바는 밖을 나다녀야 한다, 그래야 그가 어제처럼, 그 한 번, 단 한 번처럼 그런 생각을 품지도, 누구에게 상처를 주지도, 중요한 무언가를 헤집어놓지도 않을 테니. 쉬…… 위니프리드에겐 말하지 마, 하느님께도. 쉬……. 그는 무언가 길을 건너는 바람에 베넷이 서는 것을 보았다. 베넷이 거기서 한참을 서 있는 듯하자 스키핑턴은 뭐길래 저리 오랫동안 길을 건너는지 궁금했다. 단 한 번…… 그게 이브가 아담한테 한 말이던가, 아니 아담이 이브한테 그 말을 했던가? 단 한 번이었다면 하느님은 스키핑턴이 펜실베이니아를 보도록 허락하셨을까?

베넷이 다시 마차를 몰자 스키핑턴은 큰길까지 계단을 내려갔고 두 발 다 내려서자 거의 티도 안 나게 흙먼지가 피어올랐다. 큰비는 우리 모두에게 이로우리라. 그는 제 어깨 뒤를 돌아보았다. 구치소로 통하는 문이 살짝 열려 있었지만 이날은 수감자가 없어서 문제될 게 없었다. 또 누가 그에게 좋은 아침입니다 하고 인사하자 그는 이번에도 모자를 들어 보였다. 그는 변호사를 만나 자네와 순찰대원들은 애초 이 일에 고용된 이유를 따져보건대 낙제점이다 말하러 왼편의 하숙집을 향해 나아갔다. 한 농장에서 노예 넷. 이래서야 누가 살 수 있을까? 더욱이 그 노예들 중 하나가 다른 셋을 살해했으니. 하지만 네 사람은 여전히 오리무중, 장부에서 사라진 상태였다. 그는 길거리에서 걸음을 멈추더니 하숙집은 반대 방향임을 깨달았다. 혹시 펜실베이니아로 이사해 위니프리드가 아들이 아닌 딸을 낳았다면 그는 그 아이한테도 미너바한테 품고 있는 생각을 품었을까?

그는 뒤로 돌아 걸어온 길을 내려갔다. 노예들, 미너바, 그리고 평생 여자라곤 몰랐던 하룻강아지처럼 하숙집 여자와 늘어져 자느라 이젠 점점 출근이 늦어지는 변호사. 모든 게 틀어지고 있었다. "오늘 아침 어때, 존?" 그의 유일한 책무는 모든 걸 다시 화해시키는 것, 모든 걸 하느님이 주셨던 모습으로 회복시켜 올바르게 만드는 것이었다. "존, 위니프리드가 베풀어준 거 해리스 부인이 너무 감사해하더라고 가서 전해줘. 날 봐서 그렇게 해줘, 그래줄 거지?" 어디 가서 더는 빌빌거리지 마, 내가 널 빌빌거리던 수렁에서 건져 대대손손 터를 잡으라고 이리 데려다 놨잖아. 자손들 숫자를 세어봐…… 여기 큰길가에 앉아서 나뭇잎 세듯 세어보라고…….

사흘 뒤 스키핑턴은 베넷이 모지스의 도망을 고하러 왔던 날 아침과 거의 같은 자리에 서 있었다. "보안관님," 베넷은 말했다. "쿤마님이 쿤마님의 노예 클레먼트와 글로리아도 사라졌다고 전하라 하시네요. 그냥 일어나서 사라져버렸습니다. 가서 그렇게 전하길 쿤마님이 원하세요." 이번에도 베넷은 짐마차를 다루느라 고생깨나 한 참이었다. "남들처럼 그냥 말을 타지 그래?" 실종된 노예들 숫자를 세어보면서 스키핑턴은 물었다. "있죠, 나리," 베넷은 제 손에 들린 고삐를 곰곰이 헤아리면서 말했다. "말은 대체로 노새만큼 똑똑하지가 않아서요, 제가 듣기로는요."

베넷이 가까스로 짐마차 방향을 돌리니 변호사가 마침 그쪽 방향에서 말을 몰고 왔는데 그걸 본 스키핑턴은 자넨 점점 게으른 인간이 되어간다며 변호사에게 한바탕 비난을 퍼부었다. 변호사는 유구무언으로 말에서 내려 기둥에 말을 묶어둔 뒤 구치소로 들어갔다. 스키핑턴은 그를 따라 들어가며 게으른 보안관보라고 쉴 틈 없이 혼을 냈는데 그 소리가 너무 크다 보니 둘 다 구치소에 들어간 뒤에도 길 가던 사람들은 저희 보안관답지 않은 목소리를 들을 수 있었고 노새와 베넷도 군내를 벗어나면서까지 그 소리를 들어야 했다.

이날은 화요일이었다.

11

노새 일어서다. 시체와 키스와 열쇠에 관하여.
미국 시인이 폴란드와 필멸에 관하여 이야기하다.

조지아주 밸도스타 인근엔 한때 두루두루 호감을 산 백인이 한 사람 있었으니 그는 제 노예와 땅과 돈과 역사를 거느린 상당한 부자였다. 이 남자 모리스 캘헤니는 특히 비가 오는 날이면 참담할 만큼의 우울을 겪었다. 그럴 때 그는 비 오는 날에만 모는 암말에 올라 스스로 어떤 평화에 도달할 때까지 멀찌감치 나가곤 했다. 그 평화가 지속적이지 않았음은 보나 마나지만 그렇다고 모리스가 달리 어쩔 수 있는 일도 아니었다.

조지아주 밸도스타 인근 그곳엔 보라는 흑인도 있었다. 그의 성도 마찬가지로 캘헤니였지만 그건 단지 모리스의 노예라면 모두 그 성을 지니기 때문이었다. 보와 모리스, 둘은 어렸을 때 서로 형제처럼 가까워서 우울이 엄습하면 모리스는 보를 찾곤 했는데 그것은 어째서 그런 걸 겪는지, 어째서 그 괴로운 걸 벌떡 일어나 떨치질 못하는지 보가 묻는 법이 없다는 이유에서였다. 보는 상태가 좀 나아질 때까지 그저 모리스의 곁에 있어주었다.

열넷의 나이에 이르자 둘은 불가피한 갈림길을 걷게 되어 예전 같은 관계로 돌아가지 못했다. 하지만 어른이 되자 보는 슬픈 날이 모리스를 사로잡았을 때 제가 모리스의 여러 말 가운데 하나를 허락도 없이 골라 타곤 주인님을 찾아 빗속을 헤맸던 기억에 젖기 일쑤였다. 그들 둘은 보가 모리스에게 이렇게 물을 때까지 한참 동안 말을 달리곤 했다. "이만하면 됐죠?" 이 물음은 아직 비가 내리는 중이어도 언제나 알맞은 순간에 나왔으므로 모리스는 고개를 끄덕이며 이렇게 말하곤 했다. "이만하면 됐어." 그러고 나면 둘은 캘헤니 말들만 보관하는 헛간으로 느릿느릿 돌아갔다가 모리스는 제 커다란 안집으로 들어가고 보는 이 빗속에서 뭘 하고 다녔느냐고 물어줄 제 가족이 기다리는 오두막으로 가곤 했다.

어느 비 오는 날, 보와 모리스는 모리스의 땅 동쪽 끄트머리로 나가 말 위에 앉아서 이 백인의 땅이 끝나는 언덕 저편의 경계선을 내려다보았다. 제 재산이 아닌 길로 집에 돌아가던 둘은 어느 젊은 백인 여자가 하얀 노새를 진창길에서 일으켜 세우느라 애쓰고 있는 걸 보았다. 노새는 빗길에서 짐마차를 끌던 참이었는데 그 짐승이 일하다가 지쳐서 퍼진 건지 아니면 그냥 빗속에서 주저앉는 걸 좋아하는 건지 보도 모리스도 감이 오질 않았다.

백인 여자의 이름은 호프 마틴이었지만 보 혼자만 그 이름을 알았다. 백인이긴 해도 그녀는 모리스의 계급이 아니었다.

"제가 내려가서 도와줄까요?" 보는 모리스에게 물었다.

"아니," 모리스는 말했다. "잠깐 시간을 줘보자고."

처음에 여자는 노새더러 얼른 가게 일어서라고 애써 말로 타이르는 모양이었다. 노새는 꼼짝하질 않았다. 결국 호프는 짐마차 뒤 칸으로 가더니 뭘 씌워두었던 광주리에서 사과를 여러 알 꺼내 왔다. 그녀는 길 복판에서 노새 앞에 앉더니 사과를 베어 물면서 노새한테도 한 알 두 알 먹였다. 그녀는 짐칸에서 사과를 여러 번 더 가져왔다. 비는 멎지 않았고 말을 탄 흑인 남자와 백인 남자는 꼼짝하지 않았다.

사과 먹기를 얼추 30분, 노새가 일어섰는데도 호프는 여태 진창에 앉아서 태연하게 네 번째 사과를 먹었다. 호프가 그러고 있는 걸 보고 안달이 난 짐승은 꼬리를 휙휙 흔들고 고개를 까닥까닥하면서 앞발굽 하나를 진창에 구르더니 다른 쪽 발굽도 굴렀다. 이러기를 15분 남짓, 호프는 일어서서 기지개를 켰는데 비는 여전히 내리고 있었다. 그녀는 노새한테 뭐라 말하곤 저희가 가야 할 길 저쪽을 가리켰다. 노새는 그녀가 짐마차에 오르기도 전에 움직이기 시작했다.

"저 여자 이름이 뭐지?" 여자와 노새와 짐마차가 언덕길을 수월히 올라가는 걸 보면서 모리스는 보에게 물었다.

보는 모리스에게 그녀는 누구다, 제 고모와 병든 고모부를 돌보러 조지아 북부에서 내려왔다 말했다. 고모도 고모부도 살날이 길지 않은 매우 연로한 사람이었다. "누가 데려갈지 좋은 색싯감이죠"라는 말로 보는 여자의 이력에 마침표를 찍었다.

제 주인도 같은 생각을 하고 있지 않았더라면 보는 그 말을 하지 않았을 것이다.

"이만하면 됐죠?" 보는 말했다.

"그런 것 같아," 모리스는 말했다.

• • •

모리스는 놀랍도록 복잡한 정신을 지닌 —— 백인 자식으로는 평생 하나뿐인 —— 어느 청년의 아버지였다. 그가 빗속에서 호프와 노새를 본 날 그의 아들 윌슨은 워싱턴 D.C.의 조지 워싱턴 대학교 의과대학에서 1년 하고도 몇 달을 보낸 참이었다. 윌슨은 그 대학교에서 많은 걸 배웠고 앞으론 훨씬 많은 걸 배울 예정이었지만 2년 차가 웬만큼 지나고부터 해부용 시체들이 말을 걸어오기 시작했는데 시체들이 하는 말은 교수들이 하는 말보다 훨씬 이해가 빨랐다. 신이라 할 교수들은 저희의 천국을 죽은 사람과도 산 사람과도 나누고 싶지 않아서 2년 차 중반이던 청년을 집으로 돌려보냈다.

　교수들이 윌슨을 돌려보내기 전부터 그의 아버지는 호프를 며느리로 맞았으면 좋겠다고 생각해온 터였다. 모리스는 그녀가 비록 다른 인생행로를 걸어오긴 했지만 진창에 떨어진 사과를 먹기 좋게 닦아내듯 건전한 신분으로 세탁할 수 있을 거라 느꼈다. 모리스는 그녀와 그녀의 친척에게 특사를 보내어 한번 보았으면 한다고 말을 전했지만 호프는 그에게 끝내 들르지 않았고, 그러다 결국에는 부모에게 물려받은 괜찮은 필지를 빼면 가난뱅이인 힐러드 어스터라는 청년과 결혼해버렸다. 힐러드는 호프의 아름다움을 못 받쳐주는 외모였지만 그녀는 그런 것쯤 살면서 용납할 수 있다고 보았고 실제로 용납했다.

　그들의 결혼으로 화가 난 모리스는 아들이 워싱턴 D.C.에서 돌아와서도 여태 화가 나 있었는데 이는 아들이 시체들에게 듣고 있던 말을 제 아버지와 어머니에게 고단하도록 들려주었기 때문이다. 아버지와 아들은 며칠이고 밤늦도록 대화를 나누었고, 그러다 보니 시체들 말이 아버지에게 이해되기 시작한 것도 여러 번이었다. 하지만 아침이면 정신이 또렷해진 모리스는 죽은 이들이 제 아들 머릿속에 온갖 걸 불어넣는 건 다 누구 때문이라고 이 사람 저 사람을 —— 특히 호프와 힐러드를 —— 탓하곤 했다. 모리스는 호프와 힐러드가 저희끼리 고생하도록 아무도 도와주지 말라고 조지아주의 그 지역 사람들에게 일렀다. 그런 식의 일은 오래 지속되었다.

어스터 부부의 자식들은 체구도 작고 뼈도 폐도 허약해서 물려받은 땅은 거의 호프와 힐러드가 아등바등 생계를 꾸려갈 정도만 남아 있었다. 그러다 1855년, 겨우겨우 53달러가량을 모은 힐러드는 스테니스라는 흑인과 다시라는 그의 백인 주인을 만났는데 이 다시라는 사람은 플로리다에선 운이 따랐던 적이 없는지라 마지막 한 개의 재산을 플로리다로 데려가길 두려워하고 있었다. 힐러드는 그 돈을 다시에게서 인적 재산을 사들이는 데 썼다.

9월 그날, 다시와 스테니스는 아무런 말도 않는 오거스터스 타운센드에게 작별을 고했고 그는 그들이 버지니아서부터 내내 저희의 발이 되어준 짐마차를 몰고 떠나가는 걸 지켜보았다. 오거스터스의 노새는 노스캐롤라이나에서 팔린 터였다. 오거스터스는 맨체스터 카운티 이후 처음으로 사슬을 벗고 힐러드네 밭 가장자리에 섰다. 힐러드는 소총을 들었다. 이 백인의 양쪽엔 아들이 하나씩 서 있었다. 조그만 집 현관에선 호프가 젖먹이를 안고 있었다. 그녀의 양쪽엔 어린 딸이 하나씩 서 있었다.

"니가 말썽 일으키지 않았으면 한다," 힐러드는 오거스터스에게 말했다. 다시가 일러두길 조지아가 아직 낯설다 보니 오거스터스가 며칠 성깔을 부릴지 모른다는 거였다. "말썽 일으키지 않았으면 해."

"나는 말썽거리만 될 겁니다," 오거스터스는 두리번두리번 제 위치를 가늠하며 말했다.

"우리도 남들처럼 검둥이 생긴 거야, 아빠?" 힐러드의 오른쪽에 선 아들이 말했다.

"쉿."

"나는 집에 가고 싶을 뿐이니 방해 않고 가겠습니다."

힐러드는 소총을 올려 오거스터스를 겨누었다. "그럼 너나 나나 말썽을 겪게 될 거야."

"우리 말썽 겪는다, 아빠," 왼쪽에 선 아들이 말했다.

"쉿," 힐러드는 말했다. 그는 오거스터스의 얼굴 높이로 소총을 더 올렸다. "난 그냥 니가 일을 했으면 해, 그러기로 되어 있듯이."

"나는 하기로 되어 있는 일은 다 했습니다."

"난 내 가족을 먹여 살리고 싶고 그러기 위해선 뭐든 할 거야. 난 내 가족을 먹여 살리고 싶을 뿐이야. 그게 전부라고."

"나도 가족을 압니다. 가족에 관한 건 전부 알아요. 하지만 선생, 당신 가족을 내 등에 업힐 순 없어요"라더니 오거스터스는 해의 위치를 파악하곤 뒤로 돌아 북쪽으로 나아갔다.

"우리 검둥이 가는 거야, 아빠?" 처음 아들이 말했다.

"쉿."

오거스터스가 몇 야드 멀어졌을 때 힐러드는 말했다. "돌아와. 돌아오는 게 좋을 거야. 장난하는 거 아니니까 돌아오라고." 오거스터스는 계속 나아갔다.

"거기 서," 나중 아들이 호통을 쳤다. "서라."

"힐리?" 호프가 현관에서 불렀다. "힐리, 무슨 일인데 그래?"

그녀의 남편은 소총을 올려 오거스터스의 왼쪽 어깨에 한 발을 맞혔다. 오거스터스는 서더니 땅을 내려다보곤 다시 고개를 들었다. 피는 느릿느릿 셔츠 상단을 온통 적시더니 밑으로 내려가 셔츠 대부분을 적셨고, 그러고 나선 좀 더 내려가 바지 상단까지 적셨다. 오거스터스는 고개를 낮추곤 땅바닥에 쓰러졌다. 호프가 비명을 질렀다.

힐러드와 아들들은 오거스터스에게 달려갔다. 현관에 있던 딸들도 달려가자 호프도 달려갔지만 그녀는 제 품에 안긴 젖먹이 때문에 딸들 속도를 따라잡지 못했다.

"내가 서랬잖아. 내가 서는 것 말고 뭘 더 바랐길래."

오거스터스는 벌러덩 누워 사내를 올려다본 다음 사내아이들을 올려다보았다. 그는 젖먹이를 안은 여자와 여자아이들은 보지 못했는데 그건 그가 그들이 도착할 때쯤 통증이 덜릴까 싶어서 눈을 감은 때문이었다.

"내가 서랬잖아, 젠장! 검둥아, 내가 서는 것 말고 뭘 더 바랐느냐고."

오거스터스는 그의 말을 듣고서 그건 내 평생 들어본 제일 큰 거짓말이다 하고 말하고 싶었지만 그는 죽어가는 처지라 말이 귀했다.

호프와 —— 오거스터스가 쓰러진 땅바닥에 잠시 놓아둔 젖먹이를 뺀 —— 그녀의 가족은 오거스터스를 간신히 헛간으로 옮겼는데 그곳은 오거스터스가 일하지 않을 때 지내도록 힐러드가 내주려던 장소였다. 호프는 낮도 모자라 저녁이고 밤이고 그의 곁을 지켰다. 힐러드가 나와보질 않자 여자는 어느 때인가 오거스터스에게 말했다.

"그가 와보지 않는다고 해서 당신한테 반감이 있다고 여기진 않았으면 좋겠어요." 동네엔 신통찮은 의술가로서 모리스 캘헤니를 겁내지 않는 용감한 남자가 있었는데 그가 와서 오거스터스에게 박힌 총알을 빼내려고 애를 써보았으나 총알은 단단히 터를 잡은 상태였다.

플로리다주 접경선 인근 조지아주에서 생을 마감한 오거스터스 타운센드는 제가 죽은 곳인 헛간 위로, 나무들과 다 부서진 훈제실과 근처의 조그만 가정집 위로 높이 떠올라 버지니아주 쪽으로 얼른 걸음을 했다. 사람이 떠오르면 하나같이 걸음이 빨라지되 땅에 붙들렸을 때보다 백배는 빨라진단 걸 그는 알게 되었다. 그리하여 그는 삽시간 내지 순식간에 버지니아에 다다랐다. 그는 가족을 위해, 아내 밀드레드와 아들 헨리를 위해 손수 지은 집으로 가 문을 열곤 문간을 통과했다. 그는 아내가 잠이 안 와 마음을 달래느라 식탁에서 뭘 마시고 있겠거니 했다. 하지만 거기엔 아내가 없었다. 위층으로 올라간 오거스터스는 밀드레드가 저희 침대에 잠들어 있는 걸 발견했다. 그는 그녀를 한참 들여다보았는데 그것은 분명 그가 이 모든 것 위로 떠올라 캐나다와 그 너머까지 걸어가는 데 걸렸을 만큼의 긴 시간이었을 것이다. 그러더니 그는 침대로 가 몸을 수그리곤 그녀의 왼쪽 젖가슴에 키스를 했다.

키스는 젖가슴을 통과해, 살과 뼈를 통과해 심장을 보호하는 우리에 다다랐다. 이제 키스는 지난날의 숱한 키스처럼 온갖 종류의 열쇠(keys)를 갖추었지만 지난날의 숱한 키스와 마찬가지로 쉽게 잊혀서 우리에 맞는 열쇠는 찾을 수 없었다. 그리하여 끝내 좌절한, 절박해진 키스는 빗장을 아득바득 비집고 들어가 밀드레드의 심장에 입을 맞추었다. 그녀는 곧장 깨어났고 제 남편이 영원히 떠났다는 걸 알았다. 숨이 턱 막힌 그녀는 너무나 괴로워서 일어서지 않을 수 없는 고통에 사로잡혔다. 하지만 그 방도 그 집도 그 괴로움을 담을 만큼 크진 않았던 탓에 그녀는 비틀비틀 방을 나가, 나가서 계단을 내려가, 오거스터스가 평소처럼 열어놓고 나간 문 밖으로 나섰다. 개가 벽난로에서 그녀를 지켜보았다. 마당에서야 그녀는 다시 숨이 쉬어졌다. 그리고 숨 때문에 눈물이 났다. 탁 트인 마당에서 그녀는 오거스터스라면 호의적으로 보지 않았을 잠옷 바람으로 털썩 무릎을 꿇었다.

오거스터스는 수요일에 죽었다.

베넷이 와서 모지스 얘기를 전한 그날 이후 스키핑턴은 거의 잠을 이루지 못했다. 오거스터스가 죽임을 당하고 나서인 목요일엔 금요일 정오쯤 어마어마한 것으로 발전할 가벼운 치통이 초래되었다. 그 금요일 밤 그는 잠을 그렇게 안 자면 어떡하느냐는 위니프리드의 핀잔이나 피할 셈으로 그녀 곁 잠자리에 누웠다. 그가 그렇게 누워 아내의 곤히 잠든 소리에 귀를 기울인 채 이 카운티에서 모지스가 숨었을 만한 곳을 떠올리며 틈틈이 몸을 뒤척이는 사이 치통은 토요일 아침이 되도록 그를 괴롭혔다.

그는 제가 살해 도주자라 부르기 시작한 그자를 찾아오라고 변호사와 순찰대원들을 일주일 내내 꾸짖어가며 총원 열외 없이 밤낮으로 내보내온 참이었다. "어느 쪽이 최악일까," 하비 트래비스는 스키핑턴이 없는 자리에서 농담을 했다. "살해랑 도주 중에?" 맨체스터의 블러드하운드들은 무능하기론 으뜸이라 "스컹크 악취도 못 맡는다고" 오든 피플스가 불평하는 바람에 다른 몇몇 카운티에서 개 몇 마리가 더 입양되었다. 하지만 녀석들도 실패였다. 순찰대원들과 개들은 마을 동쪽으로 가는 장소들, 북쪽과 가장 가까운 장소들에 집중했다. 그 토요일엔 모두가 모지스는 물론이고 글로리아와 클레먼트까지 찾고 있었다. "누가," 트래비스는 말했다. "그 여자네 대문을 달아주든가 노에 거느리는 법을 가르쳐주든가 해야겠어. 남자가 죽으니까 여자가 남자 집을 망치는군."

스키핑턴은 길 저쪽에서 사는 어느 노예요, 주술사가 말하길 치통을 웬만큼 달래주던 나무껍질을 씹은 지 며칠째였다. 그녀는 지난 화요일 그의 입안을 가만히 들여다보더니 그 고통에 딱히 해드릴 수 있는 게 없다고 말한 터였다. "제가 확실히 믿는 건," 그녀는 그의 이를 이쪽저쪽 번갈아 보더니 말했다. "통증 때문에 죽을 만큼 아플 테니 그냥 뽑아버려야 한다는 거예요. 아무것도 안 남을 때까지 뿌리를 아주 그냥 확확 잡아 뽑는 거죠." 둘은 그녀가 사는 곳엔 구태여 들어가지 않고 저무는 햇빛으로 입안을 조사한 거였다. "그냥 아 벌리세요, 보안관님." 그녀가 나무껍질 조각 끄트머리로 충치를 건드리자 그는 통증 때문에 움찔 물러났다. 확 잡아 뽑네 마네 하는 건 그녀가 이런 작업을 수행할 때 으레 하는 소리겠거니 그는 생각했다. 하지만 그녀는 그를 다시 제 쪽으로 끌어당겨 두 손으로 그의 입을 다물리더니 저는 입 때문에 머리 싸매고 시간 들이는 걸 좋아하지 않는다고 말했다. "등이 아프다, 심장이 아프다, 발이 아프다, 그럼 제가 도와드릴 수 있어요. 하지만 입을 다루는 건 별로예요. 사람을 돕는 제 지식하고는 거리가 멀거든요. 뇌하고는 너무 가깝고요." 그는 수요일에 들러 이 뽑는 값으로 50센트 한 닢을 제시했지만 그녀는 됐다고 하더니 그의 손에 동전을 도로 쥐였다. 그녀의 주인은 그녀가 제 자유를 살 수 있게 남들을 대상으로 가욋일을 하도록 허락한 터였다. 그 수요일까지 그녀가 3년을 일해서 모은 돈은 113달러였다. 그녀의 주인이 그녀의 자유에 대해 매긴 값은 350달러였다. "보안관님 입은 건드릴 수 없네요, 보안관님. 도움이 되기보단 더 아프게 만들지 몰라서요."

그 수요일에 그는 세 저가 사촌 클레라 마틴이 사는 카운티 동쪽 끝으로 변호사와 함께 다시 한 번 나갔다가, 영역을 침범해도 이웃 카운티 보안관이 이해해주겠지 싶어서 그 카운티로 넘어가보았다. 돌아오는 길에 변호사는 종일 말만 탄다고 불평을 하며 클레라네 집에서 하룻밤을 묵어야 한다고 말했지만 스키핑턴은 위니프리드에게 돌아가고 싶었다.

목요일에 펀은 도라랑 루이스를 따라 캘도니아를 보러 갔다. 탈주 노예 소식을 들은 로빈스가 혹시 캘도니아에게 얻을 도움이 있는지 가서 한번 만나보라고 남매를 보낸 길이었다. 이제 스키핑턴에겐 신뢰가 안 간다는 말을 로빈스에게 들은 건 루이스뿐이었다. 젊은이들은 캘도니아한테 가는 길에 예의상 펀을 찾아뵀고 그 참에 펀도 그들과 동행하기로 마음을 먹었다. 노름꾼 제버다이어 디킨슨과 떨어져 있는 것도 좋을 성싶어서였다. 많은 주가 지나 그가 볼티모어로 향하는 여정에 있을 때 그녀는 혹시 우편물이 왔는지 묻고자 주스를 매일같이 맨체스터로 보낼 것이다. 하느님에게 약속하길 언젠가 제버다이어한테서 기별이 온다면 그녀는 제 남편이 빚졌다던 450달러의 잔금을 갚을 생각이었다.

그들은 이른 저녁 식사를 들었는데 나중에 캘도니아는 양해를 구하고 식탁에서 일어나더니 십장이 탈주한 뒤론 "마음이 편하고자" 저녁마다 거주지를 돌고 있다고 손님들에게 말했다. 도는 동안 그녀가 하는 일이라곤 로레타와 함께 그곳 골목을 이쪽 끝에서 저쪽 끝까지 걷는 게 전부였는데 그건 마치 제가 있으면 노예가 하나라도 덜 도망간다는 셈 같았다. 그녀는 그날그날의 농장 운영을 일라이어스 손에 맡긴 터였다. 목요일 아침 응접실에서 그녀가 혹시 또 누가 탈주할지 아느냐고 묻자 일라이어스는 로레타를 먼저 쳐다보더니 그건 하느님에게 할 질문이라고 말했다. 그날 아침 일라이어스가 밭으로 돌아간 뒤 그녀는 친정어머니 모드에게 이쪽으로 와달라고, 곁에 어머니가 필요하다고 전갈을 보냈다.

편을 포함해 그녀의 손님들은 그 목요일 오후 느지막이 그녀와 동행하기로 했다. 햇빛이 충분한데도 굳이 등불을 챙긴 로레타는 무리를 두 걸음 뒤에서 따라 걸었다. 일라이어스가 노예들을 밭에서 일찌감치 풀어주어 대다수는 저녁밥을 먹느라고 집 안에들 있었다. 그래서 안집 사람들이 첫발을 들였을 땐 골목이 휑했지만, 그래도 일라이어스가 나와보자 델피와 커샌드라도 저희 오두막에서 나와보았다. 설레스트도 문간으로 나와보긴 했지만 문턱을 넘지는 않았다. "안녕, 테시. 안녕, 설레스트," 캘도니아는 말했다. 설레스트는 고개만 까딱했다.

"안녕하세요, 쥔마님?" 테시가 말했다. 아이는 남동생들이 제 인형을 저보다 많이 가지고 놀아서 언짢은지 그걸 들고 있었다.

"나야 안녕하지," 캘도니아는 말했다. "안녕하죠, 설레스트?"

"네, 쥔마님."

"그 인형 참 예쁘구나," 편은 말했다.

"아빠가 저한테 만들어줬어요," 테시는 말했다. 그녀는 이때로부터 아흔 해 조금 덜 지나 죽기 직전에 그 말을 반복할 것이다. 그 죽어가던 아침 내내 머릿속이 온통 아버지 생각뿐이던 그녀는 제 증손자 하나에게 다락에 가서 그 인형을 찾아다 달라고 말했다.

"아빠 손재주가 좋으시구나," 루이스는 말했다.

"맞아요, 쥔님, 좋아요."

골목에 나온 일라이어스는 모두에게 좋은 저녁입니다 하고 말하곤 마지막으로 로레타에게 고개를 끄덕여 보였다. 일라이어스의 막내 엘우드가 뒤에서 기어 오자 문간에 있던 설레스트는 아기를 들었다. 나가서 모지스와 그 밖의 사람들을 찾아보겠다는 루이스의 말이 그녀에게 들려왔는데 그 말에 일라이어스가 말하길 만약 모지스가 일요일까지도 오리무중이면 저도 수색에 끼겠다는 것이었다. 일라이어스는 죽은 아기가 땅에 묻히기 전 아기의 머리카락을 한 타래 잘라서 달라고 델피에게 부탁했었고 그 뒤엔 그걸 천 조각으로 싸서 셔츠 안쪽에 핀으로 꼭 달고 다녔다. 설레스트에게 다음으로 들려온 소리는 일라이어스가 루이스더러 모지스는 세상없을 바보라고, 누가 알려주지 않으면 남쪽하고 북쪽도 모를뿐더러 알려줘도 감을 못 잡는다고 스키핑턴에게 했던 말 고대로 내뱉는 소리였다. 두 남자는 웃음을 터뜨렸다. 캘도니아는 등 뒤에 있는 로레타를 의식해 아무 말 하지 않았다.

설레스트는 엘우드를 제 품으로 옮겼다. 그녀의 양옆에서 프록 자락에 매달려 있던 테시와 그랜트까지 넷은 상황을 다 함께 지켜보았다. 사흘 전 이 골목 주변을 배회하다가 나타난 다른 카운티 출신의 블러드하운드 한 마리는 그랜트 옆에서 쉬고 있었다. 설레스트는 일라이어스를 어떡해야 할지 몰랐다. 그녀는 그를 사랑했는데 그건 피하려 해도 피할 길 없는 사랑이었다. 그들의 길에 끼어드는 여타의 것들은 모두 — 모지스에 대한 그의 증오조차도 — 그에 대한 그녀의 사랑을 상대로 싸워야 할 터였다. 그녀로선 일라이어스가 예전의 일라이어스로 돌아오는 길을 찾길 바라는 수밖에 없었다.

그녀는 일라이어스가 무언가 말하는 모습을 보았는데 소리는 안 들려도 루이스와 펀이 웃음으로 반응하는 모습은 볼 수 있었다. 도라와 캘도니아는 저와 커샌드라가 툭하면 그러듯, 저와 메이가 그러듯, 저와 글로리아가 전에 그랬듯 손을 맞잡고 있었다. 일라이어스도 나를 사랑하지 않는다면 세상은 아주 많이 다르겠지. 하지만 그녀는 비록 어떤 것들이 저희 삶에 밤낮으로 끼어들어 그를 사랑 앞의 눈뜬장님으로 만들 때도 있지만 그도 분명 저를 사랑한단 걸 알고 있었다.

일라이어스는 뒤로 돌아 제 아내를 아주 오랫동안 쳐다보았다. 그의 눈은 말했다, 아내, 날 믿어, 그럼 내가 우리 모두를 여기서 벗어나게 해줄게, 당신 삶도 내 삶도. 그런 다음 일라이어스는 제 첫째와 둘째, 테시와 그랜트를 쳐다보았다. 아이들도 저희 아버지를 쳐다보았다. 그가 손을 내밀자 아이들은 그에게 쪼르르 갔다. 아기인 엘우드는 설레스트한테 매달려 있다가 땅에 내려가고 싶어 꿈지럭 꿈지럭 몸을 혼들기 시작했다. 일라이어스는 설레스트를 한 번 더 쳐다보았다. 아내, 아내……. 그녀는 그를 보던 눈길을 내렸다가 아예 거두어 이제 슬슬 사람들로 붐비는 골목 아래쪽으로 가져갔고, 그러고 나선 아침 해가 곧잘 떠오르는 저기 멀리로 이동시켰다. 설레스트 프리먼과 일라이어스 프리먼의 누대에 걸친 핏줄은 버지니아에서 군단을 이룰 것이다.*

엘우드는 계속해서 몸을 흔들더니 제 어머니가 내려놓자 얼마 못 가 다시 안아달라며 그녀의 프록 자락을 잡아당기기 시작했다. "거 봐, 거봐," 그녀는 말했다. "거봐, 넌 니가 원한다고 생각하는 걸 항상 마다한다니까. 거봐. 인제 엄마 말 잘 들을 거야?" 아기는 애원하며 위를 올려다보았다. 교훈 잘 일았이요. 다시 올려주세요. 아기의 어머니는 제 멀쩡한 쪽 다리로 발장단을 쳤다. 싫은데, 발은 말했다. 겨우 몇 초 만에 머릿속에 박히는 교훈이 어디 있니. 그녀는 계속해서 발장단을 쳤다. 그들 옆의 블러드하운드는 나중에 웬 아이가 다가와 더 크고 더 좋은 걸 줄 때조차 포기하지 않을 뼈다귀를 갉아대고 있었다. 엘우드가 제게 두 손을 쭉 내밀자 설레스트는 마음이 풀렸다. 엘우드는 다시 올라가자마자 두 팔로 그녀의 목을 안았다. "블루베리 아저씨," 20년 이상 지나 엘우드 프리먼은 리치먼드의 스탬퍼드 크로 블루베리에게 말할 것이다. "제 본분을 다하러 왔어요, 약속드렸잖아요. 아저씨랑 꼬맹이들을 위해 가르치러 왔어요." 제 어머니 품에 안긴 아기 엘우드는 주위를 둘러보곤 한숨을 내뱉었다. 그의 어머니는 아들의 목에 입을 맞추곤 말했다. "잘하면 다음번엔 엄마 말 듣겠네." 1993년에 버지니아 대학교 출판부는 버지니아 연방에선 아흔일곱에 한 명꼴로 설레스트 프리먼과 일라이어스 프리먼에서 시작된 가계와 핏줄 또는 혼인으로 맺어진 친족임을 뒷받침하는, 마샤 H. 샤이라는 백인 여자가 쓴 415쪽짜리 책을 출간할

---

*   원문을 보면 일라이어스 가족은 "프리먼"이라는 성을 복수형인 "Freemen"으로 쓰고 있다.

것이다.

이젠 스탬퍼드도 설레스트 뒤에서 나타나 그녀의 어깨를 간질였다. 아기 엘우드와 설레스트와 스탬퍼드는 저희 바로 저편의 골목에 모여 있는 사람들을 쳐다보았다. 사람들이 각자의 오두막에서 나와 캘도니아에게 다가간 건 그녀가 주인마님이어서라기보다 죽음을 겪은 지 얼마 되지 않아서였다. 그들 모두는, 심지어 아직 누굴 잃어본 적 없는 어린것들도 죽음을 알았다. 아기 엘우드는 스탬퍼드를 보더니 그에게 손을 쭉 내밀었다. 몇 주 전만 해도 이 사내와 아기는 서로의 존재도 몰랐지만 그 뒤로 스탬퍼드는 하늘의 오두막을 본 터였다. 엘우드는 그가 필요해서 그를 꼭 붙잡았고 스탬퍼드는 아기를 품에 안았다. 아기는 스탬퍼드를 빤히 쳐다보았고 스탬퍼드는 제 얼굴에 아기의 두 손이 닿자 놀리면서 고개를 빼더니 아기가 원하는 말을 해주려고 입을 벌리기 시작했다. 스탬퍼드가 델피에게 첫 키스를 하기까지 아직 1년이 남은 시점이었다.

"맙소사, 날 좀 좋았으면 좋겠네," 설레스트는 스탬퍼드에게 말했다. "날씨가 이렇게 엉망이어서야 지친다니까요. 정말로 지쳐요. 주님이 그 커다란 가방에서 당신의 날들을 떡하니 꺼내서가지고 우릴 좀 오래오래 맑은 데 내보내셨으면 좋겠네. 저기 저 바로 그저께까지만 해도 날이 둥글둥글한 게 어지간히 좋더니만. 하느님은 우리한테 좋은 날들을 주실 수 있잖아요, 스탬퍼드, 하려고만 하시면요. 하다못해 빌려주서도 되죠. 우리 같은 사람들은 물건을 조심조심 다루니까 하느님이 뭘 주시면 고 모습 고대로 돌려드린단 걸 하느님도 지금쯤 아셔야 할 텐데."

스탬퍼드와 아기는 저희만의 세상에 있었으므로 설레스트는 사실상 혼잣말 중이었다. 아기는 두 손을 사내의 얼굴로 뻗어 그곳의 이목구비를 토닥토닥 죄다 두드리고 있었는데 그것은 그 사내와 함께 짧은 역사를 쌓아오는 동안 어느덧 기대하게 된 말을 끄집어내겠다고 발악을 하는 것이었다. 스탬퍼드의 입은 점점 더 벌어졌다. "이런 아침부터 여기 어쩐 일이냐," 20년 남짓이 지난 그날 리치먼드에서 스탬퍼드 크로 블루베리는 엘우드 프리먼에게 말할 것이다. 엘우드는 말고삐를 손에 쥔 채 길을 걸어오고 있을 것이고 스탬퍼드는 리치먼드 유색인 고아원에 가장 최근 들어온 아기를 제 어깨에 태운 채 걷고 있을 것이다. 화재로 엄마아빠가 죽은 아기였다. 아침에 같이 걸으며 노래를 불러줘야 그 아기는 하루 내내 진정되는 모양이었다. 엘우드 프리먼은 말할 것이다. "제 본분을 다하러 왔어요, 약속 드렸잖아요, 블루베리 아저씨. 걔도 제 제자 중 하나죠?" 스탬퍼드는 손을 저으며 고개를 끄덕일 것이다. 엘우드는 이렇게 말했다. "제가 약속 지킬 걸 안 믿으셨나 보네요." "오," 스탬퍼드는 말했다. "그런 걱정을 왜 해. 니 엄마랑 아빠 사는 데가 어딘지 다 아는데. 가서 댁네 아들이 약속을 안 지켰다 하고 말하면 될 것을." 엘우드는 그에게 리치먼드 어디에 볼일이 좀 있으니 다녀와서 바로 고아원에 눌러앉겠다고 말했다. 그는 제 말에 올라 저기 중심가 쪽으로, 스탬퍼드 블루베리와 그의 아내 델피에게서 이름을 따오게 될 거리 쪽으로 천천히 나아갔다. 블루베리는 새로 들어온 고아를 어깨에 태운 채 그쪽으로 따라갔다. 엘우드가 느긋하게 자리를 뜨는 걸 지켜보던 스탬퍼드는 저희가 여태껏 얼마나 먼 길을 걸어왔는지 그날 처음으로 깨달을 것이다. 열린 땅이 죽은 까마귀들을 품어주던 날 그랬던 것처럼 그는 그날도 울었을 테지만 그의 품엔 갓 고아가 된 아기가 있었다. 스탬퍼드, 이젠 그런 거 안 중요해, 그는 엘우드와 말이 어슬렁어슬렁 멀어지는 걸 지켜보면서 되뇌었다. 이젠 안 중요해. 그를 감싼 하루며 태양이 정말 그러하다고 말해주었다. 그가 황야를 얼마나 오래 헤맸었는지, 그들의 사슬에 얼마나 오래 묶였었는지, 그들을 거드느라 저를 스스로의 사슬에 얼마나 오래 옭아맸었는지 하는 건 중요하지 않았다. 이젠 하나도 중요하지 않았다. 그는 아기의 등을 쓰다듬곤 뒤로 돌아 리치먼드 유색인 고아원으로 돌아갔다. 암, 중요하지 않았다. 딱 하나 중요한 게 있다면 그런 종류의 사슬은 사라졌다는 사실과 빈터로 기어 나와 제 두 다리로 일어선 그가 주변을 둘러보며 그때와 지금의 차이에 감사할 수 있게 되었다는 사실이었다, 지금의 리치먼드가 그때의 탈을 쓸 때조차. 돌아가는 길에 그의 등 뒤에는 100년도 더 지나야 첫 도로 표지판이 세워질 바로 그 거리가 있었다 ── **스탬퍼드 및 델피 크로 블루베리 거리.**

이제 아기 엘우드는 스탬퍼드 얼굴의 이목구비를 빠짐없이 만지는 의식을 마친 참이었다. 설레스트는 말했다. "소원을 들어주시기엔 날수가 너무 많아서 그런가 봐요. 연달아 이틀 내지 사흘 정도면 들어주시려나." 이제 보상이 나올 차례라 아기 엘우드가 기다리자 스탬퍼드는 입을 벌리더니 리치먼드에서의 그날 말을 끌고 걸어오는 엘우드를 마주치기 직전 부르고 있을 그 노래를 불러주었다 ──

엄마의 작은 아기 새는 정말로 이쁘기만 하지
엄마의 작은 아기 새는 이쁘고 착하기만 하지

아기의 몸 구석구석으로 커다란 기쁨이 번졌다. 아기는 어떤 갈 채로서가 아니라 몸이 감당 못 할 만큼의 행복을 배출할 유일한 방법으로서 손뼉을 치기 시작했다.

설레스트는 골목 아래쪽을 내려다보았는데 이제 거기엔 더 큰 인파가 모여 있었고 그중엔 제 남편과 두 자식도 있었다. 헨리와 캘도니아의 이름을 딴 어린 쌍둥이가 저희 오두막을 나와 아장아장 걸어오자 로레타는 그 아이들이 모두에게 잘 보이게끔 등불을 살짝 낮게 들었다. 그녀가 등불을 내리자 쌍둥이 뒤쪽 땅바닥에서 쉬고 있던 그림자는 그 아이들을 모두가 한 번씩 들여다볼 때까지 자라나다 아이들 키만큼 커졌다.

다음 날인 금요일, 설레스트는 캘도니아가 루이스의 추천을 받아 일라이어스를 십장직에 올렸단 걸 알게 되었다. 두 남자는 이후 며칠에 걸쳐 가까워질 것이다.

그 금요일에도 애틀러스 생명보험 및 상해보험 회사의 레이 톱스는 재차 들러 무난히 캘도니아를 만났다. 그는 모드와 함께 왔다. 못 걷는 아이 셋에 듣지도 보지도 못하는 아이 하나를 포함해 자식 아홉을 거느린 홀아비로서 제 특허약 사업을 말아먹은 적이 있는 톱스는 캘도니아한테 보여주고 싶어 안달인 서류를 잔뜩 들고 있었다. 서류들은 회사명이 죄다 "에틀러스(Aetlas)"로 적혀 있었다.* "불행하게도," 그는 그녀의 긴 팔걸이의자 옆자리에 앉아 해명했다. "이 특정 인쇄물에만 'e'가 잔뜩 들어간 모양이네요. 하지만 제가 장담하는데 저희는 늘 애틀러스로 알려졌고 앞으로도 늘 그럴 겁니다. 부인

---

* "애틀러스"의 바른 철자는 'Atlas'다.

의 자제들도 그 이름으로 알게 될 것이고 손주분들도 마찬가지일 거예요. 손주분들의 자제들도 마찬가지고요." 자제니 뭐니 떠들어대던 그 순간에 그는 제가 무자식 과부와 이야기 중인 걸 잊고 있었다. "제가 전하려는 말뜻을 아실 겁니다, 타운센드 부인," 그는 제 실수를 깨닫고 말했다. 그러자 캘도니아는 안다고 말했다.

톱스는 그녀에게 격월로 두당 15센트면 그녀의 재산, 즉 다섯 살 넘은 각각의 노동 노예는 하느님이 고안해내실 수 있는 거의 모든 경우로부터 보호받을 것이라고 말했다. 밭일을 하다가 노새한테 머리를 걷어차이는 경우. 부패한 음식을 먹고 죽는 경우—이 경우엔 음식이 단순히 역하기만 해선 안 되고 일반인 누구나 먹었을 가능성이 있되 똑같은 죽음이 찾아올 가능성은 없음을 의사가 증명할 수 있어야 했다. 우물을 청소하다가 추락해 목이 부러지는 경우. 밭 또는 헛간 또는 훈제실 또는 담배 창고 또는 옥수수 창고에서 일하다가 길이가 1피트 이상인 뱀한테 물리는 경우. 이땐 보험금을 수령하려면 상기(上記) 뱀이 살았건 죽었건 하나 또는 다수의 송곳니가 실종된 채로 나와야 할 터였다. 가을철, 겨울철 또는 봄철에 미친개한테 물려 노예가 죽는 경우 보상의 대상이 되었다. 여름철 광견병은 누구나 예상 가능한 "하느님의 보통법"이라서 이 계절엔 보상이 군말 없이 이행되었다. 한쪽 팔을 잃었거나 양쪽 눈을 상실한 경우엔 한 푼도 나오지 않았는데 이는 그런 상실이 당 노예가 현재 지녔을 노동력에 대한 최상의 근거가 아니었기 때문이다. 정식 인가된 노예 사냥꾼에 의해 어떤 식으로든 상해를 입는 경우 보상의 대상이 되었다. 그저 돈이나 벌러 나온 평범한 시민, 편의주의적 노예 사냥꾼들이 도망자에게 상해를 입혔을 땐 보험증권상의 그 조항이 쓸모없는 무효가 될 터였다. 주인 또는 주인마님 또는 그 자손이 시킨 "중요한" 심부름 때문에 이웃의 토지를 넘나들다가 이웃에게 살해되거나 부상을 당하는 경우. 상기 노예가 다른 농장에서 사는 제 가족을 방문하던 중 상해를 입거나 살해되는 경우엔 돈이 지급되지 않았다. 주인/주인마님/그 자손을 따라 사냥 또는 여행을 한 기간이 사흘 이상일 시 상기 인물들을 보필하다가 우연히 총에 맞는 경우. 체력 회복 기간이 사흘 미만에 벼락이 칠 거라는 경고가 충분하지 않았을 시 밭일을 하다가 벼락을 맞는 경우. 벼락으로 인한 사망은 보상의 대상이 아니었다. 그런 죽음은 또 하나의 "하느님의 보통법"에 지나지 않았으므로 "회사는 현명함을 발휘해 보상하지 않아도" 되었다.

매달 총액 단돈 1달러면 캘도니아는 두 달 내로 잡히지 않는 어떤 도망 노예에 대해서든 몸값의 5분의 3을 받을 터였다. "일반 자연사(自然死)"로부터 보호받는 별도의 보험증권은 격월로 두당 10센트라고 톱스는 말했지만 캘도니아는 "지금으로선" 15센트짜리 보험증권만 들기로 결정했다. 펀 엘스턴이 얘길 듣다 말고 방을 나간 지 한참 뒤에야 모드는 맨체스터 카운티 곳곳의 공동묘지에 있는 노예들은 대부분 일을 하다 죽었다고, 그러니 보통의 죽음은 보험에 들어봐야 무용지물이라고 지적하기 시작했다. 아울러 그녀는 자연적 원인으로 죽은 꼬마 노예들은 대개 너무 어려서 보상이 안 된다는 점도 지적했다. "그게 사실이지요," 모드는 다소 권위를 갖추어 말했다.

"그러면," 톱스는 모든 걸 마무리하면서 말했다. "이번엔 부인의 인적 재산 소멸에 대한 보호는 없는 겁니다." 자연사의 다른 말인 "소멸(perishment)"은 애틀러스사 사람들이 매우 자주 쓰는 단어로 그중에서도 홀아비인 톱스보다 그 말을 많이 쓰는 사람은 없었는데 그는 언젠가 제가 코네티컷주 하트퍼드에 위치한 본사의 요직에 올라, 비보험자들의 황무지에서 긴 세월 고생하여 얻은 지혜를 아랫사람들에게 베풀게 되리라 보는 사람이었다. **소멸**이라는 단어는 하트퍼드 사무소의 어떤 남자가 사람 목숨, 특히 노예들 목숨의 덧없음을 전하고자, 그리고 노예의 것이든 누구 것이든 그 목숨들에 관한 애틀러스 보험증권의 절대적인 필요성을 고객한테 이해시키고자 고안한 것이었다. 신문이나 잡지에서 말곤 미국 노예를 한 번도 본 적이 없었던 하트퍼드 본사의 그 남자는 시인의 기질을 지닌 사람으로 폴란드에서 이민 올 때 제 시집 두 권을 가져온 터였다. 그가 **소멸**이라는 단어를 내놓을 즈음 코네티컷주 브리지포트의 한 출판업자는 그 시집들을 출간하기로 동의는 했지만 그중 한 권이 "폴란드식 직조법으로 지나치게 점철"되었다는 느낌을 지울 수 없었다. "폴란드는 잊어요," 그 출판업자는 시인에게 편지를 썼다. "그놈의 건 지도에도 안 나오니까." 그는 소멸의 시인이 폴란드식 시집을 다시 직조할 수 있다면 두 권 다 내주기로 약속했고 이에 시인은 헨리 타운센드가 죽은 그 무렵 고민에 잠겨 있었다. 두 책 다 돈은 안 되지만 영예와 기념을 보장하며 또 미국의 진상에 허기진 대중으로부터의 예찬을 보장한다고 브리지포트의 출판업자는 편지에 적었다. 브리지포트의 구멍만 한 사무실에서 일하는 이 출판업자가 빈말하지 않는 사람이란 사실은 수 마일 떨어진 하트퍼드의 철벽같은 보험사에서 일하는 어느 외국인도 잘 알고 있었다.

친정어머니를 제외한 캘도니아의 손님 모두는 일라이어스와 루이스가 모지스와 글로리아와 클레먼트를 찾으러 나가는 일요일까지

머물 것이다. 그중 발견되는 건 앞엣사람, 즉 과거 십장이었던 사내
뿐일 것이다.

12

일요일. 미주리의 바넘 킨지. 잃어버린 가족을 찾아서.

일요일인 그날 아침, 스키핑턴은 모지스가 어디 있는지 처음으로 확실한 감을 잡으며 기상했다. 그는 일라이어스가 그 도망자에 관해 "세상없을 바보"라고 했던 점을 떠올렸다. 그것만큼 분명한 단서도 없는데 어째서 하느님은 내 머릿속에 진작 귀띔해주지 않으셨을까 하고 그는 의아해했다. 오거스터스 타운센드를 밀드레드 타운센드에게 돌려보내지 못했기 때문에 내가 그녀의 집을 고려 대상에서 제외했었나 보다, 그는 침대 옆구리에 걸터앉아 제 발을 비추는 햇빛을 보면서 생각했다. 더구나 그 집은 남쪽, 즉 도망 노예가 가고 싶어 할 방향의 반대쪽에 있기도 하니까. 하지만 당신의 시간을 사시는 하느님께서 이젠 그 살인자가 어디에 있는지 귀띔해주신 터였다. 스키핑턴은 범죄와 범죄자에 대한 지식에 근거, 모지스가 아직 밀드레드네 집에 있을 거라는, 하지만 그 집에 어서 가보지 않으면 그 탈주 노예가 온데간데없을 거라는 예감이 들었다. 아울러 그는, 처음보단 생각이 다소 흐려지긴 했지만, 만약 모지스가 제 아내와 아들 그리고 미친 여자 앨리스를 죽였다면 지금은 살인이 몸에 배어 밀드레드도 죽였을지 모른다는 예감도 들었다.

그 일요일에도 그는 며칠째 기승을 부리는 치통 때문에 잠이 깼다. 전날엔 어느 정도 잦아들더니 지금은 본색을 되찾아 얼굴 왼쪽 아래가 욱신욱신, 집요한 통증이 덩어리로 똬리를 틀고 있었다. 참고 지낼 만하다고 그는 스스로를 타일렀다. 노예 모지스와 그 밖의 둘을 쫓기에 월요일은 너무 늦을 터였다. 침대 옆구리에 그대로 걸터앉은 채 그는 고개를 낮추곤 기도를 했다. 아내는 미너바랑 아버지랑 아래층에 있었다. 오늘은 교회 예배에 갈 시간이 없을 터였다. 어느 때라면 그는 마을 치과의로도 일하는 장의사에게 이를 뽑으러 갔을 테지만 장의사는 돌봐줄 아내도 노예도 없는 미혼 형을 돌보느라 찰스턴에 있는 지 사흘째였다. 스키핑턴은 백인 의사에게 갈 수도 있었지만 그와 의사 간에는 말이 없은 지 4년이었다. 그 의사는 보안관네 셰틀랜드 양치기 개가 저희 집 닭들을 잡는다고 스키핑턴에게 오랫동안 불평을 했었다. 쫓을 양이 없으니 저희 닭들한테 화풀이를 하는 것 아니냐고 의사는 위니프리드에게 말했다. 스키핑턴 스스로는 개를 잘 훈련시켰다고 믿는 탓에 의사는 동네 괜한 곳에서 범인을 찾아야 했다. 스키핑턴이 입에 올린 말은 "용의자"였다.

그러다 스키핑턴이 구치소로 출근한 어느 온화한 월요일 아침, 의사는 저희 집 뒷마당에 나갔다가 그 개가 닭장 쪽으로 무심코 걸어가는 걸 보았다. 개는 뒤를 돌아보더니 최면에라도 걸렸는지 의사의 눈을 아주 오랫동안, 의사의 노예가 권총 심부름을 다녀올 만큼 오랫동안 들여다보았다. 그는 개를 머리 두 발에 몸뚱이 두 발, 총 네 발 쏘았다. 그리고 나선 제 노예더러 사체를 갖다 스키핑턴네 마당

473

에 던져놓으라고 시켰다.

이제 옷을 걸친 스키핑턴은 식사도 하지 않고 집을 나섰다. 또 잔소리를 할까 봐 위니프리드에겐 치통 얘기를 하지 않았다. 구치소에 간 그는 변호사가 총기 손질 중인 걸 발견했는데 일요일에 나와 열심히 근무 중인 육촌의 모습을 보니 화가 치밀었다. 일요일엔 수감자가 있을 때에만 나오라고 말했는데도 변호사가 거역하는 것이었다. 변호사는 휘파람으로 어떤 곡을 불고 있었는데 사무소로 두 걸음째 들어선 스키핑턴은 저 곡에 어울리는 가사는 지저분한 것이겠거니 했다.

"만반의 준비를 해," 스키핑턴은 말했다. "가야 하니까."

"어디로?"

"도망자 모지스 잡으러 저기로." 그는 작은 움직임도 얼굴 한쪽의 난장판을 들쑤셔놓을 수 있어서 최대한 조심조심 움직이고 있었다. 그는 말 타기, 그 들썩거림이 길어지지 않길 간절히 바라는 중이었지만 그에겐 맹세한 임무가 있었고 저기 어디서 살인자와 만났을 때 변호사나 순찰대원들을 믿을 마음은 없었다. 오거스터스와 밀드레드에겐 보나 마나 총이 있을 터였다. 그는 제 소총을 거치대에서 꺼냈다.

10시 30분경 그들은 맨체스터 군내를 상당히 벗어나 있었다. 아주 무더운 날 그들은 아버지인 칼이 툭하면 "태양의 이빨"이라 부르는 곳으로 이동 중이었다. 변호사는 앨라배마에서 버릇을 들인 담배를 씹으면서 틈틈이 전방의 먼짓길에다 침을 뱉어 얼마나 멀리 나가는지 보곤 했다. 둘은 말이 별로 없었고 말이 있어도 둘 사이의 정적을 깨고자 주로 변호사 쪽에서 아무 말이나 뱉은 것이었다. 그러다 말도 끊기고 길바닥에 뱉는 침도 끊기면 변호사는 필시 지저분한 가사가 어울릴 그 곡을 휘파람으로 불었다.

윌리엄 로빈스의 농장까지 절반쯤 다다랐을 때 스키핑턴은 변호사더러 그 담배 버릇 반드시 버리도록 하라고 단단히 일러두었다. 그는 공기가 들어와 고약한 치아 신경을 때리는 일이 가급적 없도록 이를 앙다물고 말했다.

"그것 때문에 잘못되는 경우는 본 적이 없는데," 변호사는 세상을 보는 제 육촌의 똥 같은 시각을 지금도 머릿속 장부에 한 줄 추가하며 말했다. "하느님도 관심 없을 사소한 습관일 뿐이야."

"그렇게 습관을 쌓다간," 스키핑턴은 말했다. "진짜 죄악을 짓는 것도 금방이야. 그러다 곤란해진다고."

인정사정없는 태양이 가뜩이나 엄청난 짐을 지우는 바람에 두 사내와 두 말은 애초 스키핑턴의 기대보다 조금 늦은 12시 30분쯤 로빈스네에 도착했다. 로빈스는 거기 없었지만 로빈스 부인과 딸 페이션스가 그들을 편히 맞았다. 로빈스 부인은 그들에게 대접할 점심을 준비시켰다. 스키핑턴은 요리사 선에서 최대한 국처럼 만들어주는 미지근한 수프면 족했다. 페이션스는 같이 식사를 들면서 말했다. "존, 오늘은 변호사님하고 그냥 여기서 쉬시고 내일 가세요." 페이션스를 보자 변호사는 아내 벨의 젊었을 적이 떠올랐다.

이날로부터 4년 하고 한 달 뒤, 윌리엄 로빈스는 뇌졸중을 앓을 것이다. 이때는 그의 아내가 저를 더는 사랑해줄 수 없는 남자와 한 집에서 지내는 탓에 이미 야수처럼 비뚤어진 시기다. 제 아버지에 관한 소식을 두세 다리 건너서 듣는 결론 만족이 안 되었던 도라는 로빈스가 병상에 3주를 앓아눕자 더는 기다리지 못해 아버지의 농장을 찾기로 결심할 것이다. 그녀의 남동생 루이스는 그녀더러 가지 말라고 했지만 그녀 마음속의 아버지는 동생 마음속의 아버지보다 컸다. 그때껏 남매 모두 그 농장에 가본 적은 없었다.

페이션스는 스키핑턴에게 말했다. "밤새도록 여기 계세요, 존. 휴식을 하시면 두 분께 웬만큼 도움이 될 거예요. 그 이도 휴식에 고마워할걸요."

스키핑턴은 냅킨으로 콧수염을 톡톡 닦으며 페이션스에게 말했다. "머물 수 있으면 좋겠습니다만, 페이션스 양, 제 일이 기다려주지 않을 거예요." 그는 그녀와 로빈스 부인에게 수프를 칭찬하곤 그릇을 싹 비웠다.

4년 뒤 그날, 도라는 제 아버지의 저택 앞문을 두드릴 것이고 한 번도 만나본 적 없었던 그녀의 이복자매 페이션스는 그 문을 열 것이다. 페이션스의 등 뒤에는 그녀의 어머니가 있었다. "로빈스 씨를 뵙고 싶습니다, 부디요," 도라는 "보고"를 "뵙고"로 높였는데* 이는 편 엘스턴이라면 자랑스러워했을 일이었다. 도라는 달랑 말만 몰고 온 것도 아니었을뿐더러 제 아버지가 샬러츠빌에서 사준 녹색 드레스를 입고 있었다. 그녀는 사륜마차를 타고 온 터였다. 그녀의 보닛은 노란색이었고 묶지 않은 양쪽 끈은 2인치가량 늘어져 있었는데 그 모습을 본 페이션스는 수년 전 거울에서 보았던 어느 햇볕에 그은 얼굴이 떠올랐다.

도라가 더 검고 더 어리다는 점만 아니면 두 여자는 동일인이었다. 하느님 당신도 아가씨랑 똑같은 걸 하나 더 만들고 싶어 하시겠어, 하느님이 페이션스를 만든 날 니그로들은 말했다. 하느님은 몇 년 뒤면 당신의 마음 상태가 똑같지 않을 걸 알았으므로 로빈스와 필로미나가 도라를 임신할 때까지 기다리기가 영 내키지 않아 그녀를 곧장 만들었다. 그렇게 도라를 만들어놓은 하느님은 그녀가 잉태될 준비가 되면 바로 꺼내려고 셔츠 왼쪽 주머니에 넣어두었다. 딴 주머닐 차야지 그럼, 행복한 사람들만 있는 천국도 가끔은 싸움이 날 수 있으니까, 특히 토요일에는, 하고 니그로들은 말했다.

"로빈스 씨를 뵈러 왔습니다," 도라는 말했다. 페이션스는 문을 더 활짝 열었다. 제 앞에 서 있는 게 저와 같은 방식으로 윌리엄 로빈스를 사랑하는 유일한 타인임을 그녀는 곧장 알아보았다. 그녀는 아버지가 앓는 병의 무게를 혼자서 감당해온 터였는데 거기서 그러고 있으니 그 짐이 차츰 덜리는 기분이었다. 종들이 거들기야 했지만 그건 아버지에 대한 애정에서가 아니었다. 어머니도 아버지에 대한 사랑을 끊은 터라 손가락 하나 까딱하는 법이 없었다.

페이션스는 뒤로 돌아 제 어머니를 보고 말할 것이다. "제발, 자기야, 동부에 계세요." 어렸을 때 페이션스가 어머니랑 숨바꼭질하던 곳에 붙인 이름, 이제는 딸이 어머니의 거처를 부르는 이름. "동부에 가 계시면 내가 곧 갈게요. 저를 위해서 제발 그렇게 해줘요." 어머니가 자리를 뜨자 페이션스는 도라에게 말했다. "들어와요. 어서 들어와요." 그리고 종이 문을 닫자 두 여자 모두 치맛자락을 걷어들곤 서부로 자릴 옮겼다.

"그래요, 존," 로빈스 부인은 스키핑턴에게 말했다. "부탁이니 하룻밤 묵어요. 일요일은 쉬라고 있는 날이에요."

---

*   원문을 그대로 옮기면 "I would를 I'd로 축약하지 않았는데"다. 축약은 격식과 품위가 떨어진다는 인식이 담겨 있다.

"저도 그랬으면 좋겠습니다."

점심 식사가 끝나고 종 하나가 고추냉이 찜질제를 만들어 오자 스키핑턴은 그 노예의 도움으로 그걸 턱에 고정한 다음 변호사와 2시 30분경 다시 길에 올랐다.

찜질제는 족히 한 시간은 효과가 있었지만 해가 지평선으로 낮아지자 시들시들해지는 모양이었다. "검둥이 약은 믿지 마," 변호사는 말했다. "믿긴 누가," 스키핑턴은 쉬 하고 말을 막았다. "이제 그 소린 그만해."

일몰까지 네 시간 남짓 남겨두고서 그들은 밀드레드네 집 근처에 다다랐다. 모지스의 소리가 들릴지 모른다는 스키핑턴의 짐작에 따라 그들은 몇 야드 밖에서 기다렸다. "그냥 들어가서 잡는 게 나을 것 같은데," 변호사는 말했다. 그 말에 스키핑턴은 말했다. "그냥 앉아서 들어." 결국 밀드레드네 개가 큰길로 나와 저희를 보고 짖는 바람에 스키핑턴은 일을 마무리 짓기로 했다. 그들이 집으로 말을 몰고 올라오자 밀드레드는 문을 열고서 그들에게 소총을 겨누었다.

"제가 남편에 관해 이미 알고 있는 걸 알려주러 오셨나요, 보안관님?" 그녀는 말했다. "하느님이 진작에 말씀해주신 걸 알려주러 오셨군요." 개는 집 옆쪽에서 유심히 동태를 살피고 있다가 밀드레드가 뭐라고만 하면 기가 살아서 꼭 두 번씩 짖고는 밀드레드의 다음 말을 기다렸다. 결국 개는 밀드레드 옆으로 걸어가 섰다.

그녀의 소총은 모지스가 거기 있음을 스키핑턴에게 단적으로 말해주었다.

"밀드레드, 우리가 왜 왔는지 알 겁니다."

"그런 거 몰라요, 스키핑턴 보안관님."

"그 재산 넘겨요," 그는 말하면서 제 안장머리에 기댔다. "그 재산만 넘기면 이 일은 다 끝이에요, 밀드레드." 그는 제가 이전에도 그녀의 이름을 불렀던 적이 있는지 가물가물했고 혹시 그녀의 이름을 잘못 알았나 싶어 지난 하루를 잠시 싹 조회해보았다. 그녀의 이름이 진짜 밀드레드였던가? "그 친굴 그냥 이리 얼른 넘겨요."

"이젠 없어요."

"내 말 들어요, 밀드레드." 그는 어떤 연결 고리를 찾고자 그녀의 남편 이름을 떠올리려 했지만 그 사내의 이름도 가물가물했다. "그 재산 넘겨주었으면 해요."

"이젠 없어요. 여기에 남자라곤 이제 없어요. 어디에도 없어요. 한 사람도요."

"그냥 보안관님이 하라는 대로 해," 변호사는 말했다. "그 빌어먹을 재산 넘기라고, 보안관님 말대로."

스키핑턴은 변호사를 돌아보았다. "주님 이름을 함부로 들먹거리지 말라고 내가 몇 번을 얘기하나?* 몇 번째야, 변호사?" 그가 입을 너무 크게 벌린 나머지 공기가 들어와 치아 신경을 때렸다.

변호사는 아무 말이 없었다. 누가 존 아니랄까 봐 편을 들어줘도 난리라고 그는 생각했다.

스키핑턴은 다시 밀드레드를 마주했다. "이렇게 거절을 당하려고 온 게 아니야." 치아의 온 신경이 또 날뛰는 탓에 스키핑턴은 입을 거의 다문 채 억지로 말을 밀어냈다. "이렇게 거절이나 당하려고 온

게 아니라고…… 검둥이한테. 내 말 알아들어, 밀드레드? 어떤 검둥이도 나랑 내 임무 사이에 끼어들 수 없어." 그는 마음을 가라앉히고 자 입을 완전히 다물었다가 1분 뒤 다시 말을 시작했다. "나한텐 옳은 일을 할 권리가 있고, 어떤 검둥이도 그 권리에 끼어들거나 반대하지 못해." 나는 항상 예의를 차리려고 애써왔는데 어째서 그녀는 나를 무례한 사람으로 만드는 걸가? 변호사는 꼼짝하지 않았지만 밀드레드를 지켜보고는 있었다. "나한텐 받들어야 할 임무가 있어," 스키핑턴은 말했다. "그게 전부야."

이젠 변호사도 말했다. "우린 받들어야 할 임무가 있다."

스키핑턴은 저희가 그곳에 온 이유를 변호사가 재확인시켜주어 반가웠다. 그는 방아쇠에 손가락을 건 채 소총을 소총집 밖으로 조금씩 이동시켰다. "그 재산 넘겨," 변호사가 말하자 스키핑턴은 재빠른 동작으로 소총을 마저 꺼냈고 그와 동시에 소총은 격발되었다.

탄환은 우선 밀드레드의 주먹 관절 하나를 때려 박살을 내더니 그 길로 그녀의 흉부에 가 박혀 그녀를 집 안으로 2피트쯤 돌려보냈고, 그녀의 총이 문간에 우당탕 떨어지자 질겁한 개는 집 뒤쪽으로 줄행랑을 쳤다. 탄환에 심장이 산산이 터지자마자 밀드레드는 곧장 문간에 서 있었다. 밤늦은 시각이었고 그녀는 기억나지 않는 어디를 다녀온 참이었다. 캄캄한 집에 들어가 계단을 오른 그녀는 헨리의 방문이 열려 있는 걸 발견했다. 아들 옆에는 캘도니아가 있었는데 그녀는 밀드레드를 보더니 헨리가 고생을 하다가 잠들긴 했지만 지금은 잘 쉬고 있다고 말했다. 어미가 내려다볼 때 요동 않는 헨리의 모습을 밀드레드는 감사히 여겼다. 그녀는 그 방을 나와 저희 침대에서 역시 잠들어 있는 오거스터스를 발견하곤 그리 기어들어 그의 품에 편안히 안겼다. 창틈으론 그녀가 좋아하는 만큼의 외풍이 들고 있었다. 숙면에 좋은 날씨, 그녀는 늘 말했다. 한데 그녀는 대체 어딜 다녀왔을까? 정원에 다녀왔을까? 우물에 다녀왔을까? 그녀는 눈을 감았다가 오거스터스의 팔을 제게 더 바짝 당기고서 다시 눈을 감았다. 앞문을 열어둔 채로 왔는지 그녀는 긴가민가했다. 이웃들이 전부 착해서 상관은 없었다.

스키핑턴은 변호사와 아주 오랫동안 침묵에 잠겼다가 혼자서 기도를 올렸지만 이번에도 말은 도움이 못 되었다. 변호사는 소총을 놓친 스키핑턴을 쳐다보았는데 소총이 땅에 떨어지는 사이 스키핑턴의 말(馬)은 변호사와 변호사의 말에게서 몇 발짝 벗어났다. "내가 예의랑 올바름 말고 또 뭘 부탁했길래?" 스키핑턴은 말했다. "존?" 변호사는 말했다. "존?" "난 새벽같이 기상하는 사람이고," 스키핑턴은 변호사의 말에 아랑곳 않고 계속 말했다. "옳고 타당한 거 말곤 저 검둥이한테 부탁한 게 없어. 어떤 검둥이한테도 그 이상은 부탁을 안 한다고. 그 이상은. 내가 그 이상 부탁하는 거 본 사람 있어, 변호사? 내가 올바름을 위한 예의와 올바름 이상을 부탁하는 걸 본 사람이 있으면 당장 이름을 대봐. 없으니 이름을 못 대겠지. 예의와 올바름이 내가 가질 수도 없을 만큼 귀한 건가?" 변호사는 말했다. "존? 내 말 들려, 존?"

"변호사, 그 살인 검둥이를 제 주인한테, 옳고 타당한 주인한테 끌고 갈 수 있게 자네가 저기 들어가서 이리 데려왔으면 좋겠군. 이 일로 시간은 끌 만큼 끌었으니까. 별걸로 다 시간을 끌었군."

"존?"

"내 말 들어, 변호사. 자네가 맹세한 대로, 우리가 맹세한 대로 법을 받들라고. 들어가서 그 살인자 놈을 이리 데려와. 내 말 듣지 않으면 천벌 같은 곤경에 빠지게 될 거야. 실시해, 이 새끼야!"

변호사는 말에서 내려 제 권총을 꺼냈다. 그는 하숙집 여자와 결혼해야 했으므로 누군가의 보좌관, 특히 저보다 못난 줄 알았던 사내의 보좌관 노릇을 영원히 뒤로해야 했다. 그는 밀드레드의 시체에서 1피트 이상 떨어져서 그녀를 보지 않으려고 고개를 높이 쳐들었다. 스키핑턴은 말했다. "변호사, 그녀를 그렇게 놔둘 순 없어. 나랑 아는 사이이니까. 이름도 알아. 그녀의 남편도 알고." 변호사는 밀드레드를 피해 가려고 한쪽 발을 들었지만 이러다 피를 밟겠다 싶어 밑을 내려다보지 않을 수 없었다. 그녀의 눈이 감겨 있지 않아 그는 하느님에게 어째서 나한테 작은 호의를 베풀지 않으셨느냐고 묻곤 그 눈을 감겼다. 그는 크게 한 걸음 내디뎌 그녀를 지나갔다. 1층을 구석구석 훑던 그는 저기 앞문에선 즐길 수 없었던 잔바람에 곱게 나부끼는 옆 창 녹색 커튼에 눈길이 갔다. 옆으론 기분 좋은 바람이 불어들고 앞뒤론 지옥 같은 게 드나들지 않는 것, 그것이 집이란 것의 본질이었다. 그는 부엌으로 나갔다. 누구도 검둥이가 사는 집이라곤 생각하지 않았을 만큼 깨끗한 집이었다. 식탁에는 사발에 담긴 사과들이 있었고 그중 하나는 갸우뚱해 있었는데 기다란 꼭지가 변호사를 곧장 가리키고 있는 것이 어쩐지 맨 먼저 먹어달라는 권유 같았다. 개는 뒷문에서 잔뜩 졸아 있다가 뒤로 돌아 변호사를 마주치자 오줌을 지리기 시작했다. 녀석은 짖으려고 입을 벌렸으나 소리가 나오지 않았다. 변호사는 개를 1분 가까이 쳐다보다가 그쪽으로 가 문을 열어주었는데, 그러고 나서 문을 닫자 사람 셋을 죽인 사내가 저랑 한집에 있다는 생각이 이 집에 들어와 처음으로 들었다. 그는 권총을 더 꽉 쥐었다.

"변호사! 뭐 하는 거야? 어서 데려와!"

변호사는 스키핑턴의 눈을 피하고자 전실 옆에 딱 붙어서 부엌을 도로 빠져나왔다. 문제는 하숙집 여자가 부자가 아니란 거였다. 계단 근처에서 그는 지팡이 선반을 알아보곤 그것들에 감탄하지 않기란 불가능함을 느꼈다. 그는 팔을 위로 뻗어 지팡이 하나를 만져보다가 오거스터스 타운센드의 새김이 더 잘 보이게끔 그걸 뒤집었다. 하숙집 여자가 불임만 아니라면 그녀와 자식 하나를 가졌을 텐데. 그에게 필요한 건 아들 하나가 전부였다. 지팡이 위아래 쪽에는 집들이, 큰 집 작은 집, 노스캐롤라이나의 불타버린 서재에 꽂힌 책들에서 본 것 같은 외국 집, 놀라우리만치 각양각색인 집들이 있었다. 검둥이가 이런 걸 다 어디서 보았을까? 그는 지팡이의 아름다움에 발이 묶였고, 그래서 그걸 풀려는 양 가장 이국적인 집들을 총열로 톡톡 두드려본 다음 계단 쪽을 바라보았다. 하숙집 여자는 제가 서른일곱 살이라고 말했지만 그녀의 윗입술은 서른일곱이 훨씬 넘었다고 말해주는 듯했다.

"변호사!"

"이제 위층 보러 가, 존."

"그럼 가서 얼른 데려와!"

계단은 삐걱대지 않았다. 집이란 것의 본질과 관련해 한 가지가 또 생소했다 ── 삐걱대는 집, 삐걱대지 않는 집, 겉만 봐서는 그 집이 어떻다 얘기해봐야 소용없다는 것. 미시시피에는 계단 소리가 안 나는 이층집이 없었다. 그의 파괴된 집은 노스캐롤라이나에서, 남부에서 훌륭하기로 손꼽히는 집이었는데 그 집도 계단이란 계단은 모두 삐걱대는 소리가 났고 심지어 그의 자식들과 종들이 주로 사용하던 뒤쪽의 부엌 계단도 그랬다. 그곳 사람들은 모두 발걸음이 사뿐사뿐했었다.

2층에 올라 방들을 하나하나 들여다보던 그는 마지막 방, 즉 밀드레드와 오거스터스의 침실에 가까워지자 실망이 커졌다. 그 노예가 여기에 없다면 존의 역정에 못 살 터였다. 그는 부부의 침실 한가운데에 서서 욕설을 내뱉었다. "변호사! 밀드레드를 저렇게 눕혀놓곤 못 간다니까." 변호사는 문 옆의 화장대 맨 위 서랍을 열어 총열로 물건들을 뒤적뒤적하다가 쨍그랑 소리를 들었다. 작게 개켜둔 노란 천 속에 20달러짜리 금화 다섯 개가 들어 있었다. 그는 소리가 나게 웃은 다음 주위를 둘러보곤 좀 더 웃음을 흘린 뒤 주머니에 돈을 챙겼다. 그는 남은 서랍들을 뒤졌고, 침대를 헤집어놓았고, 혹시 널빤지 밑에 은신처가 있을까 해서 바닥을 쿵쿵 굴러보았다. 금은 그 이상 나오지 않았지만 그는 금이 더 있단 걸, 그 두 검둥이가 여기서 백인의 부를 쌓고 살았단 걸 알았다. 그는 방을 한 번 더 둘러보되 새로운 눈으로, 구원과 해방이 지척에 있음을 아는 사람의 눈으로 둘러보았다. 집, 땅을 수색하려면 시간이 필요한데 그에겐 당장 시간이 없었다. "변호사!" 다른 사람과 나눌 만큼 넉넉할 수도 있고 아닐 수도 있지만 스키핑턴에게는 감히 말하고 싶지 않았다. 그의 육촌은 저희가 가질 물건이 아니라고 말할지 몰랐다. 노스캐롤라이나에서의 그 고난 이전으로 되돌아갈 만큼 넉넉할 수도 있었다. 암, 스키핑턴에겐 말하지 않는 게 최선이야. 하느님의 원숭이 존 스키핑턴이 돈과 욕구와 가족 상실에 관해 알기나 해?

그는 계단을 내려가 동전 소리가 나지 않게 조심하며 밀드레드의 머리 옆에 섰다.

"그놈은, 변호사?"

변호사는 그 질문이 왠지 어처구니없다고 느껴 무의식적으로 어처구니없이 답했다. "못 찾았어." 그는 제 권총을 총집에 넣은 다음 손을 내리뻗어 이젠 바다만큼이나 피투성이가 된 밀드레드의 소총을 집더니 그대로 스키핑턴에게 겨누었다. "손 떼, 변호사. 손 떼고 물러서는 게 좋을 거야." 변호사는 스키핑턴의 가슴에 격발을 했는데 스키핑턴의 몸이 고작 몇 인치 구부러졌어도 그게 치명상임을 알 수 있었다. 하지만 존 스키핑턴은 거구였으므로 스키핑턴 변호사는 다시 한 번 격발을 했다. 두 번째 총알이 사내를 파고들기 전 그걸 신호로 알아들은 스키핑턴의 말은 뒷발로 일어섰으나 사내의 몸무게가 내리누르는지 다시 땅을 딛곤 고개를 자꾸만 흔들었고 스키핑턴은 옆으로 미끄러지면서도 매달려야만 살 수 있다는 무언가의 음성이 들려와 아득바득 매달렸다.

스키핑턴은 제 색시를 들인 집에 들어서고 있었다. 그는 무언가 긴히 할 일이 있다는 기분이 들어 계단을 뛰어 올라갔다. 어느새 아주 긴 복도에 다다른 그는 복도를 뛰어다니며 문이 열린 방들을 일일이 들여다보았는데 멈추고 싶어도 그에겐 시간이 없었다. 그는 제 어머니가 아들 먹일 저녁을 준비하는 방부터 제 아버지가 바넘 킨지랑 대화 중인 방까지 모든 방을 지났다. 바느질하는 미너바. 나이트가운을 걸친 채 그에게 두 팔을 벌린 위니프리드. 하지만 그는 멈추지 않았다. 복도 끝에는 그의 키보다 3피트쯤 큰 성경이 앞으로 기울고 있었다. 그는 성경이 엎어지려는 순간 때맞춰 도착해 두 손으로 그것을 번쩍 받쳤는데 활짝 편 왼손은 **성**의 ㅓ를 짚고 있었고 활짝 편 오른손은 **경**의 ㄱ을 짚고 있었다.

변호사는 줄곧 꼼짝 않았다. 그는 모두에게 전말을 어떻게 설명할까 궁리 중이었는데 그의 머릿속에서 사건은 단순했다——그, 즉 변호사가 총을 들기도 전에 니그로 여자가 그의 육촌을 쏘았고 보안관은 그녀에게 맞대응한 것이었다. 그러면 그는 멀쩡할 터였다——누가 보아도 명쾌한 경우라 대다수는 그의 말을 믿을 터였다.

스키핑턴은 추락했다. 그가 땅에 부딪치자 그의 말은 그에게서 곧장 물러나려 했으나 스키핑턴의 오른발이 등자에 걸린 탓에 멀리 갈 수 없었고, 그래서 사망자에게서 떨어지고 싶은 마음과 제 주인 근처에 있고 싶은 마음 사이에서 갈등했다. 변호사는 뒤로 팔을 뻗어 소총을 떨어뜨리더니 밀드레드의 피 묻지 않은 옷 부위로 제 손을 닦았다. 소총이 바닥에 부딪치는 소리에 스키핑턴의 말은 움직임을 그쳤다. 변호사의 말은 1인치의 움직임도 없이 내내 그 자릴 지키고 있었다. 계단 삐걱대는 소리가 들려 변호사가 건너다보니 니그로 하나가 두 손을 든 채 저를 쳐다보는 모습이 눈에 들어왔다. 변호사는 권총을 꺼내서 흔들어 그를 불렀다. "네놈이 우리가 찾고 있던 모지스인가?" 변호사는 말했다. 모지스는 건너오는 내내 고개를 끄덕였다. "다른 둘은 어디 있지?" 변호사가 글로리아와 클레먼트를 염두에 두고 묻자 모지스는 다른 둘은 금시초문이다, 저는 혼자다, 저랑 밀드레드뿐이다 말했다. 그렇다면 녀석은 어디 은밀한 데 숨어 있었던 것이고 그건 금이 있을 만한 곳이 있다는 얘기구나 하는 생각에 변호사는 들떴다.

모지스가 제 아내 프리실라와 아들 제이미와 미친 여자 앨리스를 죽였다는 발상은 존 스키핑턴과 함께 죽어 몇 년을 그 상태로 묻혔다.

변호사는 모지스에게 말했다. "혼자인 거 맞아?"

"예." 밀드레드를 건너다본 모지스는 그녀에게 다가가길 단념할 밖에 도리가 없었다. 그녀는 그에게 질문 한마디 없이 집을 내준 사람이었다. "우리가," 그녀는 말했었다. "널 여기 이 아수라장에서 내보내줄게."

"입 벌려," 변호사는 말했다. 모지스가 그리하자 변호사는 권총을 그의 목구멍까지 쑤셔 넣더니 모지스가 벗어나려고 버둥거려도 그 상태를 지켰다. 변호사는 모지스의 셔츠 가슴께를 붙들곤 꽉 쥐었다. "하루에 둘을 죽이고 싶진 않지만 그러지 못할 것도 없지." 모지스는 권총 여기저기에 콜록콜록 침을 튀겼다. "지금 네 입이 갇힌 것처럼 네가 아는 모든 걸 가둬둬. 내 말 알겠나?" 재갈이 물려 고통스러운 모지스는 최대한 고개를 끄덕였다. "한 마디라도 뺑긋했다간 개 잡듯 쏴 죽이겠다. 내가 그럴 만한 사람인 거 지금으로도 알 수 있을 거야."

이 검둥인 누굴 죽여본 적이 없군, 변호사는 판단했다. 존은 무슨 생각을 하고 있었던 거지?

변호사는 총을 거두더니 모지스더러 문으로 가라고 손짓했고, 그러자 모지스는 밀드레드를 굽어보고 그녀의 피떡 진 머리카락을 어루만졌다. 모지스는 몸을 도로 일으켰다. 그 숱한 세월 끝에 제 승리가 다가오고 있음을 본 변호사는 관대한 기분이 들기 시작했다. 그는 모지스에게 말했다. "그 여자한테 네 나름껏 작별 인사를 하지 그래." 죽은 여자가 그 황금빛 승리를 향해 마침내 문을 열어준 거였다. 욥이 고난을 겪기 전보다 백만 배 나은 종이 되어 제자리로 돌아왔을 때 하느님께 기도를 드렸던가? 아이고 주님, 감사합니다. 한때 내 것이었던 것을 저는 잊지 못하지만 그 옛 시절과 사랑하는 나의 죽은 가족들을 떠올릴 때 하느님을 많이는 원망하지 않겠습니다.

"밀드레드 씨를 여기 바닥에 이렇게 놔두고 가긴 싫습니다, 선생님," 모지스는 말했다.

변호사는 한숨을 쉬곤 어깨를 으쓱했다. 모지스는 밀드레드를 다시 굽어보았다. 반 시간 못 가 시간이 마냥 남아돌진 않음을 깨달은 변호사는 그 관대함을 후회할 것이다. 하지만 이 순간 그는 제 권총을 총집에 넣고 현관으로 나갔다. 밀드레드 옆의 소총에 개의치 않은 건 그것이 지녔던 위력이 이젠 모조리 존 스키핑턴에게 흡수되고 있어서였다.

두 시간 못 지나 변호사는 밀드레드 타운센드와 오거스터스 타운센드가 살았던 곳에서 수 마일 벗어난 큰길을 말을 타고 가다가 윌리엄 로빈스의 서자이자 캘도니아 타운센드의 미래의 남편인 루이스 그리고 일라이어스를 마주칠 것이다. 변호사는 순찰대 바넘 킨지, 하비 트래비스, 순혈 체로키족 오든 피플스도 마주칠 것이다. 그 사내들은 모두 말을 타고 있을 것이다. 변호사는 방금 제 친척의 죽음을 접한 사람다운 침통한 표정으로 그들과 인사를 나누게 될 운명이었다. 변호사가 탄 말의 안장머리에는 노예이자 전 십장이요, 현재 걷는 사람은 저 혼자인 모지스의 두 손을 묶어 5피트쯤 뒤에다 매달고 가는 밧줄이 묶여 있을 것이다.

밀드레드네 집에서 무슨 일이 있었는지 자초지종을 들은 트래비스는 몇 번이고 말할 것이다. "존이 죽었다. 그 얘길 하는 거야? 존이 죽었다." 일단 변호사의 말을 받아들인 트래비스는 모여 있는 사람들에게 "존을 되살릴 순 없지만 이 온갖 소동의 원인은 이 자리에 있지" 하고 말한 다음 모지스를 가리킬 것이다. "지금이 도망갈 때라고 생각한 검둥이가 우리한테 있다고. 저 자식 머릿속엔 그런 생각이 있었고 이 카운티 보안관은 죽었어. 선하고 정직한 보안관이. 저 자식이 다시는 어슬렁거리고 다닐 생각을 못 하게 만들어주잔 얘기야."

"무슨 말입니까?" 루이스는 말했다. 그는 니그로였지만 백인들과 오든 모두는 그가 윌리엄 로빈스의 니그로란 걸, 그래서 특별하단 걸 알았다.

"여기 큰길에서 저 자식 버릇을 고쳐주잔 말이지," 트래비스는 모지스를 쳐다보며 말했다. "지가 존 스키핑턴에게 무슨 짓을 했는지 매일매일 생각나게. 버릇을 고쳐줘야 다시는 도망 안 갈 테니까."

루이스는 말했다. "저 노예는 당신들 내키는 대로 해도 되는 당신들 소유물이 아닙니다. 당신들 재산이 아니라고요. 당신들 것이 아니에요."

트래비스는 말했다. "우리 존이 죽은 원인이 저 자식이야. 그럼 모두의 재산이 될 만하지."

"저놈은 당연히 우리 거야," 변호사는 말했다. "저놈이 제게 도망갈 자격이 있다고 판단하지 않았으면 우리가 여기 이 땡볕에 이렇게 나와 있겠어?"

"저 사람 그냥 내버려두세요," 루이스는 말했다. 바넘은 조용했다. 그의 마음속 무엇이 변호사의 말엔 거짓이 많음을 알려주었다. 하지만 존은 죽었고 그건 하나의 커다란 진실이었다. 일라이어스도 조용했다. 그는 회색 암말에 앉아 있었는데 캘도니아가 말하길 그 말은 십장이라는 새 직책에 딸린 것이었다. 이날 아침 설레스트는 그에게 아무 말도 걸지 않은 터였다. 큰길에서 한 시간 못 미치게 그 러고들 있다가 사내들 무리가 말을 타고 캘도니아네 쪽으로 이동하 면 일라이어스는 마음이 불안불안해 말을 제대로 못 몰 것이다. 일 라이어스가 자꾸만 뒤처지면 지난 며칠 새 저희가 아주 가까워진 데 놀란 루이스는 그에게 거슬러 가 말에서 내린 뒤 그도 내리도록 도 울 것이고, 그리고 나선 각자의 고삐를 손에 쥐고 걸으며 필요할 땐 필요한 만큼 여유를 부려야 한다는 말을 건넬 것이다. "이젠 급할 것 없어요." 이 무렵 큰길에 있던 말들과 마주들에게 하루의 대부분은 등 뒤의 태양만큼이나 저물어 있었다.

아직 변호사와 그의 말 뒤에 있던 모지스는 백인들과 루이스에게 말했다. "제발요, 여러분, 저를 그런 식으로 해치지 마세요. 제발요." 그는 일라이어스를 큰 소리로 불렀다. "부탁이야, 날 해치지 못하게 해줘. 부탁이야, 날 놔달라고 말해줘, 일라이어스."

일라이어스는 저희 오두막 문간에 서서 저를 기다리는 설레스트 의 모습이 눈에 선했다. 지금 그에겐 설레스트가 필요했다. 그녀가 와서 올바른 말로 집이 있는 쪽을 가리켜주어야 했다. 그는 어쩌자 고 지금 제가 어디에 있는질 까먹었던 걸까? 그는 사나운 백인들 때 문에 당장 이 큰길에서 제게 무슨 일이 벌어져 다시는 가족을 못 보 게 될까 봐 걱정이었다. 모지스 다음엔 저란 걸, 그다음엔 흑인 여자 의 아들인 루이스란 걸 일라이어스는 알았다. 그러다 성에 안 차면 백인들은 평소 본인의 생각만큼 하얗진 않은 저 인디언에게 달려들 터였다.

변호사와 트래비스와 오든은 각자 말에서 내렸다. 모지스는 뒤로 돌아 도망가려 했지만 변호사가 모지스의 밧줄을 홱 잡아챘다. 말에 앉아 있는 바넘이 말했다. "존을 해친 건 저 친구가 아니야. 저 친구가 아니라고. 게다가 교훈도 이미 얻은 모양인데." 오든은 트래비스를 쳐다보더니 둘이 웃음을 터뜨렸다.

단단히 묶인 모지스를 변호사와 트래비스가 잡고 있자 오든은 몸을 수그리더니 제 칼을 들곤 쓱싹하는 날렵한 동작으로 모지스의 아킬레스건을 베었다. "제발요," 모지스는 끊임없이 말했다. "절 놔주세요." 그는 일라이어스의 주의를 끌려고, 루이스의 주의를 끌려고 발악했다. "제발 절 놔주세요." 칼질이 끝나고 조금 뒤 오든이 제 지혈 찜질제를 모지스의 상처에 갖다 대자 노예는 극도의 통증으로 비명을 지르다 졸도했다.

바넘은 말을 몰아 제집 제 가족을 향해 달렸다. 버지니아에는 그를 위한 것이 이제 아무것도 없었다. 버지니아에서 지금껏 그의 삶은 선혜엄이었다 — 빠져 죽을 만큼은 못 되어도 발과 바지가 늘 젖어 있을 만큼은 되는 물 속에서. 그는 수 마일을 벗어나서야 모지스의 비명이 멎는 걸 들었다.

발을 저는 사람은 누가 언제든 알아볼 수 있는 족적을 흙에다 남겼는데 모지스가 그런 경우일 것이다. 발 절기의 과학을 아는 사람이라면 큰길에 남은 족적을 한참 동안 주목하는 일은 없을 것이다. 그러나 발 절기의 과학에 무지한 사람이라면 그 족적을 굽어보곤 이 맨발의 인물이 어째서 한쪽 발은 온전히 디뎌놓고 다른 쪽은 발끝을 질질 끄는지 장시간 의문에 빠지는 것도 당연한 일이다.

⋯

두 시간 전으로 돌아가, 밀드레드의 집에서 모지스는 그녀의 시신에 대고 몇 마디를 건넸지만 제 말이 충분하지 않단 걸 스스로도 알았다. 실제로 그는 장례식 추도사에 제대로 귀를 기울여본 적이 없었던지라 무슨 말이 적당할지 영 막막했다. 내가 귀만 기울였어도, 그는 식탁 위의 온갖 걸 치우면서 스스로를 꾸짖었다. 그는 사과가 담긴 사발을 의자에 두고 식탁보를 걷었다. 그녀에 대한 고마움을 알았으므로 그는 뒤처리를 핑계 삼아 밀드레드에게 도와줘서 고맙단 표현을 하곤 그녀의 시신을 들어 식탁 위에 눕혀주었다. 그는 밀드레드의 눈을 감겨주었다. 이보다 느린 죽음이었다면 스스로 누워 눈감는 데 필요한 시간을 그녀가 원 없이 얻었을 텐데. 모지스는 식탁보로 그녀의 시신을 덮어주곤 몇 마디를 더 떠올리기 시작했다. "있지, 모지스," 불과 어제 그녀는 말했었다. "난 좋은 식탁보가 그렇게 좋더라고. 암만해도 나라면 좋은 누비이불을 갖느니 좋은 식탁보를 갖겠어. 침대는 헐벗어도 전혀 신경이 안 쓰이지만, 식사를 위해선 식탁보가 꼭 있어야잖아."

존 스키핑턴이 살해당하고 얼마 뒤 바넘 킨지는 처가 사람들이 있는 미주리로 제 가족을 데려갔다. 바넘은 미시시피강을 건너고 얼마 지나지 않아 홀링어라는 마을에서 숨을 거두었다. 재혼에서 얻은 그의 장남 매슈는 제 아버지가 묻히기 전날에 밤을 새워가며 아버지의 역사를 나무 묘비에 집어넣었다. 첫 줄은 아버지의 이름, 다음 줄은 아버지의 생몰년. 그다음 줄은 제가 아는 아버지의 모든 이력. 남편. 아버지. 농부. 할아버지. 순찰대원. 담배꾼(Tobacco Man). 나무 만드는 사람(Tree Maker). 만 열두 살이 안 된 소년의 글은 나무 하단에 가까워질수록 글자가 점점 작아졌는데 그건 아이가 이전에 누구의 묘비를 세워본 적이 없어서 거기 넣어야 할 온갖 말을 간추려보지 못한 때문이었다. 소년은 나무쪽 전체를 꽉 채우더니 마지막 줄 끝에다 마침표까지 찍었다. 소년 아버지의 무덤은 남아 있을 테지만 나무로 된 그 표지는 당해를 넘기지 못할 것이다. 그런 문장에는 끝에 마침표를 찍지 않는단 걸 소년은 모르지 않았다. 사실과도 다르고 주어도 많은, 그러나 온갖 주어를 그러모으는 동사는 없는 비문(非文). 과거 버지니아에서 매슈의 선생님이 긴지 집안의 돌머리에 주입하려고 애썼던 문장은 주어가 없을 땐 성립해도 동사가 없을 땐 성립하지 못했다.

밀드레드가 죽던 날 그녀의 집에서 현관으로 나간 변호사는 제 육촌의 시신을 딱 한 번 쳐다보곤 담뱃잎과 종이를 꺼내어 담배를 말았다. 그는 더 이상 담배를 씹지 않았다. 그는 존 스키핑턴의 발이 마침내 등자에서 빠지자 말이 서서히 떠나가는 모습을 지켜보았다. 변호사는 저 짐승이 집으로 가는 길을 알긴 아는지, 혹은 개울에서 물을 마시다 곰이라도 만나 결국 끝장나는 건 아닌지 궁금했다. 그는 모지스가 집 안에서 좀스럽게 움직이는 소릴 들었다. 어쨌거나 죽은 여자의 총을 챙겨두는 건데 싶었다. 그 총을 검둥이가 들면 제 머리가 바닥에 처박힐 수도 있었다. 이것이 불가능한 일은 아님을 깨달은 변호사는 언제든 대응할 수 있게 뒤로 홱 돌아 문간으로 향했다. 그만한 금이면 존의 무덤에 존 자신의 덩치만큼이나 거대한 묘비도 세울 수 있단 뜻이었다. 그는 버지니아 산속의 굴에서 내려온 미치광이 야만인들이 보면 이건 신이었던 자의 무덤이다 하는 생각으로 숭배하게 될 커다란 묘비를 마음속으로 그려보았다.

두 시간여 뒤 큰길, 모지스를 절름발이로 만든 오든은 다시 제 말에 올랐다. 그는 땅바닥에서 몸부림치는 사내며 제 소행을 내려다보았다. 이제 모지스가 걸어서 집에 갈 수 없음이 분명해지자 오든은 밑으로 팔을 쭉 내밀었다. 그는 이날 안장 없이 나온 터였다. 그는 말했다. "그놈 이리 올려. 출혈은 오래 안 갈 거야." 일라이어스를 뺀 모두는 모지스를 오든의 말 뒤로 올렸다. 루이스는 고통스러워하는 모지스를 보며 바들바들 떨었다. 원칙적으로 오든은 노예인 일라이어스더러 모지스를 옮기라고 할 수 있었지만 일라이어스 속에서 커져가는 것으로 보이는 독기가 께름칙했다. 루이스가 윌리엄 로빈스의 아들이 아니었다면 아마 루이스더러 옮기라고 했을 것이다. 그리하여 오든은 요란 떨 것 없이 스스로 모지스를 옮기는 편이 내켰다. "그놈 이리 올려. 내가 맡지. 출혈은 오래 안 갈 거야," 모지스의 울음소리에 묻혀 아무도 못 듣는데도 오든은 말했다. 오든은 제 칼을 사람에게 다시는 대지 않을 것이다. 능숙히 사람을 베고 돈을 건 뒤 집에 가서 저녁술을 뜨는 건 직업이니까 그럴 수 있었다. 귀청이 찢어질 듯한 소리로 죽어라 괴로워하는, 그렇게 고통스러운데도 말에서 떨어지는 게 무서워 남의 허릴 부여안는 사람을 뒤에 태우고 먼 길을 달리는 건 다른 차원의 일이었다.

식탁보로 밀드레드의 시신을 덮어준 모지스는 현관으로 나가 마당에 널브러진 존 스키핑턴의 시신을 처음으로 자세히 보았다. 스키핑턴에게선 한 번도 도움을 받은 기억이 없어서 그는 그 망자를 위해 해줄 말이 없었다. 저 사람은 숱한 사람이 애도해주겠지, 심지어 밀드레드를 애도하는 사람만큼 많을 거야, 모지스는 생각했다. 변호사는 모지스를 쳐다보더니 땅으로 내려가 흙에다 담배를 껐다. 금을 전부 내오기 전에 불이 나면 헛수고였다.

스키핑턴 변호사는 밀드레드네 집에서 그 이상의 금은 찾지 못했다. 그 20달러짜리 금화 다섯 개가 전부였다. 그는 몇 주 동안 그녀의 집에 혼자 나가 땅을 죄다 파헤쳐놓다가 시간이 점점 부족하다 싶어지자 오든과 트래비스의 도움을 받았다. 쪼개진 보물이어도 없는 것보단 나을뿐더러 인디언 몫은 백인 몫보다 적게 주는 것으로 눙칠 수 있었다. 그들은 지하철도*를 위해 설계된 노예 은신처인 줄은 모른 채 숨은 격실을 집 안에서 여럿 발견했다. 그들은 불만감에 집을 모조리 불태웠지만 변호사는 많은 걸 챙겼는데 그중엔 다수의 지팡이도 있었다. 그러나 법은 결국 그가 취한 모든 걸 캘도니아 타운센드에게 넘기도록 명했다. 변호사는 그 땅을 갖고자 법적 영역에서 몇 년을 싸웠다. 그는 한때 변호사였던 건제품상 아서 브린들이 지어낸 논리를 이용, 제 육촌이 거기서 살해되었으니 제게도 그 집 재산을 가질 모종의 권리가 있다고 주장했다. 그는 로버트 콜팩스의 도움을 받았지만 법은 캘도니아의 편을 들어주었다. 그는 하숙집 여

---

* Underground Railroad. 남북전쟁 발발 전인 19세기 초중반에 노예들의 탈출을 돕고자 운영되었던 지하조직. 노예제 폐지론자들의 주도하에 당시의 뜻있는 사람들은 노예제가 없는 북부의 자유주나 캐나다로 가는 길에 퍼져 있는 안전 가옥들의 정보를 공유했으며 그 가옥을 운영하기도 했다. 이름만 지하철도일 뿐 실제 철도와는 무관하다. 조직원들은 그들만의 은어를 썼는데, 예를 들어 은신처는 '역(station)' 또는 '도중역(way station)', 은신처 주인은 '역장(station master)', 도망 노예는 '승객(passenger)' 또는 '화물(cargo)', 길 안내자는 '차장(conductor)'으로 불렸고 도망 노예에겐 '승차권(ticket)'이 주어지기도 했다.

자와 결혼했다. 두 사람은 아이를 갖지 못했다.

윌리엄 로빈스는 그것이 제 아들 루이스의 아내가 될 캘도니아한 테 돌아가는 게 마땅하다고 느꼈으므로 타운센드 집안 사유지를 둘러싼 법적 공방에 가담할 것이다. 과부 클레라 마틴의 부지, 그러니까 콜팩스가 오랫동안 탐냈던 한 구획의 땅을 로빈스가 그녀의 상속인들에게서 산 뒤로 그와 콜팩스는 사이가 틀어진 참이었다. 카운티에서 가장 부자인 두 사내의 우정의 종말은 맨체스터의 거의 모든 사람에게 영향을 끼쳐 백인들은 저희끼리 서로 편이 갈리고 이웃 여러 카운티에서 동맹을 찾고 하였다. 갈등 끝에 살해된 백인은 넷으로 그중 하나는 로빈스의 측근, 그러니까 로빈스의 처남이었고 다른 셋은 콜팩스의 측근들로 거기엔 콜팩스의 사촌 둘이 포함되어 있었다. 시간이 흐르면서 불화가 카운티를 허무는 데 일조한 탓에 카운티의 모든 재판 기록을 파괴한 1912년의 그 화재가 발생했을 때 맨체스터라는 마을은 누구에게도 군청 소재지가 아니었다. 맨체스터는 버지니아 연방 역사상 다른 카운티들에 분할되어 먹힌 유일한 카운티가 되었는데 어떤 카운티들인가 하면 애머스트 카운티, 넬슨 카운티, 어밀리아 카운티, 해노버 카운티……. "맨체스터 카운티는," 버지니아 대학교의 한 역사학자는 성경을 빌려 적었다. "갈가리 찢겼다." 이 역사학자가 일컫길 그 일은 역사적으로 "어머니 주(The Mother of States)"로 알려진 버지니아의 그 웅대한 서부가 미시간, 일리노이, 미네소타, 웨스트버지니아, 위스콘신을 포함한 여덟 개 주에 빼앗겨 편입된 이래 이 연방에서 벌어진 "최대 규모의 토지 소멸"이었다.

오거스터스 타운센드를 납치해서 판 사내들은 —— 백인 다시와 그의 노예 스테니스는——다행히도 버지니아와 노스캐롤라이나의 접경선 근처에서 붙잡혔다. 그들은 최신형 포장마차를 몰고 있었다. 포장마차 뒤 칸에는 아이 둘, 남자아이와 여자아이가 하나씩 있었는데 두 아이는 자유민인 저희 부모한테서 도난당한 처지였다. 이름은 스펜서 윌리스와 맨디 윌리스였다. 맨디는 승승장구하여 흑인 여성으로선 처음으로 예일 대학교 문학박사가 될 것이다. 새 포장마차에는 어느 날 저녁 인근 농장에 있던 또 다른 자매의 장례식에 들렀다 귀가하는 길에 붙잡힌, 노예 신분의 어른 자매 둘도 있었다. 캐럴린과 에바라는 그 자매는 만약 죽은 자매의 주인이 또 한 번 되풀이된 유색인종 장례식의 길이를 줄여보고자 장례식 시간을 늦은 오후로 명하지만 않았더라면 길에서 납치당하는 일이 없었을 것이다.

스테니스와 다시는 재판을 거쳐 선고를 받았는데 다시는 징역 5년이었고 스테니스는 10년이었다. 다시는 살인범 장 브루사르가 최후를 맞은 그 교도소에서 복역했다. 스테니스는 피터즈버그에 위치한 니그로 교도소로 가게 되었을 테지만 입소 전날 당국은 스테니스를 팔면 이 일당에게 납치되어 팔린 노예들의 유족들에게 그나마 금전적인 배상이 되니 한결 나은 처분 아니겠느냐고 판단했다. 스테니스는 경력이 화려해 여섯 주 동안에 다섯 번이나 사고팔렸다. 배상을 받은 건 노예들의 주인들뿐으로 그들은 모두 백인이었다. 정부 당국에 수소문된 그 주인들에겐 도난당한 어른 노예 하나당 15달러 그리고 도난당한 아이 노예 하나당 10달러의 돈이 지급되었다. 얼추 130달러에 달하는 남은 돈은 몽땅 버지니아 금고로 들어갔다.

자유민들의 가족이 도난당하는 경우 버지니아 연방도 할 수 있는 일이 없었는데, 왜냐하면 법적 견지에서는 그 사람들이 사실상 화폐 가치를 띠지 않기 때문이었다. 고로 그 유족들이 받는 건 주지사를 보좌하는 몽롱한 눈빛의 비서가 작성한 진솔한 사과문이 전부였다. 정부는 귀댁의 사랑하는 가족을 보호하는 데 실패하였으며 그로 인해 죄송한 마음입니다, 그 비서는 적었다.

스테니스는 켄터키 태생의 어느 백인에게 950달러의 몸값으로 최종 팔렸다. 그곳으로 가는 길에 스테니스는 켄터키가 테네시 근처 어디냐고 물었다. "옆집," 그의 새 주인은 말했다. "근데 우리 켄터키 사람들은 우리끼리 살아." 짐마차를 몰면서 스테니스는 테네시 공기가 켄터키에 있는 제게 도달하려면 그리 먼 길을 오는 건 아니지 않느냐며 끊임없이 주절거렸다. 마지막엔 그의 새 소유주도 한계에 다다랐다. 그는 코트에 쑤셔두었던 권총을 꺼내더니 스테니스더러 짐마차를 세우라고 말했다. 그는 권총을 스테니스의 관자놀이에 대고 말했다. "니 좋알대는 소리 지겨워 죽겠으니까 지금 당장 닥치는 게 좋을 거다. 켄터키 사람들은 검둥 딱따구리 따위 티끌만큼도 신경 안 쓰니까."

밀드레드가 죽은 그 오후, 그녀의 집 현관에서 모지스는 변호사가 마당에다 담배 끄는 모습을 내다보았다. 그는 모지스에게 말했다. "볼일 다 봤나?" 모지스는 밀드레드의 가려진 시신을 마지막으로 한 번 더 바라보았다. 모지스가 나오기 직전 변호사는 하느님에게 말을 걸어 대답을 듣고 있던 참이었다. 하느님은 말했다, 욥아, 나는 너를 잊은 적이 없다. 나는 네가 거기서 우는 소리를 들었다. 너는 나의 훌륭하고 충직한 종이었으니 내가 너를 어찌 잊었겠느냐, 욥아. 내 네게 정당한 대우를 해주마. 너를 발견했던 곳으로 돌려보내주겠다. 내 약속하마. "여기 일 다 봤어?" 변호사는 모지스에게 물었다.

모지스는 고개를 끄덕였다. 그는 밀드레드의 집 문을 쾅 닫았다.

"그럼 준비됐어?" 변호사는 말했다.

"네, 준비됐습니다," 모지스는 '주인님'은커녕 '선생님'이란 말도 안 붙였지만 그러거나 말거나 한 번 더 말했다. "준비됐어요." 변호사는 제가 '주인님' 내지 '선생님' 소릴 못 들은 것도 알아차리지 못했다. 둘은 스키핑턴의 시신을 쳐다보았다. 모지스는 저 백인이 죽은 백인을 데려갔으면 하겠구나 싶었다. 그는 밀드레드의 집엔 죽은 사람을 싣고 갈 짐마차가 없다고 알려주었다. 스키핑턴의 말도 어딘가를 배회하고 있었다.

"그래?" 변호사는 실종된 마차를 두고 말했다. 그는 스키핑턴을 데려갈 의향이 전혀 없었다. 나중에 돌아와서 데려가도 시간은 충분할 터였다. "그렇다고?" 모지스는 고개를 끄덕였다. "거기서 볼일 다 봤으면 이제 가봐도 되겠군. 그럼 나랑 슬슬 출발할까," 변호사가 말하자 모지스는 변호사 쪽으로 걸어가 밧줄로 붙들어 맬 수 있게 두 손을 내밀었다.

존 스키핑턴이 살해당한 지 3년 하고 아홉 달 뒤, 그에게 딸과 같이 왔던 아가씨가 필라델피아 시청에서 여덟 블록 거리에 있는 푸줏간을 나오더니 왼쪽으로 꺾었다. 평소처럼 사람들로 붐비는 날이었다. 그녀는 뭘 깜빡한 것 같다는 생각에 광주리에 든 그날 아침 구입분의 행주를 들춰보았다. 존의 과부 아내 위니프리드 스키핑턴과 제가 좋아하는 비누를 구하러 약종상에 가는 길이었다. 버지니아에서 통상적으로 쓰는 잿물 주성분 비누에서 벗어나자마자 피부가 확 핀 터였다. 둘은 마찬가지로 과부인 위니프리드의 언니네서 시아버지 칼을 모시며 살았다.

약종상에서 한 블록 떨어진 모퉁이에서 미너바는 주위도 안 살피고 도로에 발을 내디뎠다가 어느 백인이 모는 말에 치이기 일보 직전이었다. "똑바로 안 봐!" 남자가 고함을 질렀다. 그녀가 꺅 하고 비명을 지르자 때마침 누가 뒤에서 그녀를 잡아당겨주었다. 그녀가 돌아보니 저보다 머리 하나 반은 더 큰 어느 시커먼 흑인이었다. "죽을 수도 있었어요," 그 청년은 말했다. 그는 그녀가 이제껏 본 제일 시커먼 미남이었다. "말한테 죽을 수도 있었다고요," 그는 말하곤 그녀의 어깨를 놓아주었다. "잘 보고 다녀요," 그가 말하자 그녀는 고개를 끄덕였다. "항상 조심해요." 그는 모자를 들어 인사하곤 그녀를 비켜 가 길을 건너더니 블록 저쪽으로 내려갔다.

미너바는 인파에 섞이는 그를 지켜보면서 길을 건넜고, 그러는 사이 푸줏간에서 구입한 물건의 냄새를 맡은 개 세 마리가 떼로 따라붙기 시작했다. 그녀가 약종상을 막 지났을 때 거의 블록 끝에 다다라 있던 그 흑인은 뒤를 돌아보았는데 그 바람에 그녀가 걸음을 멈추자 뒤에 있던 개들도 걸음을 멈추었다. 그녀는 그를 한 블록 더 따라갔다. 개들도 그녀를 쭉 따라갔다. 사람들은 실수를 하므로 광주리에 언제든 빈틈이 생길 수 있단 걸 개들은 알았다.

남자는 시청까지 단 세 블록을 앞두고 또 한 번 뒤를 돌아보았는데 그녀가 있는 걸 보고도 놀라는 둥 마는 둥이었다. 그가 걸어오자 그녀는 허릴 숙여 광주리를 바닥에 내려놓았다. 개들이 더 바짝 다가오자 그녀는 녀석들이 수월하도록 행주를 치워주었다. 남자는 그녀에게 걸어갔고 사람들은 그들 양쪽을 지나다녔다. "말들이 무서워서 그래요?"라고 그는 말했다. "저는 말 안 무서워해요," 그녀는 말했다. "그 비슷한 것도요."

그녀는 그에게 제 얘길 하기 시작했고 그는 저랑 부모님이랑 두 자매가 사는 집, 하나는 미너바보다 언니고 하나는 동생인 자매들이 있는 집에 데려갔다. 사흘 뒤 남자는 어느 건물에 붙은 전단을 보았고 두 블록 못 가 그것과 유사한 전단을 또 보았다. 그는 나중에 본 전단을 미너바에게, 그녀가 두 사매 중 동생과 지내고 있던 방에 가져다주었다. 미너바는 그 전단을 읽고 또 읽었다. 다음 날 그녀는 남자와 함께 경찰 지구대로 가 나는 실종되지도 않았고 죽지도 않았다고 당국에 밝혔다. 그녀가 말하길 저는 펜실베이니아주 필라델피아의 자유민 여자일 뿐이라는 거였다.

흑인 남자와 그의 가족은 미너바더러 위니프리드에게 가서 네 새 삶을 설명하라고 한참 설득했지만 그녀는 거절했다.

전단의 내용은 이랬다. "이 도시의 길거리에서 느닷없이 화를 당했거나 실종됨 — 소중한 가족임." 거기엔 미너바의 이름, 키, 나이, 그녀를 확인하는 데 필요한 모든 정보가 들어 있었다. 필라델피아에 온 지 얼마 안 되었을 때 두 여자는 사진사의 스튜디오에서 서로 나란히 앉아 은판사진을 찍었었다. 전단에는 그 사진에서 미너바가 나온 부분만 복사되어 있었다. 하지만 전단 하단에는 뒤늦게 덧붙였는지 다른 온갖 글자보다 훨씬 작은 글자로 "미니야 해도 냉큼 대답할 것임"이라는 한 줄이 들어가 있었다. 그리하여 미너바는 위니프리드 스키핑턴을 아주 오랫동안 다시 보지 않았다.

그 사달을 만든 건 물론 "냉큼 대답할 것임"이었다. 위니프리드는 그 말에 아무런 악의가 없었다. 가진 돈이 아무리 적어도 그녀는

──조지아주 서배너 태생의 계몽된 이주민인── 인쇄업자를 고용
해 전단을 만든 다음 그걸 필라델피아 사람 "누구나 볼 수 있는" 곳
마다 붙여달라고 당부했다. 그녀는 미너바를 세상 어떤 인간보다도
사랑했으므로 전단 속의 말들은 전부 사랑의 말일 뿐이었다. 하지만
존 스키핑턴의 과부 아내는 남부 버지니아주 맨체스터 카운티에서
산 세월이 15년이었고 그곳 사람들은 말투가 맨 그런 식이었다. 그
녀와 서배너 태생의 인쇄업자는 그 말엔 아무런 의도가 없었다고 누
구에게건 말했을 것이다.

1861년 4월 12일
워싱턴시

누구보다 사랑하는 나의 소중한 누나에게,

　누나한테 편지를 쓰려고 오늘에야 펜을 드는 건 버지니아에
패배해서 나를 돌려보낼 수도 있고 내 영혼의 용량보다 많은 삶
을 안겨줄 수도 있는 이 도시에 도착한 지 고작 보름밖에 안 돼
서야. 뉴욕에서 살겠다는 내 욕구는 어쩌면 영영 미뤄둘 수도
있을 것 같아. 내 생각은 내내 누나랑 루이스한테 가 있었어, 두
사람이 결혼한 오래전 그날 이후로 쭉 그랬듯이. 두 사람의 아
기가 태어나면 나도 돌아가서 함께하겠단 약속은 여전히 확고
해, 이 도시가 내게 얼마나 많은 삶을 베풀든지 간에.

이 도시는 발 닿는 곳마다 진구렁이고 보이는 것마다 오물이야. 버지니아의 녹음이 추억이 되어버렸네. 내가 나의 서식지라고 부르게 된 다섯 개의 사각형 블록 밖으로 훌쩍 나가볼 만큼 용기를 끄집어낸 건 고작 사흘 전부터야. 내가 집 밖으로 멀리 안 나서는 건 도로들이(큰길이란 말을 안 쓰려고 훈련을 좀 했어)*, 특히 어두워지면, 심지어 깡패들도 혼쭐이 날 만큼 안전하지가 않아서인데, 나도 권총을 사용할 준비는 돼 있지만 기왕이면 참는 게 낫겠지. 고삐 풀린 사람이야 그렇다 쳐도 이렇게 넓은 대도시는 원체가 무서운 것이, 도시에서 길을 잃는 건 무서운 것 이상이더라.

내 거처는 적당한 수준은 넘는데, 저쪽의 어떤 이주민들이 견뎌야 하는 그런 곳보다는 진짜로 훨씬 나아. 이런 거처를 어떻게 구했느냐 하는 건 사연이 흥미로우니까, 내가 어쩌다 지금 이곳에 자릴 잡았는지 누나가 여유와 뚝심을 갖고 읽어줄 거라 믿어.

루이스가 나한테 자기 친구 이름을 하나 줬는데 아쉽게도 그 친구가 죽은 지 1년이나 됐단 걸 알게 됐어. 사람들 얘길 들으니 C 도로의 어느 호텔에 방이 있을 거래. 상원과 하원 의원들이 거기 묵는 동안엔 우리 인종 사람들한테도 친절하단 얘기를 들었지, 왜 소유주니 경영자니 하는 사람들은 그런 걸 원하니까. C 도로에 면한 문으로 들어서니 호텔 1층 술집으로 이끌렸어. 이 도시에서 이름깨나 있는 사람들이 오후 1시까지 독한 술을 마시는 동안 나는 바 자리에서 레몬 음료를 마시는 데 만족했지. 음료를 거의 비웠을 때쯤 나는 용기를 좀 더 내서 주변을

504

둘러봤어. 그곳은 나랑 두 명의 신사, 구석 테이블에 있는 우리 인종 사람 하나 말고는 휑했어.

보니까 술집 바로 옆 방을 사람들이 왔다 갔다 하던걸. 내 생각엔 이 호텔의 식사 공간 같았어. 나는 남은 용기를 마저 들이켜고 그 특별한 방을 조사해보기로 했어. 실제로 식당이더라, 테이블이 서른 개가 넘는 꽤 큰 식당, 근데 사람들이 왔다 갔다 하는 건 그 때문이 아니란 걸 알았어, 소중한 누나. 점심시간은 끝났고 저녁 시간은 아직 멀었었거든.

아니, 사람들은 일부는 태피스트리, 일부는 그림, 일부는 찰흙 구조물로 된 웅장한 예술 작품이 걸린 거대한 벽을 구경하고 있었던 거야 ── 전부가 하나를 이루는 절묘한 창작물이 동쪽 벽에 조용하면서도 노래하듯이 걸려 있었지. 그건 있잖아, 나의 소중한 캘도니아, 버지니아주 맨체스터 카운티의 일종의 인생 지도였어. 그런 경이로운 것에 "지도(map)" 같은 단어는 격이 떨어지지만. 그건 인간이 지금껏 자신을 표현하려고 발명해온 온갖 종류의 예술을 끌어다 만든 인생 지도야. 찰흙 맞아. 그림도 맞아. 직물도 맞아. 이 "지도"엔 사람은 하나도 없고 그저 우리 맨체스터의 집들하고 헛간들하고 큰길들하고 묘지들하고 우물들뿐이야. 하느님이 맨체스터를 내려다보실 때 보이는 풍경이지. 이 창작물의 우측 하단 구석을 보니까 딱 두 단어가 수놓아져 있더라. 앨리스 나이트(Alice Night).

---

*   여기서 "도로"의 원문은 "street", "큰길"은 "road"로 도시와 촌의 차이를 반영하고 있다.

나는 꼼짝을 못 하고 서 있었어. 2시 반쯤 되니까 식당에 몇 사람이 보였는데 모두 저녁 테이블을 준비하는 사람들이었지. 나는 파란 삼밧줄로 접근을 싹 막아둔 그 환상 쪽으로 몇 발 더 다가갔어. 그러고 한 손을 들었는데, 만지려던 게 아니라 그 기운을 더 느껴보려던 거였지. 내 뒤에서 누가 조용히 말하더라. "만지지 말아주세요." 뒤를 돌아보니까 모지스의 아내 프리실라였어. 두 손은 자신 있게 뒷짐을 졌고 행색도 나무랄 데가 없던걸. 그녀가 버지니아에서 뭐였건 이제는 아니란 걸 그 몇 초 사이에 알겠더라.

그제야 나는 같은 재료로 된, 그러니까 물감, 찰흙, 직물로 된 또 다른 창작물이 그녀의 어깨 너머에 있는 걸 알아보았어. 카운티를 담은 생생한 지도에 푹 빠져서 맞은편 벽에 걸린 다른 경이를 돌아볼 생각도 못 했던 거지.

"잘 지냈어요, 캘빈?" 프리실라가 물었어. 그녀의 말에는 내가 자길 데려가려고 왔을지 모른다는 두려움이 전혀 없었어. 그녀의 말은 그 말 그대로 내 사정이 궁금하단 의중만 전하고 있었지.

나는 대답했어. "잘 지내려고 노력했어요, 프리실라. 아주 열심히 노력했어요."

그녀의 어깨 너머로 여전히 다른 창작물이 보였어. 프리실라는 내 눈에서 그걸 보더니 옆으로 비켜줬지. 모르긴 몰라도 그 창작물은 카운티를 담은 창작물보다 훨씬 놀라울 거야. 누나의 집을 담은 창작물이거든, 캘도니아. 누나네 농장인데, 이번에도 하느님이 내려다보실 때 보이는 풍경이야. 빠진 건 전혀 없어,

오두막 하나, 헛간 하나, 닭 한 마리, 말 한 마리도. 사람 하나도 마찬가지고. 짐작건대 만약 풀잎 개수를 세어본다면 이 작품의 창작자가 한때 알았던 그 세상에서하고 정확히 같은 숫자일 거야. 이 작품도 우측 하단 구석에 "앨리스 나이트"라는 두 단어가 수놓아져 있어.

서쪽 벽의 이 거대한 경이 속에서는 누나가, 캘도니아가 로레타, 제디, 베넷하고 안집 앞에 서 있어. 말했듯이 오두막도 전부 거기 있는데, 오두막들 앞에는 앨리스, 프리실라, 제이미가 사라지기 전에 거기서 살던 사람들이 서 있지. 그 세 사람 외에는 한 사람도 빠짐없이 거기 서서 마치 화가가 이젤을 들고 와 그날의 은혜 속에서 저희를 화폭에 담아줄 것처럼 기다리고 있어. 각각의 얼굴은 있잖아, 누나도 포함해서, 하느님의 눈을 들여다보듯이 고개가 들려 있고. 그 얼굴들을 하나하나 들여다보는데 나야 저기 누나네 집 사람들 모두의 이름을 아니까 지금 여간 반가운 게 아니지. 무덤 속의 망자들까지 일어나서는 자기가 한때 살았던 오두막에 남들처럼 서 있으니. 그래서 지금 노예들 묘지는 그저 평평한 땅에 풀이지 별다른 게 아니야. 제일 조그만 젖먹이들까지 무덤을 비우고 나와서는 저희 엄마 품에 살아서 편안히 안겨 있어. 우리 헨리 매형이 묻힌 묘지를 보면, 그는 자기 무덤 옆에 서 있긴 한데 아직 거기서 지내는지 무덤이 꽃들로 덮여 있네.

벽에서 저들을 볼 때까진 내 기억에 있는 줄도 몰랐던 일들이 지금은 기억에 있어. 소중한 캘도니아, 내가 주저앉아 무릎을 꿇었단 말을 하지 않을 수 없겠다. 마음이 좀 추슬러졌을 때 일어나 보니까 프리실라뿐 아니라 앨리스도 나를 지켜보고 있던 걸.

나는 그래서 앨리스한테 말을 건넸어. "그동안 잘 지냈길 바라요." 그 순간 제일 무서웠던 것이 나는 지금도 무서운데, 왜 내 이력 있잖아, 말은 늘 반대로 하면서도 우리 인종 사람들을 소유했던 내 이력을 그들이 떠올릴까 봐 말이야. 나는 그들이 날 쫓아낼까 봐 무서웠는데, 누나한테 편지를 쓰는 지금도 여전히 그래.

앨리스는 이렇게 대답했어. "하느님이 지켜주셔서 잘 지냈어요."

나는 지금 여기서, 호텔, 레스토랑, 술집에서 "노동"을 하며 되도록 꼭 필요한 사람이 되려고 애쓰되 누가 내 이력을 끄집어내서 내쫓지 않도록 거리를 두려고 노력 중이야. 쫓겨나면 난 아마 죽을병이 들겠지. 오랫동안 어머니를 병간호하고 보니까 여기 일은 일도 아니야. 아침에 일어나도 행복하고 밤에 머릴 대고 누워도 행복해.

여기 있는 모든 건 앨리스, 프리실라, 그리고 여기서 일하는 모든 사람이 주인인데 그들 중 다수는, 틀림없어, 도망자들이야. 내 방은 모두가 사는 호텔 꼭대기 층에 있어. 괜찮은 방이고 나랑 잘 맞아. 제이미는 유색인 어린이 학교 학생이라 있다 없다 해. 여느 아버지나 어머니가 원할 만한 훌륭한 청년이지.

오늘은 이만하고 누나랑 루이스가 잘 지내길 기도할게. 답장을 쓸 형편이 되면 있지, 쫓겨나는 것에 대한 내 두려움을 생각해서 편지 봉투에 내 이름을 최대한 초라하게 적어줘.

영원히
누나의 동생으로
남아 있을게
캘빈

편지를 며칠 동안 몇 번이고 읽은 캘도니아는 캘빈이 버지니아주를 빠져나가 워싱턴에 무사히 도착했다면서 마음이 놓였다. 그녀는 그렇게 접고 펴고 읽고 하다간 종이가 다 닳을 거라고 주의를 주는 루이스와 편지를 돌려 보았다. "그때쯤이면," 그녀는 그에게 말했다. "단어를 다 외워서 다음 편지 외울 준비가 돼 있을걸요."

그러라는 말은 없었지만 캘도니아는 헨리가 캘빈을 좋아했던 걸 알아 전남편의 무덤에 가서도 읽어주었다. 그날 저녁 그녀는 안집으로 돌아오다가 골목 저 아래에서 모지스가 다리를 절며 오두막으로 돌아가는 걸 보곤 뒤쪽 계단을 올랐다. 그녀의 심장은 멎었다. 마지막으로 마주친 지 몇 년이 지났는데도 그녀의 심장은 멎었다.

모지스는 그녀 쪽을 쳐다보지 않았다. 그를 보자 그녀는 몸이 뜻대로 움직여지지 않았다.

모지스는 제 캄캄한 오두막에 들어가더니 등잔도 켜지 않았다. 한 시간 못 되어 설레스트와 일라이어스의 자식인 테시와 그랜트가 집에서 들고 나온 등잔으로 길을 비추며 그에게 저녁밥을 가져다주었다. 그는 이제 구태여 끼니를 챙기는 일이 드물었다. 어떨 땐 아이들이 가져다준 걸 먹었고 어떨 땐 음식이 머리맡 겨우 몇 인치 거리에 떨어져 있어도 먹지 않고 바로 잠을 청했다.

캘도니아가 캘빈의 편지를 헨리의 무덤에 읽어준 그날 저녁 모지스는 먹지 않았다. 다음 날 아침 아이들은 아침밥을 들고 다시 들렀다.

언젠가 그는 제게 음식을 가져다주는 설레스트네 자식들 이름을 외워두려고 했지만 너무 많은 것 같아 그만두었다. 그는 저도 옛날에 자식이 있었던 기억을 떠올렸다. 외아들. 스스로한테 득이 안 될 만큼 뚱뚱했던 아이. 그는 끼니를 챙겨 보내는 게 설레스트인 줄 잘 아는지라 기도할 때 그녀를 넣어주었다. 물론 설레스트는 언제까지나 절름발이일 테지만 그녀의 남편과 자식들은 밖에서 누가 그 사실을 어쩌다 짚어주기 전에는 그런 줄 몰랐다. "왜 니네 엄마는 맨날 절름거리고 다녀?" "언제 절름거렸는데?"

설레스트의 자식들은 모지스에게 들를 때 매번 아기를 데려갔고 아기는 짚자리에서 일어나지 않는 모지스를 홀린 눈으로 쳐다보았다. 모지스는 아침엔 거의 움직일 수가 없었는데 그는 그것이 축축한 숲에서 혼자 있곤 하던 시절의 결과라고 늘 생각할 것이다. 뒤돌아 까꿍 하고 놀아주거나 같이 얘기 나눌 힘은 비록 없지만 그는 아기가 거기 있는 걸 알아서 좋았다. 그는 마치 어떤 큰 빛을 가리려는 사람처럼 한 팔로 눈을 덮고 누워 있었다.

"아저씬 어때?" 테시나 그랜트 혹은 그 밖의 자식이 돌아오면 설레스트는 물을 것이다.

"좋아 보여, 엄마. 근데 빛 때문에 눈이 편찮으신가 봐."

"벽난로에 불은 어떻고?"

테시는 불을 지펴보려다 혼쭐이 났다고 통상 말할 것이다. "엄마, 그냥 붙기 싫은가 봐, 그 불이."

"저런," 설레스트는 말할 것이다. "아빠더러 가서 봐달라고 할게. 불 같은 건 니 아빠가 살아 있는 사람 중에서 제일 잘 다뤄."

설레스트는 모지스의 끼니를 마지막까지 챙길 것이다. 그녀는, 모지스가 진작에 죽었는데도, 누구랄 것 없이 모두에게 이 근심을 한 번은 내뱉어야만 편히 눈감을 사람이었다. "모지스가 지금은 밥을 먹었으려나."

감사

　다음 분들께 깊은 감사를 드린다. 첫 단어부터 믿어줬다고 해도 과언이 아닐 나의 편집자 돈 L. 데이비스. 조그만 키로 밤의 뭍에서 등불을 최대한 높이 들어준 (스티븐 미어스의 할머니) 릴 코인. 릴이 서 있던 자리에서 누워 쉴 수 있게 여러 밤 그 등불을 대신 맡아준 (고인인 밀턴의 부인) 셜리 그로스먼. 『도시에서 길 잃기Lost in the City』의 편집자 마리아 과르나스켈리. 래넌 재단(Lannan Foundation)과 지니 J. 킴. 자신의 뭍에 매 시간 물이 차오르는데도 전화를 안 받는 법이 없었던 이브 셸넛. 첫 단어 이전부터 믿어줬다고 해도 과언이 아닐 나의 에이전트 에릭 시모노프. 끝으로 친절하고 너그러운 사내 존 에드거 와이드먼.

작가와의 대화

당신은 버지니아주 맨체스터 카운티 관련 허구적 서술을 역사 기록 및 자료를 겸비해 『알려진 세계』 도처에 배치하셨죠. 그 기록들이 사실인가요? 그것들을 소설에 어떤 의도로 끼워 넣으셨습니까?

버지니아주 맨체스터 카운티와 마을, 그리고 그곳에서 사는 사람들은 모두 제 상상의 산물입니다. 다른 카운티와 마을 들은 —— 어밀리아 카운티, 샬러츠빌 등은 —— 실제이긴 하지만 그건 맨체스터와 그곳 주민들을 지어낼 때 무게와 신뢰성을 부여하려고 끌어온 거예요. 실제 역사적 인물들도 당연히 마찬가지고요 —— 예를 들어 필모어 대통령이요.

맨체스터 인구조사 기록도 단지, 다시 말하지만, 그 카운티가 주변 카운티들에 '먹히기' 이전인 옛날 옛적에 버지니아 한가운데서 살아 숨 쉬었던 사람들과 그 카운티와 마을을 독자들이 느꼈으면 해서 지어낸 겁니다. 그곳에 아주 많은 흑인과 백인 등이 살았음을 밝히는 인구조사를 거론하면 숫자와 날짜로 된 단단한 배경을 갖게 되어 인물들과 그들의 체험이 만드는 전경(前景)은 더욱 사실적이 되죠.

남부에서 흑인 자유민이 노예주 노릇을 하는 건 얼마나 드문 일이었죠? 어쩌다 그런 아이디어를 얻어 이런 문제를 다루는 소설을 쓰게 되셨을까요?

확실한 자료가 있는 건 아니지만 백인 노예주에 비하면 흑인 노예주의 숫자는 무척 적었을 거라고 매우 확신합니다. 많은 사람이 ─ 심지어 많은 흑인도 ─ 그런 이들이 존재했단 걸 모른다는 사실이 그 숫자가 얼마나 적었는지 말해주는 증거가 되겠네요. 더욱이 제가 소설에 적었듯이 남편은 아내를 사고 부모는 자식을 사고 했는데, 그러면 그들이 사람을 노예로 ─ 재산으로 ─ 산 게 아니라 가족의 일원으로 샀단 걸 이웃들도 아마 알게 되었을 거예요. 끝으로 노예를 소유한다는 건 값싼 제안이 아니었던 것이, 당시 흑인 대다수의 경제 사정은 인간을 소유하기에 여의치 않았습니다.

『알려진 세계』에서 여자들은 대단한 힘을 지닌 역할을 맡습니다. 캘도니아 타운센드처럼 농장에 대한 남성적이고 전형적인 책무를 감안하든 감안하지 않든 말이죠. 문맹을 교육하는 펀 엘스턴이 그렇고, 폭력, 열정, 고뇌를 불러일으키는 설레스트와 미너바가 그렇습니다. 혹은 노예제라는 야만적 현실을 초월하는 예술을 창작하는 앨리스 나이트가 그렇죠. 이 작품에서 노예제에 대한 여자들의 경험에 목소리를 부여하는 일이 당신에겐 얼마큼 중요했습니까?

저는 아무런 어젠다 없이 출발했습니다. 고생하는 여자 밑에서 자라고 그 여자의 삶이 얼마나 고된지를 민감하게 지각한다면, 주변 여자들을 꼭 연약한 피조물로 생각할 필요가 없습니다, 그녀들이 노예건 아니건 간에요. 그녀들은 "무에서 유를 만들어낼 수 있다" 하는 믿음이 당신한테 생기거든요. 오늘날의 강인한 여자들에겐 전임자들이 있습니다, 틀림없이요. 1855년에 미합중국 대통령을 맡고 있는, 하다못해 상원에 올라 있는 흑인 여자에 관한 소설을 쓴다면 제겐 당연히 말도 안 되는 일로 여겨졌겠죠. 하지만 카운티에서 가장 부유한 백인의 도움을 받아 길을 튼 남편의 요절로 흑인 여자가 농장의 장이 된다 ── 그거라면 그럴 법하죠. 편 엘스턴이 흑인 자유민 아이들을 가르쳐서 일부 생활비를 번다는 것도 그럴 법합니다. 당시 교육받은 흑인 여자들이 있었는데 그들 모두가 그늘에 남기로 작정하진 않았을 거예요, 특히나 편 같은 기질의 여자라면요. 그리고 짓눌린 삶 속에서 나름의 방식으로 작은 투쟁을 해나가는 설레스트 같은 사람들이 분명 있다는 데에도 의심의 여지가 없지요. 모지스가 어째서 그 길에 이르렀는지 다른 사람은 몰라도 그녀는 아마 이해할 겁니다 ── **그는 세상이 싫어서 태어난 게 아니야**, 라고 그녀는 말했을 거예요. 도망에만 너무 초점이 맞춰져서 그렇지, 제 생각엔 앨리스도 그렇게 말했을 것 같아요.

남북전쟁 이전의 버지니아주 맨체스터 카운티에 관한 당신의 서술은 결코 직선적이지 않아요. 당신은 서로 다른 이야기 가닥들을 함께 엮어 소설의 다양한 국면에서 내놓습니다. 이 책에서 이런 형식을 채택하신 이유가 뭔가요?

저는 언제나 제가 직선적인 이야기를 가졌다고 생각했어요. 실제 작업에 들어가 머릿속에 있는 걸 전부 꺼내기 시작한 2002년 1월과 그 몇 달 뒤 작업이 끝났을 때 사이에 특별한 일이 일어났죠. 제가 이 책에 나오는 사람들의 첫날과 마지막 날, 그리고 그 사이의 모든 날을 그들의 '신'으로서 바라볼 수 있었기 때문인지도 모르지만, 그 사람들이 살아낸 삶을 전부 보니 직선적이지 않던걸요. 테시라는 아이가 1855년 어느 날 한 일은 50년, 75년 뒤의 그녀에게 어떤 의미를 띨 거예요. 과거의 그 순간을 그녀는 돌아보지 않을 수도 있지만 그녀의 창조주는 돌아볼지 모르죠. 아버지가 만들어준 인형에 관한 얘기를 1855년 9월에 캘도니아랑 펀한테 하고서 90년쯤 지나 임종 때 반복하는 건 아마 그래서일 겁니다. 그 말을 언제 처음 내뱉었는지 그녀는 기억조차 안 날 수 있지만, 저야 진실을 말하고자 노력 중이라면 잊을 형편이 안 되지요.

티처라는 노예와 오티스 형제의 자발적인 발화, 우유를 끝없이 공급하는 소, 까마귀와 벼락을 계기로 스탬퍼드가 변화하는 경험, 윌슨 캘헤니와 모리스 캘헤니에게 해부용 시체들이 "말을 걸어오는" 등의 사건에선 초자연적인 것의 기운이 느껴집니다. 소설이라는 더 넓은 범위에서 이 일화들을 어떻게 설명하시겠습니까?

저는 사람이 길거리에서 살해당하면 비 오는 날마다 그 사람 피가 그 장소에 나타난다고 믿는 사람들 사이에서 자랐죠. 심지어 몇 년이 지나도 그런다고요. 저는 빗하고 솔에 걸려 있는 머리카락을 떼서 태우지 않으면— 저희 어머닌 재떨이에다 태우셨죠—그게 어떻게든 새들 사는 세상으로 들어가 새들이 그걸로 둥지를 짓는데 그럼 그 사람한테 두통이 온다고 믿게끔 자랐어요. 그 사람들은 어머니의 수명이 줄어드니까 두 손을 자기 정수리에 두면 안 된다고도 믿었죠.

그런 걸 다 고려해보면, 벼락이 이 사람은 죽을 때가 아니다 싶어서 멀리 도망가는 상황도 어렵지 않게 만들어낼 수 있어요. 우유가 잔뜩 나오는 소는 1970년대에 로스쿨 친구들이 어떤 소송 건에 관해 이야기하는 걸 들은 건데, 한 남자가 이웃한테 소를 팔아놓고 다시 우유가 나오기 시작하니까 반환 소송을 했다더군요. 그러니 초자연적인 사건이란 그저 우주는 시종일관 괴상한 짓을 한다는 생각을 품고 자란 사람들이 이야기를 전하는 또 하나의 방식일 뿐이에요.

당신은 헨리 타운센드와 캘도니아 타운센드 사유지의 십장인 모지스의 초상으로 『알려진 세계』를 열고 닫습니다. 그의 방황이 어떤 면에서 당신 소설의 중심이 되나요?

모지스는 노예제가 저지른 짓의 또 한 가지 상징이 되었습니다. 저는 모지스가 존 스키핑턴의 구치소에 알몸으로 서서 저랑 베시는 "하나"다, "가족"이다 한 말을 의심하지도 않고, 몇 년 뒤 분하고 욕심 사나워진 그가 자기 말마따나 이젠 캘도니아의 남편이 되는 길을 가로막는 가족을 제거하다 수배를 당한 게 아니라고 의심하지도 않아요. 노예제는 모두에게 영향

을 끼쳤습니다. 어떤 사람들, 그러니까 설레스트 같은 사람들
은 초월할 수 있었고 어떤 사람들은 굴복했지요.

당신이 가장 좋아하는 책과 작가 들을 말씀해주시겠어요? 당신 작
품에 제일 큰 영향을 준 작가들은 누구인가요?
앤 페트리(Ann Petry), 폴 로런스 던바(Paul Laurence Dunbar),
리처드 라이트(Richard Wright), 그웬돌린 브룩스(Gwendolyn
Brooks)를 포함한 흑인 작가들이요. (흑백 상관없이) 포크너를
포함한 남부 작가들도요. 거기다 제 소설집 『도시에서 길 잃
기』에 직접적인 영감이 되어준 체호프, 제임스 조이스 같은 기
타 작가들도 있지요.

옮긴이의 말

    미국의 노예제는 오늘날의 앙골라 수도인 루안다에서 출항한 "인간 화물"이 당시 영국 식민지이던 버지니아주 제임스타운에 도착하여 팔린 1619년 8월이 시작이라고 알려져 있고, 그때로부터 200년하고도 거의 반세기 뒤인 1861년 4월 발발한 남북전쟁이 1863년 노예해방선언을 거쳐 1865년 4월 북부의 승리로 종전되고 그해 말 수정헌법 제13조가 발효되면서 공식적으로 막을 내렸다. 『알려진 세계』는 그 길었던 노예제의 시간 축이 멎기 10년 전인 1855년 여름에 닥친 흑인 농장주 헨리 타운센드의 이른 죽음으로 이야기의 닻을 올려 그의, 또 그 주변인들의 과거, 현재, 미래를 불시에 넘나들면서 머잖아 과도기와 종결을 맞게 될 한 시절의 풍경을 부감한다.

    이것은 다 지난 일이다. 이미 학문, 저널리즘, 예술을 통해 수없이 다루어진, 그래서 가끔은 그저 장르적 쾌감을 위해 이용되기도 하는 주제요, 소재, 그러니까 더는 새로울 게 없는 일, 정리된 일. 맹점은 문제의식의 반복 끝에 우리가 흑과 백, 정의와 불의, 구속과 해방

같은 도식화의 함정에 빠지기 쉽다는 것이다. 기억과 담론은 기록으로 걸러지고 결론으로 축소되는 탓이다. 도식적인 것은 그것대로 시원한 맛이 있지만, 과연 삶이 그러한가. 인종이니 정의니 하는 오늘날의 선입관을 잠시 내려놓고 저 시대로 넘어가본다면 이런 명제들, 가령 노예주와 노예는 반목 관계다, 북부는 문명이고 남부는 야만이다, 흑인은 선하다 혹은 백인은 악하다, 노예제는 천부인권에 위배된다 하는 등의 명제가 뼈저리게 와닿지만은 않을 것이다. 삶은 이론에 앞서고 삶에는 자유의지와 선택과 모순도 있고 수백 년 세월로 굳어진 경제 논리와 통념과 제도도 있으며, 당연히 그 와중에도 부조리를 부당히 여기는 정의감, 연민 따위가 끊임없이 끼어들 것이기 때문이다. 가령 이 소설의 등장인물 윌리엄 로빈스를 어떻게 이해해야 할까. 그는 노예를 재산 이상으로 여기지 않는 사람이지만 그의 정부도 흑인, 정부와 낳은 자식들도 흑인, 일종의 제자인 헨리 타운센드도 흑인으로 그는 그들 모두를 사랑한다. 보안관 존 스키핑턴은 하느님을 따르는 공정하고 바른 인물이지만 노예제를 부정하지 못하며 종종 거기에 부역하고 스스로를 합리화한다. 그런가 하면 선을 타고났지만 그것을 실천할 용기는 없는 캘빈과 바넘 킨지 같은 인물들도 있다. 결정적으로 헨리 타운센드는 어떤가. 흑인이 흑인의 "좋은 주인"이 된다는 말에는 몇 겹의 모순이 존재한다. 요컨대 사람이든 상황이든 단일 잣대로 읽히지 않는 경우, 정답도 노선도 없는 경우가 적지 않으며 이것이 독자의 판단을 어렵게 만든다는 것이다.

　그러나 꼭 판단이 필요한 것도 아니다. 이것은 역사 이야기지만 지도에 없는 맨체스터 카운티를 배경으로 하는 명백한 허구이기도 하다. 허구란 일종의 추체험, 즉 타자의 체험 또는 이전의 체험을 다시 겪는 것이고, 조금 확장해보면 그 말은 겪지 못한, 겪지 못할 세계를 겪어본다는 뜻이 될 것이다. 조금 더 확장해보자. 그 말은 독자가 마지막 책장을 넘긴 뒤 평행 우주, 알려지지 않은 세계를 그려보아도 좋다는 뜻일 것이다. 그래서 이 소설을 거듭 읽은 끝에 나는 역사를 두고 뻔한 판단과 회의에 젖느니 이 소설이 시종일관 내 안에서 자아냈던 것, 즉 연민을 바탕으로 혹시 어느 세계에선 가능했을지 모를 풍경 몇 개를 그려보았다. 그 세계에서 헨리 타운센드는 요절하지 않고, 캘도니아는 남편을 잃지 않으며, 섣부른 결정을 내리지 않은 모지스는 가족과 행복하다. 앨리스는 남부를 미워할 일도, 그리워할 일도 없다. 하비 트래비스는 오거스터스를 시샘하지 않고, 오거스터스는 밀드레드와 함께 손주의 탄생을 지켜본다. 캘빈은 루이스 곁을 떠나지 않고, 스탬퍼드와 일라이어스는 어디선가 부모의 소식을 듣는다. 존 스키핑턴은 가족과 펜실베이니아에 무사히 다다라 하느님의 뜻을 실천하며 산다. 대략 모든 것이 있어야 할 자리에 있는 평범하고 무사안일한 세계. 이런 세계가 뭐 어렵다고 역사는 황야를 내달렸을까.

『알려진 세계』에선 거의 모든 인물에게 서사가 부여되어 있는데 이를 보고도 정(情)을 느끼지 않기란 어려울 것이다. 소설과 독자의 관계도 이러하니 짐작건대 그 시대 사람들은 서로 말과 눈길을 섞다 쌓인 감정을 속이느라 힘들었겠다. 누굴 사랑하기란 어렵지만 사랑을 숨기기란 더 어렵지 않던가.

2024년 1월
이승학

최상급. 깊은 감동으로 절묘하게 만든 이 소설은 노예제를 다룬 위대한 미국 소설들이 놓인 선반에서 토니 모리슨의 『빌러비드』와 윌리엄 포크너의 『압살롬, 압살롬!』의 옆자리를 영원히 맡을 것으로 보인다.

보스턴 글로브

군계일학. 서사시적 규모와 건축적 구조로 이룬 위업.

뉴욕 타임스 북 리뷰

존스는 도덕적 혼란을 다룬 어마어마한 책을 써냈다.

뉴요커

이 책은 위대한 예술이 모두 그렇듯 아름다움과 연민과 유머와 사랑으로 가득한 긍정의 힘을 품고 있다─즉 삶의 힘을. 과장하는 건 내 체질에 안 맞으므로…… 최대한 직설적으로, 최소한의 과장법으로 이렇게 말하겠다. 『알려진 세계』는 결국엔 최고의 미국 문학 반열에 오를 위대한 소설이다.

샌디에이고 유니언트리뷴

토니 모리슨이 미국 노예제의 비현실적인 이야기로 신화의 경지를 일구었다면 존스는 서로 대등한 일련의 삭막한 일화들로 국가의 전설을 조각해냈다.

크리스천 사이언스 모니터

권위 있는 작품. 미국 주요 문학작품 목록에서 한자리를 차지할 걸작.

타임

가슴을 찢는 소설. 『알려진 세계』는 어떨 땐 포크너의 울림을 띠고 어떨 땐…… 성경의 보폭으로 걷는다.

댈러스 모닝 뉴스

역사소설의 모범. 이 소설은 당신의 선입견을 제압할 것이고 당신의 지각을 넓힐 것이며 당신의 잠을 괴롭힐 것이다. 이 이야기를 전하는 존스의 화법은 코맥 매카시, 윌리엄 포크너, 가브리엘 가르시아 마르케스를 연상시킨다.

뉴스데이

숨이 멎을 정도다. 토니 모리슨의 『빌러비드』와 평형추를 이루는 매혹적인 작품. 필독서.

엔터테인먼트 위클리

너무나도 완전히 깨달았고 너무나도 훌륭히 설계되었으며 너무나도 강렬히 마음에 남아 읽으면 기뻐지는 책. 자기가 창조하는 세상에 이토록 완전히 들어가 사는 소설가, 혹은 그 세상을 이루는 사람들에게 이토록 완전히 살을 붙이는 소설가는 본 서평가의 경험상 귀하다.

내셔널 가톨릭 리포터

상처이면서 치유인 귀한 소설 작품.

오프라 매거진 O

서사시. 만약 이 수준을 유지한다면 존스는 미국에서 흑인으로 사는 것에 관해 쓴 토니 모리슨의 최고작에 필적하는 소설을 내놓을 것이다.

스피크이지

이 나라 역사의 가장 경멸스러운 일면조차 인간애와 시어(詩語)로 전하는 대가다운 솜씨에 당신은 몇 번이고 보상을 받을 것이다. 이 마술 같은 소설은 당신을 심오한 방식으로 감동시킬 것이다.

피플, 「비평가의 선택」

비범하다. 존스가 펼쳐 보이는 소설의 지형에는 음악성, 기동성, 마음을 휘어잡는 탄력성이 있다. 상상의 도약과 기교를 독자에게 『알려진 세계』만큼 거하게 차려놓는 작품은 없다.

시애틀 타임스

황홀하다. 이 복잡하고 훌륭한 소설에는 비탄과 두려움, 진심 어린 사랑과

시샘이 있다.

필라델피아 인콰이어러

주요한 업적.

타임 아웃 뉴욕

탁월한 스토리텔링. 존스의 인물들은 완전하고 생생한 모습으로 그려진다. 그는 남북전쟁의 시발점에 올라선 미국의 복잡한 초상을 전지적 시점의 글쓰기로 독자에게 제공한다.

로키 마운틴 뉴스

찬란한 장편 데뷔작.

세인트루이스 포스트디스패치

입이 떡 벌어진다. 이야기꾼이자 문장가로서 존스의 재능은 가타부타 말할 게 없다. 조용히 흐르는 단어들이 점점점 쌓이다가 최고조에서 끝내 마음을 찢어놓는다. 대사는 완벽한 음정을 띠고 배경은 진짜 같으며 개인들의 분쟁은 언제나 지혜의 판결을 받는다.

워싱턴 타임스

일단 시작하면 훅 걸려드는 책. 끝에 가서 책을 내려놓으면 남북전쟁 이전 남부 노예들의 삶을 알게 될 뿐 아니라 깊은 감동이 밀려든다. 이 소설은 필독서로 넣으시길.

포트워스 스타텔레그램

마음을 찢는 복잡하고 아름다운 글. 마지막 장(章)은 응보의 장면들을 우리에게 제공하는데 이 책의 마지막 문장은 그 깊이 있는 연민으로 당신의 숨을 멎게 할 것이다.

QBR 블랙 북 리뷰

매혹적이고 마음에 사무친다. 복잡하고 세련된 소설.

볼티모어 선

감동적이다. 매혹적이다.

뉴스위크

성경 같은 운율이 깊은 도덕적 혼란을 다룬 이야기에 깊이를 더한다.

덴버 포스트

놀랍도록 풍성하다. 타인을 소유하는 인간이 지닌 '권리'의 특수성과 결과를 전례 없는 독창성과 강렬함으로 극화했다. 주요 문학상 수상 후보가 되어야 마땅하다.

커커스 리뷰

흥미진진한 야심작. 이 책은 독서 모임의 이상적인 선택이다.

라이브러리 저널

생생하다. 서사시 같은 소설.

북리스트

눈부시다. 철저히 독창적이어서 노예제에 관하여 이전에 쓰인 대부분의 책을 시시한 구식으로 만든다.

애틀랜타 저널 컨스티튜션

방대하고 신들린 역사소설. 어떤 찬사를 받든 이 소설은 자격이 된다.

시카고 트리뷴

힘들게 얻은 지혜와 매우 효과적인 절제가 빛나는 작품. 모순의 영역을 파고들어 노예제가 받을 형벌의 무게를 단다.

뉴욕 타임스

엄청나다. 몇 년간 내 책상에 다녀간 미국 소설 중 최고의 작품.

조너선 야들리(Jonathan Yardley. 퓰리처상 수상 도서비평가), 워싱턴 포스트 북 월드

내가 긴 세월 읽어온 책들 중에서 가장 강렬한, 깊이 깨달은 책. 에드워드 P. 존스가 써낸 이 현대의 고전은 잊히지 않을 이야길 들려주되 그것도 끝내 상상력을 뒤흔드는 고상함과 우아함과 수수께끼로 들려준다. 문학이 가야 할, 문학이 갈 수 있는 바로 그 문학의 모습이 이 소설이다.

제프리 렌트(Jeffrey Lent, 소설가)

알려진 세계의 아이러니와 슬픔, 기쁨, 고통, 수수께끼, 우리 덧없는 인간 존재에 대한 날카로운 유머를 또렷이 드러내 보이는 엄청나게 감동적인 소설—깊은 연민과 드문 재능을 지닌 작가의 강단 있고 섬세하고 대담한 책.

피터 매티슨(Peter Matthiessen. 소설가, 〈파리 리뷰〉 공동 창립자)